À ma mère

W0325886

Personnages

Les femmes

Elvira, épouse de Giuseppe
Angela, fille d'Elvira
Giuseppina, fille adoptive d'Elvira

Les hommes

Amedeo Morelli, fondateur de la lignée. *Marié à Nunzia*
Antonio, fils aîné. *Marié à Adele*
Giuseppe, fils cadet. *Marié à Elvira*
Luigi, benjamin. *Marié à Cinzia, la Turinoise*
Alfonzo, fils d'Antonio. *Marié à Angela*
Salvatore, frère de Teresa
Nicola, ami d'Elvira

Les oncles et tantes

Aldo
Ruggiero
Adelaide
Genoveffa

Les domestiques

Teresa, femme de chambre
Fortuna, femme de chambre de 1850 à 1893
Amalia, cuisinière de 1850 à 1870
Maria, femme de ménage puis femme de chambre de 1850 à 1900
Caterina, nourrice de 1853 à 1884
Nunzia et Rosaria, femmes de chambre de 1870 à 1884

Les enfants d'Angela

Peppino
Bernardo
Luigi, dit « Gigi »
Antonio
Luciella

Les enfants de Giuseppina

Angela
Genoveffa
Maddalena
Adelaide
Eduardo

ELVIRA

1850-1866

1850

Le directeur de l'Observatoire royal de Capodimonte : J'ai le plaisir d'annoncer la découverte d'une nouvelle planète, faite dans ledit observatoire par l'honorable Professeur Annibale de Gasparis, qui a déjà découvert Hygie. Il soupçonnait l'existence de la nouvelle planète depuis le 6 mai dernier, sans toutefois y prêter attention tant il était occupé par l'observation d'autres étoiles. Il se propose de donner à celle-ci le nom de « Parthénope ». Le nouvel astre, qui correspond à la lumière d'une petite étoile de magnitude 9, est en opposition avec le Soleil, et appartient à la déjà nombreuse famille des petites planètes situées entre les zones de Mars et Jupiter.

Journal du royaume des Deux-Siciles, Naples, 1850.

Juin

Elvira se sentait lasse, vide, triste et effrayée.

Elle tourna les yeux vers les corps bronzés des pêcheurs qui se faisaient sécher au soleil à côté de leurs filets. Elle entendit les rires des jeunes filles qui relevaient leurs jupes sur la plage de Chiaia pour se tremper les pieds tout en échangeant des confidences. Elle observa les jeunes novices en habit gris qui cheminaient tête basse pour lever soudain, toutes ensemble, le regard vers un jeune homme, sans toutefois laisser échapper un seul sourire. Naples se révélait dans toute sa beauté, mais Elvira se trouvait envahie d'un découragement et d'une apathie sans espoir.

Le rythme régulier des roues qui tournaient sur les pavés lui donnait envie de dormir. Elle éprouvait même une légère nausée qu'accentuait l'odeur du cuir rouge de la banquette sur laquelle s'étalaient ses jupes amples. Pourtant, ils étaient presque arrivés et, sous peu, elle entrerait dans sa nouvelle vie. Son époux, Giuseppe, était assis à ses côtés dans la voiture découverte, proche d'elle mais totalement ignorant de ses pensées. Il regardait devant lui avec un sourire satisfait, son profil mou souligné par une moustache noire retroussée vers le haut.

Elvira réajusta la crinoline de sa jupe de mousseline, blanche comme se devait être celle d'une épouse, puis elle agita la main devant son visage pour se rafraîchir. Il faisait très chaud, le ciel était d'un bleu implacable et le parasol n'avait guère d'utilité. Elle aurait volontiers retiré ses longs gants, mais ce n'était pas digne de son rang.

Une bouffée nauséabonde aggrava sa nausée. Elle se couvrit la bouche et tourna le visage vers les villas.

Chiaia n'évoquait guère un quartier de la ville de Naples mais plutôt une station de villégiature, la campagne au bord de la mer. Pas de brouhaha, pas de foule ni de ruelles étroites, pas même d'ombre. La colline verdoyante montait vers le Vomero, le parc de la Villa Reale bordait le rivage et la mer : il n'y avait rien d'autre. À gauche, Mergellina et Posillipo, à droite le Castel dell'Ovo. La seule imperfection provenait de la puanteur des poissons, des algues, des filets et des eaux stagnantes qui montait jusqu'à la promenade.

Elvira ramena son attention droit devant elle en refoulant ses haut-le-cœur. Les flancs des deux chevaux, lourds et blancs, ondulaient d'un mouvement régulier qui l'étourdissait, mais elle préférait de loin les fixer des yeux que regarder le visage de l'homme assis à côté d'elle.

Mon mari.

Elle allait devoir s'accoutumer à l'appeler ainsi, même dans le secret de son esprit. La main de Giuseppe, solide et presque grasse, se posa sur la sienne. Elle sourit sans mot dire avant de s'en libérer en faisant mine de devoir ramener l'une des longues boucles dorées qui s'étaient échappées de son chignon tiré bas sur la nuque.

Elle tourna la tête vers la mer.

C'était donc à cela que se réduisait le mariage et la vie qu'elle mènerait désormais ?

Elle examina les calèches stationnées le long de la Riviera, l'avenue du front de mer, les touches vertes des arbres et des fourrés du parc de la Villa Reale, puis elle revint vers la plage grise et la mer d'huile, jusqu'à l'horizon et le ciel blanc de craie.

Tout est si différent de mon ancien quartier, pensa-t-elle. *Même les gens.*

Autrefois, à Foria, Elvira classait ses amies en deux groupes. Il y avait celles qui rêvaient simplement de se marier, même à quinze ans ; peu importait l'homme, l'essentiel était qu'il soit de bonne réputation ou pour le moins respecté. Et il y avait les autres, celles qui rêvaient du grand amour ou de liberté et qui, pour finir, devaient y renoncer en raison des événements ou des décisions de leur famille. Pour sa part, elle pensait malgré tout appartenir à cette catégorie.

La voix attentionnée de Giuseppe interrompit ses pensées :

— Tu es contente ?

« De quoi ? » se demanda-t-elle alors qu'elle répondait :

— Bien sûr.

— Antonio a personnellement choisi tes domestiques. Nous devrions trouver tout prêt et tu n'auras pas à lever le petit doigt.

— Vous savez que j'aime travailler.

— Les dames ne travaillent pas, Elvira, déclara Giuseppe d'un air sévère. Chez les Morelli, elles ne travaillent pas.

En revanche, chez Elvira, après la mort de son père et la vente nécessaire des biens immobiliers pour payer les créanciers, ses frères avaient dû se mettre à l'ouvrage dans un domaine ou un autre.

Fille unique de la famille, Elvira, avec sa beauté, ses cheveux et ses yeux clairs, avait déniché sans mal un bon parti, le deuxième fils de la famille Morelli, amie de son oncle, qui était inspecteur du roi.

Après six mois de fiançailles, les dimanches à Melito dans le grand mas, le mariage à Santa Chiara, puis le voyage de noces à Torre del Greco, elle se retrouvait là, dans une calèche qui roulait vers son avenir.

— Tu verras, tout se passera bien, annonça Giuseppe.

Elle posa son regard sur lui. Il paraissait nerveux, dépaysé et las. Après tout, lui non plus ne savait rien du mariage et de la vie conjugale. *En fait, il est peut-être plus inquiet que moi*, pensa Elvira.

Durant les fiançailles, elle s'était employée à conserver un visage souriant comme il convenait à une jeune femme de son rang, mais, à présent, elle n'en avait plus le goût.

— Comme vous voudrez, répondit-elle sans enthousiasme.

— Toujours ce « vous » ? s'exclama Giuseppe en se tournant vers elle. Tu peux me tutoyer, Elvira. Je ne suis pas ton père.

Il éclata de rire.

— J'ai honte, répondit Elvira tout en pensant qu'elle avait vingt-deux ans et lui seize de plus.

La première fois qu'elle l'avait vu, elle avait eu envie de rire tant il lui avait semblé emprunté.

Giuseppe souleva son chapeau melon et elle considéra son crâne en sueur et pratiquement chauve.

— De quoi donc as-tu honte ?

— Je l'ignore. Ma tante a vouvoyé son époux jusqu'à sa mort.

Giuseppe haussa les épaules d'une manière qui montrait qu'il était à la fois rassuré et indifférent. Un chahut vint soudain distraire Elvira. Deux garçons s'étaient mis à courir en rythme à côté de la calèche, main tendue, suivis par un chien errant qui aboyait à qui mieux mieux. Les petits mendiants avaient la peau brune et ils criaient et riaient à perdre haleine sans se soucier de finir sous les roues de la voiture.

Giuseppe glissa la main dans la poche de son gilet et jeta quelques pièces. Les gamins s'arrêtèrent pour les ramasser tandis que la voiture poursuivait sa progression lente et rassurante.

Elvira poussa un soupir de soulagement.

Une autre mèche s'était échappée de sa coiffure. Giuseppe tendit les doigts pour effleurer les cheveux de sa femme et son cou mince, un geste plus timoré que tendre.

Les trois jours passés à Torre del Greco, et les deux nuits, n'avaient pas modifié ce qu'Elvira pensait de son mari, au contraire. C'était un brave homme qui avait bon caractère.

L'amour, c'était autre chose.

— Tu la vois ? demanda Giuseppe en faisant un signe de la main. La voilà !

Elvira croisa les pieds sous sa robe et chercha à reconnaître la maison entre les bâtisses qui donnaient sur la Riviera.

La calèche stoppa devant un édifice rouge et orangé, aux colonnes blanches et chapiteaux ioniques. La moitié de la parcelle était plantée de citronniers et l'autre était occupée par la maison d'habitation, avec huit fenêtres en rang sur chacun des deux niveaux de style antique. « Néoclassique », avait précisé Giuseppe.

Comme si cela pouvait l'intéresser !

Elle leva le visage vers le soleil. Le toit en pente était recouvert de tuiles romaines et bordé par une corniche en saillie au-dessus d'un dernier étage plus étroit.

Son mari l'aida à descendre.

Elvira compta les bagages, une valise en cuir clair, une autre en toile et une sacoche en cuir épais, avant d'apercevoir vers la porte d'entrée cirée de frais qui venait de s'ouvrir. Les domestiques apparurent sur le seuil, trois femmes qui l'observaient avec un sourire ému et un peu forcé.

Giuseppe lui présenta une femme de chambre trapue dans la trentaine qui, comme presque tous les autres domestiques, venait de la maisonnée de sa famille à Melito.

— Voici Fortuna, déclara-t-il assez fièrement. Elle te sera d'une aide précieuse.

La femme arborait des traits grossiers, un chignon brun et des mains rougeâtres. Elle était vêtue de bleu et de blanc et paraissait plus vieille, presque usée, comme si elle vivait là depuis des années au lieu de quelques jours. Elle adressa un regard soupçonneux à Elvira avant de baisser rapidement la tête.

Ensuite venait Amalia, la cuisinière. Grande et replète, elle avait une quarantaine d'années. Elle sourit et révéla ce faisant un trou noir à la place de ses deux dents de devant. Elle portait un fichu sur la tête, un tablier propre autour de la taille, mais son regard était fourbe.

La troisième, la fille de cuisine du nom de Maria, ne pouvait avoir plus de treize ou quatorze ans. Elle garda les yeux baissés, comme intimidée, en retenant son souffle.

— Et Teresa ? Pourquoi n'est-elle pas là pour nous accueillir ? demanda Giuseppe alors qu'ils pénétraient à l'intérieur. Où est-elle ?

— Elle est montée vérifier les fleurs dans les chambres, expliqua Fortuna avec l'air de vouloir assurer qu'elle avait tout en main.

— Qu'elle descende ! Ce sera ta femme de chambre personnelle, ajouta-t-il en se tournant vers Elvira, peut-être pour la rassurer.

Elvira réagit par un mouvement de gêne.

À l'intérieur régnait l'odeur de la peinture fraîche qui se conjuguait au parfum des roses disposées dans un grand vase vert sur la console du vestibule.

— Madame, comment s'est passé votre voyage ? demanda Fortuna en regardant Elvira avec des yeux éloquents. Bien, j'espère ?

— Fatiguant, répondit Elvira dont les yeux renfermaient eux aussi bien des interrogations.

— C'est toujours comme ça avec les voyages de noces, commenta la servante en ouvrant la porte du salon.

Elvira baissa les yeux. Elle aurait voulu ajouter qu'elle était également morte d'ennui, mais s'abstint.

— Vous permettez ?

Fortuna voulait lui faire visiter toute la demeure, qu'elle avait dû briquer depuis l'aube, mais Elvira était bien trop lasse.

— Je souhaite d'abord me rafraîchir, répondit-elle.

— À vos ordres, madame. C'est vous la maîtresse.

La femme de chambre la guida vers l'immense escalier qui descendait de l'étage comme une cascade de marbre blanc. Derrière Fortuna, Elvira monta les marches en s'appuyant sur la balustrade. En chemin, elle aperçut du coin de l'œil une partie du salon. Des tapis persans, des fauteuils de velours pourpre, une commode en bois de rose et, sur le manteau de la cheminée, un trumeau dans lequel se reflétait une pendule.

Giuseppe la suivit des yeux. Il paraissait déçu. Elle aurait peut-être dû manifester plus d'enthousiasme mais, à cet instant, elle était éreintée.

Elle congédia Fortuna sur le seuil de sa nouvelle chambre à coucher et referma la porte. La chambre était meublée de pièces en bois de noyer et de fauteuils tapissés d'étoffe verte. Le lit paraissait moelleux et accueillant. Dans un coin, sur une petite table de toilette, étaient posés un broc et une cuvette en porcelaine ornée de roses. À côté se dressait une pile de serviettes blanches et souples, pliées au carré.

Une large fenêtre donnait sur la Villa Reale et sur la mer.

Elvira délaça son corset, retira ses gants et poussa un soupir de soulagement. Ensuite, elle se lava le visage, le cou et les poignets. Enfin, elle s'assit sur le lit et sa main se posa sur son ventre, sous la mousseline légère, dans un geste qui lui était devenu instinctif.

On ne voyait encore rien, mais elle avait réussi. Elle était sauvée.

Le lit était flanqué de deux petits chevets. Celui de droite soutenait une cruche d'eau et deux verres qui étincelaient dans la lumière de la fin de la matinée.

Elvira en remplit un et porta l'eau fraîche à sa bouche quand un cri déchira le silence. Elle se leva d'un bond et ouvrit tout grand la porte. Le cri provenait d'en haut.

Giuseppe était en train de se précipiter dans l'escalier et ses pas résonnaient lourdement sur les marches. Elvira le suivit dans le couloir jusqu'à un réduit étroit au plafond bas. Un escalier en colimaçon conduisait à l'étage supérieur où se trouvaient les chambres des domestiques.

Elvira rejoignit Giuseppe sur le minuscule palier. La porte d'une des chambres était entrouverte et c'était de là que provenaient des gémissements faibles mais continus. On aurait dit la plainte d'un animal.

Elle hésita derrière le corps massif de son mari qui fit un pas dans la pièce avant de stopper net, étouffant une exclamation de stupeur. Elle détourna aussitôt les yeux. Elle savait qu'elle ne devait pas voir ce qu'il regardait. Elle savait qu'elle s'en repentirait.

Mais la curiosité était trop forte.

Elle allongea le cou et ses yeux embrassèrent la scène en une seule image qui ne quitterait plus jamais son esprit.

La fenêtre ouverte, sans rideau. Les murs blancs, un lit en fer et une armoire. Deux chaises en paille, une contre l'armoire, l'autre au centre, renversée à terre.

À genoux, Fortuna se tenait la tête. C'était de sa bouche que sortaient les gémissements.

— Teresa !

Un peu au-dessus de Fortuna, les pieds d'une jeune femme, dont l'un portait encore sa chaussure noire, se balançaient doucement. Le crochet de la poutre sombre auquel elle s'était pendue paraissait solide. La silhouette menue portait un uniforme rose et blanc, ses cheveux châtains étaient réunis en tresse et elle avait les mains ouvertes.

Elvira ne voyait pas son visage parce que le corps tournait le dos à la porte, mais elle allait passer les nuits à venir à l'imaginer en détail.

1851

Les devoirs des médecins et des chirurgiens sont les suivants : exercer leur art avec zèle et conscience ; éviter les graves préjudices qui pourraient découler d'un manque de discrétion ; préserver au mieux, dans l'exercice de leur fonction, les sentiments de pudeur ; faire preuve de délicatesse en matière d'honoraires, voire se montrer totalement désintéressés envers les pauvres.

Règlement du premier médecin du roi,
Royaume des Deux-Siciles, Naples, 1851.

Janvier

Personne ne lui avait dit que ce serait aussi difficile.

Il faisait une chaleur étouffante dans la chambre alors que, dehors, soufflait la bise glacée du mois de janvier.

Une goutte de sueur descendait sur son cou, mais Elvira était trop concentrée sur son combat contre la douleur de la contraction pour l'essuyer. De la main gauche, elle triturait le drap qui recouvrait le lit sous elle et, de la droite, elle serrait celle de Fortuna qui poussait, rouge et le visage bouffi, comme si c'était elle qui était en travail.

Elvira grinça des dents, retint son souffle et maudit l'univers. Si cela n'avait tenu qu'à elle, elle aurait volontiers repoussé ce moment pendant encore des mois, voire des années. Cependant, elle n'avait plus aucun contrôle sur son corps. Son ventre était devenu une affaire de famille, un bien dévolu à la maisonnée, un événement social qui, mois après mois, avait enflé. À présent, elle s'ouvrait comme une fleur épanouie.

— Je n'en peux plus, marmonna-t-elle.

Personne ne l'écoutait.

La sage-femme se pencha au pied du lit, entre les bassines d'eau chaude et les linges, et continua à fourrager en elle avec une grimace. Elvira observa son visage coincé entre ses cuisses ouvertes, dans la position humiliante qu'elle avait dû adopter depuis des heures. À côté d'elle, Maria, la fille de cuisine, se tordait les mains, inutile comme toujours.

Le médecin posa de nouveau ses paumes sur le ventre tendu et tenta d'accompagner la contraction en appuyant.

Il lui fit extrêmement mal.

De près, Elvira distinguait les pores de la peau de l'homme et ses moustaches en guidon de vélo, ses yeux derrière ses lunettes. Les pupilles agrandies par les verres le faisaient ressembler à un hibou terrifié.

Il s'appelait Frascella. Il n'était plus très jeune, mais pas encore tout à fait vieux, et extrêmement sérieux. Jusqu'à cet instant, il n'avait pas eu de geste aussi rapproché, aussi intime. La grossesse s'était déroulée normalement, sans aucune inquiétude. L'enfant avait une belle taille, Elvira était en pleine santé, tout se passait bien. Jusqu'alors.

La chair et la nature avaient joué leur rôle, au détriment de tout le reste, notamment en bafouant ses désirs à elle.

— Vous n'êtes pas encore assez dilatée, dit la sage-femme en levant la tête.

Elle regarda le médecin avant d'ajouter :

— Qu'en pensez-vous, docteur ?

Frascella s'approcha pour l'examiner. Il ne dit rien, mais il parut préoccupé.

Giuseppe l'avait fait appeler en urgence en fin de soirée, quand le travail avait commencé plus tôt que prévu et que l'affaire paraissait plus complexe.

— Qu'y a-t-il, docteur ? demanda Elvira dans un filet de voix.

— Rien, madame, tout est en place. Il faut simplement vous montrer patiente.

Il se pencha pour examiner de plus près et posa ses mains sur elle pendant qu'Elvira luttait contre son envie de prendre la fuite.

Le médecin releva la tête et rabattit le drap sans lui adresser un seul regard. Était-ce parce qu'il y avait quelque chose qui n'allait pas mais qu'il ne voulait rien dire ?

Une vague de douleur plus forte que les précédentes la traversa. Elvira hurla, bien qu'elle se soit promis de ne pas le faire. Entre la douleur et les cris, elle réussit à entendre ce que disait Frascella.

— Ce n'est pas le crâne, dit-il en secouant la tête. C'est un siège.

La sage-femme répéta la formule mystérieuse qui fut reprise par Maria qui la répéta à son tour en direction du seuil de la chambre où, derrière la porte, attendaient Giuseppe, les proches et les domestiques de la maison.

Elvira imagina leurs bouches qui chuchotaient « C'est un siège, c'est un siège » dans un crescendo de murmures qui filaient dans l'escalier et descendaient jusqu'au rez-de-chaussée et dans la rue.

Est-ce ma pénitence ? La mort ? se demanda-t-elle d'une manière détachée lors d'une pause entre les spasmes. *Ma condamnation ? Un siège ?*

Elle agrippa la main de Fortuna.

Tant de femmes mouraient en couches. Des femmes jeunes, saines et robustes, mais Elvira n'avait jamais imaginé que cela pouvait lui arriver.

— Dois-je poser le spéculum ? demanda la sage-femme.

Elvira suivit son regard vers la table de toilette où étaient disposés sur un linge de coton des instruments en métal brillant. Des pinces, des crochets et d'autres ustensiles dont elle ne tenait pas à deviner l'usage. Elle ferma les yeux.

— Inutile, ce n'est pas un problème de dilatation.

Le médecin était en train de se laver de nouveau les mains dans la bassine en porcelaine. Il avait retiré sa veste et, dessous, il portait un gilet à rayures rouges et grises.

Giuseppe entra soudain. Il regarda sa femme sans sourire avant de s'approcher du médecin et de lui poser une question à voix basse. Frascella murmura une courte réponse qu'il écouta en silence, tête baissée. Puis il ressortit aussitôt de la pièce, comme s'il ne supportait ni la nouvelle ni le spectacle, et encore moins les efforts de son épouse.

Il ne participerait en aucune manière à la naissance de son enfant. Elvira serra les dents et les poings tandis qu'elle était saisie par une nouvelle contraction. Fortuna essuya la sueur de son front avec un linge humide et chaud. Amalia venait juste de revenir de la cuisine avec un seau d'eau.

— Faites un vœu, madame, murmura-t-elle. Moi, pour mon premier, j'ai prié la Madone et les douleurs ont subitement disparu. Je ne m'en souviens même plus.

Mais Elvira n'avait en tête aucun vœu, ni prière à réciter. Elle aurait préféré injurier le monde entier, comme le faisaient les femmes de la rue, mais personne ne lui avait appris de jurons.

— Je n'en peux plus.

Elle voulait simplement abandonner son corps et laisser les autres se charger de l'opération. Il suffirait qu'elle ne ressente pas la douleur.

— Encore une petite poussée, madame. Une seule poussée et il sortira, l'encouragea Fortuna.

— Je n'ai plus de forces.

— Tournez-vous, madame.

Elvira tourna la tête sur l'oreiller et regarda par la fenêtre, au-delà des carreaux. Tout était sombre et elle n'apercevait même pas la mer.

— Quelle heure est-il ?

— Presque deux heures, mais ne vous souciez pas de ça, cela ne sert à rien.

— J'ai si peur, Fortuna.

— Taisez-vous, madame. Tout va bien se passer.

Pendant tout ce temps, la sage-femme ne manifesta aucune impatience.

Maria se déplaçait avec précaution pour débarrasser un récipient, tendre un linge, retirer les bandes souillées, comme si le moindre bruit risquait d'accroître la douleur de sa maîtresse.

— Le bébé se présente les pieds devant.

Dans le silence de la chambre, l'annonce du docteur Frascella frappa de stupeur toutes les femmes présentes. Elvira voyait leurs visages illuminés par les trois lampes à pétrole comme des spectres surgis des ombres de la maison.

— Il est délicat de le laisser sortir ainsi, continua le médecin à voix basse. La meilleure solution est de le retourner à la main. C'est aussi la seule.

La sage-femme croisa le regard d'Elvira et baissa aussitôt les yeux en secouant la tête. Maria chuchota quelque chose à l'oreille de la cuisinière et Amalia fit brièvement un signe de croix discret, mais Elvira ne manqua rien de tout cela.

Sur les murs, les ombres se mirent à tournoyer et, pendant un instant, Elvira distingua les pieds d'une pendue.

La malédiction ! La malédiction qui pesait sur la maison. À présent, c'était elle qui allait mourir, en emportant ses propres péchés.

J'ai abusé d'un honnête homme, pensa Elvira. *J'ai piétiné sa dignité.*

Dans un recoin plus sombre, un fauteuil semblait occupé par une silhouette. Non, il n'y avait personne.

Ou peut-être que si.

Je me suis donnée sans vergogne à un autre.

L'ombre assise dans le fauteuil ne bougea pas, comme si elle attendait.

Elvira poursuivit sa confession. Était-ce une prière, peut-être une forme de pénitence, une manière quelconque de se sauver de l'abîme vers lequel elle était en train de se précipiter ?

J'ai fait croire à Giuseppe que cet enfant était le sien, je l'ai trompé délibérément. Je l'ai épousé avec ce mensonge en moi. À présent, je dois en payer le prix. Payer pour mes péchés.

Les pensées se succédaient dans sa tête en une litanie persistante, comme si cette confession allait lui accorder l'absolution.

Une malédiction, il y a une malédiction dans cette maison, et c'est moi qui l'ai apportée quand j'y suis entrée avec Giuseppe alors que j'étais déjà grosse. J'aurais dû me procurer une aiguille en fer et l'enfiler quand il était encore temps. Ou j'aurais dû me pendre moi aussi, j'aurais dû...

Une contraction plus forte que les autres interrompit le cours de ses pensées. Elle arqua le dos en hurlant. Le médecin agenouillé entre ses jambes la toucha. De ses mains froides et dures, il sonda ses chairs vulnérables.

Je vais mourir.

Peu importait ce qu'elle disait, l'homme aurait sorti l'enfant de force pour abandonner Elvira entre les draps comme une chose inutile. Mais elle refusait de quitter le monde ainsi, à seulement vingt-trois ans, les cuisses ouvertes devant tous, en hurlant de douleur.

— Tenez bon, madame. J'ai réussi à attraper le poignet du bébé.

Son corps ne lui appartenait plus. Elle était ouverte, déchirée, écartelée comme elle ne l'aurait jamais cru possible.

Elle planta les ongles dans la main de Fortuna qui n'avait pas quitté son chevet, prête à lui essuyer le front, en silence.

Elle hurla à nouveau, puis se débattit et sombra dans une pénombre ouatée qui effaça toute sensation.

Le calme, enfin.

Cela ne dura cependant que quelques secondes. Elle fut soudain ranimée par un cri, comme le vagissement faible d'un agneau.

Il est né, pensa-t-elle sans ouvrir les yeux. *Et je suis encore en vie. En vie.*

Elle éprouva un brutal sentiment de libération, comme si sa chair s'était liquéfiée et avait coulé hors d'elle. Elle sentait les draps trempés sous elle. Elle se sentait sale et brûlante, mais vivante. Elle ouvrit les yeux.

La douleur n'était déjà plus qu'un souvenir comme on le lui avait assuré. Maria souriait.

— C'est une fille, constata la sage-femme. Une petite demoiselle.

Fortuna opina de la tête, les yeux baissés. Bien entendu, un mâle aurait été mieux accueilli, mais cela ne comptait pas.

— Une petite bien dodue, n'est-ce pas docteur ? dit la sage-femme d'une voix légèrement teintée de sarcasme. Pour être née si tôt, elle est un peu grosse, non ? Qu'en pensez-vous docteur ?

Frascella ne répondit pas tout de suite. Il s'essuya soigneusement les mains à un linge avant de contempler l'enfant.

— L'accouchement a été difficile parce que le bébé est plutôt gros, admit-il, mais il est en bonne santé. Tout s'est très bien passé.

Elvira sentit quelque chose se refermer en elle, comme pour la protéger. Après tout, elle était une femme honnête qui avait mis au monde une fille prématurée, et personne ne pouvait s'en étonner, même si le bébé était gros pour sept mois de grossesse. Elle avait payé, elle avait souffert, elle était pardonnée. Et elle était mère.

— Montrez-la-moi, murmura-t-elle.

Elle tendit les bras pour recevoir le nouveau-né emmailloté dans des langes propres. Son visage rouge était tout ridé de colère. Mais c'était son petit ange, celui qui l'avait sauvée.

— Angela, murmura-t-elle en remontant l'enfant vers son sein gonflé.

La petite se calma aussitôt en cherchant le téton comme un animal aveugle.

Ce ne fut qu'à cet instant qu'Elvira s'aperçut que Giuseppe était entré dans la chambre, ravi, ému, les yeux brillants, impatient comme un petit garçon. Il s'approcha du lit et se pencha pour baiser la main de sa femme, un peu maladroitement. Puis il posa les yeux sur la petite fille d'un air incrédule.

Il ne savait pas comment la toucher, s'il en avait le droit.

Au bout de quelques minutes, il se releva et alla serrer la main du médecin, d'homme à homme, de gentilhomme à honorable docteur en médecine.

— Merci, dit-il simplement.

— Félicitations. Je vous adresse tous mes vœux, répondit le médecin.

Ils échangèrent un regard satisfait, plein de courtoisie, comme si c'étaient eux et non Elvira qui avaient mis l'enfant au monde.

— C'est une fille, intervint la sage-femme.

Elle avait pris la parole pour manifester sa présence et rappeler qu'elle avait elle aussi sué sang et eau au cours des dernières heures.

— Mais elle est en bonne santé et très vigoureuse. Tout s'est bien passé, ajouta-t-elle.

Giuseppe fit un pas pour revenir aux côtés d'Elvira. Il lui caressa les cheveux et le front, puis effleura la fillette.

— Je voudrais l'appeler Angela, murmura Elvira.

— Très bien, répondit-il. Comme la tante de maman ? Très bien.

Elvira ne répondit rien.

Elle se tourna vers la porte et vit entrer le reste de la famille Morelli, impatiente après toutes ces heures d'attente au rez-de-chaussée. Adele venait en tête, sa belle-sœur, petite et grasse, puis sa belle-mère Nunzia, pliée en deux par l'âge mais encore pleine d'énergie ; elles étaient suivies par les hommes, tous grands et massifs, avec les cheveux bruns.

Malgré son grand âge, son beau-père Amedeo restait imposant.

— C'est une fille, constata-t-il d'un ton sec et sans un sourire.

Il avait la voix rauque, forte et unique en son genre, et on disait que c'était peut-être là la clé de son succès.

Antonio, son beau-frère et fils aîné de la lignée, était là aussi, avec ses moustaches qui lui couvraient la moitié du visage. Il se borna à la regarder sans rien dire.

Alfonzo, son fils, qui n'avait pas dix-sept ans mais était déjà aussi grand que son père, demeura sur le seuil.

Plus loin, immobile dans le couloir, il était là lui aussi.

Luigi, le dernier des frères Morelli. Brun, grand, les moustaches et les favoris noirs, les cheveux épais.

Il s'avança.

Elvira le regarda droit dans les yeux avec une pointe d'orgueil tandis qu'il traversait la pièce étouffante et bondée. Il lui rendit son regard sans ouvrir la bouche, un regard muet qui n'avait nul besoin de paroles.

Elvira baissa les yeux sur le bébé, un corps étranger accroché à elle et qui lui suçait la vie.

1852

À 16 h 45 précises, la dernière secousse, formidable, trépidante et ondulatoire, d'une durée de 7 à 8 secondes, fut suivie d'un grondement sourd et prolongé. La panique fut totale et la population se déversa, désemparée, dans les rues avant de se voir obligée de retourner s'abriter dans les maisons à cause du déchaînement d'un terrible ouragan qui éclata peu après le tremblement de terre et fut accompagné de coups de tonnerre effrayants.

Journal du royaume des Deux-Siciles, Naples, 1852.

Avril

Il pleuvait depuis des jours et des jours, depuis des semaines.

Au cours du mois précédent, il était tombé tant d'eau sur la ville que les rues en terre battue s'étaient transformées en bourbiers. Les sentiers muletiers qui descendaient du Vomero vers le centre étaient devenus presque impraticables, jonchés qu'ils étaient de feuilles, de terre et de débris. Les antiques égouts de la Carità et des Vergini avaient éclaté, et un gouffre s'était ouvert à Capodimonte.

Seule Chiaia n'avait pas subi de graves dommages, mis à part quelques arbres tombés dans le parc de la Villa Reale. Quant à la plage, elle offrait son étendue désolée grise et jaune, battue par les trombes d'eau, abandonnée de tous.

Cette année, l'hiver ne semblait pas se décider à quitter Naples et, la veille, il y avait même eu une secousse sismique.

C'était peut-être un signe annonciateur du printemps, se dit Elvira. Si seulement ! Elle n'avait pratiquement pas vu passer celui de l'année précédente. Depuis son accouchement, les mois s'étaient écoulés à toute allure, disparus à tout jamais. Se reposer, allaiter, se nourrir dans un demi-sommeil, sans oublier toutes les visites, les réponses aux félicitations et aux bons vœux qui l'épuisaient et la laissaient vidée.

La chaleur de l'été l'avait achevée : des journées sans fin, lorsqu'elle s'étendait au soleil à tenter de ne penser à rien alors que, encore et toujours, l'enfant pleurait : elle avait faim, elle avait soif, elle avait sommeil. Ce n'était qu'à l'automne qu'Elvira avait commencé à pouvoir voler quelques instants pour elle, mais l'hiver avait rapidement effacé tout répit, d'autant qu'il persistait plus longtemps que prévu.

— Les verres sont-ils rincés, Fortuna ? demanda-t-elle.

— Vous ne les voyez donc pas, madame ? déclara Fortuna en montrant le plateau sur la table de l'entrée. Ils étincellent.

— Pourtant, celui-ci est sale, insista Elvira en prenant l'un d'eux.

— Je vais le nettoyer en un rien de temps.

Fortuna approcha un coin de son tablier et essuya l'ombre opaque qui marquait le bord du verre.

— Voilà.

La carafe en cristal était remplie jusqu'à la moitié de rosolio, une liqueur couleur d'ambre clair, et les biscuits formaient une petite pyramide au centre d'un plat de service.

— C'est bien, opina Elvira.

Son beau-frère Antonio examinait toujours tout d'un œil critique quand il venait chez eux. Au bout de deux ans, il lui semblait qu'il était encore à se demander si Elvira était ou non digne d'être l'épouse de Giuseppe. Comme si son frère n'était pas en mesure de juger et de choisir par lui-même.

— Madame, je voulais vous parler d'une chose importante, commença Fortuna. C'est quelque chose que m'a dit Salvatore, mon neveu. Le nouveau garçon.

— Crois-tu que ce soit le moment, Fortuna ?

Elvira s'empara à deux mains du lourd plateau en argent et se dirigea vers le salon. Au-delà de la porte close, le bourdonnement des voix s'était intensifié et elle était dévorée de curiosité. Elle voulait écouter ce qui se disait. Après tout, c'était aussi sa famille et ses affaires. Et puis, il était là.

— Ouvre-moi vite. Je me charge d'apporter le plateau, dit-elle à Fortuna qui l'observait avec attention, toujours prête à intervenir, voire à exprimer son mécontentement.

La domestique baissa les yeux et tourna la poignée.

— Tu m'en parleras après, murmura Elvira en pénétrant dans le salon en redressant les épaules, la tête bien droite.

Elle arborait une démarche élégante et une silhouette fine malgré sa grossesse, et elle en était consciente. Les hommes assis autour de la table couverte de cartes géographiques cessèrent de parler et la suivirent du regard dans sa robe de soie moirée.

Elvira s'approcha. Elle connaissait parfaitement son rôle d'épouse bien élevée qui offrirait du rosolio et des biscuits avant de s'asseoir dans une attitude composée, l'oreille tendue, même si elle ne comprenait rien.

Si ce n'est qu'Elvira n'était pas cette femme-là. Elle était bien davantage.

Ses yeux cherchèrent les siens, le menton pointé en avant comme pour le défier. Luigi baissa le regard et fit courir un doigt sur ses favoris, un geste qu'il faisait toujours quand il était nerveux. Puis il tourna la tête vers la fenêtre et la pluie qui battait les carreaux.

— Les biscuits sont faits maison.

Elvira posa le plateau sur la table. Personne ne lui répondit.

Giuseppe, Antonio et son fils Alfonzo, tous trois assis côte à côte, étaient faits du même bois. Plutôt trapus, avec des épaules carrées, ils conservaient une allure un peu rustre, brute et négligée. Des paysans.

Luigi, en revanche, était doté d'une silhouette plus athlétique et élégante, et il se déplaçait avec grâce. Il était loin d'évoquer un paysan mal à l'aise dans ses habits du dimanche comme les trois autres. De même, les cheveux des Morelli ressemblaient à de la laine noire et drue, et il n'en restait guère à Giuseppe. Ceux de Luigi glissaient entre les doigts, lisses et souples comme ceux des nobles.

— Je vous dérange ? demanda Elvira en prenant place à côté de son mari.

— Non, mais nous parlions des magasins, dit Antonio en avalant une gorgée de rosolio. Des tracas, rien d'autre, Elvira.

— J'aime avoir des nouvelles des magasins.

— Elvira est une petite curieuse, déclara Giuseppe en souriant. Elle tient à rester au courant.

Antonio la regarda avec une pointe de soupçon, comme si elle n'était qu'une enfant agaçante.

— Je ne suis pas curieuse, répliqua-t-elle, je m'intéresse.

Elvira prit un verre de rosolio sans cependant l'approcher de ses lèvres.

— Toutes ces étoffes, les dentelles, les broderies. Ce sont des effets qui plaisent plus aux femmes qu'aux hommes, non ?

— Ce qui plaît aux hommes, c'est l'argent, ma tante, intervint Alfonzo en s'emparant d'une poignée de biscuits. L'argent et les affaires.

Elvira acquiesça.

— Ces affaires se portent bien ?

— Le magasin de la piazza Municipio marche à merveille. (Antonio examina un biscuit avant de l'avaler.) Celui de Chiaia progresse pas à pas.

— Il sera bientôt rentable, déclara Giuseppe d'un air de défi. Les Magasins Morelli sont une marque de garantie. Ne soyons pas pessimistes.

— Il faudra du temps, la population du quartier n'augmente que lentement.

Antonio avait adopté les manières de son père, son autorité et sa placidité, sans jamais laisser échapper une parole de trop.

— Les clients finiront par venir, je le sais, ajouta-t-il. En attendant, les ventes ne sont pas aussi élevées qu'il le faudrait, c'est ainsi.

— Sous peu, il y aura un véritable boulevard le long de la mer, déclara Alfonzo avec l'audace de ses dix-huit ans. Viendront alors les voitures, les maisons, les villas et les palais.

— Et nous y avons déjà un comptoir qui propose des tissus et de la dentelle aux clients fortunés de Chiaia, rappela Giuseppe comme s'il voulait se convaincre lui-même plus que ses auditeurs. C'est la seule boutique d'étoffes de tout le nouveau quartier.

Luigi continua à considérer la liqueur dans son verre sans mot dire.

— Et ceux de Melito ? demanda Elvira. Ceux-là non plus ne sont pas à négliger.

— Ceux de Melito et de Giugliano sont fiables, inutile de le préciser. Comment serions-nous aussi bien implantés à Naples autrement ?

Giuseppe se pencha pour lui donner une petite tape sur la joue avant d'ajouter :

— Pourquoi t'inquiètes-tu ?

Elvira ne recula pas, pas devant les frères de son mari.

— Toutefois, il y aurait des changements à apporter, coupa Antonio. Le temps est venu et nous avons les capitaux nécessaires. Il faut envisager l'avenir. Nous devons nous développer sans cesse.

— Même si père est souffrant, répliqua Giuseppe.

Malgré son impatience palpable, il était prêt à se rallier à toutes les décisions de son frère aîné.

— Père est souffrant, certes, et c'est nous qui prenons les décisions, déclara sèchement Antonio. Ce n'est pas une question de plaisir. C'est notre devoir.

Le vieil Amedeo était tombé malade d'un coup cet hiver-là, comme un arbre trop âgé mais aussi trop robuste pour tomber.

Elvira sentait la présence de Luigi à quelques mètres d'elle, mais elle n'eut pas le courage de se tourner vers lui. Elle laissa son regard errer vers la fenêtre rayée par la pluie, vers l'extérieur.

Au-delà de la cime des arbres, la mer était grise, mais, du côté de l'horizon, on apercevait déjà l'esquisse d'un arc-en-ciel. Peut-être que la journée du lendemain serait enfin belle.

Les hommes se remirent à parler de sujets sérieux. D'argent. Antonio élevait la voix. Les articles chinois étaient les plus demandés, et il faudrait élargir les contacts sur le port ; le fournisseur anglais cherchait à les duper, et ils devaient trouver une voie plus directe ; l'idée de s'installer à Turin n'était pas mauvaise, parce que la cité du Nord représentait l'avenir : désormais, on ne parlait que d'elle.

Elvira posa brièvement les yeux sur Luigi. Lui aussi était en train de la regarder. Elle détourna la tête et se leva d'un bond. Elle s'excusa et sortit du salon sans s'attarder.

Fortuna l'attendait dans l'antichambre.

— Que se passe-t-il ? demanda brutalement Elvira.

— Rien, madame. (Fortuna fit un pas en arrière.) Si vous avez une minute, à propos de cette chose. De cette chose importante dont je voulais vous parler.

— Parle, Fortuna, si cela ne peut attendre.

Mais la femme ne souffla mot. La porte s'était rouverte et Luigi sortait du salon. Il referma derrière lui et s'éclaircit la voix.

— Je vous demande pardon, Elvira, puis-je vous dire un mot ? demanda-t-il à voix basse en lui adressant un regard embarrassé. C'est à propos du magasin de Chiaia, je voulais vous apporter quelques précisions.

— Bien sûr.

Elvira avança vers l'entrée et fixa sa femme de chambre.

— Fortu, ce n'est pas le bon moment. Tu vois bien que nous avons des invités. Va plutôt à la cuisine vérifier que tout est prêt pour le déjeuner, et attends que je te rappelle.

Fortuna s'éloigna sans répondre ni la regarder. Elvira conduisit son beau-frère vers la fenêtre en saillie située de l'autre côté du vestibule.

La pluie avait redoublé de violence et cognait contre les carreaux en donnant à la pièce une étrange lueur vacillante où les ombres se multipliaient.

— Dites-moi, Luigi.

Elle aurait voulu l'étreindre et l'embrasser sans ajouter quoi que ce soit. Elle se borna à s'appuyer contre l'encadrement de la fenêtre, les bras croisés, et à répéter :

— Dites-moi.

— Vous me rendez fou, Elvira.

Il tendit la main mais ne la toucha pas.

— Quand vous êtes là, je suis perdu. Je vous veux. Toujours.

— Dimanche, chuchota-t-elle. À Melito.

Après le déjeuner en famille dans la grande maison de campagne, il était d'usage que tous aillent prendre du repos. Son mari préférait faire la sieste dans son ancienne chambre d'enfant alors qu'Elvira demeurait dans la grande pièce du premier étage qui était toujours déserte.

— C'est tout ce que vous vouliez me dire ? sourit-elle.

— Non. J'ai réfléchi, Elvira, expliqua-t-il en baissant encore la voix. Je n'arrive plus à feindre.

— Moi non plus.

— Allons-nous-en. Vous et moi.

Elvira le fixa sans parler.

— Avec quel argent ?

C'était la première pensée qui lui était venue.

— Et ma fille ? s'enquit-elle au bout d'un moment.

— Nous l'emmènerons si vous y tenez.

— Où irons-nous ?

— À Turin. Nous allons y ouvrir une nouvelle succursale.

— Et l'argent ? insista-t-elle. Antonio vous coupera les vivres.

— L'argent m'appartient aussi. J'y ai droit.

— Votre père est souffrant. Ils vous déshériteront, Luigi.

Elvira avait haussé la voix malgré elle.

— Nous aurions besoin d'argent, ajouta-t-elle.

— L'argent, répéta Luigi en secouant la tête. Pourquoi s'en soucier ?

— Comment pourrions-nous nous en passer ?

— Nous vivrions ensemble, vous et moi, et l'enfant. Nous ferons des sacrifices et nous travaillerons. Rien ne m'effraie.

— Moi si au contraire, souffla Elvira. Je ne peux pas accepter.

— Pourquoi ?

— Parce que Turin est une cité étrangère et lointaine, et que la vie y est très chère.

Et parce que moi, je veux vivre à Naples, songea-t-elle à cet instant.

— J'ai quelques économies, insista Luigi d'une voix tremblante. Nous serions heureux.

— Pour combien de temps ?

— Comment ça, pour combien de temps ? Pour toujours !

Bien sûr, pensa-t-elle avec scepticisme. *Pour toujours.* Comme si on pouvait vivre d'amour et d'eau fraîche. Son père était comme ça, idéaliste, sans aucun sens pratique. Pour finir, il avait tout perdu en entraînant avec lui toute sa famille.

—Il est encore trop tôt, déclara-t-elle avec un calme qu'elle n'éprouvait pas. Nous avons besoin de temps.

—Le temps ne fera que nous changer, Elvira.

Luigi se dirigea vers la porte fermée du salon, se retourna vers elle et lança :

—Je ne peux plus continuer à vivre ainsi.

—Et vous trouvez préférable de nous enfuir comme des voleurs ?

Il plongea les yeux dans les siens.

—Je ne m'enfuirais pas, je vous libérerais. Et je me libérerais par la même occasion.

—Et Angela ? fit Elvira d'un air morose. Si elle n'existait pas, peut-être… Mais elle est là.

—Moi, Angela, je n'arrive plus à la regarder, murmura-t-il, en sachant ce que je sais.

—Taisez-vous ! s'exclama-t-elle. Taisez-vous donc !

Ils n'avaient abordé le sujet qu'une seule fois, des mois plus tôt. Luigi avait calculé les dates et lui avait posé directement la question. Elle n'avait pas cherché à mentir. Il avait alors gardé le silence et n'avait plus jamais évoqué Angela depuis, comme si le péché pouvait être effacé, absous par le silence. Toutefois, au fond d'elle, Elvira savait que tout était sa faute pour ce qui concernait Angela. C'est la femme qui doit résister. L'homme est faible.

—Ma chère…

Luigi lui effleura la main qu'elle retira aussitôt. Elle secoua de nouveau la tête, ferma les yeux pour ne plus le voir. Au bout d'un moment, elle les rouvrit, détourna les épaules et se dirigea résolument vers la cuisine.

Le déjeuner. Elle devait s'occuper du déjeuner. Au diable tout le reste, Luigi compris. Elle traversa le couloir plongé dans l'ombre et l'office jusqu'au fond de la vaste demeure.

Fortuna était assise devant le fourneau. Amalia n'était pas visible, mais Elvira se rappela que c'était le jour où la cuisinière se rendait au marché de viande de boucherie. En revanche, Salvatore, le jeune garçon à tout faire, sortit immédiatement par la porte de l'orangerie.

— Madame !

Fortuna se leva d'un bond. Elle avait les yeux rouges et le visage bouffi de quelqu'un qui a pleuré longtemps.

— Qu'y a-t-il ?

— Madame, je voulais vous dire quelque chose… Je n'en peux plus.

— Alors, parle, Fortuna. Parle donc !

— Vous vous souvenez de Teresa, ma nièce ?

— Comment pourrais-je l'oublier ?

Elle revoyait les pieds se balancer devant ses yeux, deux années plus tôt, au moins une nuit par semaine, et elle se réveillait toujours avec la vision du corps qui se tournait vers elle.

— Elle a apporté le mauvais sort dans cette maison, marmonna-t-elle. Ta nièce.

— Ce n'était qu'une pauvre malheureuse, madame.

— Elle aurait pu choisir de se pendre ailleurs que chez moi !

Quand Elvira était en colère, elle en devenait acide, voire méchante.

Fortuna la fixa, bouche bée.

— Vas-tu enfin me dire ce qui te préoccupe ?

Elle se retenait malgré son envie de hurler ou de briser de la vaisselle.

— Son frère, Salvatore, commença la femme de chambre à mi-voix, le garçon que vous m'avez fait la grâce de prendre à votre service, m'a confié quelque chose.

— Quoi ?

Elvira jeta un regard vers le fourneau et serra les dents. Elle n'avait aucune envie de se soucier de Salvatore, de Fortuna, encore moins de Teresa. Rien ne l'intéressait plus.

Sauf Luigi. Il n'y avait plus que lui. Ensemble, ils trouveraient une solution.

Fortuna chuchota quelque chose qu'Elvira ne saisit pas.

— Qu'as-tu dit ?

— Elle était grosse, madame, répéta plus fort la femme. Elle attendait un enfant quand elle a quitté la famille Morelli à Melito pour venir ici.

— Elle était enceinte ?

— Oui, à seulement quinze ans, madame.

Fortuna retenait à grand-peine ses larmes.

— Elle était trop belle et trop jeune pour son bien. C'est pour ça qu'elle s'est tuée.

— Pour cela ?

Elvira était trop stupéfaite pour trouver autre chose à dire.

— Je ne peux pas cesser d'y penser, madame. Je n'y arrive pas.

Elle se tint la tête à deux mains et recommença à pleurer.

Elvira pivota et sortit de la cuisine en laissant Fortuna debout, tournée vers le mur.

La fille était enceinte. Elle était enceinte.

Luigi s'était attardé dans le vestibule. Son visage était si pâle que ses moustaches paraissaient dessinées au charbon. Elvira serra les dents et s'acharna à ne pas le regarder.

— Alors ? bafouilla-t-il.

Elvira ne répondit pas.

Alors quoi ? pensa-t-elle.

— Elvira ?

— Alors rien, jeta Elvira sans croiser son regard.

Puis elle se détourna et, sans ajouter un seul mot, traversa le vestibule jusqu'à l'escalier. En haut, au lieu de se diriger vers sa chambre, elle emprunta le couloir jusqu'au petit colimaçon qui conduisait à l'étage des domestiques.

Elle s'assit sur la dernière marche et ferma les yeux. La porte de la chambrette de Teresa était restée fermée à clé depuis près de deux ans parce que personne n'acceptait d'y dormir. Même le prêtre n'avait pas voulu bénir la morte. Le corps avait été emporté au cimetière des 366 fosses et jeté dans une tombe anonyme. « Comme elle le méritait », avait dit quelqu'un à voix basse, mais sans insister. Aucun membre de la famille n'avait accompagné sa dépouille et il n'y avait eu ni cérémonie ni prière : le soir, la fosse avait été comblée, et elle était restée ainsi pendant toute une année.

Elvira connaissait parfaitement le fonctionnement du cimetière parce qu'on le lui avait expliqué quand elle était petite et qu'on y avait enterré sa mère. Tous les soirs au crépuscule, on y ensevelissait les morts de la journée avant de fermer la fosse et d'ouvrir la suivante le jour d'après. Cela durait une année. Après trois cent soixante-six jours, on rouvrait la fosse, désormais privée d'effluves et de gaz, et on y entassait alors d'autres cadavres, les uns sur les autres dans un ordre impartial.

C'était le cimetière des pauvres qui, morts ou vivants, étaient considérés comme différents des autres. En dépit de sa nouvelle existence, Elvira ne pouvait oublier qu'elle avait fait partie des pauvres elle aussi, parce qu'elle avait l'impression que c'était l'ultime faute.

Le souvenir de Teresa était comme une épine. De temps en temps, elle s'en souvenait et cela la faisait sombrer. Même si elle refusait de penser aux similitudes qui existaient entre la jeune femme de chambre et elle, elle ne pouvait les oublier et cela la rendait folle. Son péché était là.

Si elle avait pu résister, elle n'aurait pas eu d'enfant. Si Angela n'avait pas vu le jour, elle aurait été libre de fuir avec Luigi.

L'aurais-tu fait ? se demanda-t-elle. Fuir, mais où ?

Cela signifiait qu'elle aurait dû abandonner sa maison, son argent, sa réputation. Et pour quoi ? *Pour l'amour. Pour Luigi.*

— L'amour, prononça-t-elle à voix basse avant de se relever.

Elle grimpa les dernières marches et fit tourner la clé dans la serrure. Elle ouvrit la porte et examina la chambre. Le matelas était encore replié sur le lit en fer, l'armoire était vide, les deux chaises étaient poussées contre le mur, la fenêtre ouverte au vent depuis. La pluie avait inondé le carrelage qui était maculé de feuilles et de poussière.

Elvira s'arma de courage et pénétra dans la pièce. Elle referma le battant de la porte avant de lever les yeux vers la poutre. Teresa avait fait son choix.

Pour la première fois, Elvira éprouva de la pitié pour la jeune fille morte.

1853

Ici, vous ne trouverez rien qui ne soit pas étroitement assujetti à un code sévère qui renferme un million de lois inconnues du commun des mortels, et qui constitue pour une large part la science même de la vie dans le grand monde ; ici, le langage utilisé n'a rien de commun avec la langue ordinaire ; chaque chose reçoit une dénomination précise, des épithètes et des qualificatifs d'une nouvelle fabrication : en un mot, tout ce qui doit obtenir l'approbation et le sceau de cette despotique déesse du monde, que l'on nomme la Mode.

FRANCESCO MASTRIANI, *IL MIO CADAVERE* (« MON CADAVRE », NON TRADUIT) TREMATER, 1853.

Septembre

— Prends garde à l'eau, Caterina ! cria Elvira à la nourrice.

La jeune fille, vêtue de blanc et de gris comme les domestiques anglaises, alors qu'elle venait de Nusco, dans la montagne, courut d'un pas maladroit jusqu'au bord du rivage pour rattraper Angela à temps.

Elvira effleura les plis de sa veste sur sa poitrine et son ventre. Deux ans et demi après son accouchement, son corps ne gardait plus aucune trace de sa grossesse et elle avait retrouvé sa taille fine et élégante. Si cela n'avait tenu qu'à elle, elle n'aurait pas recommencé, mais la décision ne lui revenait hélas pas. Giuseppe voulait un fils, un mâle, et ses tentatives rendaient leurs nuits pénibles à tous les deux.

Elle agita son éventail d'un mouvement paresseux.

Devant elle, Caterina faisait danser Angela dans ses bras, mais la fillette était capricieuse, comme d'habitude.

Elvira avait appris que le contact de l'eau de mer ne faisait pas de bien aux enfants. Il durcissait la peau et affaiblissait les os. En revanche, il renforçait les poumons et les bronches, mais, pour ça, il suffisait de respirer l'air iodé du bord de mer.

Il était à peine plus de neuf heures, mais la chaleur grimpait inexorablement et l'eau paraissait d'autant plus fraîche et accueillante. Elvira aurait volontiers retiré ses chaussures et ses bas pour aller se rafraîchir, mais il n'en était pas question. De plus, elle ne savait pas nager.

— Je vais en faire venir une moi aussi, dès que je le mets au monde, déclara son amie Giulia en observant la nourrice.

Elle était enceinte depuis peu et cela ne se voyait pas encore, mais elle ne faisait que parler de l'enfant qui allait naître et de tout ce qu'elle ferait, en répétant à l'envi à quel point elle était contente. Elvira était impatiente de la voir grosse et haletante, les pieds gonflés et le ventre lourd. Elle la supportait à peine, mais elle n'avait personne d'autre avec qui passer les longues heures de la matinée. Elle avait désormais oublié ses amies de Foria, comme si le faubourg dont elle était issue se trouvait trop éloigné, pas seulement d'un point de vue géographique. À Chiaia, il était difficile de se faire de nouvelles amies, parce qu'elles vous regardaient toujours en fronçant le nez. Certes, il n'avait fallu que quelques années pour que les Morelli engrangent leur fortune, et ils ne pouvaient être considérés comme pauvres, mais c'étaient des marchands. Ils ne faisaient pas partie de la noblesse. C'était une catégorie à part. Pour intégrer les cercles distingués, il fallait du temps et de la patience.

Elvira était loin d'en manquer.

Au cours des dernières années, la seule vraie joie d'Elvira avait été de voir l'affaire familiale prospérer de jour en jour. Les frères Morelli s'y entendaient parfaitement ; ils avaient un instinct infaillible pour tout ce qui concernait la mode et savaient dénicher des filières pour obtenir des étoffes luxueuses à des prix concurrentiels ou passer des accords de représentation dans d'autres villes. Leur clientèle ne cessait de croître, les anciennes boutiques avaient été rénovées et des nouvelles succursales avaient été ouvertes dans tout le pays.

Cela laissait du temps à la jeune femme pour s'occuper de meubler la maison, de choisir de nouveaux tissus pour les murs, des fauteuils modernes, des céramiques de Capodimonte et tous les articles qui servaient à assurer sa position dans la bonne société.

Le décès d'Amedeo, le patriarche, avait contribué par ailleurs à accélérer la soif de renouveau de la famille Morelli, en concentrant notamment le pouvoir entre les mains d'Antonio. Elvira n'avait cessé que depuis peu de porter le deuil de son beau-père, et elle avait retrouvé avec soulagement ses tenues colorées, faisant mine de ne pas s'apercevoir de la déception de Giuseppe qui aurait voulu la voir porter du noir pour le restant de ses jours.

À la plage, les deux jeunes femmes arboraient des mousselines légères, roses pour Elvira, bleues pour Giulia. Les modèles provenaient des Magasins Morelli, qui proposaient désormais toute une gamme de tailles et de nuances, grâce à l'apparition des nouveaux colorants à l'aniline. Les recettes du magasin de Chiaia avaient presque doublé au cours des derniers mois, dépassant même les prévisions les plus optimistes de Giuseppe.

Caterina, la nourrice, était une nouvelle recrue. Elle n'avait pas encore quatorze ans et ne parlait que le dialecte d'Avellino, une petite ville plus à l'est en Campanie – presque une autre langue. Giuseppe envisageait également d'embaucher un jardinier.

Elvira aurait dû être heureuse. Elle était mariée à un brave homme, avait une fille en bonne santé, une belle maison. Ils avaient de l'argent, beaucoup d'argent, et l'avenir s'annonçait prometteur, avec d'autres enfants et d'autres boutiques.

Mais elle n'était pas heureuse.

Elle essaya de se rafraîchir en agitant la main d'un mouvement aussi lent que les heures qui, depuis son départ, ne passaient pas. Le temps s'étirait avec le rythme implacable d'un militaire qui piétinait tout sur son passage, les sentiments plus que tout autre chose.

Pendant ce temps, jour après jour, Luigi s'éloignait de sa vie, emporté par un courant mystérieux.

À ses côtés, Giulia bâilla d'ennui, puis déplaça du bout du pied une grosse coquille au ventre rosé. Que cela devait être agréable de n'avoir aucune pensée au monde !

Elvira porta les yeux vers le Castel dell'Ovo qui trônait au bout de la plage avec ses jardins remplis d'ombres. Depuis les rochers noirs, un groupe de garçons presque nus sautaient dans l'eau en hurlant. Ils nageaient jusqu'à la rive, remontaient aussitôt sur les rochers pour plonger encore. Le spectacle évoquait quelque chose de naturel et de primitif, violent et innocent à la fois. La vie était ainsi faite : un manège qui ne cessait de tourner, sur lequel il suffisait de monter éprouver de la joie.

Un des garçons trébucha entre les rocs et fit une mauvaise chute. Ses compagnons se précipitèrent tous ensemble sur les pierres. Quatre d'entre eux prirent leur camarade par les bras et par les jambes et l'emportèrent, disparaissant dans les ombres des jardins qui bordaient le pied du mont Echia, un promontoire rocheux sec comme une falaise.

Elvira se tourna vers Giulia.

— Tu as vu ? Crois-tu qu'il se soit blessé ?

— Ces gamins ont sept vies, comme les chats errants. Si nous nous asseyions ? demanda Giulia en indiquant les chaises et la petite table qu'on leur avait apportées de la maison. Je suis lasse de me promener et, dans mon état, je ne devrais pas en faire trop.

Elvira retint son soupir de mépris pendant que son amie se laissait tomber sur un siège en paille. Giulia n'était pas seulement un poids. Ennuyeuse et sotte comme la plupart des gens qui l'entouraient. Elles fixèrent toutes deux le parasol entre leurs sièges qui protégeait leurs carnations claires.

Les mains de Giulia étaient menues mais trapues, avec des doigts courts encombrés de bagues qui étaient censées montrer à quel point elle était riche. Elle arborait sur la poitrine un gros camée gris et rose. Son père possédait trois bateaux à Mergellina et elle se comportait comme une princesse, alors que son grand-père n'était qu'un pêcheur de poulpes et que sa grand-mère ravaudait les filets.

À Naples, la fortune comme la misère étaient impitoyables, mais pas déterminées. Les gens croyaient que la vie ne changerait jamais, alors qu'il était possible de changer de condition du jour au lendemain. Les riches devenaient pauvres et les pauvres devenaient riches. Elvira le savait d'autant mieux que sa famille à elle devait sa fortune à un caprice du destin. C'était pour cela qu'elle n'aimait pas exhiber ses bijoux et sa richesse nouvellement acquise. Elle tenait à son rang, mais plus encore à éviter l'envie, *le regard d'autrui*, qui aurait pu lui causer de sérieux dommages. C'était pour cette raison qu'elle cachait soigneusement sa rosette de diamants sous la dentelle de son corsage.

— Hier, j'ai vu qu'il y avait la queue devant la boutique de ton mari, dit Giulia d'un air agacé.

Elvira couvrit de sa main droite l'anneau d'émeraude que Giuseppe lui avait offert pour la naissance d'Angela et le fit pivoter afin de cacher la pierre.

— Oui, les affaires marchent bien, répondit-elle d'un air impassible.

L'empire commercial des étoffes Morelli attirait toujours plus de monde. Les clients, de Naples ou d'ailleurs, ne résistaient pas à l'envie de dépenser leurs ducats pour renouveler leur garde-robe. C'était comme si la ville, à l'instar de Paris ou de Londres, cherchait à se racheter un nom avec l'élégance et l'opulence des toilettes.

Giuseppe lui avait expliqué qu'à Naples, on venait dépenser l'argent des provinces du Sud, les fortunes fondées sur le rendement des terres agricoles, des usines, des navires, des commerces et des loyers. Un océan d'argent. C'était pour cela qu'on rénovait et embellissait inlassablement la cité, avec de nouvelles églises et de nouveaux bâtiments, et ce qui restait était dépensé en capes, robes et foulards, en soie, chapeaux et gants.

Et les Morelli s'enrichissaient. Chacune de leurs entreprises donnait de meilleurs résultats que la précédente. Une nouvelle boutique à Giugliano, une à Marano…

— S'il ne faisait pas aussi chaud !

Giulia agita son éventail.

— Par la Madone, c'est épuisant.

— Il y a pourtant un peu de brise.

— En attendant, je fonds.

Cette portion de la plage était toujours déserte le matin. Depuis quelques années, elle avait été clôturée pour repousser les intrus. Toutefois, tout le monde avait le droit de déambuler sur la rive.

Chaque matin, vers huit heures, Salvatore, le garçon de la maison, apportait les sièges, la table, des coussins et des parasols. Les dames descendaient ensuite quand elles le voulaient et s'installaient à l'ombre pour respirer l'air de la mer qui faisait tant de bien aux poumons.

— Il nous faudrait quelque chose à boire, dit Giulia.

Elle était élégante et avait de beaux cheveux bouclés, mais elle n'avait guère d'attrait, si ce n'était qu'elle habitait près de chez Elvira et qu'elle était toujours disponible.

Elvira détourna les yeux et les posa sur la Villa Reale et au-delà, sur la Riviera.

Un corbillard passa, tiré par deux chevaux noirs. Elle fit le signe de croix. Si la voiture était vide, comme c'était le cas, cela lui porterait malheur.

Elle aperçut Salvatore sur la plage. Le garçon s'approchait avec un plateau en veillant à ne pas trébucher dans le sable. Il avait retroussé le bas de son pantalon et portait une chemise blanche dont les pans volaient au vent. Elvira envia sa liberté. Les pauvres jouissaient de tant d'avantages dont ils ne se rendaient pas compte. Elle, serrée dans son corset et sa crinoline, ne pouvait espérer qu'un souffle d'air frais.

— Voilà une surprise, déclara Giulia en agitant son éventail dans l'espoir de chasser la chaleur.

Le plateau supportait deux grands verres et un pichet de limonade fraîche. Merci Fortuna !

— Merci, dit Elvira alors que Salvatore posait le plateau sur la table. Juste au bon moment.

Le garçon avait grandi. Il n'était plus timide et disgracieux comme à son arrivée dans la maisonnée deux ans plus tôt. S'ils l'avaient pris par charité, ils l'avaient gardé parce qu'il se montrait des plus utiles. Désormais, il avait les traits plus marqués et il était devenu un bel adolescent aux cheveux châtains.

Cependant, il restait le frère de Teresa. La pièce où la jeune fille s'était pendue avait été transformée en débarras sombre, même dans l'esprit d'Elvira. Personne ne s'en approchait, pas même les serviteurs ; d'ailleurs la porte était toujours verrouillée. La dernière fois que la jeune femme y était entrée, par erreur, elle avait éprouvé un frisson, comme si un fantôme l'attendait à l'intérieur.

Salvatore avait autre chose dans la main.

— Qu'est-ce qu'il y a ? demanda sèchement Elvira. Pose ce plateau et file, Salvatore.

Il la regarda en face.

— C'est arrivé pour madame.

Il lui tendit une enveloppe fermée qu'elle prit avant d'en examiner la calligraphie.

Il n'y avait qu'une seule personne dont elle aurait souhaité avoir des nouvelles. Elle se leva et s'éloigna des yeux inquisiteurs de Giulia.

— Qui t'écrit ? demanda son amie.

— Une cousine qui a besoin de mon aide, mentit-elle en avança tête baissée. Excuse-moi une minute.

Elle parcourut quelques pas dans la direction de la Villa Reale, stoppa et contempla la lettre. Elle se retourna vers Giulia qui ne l'avait pas quittée des yeux, leva le bras et rappela le garçon qui s'était déjà éloigné.

— Salvatore ! Reviens, j'ai oublié de te demander quelque chose.

Angela et la nourrice construisaient une montagne de sable. Leurs rires, portés par le vent qui s'était enfin ranimé, venaient jusqu'aux deux amies.

— Couvre la petite ! cria-t-elle à la nourrice.

Caterina obéit sur-le-champ et installa Angela sous un grand parasol jaune.

Salvatore la rejoignit en courant. Elle fit quelques pas de plus à côté de lui pour atteindre le bord du parc de la Villa, en faisant mine d'avoir quelque chose à lui dire. Lorsqu'ils furent assez loin des oreilles indiscrètes de son amie, elle pivota vers le jeune garçon, la lettre à la main.

— Qu'y a-t-il, madame ?

Toutefois, comme elle souhaitait lire sa lettre en paix, elle regarda le garçon sans savoir que lui dire. Elle ne l'avait appelé que pour échapper à Giulia.

— Fortuna me dit que tu te débrouilles bien à la maison. Quel âge as-tu ?

— Treize ans, madame, répondit-il en baissant les yeux.

Il venait juste d'être promu à de nouvelles responsabilités. En plus de se charger de grosses corvées, on lui demandait de plus en plus souvent de faire des petites commissions aux fournisseurs.

— T'arrive-t-il de penser à ta sœur, Teresa ? demanda Elvira sans raison apparente.

— Non, jamais, madame.

— Tu te souviens d'elle, n'est-ce pas ?

— Bien sûr que je m'en souviens. Je me souviens de tout.

— Tu dois avoir beaucoup souffert, toi aussi, dans ce cas.

— Je ne souffre pas, madame.

Elvira reporta son attention sur la lettre.

Ensuite, elle tourna de nouveau les yeux vers le garçon et se souvint de ce qu'elle voulait lui demander.

— Fortuna m'a dit que celui qui a causé sa perte était un valet de la maison Morelli à Melito. Nericchio, je crois. Tu t'en souviens ?

La mort de sa nièce était l'idée fixe de Fortuna. Elle y revenait sans cesse, sans se rendre compte à quel point cela agaçait Elvira. Pourtant, avec les années, à force d'en entendre parler et d'y penser, c'était devenu aussi pour Elvira une véritable obsession. Le garçon l'observa en silence.

— Si tu m'affirmes que c'était bien Nericchio, j'en parlerai à M. Antonio et il le fera chasser, même si beaucoup de temps a passé, déclara Elvira.

Salvatore ne réagit pas.

— C'était Nericchio ? insista-t-elle.

Elle n'était pas douée d'une grande patience, d'autant qu'elle avait honte d'aborder ce genre de chose avec un domestique.

— Parle, Salvatore, je suis pressée.

Le garçon éclata de rire et révéla des dents blanches et bien plantées.

— Que dites-vous, madame ? s'écria-t-il sans la regarder. Je ne veux causer de tort à personne. Ce n'étaient que des camarades de travail. Ils bavardaient parfois, sans plus.

— Fortuna jure que c'était lui.

— Qu'en saurait-elle ?

Salvatore hésita avant de continuer en riant :

— Nericchio ne regardait jamais les femmes. D'ailleurs, ce n'est pas son vrai nom, Nericchio.

Il lui lança un regard d'intelligence et porta la main, auriculaire tendu, à l'oreille.

— Vous voyez le genre, madame.

— Que veux-tu dire ? Je ne comprends rien.

— La vérité, madame. Les femmes ne lui plaisent pas.

— Tu en es sûr ?

— Tout à fait sûr. Son vrai nom, c'est Pinucio.

Elvira le congédia d'un mouvement exaspéré. Elle revint à la lettre qu'elle avait froissée sans s'en apercevoir. Elle s'installa sous un arbre et ouvrit l'enveloppe avec précaution pour jouir de l'instant. Elle commença à lire avec attention, phrase par phrase qu'elle suivait du doigt en prononçant les mots à voix haute, comme on lui avait enseigné à le faire.

C'était Luigi.

Il répondait enfin après deux semaines de silence.

Quelques lignes à peine de son écriture élégante et ferme, les barres du *f* et du *t* tracées avec force.

Hélas, il lui écrivait de ne plus le chercher. Il avait pris sa décision et il ne pouvait plus vivre avec ce poids. Il irait à Turin superviser les affaires du nouveau magasin. Il voulait l'oublier et il demandait à Elvira de l'y aider. Il ne reviendrait pas en arrière. Peut-être finirait-il par trouver un peu de sérénité.

« Je t'ai trop aimée, concluait-il, pour pouvoir continuer à me dissimuler dans l'ombre comme un vulgaire rat. Adieu. »

Elvira leva la tête et regarda la mer.

« Adieu », relut-elle.

Elle s'y attendait bien sûr. Elle froissa la feuille et la roula en boule avant de la défroisser et de la lisser de la main pour la relire. Pendant des mois, Luigi n'avait cessé de répéter vouloir fuir, vivre avec elle, loin de tout, heureux. Elvira en avait caressé l'idée, mais uniquement comme un rêve interdit qui pouvait tout aussi bien tourner au cauchemar.

Non, elle n'aurait jamais pu abandonner tout ce qu'elle avait. Jamais.

L'argent, la maison, les relations, sa position, sa tranquillité.

Elle laissa son regard se perdre sur la mer et inspira profondément. Peut-être, se surprit-elle à penser, que de tous ses biens, c'était à Angela qu'elle aurait le plus facilement renoncé. D'ailleurs, Luigi n'aurait pas pu endosser ce fardeau supplémentaire. Après tout, ce n'était pas lui le coupable. Il était si honnête ! Ils n'en avaient jamais parlé, mais c'était Elvira qui aurait dû résister à la tentation. C'était elle qui avait fauté.

De rage, elle déchira la lettre. Elle devrait se faire une raison.

1854

Ces symptômes, associés à un refroidissement, sont révélateurs d'un choléra bénin : diarrhée abondante ; déchets qui s'échappent sans qu'il soit possible de les retenir, toujours d'un blanc floconneux ou grisâtre, et rares et clairsemés ; les vomissements sont spasmodiques ; spasmes et crampes épigastriques ; douleurs abdominales ; borborygmes ; ventre déprimé et tendu ; température corporelle basse ; couleur du visage plutôt terreuse ; cercle livide autour des yeux qui paraissent plus enfoncés dans l'orbite.

RAPPORT DE LA FACULTÉ DE MÉDECINE,
À PROPOS DU CHOLÉRA DE NAPLES EN L'AN 1854.

Mai

Un petit mensonge ne signifiait rien.

Elle en avait tant dit à Giuseppe, un de plus n'avait guère d'importance, non ?

Son mari était resté au magasin. Il s'était fait préparer une assiette de macaronis à la sauce qu'il avalerait plus tard dans l'arrière-boutique, avant de s'allonger sur le vieux divan, entre les rouleaux d'étoffe, avant la réouverture de l'après-midi.

Elvira était passée le saluer après avoir effectué quelques courses avec Angela et la nourrice.

— Tu retournes à la maison ? avait demandé Giuseppe en soulevant le couvercle de l'assiette.

Il avait déjà faim.

— Où veux-tu que j'aille ?

— Je l'ignore, mais je suis content que tu sois sortie.

Il la regarda avec une affection mêlée d'inquiétude.

— Il faudrait que la couleur revienne un peu sur tes joues, Elvira.

Celle-ci lui adressa une grimace qui pouvait passer pour un sourire.

— Maintenant, je suis lasse, c'est pour ça que nous rentrons.

C'était un mensonge.

Elle salua Giuseppe en le serrant légèrement et en tenant son visage bien à l'écart de celui de son mari. Puis, elle sortit par la porte de derrière et fit monter très vite sa fille et la nourrice dans un fiacre qui patientait sur la place. Comme prévu, Angela se mit à pleurer parce qu'elle ne voulait pas laisser partir sa mère. Étaient-ils tous comme ça à trois ans et demi ? Encore à ce point dépendants de leur mère ? Quand elle considérait les enfants de ses amies, ils ne lui paraissaient pas si attachés. Au fond, peu lui importait. Elvira referma la portière en hâte, sans laisser à sa fille le temps de faire des histoires.

— Allez, allez ! lança-t-elle au cocher.

Elle suivit du regard la voiture qui s'engagea dans la rue Belledonne avant de virer vers le front de mer.

La rue était encore bondée. Une petite troupe de lavandières portait des paniers chargés de linge sur la tête, et Elvira dut s'écarter pour ne pas les heurter avec son chapeau. Devant elle, deux jeunes filles marchaient bras dessus, bras dessous, la tête baissée, et se confiaient quelque secret amoureux. Pendant un bref instant, elle les envia : cela faisait longtemps qu'elle n'avait eu aucune amie avec laquelle échanger des secrets.

L'hiver n'avait été qu'un long combat, ou presque.

Le chagrin causé par le départ de Luigi pour Turin, six mois plus tôt, lui avait brisé le cœur, elle avait l'impression de n'être plus qu'une coquille vide. Avec l'arrivée du printemps, elle avait cependant éprouvé le besoin de respirer l'air frais à nouveau et de sortir en plein soleil, de marcher, de parler avec les gens. De l'oublier. Au moins pour quelques heures.

Elle étudia les alentours. Au coin de la vieille chapelle de Santa Maria, elle aperçut un fiacre libre stationné sous la grande colonne de granit qui s'élevait au-dessus des immeubles. Elvira renonça à le prendre.

Elle avait envie de se distraire. De se promener.

Elle s'engagea, tête baissée, dans la via Chiaia, où elle tomba sur une foule aussi dense.

Elle admira discrètement quelques vitrines. Si on la reconnaissait, les langues se délieraient et tout le monde se demanderait pourquoi Mme Morelli espionnait la concurrence. Elle devait rester constamment sur le qui-vive, désormais elle le savait.

Sous le pont de Chiaia, un gendarme à cheval, fier dans son uniforme bleu soutaché d'or, traversa la foule en regardant en coin un gamin qui mangeait une grenade dont il recrachait les pépins entre les pieds des gens qui l'entouraient.

Le cavalier de la garde coupa la route à un vieil homme à bord d'un chariot chargé de barils, un vigneron qui réussit à s'écarter au bon moment, mais, ensuite, en passant devant l'homme en uniforme, il cracha à terre.

Personne n'aimait plus les Bourbons, et ils ne leur faisaient même plus peur, pensa Elvira.

Le roi Ferdinand II était à présent presque obèse. Après un attentat et quelques émeutes, il se méfiait de plus en plus de la populace, et faisait d'autant plus démonstration de pouvoir ; tout ça pour paraître finalement plus faible, voire ridicule.

Son fils François, que tout le monde surnommait « le petit François », avait l'allure d'un jeune prêtre plus que d'un dauphin, plus habile à prier les anges qu'à régner sur les diables d'une cité comme Naples.

Elvira l'avait vu de près à Santa Lucia pour la fête de la Vierge des pêcheurs, et il ne l'avait guère impressionnée. Au contraire.

Elle secoua la tête, un peu attristée, parce qu'elle ne souhaitait que du bien aux rois, un peu comme des oncles éloignés, riches et parfois généreux.

Elle suivit du regard le chariot du vigneron qui s'arrêta sur la piazza Ferdinando pour livrer sa marchandise.

Dans l'espace dégagé, on exécutait des travaux pour remplacer les pavés. De grandes dalles, des tas de terre, de ciment et de cailloux obstruaient le passage des carrosses qui se dirigeaient vers la Marina. Les ouvriers travaillaient dans l'agitation et le vacarme.

Elvira se dirigea avec soulagement vers la via Toledo où la foule, tout aussi nombreuse, était moins turbulente.

Les boutiques allaient fermer pour le repos post-méridien et les employés en chemise tiraient les auvents qui protégeaient les vitrines du soleil, de la poussière ou des éventuels cailloux jetés par des mécontents.

La chaussée était encombrée de véhicules tirés par des chevaux, des ânes ou des bœufs. On y croisait des messieurs et des dames en tenue élégante, des enfants, des domestiques et, parfois, un prêtre.

Elvira se rendit compte qu'on la regardait comme on regardait toutes les femmes jeunes, belles et élégantes, et seules.

Était-elle encore vraiment belle ?

Elle se regarda dans une vitrine et lut la réponse dans les yeux d'un jeune vendeur, encore imberbe, qui était en train de disposer des gants et des éventails sur une étagère de velours.

Peut-être que oui, elle était encore belle, bien que « maigrichonne » comme disait Giuseppe. Sous ses yeux s'étalaient les ombres bleues de toutes ces nuits passées à pleurer en silence.

Belle, mais enragée, malheureuse, méchante, capricieuse et sans une once de patience. La vie se jouait d'elle. La roue avait tourné et voilà que c'était Giuseppe qui lui avait été dévolu, tandis qu'une autre, sans doute à Turin, lui prendrait Luigi.

Plongée dans ses pensées, elle était arrivée à la Carità. En baissant la tête, elle pénétra dans le quartier, qui sentait l'eau stagnante, les haillons, les ordures, la friture et les égouts. Elle n'y était plus jamais revenue depuis son enfance.

Zia Checchina coûtait cher mais, en devenant riche à son tour, Elvira ne s'était plus jamais préoccupée de l'argent. En réalité, elle était avare. Bien qu'elle cherchât à s'en cacher de tous, notamment des domestiques.

Sous les belles toilettes, les manières raffinées et le confort de la maison Morelli demeurait la fillette qui avait vu la misère s'abattre d'un coup sur sa famille. Elle craignait toujours de tout perdre une fois de plus, et c'était pour cela qu'elle dissimulait son argent dans des coffrets. C'était pour cela que, encouragée par ses frères, la jeune femme avait accepté d'épouser un homme grossier, veule, mais riche, riche à en accumuler les pierres et les bijoux.

Puisqu'il croyait pouvoir accéder à son cœur par la porte du bijoutier, Elvira le laissait faire. Elle s'était fait fabriquer une boîte de Sorrente avec incrustations et serrure, et c'était là qu'elle conservait tous ses biens les plus précieux. Le soir, quand elle était seule dans sa chambre, elle ouvrait le petit verrou et contemplait sa fortune qui grandissait comme une petite fille, mais moins épuisante qu'Angela.

Le dernier cadeau était une paire de boucles d'oreilles en diamants et perles qui l'avait aidée à supporter le poids et la graisse de son mari couché sur elle.

Elle traversa une ruelle obscure coupée au centre par une large rigole presque aussi grosse qu'un torrent, alimentée par les canalisations des immeubles. Chaque porte fermait sur un lupanar. Elvira le savait, tout comme elle savait qu'une dame de la bonne société n'aurait jamais dû s'aventurer ici.

Elle franchit l'intersection et trouva l'adresse à côté d'une vieille église. Elle monta au premier étage. Dans l'escalier, l'odeur était celle dont elle se rappelait : moisissure, chou et fumées tenaces.

La porte était entrouverte.

Zia Checchina, entièrement vêtue de noir, se tenait comme de coutume dans la chambre encombrée de voiles et de miroirs, éclairée par une lampe à pétrole même en pleine journée. Elle priait, assise à côté de la fenêtre pour être sûre de voir qui montait jusqu'à elle.

— Je t'attendais, dit-elle sans regarder Elvira. Je savais que tu allais venir.

Il s'était écoulé cinq années depuis la précédente visite, et la vieille n'avait jamais appris son nom, mais Elvira était certaine qu'elle disait la vérité.

— J'ai besoin de vous, murmura la jeune femme.

— Donne-moi la main.

Elle recula cependant brusquement en disant :

— Non, pose d'abord l'argent sur la commode.

— Combien ?

— Toujours pareil, fit la vieille en montrant trois doigts.

Elvira obtempéra et posa les ducats sur la commode.

Puis elle prit place en face de la vieille, sur un siège plus bas qui l'obligeait à regarder Zia Checchina par en dessous.

La vieille lui lissa la main de ses doigts rugueux et bourrelés de nœuds.

— Tu n'es plus demoiselle, dit-elle. Je devrais te donner du madame.

Elvira fit la grimace.

— C'est facile. J'ai une alliance !

—Mais ton mari t'ennuie à mourir.

Elvira pencha la tête.

—C'est aussi facile, dit-elle d'un ton moins convaincu. Toutes les femmes se lassent de l'homme auquel on les marie de force.

La Checchina baissa le nez jusqu'à toucher sa paume. Elle avait les cheveux blancs et fins, et l'on voyait la peau rose de son crâne.

—Tu la vois, cette ligne ? dit-elle en lui montrant une ride. Ton mariage ne va pas bien, mais il ne durera plus longtemps. Et cet autre homme-là ne durera pas longtemps non plus.

—Qui ?

—Tu le sais mieux que moi ! Un homme tout feu tout flamme, mais rien dans la cervelle.

—Que voulez-vous dire Zia Checchina ? Je suis une femme honnête, fit Elvira en tentant de retirer sa main. Je voulais seulement avoir des nouvelles de ma santé.

La vieille femme éclata de rire sans se soucier de montrer toutes ses dents manquantes.

—Tu veux savoir si le choléra va s'abattre sur ta maison ?

—À la maison, nous faisons attention à l'hygiène, il n'y a pas de risque, rétorqua-t-elle avec agacement.

L'épidémie faisait surtout des victimes dans les quartiers pauvres, alors Elvira n'était pas inquiète. La Checchina rit de nouveau. Elle avait dans la bouche plus de trous que de dents.

—Dans ce cas, la santé va bien, la tienne au moins, concéda-t-elle en lui lâchant la main.

—Nous avons terminé ? Je veux savoir le reste, tout le reste, insista Elvira en lui rendant sa main avec obstination.

—Oui, oui, tout va bien.

Les doigts de la femme fouillèrent les plis souples de la peau.

—Qu'avons-nous là ?

Elle effleura un point précis, puis se mit à le caresser.

— Je ne vois plus aussi bien avec mes yeux, mais mes doigts sentent et savent.

— Que savent-ils ?

Elvira retenait son souffle. Elle aurait voulu lui demander si la roue pouvait revenir en arrière, s'il y avait le moindre signe d'espoir pour elle et Luigi, mais elle savait pertinemment qu'il ne fallait jamais poser de question directe à la Checchina si on voulait éviter de la fâcher.

— Toutes ces peines, madame, et ces hommes qui s'en vont. Toutefois, il y en a un qui reste, qui va et vient.

Elle leva brusquement la tête et la foudroya avec un sourire mystérieux sur ses lèvres recouvertes d'une moustache grise.

— Elle est courageuse, la dame.

Elle fit un petit bruit de succion.

— Que voyez-vous ?

— Je vois de l'argent, qui va et vient lui aussi, et des enfants et des petits-enfants. Je vois aussi une chose qui brille, quelque chose en or, un cadeau important.

Son sourire s'évanouit aussi brusquement qu'il était apparu. Elle eut un mouvement de recul sans lâcher la main d'Elvira.

— Que voyez-vous Zia Checchina ?

La vieille baissa les épaules et lui lâcha enfin la main.

— Je vois une morte, une pendue qui se balance, chuchota-t-elle. Une malédiction qui te suit partout.

Elvira sentit un frisson lui parcourir toute la colonne vertébrale.

— Pouvez-vous conjurer ce mauvais sort ?

La vieille femme secoua lentement la tête.

— Les désenvoûtements coûtent cher et, moi, je suis honnête : je n'en suis pas capable. Les choses doivent suivre leur cours, finit-elle en secouant encore la tête.

— De quel cours parlez-vous ?

— Leur cours à elles. Tu auras quand même tant de petits-enfants que ton nom ne se perdra pas.

D'un signe rapide, elle indiqua que la séance était terminée.

Elvira se dit qu'elle avait dépensé trop d'argent pour en apprendre si peu.

— Un fils ? Est-ce que j'aurai un fils ? demanda-t-elle alors qu'elle avait décidé de ne plus avoir d'enfant.

Zia Checchina lui rit au visage.

— Si tu le fais avec l'autre, peut-être.

— Quel autre ?

La vieille continua à rire sans répondre.

Elvira ramassa ses jupes et se leva pour partir.

Il lui sembla que le rire de la voyante la poursuivait jusqu'en bas de l'escalier.

Août

La touffeur du jour pénétrait jusque dans la chambre à coucher par la fenêtre ouverte. Un courant d'air chaud qui faisait onduler les voilages blancs mais n'apportait aucun soulagement.

Elvira se concentra sur sa tâche et traça un nouveau trait pour rayer une phrase qui ne lui plaisait pas. Elle allait devoir recopier toute la lettre. Cela lui avait paru être une bonne idée d'écrire en secret à Luigi. De lui demander de revenir de Turin, de lui dire qu'elle voulait lui parler, qu'elle n'en pouvait plus de cette vie, qu'elle avait compris tant de choses, qu'elle avait pris une décision.

Elle avait pris une décision.

— Je ne peux plus vivre sans toi, murmura-t-elle.

Elle l'écrivit sans faire une seule faute. Elle ajouta qu'elle n'avait plus la force de vivre dans cette maison avec tous ces gens qu'elle ne supportait plus.

Des étrangers. Tous autant qu'ils étaient.

Elle relut la lettre. Elle montrait combien elle souffrait. Luigi le comprendrait et il reviendrait.

Elvira ferma les yeux.

C'est alors que Fortuna entra vivement dans la chambre. Embrassant d'un seul regard sa maîtresse, le lit en désordre et les vêtements qui jonchaient le sol, elle s'arrêta brusquement.

— Madame, puis-je faire la chambre ? demanda-t-elle d'une voix forte, ou dois-je revenir plus tard ?

Elvira avait toujours l'impression qu'elle lui reprochait quelque chose. Elle ne répondit pas. Elle froissa la feuille de papier et alla la brûler dans la bassine en cuivre qui trônait sur la table de toilette, puis elle sortit sans accorder un seul regard à sa femme de chambre dont elle sentait les yeux plantés dans son dos. Fortuna remarquait toujours tout, et elle comprenait peut-être beaucoup trop de choses, mais elle ne parlait pas. C'était déjà ça.

Il n'y avait personne au rez-de-chaussée.

Elvira avait l'impression d'être arrivée à un croisement, comme si sa vie était sur le point de prendre à gauche ou à droite.

Et cela ne dépendait que d'elle.

Elle ouvrit la porte de l'orangerie en quête de fraîcheur. Elle erra entre les arbres chargés de fruits, émiettant la terre sèche sous ses pieds.

C'était sa maison.

Sa maison, sa famille, son mari et sa fille, ses domestiques, les Magasins Morelli. C'était la voie qu'elle avait suivie jusqu'alors.

De l'autre côté, il y avait Luigi. Seulement Luigi.

Deux choix différents et deux vies différentes. Elvira savait qu'elle avait encore le choix : aller vers lui ou rester ici. Elle n'arrivait pas à décider s'il fallait plus de courage pour partir que pour rester.

Elle se sentait forte et lâche à la fois, mais elle n'arrivait pas à distinguer la voie la plus lâche ou la voie la plus brave. Elle prit place sur une chaise en bois à l'ombre d'un citronnier et imagina ses yeux, si profonds et si mystérieux, ses mains, son corps.

Le bonheur était à portée de main, il suffisait de supporter une légère douleur.

Pendant combien de temps ? se demanda-t-elle. *Pendant combien de temps peut-on être heureux ?*

Peut-être pendant toute la vie.

Par ailleurs, poursuivre dans sa voie actuelle, c'était comme être déjà morte. Du pied, elle écrasa un insecte qui s'était posé sur les tomettes de l'allée. Elle frotta sa semelle sur l'herbe pour se débarrasser des restes de l'animal.

Elle devait seulement se décider.

Mais elle avait déjà pris sa décision.

Elle allait écrire une plus belle lettre, avec les mots justes.

1855

Or donc, s'il est vrai que nous avons gagné deux drachmes de bon sens de plus, il serait grand temps de bannir certaines choses qui exhalent des relents de moisi, de ranci, de putride, de vieux, de ridicule, et parmi ces choses rances et pourries, mettons l'amour.

Francesco Mastriani, *Bando agli amori dalle scene*
(« Bannissons l'amour de la scène », non traduit),
Le Palais de Cristal, 1855.

Avril

— Crois-tu que ce soit le moment ?

Elvira fixa Giuseppe avant de laisser tomber l'étoffe qu'elle était en train d'examiner pour regarder autour d'elle, dans le magasin bondé de Chiaia.

La boutique était un vaste espace autrefois recouvert d'une voûte en bois. Depuis son ouverture, à peine trois ans plus tôt, elle avait déjà été agrandie et modernisée pour accueillir les clients sans cesse plus nombreux. Sans parler de l'argent qui affluait dans les caisses.

À droite, le comptoir des dames était tenu par des femmes en uniforme blanc ; à gauche se trouvait le rayon de la vente en gros et des étoffes pour les costumes des hommes, où officiaient des vendeurs vêtus de gris.

Ils ouvraient les cartons, montraient la marchandise, déroulaient les rouleaux de tissu, mesuraient et coupaient d'un coup de ciseaux sûr en suivant les indications des clients. L'ensemble respirait l'efficacité et le luxe d'un magasin moderne.

Les affaires se portent bien, pensa Elvira avec satisfaction.

À la maison, on s'agitait pour préparer le dîner de famille et, parce qu'elle s'ennuyait un peu mais aussi parce qu'elle ne voulait pas se trouver là quand les hôtes arriveraient, peut-être en avance, elle était passée prendre du ruban de velours rose sous le prétexte d'en garnir un chapeau. À présent, elle ne voyait pas comment repousser l'heure de partir.

— Quel sera le meilleur moment ? insista Giuseppe en se rapprochant. Tu auras des migraines, ou des insomnies, ou encore tes choses.

— Giuseppe, que veux-tu dire ?

— Rien. Ce que je veux ? Que veut un mari la nuit ? (Il rougit.) Je veux le faire.

— *Tu veux le faire ?* (Elvira fit une grimace en secouant la tête.) Quel rustre tu es !

— Rustre ? Parce que j'ai envie de ma femme ?

— Baisse la voix. On risque de t'entendre !

Giuseppe regarda autour de lui d'un air gêné.

— Et je veux un fils.

Afin de distraire l'attention, il s'approcha des étagères chargées d'étoffes de toutes les couleurs et fit des essais de palette en plaçant côte à côte les rouleaux.

Tweed écossais, mousseline de soie, gros-grain, boîtes de rubans, de bandeaux, de broderies, dentelle d'Alençon et autres accessoires. Tout ce qu'une femme élégante pouvait souhaiter.

— Elvira, insista Giuseppe en baissant la voix et en plongeant les yeux dans les siens. J'en ai le droit.

— Le droit de quoi ?

Elle secoua la tête d'un air agacé, et lorsqu'il tendit la main vers elle pour la toucher, elle recula.

— Je ne peux te le permettre, chuchota-t-elle. Tu ne dois pas en parler.

— J'y ai droit. Je veux un autre enfant.

— Nous aurons un autre enfant, mais pas maintenant.

Elle fit de son mieux pour dominer la rage qu'elle sentait monter en elle.

— Non.

— Un garçon, Elvira.

Giuseppe n'aimait pas les querelles : il rougissait et se mettait à transpirer.

— Mon père est mort avec le souhait d'en voir naître un.

— Est-ce ma faute ?

Pour donner naissance à un mâle, il fallait, selon les rumeurs, manger des mets chauds et secs, viande, poisson, figues sèches et pois secs. Le café contribuait aussi à donner des fils. Toutefois, dans leur cas, le problème ne venait pas du régime alimentaire mais de la fréquence de leurs rapports. De plus, Elvira redoutait l'accouchement. Sans parler du fait que son mari la dégoûtait. Voilà où était la vérité.

Le brave homme se montrait attentionné, presque délicat, mais il n'y avait rien à faire. Quand il lui en prenait le courage, il la montait, heureux, tandis qu'elle se contractait comme si elle subissait un lavement.

Rien de commun avec l'amour.

Ensuite, en sueur et plutôt honteux, il lui caressait la main comme s'il lui demandait pardon.

— Vous êtes étranges, vous les femmes… difficiles, disait-il en l'embrassant. Et tu es la plus difficile de toutes mais aussi la plus belle.

Le jour suivant, il arrivait avec un nouveau bracelet de perles, ou avec des pendants d'oreilles en or et rubis qu'elle avait admirés dans la vitrine d'un bijoutier.

Elvira s'y était presque habituée.

Mais enfanter de nouveau ? Jamais.

Elle se tourna vers une jeune vendeuse qui s'était approchée et qui, devant le regard d'Elvira, se réfugia derrière un rayonnage de bobines de couleur.

— Tu as déjà une fille et tu ne la regardes jamais.

— Angela ? dit son mari en baissant les épaules.

La fillette, qui avait déjà quatre ans, ressemblait de moins en moins à celui qui passait pour son père. En revanche, elle l'admirait sans retenue.

Giuseppe devint plus sombre.

Il baissa les yeux et fit courir ses mains entre les plis d'une étoffe brillante, comme irisée, qui hésitait entre le bleu poudré et le gris. Elvira suivit des yeux les doigts grassouillets qui caressaient la soie et ne put retenir un mouvement de répulsion en pensant à ces doigts sur son corps.

Son mari releva la tête et lui jeta un regard de ses petits yeux noirs. Ce n'était pas le regard bienveillant qu'il adoptait d'habitude.

— Nous en reparlerons une autre fois, déclara-t-il d'un ton tout aussi différent. Il vaut mieux que tu rentres à la maison. Tout doit être parfait pour le dîner de ce soir.

— Depuis quand te préoccupes-tu des repas de la maison ?

Elvira pensa à l'ennui de ces longues heures qui l'attendaient à passer à table avec sa belle-famille.

— Cette fois, il s'agit d'une occasion spéciale.

— Que veux-tu dire ?

— Rien, qu'attends-tu ?

Le dîner en famille du samedi saint, pour la célébration de San Gennaro, était un rite qui se répétait depuis longtemps et qui se prolongeait tard dans la nuit. La première année, mais pas depuis, on y avait convié Eduardo, le jeune frère d'Elvira, le seul avec lequel elle entretenait des liens, avec sa femme et leurs quatre enfants. Au cours de la soirée, Eduardo, un homme doux, bon et criblé de dettes, avait pris Giuseppe à part pour lui quémander un prêt. Elvira avait compris que son mari avait accepté, et qu'il lui avait fait signer vingt-quatre reconnaissances de dettes qui n'avaient jamais été honorées. Il n'en avait jamais reparlé, mais il n'avait plus invité Eduardo.

Son frère avait disparu, pour elle aussi.

Giuseppe la fixait toujours.

— Pourquoi serait-elle spéciale ? insista-t-elle.

— Luigi sera là, dit-il sans la quitter des yeux. C'est la première fois qu'il revient de Turin depuis les funérailles de père.

— Luigi ?

— Ne te l'avais-je pas dit ? Je suis surpris, j'étais sûr que oui.

Giuseppe se tourna vers la vendeuse qui avait besoin d'aide.

— Il vaut mieux que tu partes.

Elvira sortit sans le saluer, en oubliant même son paquet de rubans.

Son cœur se mit à marteler dans sa poitrine, mais elle ne savait pas exactement pourquoi. Quelle émotion la submergeait ? La rage, l'amour ou la crainte ?

Pour quelle raison Giuseppe ne l'avait-il pas informée de la venue de Luigi ? Et pourquoi faire tant de mystères ?

L'après-midi touchait à sa fin et l'air frais d'avril la fit frissonner. Elle devait se hâter de rentrer. Sous le manteau, elle portait déjà la tenue qu'elle avait prévue pour le dîner, en soie marron avec des franges, la plus terne qu'elle possédât. Si ce n'est qu'à présent, elle devrait se changer. La robe en soie moirée aux rubans de velours gris mettrait sa poitrine en valeur, et l'indigo ferait ressortir le bleu de ses yeux.

Le trottoir de la via Belledonne était bondé. Ses talons en cuir n'étaient guère faits pour courir. La rue étroite n'était pas encore pavée et les voitures qui l'empruntaient soulevaient des nuages de poussière. Les dames retenaient un peu haut le bas de leurs jupes pour ne pas les salir, les hommes flânaient, les mains dans les poches ou en fumant ; deux garçons s'amusaient à piétiner la queue d'un corniaud qui patientait au coin de la rue en espérant un peu de charité humaine.

Une femme munie d'un grand panier bouscula Elvira sans s'excuser, mais elle s'en aperçut à peine. Plus elle se rapprochait de la maison, plus elle allongeait le pas. Elle traversa la rue et tourna vers la mer, passant à côté d'un groupe d'ouvriers du chantier d'une nouvelle villa, qui la dévisagèrent avec des yeux las et concupiscents.

Chiaia se transformait en quartier huppé, tout en attirant toujours les malheureux qui venaient des ruelles du centre ou de la province en quête d'un emploi. Tous les mois, un nouveau chantier surgissait, une nouvelle villa, un pâté de maisons bourgeoises, une place, un parc. Et il y avait toujours plus de festivités en soirée. Quelques semaines plus tôt, on y avait vu le roi Ferdinand, lourd et gras, qui était passé à pied le long de la plage, suivi par un cortège qui n'en finissait pas. Elvira s'était mise à la fenêtre pour contempler le spectacle, mais elle était rentrée très vite.

Du côté du Castel dell'Ovo défilait une fanfare avec des étendards, des tambours et des trompettes, en quête d'offrandes pour le festival de Campiglione.

Luigi.

Cela faisait deux ans qu'elle ne l'avait pas vu. Elle avait écrit et brûlé tant de lettres, de crainte de ne pas exprimer précisément ce qu'elle voulait lui dire.

Et voilà qu'il revenait.

Elle aurait voulu courir, hurler, mais elle ne le pouvait pas.

Elle avait les joues en feu.

Elle s'arrêta pour laisser passer une charrette pleine de sacs, puis tourna au coin de la rue et se retrouva sur la Riviera. Au milieu de la vaste promenade avançaient des fiacres et des calèches, ainsi que des bêtes qu'on tirait par un licol. Des buffles, des vaches, des chevaux, des mules et, au loin, en bas vers la Torretta, il y avait même un petit troupeau. Le parc de la Villa Reale était envahi par les jeunes couples profitaient des Pâques pour se promener. Tous heureux et pleins d'espoir.

À côté de leur villa, une autre demeure était en voie de construction. Le terrain avait été acheté par une riche famille franco-napolitaine qui venait s'installer à Naples pour occuper un poste dans la diplomatie.

Maria ouvrit la porte. Elvira retira son mantelet à rubans et le lança en direction de la servante.

— Sont-ils arrivés ? demanda-t-elle sans attendre la réponse.

La jeune fille était un peu lente, tant à comprendre qu'à répondre. Elle poussa la porte du salon d'où venaient des voix masculines. Elle entendit un éclat de rire.

Angela sortit en courant de la pièce, le visage rouge inondé de larmes. Elle était grande pour son âge et très éveillée.

— Maman ! Maman !

Elle se jeta dans ses jupes en cherchant à l'enlacer au niveau des genoux.

— Tu m'as fait peur !

Elvira lui caressa la tête.

— Que dis-tu ?

Elle tourna les yeux vers le salon.

— Ton oncle Luigi t'adore.

— Non, il est méchant, dit Angela en levant son visage vers sa mère, et ce n'est pas mon oncle Luigi.

— Arrête de dire des bêtises, mon ange.

Alfonzo sortit du salon, toujours aussi élégant dans un complet à rayures. Il avait la démarche de son père, lourd et satisfait de lui en dépit de son jeune âge. Il tira sa montre en or de son gousset et la fixa comme pour se donner une composition. Il avait même, comme son père, un petit grain de beauté sur le cou.

Elvira reprit son souffle qui s'était bloqué dans sa poitrine sans qu'elle s'en rende compte.

Alfonzo avait la même voix et la même taille que Luigi. Pour le reste, il était le contraire en tout de son oncle.

— Tu es seul, Alfonzo ?

— Je suis arrivé tôt en ville et j'ai pris les devants, ma tante.

Il avait l'allure un peu insolente du gentilhomme de province, riche et ignorant.

— Les autres seront là d'un instant à l'autre, ajouta-t-il.

Elvira caressa la tête de la petite Angela.

— Tu l'as encore emmenée dans la chambre de la pendue ?

— Juste par jeu, ma tante.

Le cœur d'Elvira battait encore très fort. Elle repassa la main dans les cheveux d'Angela pour se donner une contenance et ne pas croiser le regard de son neveu.

— Pourquoi fais-tu cela ? Ne t'ai-je pas dit que je n'étais pas d'accord ?

Elle posait la question sans vraiment s'intéresser à la réponse.

— C'est juste un jeu, ma tante, répéta-t-il.

Il alluma un cigare, comme s'il s'ennuyait déjà.

— C'est pour lui apprendre à n'avoir peur de rien.

— Mais la petite doit avoir peur, rétorqua Elvira spontanément.

— Pourquoi donc ?

— Parce que c'est une fille et que les filles doivent avoir toujours un peu peur.

Elvira prit sa fille dans les bras en ajoutant :

— Parce que vous, les hommes, vous êtes tous redoutables.

Elle accompagna ses paroles d'un sourire pour lui faire croire qu'elle n'était pas sérieuse.

— Installe-toi dans le salon, je reviens tout de suite.

Rassurée, Angela examina son cousin par-dessus l'épaule de sa mère et lui fit une grimace.

Elvira l'emporta dans la cuisine bien qu'elle se fît de plus en plus lourde.

Devant le fourneau, le plan de travail en marbre était déjà fariné. Fortuna avait abaissé la pâte au rouleau à pâtisserie en une couche fine pour les *fettucine* et elle était en train de découper les bandes avec la pointe d'un couteau. Caterina, qui l'aidait, se retourna et tendit les bras vers l'enfant, mais Angela recula et repartit en courant vers la porte.

Elvira la suivit du regard. Sa fille était de plus en plus gâtée.

Amalia se tenait devant le chaudron en cuivre dont l'eau bouillait déjà. À côté, sur le fourneau, mijotait une cocotte de lapin en sauce grasse qui serait servi avec les pâtes.

— Nous devons absolument faire bonne figure, déclara Elvira en regardant autour d'elle. Tout doit être parfait.

— Comme toujours, madame.

Amalia souriait. C'était une femme du peuple qui n'ignorait rien du monde et de la vie. Elle montra avec fierté la poêle de fleurets de brocoli et une casserole de champignons. Sur la crédence trônait déjà une couronne d'aubergines émincées.

Le chevreau de Pâques marinait sur le seuil afin que son odeur puissante ne gêne personne. La viande avait macéré toute la nuit dans le citron avant d'être bouillie puis cuite au four avec les petits pois et des œufs.

Sur la desserte, prêts à être servis, il y avait les grands plats avec la salade traditionnelle au chou-fleur, la tourte au riz, la ricotta salée, la mozzarella et les boulettes de poisson.

Elvira goûta la sauce du lapin, les légumes et le chevreau. Elle ouvrit le buffet où se trouvaient deux grandes *pastiere* dorées, une au blé cuit dans du lait et l'autre à la crème pâtissière.

— Et le *casatiello* ? demanda-t-elle.

Le gâteau salé était le plat d'honneur des Pâques napolitaines.

— Le *casatiello* est déjà sur la table, madame, répondit Fortuna sans la regarder.

Elle était concentrée sur les *fettucine* qu'elle découpait toujours avec précision.

— Comme la charcuterie, les fromages, les fèves et le reste.

Elvira entendit le bruit d'un carrosse qui s'arrêtait devant la maison. Elle n'avait plus le temps de se changer mais peu lui importait. Elle s'essuya les mains sur un torchon et s'élança vers le vestibule pour accueillir ses hôtes, ouvrant la porte avant qu'ils n'aient eu le temps de frapper. Ils étaient là, la famille Morelli au grand complet. Ils pénétrèrent dans la maison dans un tourbillon de crinolines et de manteaux.

Antonio donnait le bras à sa mère, Nunzia, voûtée et tout en noir, encore en grand deuil de son mari. Derrière venait Adele, la femme d'Antonio, en demi-deuil, un sourire sur son visage bouffi. Elle était suivie par ses sœurs, tante Adelaide et tante Genoveffa, chacune avec son époux.

Venait enfin Luigi, en habit gris, sans rayures, dont les cheveux étaient toujours aussi noirs. Il avait maigri et son visage était plus pâle et plus grave, presque amer. On aurait dit un inconnu. À côté de lui se tenait une jeune femme de haute taille, en taffetas vert à carreaux, sur des couches et des couches de jupons.

Elvira remarqua son cou de cygne, son nez un peu trop long et ses yeux anxieux. La jeune femme souriait timidement tandis qu'Antonio lui prenait la main et la présentait, à sa manière, sans trop de cérémonie.

— Elvira, voici Cinzia Giraud. Une Piémontaise authentique de Turin. L'épouse de Luigi.

1856

Petite tête ronde,
Cheveux fins comme des fils d'or
Qu'amour lui tresse
Pour qu'elle parle et parle encore.
Avec ses yeux-là, on dirait...
Une étoile du matin
Luiselle, soir et matin,
Cesse donc de me tourmenter.

GUILLAUME-LOUIS COTTRAU, *LUISELLE*, 1856.

Juillet

Le dimanche, Elvira et Giuseppe, accompagnés d'Angela, se rendaient en carrosse à Melito pour le grand déjeuner qui, dans la famille Morelli, était une tradition sacrée. Selon les jours, ils emmenaient Fortuna ou Maria, ou encore Caterina. Les deux domestiques et la nourrice considéraient cela comme un grand honneur et, à l'abri dans la cuisine, elles se querellaient en attendant de savoir à qui viendrait le tour.

Depuis la mort d'Amedeo Morelli, plus de trois ans plus tôt, la tradition ne s'était jamais perdue. Il n'y avait eu qu'un passage de relais et c'était désormais Antonio, le fils aîné, qui avait pris la place du chef de famille, d'autant qu'il était l'un des principaux notables de la ville.

Le vieux mas, où Elvira avait fait la connaissance des frères Morelli, dont celui qui deviendrait son époux, ne lui procurait plus aucune pensée agréable. Dans les étages, pendant que la torpeur s'emparait de tous à l'heure de la sieste, elle avait vécu des instants de bonheur entre les bras de Luigi. Avec lui, elle avait découvert le plaisir charnel lors de retrouvailles secrètes et brèves tout autant que périlleuses, mais, à présent, ce souvenir n'était que source de rage mêlée de honte.

Ils descendirent de la voiture dans la cour de terre battue où Antonio, qui arborait les bottes et le couvre-chef de rigueur le dimanche, les accueillit avec affection mais sans un sourire, comme il en avait l'habitude.

C'était un homme flegmatique qui préférait rester dans son fief. À Melito, il ne participait pas à la vie mondaine, pour se consacrer entièrement à ses affaires. Adele, sa femme, lui ressemblait : une villageoise, fidèle, accomodante et imperturbable. Hélas, elle ne lui avait donné qu'un seul enfant, ce qui pesait sur elle comme une tare.

À Naples, où ils se rendaient rarement, Antonio et Adele n'étaient pas à leur aise et cela se voyait. Toujours vêtus de couleurs sombres, boutonnés jusqu'au menton, la mine sévère et l'air critique, ils semblaient deux paysans impatients de rentrer à Melito parmi les journaliers et les artisans. Et c'était pour cela qu'Elvira avait honte d'eux.

En revanche, Alfonzo, leur fils unique, se comportait en dépit de sa jeunesse (il n'avait que vingt-deux ans) comme un homme fait et impétueux. Il rêvait de s'installer en ville pour s'adonner à une occupation de son choix mais, avec le père qu'il avait, c'était difficile.

Voire impossible.

Il n'en entretenait pas moins mille idées.

— Tu es trop fantaisiste, lui disait Antonio. Et tu ne réfléchis guère.

Si Alfonzo tentait de répliquer, Antonio lui jetait un de ses regards sévères d'homme de la terre en se bornant à lui dire :

— Assez !

C'était sans appel.

Ce dimanche de juillet, Elvira et Giuseppe furent reçus comme de coutume par un accueil sec mais sincère d'Adele, des autres oncles, des domestiques et d'une meute de chiens joyeux et gigantesques qui s'ébattaient librement et dont Angela avait peur.

En pénétrant dans la maison, l'enfant se serra contre Fortuna qui l'étreignit comme une mère. Elle se serait laissée mordre pour elle. Elles se dirigèrent en hâte vers la cuisine où, comme toujours, on avait dressé une petite table juste pour elles deux.

Le reste de la famille traversa les grandes pièces anciennes et sombres jusqu'à la salle où la table était mise depuis des heures. La salle à manger de Melito était de proportions colossales ; elle sentait le bois brûlé et les cendres ; et elle était glaciale toute l'année, même en plein cœur de l'été.

Elvira et Giuseppe se présentèrent rituellement en retard, parce qu'elle cherchait toujours à repousser ce moment. En bout de table, à la place d'honneur, siégeait Antonio, flanqué de sa femme et de son fils. À Giuseppe revenait l'autre extrémité, avec Elvira à ses côtés, et entre eux venaient se placer les sœurs d'Adele, Adelaide et Genoveffa, avec leurs époux respectifs, les oncles Aldo et Ruggiero.

C'étaient tous deux des mariages tardifs et de convenance, sans espoir de descendance. Les trois demoiselles Capone, riches héritières d'un grossiste de viande, étaient considérées dans leur jeunesse comme d'excellents partis, mais des trois, la seule qui avait belle allure et était digne de faire un bon mariage était Adele. En la regardant maintenant, Elvira avait du mal à le croire.

Les domestiques, un groupe de femmes du pays en corsage blanc, qui se déplaçaient sans cesse, sortirent en rang avec de grandes soupières de pâtes fumantes en sauce génoise qui, comme de coutume, seraient brûlantes.

— Un compliment, déclara Antonio en levant son verre de vin rouge. Aux affaires.

— Et à la famille, ajouta Giuseppe qui était un frère généreux, docile et accommodant, et un grand travailleur.

Le second idéal pour Antonio qui le récompensait largement de son soutien.

— Et la santé pour tous, dit Adele.

— À l'avenir de la famille, fit écho l'oncle Ruggiero.

— À nos enfants, lança Giuseppe en hâte en souriant et en croisant le regard de sa femme avant de tremper ses lèvres dans son verre.

Au cours des premières années de leur mariage, Elvira s'était soumise au devoir conjugal sans plaisir et avec une certaine gêne, mais sans protester pour autant. Ensuite, après la naissance d'Angela, elle s'était peu à peu soustraite aux désirs de son mari en évitant de lui faire des compliments. Elle se donnait à lui deux ou trois fois par mois, mais elle redoutait plus que tout une nouvelle grossesse. Lorsqu'il avait terminé, haletant et grognant, elle le poussait sur le côté et tentait de s'endormir.

Sa répulsion était atténuée par la pensée du coffret à bijoux qui devenait de plus en plus lourd.

Toutefois, depuis que Luigi avait épousé la Piémontaise, quelque chose avait changé. Savoir qu'il fondait une famille avec une autre femme, une épouse qu'il aimait vraiment peut-être, l'avait brusquement arrachée à l'engourdissement des rêves. La cendre qui couvait dans son cœur s'était soudain rallumée et le feu faisait rage dans ses veines. Plus que jamais, elle était déterminée à prouver sa valeur, montrer qu'elle était forte, capable, mais il fallait pour cela donner un autre enfant à la famille, un garçon.

— Aux enfants ! répéta Antonio en la fixant et en relevant son verre, imité sur-le-champ par sa femme Adele.

Elvira leva sa coupe et plongea les yeux dans ceux d'Antonio avec un regard de défi, sans prononcer un mot, puis elle les baissa sur le plateau de macaronis rougis par la sauce que la servante lui avait mis sous le nez. L'odeur des tomates cuites lui frappa les narines jusqu'à l'écœurement.

Octobre

Le vent s'était levé sans prévenir, comme pour annoncer l'hiver encore lointain. Il n'apportait pas le froid, mais il chassait définitivement le beau temps qui avait régné sur la ville depuis tant de mois.

À travers le carreau, Elvira voyait les branches des arbres agitées par la tempête et, au-delà, l'étendue grise de la mer. Dans le petit salon, au contraire, l'atmosphère était paisible et confortable. Un peu plus tôt, Maria avait alimenté en charbon le grand poêle. Même si le jour était levé, une lampe diffusait une lumière douce. On était bien.

— « Petite tête ronde, chantait-elle à voix basse, cheveux fins comme des fils d'or qu'amour lui tresse. »

Les doigts d'Elvira couraient entre les plis de sa tapisserie à points lancés. Une nouvelle chemise brodée, également bleu ciel parce qu'elle aurait un fils, elle le sentait.

Pour avoir un fils, lui avait-on assuré, il fallait le sentir en soi, le mâle.

— Ce sera un garçon, murmura-t-elle.

Elle n'avait pas le choix.

Ces temps-ci, elle portait elle aussi des vêtements bleus, parce que tout devait s'accorder pour obtenir ce qu'il fallait.

Depuis qu'il avait appris la nouvelle, Giuseppe se montrait toujours joyeux, un peu hébété, attentionné et prévenant. Il la traitait avec douceur, comme si elle était une porcelaine précieuse.

Son mari avait solennellement demandé aux proches et aux domestiques de prendre soin d'elle, de ne pas la fatiguer et de s'assurer qu'elle ne manquait de rien, mais aussi de la surveiller attentivement, comme si elle risquait de se briser d'un moment à l'autre.

À côté du fauteuil, il y avait sur le guéridon une tasse de tisane de menthe parce qu'elle ne devait plus boire de café. Il y avait également une assiette de tarte à la crème, pour lui donner des forces, et une coupe de mandarines, qui feraient du bien au bébé, sans parler d'un plateau garni de pain, d'olives, de fromage et de salami au cas où elle aurait faim.

Elvira était satisfaite. Elle veillait à ne pas trop grossir, mais elle se sentait bien. Les soins que tous lui prodiguaient lui donnaient de l'importance.

Elle n'était plus la jeune épouse d'autrefois mais une femme mûre, à l'expérience plus solide. Toutefois, il était nécessaire qu'elle donne un second enfant à son mari, ne serait-ce que parce qu'elle avait déjà vingt-huit ans et était mariée depuis sept.

Giulia, son amie, en avait déjà fourni deux autres après le premier.

Jusqu'à Angela qui, un jour devant les oncles et tantes, lui avait réclamé un petit frère.

Quelle idiote ! avait-elle pensé.

Elvira releva les yeux dans la pénombre de la pièce. Le vent claquait contre les fenêtres et la lueur du dehors teintait tout de gris.

Heureusement, elle était fière de sa maison, de son élégance et de confort, autant d'atouts qu'elle pouvait exhiber au monde. Les fauteuils recouverts de damas vert et or, les tapisseries de soie colorée qu'elle avait choisies elle-même, les porcelaines de Capodimonte alignées sur le buffet : des paysannes en costume, des fleurs, des chats et des petits chiens qui alternaient avec des clochettes en argent et des chandeliers en chrysocale.

La vie s'écoulait comme il se devait. Elvira avait appris la manière de se comporter avec les habitants du quartier noble, elle savait ce qui comptait : les demeures, la manière de se vêtir, les amitiés importantes, l'argent, le patrimoine et le mariage.

— L'argent ne trahit jamais, lui avait confié un jour Antonio en la regardant dans les yeux. Il revient toujours à celui qui en a, mais il faut le protéger, en prendre soin.

C'était la seule fois qu'Elvira s'était sentie visible, comprise peut-être, mais cela ne lui avait procuré aucun plaisir.

En général, personne ne lui prêtait vraiment attention, et on attribuait sa mélancolie aux difficultés qu'elle rencontrait à procréer.

Peu à peu, sa résolution s'était accrue : elle donnerait un autre enfant aux Morelli, un mâle cette fois. Parce qu'un mâle était synonyme de continuité et d'avenir, d'argent, de sécurité et d'amour. Elle leur donnerait un bel héritier, sain et robuste. Au diable ceux qui la dénigraient.

Elle se lança donc dans son projet, étouffant la répulsion qu'elle éprouvait à accueillir Giuseppe dans son lit. De son côté, son mari, maladroit et enthousiaste, semblait avoir oublié tous ses soupçons, s'il en avait jamais eu.

Si elle s'était étonnée d'une seule chose, c'était que cela ne soit pas plus rapide, sur commande, sans exiger trop d'efforts. Les semaines et les mois s'étaient écoulés et elle n'était toujours pas enceinte.

Elle avait scrupuleusement suivi les instructions du docteur Frascella : alimentation, bains, postures, repos. Elle avait attendu et accueilli patiemment Giuseppe nuit après nuit.

Finalement, après deux fausses alertes, sa constance avait été récompensée.

Elle était déjà grosse de cinq mois. L'enfant viendrait au monde avec l'année nouvelle.

Elle se caressa le ventre sous la laine douce de sa robe.

— Amedeo, chuchota-t-elle.

Elle voulait y croire et cela marchait. Après, cela suffirait et elle n'aurait plus à devoir se soucier d'avoir d'autres enfants. Un garçon suffirait. La perspective d'une famille nombreuse ne la séduisait guère. Elle se souvenait de la sienne, des six sœurs de sa mère et des cinq de son père, sans compter la foule de cousins, disparus à jamais et désormais oubliés, comme l'étaient ses frères.

Désormais, sa seule famille était celle des Morelli.

Même si le membre le plus important, le seul qui comptait pour elle, était loin à présent.

Luigi avait pris son indépendance à Turin et il s'était marié. Il ne se souvenait même plus d'Elvira.

— Un lâche, dit Elvira à voix basse.

Entre-temps, elle était devenue une jeune femme respectée et connue de tous ceux qui comptaient dans le quartier. Une personne importante.

Tout se passait bien. Si ce n'était qu'elle devait envisager un nouvel accouchement.

Elvira n'avait rien oublié des longues heures du travail, de la crainte que lui procuraient les mains du médecin en elle.

Un seul fils suffirait. Sain et beau. Ensuite, Giuseppe ne l'ennuierait plus. Et s'il avait encore envie de compagnie au lit, il y avait d'autres manières de le satisfaire. Plus jamais avec elle.

Elvira exhiberait fièrement le petit Amedeo à la famille, et elle sourirait à Luigi comme pour lui dire : « Tu vois ? Je suis heureuse avec mon enfant et mon mari. J'ai bien fait de rester ici. »

Elle poussa si violemment l'aiguille dans la mousseline légère qu'elle la planta dans la pulpe de son pouce. Une tache rouge s'élargit aussitôt sur l'étoffe.

Malédiction !

Voilà ce qui arrivait quand elle pensait à lui. Elle jeta la broderie désormais gâchée sur ses genoux.

— Madame ?

La porte s'ouvrit.

— Madame, puis-je entrer ?

— Combien de fois t'ai-je répété de frapper, Maria ?

La jeune femme fit un pas en arrière, la coiffe de travers et les mains sur l'encadrement.

— J'ai frappé, madame. C'est vous qui n'avez pas entendu.

— C'est bon. Que veux-tu ?

Elvira mit son pouce dans la bouche.

— Je vous apporte une lettre.

Maria fit une grimace qui exprimait beaucoup de choses, mais cela ne pouvait être ni important ni pertinent.

— Elle vient de loin.

— Que veux-tu dire ? s'écria Elvira en se levant d'un bond. Montre-la-moi.

La femme de chambre, qui savait que la grossesse avait rendu sa maîtresse irritable, continua à sourire.

— Tenez, dit-elle en sortant l'enveloppe de sa poche et en la tendant comme un objet précieux.

Maria n'avait jamais reçu de lettre, pensa Elvira. D'ailleurs, elle ne savait pas lire.

— File maintenant, dit-elle en s'emparant de l'enveloppe scellée.

Elle se tourna vers la fenêtre. Pendant trois ans, elle avait suivi les cours d'un précepteur et elle savait lire et écrire avec une certaine aisance.

— Préviens Amalia que je souhaite un déjeuner léger. Un peu de bouillon de poule et quelques tranches d'aubergine frite. Et une tranche de ce fromage avec des trous.

Elvira entendit la porte se refermer. Elle patienta un instant avant de poser les yeux sur la missive. Elle ne reconnaissait pas l'écriture, pas plus que le nom de l'expéditeur, un certain Carlo Innocenti, de Pistoia, en Toscane.

Comme elle n'avait pas de coupe-papier dans la pièce, elle déchira l'enveloppe avec un doigt, curieuse et ravie de cette arrivée qui interrompait la morosité de la journée.

La lettre était longue et rédigée dans une graphie élégante. Elvira déchiffra la première phrase, puis passa aussitôt à la signature. Le message commençait par des excuses et s'achevait par d'autres excuses. Mais au milieu, il y avait le nom de Luigi.

En inspirant profondément, elle recommença par le début, lentement, en suivant les lignes avec le doigt.

Le messager s'excusait d'abord de lui écrire ainsi, sans agrément, mais il précisait qu'il le faisait à la demande expresse de son cher ami, le lieutenant Luigi Morelli. « C'est lui qui, en vertu de notre lien, que j'oserais qualifier de fraternel, m'a supplié de vous approcher en toute discrétion à cette adresse de Naples dans l'éventualité malheureuse où il lui arriverait quelque mésaventure sur le champ de bataille. »

Le champ de bataille ? Elvira ignorait même qu'il était parti au front.

Et pour quelle guerre ?

Les phrases dansaient devant ses yeux, comme si l'encre s'était mêlée aux larmes.

Luigi Morelli, écrivait Innocenti, avait trouvé à Turin une ville en ébullition, décidée à fonder une patrie commune à tous les Italiens. Ainsi, bien qu'il fût napolitain, il était désireux de s'insérer à la population, notamment auprès des proches de son épouse qui étaient des partisans fidèles de M. Cavour. Il s'était ainsi joint aux cercles qui finançaient la cause qui rassemblait la moitié de l'Europe.

Au bout de quelques mois, il s'était enrôlé dans l'armée piémontaise, dans une brigade d'expatriés venus du reste de l'Italie. C'était là que le soussigné, Carlo Innocenti, avait eu la chance de faire sa connaissance et de nouer une solide amitié.

« Luigi me dit qu'il avait décidé de ne pas révéler la nouvelle à ses parents du royaume des Deux-Siciles dans la crainte de vous occasionner des inquiétudes à vous, madame. »

Elvira leva les yeux et regarda la vitre qui tremblait sous les assauts du vent. Puis elle continua sa lecture.

L'héroïque lieutenant Morelli de la quatrième brigade avait été touché en août de l'année précédente par une balle de fusil à l'épaule pendant qu'il combattait à la bataille de Tchernaïa, une rivière de la Crimée.

Après le siège de Sébastopol, de retour dans sa patrie, l'armée piémontaise avait commencé à compter ses morts et ses disparus. On avait perdu la trace du lieutenant dans le dernier hôpital où on lui avait amputé du bras. Cela ne faisait que deux semaines que son ami Innocenti disait avoir obtenu de ses nouvelles, tragiques mais sans doute aucun.

« La nouvelle sera communiquée par la voie officielle à sa famille de Turin dans les plus brefs délais, ainsi qu'à ses parents de Naples.

« J'ai usé de toutes mes ressources afin de connaître le destin du lieutenant Morelli, et j'ai le regret et le douloureux devoir de vous informer que notre cher ami est mort en héros trois mois après la bataille, des suites de sa blessure et de l'infection causée, d'autant qu'il a contracté la fièvre typhoïde. »

Le lieutenant Innocenti, à présent capitaine, s'était senti le devoir de tenir la promesse faite à son ami de prévenir le plus rapidement possible Elvira dans la mesure où, écrivait-il dans son style élégant et ému : « son cœur a battu pour madame à chaque instant alors qu'il accomplissait son devoir pour le Roi et pour la Patrie ».

Quel roi ? Quelle patrie ?

Elvira laissa tomber la lettre. Elle ne sentait plus rien, si ce n'était un grondement qui étouffait tout le reste, comme un écho de tambours. Elle se leva, aveuglée par les larmes qui lui gonflaient les yeux sans vouloir couler, et tâtonna jusqu'à la poignée de la porte. Elle traversa le couloir où elle perçut les bruits d'une maison en pleine activité qui provenaient du rez-de-chaussée. Les tambours continuaient cependant à gronder tandis que les souvenirs affluaient en masse.

Le jour où elle avait posé les yeux sur Luigi pour la première fois à Melito, après le long trajet en carrosse, avant même de voir Giuseppe, et où, pendant une seconde, elle avait cru que c'était lui qui avait été choisi. Le benjamin. Très vite, elle avait compris la vérité.

Ils avaient échangé un regard qui disait tout. Même devant les autres, même pendant que son futur beau-père ne cessait de parler.

D'autres souvenirs, d'autres images.

Luigi qui souriait, qui se caressait le menton. Luigi qui lui parlait. Luigi et son regard perdu et furieux à la fois lorsqu'ils s'étaient querellés. Luigi qui se tournait brusquement et lui souriait. Luigi qui se frottait la moustache, qui l'embrassait derrière une colonne. Luigi nu. Luigi à ses pieds, les larmes aux yeux. Luigi qui partait. Luigi au bras de cette femme. Luigi qui l'aimait encore. Luigi couvert de sang.

Luigi mort.

Une flèche de douleur la plia en deux. Elle marchait sans savoir où elle allait. Elle finit par trouver l'escalier et elle monta jusqu'aux combles, agrippée à la rambarde comme à une bouée.

La chambre de Teresa était devant elle, porte fermée.

Elle devait y entrer.

Elle voulait y entrer.

Elle posa la main sur la poignée mais, à la dernière seconde, elle s'arrêta. Elle ignorait ce qui serait arrivé si elle avait réussi à pénétrer dans cette pièce.

Non, elle le savait. Elle savait ce qu'elle aurait fait.

Elle pivota et se précipita en bas pour retourner dans le salon. Elle se laissa tomber dans un fauteuil. Elle voulait être seule.

Seulement être seule.

Le temps d'assimiler ce qu'elle venait d'apprendre, de reprendre contenance. De se calmer et de prendre conscience que Luigi… Luigi n'avait jamais cessé de l'aimer, et voilà qu'il n'était plus en vie. Luigi.

Elle n'avait plus le temps désormais. Il était mort en pensant à elle, avec son nom sur ses lèvres, livrant une guerre inutile dans un pays lointain.

Toute la rage et la force qui l'avaient soutenue au cours de ces derniers mois de grossesse fondirent d'un seul coup.

Une douleur soudaine la déchira de l'intérieur.

— Madame ! Par la Sainte Vierge, qu'avez-vous fait, madame ?

Les hurlements de Maria semblaient venir de très loin.

— Que veux-tu ? demanda Elvira d'un air hébété en se levant lentement.

— Le sang, madame ! s'écria la servante. Tout ce sang !

Elvira baissa les yeux sur son ventre. Elle crut qu'elle s'était de nouveau piquée avec son aiguille, mais la blessure paraissait plus grave : toute l'étoffe vaporeuse de sa robe était parsemée de taches rouges et un flot visqueux s'étalait sous ses jupons pour aller couler sur les tomettes, emportant sa vie avec lui.

1857

Je suis sorti faire une promenade seul. Via di Toledo. Voie noble. Broadway. Foule dense. Splendeur de la ville. Le palais. Des soldats. De la musique. Clameur des armes dans toute la cité. Irruption des troupes sous l'arche voûtée. Canon braqué vers l'intérieur.

HERMAN MELVILLE, *JOURNAUX DE VOYAGE*,
NAPLES, JEUDI 19 FÉVRIER 1857.

Février

Il n'avait jamais fait si froid à Naples, sauf une fois, en 1829. En tout cas, c'était ce qu'on racontait dans sa famille quand elle était petite. Des villages entiers disparus sous la neige pendant des jours entiers, et d'innombrables morts gelés dans les ruelles ou dans les caves sordides habitées du centre.

Lorsque le froid s'abattit sur la ville, il fut d'autant plus féroce que personne, à Naples, ne s'y attendait.

La neige qui était tombée sur la plage l'avait transformée en étendue blanche d'où émergeaient à peine quelques barques renversées, un piquet, un vieux filet oublié, une brouette. La mer, au contraire, demeurait noire et dense, aussi sombre que la nuit.

Elvira, les bras croisés, un châle de laine épaisse sur les épaules, pénétra dans l'orangerie et contempla, au-delà du portail, la promenade, la Villa Reale et la plage.

Elle descendait encore.

Elle n'avait jamais pu s'habituer à ce spectacle, bien qu'elle y ait déjà assisté quand elle était enfant, quelques années après la mort de sa mère.

Elle ne se souvenait guère de la neige, et encore moins du visage de sa mère. Les deux événements avaient eu lieu au même moment et elle les associait au froid, au gel.

Le même froid glacial qu'elle éprouvait depuis quatre longs mois et qui ne la quittait pas, même quand elle enfilait plusieurs couches de lainages ou de fourrure. Son souffle n'était que vapeur blanche, et elle décida qu'elle ferait mieux de rentrer, au chaud, si elle ne voulait pas tomber malade.

Elle ouvrit la porte de service. Les voix de Giuseppe, Antonio et Alfonzo lui parvinrent au-delà des battants fermés du salon. Elles étaient plus fortes que d'habitude, agitées et un peu fausses, comme celles d'hommes qui seraient en train de se disputer et de vouloir prouver par leur ton qu'ils dominaient les autres, même si ce n'était pas le cas.

Elle suspendit le châle à côté du miroir et jeta un regard à son reflet. Pâle et avec une mine de papier mâché, le visage tiré, elle ne se reconnaissait pas. À l'intérieur, elle se sentait encore plus mal. Les cris des trois hommes continuaient à résonner au-delà de la porte, toujours avec le ton de celui qui sait, qui fait, de celui qui comprend tout.

— La révolution, disait Antonio. L'unité de l'Italie. Pourquoi pas ? Il nous faudra encore un siècle.

— C'est tant mieux. Pensons plutôt à nos affaires, intervint Giuseppe en toussant. Sans parler qu'il nous faut installer le magasin de Turin.

Il toussa à nouveau.

Elvira s'apprêtait à entrer dans la pièce lorsqu'elle entendit son mari éructer dans le crachoir situé sous la table. De dégoût, elle s'arrêta.

— Le magasin doit être vendu, déclara Antonio à voix basse. Il n'était déjà pas rentable du temps de Luigi. Il était trop distrait par la politique. Par ses idéaux.

Il avait prononcé le mot avec dédain, comme si les *idéaux* étaient une horreur. D'une certaine manière, c'était exact, pensa Elvira, puisqu'ils avaient causé la mort de Luigi.

— Je pourrais m'en occuper, père, je vous l'ai déjà dit, lança Alfonzo.

— À Turin ? s'exclama Antonio d'un ton dur. Non. Nous avons besoin de toi ici. Cet investissement est déjà gâché.

— Père, laissez-moi décider, pour une fois dans ma vie.

— Il n'y a qu'un seul de nous qui décide, pour tous.

— Moi aussi je compte.

— Tu compteras quand il n'y aura plus personne.

Elvira s'éloigna de la porte.

Elle ne supportait plus de les entendre parler de leurs affaires, de leurs contrats, des boutiques ou des modèles de Paris à copier, du magasin de Turin.

Comme si rien n'avait changé. Comme si Luigi n'était pas mort. Comme si la vie continuait inexorablement. Comme si la seule chose qui comptait était encore et toujours l'argent, uniquement l'argent.

Pour elle, l'existence avait atteint son terme ce jour-là, quatre mois plus tôt, avec l'enfant qui ne naîtrait jamais.

Cela aurait été un mâle, lui avait dit le docteur Frascella, comme si cela allait la consoler ! Elle avait demandé si elle pouvait le baptiser, mais non, ce n'était pas possible. Les fruits de fausses couches n'avaient pas droit à la bénédiction et devaient demeurer dans les limbes pour l'éternité.

Si elle avait pu lui donner un nom, elle l'aurait appelé Luigi, et au diable tout le reste.

— Aie confiance, nous en aurons d'autres, lui avait dit Giuseppe, compréhensif comme à son habitude.

Elle était restée muette dans sa douleur secrète, la lettre du capitaine Innocenti dissimulée au fond d'un coffret.

L'annonce officielle du décès du lieutenant Luigi Morelli était arrivée seulement trois semaines plus tard. Son épouse turinoise n'avait jamais écrit que Luigi était parti faire la guerre. Elle s'était bornée à communiquer à sa belle-famille les nouvelles concernant les magasins par l'intermédiaire d'un loyal conseiller du nom de Ferraris.

Les Morelli avaient été pris de court, à la fois par le chagrin et par la pensée de ce qui s'était tramé dans leur dos. Les relations entre les deux familles n'avaient jamais été bonnes et, désormais, ils se préparaient à une bataille juridique pour récupérer les intérêts des héritiers de Luigi contre Cinzia Giraud qui, par chance, n'avait jamais porté d'enfant.

Après l'arrivée de la nouvelle de la mort de Luigi, dans la confusion générale, personne n'avait fait grand cas d'Elvira, de sa souffrance, et on avait attribué son chagrin aux suites de sa fausse couche.

C'était à cette période qu'elle avait pris une décision définitive : elle n'aurait plus d'enfant. Jamais plus.

Son enfant était mort. Luigi était mort. Son amant « tout feu tout flamme », comme l'avait appelé Zia Checchina en lui lisant les lignes de la main.

Combien de temps avait passé ? Cela lui paraissait avoir duré toute une vie alors qu'il ne s'était écoulé que quelques années. La vieille sorcière avait vu la vérité, comme toujours. Et si elle ne s'était jamais réfugiée avec Luigi à l'étage ? Et si la malédiction n'avait pas frappé la maison lorsqu'elle y était entrée, épouse impure, déjà corrompue ? Et si elle avait pu revenir en arrière, lui dire qu'elle le choisissait, qu'elle l'aurait choisi entre tous, en dépit de tout ?

Si, si, si. À quoi servaient ces « si » ?

À présent, plus rien ne comptait. Il suffisait d'attendre que le temps passe sans que rien compte, jusqu'à la fin.

Les voix dans le salon s'étaient élevées à nouveau. S'ils ne parlaient pas, ils s'affrontaient, et sinon, ils se disputaient. Toutefois, ce n'était pas les frères qui criaient, c'était Alfonzo qui bataillait contre son père, parce qu'ils n'étaient jamais d'accord sur rien.

— Pas de discussion ! coupa Antonio.

Elvira se réfugia dans le vestibule bien éclairé parce qu'il faisait encore trop froid dehors ou dans l'orangerie. Elle avait donné l'ordre qu'on laisse brûler les lampes dans la maison, dans toutes les pièces, et que l'on continue d'entretenir les feux. Giuseppe s'était plaint de ce gaspillage de charbon et de pétrole, mais il n'avait pas insisté. Il continuait à la traiter comme une petite chose fragile qui risquait de se briser, sans comprendre qu'elle était déjà brisée, et ce de manière irréparable.

Elvira se dirigea vers la cuisine.

— Angela ? Viens voir maman.

La fillette n'était pas là. Âgée de six ans, elle était d'une curiosité insatiable, indépendante et trop vive pour une jeune personne. Elle ne restait jamais en place et ne conservait jamais la dignité imposée aux membres de la gent féminine.

Amalia, la cuisinière, glissa quelque chose dans sa poche, peut-être un morceau de fromage ou de pain qu'elle rapporterait chez elle pour ses enfants. C'était déjà arrivé mais Elvira ne lui reprochait rien. Elle se sentait trop lasse pour cela.

— As-tu vu Angela ?

— Non, madame.

La femme se retourna pour remuer le contenu d'une cocotte sur le fourneau sans la regarder.

— Cette enfant est toujours enfermée quelque part. Ce n'est pas convenable.

— Il fait froid dehors. Que pourrait-elle y faire ?

Elvira était trop lasse pour affronter la domestique.

Elle retourna dans le vestibule.

Elle chercha sa fille dans la salle à manger. Maria était en train de dresser la table avec l'aide de Salvatore.

— Elle sera allée jouer avec Fortuna, madame, répondit-il d'un ton indifférent.

Elvira monta à l'étage, avec la lenteur d'une vieille femme dont le corps lui pesait à chaque pas. Elle n'avait qu'une envie : dormir ; mais il n'était même pas midi. Antonio et Alfonzo resteraient certainement pour le déjeuner. La journée s'annonçait longue.

Dans la chambre, Fortuna était en train de faire le lit.

— Où est Angela ?

— Elle est allée se cacher à l'étage, madame.

Fortuna se releva, les mains dans le dos, le visage sévère.

— Ce n'est pas bien de la part de M. Alfonzo de lui faire toutes ces farces qui lui font peur et lui font faire des caprices. Non, dit-elle en secouant la tête.

Elvira s'engagea dans l'escalier. Pourquoi sa fille choisissait-elle des endroits aussi peu commodes ?

— Angela ! appela-t-elle.

Qu'est-ce qui n'allait pas avec cette enfant ?

Elvira pensa qu'elle l'avait trop négligée pendant ces derniers mois. Peut-être la négligeait-elle depuis le début ?

Ses amies ne se comportaient pas ainsi avec leurs enfants. Elles les embrassaient, les câlinaient, baisers, caresses et sourires. C'étaient des choses qu'elle ne savait pas faire parce qu'on ne les lui avait jamais apprises. Sa propre mère était ainsi, distante et froide, et puis la tuberculose l'avait emportée trop tôt. Elle n'avait pas réussi à lui enseigner ce qu'était l'amour.

Plus qu'un amour maternel, Angela était un devoir.

— Angela ! cria-t-elle encore en haut de l'escalier qui menait à l'étage des domestiques.

Le plafond s'étendait sur toute la longueur de la maison. Dans le silence, Elvira crut entendre un bruit.

La lumière du jour n'éclairait pas vraiment le couloir, et il faisait froid. Elvira avança sur le parquet grinçant.

— Angela ? murmura-t-elle.

La porte de la chambre de Teresa n'était pas verrouillée comme elle aurait dû l'être. Elle était simplement poussée.

En tendant l'oreille, Elvira perçut une sorte de grattement, comme un animal qui fouillait.

Elle ouvrit la porte en grand.

— Angela !

La pièce était plongée dans la pénombre. Un volet mal ajusté laissait entrer un rai de lumière.

Sa fille était assise sur le sol dans un coin et tentait à deux mains de déplacer une tomette. Elle leva des yeux pleins d'épouvante vers sa mère.

— Qu'est-ce que tu fabriques ?

— Rien. Je suis là c'est tout.

— Pour quoi faire ?

— Je ne fais rien. J'apprends à ne pas avoir peur.

Angela parlait d'une voix calme comme si elle voulait convaincre sa mère.

— Maman, j'ai trouvé une cachette là-dessous. Peut-être qu'il y a un trésor.

— De quel trésor parles-tu ?

— Ici, il doit y avoir quelque chose de caché.

— Tu sais bien que tu ne dois pas entrer dans cette chambre.

Elvira sentait monter en elle une colère démesurée. Angela se leva, encore plus effrayée par le regard furieux de sa mère. Sa nouvelle robe, blanche et rose avec des rubans, était sale. Elle fit de son mieux pour dissimuler ses mains couvertes de poussière dans son dos.

— Là-dessous, j'ai senti quelque chose bouger.

— Alors, tu as cru qu'il y avait une cachette secrète. C'est ce que tu as dans la tête, non ?

Elvira avança dans la chambre et empoigna sa fille.

— Tu ne peux pas grandir un peu ? s'exclama-t-elle en la tirant vers la porte.

Elle aurait voulu la gifler, mais une vague soudaine de fatigue l'empêcha d'agir. Elle se tourna de l'autre côté.

— Descends rejoindre Fortuna et change-toi. Tu as souillé ta robe, dit-elle en s'efforçant de parler calmement. Va te laver les mains.

Angela fila sans demander son reste, soulagée d'éviter la punition.

Elvira s'approcha du carreau de brique que sa fille avait déplacé. Du bout du pied, elle voulut effacer la trace de chaux que sa fille avait laissée et lisser le sol, mais elle n'y arriva pas.

Elle s'agenouilla et éprouva brusquement une étrange sensation. Elle se retourna d'un bond. Il n'y avait rien de plus que la chambre vide. On avait même retiré le crochet auquel Teresa s'était pendue.

Elvira posa la main sur la tomette en hésitant. Dessous, il y avait autre chose qui l'empêchait de remettre le carreau en place. Elle glissa deux doigts dans l'interstice et sentit quelque chose sous ses doigts. Un chiffon ?

Elle souleva la tomette et extirpa sa trouvaille.

C'était un mouchoir durci par la crasse, avec le M de la famille Morelli brodé dans un coin. À l'intérieur, il y avait un objet dur qui lui roula dans la main.

Une bague en or.

Une bague énorme, de la taille d'un doigt d'homme, une chevalière dont le chaton portait le M gravé dans le même style que celui de la broderie.

Elvira ne put se relever ; dans sa main, la chevalière lui paraissait de plus en plus lourde au fil des secondes.

Elle la connaissait. Elle s'en souvenait.

Quelques mois à peine avant son mariage, ils étaient allongés sur le lit de la chambre de Luigi au premier étage, entre les draps qui embaumaient son parfum à lui, la porte fermée à clé. La fenêtre était ouverte sur l'air doux d'un après-midi de printemps. En bas, au rez-de-chaussée, la famille Morelli au grand complet se reposait et digérait le repas dominical. Giuseppe, comme son père et son frère Antonio, allait jusqu'à enfiler un vêtement de nuit et un bonnet avant de fermer les persiennes. Le dimanche, pendant trois heures, pas une mouche ne volait dans la demeure.

Les domestiques étaient heureux de profiter de ces moments de repos. Les seuls qui restaient éveillés et vivants, plus que vivants, étaient Elvira et Luigi.

Luigi peignait, lisait, s'entourait de beauté. Sur les murs, il y avait des aquarelles de vues de Naples et du golfe, et sa bibliothèque était chargée de volumes qu'Elvira aurait voulu feuilleter. Mais elle n'avait pas le temps. Elle n'avait jamais le temps, entre l'urgence de leur désir réciproque et le frémissement du danger qui les menaçait à chaque fois. Les corps lourds et somnolents des Morelli étaient là, juste en dessous, plongés dans le sommeil des justes.

Avec Luigi, ils en riaient, conscients cependant d'être au bord d'un précipice.

— Regarde mon père comme il est arrogant.

Luigi lui avait montré la chevalière massive avec le M du chaton. Un article lourd et laid, qui n'évoquait rien de plus que l'argent.

Elvira l'avait fait tourner entre ses doigts.

— Pourquoi arrogant ?

Le vieux patriarche, Amedeo, lui avait paru bourru, imposant et composé, un peu menaçant. Puissant, même s'il se montrait toujours aimable.

Luigi avait caressé ses épaules nues et elle s'était glissée entre les draps froissés. Ils avaient encore le temps. Leurs après-midi secrets se dilataient jusqu'à devenir une vie entière, des souvenirs qui les aidaient à supporter les semaines, d'un dimanche à l'autre. C'était facile de ne plus penser qu'elle épouserait Giuseppe deux mois plus tard seulement.

— D'après mon père, avec cette chevalière, je pourrais passer pour un noble, lui avait déclaré son amant. Sinon, je pourrais la vendre pour acheter une chaîne de montre neuve, ou bien je pourrais l'offrir à quelqu'un. Tu la veux ?

Il l'avait regardée avec ce sourire gauche qui lui faisait toujours battre le cœur plus fort.

Elvira avait écarté les cuisses avant de les refermer. Il fallait prendre son temps.

Elle voulait continuer à jouer.

— Et toi, que veux-tu en échange ? lui avait-elle demandé.

— Tu le sais bien, avait dit Luigi d'un air soudain sérieux.

— Que veux-tu ? Je t'ai déjà tout donné !

Elvira aurait préféré qu'ils continuent à plaisanter, mais l'atmosphère avait changé. De la fenêtre leur parvint une rafale de vent froid.

— Romps tes fiançailles, murmura-t-il.

— D'accord, mais après ? s'écria-t-elle en écarquillant les yeux. Tu peux me dire ce que je dois faire ?

Elle s'était relevée sur le lit, la colère la rendait indifférente à sa nudité.

— Nous verrons, Elvira. As-tu confiance en moi ?

— C'est impossible.

Luigi avait serré la bague dans son poing et lui avait lancé son expression d'homme impuissant, humilié.

Après ce jour, elle n'avait plus jamais vu la chevalière à son doigt. Elle en avait conclu que Luigi avait fait ce qu'il avait dit, peut-être l'avait-il vendue.

Ensuite, elle l'avait oubliée. Jusqu'à cet instant.

Elle avait toujours été là.

Pendant toutes ces années, cachée dans la chambre de Teresa.

Là.

Elle la fit tourner dans la main, lourde, dorée, laide. Un vilain morceau d'or pur.

Luigi avait donc trouvé une femme à qui en faire cadeau après tout.

Elle leva les yeux vers la poutre du plafond, où il ne subsistait aucune trace du crochet, de la corde et de Teresa qui s'était pendue.

Que s'était-il passé ? Pourquoi ne s'était-elle aperçue de rien ? La semaine avant ses noces, il avait été distrait et fuyant, mais ils n'avaient pas eu le temps de parler parce qu'il fallait qu'elle s'occupe des essayages avec la couturière, des décorations, du trousseau. Elle était si heureuse, alors, et elle avait imaginé qu'avec Luigi, tout s'arrangerait après le mariage.

Quelle idiote elle avait été, pensa-t-elle à cet instant, assise sur le sol poussiéreux.

Comment avait-elle pu croire que les dimanches se dérouleraient toujours de même, avec le déjeuner et après le déjeuner ?

Les hommes restaient des hommes, et Luigi était un homme comme les autres après tout.

Il n'avait donc pas su patienter.

Elvira éprouva une envie irrésistible de jeter la chevalière contre le mur. Peut-être aurait-elle troué la paroi pour disparaître à jamais.

Elle se mordit violemment les lèvres pour ne pas pleurer. Elle refusait de savoir, elle n'aurait jamais voulu savoir.

Elle en voulut à Angela de sa découverte.

— Que t'ai-je donc fait ? articula-t-elle à voix haute.

Elle n'attendait pas de réponse. Elle savait.

À quinze ans, Teresa était une proie facile pour un homme séduisant comme Luigi.

Un baume pour son orgueil blessé, une distraction.

Un caprice.

C'était aussi sa faute, parce qu'elle l'avait repoussé, comme tout le reste était sa faute.

1858

Votre Excellence, qui est un si riche seigneur, ne peut se faire une idée de ce que sont ces hospices dits de charité, mais qui sont au contraire de cruelles prisons, privées des avantages que visaient les bienfaiteurs qui léguèrent leurs biens au profit des pauvres.

FRANCESCO MASTRIANI, *FIOR D'ARANCIO. LA CANTATRICE DI MERGELLINA* (« FLEUR D'ORANGER. LA CANTATRICE DE MERGELLINA », NON TRADUIT), 1858.

Juillet

Giuseppe replia le *Giornale del Mattino* où on parlait encore de Pisacane et de sa politique anarchiste.

— Pauvre fou, dit-il.

Elvira lui trouva un air courroucé. Comme elle ne disait rien, son mari poursuivit :

— Comment peut-on croire que les paysans et les éleveurs se soient ralliés à lui ? Ils sont comme leurs bêtes. Que comprennent-ils à la politique ?

Ils étaient en train de prendre le café après le déjeuner. Sur la table ne restaient que des pelures de mandarine et un peu de baba au rhum dans les assiettes à dessert. Caterina avait déjà emmené Angela pour la sieste. Giuseppe aimait son café fort, avec une seule cuillerée de sucre. Il en buvait au moins deux tasses pour faciliter sa digestion. Il avait lu à Elvira l'histoire du révolutionnaire accusé de brigandage et tué à coups de serpe dans un village perdu, tout en commentant chaque épisode d'un ton déconcerté, presque offensé.

Elvira s'était alors rendu compte que son mari était pour l'unification de l'Italie et s'en était étonnée.

— Pourquoi ? Comment l'aurais-tu faite toi, la révolution ? lui demanda-t-elle d'un air sarcastique.

Pour elle, rien n'était plus éloigné du concept même de courage que son époux débonnaire.

— En tout cas, pas comme Luigi qui était prêt à mourir au combat !

La pensée lui avait traversé l'esprit comme cela lui arrivait souvent, et ce en dépit de ce qu'elle savait désormais de lui. Elle posa sa tasse avec une certaine violence. Le café éclaboussa la nappe et elle s'empressa de l'essuyer avec sa serviette, mais son geste ne fit qu'élargir la tache.

— D'abord, je ne ferai jamais la guerre. (Comme toujours, Giuseppe avait réfléchi à sa question avec sérieux et attention.) Je préférerais avoir recours à diplomatie.

Comme un brave boutiquier, pensa-t-elle sans mot dire.

Elvira avait entendu parler de Carlo Pisacane, mais pas pour des questions politiques qui, d'ailleurs, ne l'intéressaient guère.

— À présent que Pisacane est mort, que deviendra sa maîtresse ?

Giuseppe haussa les épaules, par ennui ou par mépris.

— Elle se trouvera un autre héros.

Le révolutionnaire était l'amant d'une jeune femme mariée avec un homme beaucoup plus âgé qu'elle. Il l'avait engrossée et ils s'étaient ensuite enfuis à Londres puis à Paris.

Elvira avait secrètement admiré cette femme qui avait osé affronter le scandale et, désormais, après la mort de son amant, se retrouvait mère solitaire que tout le monde était prêt à consoler.

En revanche, personne ne prêtait attention à Elvira. Qui était-elle ? La maîtresse de personne, la femme de tous, la mère de rien.

Elle continua distraitement à tamponner la tache brune de café sur la nappe blanche.

— Alors, as-tu pris le temps de réfléchir ? demanda Giuseppe au bout d'un moment.

Elvira secoua la tête.

— Non, répondit-elle faiblement sans le regarder.

Ce n'était pas vrai. Elle n'avait cessé d'y penser.

— Ce serait une bonne solution. La Vierge nous aiderait, tu sais.

Elle s'obstina à ne pas lever les yeux vers lui. La tache de café semblait absorber toute sa concentration.

— Je refuse, chuchota-t-elle. Tu ne peux pas m'y obliger.

La porte s'ouvrit à la volée et Angela se précipita vers eux, sa nourrice sur les talons.

— Je ne veux pas faire la sieste !

La fillette avait les joues rouges de colère. Elle tapait du pied sur le sol. Elvira la regarda et sentit les yeux de son mari sur elle. Sa fille ressemblait chaque jour plus à Luigi.

— Papa, je veux rester avec vous, continua-t-elle à hurler.

Giuseppe ne lui répondit pas et ne lui accorda pas même un regard.

— Emmène-la, Caterina, déclara Elvira.

La domestique obéit et entraîna la petite comme un poids mort. Giuseppe attendit que les hurlements s'éloignent et que sa fille disparaisse dans l'escalier, puis il se leva. Il fit le tour de la salle, les mains dans les poches de son gilet, avant de s'approcher d'elle.

— Tu me le dois, Elvira. Tu sais que tu me le dois.

Vaincue, elle baissa la tête.

Août

Le faubourg était envahi par les voyageurs qui venaient sans doute à peine de débarquer dans l'une des deux gares de Naples, Bayard, pour Nocera et Salernes, ou la nouvelle gare, pour Caserte puis Rome. Les gens venaient presque tous de l'intérieur du royaume, chargés de sacs et de valises, escortés par des porteurs improvisés et par des carrioles prêtes à trimbaler des malles et des passagers.

La voiture s'arrêta. Giuseppe observa la foule et essuya la sueur de son front.

— Nous voici enfin arrivés, s'exclama-t-il.

Il paraissait impatient. Il s'était élégamment vêtu pour l'occasion, avec un complet noir, un chapeau melon en feutre, les chaussures cirées à miroir et une chemise repassée de frais. *On dirait qu'il se rend à un mariage*, pensa Elvira.

Il descendit le premier de la voiture, alluma un cigare, puis aida sa femme et sa fille à sortir. Toutes deux étaient vêtues de mousseline légère blanche. Il faisait chaud et il y avait trop de monde. Les caniveaux étaient encore une fois bouchés. Les voix et les appels rebondissaient d'un côté à l'autre de la ruelle.

— Maman, ça pue ! Pourquoi sommes-nous venus ? demanda Angela dans un gémissement agaçant.

— Pour un beau cadeau, je te l'ai déjà expliqué.

Elle fit de son mieux pour sourire malgré son peu d'assurance.

Avant de sortir, Fortuna avait coiffé Angela en attachant ses deux nattes avec des rubans roses. Avec les bouclettes noires qui lui retombaient sur le front, elle ressemblait de façon gênante à Luigi, même si ce chapitre était définitivement clos. Elvira n'avait pas l'intention de lui accorder une seconde plus. Mort et enterré, avec ses péchés.

Ce qui n'était pas vrai.

Chaque fois qu'elle regardait sa fille et y retrouvait les traits de son amant, elle sentait s'enflammer en elle une rage incontrôlable. C'était à cause de lui qu'elle se retrouvait ici, parce qu'elle n'avait pas pu dire non à Giuseppe qui, s'il avait compris, n'en parlait pas.

C'était à elle qu'incombait ce sacrifice. Ce vœu.

Le trottoir était encombré de paysans qui s'en retournaient chez eux, de charrettes traînées par des ânes, de femmes du peuple vêtues de robes rapiécées, d'ouvrières en chemise et de marchands qui transportaient des paniers débordant de légumes et de fruits.

Elvira ne connaissait pas bien le quartier. En vérité, toute la ville au-delà des limites de Chiaia lui paraissait lointaine et étrangère, et peuplée de barbares.

Une jeune femme en gris, une amphore sur la tête, les dépassa en leur offrant un beau sourire sans dents, tout aussi joyeuse que sotte.

Elvira se tourna de l'autre côté et suivit le regard de son mari vers la grande façade de l'immeuble. Ce matin, Giuseppe ressemblait à un vieil homme. La mort de son frère, les conflits internes à l'entreprise pour la succursale de Turin, la fausse couche de son épouse et la responsabilité des Magasins Morelli qui pesait toujours plus sur ses épaules avaient réclamé leur dû. Pour lui, c'était trop. Il aurait préféré passer la journée dans son fauteuil.

— Tu es contente ? demanda-t-il à Angela en lui prenant la main.

— De quoi ? répliqua l'enfant.

Dans la rue étroite, les charrettes, les cabriolets et les fiacres les forçaient à se plaquer contre le mur pour les laisser passer.

— Nous allons te choisir une petite sœur.

— Qu'est-ce que ça peut me faire à moi ?

— Tu pourras t'amuser avec elle, l'habiller et la câliner ou lui donner à manger.

— J'ai déjà des poupées, répliqua Angela en secouant ses tresses. Je ne veux pas de petite sœur.

Giuseppe avait cependant déjà cessé de l'écouter.

— C'est la meilleure décision, déclara-t-il en prenant le bras d'Elvira.

Il était inquiet qu'elle change d'avis au dernier moment.

— Après tout ce que nous avons enduré, ce jour marque un nouveau départ pour notre famille.

Un nouveau départ, se répéta intérieurement Elvira en opinant de la tête.

Une bonne action. Un vœu.

Une fois qu'elle avait compris qu'elle n'était pas en mesure de refuser la proposition de Giuseppe, Elvira s'était pliée à sa demande et les arguments de son mari avaient réussi à abattre ses dernières résistances.

Elle s'était laissée convaincre. Une bonne action en échange d'un fils.

Un vœu et le petit Amedeo Morelli réussirait à ramener la joie dans leur vie.

En tout cas, de son point de vue à elle, il apporterait un certain soulagement.

— C'est la mère abbesse en personne qui nous recevra, déclara-t-il avec fierté. Nous n'aurons que le meilleur du meilleur.

— Je l'espère bien.

Elvira aurait voulu partager l'enthousiasme de son mari, mais elle ne sentait que la sueur qui lui coulait dans le cou et dans le dos. Elle fixa la façade du couvent pendant que Giuseppe cognait le heurtoir en cuivre. En bas, sur la gauche, il y avait un trou dans le mur, à peine plus gros qu'une tête et évasé vers l'intérieur. Il semblait impossible d'entrer par cet orifice.

Une religieuse de petite taille entièrement vêtue de gris ouvrit la porte de service et les fit entrer dans un vestibule long et étroit qui sentait l'humidité.

— Bienvenue, dit-elle en leur faisant signe de la suivre. La mère abbesse va vous recevoir sur-le-champ.

La chaleur de juillet paraissait bien loin, de même que la foule et le vacarme. La fraîcheur était accueillante.

— Ma sœur, rappela Elvira sur une impulsion.

— Oui ?

La religieuse s'arrêta, les mains enfilées dans les manches de sa tunique.

— À quel usage est destiné le trou, là dehors ? C'est par là qu'ils passent ?

Giuseppe lui lança un regard qu'elle choisit d'ignorer.

— Cela paraît si étroit, insista-t-elle.

Peut-être avait-elle simplement besoin de prendre un peu de temps avant.

— C'est ce que nous appelons la Roue des exposés[1], acquiesça la femme. Voulez-vous la voir ?

Sans attendre de réponse, elle s'approcha d'une porte qui donnait sur le vestibule.

— Venez, entrez je vous prie.

La pièce était étroite et longue, avec un lit, des cuvettes et des linges. Les parois en briques étaient chaulées de blanc, le sol était recouvert de carreaux verts et bruns.

Deux filles de salle en chemise blanche étaient assises à attendre. Elles saluèrent d'un signe mais ne parlèrent pas. Sur le mur, à l'endroit où se trouvait le trou du dehors, il y avait un dispositif en bois qui évoquait une petite porte à tambour.

— Voilà la Roue des exposés, expliqua la moniale avec fierté. À l'extérieur, il y a le trou et un guichet qui donnent sur la rue. Les pécheresses qui veulent laisser leur enfant le placent à l'intérieur.

1. Bien qu'en France, l'équivalent soit un tour d'abandon – une « boîte à bébé » qui existe encore dans certains pays –, le terme italien de « roue », *ruota degli esposti*, rappelle davantage l'idée de destin.

Elvira s'approcha en retenant son souffle. On aurait dit un meuble de cuisine. Une des femmes se leva pour lui montrer comment cela fonctionnait.

— Une fois l'enfant placé là, on fait tourner la roue pour que l'exposé se retrouve de ce côté.

Ainsi va la vie, pensa-t-elle.

Un tour de roue suffisait pour passer d'un monde à un autre, d'un destin à un autre. Meilleur ou pire, on ne pouvait pas le savoir à l'avance. C'était exactement ce qui lui était arrivé.

— C'est tout ? Personne ne pose de question ? demanda Giuseppe.

Angela était restée sur le seuil. Elle paraissait embarrassée, elle se rongeait un ongle en observant l'étrange mécanisme qui lui faisait peur.

— Tout reste secret, répondit la femme. Pour protéger les malheureuses.

— Nous accueillons les enfants sans demander d'explication, intervint la religieuse. L'enfant est lavé et vêtu avec les dons que nous récoltons. Nous lui donnons un nom et un prénom, et il est ensuite confié aux nourrices.

— Vous avez également des nourrices ? s'étonna Elvira.

— Bien sûr. Certaines arrivent à quelques heures de leur première montée de lait. Nous avons des nourrices mais aussi des femmes qui prennent soin des enfants, des cuisinières. Une centaine de personnes travaillent ici.

— Une centaine ? Combien d'enfants avez-vous donc ?

— À cette heure, nous en abritons sept cent cinq.

— Sept cent cinq, murmura Elvira. Comment peut-on abandonner autant d'enfants ?

La sœur écarta les bras.

— Il peut y avoir de nombreuses raisons mais, la plupart du temps, c'est à cause de la misère ou du péché. Illégitimes, refusés, orphelins de mère morte en couches, fils de pêcheresses ou de filles de joie. Des bébés dont on ne veut pas, surtout des filles.

— Et leur nom ? insista Elvira qui n'arrivait pas à retrouver son calme. Qui choisit leur nom ?

— C'est nous, par ordre alphabétique, une lettre chaque jour. Ensuite, les plus chanceux prennent celui de la famille qui les adopte.

— Sept cent cinq.

Giuseppe avait du mal à en croire ses oreilles. Cela lui paraissait énorme.

— Tous vous arrivent par la Roue ?

— Au fil des années, il en est passé des milliers et des milliers. De Naples et de la province, tous à travers la Roue des exposés.

La sœur se tourna vers la porte avant d'ajouter :

— Parfois, la nuit, on nous en confie un trop grand, de quatre ou cinq ans, et la Roue tourne quand même. Ce qui peut faire des dégâts.

— Des dégâts ?

Elvira crut qu'elle allait se trouver mal.

— Un bras, une jambe, la tête. Au hasard quand ils sont trop gros.

La religieuse leva les paumes au ciel, comme si c'était une simple fatalité.

Voilà comment fonctionnait la Roue, tout comme la vie, une simple fatalité, voulait-elle dire.

Ils la suivirent en silence dans une cour avant de traverser un passage couvert jusqu'à une cour plus vaste où la chaleur pénétrait à nouveau. Ils virent un groupe d'enfants en uniforme gris, maigres et les cheveux rasés comme de petits galériens. Chez les plus petits, il était impossible de deviner s'il s'agissait de filles ou de garçons.

Sera-t-elle comme eux ? se demanda Elvira.

Angela se colla à sa jupe, effrayée par les regards des orphelins.

— Maman, ils sont méchants ! Je ne veux pas d'une sœur comme ça !

Moi non plus, pensa Elvira.

— C'est immense ici, dit-elle en levant les yeux vers les rangées de fenêtres qui donnaient sur la cour.

— Certes. Il y a la chapelle, l'hôpital, l'orphelinat, l'hospice, l'école. Nous disposons également d'un institut pour accueillir les femmes déchues. Ici, elles sont en sécurité.

La religieuse parlait d'un ton animé, sans la moindre trace de pitié.

C'est alors que l'abbesse apparut. Une femme âgée, à la mine sévère, dont la tunique noire lui descendait jusqu'aux pieds. Giuseppe se porta à sa rencontre et lui baisa la main. Elvira l'imita. En revanche, de plus en plus effrayée, Angela se cacha dans les jupes de sa mère.

— Mon enfant, tu as beaucoup de chance, lui dit l'abbesse en lui jetant un regard qui tentait de se montrer bienveillant. Es-tu aussi une bonne fille ?

Angela demeurait muette de terreur.

Ils suivirent l'abbesse à travers le cloître sous les regards des orphelins.

— Je suis émerveillé, dit Giuseppe en gesticulant à sa manière douce et un peu rustre, comme un brave paysan. Je n'avais aucune idée que vous meniez une entreprise aussi imposante. Sept cent cinq enfants ! D'où vous viennent les fonds nécessaires ?

— De l'Église ainsi que de quelques bienfaiteurs, murmura la mère supérieure en soupirant. Hélas, ce n'est pas parce qu'un enfant nous est confié qu'il est sauvé. Peu survivent aux premiers mois. Les plus chanceux, les plus beaux, les plus sains et robustes, sont remis à ceux qui en font la demande. Certains prient la Madone et les adoptent gratuitement. Ensuite, il y a ceux qui prennent les enfants en échange d'une compensation.

— Pour de l'argent ? Peut-on leur faire confiance ?

— Qui peut le dire ?

La religieuse secoua la tête.

Ils étaient arrivés de l'autre côté de la cour. Elvira leva les yeux et découvrit une foule de petits visages qui les observaient depuis les fenêtres. Dans un angle, une vingtaine de jeunes filles émergèrent, toutes en uniforme gris et les cheveux attachés. Elles se tenaient par la main et avançaient en silence.

L'abbesse ouvrit une porte vitrée et ils la suivirent dans un escalier. Ils étaient de nouveau enveloppés par la fraîcheur.

— Allons dans la salle de l'accueil, au premier étage.

— Nous avons fait un vœu, déclara maladroitement Giuseppe tout en la suivant. Un vœu à la Madone pour qu'elle nous accorde sa grâce.

— C'est toujours pour une grâce, répondit la femme.

— Nous voudrions un enfant mâle, dit Giuseppe à voix basse en jetant un regard vers Elvira qui détourna les yeux. Mon épouse n'arrive pas à m'en donner. Après beaucoup de chagrins, nous avons pensé à nous tourner vers Lui qui peut tout.

— Vous voulez un mâle ?

La religieuse stoppa dans l'escalier.

— Vous m'aviez pourtant écrit que vous souhaitiez adopter une fille !

— Non, non, s'empressa de préciser Giuseppe. Nous sommes venus chercher une fille. Une enfant qui tiendra compagnie à notre fille à nous. C'est le vœu.

— Cette enfant aura bien de la chance.

— Lorsque nous l'accueillerons, la Madone devra nous faire la grâce de nous donner un enfant, un mâle en pleine santé. *Notre* fils.

Giuseppe sortit l'enveloppe contenant le don et la tendit à l'abbesse qui la fit disparaît en un clin d'œil entre les pans de sa robe.

— Le bien attire toujours le bien, conclut-elle en faisant un signe de bénédiction.

Giuseppe baissa la tête. Elvira regrettait de ne pas éprouver la même certitude que lui.

— Je vous ai fait préparer la fillette idéale, de l'âge que vous m'avez indiqué.

— Est-elle saine ? trouva-t-elle le courage de demander.

— Saine et vigoureuse. Celles qui ne sont pas en bonne santé, nous ne les présentons pas.

L'escalier en piperno paraissait ne pas avoir de fin. Comment avait-elle pu se laisser convaincre ?

Depuis, elle vivait comme si quelque chose s'était rompu à l'intérieur d'elle, la seule pensée claire qui lui restait était qu'elle devait réussir une nouvelle vie avec l'homme honnête qu'elle avait épousé. Que faisait-elle ici ? Voulait-elle vraiment introduire dans sa maison une enfant inconnue, venue d'on ne savait d'où ? Ensuite, comme récompense, voulait-elle une nouvelle grossesse, un autre accouchement ?

Ils longèrent un long couloir à la voûte en berceau. Au fond, sur la droite, une porte était ouverte et une religieuse les attendait.

Troublé, Giuseppe se précipita à l'intérieur de la pièce en cherchant l'enfant du regard. Elvira, quant à elle, garda les yeux rivés sur les dalles en pierre du sol avant de les relever très lentement.

Contre le mur, dans la chambre d'accueil, étaient alignées une dizaine de fillettes. Certaines se dressaient sur la pointe des pieds pour masquer leur petite taille ; d'autres, plus grandes, s'appuyaient négligemment contre le mur avec un sourire plein d'espoir.

— Maman, je ne la veux pas.

La petite main chaude et moite d'Angela serra celle de sa mère. Elvira avait les larmes aux yeux et se voyait incapable de regarder les fillettes en face. Ils défilèrent lentement devant le rang. Giuseppe les examina une par une, comme s'il choisissait un beau coupon d'étoffe, une toile solide, un rouleau de soie. Elvira n'y arrivait pas : c'était trop triste, trop pénible.

Angela lui lâcha la main, courut en avant comme pour observer toutes les fillettes et s'arrêta devant une des petites avant de se retourner vers ses parents.

— La plus laide, dit-elle en montrant la fillette.

Giuseppe l'attrapa par le bras.

— On ne dit pas ça, gronda-t-il à voix basse.

— Voici Giuseppina.

Croyant avoir relevé leur intérêt pour l'enfant qu'avait montrée Angela, l'abbesse posa la main sur le petit crâne rasé. La fillette était plutôt chétive, presque malingre, et ses yeux creusés de vieille femme les fixèrent avec un air sombre, insondable.

Elvira étudia l'enfant. Celle-ci lui rendit son regard et elle finit par baisser les yeux.

— C'est son véritable nom, Giuseppina. Vous voyez ?

L'abbesse montra le nom brodé sur le morceau de lainage gris qui couvrait les épaules de la petite.

— Elle était enveloppée dans ce châle. Dans ce genre de cas, nous essayons de respecter la volonté des parents qui laissent un signe de reconnaissance.

Elvira le comprit dès qu'elle s'approcha. Elle le comprit au visage réjoui de Giuseppe, à ses joues roses. Le choix était fait.

— Giuseppina, comme moi ? chuchota le mari. C'est un signe de la Madone.

— Vous êtes sûrs de vous ?

L'abbesse paraissait ravie. Elle regarda l'autre religieuse.

— C'est une bonne enfant, silencieuse et calme.

— Quel âge a-t-elle ? demanda à grand-peine Elvira tant elle était sidérée.

— Elle était déjà grande quand elle est arrivée, peut-être à neuf ou dix mois, déclara la sœur qui supervisait les fillettes, même s'il était visible qu'elle n'était pas tout à fait sûre. L'an dernier, vers la fin. Elle a un an et demi, à peu près. Elle sait déjà marcher.

— Vraiment ? murmura Elvira. Elle paraît si petite.

— C'est une brave enfant, s'empressa de couper l'abbesse.

Elle craignait peut-être qu'ils reviennent sur leur décision.

— Une brave enfant, répéta Giuseppe.

— Je ne la veux pas ! hurla Angela.

— C'est le vœu, déclara son père.

— Qu'est-ce que ça veut dire ? Maman, qu'est-ce que c'est un vœu ?

— C'est une sorte de sacrifice, expliqua Elvira à voix basse.

Elle lui prit la main et la serra jusqu'à lui faire mal.

— Tais-toi maintenant. Assez !

Si c'était là le destin, qu'il en soit ainsi.

Une enfant en valait une autre et cette petite et pathétique créature émaciée ne survivrait peut-être pas longtemps.

1859

Les nouvelles qui nous parviennent de Caserte annoncent que la fin de Sa Majesté est proche ; aux nombreux désordres survenus au cours de sa maladie s'ajoutent depuis quelques jours une indomptable diarrhée, considérée par les médecins comme la phase terminale de la maladie du souverain. Il paraîtra incroyable mais pourtant authentique que Sa Majesté la Reine force le Roi, son époux, à être transporté jusqu'à une fenêtre afin de le montrer à la population rassemblée devant le palais sous prétexte d'une procession qui serait passée par-là.

GIULIO DI GROPPELLO, ENVOYÉ DU ROI
DE SARDAIGNE À NAPLES, 1859.

Mars

Giuseppina n'était pas morte.

Peut-être attendrie par ses origines misérables, Amalia, la cuisinière, s'était dévouée pour veiller à ce que l'enfant mange de la viande, des sucreries et du pain. Ainsi, huit mois après son arrivée dans la famille – comme une grossesse et une mise au monde – elle était devenue plus forte et, peu à peu, tous avaient accepté sa présence silencieuse.

Même Elvira s'était habituée à elle et ne la considérait plus comme un ennui. Toutefois, en dépit de ses prières à la Madone, l'enfant mâle ne s'était pas présenté tandis qu'un nouvel hiver passait.

Debout devant la fenêtre obscure, Giuseppe se tourna vers le lit.

— Il fait vraiment très froid, constata-t-il en se frottant les mains.

Le poêle de la chambre était encore éclairé par des brandons ardents. En regardant son mari qui maniait le tisonnier, Elvira eut un mouvement agacé.

— Éteins les lampes, dit-elle.

En chemise de nuit qui lui couvrait les mollets, Giuseppe ne renvoyait guère l'image de la virilité, ni de la beauté. Ce n'était pas qu'il n'était pas séduisant mais, à cet instant, il accusait bien plus que ses quarante-sept années. Il était devenu presque laid et les plaisirs de la table avaient laissé leurs traces sur son physique gras et flasque.

— Un instant, laisse-moi m'apprêter.

Pour éviter de le regarder, Elvira se tourna vers le mur où la lueur jaune des deux lampes à pétrole dessinait des ombres floues.

— Hâte-toi parce que j'ai sommeil.

Giuseppe avait des problèmes de digestion et de constipation, et s'il marchait trop vite, il finissait rapidement par manquer de souffle. En outre, il ne cessait de se plaindre de douleurs inexistantes et se déplaçait comme un vieil homme.

Il était vieux, pensa-t-elle, dans ses manières et dans son âme.

— Heureusement que Maria a passé la chaufferette, dit-il.

— Veux-tu que je la repasse ?

— Et quoi ? Tu veux brûler les draps ? Rapprochons-nous, dit Giuseppe en riant comme un enfant. Si tu savais tout ce que j'ai à te raconter. Et tout ce que nous avons fait.

Cela faisait seulement quelques jours qu'il était rentré de Paris où il s'était rendu avec Antonio et Alfonzo, et il ne cessait de parler de la grande cité, des lumières, des restaurants, de la vie en France, qui était si différente de celle qu'ils menaient à Naples mais aussi très semblables par certains côtés. Là-bas, il y avait plus d'argent à gagner et plus d'affaires à faire, et les frères Morelli avaient conclu de bons accords financiers avec les fournisseurs et les vendeurs.

— Encore ! soupira Elvira. Tu ne parles que de ça.

— De quoi veux-tu que je parle ?

Avec l'enthousiasme de celui qui n'avait jamais vu le monde, Giuseppe se gavait des merveilles de la France sans jamais penser à elle. Elle aurait pu l'accompagner, mais il y avait les enfants dont elle devait prendre soin, la maison et les magasins.

— Ce n'était qu'un voyage d'affaires, des journées à passer dans les boutiques et dans les fabriques. Tu te serais ennuyée.

Pourtant, il ne s'était pas du tout ennuyé si l'on en croyait les histoires dont il assommait Elvira depuis des jours et des jours : *haute couture**[1], *popeline**, côteline*, les clients, les machines à coudre Singer et tant d'autres choses nouvelles et insolites.

Depuis, la digestion de Giuseppe, avec tous les poisons étrangers qu'il avait avalés, ne s'était pas améliorée. Le seul avantage pour elle avait été de ne pas avoir à partager son lit, et sa vie, avec son mari pendant deux semaines. Elvira secoua la tête et esquissa un sourire.

Pour finir, Giuseppe s'assit. Le matelas s'enfonça sous son poids. Elle sentit qu'il retirait ses pantoufles.

— Tu n'as pas idée de ces grands magasins, répéta-t-il. Worth, ça s'appelle. Dans l'endroit le plus beau de Paris. Énorme, et avec des étoffes et tissus de tous les genres, sans parler des vêtements. Ils les font sur place. Ils ont leurs couturières et, à la fin, tu sors du magasin avec un nouveau costume sur mesure magnifique.

---

1. Les mots en italique suivis d'un astérisque sont en français dans le texte.

Elvira éprouva un frisson d'intérêt pour cette anecdote, et se tourna de ce fait vers lui tandis qu'il enfilait son caleçon de nuit.

Ensuite, il se releva pour aller enfin éteindre les lampes.

Elle continua à le regarder, en pensant qu'il allait bientôt monter sur elle. Peut-être, songea Elvira, devrait-elle l'accueillir avec un certain plaisir ou le fils tant attendu ne viendrait jamais.

Peut-être que la Vierge, en dépit de leur vœu, n'était pas de leur côté. Peut-être que cela ne suffisait pas. Son amie Giulia, qui avait eu cinq fils, affirmait que pour un mâle, il fallait un certain engagement. De l'amour peut-être. Mais c'était impossible, pas plus qu'un miracle ne l'était.

Son mari, quand elle l'y autorisait, tombait sur elle sans aucune pensée ni attention et la prenait sans plus de cérémonie.

Il se soulageait, c'était tout.

— Donne-moi la pommade, dit-elle en montrant le coffret sur la coiffeuse.

— À vos ordres !

Giuseppe était heureux d'avoir compris. Il s'approcha du meuble et se mit à fouiller dedans pendant que son double menton tremblotait sur son cou.

Au-delà de son aspect physique qui la rebutait, elle savait qu'il était prêt à s'exécuter pour lui faire plaisir.

Peut-être que, plus jeune, elle avait été trop exigeante, supposa Elvira. Peut-être que, maintenant qu'elle était plus mûre et que l'enfant adopté était dans la maison, les choses se mettraient en place, y compris dans son esprit.

Après tout, c'était le bon moment de son cycle.

Il suffisait d'avoir un peu de patience.

Un peu d'affection. Mari et femme.

— Tu l'as trouvée ?

— Je ne vois rien, Elvira. Cette pommade, je ne la trouve pas.

— Cherche mieux.

Elvira se caressa les jambes sous les draps. Plutôt par devoir que par plaisir.

Giuseppe la répugnait. Certes, il se montrait toujours attentionné, mais son contact même l'agaçait et elle le trouvait maladroit, voire ridicule.

Tous les mariages finissaient-ils comme le sien avec le temps ? Y compris ceux qui avaient bien commencé, par amour ?

Tu aurais peut-être fini de la même manière avec lui.

La pensée la prit au dépourvu, comme cela arrivait parfois, et Elvira la chassa. Elle avait fait l'erreur de donner son amour à un débauché qui l'avait piétinée, et cet amour lui avait gâché la vie. Depuis des années, ce n'était plus qu'une idée malsaine à rejeter dès qu'elle lui revenait à l'esprit.

Par bonheur, il n'y avait pas que l'amour dans la vie : la sécurité financière, les amitiés, la maison, les magasins Morelli. La paix. Peut-être la vie pourrait-elle retrouver un sens en dépit de tout ce chagrin.

— La prochaine fois que tu iras à Paris, pourras-tu m'emmener ? demanda-t-elle en minaudant.

Elle fit de son mieux pour ne pas le regarder pendant qu'il allait et venait dans la chambre, avec son corps gras et gauche, son corps laid. Ce n'était l'affaire que de quelques minutes et il aurait terminé. Quant à elle, elle aurait la bague avec le rubis et les perles.

— Certainement.

Giuseppe avait trouvé la petite boîte en bois.

— Nous irons chez Worth et je te ferai faire une robe avec leur plus belle soie. Ensuite, je t'emmènerai manger des cuisses de grenouilles frites et de l'autruche sur les Champs-Élysées.

Il tripotait la boîte dans laquelle gisait une lourde chevalière. Elvira se redressa dans le lit et vit ce qu'il avait déniché. C'était la bague qu'elle avait trouvée deux ans plus tôt dans la chambre de Teresa.

Elvira l'avait rangée dans un écrin avant de l'oublier. C'était pourtant un article précieux, pas tant parce qu'il était en or massif, mais parce qu'il lui avait révélé la vérité.

Et voilà que cette vérité éclatait brusquement au grand jour.

— Qu'est-ce que c'est donc ? interrogea Giuseppe.

Elvira fouilla son esprit en quête d'une explication plausible pour justifier qu'elle conserve un objet qui avait appartenu à son beau-frère disparu.

— C'est ma chevalière ! coupa Giuseppe en riant comme un enfant. Où l'as-tu trouvée ?

— Ta chevalière ?

Elvira le fixa sans bouger.

— Je la cherche depuis si longtemps !

Il referma l'écrin et revint vers le lit.

— Et c'était toi qui l'avais ! s'exclama-t-il, l'air surpris mais ravi.

Il s'allongea et posa la tête sur l'oreiller en continuant à contempler l'anneau d'or avec ce M gravé sur le chaton. Elvira recula vers l'autre côté du lit.

— C'est la tienne ? murmura-t-elle dans un filet de voix.

Elle ne bougeait plus mais tout tourbillonnait autour d'elle.

— Je ne l'avais jamais vue à ton doigt.

Elle ne comprenait pas.

— À juste titre, je pensais l'avoir perdue ou offerte à quelqu'un. Où l'as-tu trouvée ?

Elvira s'assit, très droite, sur le lit, entre les draps et la couverture amoncelés en tas. Elle entendit comme un grondement dans ses oreilles, une tempête qui enflait et tonnait de plus en plus fort.

La bague n'appartenait pas à Luigi. C'était celle de Giuseppe.

Ce n'était pas celle de Luigi.

Luigi ne l'avait jamais offerte à Teresa. Ce n'était pas lui !

Comment avait-elle pu souiller pendant des années les souvenirs d'un homme qui était juste et bon, un homme qui était mort en héros en pensant à elle ?

Pour quoi ?

Pour rien.

Pour Giuseppe.

Elle avait partagé son lit avec un être abject qui, indifférent à tout ce qui bruissait en elle, continuait à parler et à rire, à faire tourner la bague entre ses doigts.

Des pensées stupides, Elvira. De la folie pure, se dit-elle.

À présent, tout était clair.

D'un mouvement brusque, elle repoussa la couverture.

Giuseppe lui jeta un regard interloqué.

— Que t'arrive-t-il ?

Elle avait envie de le gifler, envie au point qu'elle céda sans plus réfléchir.

Stupéfait, Giuseppe se passa la main sur le visage.

— Es-tu devenue folle ?

— Misérable ! hurla-t-elle.

Elle sortit du lit. Elle ne partagerait plus jamais sa couche. Jamais. Giuseppe regarda la bague dans sa main, puis leva les yeux vers elle.

— Qu'ai-je donc fait ? balbutia-t-il. Je ne comprends pas.

Luigi.

Tout le chagrin qui l'avait étouffée pendant ces dernières années la déchirait tandis que son corps réclamait vengeance.

Luigi était innocent.

La seule bonne chose qui lui avait été donnée dans la vie avait été détruite.

Son soulagement se mêlait à la rage et à l'angoisse, à la haine qu'elle avait toujours réprimée, au sentiment d'injustice et à la rébellion qu'elle avait éprouvés à devoir épouser un homme qui ne la méritait pas.

Elle venait seulement de comprendre à quel point il ne la méritait pas.

— Que se passe-t-il, Elvira ?

Giuseppe tenta de descendre du lit.

— Pourquoi as-tu fait ça ? Que signifie cette bague pour toi ?

— Tu l'avais offerte à ta putain ! hurla-t-elle. Espèce de misérable !

— Je ne comprends pas ce que tu dis.

Giuseppe avait lui aussi quitté le lit et la regardait à présent depuis l'autre côté de la chambre.

— Ne t'approche pas de moi ! Tu me fais vomir ! continua à hurler Elvira.

— Pourquoi ? Je ne comprends rien du tout.

— Tu l'avais donnée à Teresa, à cette pauvre fille qui s'est tuée !

— Teresa ? fit Giuseppe en fronçant les sourcils. Qui est cette Teresa ?

— Tu ne sais pas non plus pourquoi elle s'est tuée ?

— Mais quelle Teresa ? Celle qui servait ici ? La femme de chambre ?

Il écarta les bras, totalement désorienté.

— C'est pour cela qu'elle s'est donné la mort ?

— Parce qu'elle était enceinte, hurla Elvira encore plus fort. Enceinte de toi !

— De moi ?

— C'est elle qui avait ta maudite chevalière. C'est à elle que tu l'as donnée, à elle !

— Je ne m'en souviens pas, Elvira.

Giuseppe fouilla dans sa mémoire en quête d'une explication.

— Même si cela avait été le cas, nous n'étions pas mariés toi et moi. Cela fait dix ans. C'est possible, mais avec elle ? Je ne m'en souviens pas, je te le jure.

— Ne jure pas, malheureux !

Elvira s'éloigna du lit.

— C'est ta faute si elle est morte. C'est toi qui nous as apporté la malédiction dès que nous avons pénétré dans cette maison.

Giuseppe ne savait plus que répondre. Il avait les commissures des lèvres blanches de salive.

— Elvira, tout ça appartient au passé. Inutile d'y penser. Si tu m'aimes, nous n'avons qu'à oublier.

Il était devenu livide sous l'effet de la peur.

— Moi, je ne t'aime pas. Je ne t'ai jamais aimé !

La vérité était sortie de la gorge d'Elvira avec la force d'un torrent.

— Tu me dégoûtes. À chaque instant, depuis que je te connais, Giuseppe.

— Que racontes-tu là ? grommela-t-il en se massant le ventre avec la main qui serrait la bague.

— C'est un autre que toi que j'aimais, dit Elvira en baissant la voix. Tu sais parfaitement de qui il s'agit.

Giuseppe demeura figé, bouche bée, le teint gris. Il évoquait un tronc d'arbre frappé par la foudre. Il tendit la main vers elle, la paume ouverte et la chevalière dessus. Son bras tremblait.

— Elvira, supplia-t-il.

Elvira se recula.

À présent, elle avait perdu tout sang-froid et les conséquences ne lui importaient plus. Arriverait ce qui devait arriver. La coupe était pleine. Elle avait fait semblant et s'était menti à elle-même pendant trop longtemps.

— Luigi, ton frère. Je n'ai aimé que lui.

— Luigi ? hurla-t-il.

— Oui, Luigi. Ne fais pas comme si tu ne le savais pas !

— Luigi ? répéta Giuseppe en la regardant avec des yeux ronds, les joues tremblantes.

Il respirait la bouche ouverte, comme s'il manquait d'air.

— Tu l'avais déjà deviné à l'époque de Melito, et tu m'as acceptée quand même !

Elle s'interrompit un instant avant de reprendre, à voix plus basse, pleine de méchanceté :

— Angela n'est pas ta fille, ça aussi tu le savais déjà, mais tu ne veux pas l'admettre. Parce que tu n'es capable de rien sauf de féconder une servante !

Giuseppe fit un pas en avant. Il laissa tomber la bague et porta la main sur son bras, jusqu'à sa gorge et sa poitrine.

— Je ne peux plus respirer, bafouilla-t-il avant de tomber à genoux en se tenant toujours la poitrine à deux mains.

Son visage était rouge, puis il devint blême. Il se plia en deux.

Elvira demeura immobile, les yeux sur sa nuque, à le regarder s'affaisser sur le tapis, les doigts de pieds recroquevillés.

Au fond d'elle, une voix lui disait froidement : « Attends. Ne crie pas. N'appelle pas à l'aide. Ne fais rien. Attends. »

Et elle attendit.

1860

Vous avez le droit de vous réjouir en ce jour, qui marque le commencement d'une nouvelle ère, non seulement pour vous, mais pour toute l'Italie, dont Naples forme la meilleure partie, et c'est vraiment un jour glorieux et sacré, en lequel le peuple passe du joug de la servitude au rang d'une nation libre. Je vous remercie pour votre accueil, pas seulement en mon nom, mais au nom de toute l'Italie que votre aide rendra libre et unie.

DISCOURS DE GARIBALDI À LA FORESTERIA
DU PALAIS ROYAL DE NAPLES, 7 SEPTEMBRE 1860.

Septembre

— Antonio, es-tu sûr qu'il n'y a pas de danger ?

Elvira agita son éventail pour se rafraîchir. Dehors, le soleil de midi frappait. Dans la voiture, la chaleur stagnante collait les vêtements aux corps, mais il valait mieux être là que sur la chaussée.

La foule se pressait contre la voiture d'une manière inquiétante.

— Ne vous inquiétez pas, ma tante.

Alfonzo se tendit en avant, bourré d'énergie comme toujours, mais sans se départir de son air fanfaron.

— Tout va bien. Nous ne vous aurions pas fait venir sinon, vous et les enfants.

Elvira ne sortait plus beaucoup, et ce depuis longtemps. Il s'était écoulé un an et demi depuis la mort de son époux, et certaines règles de la bonne société se devaient d'être respectées, même lorsqu'elles n'étaient ni justifiées ou méritées. Ainsi, jusqu'à la fin de l'été précédent, elle était demeurée enfermée chez elle, comme il convenait à une veuve. Elle n'allait plus au théâtre ni en promenade. On ne lui avait pas accordé de visite, sauf chez ses proches amies. Sa préférée était Epifani, une langue de vipère devenue comtesse par alliance.

Elle entoura ses filles des bras, comme une mère attentive. Giuseppina se nicha contre elle en suscitant en elle un sentiment immédiat d'agacement.

En revanche, Angela recula.

— Tu vas froisser ma robe, dit-elle.

Elle était assise, digne et belle, presque une dame.

Elvira voyait à quel point elle ressemblait à Luigi sans plus de honte. En fait, elle en était fière et considérait cela comme un signe de la justice divine.

Giuseppina avait conservé son allure malingre. Elle avait à présent trois ans mais elle en paraissait moins. En revanche, ses yeux intenses et profonds la faisaient paraître cent ans. Ses cheveux avaient poussé en une masse châtain, mais elle était paisible, silencieuse. On arrivait à l'oublier.

Elvira tourna les yeux vers son beau-frère.

Antonio avait le regard rivé sur le velum de la voiture, imperturbable, comme toujours.

— Je ne peux cesser de me demander si nous n'aurions pas fait mieux de nous installer à Melito, dit Elvira dans l'espoir d'attirer son attention. Au moins pour quelques jours.

Depuis la fuite du roi, le « petit François », toute activité ordinaire avait cessé, et la ville était encore plus sale qu'à l'habitude. La puanteur avait tout envahi.

Dans les ruelles s'accumulaient les tas de fumier, d'excréments, de légumes pourris et de déchets de toutes sortes, sans parler des amas de biens de ceux qui avaient fui en toute hâte et abandonné leur maison ou leur boutique, et que les mendiants fouillaient avec frénésie.

— Peut-être n'est-il pas prudent de rester ici, ajouta-t-elle en constatant qu'il ne répondait pas.

Elle interrogea Antonio du regard mais celui-ci ne bougea pas.

— Mais non, ma tante ! Il n'y a jamais eu une guerre meilleure que celle-ci, intervint Alfonzo. À la fin, tout le monde sera gagnant.

— Je ne crois pas avoir l'impression d'avoir gagné.

— Vous verrez, ma tante. Les affaires n'attendent que ça : plus d'impôts de douane, plus de frontières, les libres échanges commerciaux entre toutes les cités d'Italie.

Alfonzo arborait un fier sourire de spécialiste, d'homme du monde.

— Nous devons seulement nous retrousser les manches et nous remettre au travail, encore plus qu'avant.

— Si tu le dis.

Elvira regarda elle aussi à l'extérieur, où la foule se frayait un chemin entre les véhicules, tendue et pleine d'élan en direction de la rue de Tolède.

— Voyons d'abord ce que veut ce Garibaldi.

Ils étaient pratiquement arrivés au bout de la rue de Chiaia en suivant la marée humaine ; il y avait des gens à pied ou à cheval, en fiacre ou en calèche, des citadins bien vêtus et des paysans venus de loin dans leurs haillons, des seigneurs et des nobles côte à côte avec les miséreux.

— Tu ne dois pas t'inquiéter, Elvira, dit soudain Antonio, qui parlait toujours à sa manière lente et scandée. J'ai lu la proclamation qu'on a fait afficher. L'homme déclare qu'il vient en paix et avec d'honnêtes intentions. Moi, je le crois.

— Est-ce vrai qu'il est arrivé à cheval avec mille hommes ? interrogea Angela les joues rouges. Je croyais qu'il était venu en train.

— En train ?

— En première classe, précisa Alfonzo. Il paraît que le ministre de la police, Don Liborio Romano, est allé le chercher directement à la gare avec une dizaine de carrosses, comme si c'était le futur roi.

— Et les mille hommes ?

— Ils arriveront dans quelques jours.

Alfonzo toucha le nævus qu'il avait sur le cou en souriant.

Déçue, Angela se rencogna dans son siège. Ils étaient arrivés piazza San Ferdinando. Ils laissèrent sur la droite la place du palais royal et suivirent le cortège d'hommes et de voitures qui décrivirent un petit arc de cercle avant de continuer dans la via Toledo. Là, la confusion et les vociférations étaient pires. Tout le monde criait sous l'effet de l'exaltation, surtout les plus jeunes qui n'hésitaient pas à grimper sur les voitures en levant les bras au ciel comme si la capitulation de la ville était un don du Seigneur. Alfonzo mit la tête à la fenêtre pour demander quelles étaient les nouvelles à un garçon qui s'était accroché à la portière et qui se laissait porter comme si tout était désormais permis.

— Il dit que Garibaldi a déjà fait un discours ici, expliqua-t-il en se tournant vers son père d'un air déçu. À présent, il serait au palais Doria d'Angri.

Antonio haussa les épaules. Que lui importaient les nouvelles de Naples, pensa Elvira. Il était probablement impatient de rentrer à Melito. Il n'était venu que pour la soutenir. Elle, la veuve.

— C'est encore loin ? demanda-t-elle en s'éventant.

— Pas très, ma tante. Nous allons suivre la via Toledo jusqu'à la basilique du Spirito Santo. Tu veux le voir de près, ce Garibaldi ? ajouta-t-il en regardant Angela. Il paraît qu'il est beau.

Angela lui fit une grimace.

— Que veux-tu que cela nous fasse, Alfo ? coupa Elvira. Dans la rue défilaient des manifestants avec le visage d'un général qui aurait conquis Naples sans coup férir.

La main d'Antonio, grande et chaude, lourde, se posa sur celle de sa belle-sœur en recouvrant ses genoux. Elvira se força à lui adresser un petit sourire.

Désormais, c'était de son beau-frère que dépendait tout espoir de bien-être. Par chance, la fortune des Morelli venait de croître d'autant. Les affaires de la famille se portaient à merveille, Elvira l'avait compris, et elles ne cessaient de prospérer, ce qui lui ôtait tout scrupule à en profiter.

Les premiers temps, après la mort de Giuseppe, elle était si bouleversée qu'elle ne se rendait compte de rien. Elle savait seulement que la disparition de son mari l'avait libérée. À présent, elle comprenait qu'elle restait prisonnière de l'immense fortune de la famille.

Elle avait machinalement feint dès les premiers instants, cette nuit-là, après s'être décidée à appeler à l'aide alors que Giuseppe était froid depuis un moment.

— Le cœur, avait conclu le docteur Frascella en secouant la tête. Trop de travail et trop de plaisir et de bonne chère.

— Sans doute était-il fatigué par son voyage à Paris, avec toute cette nourriture étrangère.

La voix d'Antonio la tira de ses réminiscences :

— Je m'occuperai toujours de toi. De toi et des petites. Cette sortie est une excellente distraction, Elvira. Tout Naples est venu voir Garibaldi et nous nous y serons nous aussi. Pas de discussion.

— Antonio, nous pourrions en profiter pour reparler de la rente, murmura Elvira en baissant les yeux. Qui sait ce qui va se passer maintenant, après ces conflits pour l'unification de l'Italie ? Je crains le pire.

— Je ne veux pas t'entendre te soucier d'argent, s'empressa de répondre Antonio. Tu auras tout ce dont tu as besoin. Pas de discussion.

Au-delà du fracas des grincements des roues de la voiture, Elvira perçut le soupir de lassitude d'Alfonzo qui, contrairement à son père, était insensible à ses grâces.

— Je suis toujours préoccupé par l'argent, Antonio, soupira Elvira.

— Il ne sera pas dit qu'une Morelli, la veuve de mon frère, devrait se soucier de ses revenus. Je comprends que tu entretiennes quelques inquiétudes, s'exclama son beau-frère qui avait dû sentir la réaction de son fils. Mais tu n'as rien à voir avec *elle*.

« Elle », c'est-à-dire la Turinoise, la veuve de Luigi, dont on ne prononçait jamais le nom à la maison depuis qu'elle avait cherché à mettre la main sur les affaires familiales.

Elvira lui lança un sourire plus sincère, puis elle réajusta les manchettes de son corsage noir. Le demi-deuil lui seyait davantage que le grand deuil, mais elle était lasse de ces nuances de violet et de gris.

— Du temps de Giuseppe, nous vivions sur ses revenus, mais je ne sais pas si cela sera toujours possible, insista-t-elle.

Les comptes bancaires, les livrets d'épargne, les rentes, tout était désormais entre les mains d'Antonio et Elvira ignorait totalement comment se procurer de l'argent.

— Antonio, tu comprends que j'ai besoin de garanties. Pas pour moi. Pour les filles.

— Nous ne vous avons jamais laissée manquer de rien, ma tante, non ?

Alfonzo, qui était assis en face d'elle, fouillait son regard d'une manière déplaisante.

— Pourquoi vous lamenter ?

Elvira parvint à tenir sa langue. Elle adressa à son neveu un faible sourire, attristé mais contrit.

— Je ne suis pas inquiète pour moi.

— Les enfants sont des Morelli et, à ce titre, elles ont droit au meilleur, déclara Antonio. Aie confiance et laisse-moi prendre les décisions En attendant, dès demain matin, je te ferai porter un peu d'argent pour te rassurer.

— À propos de la Turinoise, père, dit soudain Alfonzo, avez-vous réfléchi à son cas ?

Elvira surprit le mouvement d'agacement de son beau-frère, comme pour dire « plus tard ». Son fils n'insista pas.

Dehors, les hurlements s'étaient intensifiés et le carrosse progressait de plus en plus lentement alors que les passants s'y accrochaient toujours plus nombreux, comme si toute règle avait été bannie.

— Nous arrivons.

Alfonzo se pencha vers le cocher qui, à force de menaces, cherchait à leur ouvrir la voie. Il tira de sa poche quelques piécettes qu'il jeta vers la foule afin de dégager un peu d'espace, mais sans grand succès. Il recommença l'opération.

— Alfonzo, ne gâche pas ainsi notre argent, le rabroua son père.

— Regardez là-bas.

Alfonzo rentra la tête dans l'habitacle avec un air triomphant. Il avait dans la main un pamphlet un peu déchiré. Le visage du conquérant, qu'Elvira avait déjà vu imprimé en plus petit dans les journaux, se déployait devant eux, barbu et fier, les yeux enflammés.

— A-t-il tué beaucoup d'ennemis ? demanda Angela.

— Des tas, et tant d'autres qu'il vaincra, répondit Alfonzo.

— Nous sommes ses ennemis, lança Antonio sèchement.

— Père, les ennemis, ce sont les Bourbons.

En baissant la voix en signe de respect, il ajouta :

— Garibaldi nous apportera la civilisation et la prospérité. De l'argent pour la famille.

Elvira continua à agiter son éventail pour se rafraîchir tout en examinant avec attention le pamphlet.

Un héros. Beau et blond, avec sa moustache et sa barbe, au moins c'était ce qu'on disait. Elle ignorait sa taille mais elle l'imaginait plutôt grand. Une chaleur agréable l'envahit. Il était encore jeune et n'avait que trente-deux ans.

La voiture stoppa. Plus moyen d'avancer.

— Il est en train de parler !

Alfonzo ressemblait à un petit garçon, le visage vibrant d'enthousiasme.

— Vous le voyez ?

— Moi, je ne le vois pas, répondit Elvira déçue. Je ne l'entends pas non plus.

Malgré tous les efforts du cocher, ils ne réussirent pas à s'approcher davantage. La foule ressemblait à une créature unique à mille têtes et mille bouches qui hurlaient de concert. Les plus bruyantes étaient les femmes.

Le carrosse avait échoué dans un espace triangulaire, en bonne position. Garibaldi était apparu sur un balcon du palais du prince d'Angri et il parlait d'une voix forte, si ce n'est que le brouhaha de la foule était tel qu'on ne l'entendait pas.

Soudain, une musique s'éleva, ainsi que des voix encore plus fortes. Quelques instants plus tard, une vague de manifestants plus nombreux envahit la basilique du Spirito Santo du côté nord. Ils venaient de l'autre extrémité de la via Toledo. Ils passèrent devant la voiture en entraînant de nombreux spectateurs.

— Ce sont les chars de la fête de Piedigrotta ! s'exclama Alfonzo.

En quelques minutes, ils étaient en train de défiler devant eux.

La fête traditionnelle de Piedigrotta, qui n'avait rien à voir avec Garibaldi, n'avait pas été annulée et le défilé passait devant le conquérant presque comme si tout n'était qu'une farce.

Toutefois, la scène ne manquait pas de dignité, pensa Elvira, ni de bienveillance. Naples était ainsi.

— C'est magnifique ! s'écria Angela.

Même Giuseppina se percha à la fenêtre pour admirer le spectacle.

La foule s'ouvrit pour laisser passer le cortège multicolore puis, d'un seul mouvement, se mit en route derrière les chars du corso qui se dirigeaient vers la mer.

— Le défilé de Piedigrotta rassemble plus de monde que Garibaldi, constata sèchement Antonio en fixant son fils avec un regard plein de reproche.

Alfonzo ne dit rien, mais il s'avança pour mieux voir.

Un des chars transportait Polichinelle, un autre ressemblait à une sirène géante enveloppée d'un manteau bleu, un troisième, en carton-pâte et en bois, figurait San Gennaro, l'un des grands saints patrons de Naples, ou d'ailleurs n'importe quel autre saint pourvu d'une barbe.

Les convoyeurs étaient tous vêtus des mêmes couleurs, et chaque char était précédé par une petite fanfare qui jouait un air dédié au roi, mais qui s'adaptait parfaitement à Garibaldi.

— Peut-être devrions-nous suivre le mouvement nous aussi, d'autant que nous n'entendons rien, proposa Antonio. Au moins, nous pourrons avancer.

Elvira tourna la tête juste à temps pour remarquer un éclair roux, un reflet blond, l'éclat d'une épée. En revanche, elle n'entendit pas plus la voix du chef qui, de son balcon, haranguait la foule qui s'amenuisait.

— Quel dommage, soupira-t-elle.

Qui sait, peut-être, si elle était restée à Naples, aurait-elle pu le voir de près lors d'une réception à Chiaia. Peut-être aurait-elle pu lui serrer la main. Le regarder dans les yeux.

— Alors, Elvira, ça t'a plu ? lui demanda Antonio comme s'ils sortaient d'un théâtre, tandis que la voiture manœuvrait pour reculer. Tu l'as vu ?

— Je n'ai pas vu grand-chose, mais c'est bien. Je suis contente, répondit-elle. Aussi parce que tu m'as rassurée sur nos revenus.

— Bien sûr.

— Demain, je peux donc espérer disposer d'un peu d'argent, Antonio, comme tu me l'as promis.

Elle le regarda droit dans les yeux en souriant timidement.

— Et la rente mensuelle devrait être plus élevée, si cela ne t'ennuie pas. Doublée même.

— Doublée, vraiment ?

— Je voudrais pouvoir être tranquille, Antonio. J'ai deux filles.

— Tout à fait. L'argent est à toi.

Son beau-frère regarda dehors avant d'ajouter :

— Ne soyez pas inquiètes, vous ne manquerez jamais de rien.

À présent que la foule s'était dispersée, la voiture prit un peu de vitesse.

— Maintenant que papa est au ciel, pouvons-nous ramener Giuseppina là-bas ? demanda soudain Angela. Elle ne nous sert à rien à la maison.

— Angela, soupira Elvira en adressa à sa fille un regard las.

Au cours des derniers mois, cette pensée l'avait de temps à autre effleurée elle aussi, mais elle s'était aussitôt reprise : ce n'était pas chose à faire.

Giuseppina, qui comprenait tout malgré son jeune âge, pencha la tête et se mit à pleurer. Alfonzo lui tendit une pièce pendant qu'Antonio regardait Angela d'un air sévère sans parler. Elvira avait lu dans ses pensées et elle savait ce qu'il avait en tête. La petite orpheline n'était pas une Morelli, elle n'était rien, sinon un gâchis d'argent et de temps. Toutefois, il était impossible de la ramener à l'orphelinat. Le mal était fait. Les choses s'étaient passées comme il fallait qu'elles se passent. La Madone avait choisi et c'était ainsi. Et Giuseppe était mort.

— Tu es méchante, Angela, dit Alfonzo d'un ton amusé.

— Ce n'est pas ma sœur, répliqua l'enfant.

Elle avait les joues rouges et les larmes aux yeux. Elle se pencha sur les genoux de sa mère et pinça légèrement le bras maigre de Giuseppina qui se mit à pleurer de plus belle.

—Maintenant, ça suffit, intervint Elvira à contrecœur. (Elle ne pouvait pas pour autant laisser Angela s'en tirer comme ça.) Tu seras punie à notre retour à la maison.

—Ce n'est pas ma sœur, insista Angela tandis que Giuseppina sanglotait de plus belle.

Elvira donna une bourrade à sa fille aînée.

—Si tu ajoutes un mot, tu seras privée de *Madame**.

Madame était la poupée que Giuseppe lui avait rapportée de Paris, le dernier cadeau qu'il lui avait fait avant de mourir, une poupée en porcelaine vêtue de dentelle. Face à la menace, Angela obéit.

La dernière partie du trajet s'écoula en silence. Alfonzo prit Giuseppina sur ses genoux et la fit sauter comme à cheval en lui chantant une chansonnette. La fillette cessa aussitôt de pleurer.

Dans sa barbe, Antonio esquissa un sourire.

Elvira aussi se sentit réconfortée, et pas seulement par les paroles rassurantes de son beau-frère. La promenade lui avait rappelé qu'il y avait encore des choses, des personnes et des lieux qui pouvaient raviver son intérêt.

La seule qui restait dépitée était Angela. Elle se tenait, bras croisés sur la poitrine, à retenir ses larmes.

La voiture s'arrêta devant la villa. Le portail était grand ouvert. Le cocher s'empressa de descendre de son poste pour les aider à sortir, mais quelqu'un de la maison fut plus rapide et la porte d'entrée s'ouvrit en grand.

Salvatore était déjà dehors, prêt à assister Elvira. Il avait encore grandi et était devenu très beau. Un jeune homme musclé, le visage franc, les cheveux clairs.

Elle lui prit la main et fut surprise par la vague de chaleur qui passa entre eux. Elle leva les yeux vers lui et croisa les siens, d'une nuance entre le vert et le gris.

Salvatore ne détourna pas le regard. Elvira rougit tandis que la main de l'homme s'attardait dans la sienne et la serrait. Elle baissa la tête et la chaleur envahit un endroit de son corps qu'elle avait cru mort depuis longtemps.

Elle releva la tête avec détermination et regarda le jeune homme droit dans les yeux.

— Merci, Salvatore, chuchota-t-elle.

1861

Jaloux gardiens de cet honneur militaire qui distingue seul le soldat du bandit, nous voulons montrer à Votre Majesté et à l'Europe entière que si beaucoup d'entre les nôtres ont par la trahison ou la lâcheté souillé le nom de l'armée napolitaine, grand aussi fut le nombre de ceux qui s'efforcèrent de le transmettre pur et sans tache à la postérité.

CHARLES GARNIER, *JOURNAL DU SIÈGE DE GAÈTE*, 1861.

Juillet

Luigi était étendu dans le grand lit de la maison de Melito. Il lui caressait le visage et son doigt portait la chevalière.

— Je ne peux pas vivre sans amour, Elvira.

— Mais je t'aime, Luigi, répondit-elle en réunissant ses mèches de cheveux qui s'étaient déployés sur les oreillers et étaient si longs qu'ils pendaient jusqu'au sol. Je n'ai besoin de personne d'autre.

— Je suis mort à la guerre, lui murmura-t-il à l'oreille.

Les cheveux se mirent à onduler comme des serpents et à remonter sur le lit. Le soleil, qui avait brillé jusqu'alors, avait disparu.

— C'est vrai.

Elle se sentait honteuse. Elle l'avait oublié. Il était mort.

— Un homme te ferait de bien, je t'assure.

— Tu m'accorderais cette permission ?

— Moi oui, mais il te faudra aussi la demander à Giuseppe.

Elvira secoua la tête.

— Non, je ne lui parle plus.

— Comme tu veux.

Il était en train de s'éloigner. Les cheveux s'enroulèrent vivement sur eux-mêmes, ils remontèrent sur ses bras et ses épaules, ils l'enserrèrent.

— Madame, appela une voix. Vous vous êtes endormie ?

Elvira ouvrit brusquement les yeux. Salvatore retira la main qu'il avait posée sur son épaule avec un sourire hésitant.

L'après-midi touchait à sa fin et elle s'était laissée aller à somnoler dans le fauteuil d'osier, à l'ombre dans l'orangerie. Elle se redressa et le regarda. Son uniforme de travail paraissait trop court. Il avait encore grandi, comme les petits enfants qui, d'une semaine à l'autre, deviennent parfois méconnaissables.

Il semblait que ce n'était qu'hier qu'elle s'était aperçue de son existence, le jour de l'arrivée de Garibaldi à Naples ; en réalité, il s'était écoulé depuis trois saisons complètes et il avait changé, devenant plus un homme chaque jour.

Et elle ? Avait-elle autant changé ?

Non, pensa-t-elle. *Moi non.*

— Je me suis permis de vous réveiller pour vous demander si vous voulez un verre de citronnade, déclara Salvatore. Vous devez avoir si chaud, madame.

— Je ne dormais pas. J'étais en train de réfléchir.

Elle se souvint du rêve et, sans comprendre pourquoi, elle rougit.

— Va retrouver Fortuna. Je n'ai pas besoin de toi.

— Dans le cas contraire, je serai là très vite.

— Bien entendu, je t'appellerai.

Elle était lasse et en sueur, et Salvatore l'agaçait. Il semblait prendre un peu trop confiance en lui.

Quel rêve idiot ! pensa-t-elle.

Elle essuya la sueur qui lui coulait dans le cou avec un mouchoir qu'elle remit ensuite dans sa manche, puis agita sa jupe pour se rafraîchir. Avant de descendre au jardin, elle avait retiré sa crinoline : qu'elle aille au diable et le monde tout entier avec ! La mousseline souple lui caressait les jambes et, en dépit de la canicule, elle éprouvait un sentiment de liberté. Elle remarqua que le soleil était bas dans le ciel. Dans peu de temps, il se coucherait et il ferait beaucoup plus frais dans l'orangerie.

Elle reprit la tâche qu'elle avait abandonnée avant de s'endormir. Elle enfila ses gants et s'agenouilla à côté d'un parterre situé dans un coin de la serre où elle avait envisagé de faire pousser des géraniums. Enfant, elle avait appris les rudiments du jardinage lorsque sa famille possédait encore un vaste terrain sur les contreforts du Vomero.

Elle mania un moment les plants, mais il faisait encore trop chaud et la fatigue reprit vite le dessus. Elle retira les lourds gants de jardinage, se nettoya les mains au chiffon humide qu'elle avait posé sur une branche, doigt après doigt, et essuya à nouveau la sueur dans son cou.

Elle posa la main sur sa poitrine et joua avec la chaînette en or. Elle la tira de son corsage.

La bague brilla dans les rayons mourants du soleil.

Lourd et large, le bijou ne cessait de lui apporter du réconfort, niché là, dans le creux le plus intime de sa poitrine. Personne ne savait qu'elle la portait, et personne n'aurait pu imaginer ce qu'elle signifiait. C'était le symbole de ses liens torturés avec Luigi et Giuseppe, les deux hommes de sa vie. Luigi revenait souvent dans ses rêves. Prudent et toujours de bon conseil, comme il ne l'avait jamais été dans son existence, toujours paré de la bague à son doigt. Même Giuseppe venait parfois lui parler, suppliant et humble, mais Elvira s'était toujours refusée à l'écouter, même en rêve. Son mari se tenait dans un recoin de son esprit, sans mot dire, mais il portait aussi la bague. Le signe de sa faute.

Elle la fit tourner entre ses doigts avant de la remettre dans sa cachette entre ses seins. Elle demeura quelques minutes ainsi, immobile, comme en prière ; en réalité, elle était perdue dans ses souvenirs et ses émotions, sans aucune pensée rationnelle.

Le soleil avait fini par disparaître pour ne laisser que sa chaleur. Elvira regretta de ne pas avoir accepté la citronnade fraîche.

Pendant un instant, elle crut que l'ombre qui recouvrait les plantes marquait la tombée de la nuit, ou peut-être le retour de Salvatore.

Soudain, elle comprit que ce n'était pas le cas. Hébétée, elle pivota. Elle crut que le rêve était revenu. L'homme posa la main sur son épaule.

— Chut, ne criez pas.

Il avait une trentaine d'années. Malgré ses cheveux en bataille et sa chemise blanche froissée, on voyait qu'il s'agissait d'un noble. La main sur son épaule était soignée, même si les ongles étaient crasseux. Il paraissait désespéré.

— Que voulez-vous ? s'écria Elvira en se levant d'un bond.

Son cœur battait la chamade. Il laissa retomber son bras.

— Uniquement la charité d'un refuge.

— Qui êtes-vous ? Pourquoi êtes-vous entré chez moi ?

Sa voix était montée d'un ton. Elle jeta un regard vers la porte de l'arrière-cuisine.

— Je vais appeler mon mari.

L'homme suivit son regard vers le seuil vide et sombre.

Fortuna n'était jamais là quand on avait besoin d'elle, et qui sait où diable Salvatore avait été envoyé. Elvira s'aperçut qu'elle était absolument seule avec l'inconnu dans le crépuscule du jardin. Elle fit un pas en arrière et s'apprêta à hurler.

L'homme fut sur elle en une seconde. Il l'empoigna et lui plaqua une main sur la bouche.

— Chut, chut, bafouilla-t-il. Je ne vous ferai rien. J'ai seulement besoin d'un instant de répit.

Elvira, tendue contre le corps de l'inconnu, sentit ses jambes flageoler sous elle, et une faiblesse envahit ses membres comme si elle n'était plus qu'une poupée de chiffon.

L'homme la soutint en continuant à lui murmurer à l'oreille de se taire, qu'il ne lui arriverait rien. Pour finir, il l'entraîna vers le fond de l'orangerie, loin de la porte et d'un éventuel salut.

Une odeur mâle lui envahit les narines.

Près du mur, la poigne de l'homme se resserra avant de se relâcher brusquement.

Depuis la rue, au-delà de l'enceinte de pierre, Elvira perçut un certain tapage. Des bruits de pas, la cadence des bottes militaires, des jurons.

Ils le cherchaient. C'était un criminel et elle était à sa merci.

L'homme garda la main sur sa bouche.

— C'est bien, c'est bien comme ça. Je ne vous ferai pas de mal, répéta-t-il à voix basse. Vous aidez la cause vous aussi, vous savez.

Elvira secoua la tête.

Elle aurait voulu lui faire comprendre qu'il était inutile de la serrer si fort mais elle n'arrivait plus à respirer.

Il relâcha un peu sa prise qui, d'une certaine manière, se transforma davantage en étreinte et Elvira ne sentit plus que le contact du corps de l'homme tout contre le sien.

— Ma douce, vous êtes si belle, chuchota-t-il alors.

La main qui la maintenait se mit à fouiller dans les plis de sa robe qui, sans le cadre de la crinoline, rendaient les chairs plus accessibles.

Elvira ne comprit pas vraiment ce qui se passait, parce que cela ne dura que quelques secondes. Elle n'eut pas le temps de se débattre et ne pensa pas à son intimité.

L'homme s'arrêta presque aussitôt, l'abandonnant avec un gémissement contrit.

— Pardon, pardon. Je ne suis plus moi-même.

Elle le dévisagea dans la pénombre. Ses yeux brillaient de désir.

Elle aurait pu hurler maintenant qu'il avait retiré la main de sa bouche, mais elle n'en fit rien. L'homme était en train d'épier ce qui se passait de l'autre côté du mur à travers une fissure dans les pierres.

— Je m'en vais à présent, dit-il en lui prenant la main et en la lui baisant. Lorsque les Bourbons reviendront au pouvoir, je viendrai vous voir, belle dame, et je saurai me faire pardonner.

Puis il se hissa sur le mur et se fondit dans l'obscurité.

Elvira demeura longtemps appuyée sur l'enceinte, le cœur martelant sa poitrine et les vêtements en désordre.

Elle s'empara de la bague et l'embrassa en quête de réconfort.

Où fuyait-il ? Qui était cet homme ?

Elle savait qu'à Gaète on avait livré une dernière bataille désespérée, mais c'était terminé depuis des mois. Les Piémontais avaient solidement repris la situation en main, les révolutionnaires s'étaient dispersés et la paix semblait assurée.

Elle fit quelques pas hésitants, les jambes encore tremblantes, en s'appuyant sur les troncs d'arbre.

Elle n'arrivait pas encore à comprendre ce qui venait de se passer.

Avait-elle jamais été réellement en danger ? Aurait-elle pu se défendre ? Dans ce cas, lui aurait-il fait mal ? L'aurait-il blessée, voire…

— Aurais-je pu fuir avec lui ? chuchota-t-elle dans la nuit sans savoir pourquoi elle aurait souhaité fuir.

Un bruissement proche la fit sursauter.

— Madame ? Où êtes-vous ?

C'était la voix de Salvatore.

— Par ici.

— Fortuna s'inquiétait. Vous ne devez pas rester dehors la nuit, déclara-t-il lorsqu'il la rejoignit.

Elvira avait envie de rire, mais elle se contenta de secouer la tête.

— Souhaitez-vous vous appuyer sur moi ou que je vous montre le chemin ?

— Donne-moi juste ton bras, répondit-elle.

Salvatore avait les muscles fermes et il émanait de lui une bonne odeur de propre. Pendant quelques secondes, elle se souvint du parfum de l'inconnu, mélange de sueur et de peur.

— Je me suis inquiété, madame, répéta Salvatore comme s'il bégayait.

Il montrait prudemment le sentier entre les arbres.

— Dehors, il y a eu un peu de grabuge.

La porte de l'arrière-cuisine était à quelques pas, un rectangle lumineux qui se découpait dans la nuit. Elvira ne s'en était pas vraiment éloignée, elle avait été toujours si proche du salut. Elle buta contre une pierre et Salvatore la soutint. Son bras autour de sa taille était solide et leurs yeux se croisèrent en un éclair dans l'obscurité.

Elvira éprouva une vague d'émotion, une bouffée de chaleur qui partait du bras du jeune homme. Elle fit un pas en arrière et il laissa tomber son bras.

Elvira tourna alors la tête vers le fond enténébré du jardin. Les arbres formaient une barrière noire. Au loin, on entendait encore des cris, peut-être aussi des coups de fusil.

L'abîme aussi avait toujours été proche. La roue tournait sans jamais s'arrêter, et elle vous projetait d'un côté ou de l'autre.

1862

Victor-Emmanuel II, par la grâce de Dieu et la volonté de la Nation, roi d'Italie, avec l'approbation du Sénat et de la Chambre des députés, nous avons sanctionné et promulguons ce qui suit : art. 1er – La fabrication du tabac, l'extraction du sel d'eau de mer, des sources salines et des mines, ainsi que l'importation et la vente du tabac et du sel, sont réservés à l'État.

LOI DE NATIONALISATION DU SEL ET DU TABAC, 1862.

Janvier

— Madame, vous y comprenez quelque chose, vous, à cette nouvelle monnaie que vous voulez nous donner ?

Fortuna grimpait péniblement l'escalier en soufflant à chaque marche.

Elvira, qui marchait devant elle, se retourna. La servante était toujours plus épuisée, et elle vieillissait inexorablement. Elle était arrivée à la maison de Chiaia alors qu'elle n'avait pas trente ans, mais, avec ses cheveux gris et son double menton, elle en accusait désormais près du double.

À chaque marche, un soupir. À chaque marche, une plainte.

— Qu'y a-t-il à comprendre ?

Elvira devait se retenir pour ne pas hurler tant elle était agacée.

— C'est toujours de l'argent, non ?

Derrière elles grimpait aussi Angela dans une robe chasuble grise et blanche, et elle montait les marches deux par deux, tandis que Giuseppina cherchait à ne pas se laisser distancer en se tenant à la rampe. Salvatore, en pantalon de travail et manches de chemise malgré le froid, fermait la petite procession. Consciente de sa présence, Elvira en était troublée sans bien comprendre pourquoi.

— Alors, moi je voudrais savoir, madame, insista Fortuna entre deux halètements, si vous me payez avec ces lires et non plus les pièces d'avant, j'y perds ou j'y gagne ?

— Qu'en saurais-je, moi ? Contente-toi de monter, répliqua Elvira plus brutalement qu'elle ne l'aurait dû. Garde plutôt ton souffle pour respirer au lieu de jacasser.

Elle rechignait à admettre qu'elle non plus, elle n'avait pas bien saisi ce que recouvrait ce changement de monnaie. En fait, elle n'y comprenait rien du tout.

— Ne t'en fais pas, tantine, lança la voix joyeuse de Salvatore du bas des marches. C'est toujours la même chose mais, au lieu de les appeler ducats, on parlera de lires.

Elvira, un pied sur la marche suivante, se tourna pour le regarder. Elle était irritée mais l'assurance et le ton entendu que le jeune homme manifestait depuis ces derniers mois avaient piqué sa curiosité.

Il lui sourit mais elle ne l'imita pas.

Salvatore baissa les yeux vers les chevilles et les mollets que le bas de la jupe de sa maîtresse laissait entrevoir.

Elvira n'appréciait guère la nouvelle mode qui voulait des robes plates sur le devant et plus amples dans le dos. La crinoline ronde avait été remplacée par une tournure composée de fils métalliques et de soie qui projetait les hanches vers l'arrière, mais elle ne s'était pas encore habituée à la porter et l'ensemble la déséquilibrait, au point que, dans les escaliers, elle craignait toujours de tomber. Elle laissa tomber ses jupes qu'elle avait tenues relevées jusqu'alors, puis franchit les dernières marches en battant des talons.

Elle se maudit d'avoir entraîné le garçon avec elles.

À la maison, Salvatore prenait des libertés, pensa-t-elle. Avec toutes ces jeunes femmes ! Il faudrait l'envoyer ailleurs. Toutefois, le travail dont il se chargeait exigerait la présence d'un homme robuste.

— Maman, regarde-la, appela Angela.

Elvira se retourna à nouveau.

Sa fille montrait Giuseppina, plus bas, agrippée à deux mains à la rambarde, qui avait passé la tête entre les barreaux pour regarder en bas. Par chance, elle était trop grande pour risquer de passer au travers.

— Giuseppina, tu rêves ? Et toi, continua Elvira en se tournant vers Angela, tu dois surveiller ta sœur. Elle est plus petite que toi. Tu as compris ?

— C'est moi qui dois la surveiller elle ? s'exclama Angela en secouant ses tresses. Mais pourquoi moi ?

Désormais, elle ne disait plus que Giuseppina n'était pas sa sœur et qu'ils devaient la renvoyer d'où elle venait. Ce n'était pas pour autant qu'elle l'aimait. L'enfant était pourtant si bonne, obéissante et discrète, les yeux toujours écarquillés avec une avidité étrange. Elle avait gagné les faveurs des domestiques et même Elvira éprouvait pour elle une certaine affection, mais elle ne la considérait toujours pas comme sa propre fille.

Salvatore la prit dans les bras.

— Viens là, je vais te porter.

Il monta l'escalier en courant et dépassa tout le monde pendant que la petite, assise sur ses épaules, riait de bonheur.

— Ce n'est pas nécessaire, remarqua Elvira. Repose-la. Elle a des jambes, non ?

Salvatore obéit aussitôt et déposa la fillette sur la dernière marche de l'escalier qui montait dans les combles.

— Nous avons du travail devant nous, ajouta Elvira comme un reproche, mais le sourire que lui adressa le jeune homme lui laissa une sensation étrange.

— Ne vous en faites pas, madame Elvira, déclara-t-il en continuant à sourire sans baisser les yeux. Je n'ai jamais peur de me fatiguer.

— Tant mieux pour toi, grogna Fortuna sans cesser de haleter. Par la Madone !

— Allons-y.

Les deux fillettes étaient déjà reparties.

— Fortuna, mais où se trouve donc ce meuble ?

— Dans la troisième chambre, madame, mais Salvatore aurait dû apporter une hache pour le casser.

— Et qu'est-ce que tu crois, tantine ? Il suffit d'avoir des bras, des mains et des pieds, répondit-il en se tournant et en montrant ses bras musclés.

— Il fait froid ici, constata Elvira en frissonnant. Ne nous attardons pas.

En hiver, dans les combles, qui demeuraient dans la pénombre en dépit des lucarnes, il faisait dix fois plus froid que dehors et, en été, dix fois plus chaud. Elvira regretta son lourd châle qu'elle avait laissé en bas. Seul Salvatore dormait encore à l'étage des domestiques depuis qu'elle avait cédé une petite chambre au premier étage à Fortuna. Parce que, après la mort de Giuseppe, elle avait peur d'y être seule mais aussi, assurait-elle, parce qu'elle avait besoin de davantage d'aide avec les enfants. Maria, désormais âgée de vingt-cinq ans, logeait depuis toujours dans un débarras derrière la buanderie à côté de la cuisine. Quant à Amalia, elle rentrait tous les soirs dans son sous-sol à Mergellina, où elle vivait avec ses trois fils et son bon à rien de mari.

Avec le temps, les autres chambres des combles avaient été envahies par tout ce qui se cassait ou que l'on n'utilisait plus.

Angela s'accroupit pour examiner une corbeille pleine de vieilles casseroles. Giuseppina, comme toujours, chercha une cachette ; c'était le jeu qu'elle préférait, même quand personne ne la cherchait.

Elvira dépassa rapidement l'ancienne chambre de Teresa et pénétra dans la troisième. La commode branlante et vermoulue se trouvait bien là où elle s'en souvenait. Elle ne servirait plus jamais à rien, si ce n'est comme bois pour entretenir les feux de cheminée.

Elvira la toucha et eut l'impression qu'elle allait se briser en miettes au moindre contact.

— C'est celle-là, indiqua-t-elle à Salvatore.

Il s'approcha et ouvrit le premier tiroir en dégageant un nuage de poussière.

À l'intérieur, il n'y avait plus que de vieux vases sans valeur enveloppés dans des chiffons et un buste auquel il manquait le nez. Le garçon posa le tout par terre et traîna le meuble au centre pour commencer à le réduire en morceaux à coups de pied.

Elvira s'écarta pour échapper aux éclats de bois. Elle promena le regard dans le reste de la chambre où les objets s'étaient accumulés au fil des années, à prendre la poussière. Elle souleva un morceau de drap et retrouva une lampe passée de mode, un cadre dont elle avait oublié l'existence, un panier rempli de bouteilles, des briques, une plaque de marbre.

Enfin, elle entendit le craquement du bois qui cédait. Elle se retourna pour constater que Salvatore avait détaché la façade du meuble. À présent, il démontait les côtés. Sa chemise baignée de sueur lui collait au corps en dépit du froid mordant.

Elvira détourna le regard.

La pièce était vide, à part Fortuna qui contemplait son neveu à l'ouvrage.

— Il est bien fort, dit-elle avec fierté. Tel père, tel fils.

— Fortuna, coupa Elvira d'un ton sec, va voir ce que fait Giuseppina. Elle est si petite qu'elle risque de se faire mal.

— Elle joue à la cachette, madame.

— Et Angela ?

— Elle joue avec elle. Ces deux-là s'aiment bien, dit la servante en souriant.

Pourquoi ne serait-ce pas le cas ? pensa Elvira.

À cet instant, un cri strident retentit dans le couloir.

— Que se passe-t-il ? Auraient-elles vu une souris ?

— Non, madame, répondit Fortuna d'un air offensé comme si elle était responsable des souris. On n'en a plus vu depuis que j'ai pris un chat.

— Alors, qu'est-il arrivé ?

Le cri retentit à nouveau.

— C'est rien que Giuseppina. Elles jouent, madame, ne vous inquiétez pas.

— Mais à quoi jouent-elles donc ?

Elvira sortit de la grande chambre et longea le couloir, suivie par Fortuna et les bruits de bois cassé que provoquait Salvatore.

La porte de la chambre de la pendue était entrouverte. Elle la poussa.

La pièce était éclairée par une mansarde. Giuseppina était recroquevillée dans un coin, à côté du matelas replié, les mains sur le visage et les yeux fermés.

Angela, un fichu sur la tête, dansait en tenant l'ourlet de sa jupe relevé jusqu'au niveau de ses hanches et elle donnait de petits coups de pied ou de main à la petite, ou la giflait avec le bas de sa robe.

— Ouhouhouh ! Je suis le fantôme de la pendue ! criait-elle. Je suis venue te chercher parce que tu es méchante et que tu ne dois pas rester ici. Ouhouhouh !

Chaque fois qu'elle la touchait, Giuseppina laissait échapper un hurlement de terreur.

— Ça suffit !

Elvira avança pour empoigner Angela par le bras et elle lui donna une gifle qui résonna dans la petite pièce.

— Laisse-la donc enfin tranquille !

Angela regarda sa mère avec un air sidéré, une main sur la joue et les yeux plissés sous le choc. Elle retira le fichu de sa tête et demeura figée, sans comprendre.

Il était rare qu'elle reçoive une correction, mais elle avait dépassé les bornes.

— Elles étaient rien qu'en train de jouer, madame, intervint Fortuna.

Son regard se porta aussitôt vers le haut et la poutre à laquelle Teresa s'était pendue il y avait tant d'années.

— Ce jeu me déplaît ! Descends tout de suite.

Elvira poussa Angela vers la porte.

— Fortuna, emmène-les toutes les deux. Je ne veux plus les voir.

— Maman…

Angela était au bord des larmes.

— Tais-toi ! Tu te conduis comme une vipère.

Elle ne la supportait plus. Elle était têtue, prétentieuse et hypocrite.

— File avec Fortuna, vite !

La femme de chambre sortit en marmonnant quelque chose tout en poussant la petite devant elle vers l'escalier.

Giuseppina se mit à pleurer sans bruit, son nez coulait. Quand elle passa devant elle, Elvira lui tapota la joue mais retira prestement sa main pour ne pas risquer de se tacher de morve.

Dans l'escalier, elle entendait la voix d'Angela qui protestait et celle de Fortuna, qui l'avait vue naître et l'aimait avec tendresse, qui la faisait taire en la traitant comme elle l'aurait fait avec n'importe lequel de ses neveux et de ses nièces.

Elvira voulut fermer la chambre de Teresa, mais la porte se rouvrit lentement avec un grincement.

Elle la fixa pendant un moment avant de se reprendre pour retourner vers la troisième chambre où le silence était revenu.

Dans la pénombre, elle vit que Salvatore avait retiré sa chemise dont il se servait pour essuyer son torse couvert de sueur.

La commode gisait devant lui, réduite en planches.

— Désolé, madame Elvira, dit-il en renfilant sa chemise encore boutonnée par la tête.

Elle détourna le regard de son torse musclé, aussi différent que possible du ventre flasque de Giuseppe, ou encore de la poitrine velue de Luigi qui avait pour elle représenté le modèle de la beauté masculine. Mais elle n'avait pas connu d'autre homme.

Salvatore était presque glabre, et ses abdominaux ressortaient sous la peau qu'elle imaginait lisse comme de la soie.

Elvira s'appuya contre l'encadrement de la porte et, sans vraiment s'en rendre compte, elle se cabra. Son cœur battait déjà à tout rompre, sans doute parce qu'elle était encore sous le coup de la colère contre ses filles.

Elle ne pouvait détacher ses yeux du jeune homme.

— Je vous demande bien pardon, madame, répéta-t-il. J'ai beaucoup transpiré.

Il fit un pas en avant, les yeux rivés sur elle.

Elvira ne bougea pas, hypnotisée comme devant un séisme. Un pas de plus et Salvatore se retrouva tout près d'elle. Il tendit la main et l'effleura du bout des doigts.

Lui aussi avait adopté une expression de stupéfaction, comme s'il ne comprenait pas ce qui était en train de se passer.

Elvira se redressa et releva le menton.

— N'oublie pas quelle est ta place, murmura-t-elle.

Il s'arrêta.

— Viens voir, ajouta-t-elle en reculant dans le couloir.

Salvatore la suivit, la tête baissée. Ils franchirent en silence les quelques mètres qui les séparaient de la porte de la chambre de Teresa.

— La porte a un défaut, dit-elle sans se retourner, et il y a aussi un carreau manquant dans le sol qu'il faut remplacer.

Il était si près d'elle qu'elle sentait son souffle léger et son odeur. Elle se retourna. Il était si près !

— N'oublie pas quelle est ta place, répéta-t-elle en plongeant les yeux dans les siens. Écarte-toi.

Elle tendit la main vers lui pour le repousser. Ou était-ce pour le toucher ?

Salvatore n'eut pas la même hésitation : il la prit par la taille et la tira dans la chambre de Teresa.

Une seconde plus tard il glissait ses mains partout sur elle, sous son corsage, sous la jupe, le long de ses jambes et jusqu'à ses cuisses tandis qu'il posait sa bouche sur la sienne et l'embrassait avec fougue, mordait ses lèvres délicatement et entraînait sa langue dans un ballet passionné.

Elvira s'agrippa à ses épaules et lui mordit aussi les lèvres, mais pas pour se défendre.

À cet instant, elle comprit en même temps qu'elle le désirait depuis des mois mais que cela ne pouvait arriver, même si l'esprit était plus faible que le corps, et que le corps n'avait ni volonté ni regrets.

Mais qui se soucierait de tout le reste ?

Salvatore la plaqua contre le mur et la souleva en se frayant un chemin entre la dentelle des jupons tout en dégageant les crins de la tournure qui lui irritaient les jambes. Enfin, il glissa ses doigts au-delà des étoffes pour fouiller son intimité.

— Attends, chuchota Elvira, de nouveau prise de frayeur.

Pour toute réponse, il la pénétra d'un seul coup, avec violence.

Elle resta accrochée au jeune homme pendant qu'il bougeait ses hanches en rythme. Ils continuèrent ainsi pendant un long moment qui parut ne jamais cesser. Ensuite, ils demeurèrent debout, serrés l'un contre l'autre, moites et haletants, front contre front.

Le temps s'étira.

Elvira s'aperçut que le sperme de Salvatore coulait le long de ses cuisses.

— Tu crois qu'on nous a entendus ? murmura le jeune homme dans son oreille.

Pour toute réponse, Elvira enfonça son visage dans sa chemise et se mit à rire.

1863

Les conditions de sécurité sont déjà trop graves dans les provinces. Veillons à ce qu'au moins, à Naples, les citadins aient leurs biens et la vie sauve.

JOURNAL *IL PUNGOLO* (« L'AIGUILLON »), NAPLES, 1863

Août

Elvira s'appuya contre le parapet et inspira à grandes goulées. Elle était jeune et vivante. Elle avait trente-cinq ans, mais elle ne se sentait pas si vieille. C'était Salvatore qui lui faisait cet effet.

Au début, c'était une folie. La faiblesse d'une femme qui se croyait encore jeune, une erreur de passage, un péché qu'il suffirait de confesser pour s'en libérer.

En réalité, ce n'était-là ni une erreur ni un péché. C'était un plaisir. Une chose qui lui appartenait. Rien qu'à elle.

Salvatore occupait toutes ses pensées et son corps tout entier, jusqu'aux moindres recoins. Il coulait dans ses veines et lui offrait un sang neuf chaque fois qu'ils faisaient l'amour.

Devant elle, la mer était tout aussi vivante, une étendue transparente qui grouillait de créatures vivantes elles aussi, et qui emplissait la vue jusqu'à l'horizon, aussi loin que portait le regard. Elle frémissait sur d'autres rivages, d'autres villes, d'autres pays, des lieux inconnus où Elvira avait soudain envie d'aller.

Elle baissa son parasol pour exposer son visage pendant quelques minutes à la chaleur et à la lumière, puis elle se remit en chemin.

Elle traversa d'un pas assuré le quartier qu'elle connaissait si bien malgré les changements. De nouvelles enseignes, de nouveaux noms sur les plaques, de nouvelles rues, sans parler de la forme et des couleurs des édifices.

Le pouvoir concentré à Turin s'étendait partout. De nouveaux immeubles, de nouveaux bureaux, des gens qui parlaient avec un accent différent. Et la modernité visible à chaque coin de rue.

Les Magasins Morelli n'avaient pas échappé à la nouvelle époque. Désormais, toutes les femmes méritaient d'être élégamment vêtues et les costumes n'étaient plus relégués aux petites couturières qui faisaient de leur mieux avec des patrons en papier et des machines à coudre. Les boutiques proposaient désormais des toilettes de prêt-à-porter, et les dames de la haute société découvraient la *haute couture**.

Parmi ses amies, Elvira était considérée comme un modèle d'élégance, une exposition vivante des beaux atours que l'on pouvait trouver dans les succursales de sa famille.

Elle arriva à la boutique de Chiaia un peu rouge et embarrassée, comme cela lui arrivait souvent lorsqu'elle venait voir si Salvatore était là, parce qu'il donnait parfois un coup de main pour décharger la marchandise.

Il n'y était pas et elle en éprouva une déception mêlée de soulagement. Elle vivait dans un vertige constant de sentiments, d'exaltation et de crainte, de désir et de refus.

Peu après, lorsque son amant se présenta, torse nu et les cheveux collés par la sueur de sa course, elle se dit qu'il avait dû deviner qu'elle l'attendait. Toutefois, en réalité, à cet instant, elle s'efforçait surtout de ne pas le fixer, de ne pas montrer son intérêt pour son corps de jeune homme, d'autant qu'Alfonzo se trouvait dans la boutique, et que le regard rusé de son neveu ne manquait jamais rien.

Si sa relation avec Salvatore était arrivée aux oreilles de son beau-frère Antonio, elle en aurait été anéantie. Elle avait tant besoin de son argent et, encore plus d'une réputation sans tache.

— Fermez tout, vite, criait Salvatore. Verrouillez les portes.

Les vendeurs échangèrent des regards désorientés.

Alfonzo fut le premier à mesurer la gravité de la situation, de même qu'Elvira dès qu'elle perçut les vociférations qui provenaient de l'autre extrémité de la rue.

— Vite ! Nous n'avons plus le temps.

Salvatore et Alfonzo étaient déjà en train de pousser les lourds battants de bois qui protégeaient les vitrines. Les employés se précipitèrent pour les aider.

En quelques minutes, ils furent enfermés, à l'abri dans la pénombre, les portes barrées. Personne n'osait allumer les lampes.

La foule était déjà là.

On entendit comme un rugissement de plus en plus fort. Des cris, des bruits de course, des bris de verre, et un grondement lourd de pas d'une marée humaine qui progressait comme un unique animal géant.

Elvira savait que, quelques jours plus tôt, il y avait eu un massacre à l'usine de Pietrarsa. Antonio l'avait lu dans le journal. La fabrique ne produisait pas assez et les nouveaux directeurs avaient baissé les salaires et augmenté les horaires de travail, ce qui avait provoqué une révolte parmi les ouvriers. On avait envoyé les brigades de fantassins qui avaient ouvert le feu sur la foule et abattu des ouvriers. D'autres, blessés, avaient été emportés dans un état grave à l'hôpital de la Conocchia.

Pendant sa lecture, Antonio avait paru troublé. Il lui avait expliqué que les hommes avaient été touchés par des balles de fusil et des coups de baïonnette. Elvira avait pensé que cela n'avait guère d'importance ; c'était quelque chose qui ne concernait que les pauvres, mais elle s'était bien gardée de le lui dire.

Ensuite, de nouveaux événements avaient eu lieu.

Un attentat contre l'entrepreneur retenu par le gouvernement, et d'autres manifestations dans la rue. Et voilà que les rebelles avaient atteint Chiaia. Par bonheur, Salvatore avait été plus rapide que la foule.

Tout près d'elle, dans une semi-obscurité, le plus jeune vendeur, un garçon à peine, tremblait de frayeur. Elvira se tourna vers Alfonzo. Son neveu mit un doigt sur sa bouche pour intimer à tous le silence. La foule s'éloignait, mais il était encore trop tôt pour se sentir en sécurité.

C'est à cet instant qu'Elvira s'aperçut qu'Alfonzo n'était plus un enfant. Grand et massif, il paraissait plus vieux que ses vingt-neuf ans et, à cette occasion, il avait agi avec une grande présence d'esprit, comme un véritable patron.

Elle le vit poser le bras sur les épaules de Salvatore et le remercier à mi-voix. Le magasin de Chiaia avait été épargné d'un cheveu.

Ce jour-là, à table, Antonio dut convenir avec elle et Alfonzo que le peuple était responsable des émeutes, qu'il était comme une bête vorace qui profitait de la moindre occasion pour occuper l'espace et ruiner le travail de plusieurs années.

Elvira le savait déjà : il ne lui en faudrait pas beaucoup pour tout perdre.

Septembre

— Moi je l'avais bien dit que cette histoire de lires allait nous faire du mal, dit Fortuna sur un ton furieux. Vous vous rappelez que je vous avais prévenue, madame, hein ?

— Certes, répondit Elvira.

Elle rougit au souvenir de cette journée de janvier de l'année précédente, de ce qu'elle avait fait et qui était gravé dans son esprit. La première fois qu'elle l'avait *fait* avec Salvatore.

Elle ne voyait pas de meilleur mot pour le dire.

Sauvagement, avec violence, passion, une manière très éloignée des étreintes romantiques de Luigi, et encore plus loin du devoir conjugal avec Giuseppe.

Salvatore était jeune et vigoureux, plein d'une énergie qui la bouleversait et la laissait après chaque rapport les cuisses tremblantes et les muscles de la bouche douloureux à force de se retenir de hurler.

Parce qu'avec Salvatore, ils n'avaient droit qu'aux lieux discrets, debout, à murmurer sans bruit : dans la cave, dans l'arrière-cuisine, dans les combles et, une nuit, dans l'orangerie. Sans doute la plus belle étreinte parce qu'elle était étendue sur la terre humide et avait pu admirer les étoiles derrière lui.

Cela faisait plus d'un an que cela durait.

Cela fait déjà longtemps, pensa-t-elle.

Quand ils n'étaient pas ensemble, il redevenait le domestique et elle la maîtresse de maison. D'ailleurs, Elvira le traitait alors avec une certaine morgue, sans jamais lui accorder un sourire ou un mot gentil, mais c'était aussi pour éviter tout soupçon. Lui, au contraire, la suivait comme un petit chien avide. Et elle, elle le traitait comme un chien.

En revanche, Salvatore lui faisait tout oublier lorsqu'il la prenait, parfois par-derrière, à genoux ou debout, et la rendait esclave de son propre désir.

Je le paie et j'en fais ce que je veux, se disait Elvira pour se dédouaner. *Mais il n'a pas le droit de s'approcher de moi si je ne lui en donne pas l'ordre.*

Après la mort de Giuseppe, elle était devenue une riche veuve, respectée et encore belle, elle le savait. Une femme capable de fréquenter la bonne société du quartier, de séduire un éventuel soupirant digne de ce nom, ou de fournir maints conseils aux jeunes épousées.

Toutefois, personne ne devait apprendre ce qu'elle faisait en secret. La réputation valait plus que tout autre chose pour une femme, plus que sa beauté, sa bonté ou son intelligence. Plus que sa fortune.

— Alors, madame ? Vous avez vu tous ces morts ? insista Fortuna. Tout ça à cause de ces lires et de ces maudits Piémontais.

Elvira haussa les épaules. Fortuna parvenait toujours à l'agacer avec ses discours ennuyeux et inutiles.

— Quatre morts et quelques blessés. Et alors ? Que veux-tu que nous fassions ? Ils commandent et nous devons obéir. Ce peuple ignorant n'attend rien d'autre pour se mutiner et tout casser. Tu peux penser ce que tu veux, Fortuna. Regarde ce qui s'est passé au magasin.

On entendait tant d'horreurs en ces temps. L'armée avait réquisitionné les navires de la famille de Giulia, précipitant brutalement son amie et ses enfants dans la misère.

— Des misérables, voilà tout ce qu'ils sont.

— Mais madame, les gens ont faim quand même. Ce n'est pas bien, la faim. Et ces ouvriers ont vu leur salaire baisser de moitié du jour au lendemain, alors que le pain coûte toujours aussi cher.

— Ils n'ont qu'à manger autre chose ! s'exclama Elvira en agitant les bras tant elle s'énervait. Ils n'ont pas à déranger les gens juste pour ça, des gens qui n'ont rien fait de mal.

— Mais la misère, madame.

— Quelle misère ? Ces gens profitent de nous.

— On voit que vous ne connaissez pas les bas-fonds de Naples, madame.

— Non, et je n'ai aucune envie de les connaître.

Elvira lui jeta un regard furieux.

— N'as-tu rien à faire aujourd'hui ? Tu es en vacances ou quoi ? Eh bien, moi j'ai à faire. Je n'ai pas de temps à perdre, compris, Fortuna ?

Elle se leva de son fauteuil pour échapper au regard pénétrant de sa domestique qui ne s'éloigna pas pour autant. Au contraire, elle fit mine de devoir ranger les sièges autour de la table.

Elvira avait revêtu un vêtement en coton léger, mais c'était encore trop pour la chaleur. Elle n'avait mis que deux jupons.

Dans *La Moda* qui leur arrivait par correspondance au magasin, on évoquait des vêtements souples à porter à la maison pour le confort, pour les dames aussi. Elle avait vu des patrons de Paris imprimés en demi-page et avait aussitôt demandé à Alfonzo s'ils pouvaient les fabriquer, avec leurs couturières, pour qu'ils suivent la mode qui s'étendait aussi à Naples. Si ce n'était que les couturières de talent étaient rares et travaillaient à leur compte. Elles ne voulaient pas se lier avec les Morelli parce que la paie était moindre, et en lires. C'est ainsi que la boutique devait se contenter des petites mains qui venaient des provinces d'Aversa ou de Nola, des femmes courageuses mais aux idées plutôt réfractaires. Pour qu'elles exécutent une tenue de ces nouveautés, il fallait les reprendre à tout-va.

Elvira était également abonnée au *Bon Goût*, une revue qui était à l'avant-garde mais encore trop pour Naples. La cité était considérée comme la plus élégante d'Italie tout en résistant à accueillir les nouveautés. Il fallait pourtant s'ouvrir et s'adapter. Antonio, qui vieillissait et se montrait toujours plus las, ne comprenait rien à la mode ; il ne pensait qu'à l'argent et aux étoffes qui lui paraissaient toujours de grande qualité.

En revanche, Alfonzo était jeune et avait de nouvelles idées. C'était le seul auquel elle aurait pu proposer de moderniser la production.

— Maman ?

Giuseppina se présenta sur le seuil. Elle avait les cheveux longs et belle allure avec ses mèches châtain clair et ses boucles naturelles. Son seul défaut était d'être un peu trop petite et avec des traits peu délicats.

— Maman, Angelica s'est fait mal. Elle saigne.

— Elle saigne ? Comment ? Qu'est-il arrivé ? s'exclama Elvira inquiète.

Giuseppina avait les lèvres blanches et tremblait de tout son corps.

— Je ne sais pas.

— Angela !

Elvira se précipita.

— Angela, que s'est-il passé ?

— Elle s'est fait mal toute seule. À l'intérieur, dit Giuseppina derrière elle. Elle saigne tant, maman. Elle va mourir ?

Sans répondre, Elvira grimpa à toute allure l'escalier vers la chambre de sa fille.

— Fortuna ! Maria ! cria-t-elle. Salvatore !

Elle entendit les sanglots d'Angela et la trouva sur son lit, assise et les mains couvertes de sang.

— Je n'ai rien fait ! s'exclama la jeune fille. Je saigne mais je ne sais pas pourquoi.

Angela se tenait le ventre, en pleurs, mais elle avait surtout l'air de craindre la réaction de sa mère.

— J'ai mal, maman. Je n'ai rien fait, je te le jure, maman !

Elvira la fixa, secoua la tête et se mit à rire.

— C'est donc arrivé !

Elle s'assit à côté de sa fille et de ses mains couvertes de sang.

— Tu m'as fait si peur !

Fortuna arriva juste après et, au bout d'un instant, elle se mit aussi à rire. Et Maria se présenta, en tenant Giuseppina par le bras.

Venait ensuite Salvatore, en costume parce qu'on était dimanche et qu'il était sur le point de sortir. Elvira, qui par orgueil ne lui demandait jamais ce qu'elle devait faire, détourna le regard.

— Tu peux redescendre, Salvatore. Ce n'est rien.

— Vous en êtes sûre, madame ?

— Absolument sûre. Tu peux t'en aller.

Salvatore regarda Angela, puis Fortuna qui souriait et il comprit.

C'étaient des histoires de femme.

— Ah, dit-il avec embarras, comme s'il se trouvait devant un événement impossible à décrire, ni même à envisager.

Il sortit en refermant la porte.

Pendant un moment, personne ne dit rien, mais Fortuna se remit à rire en montrant la porte que son neveu venait juste de refermer.

— Maman, qu'est-ce qui m'arrive ?

La voix plaintive d'Angela détourna les pensées d'Elvira à propos de Salvatore.

— C'est quoi, maman ? Une maladie ?

— Cela veut dire que tu es une femme maintenant, voilà tout.

Elle lui prit le bras en évitant de toucher ses mains souillées.

— Allez, relève-toi. Tu vas aller te laver. Fortuna, aide-moi.

— À présent, tu peux avoir des enfants, annonça la femme de chambre.

— Oui, des enfants, confirma Elvira avec agacement.

— Et donner du lait, ajouta Maria.

— N'en rajoute pas toi ! dit Elvira en faisant signe à Maria de sortir avec Giuseppina qui était trop petite pour découvrir certaines choses.

— Retourne travailler.

Angela lui jetant un regard épouvanté empli d'incompréhension, puis se leva du lit et suivit Fortuna près de la coiffeuse.

— Tu n'as pas d'inquiétude à avoir, déclara Elvira. Tu es en train de devenir une femme et les femmes perdent leur sang une fois par mois. C'est ainsi. Tu t'y habitueras.

Pendant ce temps, Fortuna déshabillait Angela avec douceur, sans cesser de sourire, comme si c'était un moment important dont il faudrait se souvenir.

— Moi, ça m'est arrivé à l'église, raconta-t-elle en riant. Quelle peur j'ai eue !

Elvira regarda Angela et Fortuna, un peu jalouse de leur intimité.

— Tu entres dans l'âge adulte, ajouta-t-elle d'un ton un peu solennel. À partir de maintenant, tout le monde devra t'appeler *mademoiselle Angela.* Toi aussi, Fortuna.

La femme soupira, puis prit le broc d'eau couvert d'une serviette et en versa dans la cuvette en émail.

— Comme tu es belle ! commenta-t-elle en commençant à passer l'éponge sur les jambes et le ventre de la jeune fille.

Angela se tenait nue devant la fenêtre et, dans le contre-jour, elle ressemblait tout à fait à une petite femme. Pleine de maturité. Prête.

Elvira remarqua la manière délicate dont la domestique levait sa fille. Plus que sa peau, elle paraissait caresser son âme, avec légèreté, en murmurant de temps à autre une plaisanterie pour la faire rire, comme le ferait une vieille tante.

La domestique prit un linge en coton pour essuyer Angela qui, laissant l'empreinte de ses pieds mouillés sur le sol, s'approcha, toujours nue, du miroir de la garde-robe.

Elvira constata avec surprise que sa fille avait pris des rondeurs. Une poitrine naissante, la taille étroite, les hanches souples. Avec ses cheveux longs et noirs et ses yeux anthracite, elle serait aussi belle que l'avait été Luigi.

— Regarde comme tu es belle, fit Fortuna en montrant son reflet à Angela.

Ensuite, elle lui expliqua comment disposer un linge pour absorber le sang. Angela serra l'étoffe, la fixa avec une grosse aiguille avant d'enfiler une culotte propre.

Elvira lui tendit un jupon un peu usagé qu'elle pourrait salir sans conséquence. Sa fille paraissait enfin rassérénée.

— Tu es une femme maintenant, répéta-t-elle avec le plus de douceur qu'elle put rassembler. Une vraie femme.

Angela se mit sur la pointe des pieds et se regarda d'un côté puis de l'autre.

— Pourrai-je avoir un fiancé moi aussi ?

— Bien sûr ! Tu ne vas pas rester vieille fille quand même, s'écria Fortuna.

— Quand me marierai-je ?

— Quand ce sera le moment, coupa Elvira en éloignant Fortuna d'un geste. Tu auras aussi beaucoup de belles choses. D'abord, tu dois apprendre à commercer avec les hommes. Ils peuvent te donner beaucoup mais tu devras toi aussi te donner à eux.

— Ne les laisse pas t'approcher trop près tout de suite ! intervint Fortuna qui n'était pas encore sortie de la chambre. Les hommes sont tous des cochons, tu sais.

— Fortuna ! Emporte cette eau et file. Inutile de lui faire peur.

Elvira se posta près de sa fille devant le miroir.

— Moi, je t'expliquerai tout. Tu n'as pas à t'inquiéter.

— C'est vrai ça, maman ?

— Vrai quoi ?

— Tu me l'expliqueras ?

— Bien sûr, ma fille.

Elvira se regarda à son tour dans le miroir. Depuis le début de sa liaison avec Salvatore, elle repensait souvent à Luigi, mais comme s'il ne s'agissait que d'un conte de fées. Elle avait retiré la bague de son cou parce qu'il ne lui semblait pas digne de la garder lorsque les mains de Salvatore la fouillaient. Ce n'était pas bien. Même si la bague était celle de Giuseppe, et pas celle de Luigi, elle n'en représentait pas moins pour elle un symbole de son amour. Son premier et grand amour. Inoubliable. À côté, Salvatore n'était rien du tout.

— Ils sont tous beaux, les hommes, dit Angela, mais certains m'ennuient beaucoup.

— Avec les hommes, il faut seulement avoir un peu de patience.

— Que sommes-nous censées faire ?

— N'y pensons pas pour le moment, Angela, c'est trop tôt.

Elvira s'agenouilla et regarda la culotte.

— Je te montrerai comment maintenir les linges absorbants sans qu'ils tombent, surtout au début quand le sang coule beaucoup.

Elle se releva et jeta un nouveau coup d'œil à son reflet, puis à celui de sa fille. Angela était grande par rapport à elle. Elle avait la peau rosée, lumineuse. Treize ans dans quelques mois.

Elvira en comptait trente-cinq. Elle n'avait jamais demandé son âge à Salvatore, mais elle savait qu'il avait vingt-trois ans. Il était plus proche de sa fille que d'elle.

Elle plissa les yeux vers le miroir. Était-ce une ride, ce petit pli à la commissure de ses lèvres, ou une fossette ? Elle s'approcha davantage pour vérifier.

— Maman, s'écria Angela, tu as déjà un cheveu blanc !

— Qu'est-ce que tu racontes ? balbutia-t-elle en posa la main sur sa tête. Tu as dû te tromper. Va t'habiller maintenant.

Elle demeura cependant longtemps devant son reflet à la recherche de ce cheveu qu'elle ne trouva pas.

1864

Si nous allons à Florence, au bout de deux ans, de cinq, ou de six si vous le voulez, nous pourrons dire adieu aux Florentins et aller à Rome ; en revanche, on ne sort pas de Naples ; si vous y allez, nous serons contraints à y demeurer. Voulez-vous de Naples ? Si c'est ce que vous voulez, prêtez attention, avant de prendre la résolution d'installer la capitale à Naples, il faut prendre celle de renoncer définitivement à Rome.

DISCOURS DE VICTOR-EMMANUEL II
AU CONSEIL DES MINISTRES POUR LE CHOIX DE
LA CAPITALE PROVISOIRE DU ROYAUME D'ITALIE, 1864.

Février

En dépit du nombre de couturières des magasins, et des innombrables tenues fabriquées pour les fêtes du Carnaval qui devait se tenir à Capodimonte, personne n'avait trouvé le temps de confectionner un costume de fée pour Giuseppina.

La petite, qui avait désormais sept ans et qui ne réclamait jamais rien, s'était débrouillée seule pour nouer un morceau de satin noir autour de ses hanches. Elle avait posé sur sa tête un vieux châle en laine et s'était précipitée dans les cuisines pour se faire admirer par Elvira.

— Maman, regarde, hurla-t-elle. Je suis une petite nonne !

Elvira sourit mais ses yeux ne brillaient pas.

Giuseppina se mit à parcourir la pièce dans tous les sens, à grandes enjambées, en jouant à être une vieille grand-mère, une religieuse ou une sorcière, et elle clamait qu'elle était capable de lire les lignes de la main.

Amelia, debout devant le fourneau, se mit à rire en couvrant le trou noir de ses dents d'une main. Elle était de plus en plus grosse. Elvira n'ignorait pas qu'elle faisait régulièrement main basse sur le garde-manger, mais elle avait une famille nombreuse à nourrir.

Giuseppina s'approcha d'elle et lui prit la main.

La femme la retira de devant sa bouche et continua à sourire sans écarter les lèvres.

Giuseppina considéra avec attention les lignes de la paume calleuse.

— Tu vas mourir bientôt, dit-elle avec un grand sérieux, mais tu iras au paradis.

— Une bonne paire de claques, voilà ce qu'il te faut ! Sorcière va !

La cuisinière laissa échapper un juron et retira sa main en hâte. Furieuse, elle se tourna vers le feu pour remuer les croquettes.

Alors, Giuseppina se tourna vers Maria, assise à la table en train de découper en bâtonnets réguliers les pommes de terre qu'on mettrait à frire. Malgré ses presque trente ans, elle paraissait plus jeune. Si elle n'avait pas encore trouvé de mari, c'était peut-être parce qu'elle n'était ni belle ni intelligente.

— Moi j'veux pas savoir l'avenir, dit-elle sans lever les yeux de ses pommes de terre. Ça m'fait peur.

— Tu vivras cent ans, mais sans amour, déclara quand même Giuseppina en faisant semblant de lire entre les mèches de ses cheveux.

Elle se tourna ensuite vers Fortuna qui était assise en train de malaxer quelque chose.

La femme de chambre paraissait plus que son âge, et une expression de tristesse semblait gravée à tout jamais sur son visage, comme si elle portait le fardeau de tous les malheurs du monde et de la maisonnée.

Elle regarda Giuseppina avec un air de défi, qui lui interdisait clairement de lui prédire d'autres malheurs.

— Prends garde à toi, balbutia-t-elle en ouvrant malgré tout la main en direction de l'enfant.

Giuseppina craignait Fortuna plus que tout autre.

Elle la regarda avant de reculer vers Caterina, la nourrice, qui avait à présent plus de vingt-quatre ans mais était restée attachée à la famille et, deux fois par semaine, venait faire du raccommodage et tenir compagnie aux autres. Elle repassait pour le moment dans le fond de la pièce.

— Tu auras beaucoup d'enfants.

— Des enfants à moi ? demanda la femme en levant la main de loin pour la lui montrer. Et combien d'enfants ?

— Mais tu tomberas malade, soupira Giuseppina qui se réjouissait visiblement de recueillir, pour une fois, toute l'attention de la famille, et tu mourras.

— Ben tout le monde doit tomber malade et mourir, soupira Caterina qui avait bon caractère.

Elvira en avait assez.

Elle se leva et arracha le châle de la tête de Giuseppina. C'était celui qu'on lui avait donné à la Roue des exposés.

— Cesse ce jeu. Remets le châle dans ton coffre. C'est un souvenir précieux.

Giuseppina le prit sans mot dire. Elle retira aussi le satin noir qu'elle replia docilement avant de le poser sur la table.

— J'étais juste en train de m'amuser, dit-elle.

— On ne plaisante pas avec la mort. Cela porte malheur.

— Toi, tu vivras toujours, chuchota-t-elle en hâte. Tu ne mourras jamais, maman.

Peut-être était-ce parce qu'elle était déjà morte deux fois avant de renaître, se dit Elvira, comblée malgré elle par la réponse.

— Et tu ne vieilliras pas, ajouta l'enfant.

Elvira lui fit signe de filer, bien décidée à ne pas se laisser attendrir par ses manières.

D'ailleurs, elle ne s'était jamais sentie vieille, plutôt le contraire : trop jeune pour épouser un vieux mari, trop inexpérimentée pour devenir mère, trop ingénue pour diriger une maison, trop vulnérable face à son beau-frère autoritaire, trop timorée dans les hautes sphères de la société napolitaine.

Elle était toujours trop jeune.

Jamais vieille.

Mars

— Pourquoi dois-je m'habiller comme Giuseppina ?

Angela paraissait sur le point d'arracher son corsage devant tout le monde.

— C'est affreux, maman !

Elvira retint son mouvement de colère.

C'était sa faute, pensa-t-elle. C'était elle qui avait eu l'idée d'emmener via Toledo sa fille et Caterina.

— Tu m'en achèteras un nouveau ?

— Tais-toi un peu. Nous ne sommes pas parties que tu me fatigues déjà. Tu ne sortiras plus avec moi.

— Et je sortirai quand ? se rebella Angela. C'est la première fois que tu m'emmènes.

— Et la dernière, je te le jure.

La journée était douce, le printemps ne tarderait pas et il n'y avait pas trop de monde dans les rues. Une voiture fermée passa lentement le long de l'avenue, avec son cheval blanc et conduite par un cocher la pipe à la bouche, qui leur lança un regard inquisiteur, un regard de mâle.

Elvira se tourna de l'autre côté.

Les vitrines exposaient leurs marchandises à l'ombre des auvents tirés par les marchands et soutenus par des barres métalliques. La rue ressemblait à une longue galerie protégée par des voiles colorés qui ondulaient dans l'air matinal.

Sur le seuil, les vendeurs en chemise blanche ou grise regardaient passer les dames qu'ils saluaient en baissant la tête ou en les invitant à entrer.

Dans les vitrines, on voyait toutes sortes de marchandises, des gants et des sacs, des chapeaux, des coupons de tissu ou des vêtements. En revanche, il y avait peu de clients dans les boutiques. Après tant d'années de chaos, tout le monde hésitait à dépenser son argent.

Que de concurrents, se lamenta Elvira qui se préoccupait toujours des affaires de la famille.

De loin, elle vit s'approcher une élégante qu'elle connaissait en compagnie de sa femme de chambre. Heureuse celle qui n'avait pas à s'encombrer de sa fille !

Elvira plissa les yeux pour étudier sa toilette, le modèle, l'étoffe.

— Bonjour, madame Morelli.

C'était l'épouse d'un avocat âgé qu'elle avait rencontrée dans le cercle de la Villa Reale.

— Comment allez-vous ?

— Bonjour, Margherita. Et vous-même ?

— Je suis, comme vous me voyez. Je me promène.

— C'est agréable. Quelle belle étoffe ! répondit Elvira en examinant sa robe. C'est florentin ?

— Non, français.

— Mes compliments.

Elvira s'écarta pour la laisser passer en souriant.

— Au plaisir de vous revoir.

— Je vous remercie.

Lorsque la femme se fut éloignée, Elvira lui adressa une grimace dans le dos et regarda Angela comme pour lui faire comprendre que l'étoffe de la toilette de la femme était de mauvais goût.

— On va acheter mon corsage maintenant ? demanda sa fille.

— Oui, nous y allons. Un moment.

Elvira accéléra le pas et faillit heurter une famille complète, le père, la mère et deux petits enfants, qui occupait tout le trottoir, livrée à la pitié des passants. Depuis l'unification du pays, nombreux étaient ceux qui avaient perdu le peu qu'ils possédaient en raison des bouleversements qui avaient frappé le Sud. Plusieurs œuvres pieuses parrainées par les Bourbons avaient dû fermer leurs portes et la misère s'était infiltrée partout.

Il y avait beaucoup de mendiants dans les rues. Beaucoup trop.

Même son frère Eduardo avait connu un revers de fortune. Il vivait dans la rue avec sa famille après avoir perdu son travail et sa maison. Il lui avait écrit une lettre de supplications et Elvira avait envoyé de l'argent en lui demandant de disparaître à tout jamais de sa vie.

La pauvreté était contagieuse, pire qu'une mauvaise maladie.

Fort heureusement, pensa Elvira, le désastre frappait toujours et seulement les plus pauvres.

— Où allons-nous, maman ?

Elvira aurait voulu profiter de la promenade dans la via Toledo pour une fois sans avoir à subir les plaintes et les récriminations de quiconque, encore moins de sa fille qu'elle avait emmenée en prenant sur elle. Et toujours le même refrain :

— *Maman, maman.*

— Tais-toi donc un peu.

Angela prit le bras d'Elvira, en agrippant ses ongles sur sa manche de crainte que sa mère l'abandonne sans prévenir.

— Je veux un nouveau corsage, insista-t-elle en levant l'autre bras. Celui-là me dégoûte.

Elvira baissa les yeux sur la manche évasée que lui montrait sa fille. Elle avait choisi dans la boutique un coupon de soie précieuse pour faire confectionner deux vêtements identiques pour ses deux filles, comme une bonne mère le ferait, même si le corsage était un peu trop grand pour Giuseppina et faisait un peu trop petite fille pour Angela.

— C'est un tissu coûteux, répliqua-t-elle. Et la couleur te va bien.

— Non, moi c'est le rose qui me va mieux parce que je suis brune, répondit Angela du tac au tac. Le bleu clair me donne l'air malade.

— Vous êtes si belle, mademoiselle Angela, que tout vous va, intervint Caterina qui les suivait.

Elle avait conservé son accent paysan, mais elle était douce, bonne et courageuse, qu'il s'agisse de coiffer les enfants ou de préparer les vêtements. Depuis qu'elle était entrée à leur service, elle n'avait pas une seule fois brûlé les étoffes au fer, raté un ourlet ou manqué de faire disparaître les traces de sueur sous les aisselles.

Elvira ne la supportait que pour son travail impeccable.

— Je veux un corsage avec un décolleté et des manches étroites qui s'évasent aux poignets, insista Angela en examinant la vitrine d'un marchand de chaussures. Et des talons aussi.

— Les talons, tu peux les oublier, soupira Elvira qui ne tenait pas à ce que sa fille la dépasse en taille.

— Alors, je veux une robe rose corail.

— La couleur des dévergondées.

— Maman !

— Quand j'ai dit non, c'est non.

Elvira lâcha le bras de sa fille.

— Tu m'agaces. Ça suffit !

— Qu'est-ce que j'ai dit ?

Au lieu de répondre, Elvira lui fit juste un geste de la main.

— Caterina, s'il te plaît, accompagne-la manger un granité. Tiens, dit-elle en sortant quelques pièces de sa bourse. Va et attendez-moi chez le glacier.

Devant, à l'angle de la ruelle sombre qui descendait vers la Carità, il y avait un petit étal de glace protégé par un coupon de toile. Un vieil homme patientait sur une chaise en paille, la râpe à la main, près du bloc de glace et des gobelets avec des sirops de couleur.

— Et toi, tu vas où ? geignit Angela.

— J'ai une course à faire, je reviens tout de suite.

— Je peux venir avec toi ? Tu m'as dit qu'on allait acheter mon corsage.

— Pas maintenant.

Elvira s'éloigna en hâte en ajoutant :

— Sois sage, sinon tu n'auras rien.

Elle ne pouvait certainement pas emmener Angela, même si elle l'avait voulu. Et elle ne le voulait pas.

La boutique qu'elle cherchait proposait des vêtements pour hommes, comme plusieurs des magasins Morelli. Toutefois, ce qu'elle cherchait, elle ne pouvait pas l'acheter là, même s'ils avaient un vaste choix de mode pour homme, dont les nouveaux chandails ou des complets.

Elvira avait en tête quelque chose de plus simple, un gilet en soie de la couleur des yeux de Salvatore qu'elle envisageait de lui faire porter sur son torse nu lorsqu'ils seraient seuls.

Oui, mais quand ? se demanda-t-elle avec désarroi.

Il pouvait toujours y avoir quelqu'un et, parfois, elle se montrait trop imprudente. La maison était vaste, avec tous ces escaliers, ces passages, ces vestibules et ces greniers mais elle paraissait, à certains moments, minuscule.

Et le temps passait.

Et je ne me fais plus très jeune.

Un homme âgé en costume couleur tabac s'inclina devant elle. Il avait des moustaches fines, soignées, et un col haut de dentelle. Ses dents étaient longues et jaunes.

C'était peut-être un homme du Sud.

Elvira baissa les yeux par pudeur, mais elle se sentit rassurée par le salut et la politesse de l'homme qui appartenait apparemment à la bonne société.

Aussitôt après, elle aperçut son reflet dans une vitrine : une belle femme, avec une toilette de couleur crème, les cheveux ramenés sur la nuque, : son chapeau, sa voilette, un collier de perles, une femme raffinée.

Elle s'attarda à considérer son reflet pour se rassurer. Voilà ce qu'elle était : une femme qui attirait encore les regards radieux d'inconnus élégants, même s'ils venaient du Sud.

Elle reprit son chemin dans la via Toledo, avec un nouvel entrain.

Peu avant la place de la Carità se trouvait une petite échoppe de vêtements que confectionnait une couturière de Portici qu'elle fréquentait à l'époque où elle habitait Foria, de l'autre côté de la ville, et s'engageait dans la via Toledo après avoir traversé Port'Alba.

Elle n'y était pas venue depuis des années. Elle s'approcha de la vitrine et s'aperçut que la boutique ne vendait plus que des chapeaux, des borsalinos ou des hauts-de-forme et des chapeaux melon pour les nouveaux notables. Elle poursuivit son chemin pour trouver un magasin de vêtements pour hommes, mais tout y était de mauvaise qualité, avec des coutures bâclées ou aux points trop longs, ou encore à la mode des dix dernières années.

Indécise, elle se demanda si cela valait la peine de continuer ou de retourner auprès de la fille. Elle balaya du regard l'autre côté de la rue, vers le palais Doria. Il semblait s'être écoulé un siècle depuis ce matin, cinq ans plus tôt, lorsqu'elle croyait être devenue une veuve inutile et triste.

La roue tourne, pensa-t-elle.

Un couple passa devant l'entrée du palais. Elvire reconnut l'homme élégant en complet couleur tabac qui l'avait saluée peu avant avec un regard insistant.

À son bras se trouvait une jeune fille gracieuse qui ne devait pas avoir plus de vingt ans. Elle était vêtue d'un deux-pièces rose tendre dont la jupe ample soulignait sa taille fine.

Il lui baisa la main et la jeune fille partit d'un rire strident qui porta jusqu'aux oreilles d'Elvira, de l'autre côté la rue à cet instant débarrassée de chevaux et de calèches.

Il aurait pu être son père, mais leurs manières prouvaient bien que ce n'était pas le cas.

Ils poursuivirent leur chemin tous deux, heureux et insouciants. Malgré la différence d'âge, ils s'aimaient peut-être vraiment. Peut-être.

D'un pas las, Elvira retourna vers l'endroit où se trouvait le glacier. Caterina et sa fille l'attendaient à l'ombre d'un auvent. Angela était fatiguée et irritée.

Elle avait dû encore se quereller avec la domestique. En outre, elle s'était tachée avec le sirop et Caterina ne s'en était pas rendu compte.

Elvira fut traversée par une vague de colère et d'ennui. Elle voulait Salvatore, rien d'autre. Elle avait besoin de lui pour se souvenir que la vie ne se réduisait pas à ce moment, qu'elle était encore une femme pleine de vie et d'énergie.

— Partons, lança-t-elle sans s'arrêter.

— Maman !

Elle entraîna sa fille dans un tourbillon de dépenses entre boutiques de qualité et d'autres médiocres, et elle acheta à Angela tout ce qu'elle réclamait, mais sans enthousiasme ni intérêt, uniquement pour ne plus entendre le son de sa voix.

Vers la fin, elles pénétrèrent dans un beau magasin qui vendait des articles de décoration pour les demeures nobles, où Giuseppe ne l'avait jamais emmenée, et choisit un vase en albâtre. Comme ça, par pur caprice. Parce qu'elle pouvait se le permettre, et parce qu'elle avait envie de se gâter un peu puisque personne d'autre ne le faisait.

J'avais besoin de me changer les idées, se dit-elle au moment de payer.

Elle avait dû demander un peu d'argent comptant à Antonio, se rappela-t-elle avec agacement, et pendant une seconde, elle regretta Giuseppe qui lui remettait des sommes sans jamais rien demander.

De retour dans la rue, accompagnée par un commis de la boutique qui portait le lourd paquet, elle se dirigea vers sa fille et la nourrice jusqu'au coin de la place San Ferdinando, où elle fit signe à l'un des fiacres qui attendaient le client.

Avant de grimper sur la banquette, elle compta et vérifia l'installation de ses achats. Une boîte pour le corsage, un carton à chapeau, un étui pour les gants blancs et l'éventail d'Angela ; le manteau brodé et le vase d'albâtre pour elle ; tout trouva sa place dans la malle.

Angela monta la première à l'intérieur, Caterina ensuite et Elvira. Elle souleva ses jupes, posa le pied sur le marche-pied, tourna la tête vers la rue à présent noire de monde, et ce fut là qu'elle le vit.

Il se promenait bras dessus, bras dessous avec une jeune fille entièrement vêtue de blanc, mais visiblement une fille du peuple, dont les cheveux noirs étaient couverts d'un foulard rose vif. En veste et chemise, coiffé d'un béret, avec l'air détendu de celui qui avait tout son temps.

Sa gorge se noua et elle sentit un poids tomber sur sa poitrine.

Salvatore.

Cela ne dura qu'un bref instant et elle reprit son souffle.

Non.

Non, ce n'était pas lui. Ce n'était qu'un jeune homme qui lui ressemblait.

Elvira monta dans le fiacre en se traitant de sotte.

Le cocher referma la portière.

Cachée à l'intérieur de l'habitacle, Elvira continua cependant à épier l'homme qu'elle avait pris pour son amant et qui ne s'était aperçu de rien.

Un nouveau doute l'assaillit ; que faisait Salvatore en ce moment ? Avec qui se trouvait-il ?

Avec une femme ?

Elle ne savait pas grand-chose de sa vie à lui. Elle n'avait jamais eu envie de rien savoir.

Cela ne l'intéressait pas le moins du monde.

— Je suis contente, déclara Angela. Je suis impatiente de montrer tous nos achats à Fortuna.

La fille serrée contre le jeune homme qui ressemblait à Salvatore devait être plus grande que sa propre fille, mais elle n'avait guère plus de dix-sept ou dix-huit ans.

Cela ne l'intéressait peut-être pas, mais cela lui déplaisait.

Angela lui posa la main sur le bras.

— Tu es triste, maman ? Moi je t'aime, tu sais.

— Laisse-moi donc tranquille ! répliqua Elvira.

1865

Les communes qui comptent une population d'au moins dix mille habitants pourront, pour des raisons d'intérêt public, déterminé par la nécessité de pourvoir à la salubrité et aux communications nécessaires, établir un plan d'aménagement dans lequel seront tracées les lignes à suivre pour la reconstruction des quartiers où il importe de remédier à la disposition insalubre des édifices, afin d'atteindre les objectifs.

JOURNAL OFFICIEL, LOI SUR L'EXPROPRIATION POUR CAUSE D'UTILITÉ PUBLIQUE, 1865.

Juillet

L'insatisfaction était comme une langueur qui la prenait en traître, au moment où elle aurait dû se sentir heureuse et satisfaite. La vie d'Elvira ne cessait de se remplir de nouveautés, qu'il s'agisse de toilettes, de bijoux, de réceptions ou encore de connaissances. Néanmoins, le vide était toujours là, comme une épée de Damoclès, et elle ne savait comment le combler.

Parfois, elle souhaitait ardemment revenir en arrière pour revivre tout ce qu'elle avait vécu, mais de manière différente.

— Aimes-tu la poésie, Elvira ?

Salvatore lui montra le livre qu'il tenait à la main. Elvira ne l'écoutait pas vraiment.

Il lui avait avoué que, depuis un an et demi, il étudiait avec une vieille institutrice de l'institut de Santa Maria di

Costantinopoli. À présent, il savait compter et écrire les phrases simples, et il avait même appris à lire.

— Laisse donc la poésie, dit Elvira en repoussant le livre. Pense plutôt aux choses importantes.

Elle était montée dans la chambre comme une voleuse parce que Fortuna et les filles ne dormaient pas encore, mais elle était dévorée par le désir. Elle faisait de son mieux pour rester prudente et tirer de leurs rendez-vous le plus de plaisir possible sans prendre de risques, mais elle n'y réussissait pas toujours.

Salvatore se leva du lit et se rhabilla lentement.

Il était distrait.

Il songeait à autre chose d'important, et ce n'était pas à elle.

— Que se passe-t-il ? demanda Elvira du ton agacé qu'elle réservait aux domestiques.

— Je réfléchissais.

— Tu réfléchissais à quoi ?

— Tu sais que j'ai un autre emploi dans le commerce des légumes, répondit Salvatore en hésitant.

Il avait fondé une petite entreprise avec un associé et il arrivait à Elvira de ne pas reconnaître l'ancien Salvatore, mais cet inconnu la séduisait plus encore. Il n'était plus le garçon accueilli dans la famille par charité lors de la mort de sa sœur, ni l'homme à tout faire, et pas non plus le jeune homme qui se chargeait des lourdes corvées.

— Oui, oui, tu me l'as déjà dit !

— Je dois acheter une autre charrette pour les sacs que je vais chercher à Materdei. Désormais, cela me prend trop de temps, soupira-t-il. Je dois en trouver une plus grande, plus rapide, qui me permettra de gaspiller moins d'énergie et d'argent.

Et qui le placerait en position de supériorité par rapport à son associé, imagina Elvira sans s'y intéresser vraiment et sans mesurer totalement la valeur d'une charrette, mais elle comprit qu'il était devenu un homme à part entière et qu'il avait besoin d'aide pour réaliser ses projets.

— Moi, je te le prête, l'argent, déclara-t-elle brusquement.

Elle lui jeta un regard et fut tout attendrie de surprendre son expression de surprise un peu gênée mais rayonnante.

— L'argent est une sorte de sauveur. C'est tout ce que j'ai dans la tête en ce moment : l'argent. Toujours l'argent.

Avec l'unité de l'Italie, la cité était en train de vivre une grande transformation. À chaque instant semblait jaillir un nouvel édifice, un nouveau quartier, une nouvelle route. Naples s'étendait dans toutes les directions. C'était comme si l'Italie avait retiré le bouchon d'une bouteille de champagne qui attendait depuis longtemps de sortir de son muselet.

Salvatore évoluait de concert avec la ville. De même qu'Alfonzo qui débordait d'idées nouvelles pour les Magasins Morelli. Tout le monde voulait se développer, se transformer, devenir supérieur et différent de ce qu'ils étaient déjà.

Il n'y avait qu'elle, soupira Elvira, qui refusait de changer. Elle se sentait bien comme ça. Il n'y avait rien à changer dans sa vie.

— Demain, tu me feras savoir la somme dont tu as besoin.

Elle arrangea ses jupes en se remettant debout.

— Je te rembourserai dès que ce sera possible, je te le jure, s'empressa-t-il de répondre. J'ai tellement de projets, Elvira. Je ne veux pas rester pauvre toute ma vie. Il y a tant de manières de gagner de l'argent. Sans parler de l'Amérique.

Salvatore s'était rassis sur le lit et la regardait par en dessous. Il ressemblait à nouveau à un petit garçon avec ses cheveux en bataille et les yeux pétillants.

Cela fit naître en Elvira un sentiment irrationnel de déception.

— Bien sûr que tu me rembourseras, répondit-elle avant d'ajouter aussitôt : Mais tu m'aimes, n'est-ce pas ?

— Bien sûr.

Il écarquilla les yeux et esquissa un sourire incertain.

— Alors, jure-le-moi.

— Je le jure.

— Je ne te crois pas, Salvatore.

— Je le jure, Elvira.

— *Madame* Elvira, dit-elle d'un ton moqueur.

Il ne riait pas. Ses yeux eurent l'éclat de ceux d'un étranger.

Septembre

Elvira tira le rideau bleu de la fenêtre de la voiture couverte. Giuseppina, assise à côté d'elle sur la banquette en cuir, balançait les jambes en regardant par l'autre fenêtre. Fortuna était en face d'elles et elle la regardait sans la voir, tandis que ses yeux se refermaient doucement.

Elvira écarta le rideau pour observer le paysage défiler le long de la route jonchée de cailloux, d'ornières et de poussière qui grimpait vers Posillipo. Elle plissait les yeux pour tenter d'apercevoir, à travers la végétation et les rochers, les villas cachées dans leur parc, mais elle ne voyait pas grand-chose.

Au cours des deux dernières années étaient sortis de terre des faubourgs modernes là où, naguère, il n'y avait que la campagne, avec de nouvelles avenues, larges et droites, dont Elvira ne connaissait pas le nom. En revanche, depuis les hauteurs, le panorama était toujours aussi beau. Son quartier de Chiaia lui apparaissait déployé le long de la mer, avec ses lumières, ses couleurs et ses bâtiments aux formes diverses. En le contemplant d'en haut, aussi minuscule et lointain qu'un village de poupées, elle éprouva une pointe de nostalgie et son cœur se serra, alors qu'elle n'avait quitté la maison que depuis une demi-heure.

Le voyage serait long et fatigant.

Son neveu Alfonzo lui avait demandé de venir voir la fabrique de tissus qu'il était décidé à acheter à Pozzuoli, avec l'argent de la désormais « Compagnie Morelli ». Elvira redoutait cette décision, un peu parce qu'elle ne comprenait rien, un peu parce qu'il s'agissait aussi de son argent à elle, même si elle ignorait depuis toujours la proportion de sa part ou le montant réel que cela représentait en espèces sonnantes et trébuchantes.

D'ailleurs, son beau-frère Antonio n'était pas si enthousiaste à l'idée d'acheter la nouvelle fabrique mais, avec le passage du temps, il semblait voir son autorité sur son fils diminuer alors qu'Alfonzo voyait toujours plus loin et plus grand.

De plus, Antonio commençait à donner des signes de fatigue. Il était de plus en plus passif, de plus en plus vieux.

Elvira décelait sur son visage la même faiblesse qu'elle avait vu prendre possession de son mari Giuseppe quelques mois avant sa mort.

Peut-être qu'Antonio en était conscient, ce qui le rendait encore plus faible.

Pour Elvira, la disparition de son beau-frère entraînerait la perte d'un soutien solide, jamais très affectueux, mais loyal et sincère. Tout le contraire d'Alfonzo, avec sa jeunesse, sa frénésie et son désir de prouver toujours et encore sa valeur à tous, surtout à lui-même. Ce qui annonçait les pires ennuis.

À présent, il s'était mis en tête de prendre la direction de la fabrique de Pozzuoli afin de produire lui-même les étoffes de toutes les couleurs qui leur assureraient une totale indépendance.

Il envisageait également de doter l'entreprise familiale d'un atelier pour créer des vêtements de confection pour dames qui seraient vendus dans les boutiques sans intermédiaire, sur commande comme cela se faisait à Londres et à Paris et, depuis peu, y compris à Milan.

Il voulait de plus ouvrir une nouvelle boutique à Rome qui, bien que moins peuplée que Naples, allait devenir la nouvelle capitale du royaume.

— À Rome, jamais de la vie, avait clamé Antonio.

Il n'avait pas oublié l'échec de Turin qui n'avait laissé à la famille Morelli que des dettes et une veuve dépensière, avec les recours en justice qu'il n'avait pas réussi à emporter.

Désorientée et lasse, Elvira secoua la tête. La vie ne vous laissait jamais un instant de trêve et d'autres ennuis vous attendaient toujours au tournant. La roue ne cessait jamais de tourner ; on se croyait à l'abri, tout en haut, avant de se retrouver fatalement en bas, et aussitôt en haut, et il était impossible d'arrêter le mouvement. La roue tournait encore et encore.

Elle tourna le regard dans la voiture. Giuseppina s'était endormie, la tête posée sur le rebord de la fenêtre. Ce n'était pas une jolie petite fille et elle ne deviendrait jamais une jeune fille gracieuse, ni une femme séduisante, pensa Elvira. Pas comme Angela. Toutefois, elle possédait une forte personnalité qui lui donnerait un certain attrait.

Parfois, elle l'inquiétait ou la mettait mal à l'aise, mais elle l'aimait bien, d'autant que Giuseppina était toujours attentive aux humeurs de sa mère. De plus, malgré ses huit ans, elle faisait déjà preuve d'une grande maturité. Dans quelque temps, elles pourraient avoir de véritables conversations de mère à fille.

— Patience, murmura Elvira en lui jetant un nouveau regard.

Ses pensées se tournèrent vers Angela qui n'avait pas voulu se joindre à elles parce qu'elle avait des lectures en retard.

Un livre, pensa Elvira en secouant la tête.

Ce devaient être les plus belles années de sa vie ; quel dommage que sa fille ne l'ait pas encore compris et qu'elle les gâche ainsi !

L'âge d'or ne durait guère, notamment pour une jeune fille aussi belle et bien dotée qu'Angela, qui serait bientôt choisie par un homme, certes trié sur le volet, qui deviendrait son mari. Parce que c'était ainsi que tournait le monde, où les femmes avaient un devoir précis, essentiel. Elvira avait fini par le comprendre, mais il lui avait fallu du temps, des années et des chagrins. Par la suite, il faudrait à sa fille une certaine maturité et de l'intelligence pour aller trouver le plaisir ailleurs, là où il se cachait. L'amour n'avait rien à voir avec le mariage, et la passion rien en commun avec la famille ou le foyer. Il s'agissait de mondes totalement séparés.

Quelle erreur de vouloir les faire coïncider !

— Sommes-nous arrivées ?

La voix ensommeillée de Giuseppina la tira de ses pensées.

— J'ai mal au ventre.

Elvira ne répondit rien. Elle regarda dehors. La ville était loin derrière et elles redescendaient vers la mer. On apercevait Nisida, entourée d'une mer toujours calme, et la campagne de Bagnoli, les collines des Camaldoli et des terres en jachère, puis, à l'horizon, la mer d'un bleu profond.

Au loin, on distinguait les contours de Procida et d'Ischia, qu'elle ne connaissait pas vraiment. En réalité, Elvira n'avait d'yeux que pour Capri, l'île qu'elle voyait de sa fenêtre, qu'elle n'avait jamais visitée. Pas plus que le reste du monde.

Le monde d'une femme est sa maison, pensa-t-elle.

La voiture s'engagea dans le chemin du littoral où la poussière rivalisait avec les cailloux. Il longeait la montagne et les emmenait en direction de Pozzuoli.

Encore une demi-heure de trajet.

Elvira regarda Fortuna, affaissée contre le dossier de l'avant, les yeux clos et la bouche entrouverte. Elle avait presque quarante-cinq ans, une vieille femme. Elle, au contraire, faisait de son mieux pour rester jeune à grand renfort d'onguents et de masques, mais la véritable cure de jouvence venait d'ailleurs.

Elle ferma les yeux et se laissa bercer par le balancement de la voiture pour ne se réveiller qu'une fois qu'elles arrivèrent à destination.

— Madame, nous sommes arrivées, déclara Fortuna.

Comme d'habitude, la domestique la fixait avec une légère expression de reproche.

Elvira s'étira et regarda dehors avant de secouer Giuseppina, qui s'était rendormie.

Toutes les trois descendirent de la voiture.

Elles se retrouvèrent sur une place en terre battue, loin de la petite ville que l'on apercevait sur la gauche. Devant elles s'élevait un bâtiment en briques percé de rares fenêtres mais avec un grand portail en bois sombre. Devant l'entrée se tenaient quatre paysans ou peut-être des ouvriers, tous âgés.

Deux hommes en costume de campagne couleur crème, un vieux et un jeune, deux paysans, parlaient respectueusement avec Antonio et Alfonzo. Ces derniers étaient vêtus de costumes sombres comme les hommes d'affaires de la grande ville. Impeccables et l'air grave. La seule concession à l'élégance était l'épingle en perle et malachite d'Alfonzo.

Antonio vint à leur rencontre, le pas un peu hésitant, en s'appuyant sur sa canne.

— Bienvenue, Elvira. Avez-vous fait un bon voyage.

— J'ai dormi, Antonio.

— Alors, c'est parfait.

— Cela vous plaît-il, ma tante ?

Alfonzo s'était approché à son tour.

— Quoi ? demanda Elvira en tournant les yeux vers le bâtiment. C'est là ?

— C'est là.

Alfonzo s'adressa à Giuseppina en lui montrant la fabrique.

— Cela te plaît, Giuseppi ?

Giuseppina fixa l'édifice avec curiosité. Elle aurait peut-être voulu dire ce qu'elle en pensait, mais personne ne s'intéressait plus à elle.

— Voulez-vous visiter l'intérieur, ma tante ? demanda Alfonzo.

Elvira le suivi sans enthousiasme. Elle croisa le regard d'Antonio qui marchait à côté d'elle lentement, comme s'il faisait un effort démesuré.

— Comment te sens-tu, Anton ?

— Comme un homme devenu vieux du jour au lendemain.

— Que dit le médecin ?

— Frascella ne comprend pas grand-chose, Elvira, dit-il avec un geste rageur. Je me soigne tout seul, à la mode d'antan, en mangeant de la viande matin, midi, après-midi et soir. Le bœuf n'est-il pas le meilleur remède de tous ?

Elvira se contenta de sourire. À chaque rencontre, elle le trouvait toujours plus diminué.

La roue tourne, pensa-t-elle, *et ne s'arrête jamais pour personne.* C'est pour cela qu'il fallait vivre pleinement chaque instant de sa vie, toujours, sans remords ni regrets.

Alfonzo franchit le seuil du grand portail pour pénétrer dans un local plongé dans la pénombre.

Elvira le suivit avec Antonio, Fortuna, Giuseppina et les hommes sur leurs talons.

Dans l'air flottait une odeur d'huile et d'humidité, mais aussi de charbon, de bois et de sueur.

Elvira distingua des rangées de longues tables en bois brut ainsi que de grands métiers à tisser actionnés par des roues en métal et reliés par des cordages à d'autres machines qui se perdaient dans l'obscurité du fond de l'atelier.

— C'est l'une des premières fabriques de la région, déclara Alfonzo à voix basse pour ne pas se faire entendre des deux propriétaires qui guettaient sa réaction. Il faudra remettre en état beaucoup de choses, mais l'espace est vaste et le métier principal fonctionne bien.

— Combien en demandent-ils ? murmura Elvira à Antonio.

Celui-ci haussa les épaules en baissant les yeux.

— Presque rien, ma tante, chuchota Alfonzo en se rapprochant et en regardant les vendeurs en coin. Ils ne l'utilisent plus depuis des années, depuis que le prix du chanvre a fait un bond, et ils ne savent qu'en faire. Ils sont en difficulté.

— Et nous, qu'en ferons-nous, Alfonzo ?

— Nous la transformerons en une magnifique et moderne manufacture de tissus.

— Et ensuite ?

— Ensuite, nous vendrons nos produits dans toute l'Italie, ma tante ! s'exclama Alfonzo en écartant les bras. Toute l'Italie, pas seulement Naples.

— Combien cela coûtera-t-il ? insista Elvira en se tournant à nouveau vers Antonio en quête d'aide.

— Moins que ce que la Compagnie Morelli a sur son compte courant, depuis des années, sans savoir qu'en faire, ma tante. Alfonzo souffla bruyamment. Vous ne savez même pas combien il y a.

— Combien y a-t-il ?

— En valeur nominale, ma tante ? demanda-t-il d'un ton ironique pour lui rappeler qu'elle n'y entendait rien. En actions, obligations, coupons, espèces, lettres de change ou prêts ? Ou bien avec les intérêts du procès contre les Turinois ?

Elvira ne releva pas. Elle demeura impassible, le visage immobile, sans expression.

Elle pivota et se dirigea vers les tables et les vieux métiers désormais inutilisables. Elle n'arrivait pas à chasser ses doutes. Il y avait des paniers, des tonneaux et des caisses pleines d'outils partout. Cela sentait l'urine et les souris.

Un ouvrier âgé la suivait pas à pas. Peut-être voulait-il lui expliquer le fonctionnement des machines mais il n'eut pas le courage de parler.

Alfonzo s'approcha.

— Là au fond, nous mettrons le moteur à vapeur, et nous remplacerons les métiers en bois par d'autres en métal. Ainsi que deux ou trois autres choses et ce sera prêt, chuchota-t-il. Nous avons de l'expérience et nous connaissons le marché à fond, ma tante.

— Et alors ?

— Alors, nous fabriquerons les marchandises nous-mêmes et nous n'aurons plus à dépendre de fournisseurs extérieurs.

Elvira se tourna à nouveau vers Antonio.

— Toi, Antonio, qu'en dis-tu ?

Antonio écarta les bras en relevant sa canne, comme pour lui faire comprendre qu'il n'y comprenait pas grand-chose non plus.

— Réfléchissons encore un peu, dit-il. Ça suffit !

— Ah non ! s'écria Alfonzo. Fini de réfléchir. Nous avons réfléchi encore et encore. Cela fait cinq ans que nous réfléchissons. Faites-moi plaisir, père : prenez une décision !

— Tu baisses d'un ton quand tu t'adresses à ton père, marmonna Antonio. Pas de discussion.

— Non, je préfère le dire haut et fort. Moi aussi je peux décider que « ça suffit », hurlait à présent Alfonzo. Et pas de discussion !

Le vieil homme le regarda sans rien dire. Il était clair qu'il n'avait ni la force ni l'envie de parlementer.

Il se tourna et se dirigea vers la sortie.

Pendant un instant, Elvira le fixa en se disant qu'elle devait le suivre. Ensuite, elle regarda Alfonzo et lui sourit.

— Alfonzo, moi je sais que tu comprends ce qu'il faut faire.

— C'est exact, ma tante.

Il semblait soudain plus grand et plus fort.

— Cependant, je tiens à faire les choses avec l'accord de toute la famille, ainsi qu'avec le vôtre.

— Tu es l'homme de la maison à présent, Alfonzo, murmura Elvira, docile et conciliante, comme elle savait se montrer. C'est toi qui commandes.

— Nous sommes tous les deux aux commandes, ma tante. Vous et moi.

— C'est encore mieux alors.

1866

C'est ainsi que Sa Majesté le Roi, gardien jaloux des droits de son peuple et défenseur de l'intégrité nationale, se voit contraint à déclarer la guerre à l'Empire austro-hongrois.

DÉCLARATION DE GUERRE
À L'EMPIRE AUSTRO-HONGROIS, 1866.

Février

— Puis-je vous parler ?

Salvatore se tenait sur le seuil du salon. Elvira était assise dans un fauteuil, sous la lampe allumée qui n'éclairait que cet angle de la pièce. Elle posa sa broderie et lui fit signe d'entrer. Elle était irritée mais ne voulait pas le lui montrer. Comme elle le lui avait répété tant de fois, dans la journée, ils devaient se montrer particulièrement prudents.

Qu'il était beau !

Au fil des années, sa passion avait gagné en intensité pour s'apparenter toujours plus à un besoin primaire. Elvira passait son temps à fantasmer à son sujet et à un monde impossible où ils auraient pu dormir ensemble ou se promener côte à côte à la lumière du jour sans honte ni crainte.

— Que veux-tu, Salvatore ? demanda-t-elle d'un ton plus sec qu'elle ne l'aurait voulu.

Il referma la porte, s'avança et s'agenouilla devant elle en enfouissant le visage dans ses jupes.

— As-tu pensé à ce que je t'ai dit ? dit-il à voix basse.

Elvira passa la main dans ses cheveux en les ébouriffant, puis elle se mit à rire.

— Comment cela t'est-il venu à l'esprit ?

— Parce que je t'aime.

Elle retira lentement sa main. Salvatore releva la tête. C'étaient des mots tabous, Elvira le lui avait clairement expliqué.

Il ne pouvait être question d'amour entre eux.

— Tu es si jeune, répondit-elle d'un air blasé.

Elle regretta aussitôt ses paroles. Tout ce qui concernait leur différence d'âge était également tabou.

— As-tu réfléchi ? insista-t-il.

— L'Amérique ! s'exclama-t-elle en riant de nouveau pour souligner l'absurdité de ce projet.

— J'en connais beaucoup qui partent, poursuivit-il en lui prenant les mains. Cela n'a rien d'une folie. L'Amérique est une chance pour un homme qui ne rechigne pas à la tâche. Il y a là-bas tant à faire.

— Tu es fou, rit-elle encore en l'arrêtant d'un geste de la main. Avec qui crois-tu donc parler ? Moi, je suis bien ici, Salvatore.

Elle chassa la vision de son expression déçue, presque offensée, qui apparut sur son visage.

— À présent, lève-toi s'il te plaît et va prévenir Fortuna de faire atteler la voiture parce que je dois aller à la messe.

Il recula d'un pas sans la regarder.

Elvira se mit debout, lui caressa le visage et posa sa joue contre la sienne. Ses poils drus lui chatouillèrent la peau.

— File, maintenant et laisse la porte ouverte cette nuit, murmura-t-elle. Je saurai me faire pardonner.

Salvatore sortit de la pièce. L'Amérique ? Quelle idée !

Qu'est-ce qui n'allait pas avec elle pour que les hommes de sa vie pensent toujours à l'emmener ailleurs ? Loin de sa maison, de son honneur, de son nom. Luigi d'abord, avec son idée absurde de fuir à Turin comme deux malheureux. Salvatore, qui parlait maintenant de l'Amérique, l'endroit le plus lointain et le plus sauvage qu'Elvira pouvait imaginer. Son esprit pensa brièvement à Giuseppe, son mari placide, sans jamais de regrets qui, avant de mourir, lui avait promis de l'emmener à Paris.

Encore qu'elle serait volontiers allée à Paris.

Elle reprit sa broderie mais elle rata un point et dû le découdre et recommencer.

Novembre

La lumière blanche de l'aube n'avait pas encore cédé la place à l'azur glacé du ciel d'hiver.

Elvira, qui fixait l'horizon depuis un moment, ne se rendit pas compte qu'un vent léger, mais froid et qui s'accompagnait du relent des algues, s'était levé de la mer.

Elle regardait dans le vague, au-delà de l'horizon, comme dans un rêve.

L'eau n'était qu'une étendue grise et mouvante, piquetée de crêtes d'écume blanche. À cette heure du matin, elle évoquait plutôt la boue et la vase, mais une boue vivante, immense et maniable.

En la croisant dans l'escalier la veille au soir, Salvatore lui avait demandé de lui accorder un moment parce qu'il avait une chose importante à lui dire.

Elle lui avait simplement répondu, sans le regarder, d'un signe de la main qui signifiait « demain, à l'endroit habituel ».

C'est ainsi qu'à l'aube Elvira était sortie de la maison avant le réveil des enfants. Elle avait traversé la Riviera, le parc de la Villa Reale et la plage. À présent, elle se tenait sur la rive, près du saule mort, à observer les vagues qui avançaient et reculaient lentement. La voix de la mer était comme une longue plainte, l'un des plus beaux sons qu'elle connaissait.

Elle resta immobile encore quelques minutes avant de percevoir un cri plus proche. La voix d'un enfant qui hurlait d'épouvante et qui appelait quelqu'un. Elle se tourna vers le Castel dell'Ovo et vit deux garçonnets, fils de pêcheurs du quartier, qui couraient en agitant les mains.

Elvira ne comprit pas ce qui les excitait comme ça. Une petite barque bleue et blanche avait été tirée sur le sable, près du saule, et lui cachait la vue d'un côté de la plage.

Elle s'avança lentement en prenant soin de marcher sur le sable sec pour ne pas mouiller ses chaussures en cuir et en toile.

— Seigneur Jésus ! murmura-t-elle.

Elle stoppa brusquement et mit le pied dans une flaque d'eau.

— Une sirène ! entendit-elle hurler.

— Comment ça, une sirène ? dit l'autre voix. C'est un monstre.

— Elle bouge.

— Tu crois qu'elle est vivante ?

Sur le rivage, à moitié ensevelie sous le sable, il y avait une créature grise et bleue, de la taille d'un homme. Sa queue était agitée par des vaguelettes à peines visibles, tandis que la partie postérieure restait immergée dans l'eau.

Sa posture allongée et les ondulations qui obéissaient au rythme lent de la mer donnaient l'impression qu'elle était en train de chercher à s'échapper vers le large.

Elvira s'arrêta. Depuis son point d'observation, la partie émergée laissait voir un visage de femme, une poitrine et une chevelure touffue.

— C'est une vraie sirène, répétait l'un des garçons, le plus petit. Une vraie !

— Non ! hurla l'autre. Elle a une tête de poisson.

Elvira s'approcha, dépassa la barque et marcha jusqu'aux deux garçons qui continuaient à hurler et à gesticuler.

Ce n'était pas une sirène.

Elle n'avait pas de cheveux, de seins ou de visage.

Ce n'était qu'un poisson gigantesque avec des branchies et des yeux globuleux, d'une espèce qu'elle ne reconnaissait pas, peut-être un thon ou un aiguillat, voire un dauphin inconnu ou un rorqual.

Elvira le toucha du pied.

Quelques années plus tôt, une baleine était venue agoniser sur le rivage de Chiaia et, pendant des mois, les émanations de pourriture avaient plané sur la plage, le parc et tout le quartier.

Ce poisson n'avait pas l'air encore mort.

Pas du tout.

Elvira eut l'impression qu'il bougeait la queue, que ses branchies s'ouvraient et se refermaient très lentement et que ses yeux la voyaient. Elle tenta de s'agenouiller pour le toucher. Les deux garçons se rapprochèrent eux aussi et caressèrent la peau froide et argentée.

Dès qu'elle l'effleura, Elvira sentit un frisson agiter la carcasse pour arriver jusqu'à elle, comme un dernier éclair de vie. Elle retira vivement la main et se releva. Elle huma le bout de ses doigts.

Les garçons avaient commencé à pousser le poisson du pied d'un côté à l'autre, comme pour l'aider à sortir du creux de sable dans lequel il s'était échoué. Puis ils appelèrent quelqu'un.

Les cris, stridents et incompréhensibles, n'évoquaient pas des enfants mais les appels d'autres animaux marins.

Elvira fit quelques pas en arrière, revenant plus haut que la barque bleue et blanche. Puis, elle retourna vers le saule desséché tout en réfléchissant aux tâches quotidiennes (les visites, les achats, les commandes, les inspections du magasin de Chiaia) qui occupaient toutes ses journées.

Elle lança un dernier regard à la créature marine puis leva les yeux vers le large pour fixer la ligne grise et morne de l'horizon.

Elle voulait qu'il la trouve ainsi, de dos, les yeux contemplant la mer, forte et indifférente, même si en vérité, son esprit tout entier restait préoccupé par son arrivée.

— Elvira.

Enfin.

La voix de Salvatore lui fit oublier toutes ses pensées et effaça toutes ses autres émotions.

— Cela fait longtemps que tu es dehors ?

Il s'approcha d'elle et regarda lui aussi la mer, mais sans la toucher.

— Il va bientôt pleuvoir. Et il y a du vent.

Elvira se tourna et eut soudain froid. Elle frissonna.

Elle serra autour d'elle son châle en laine, ultime présent de son beau-père Antonio, deux mois avant sa mort.

— Aurais-tu peur que je tombe malade ? demanda-t-elle avec un petit sourire.

Salvatore posa la main sur son épaule, juste un instant.

— Tu ne peux pas tomber malade, Elvira, murmura-t-il sans la regarder. Tu es trop résistante.

— C'est comme ça que tu me vois ? (Elle fit un pas vers lui et tendit les mains pour lui serrer la taille.) C'est ça ?

— C'est comme ça que tu es.

— Pas avec toi.

— Avec moi aussi.

— Tu sais quand même combien je peux être gentille, Salvatore.

— Gentille ?

Salvatore renversa la tête en arrière en éclatant de rire, et il rompit le contact de ses mains.

— Jamais de la vie, ajouta-t-il.

— Jamais ?

— Parfois, admit-il, mais uniquement quand tu en as envie. Quand cela te convient.

— Tu brûles dans mon sang, murmura-t-elle brusquement, comme une fièvre.

Il plongea son regard dans le sien, comme épouvanté.

Puis il regarda de nouveau la mer.

— Toi aussi, répondit-il à voix basse mais d'un ton vaincu.

Ils ne dirent rien pendant un moment.

Elvira aurait pu lui prendre la main pour la porter sur ses seins. Elle l'aurait embrassée. Puis elle l'aurait étreint et embrassé lui, là au bord de la mer, pour l'éternité.

Toutefois, elle ne le pouvait pas.

D'ailleurs, elle ne le voulait pas.

— Je ne suis pas obligée de rentrer tout de suite, Salvatore, dit-elle toujours à voix basse.

Elle paraissait lui donner une simple indication du programme familial, presque un ordre.

— Angela est invitée chez une amie et Giuseppina va avec Fortuna au petit marché de la Vetriera. Moi, je suis libre.

Il fit un pas de côté et observa les chaussures trempées d'Elvira, puis le rivage et le lent mouvement de la mer.

Il paraissait embarrassé.

Elvira se demanda pourquoi il ne répondait pas. Elle chercha son regard.

— Que se passe-t-il ?

— Je dois te dire une chose. Une chose qui ne te plaira pas.

— Quoi ?

Sans s'en rendre compte, elle avait croisé les bras sur sa poitrine dans un geste protecteur.

— Une chose importante.

— Salvatore, parle donc !

— Je me marie, souffla-t-il.

Elvira cru qu'elle avait mal compris.

Il répéta :

— Je me marie dans vingt jours.

Il avait élevé la voix et parlait froidement, sans émotion.

— J'épouse une jeune femme, la sœur d'un ami. Elle s'appelle Mena. Cela fait un moment que je la fréquente mais je ne voulais pas t'en parler avant d'être sûr.

Elvira cessa de l'écouter.

Elle n'avait entendu que quelques mots, rares mais définitifs : « je me marie », « jeune femme ».

Ce mot-là, « jeune », débordait dans sa tête et offensait ses oreilles.

Elle regarda la mer grise et prit une profonde inspiration qu'elle reconnut comme salée.

— As-tu compris ?

— Oui, j'ai compris, répondit-elle sans réfléchir.

— Nous allons partir.

Elle ne lui demanda pas où. Elle ne voulait pas le savoir. Elle espérait qu'il se taise, qu'il ne dise plus un seul mot.

Non, il avait besoin de parler.

— Je veux fonder une famille, Elvira. Une vie. C'est le bon moment pour moi. Et puis, tu es forte, tu n'as besoin de rien. De personne.

— Forte, oui, murmura-t-elle.

Puis elle ne dit plus rien.

— Je ne peux plus rester dans ta maison, ajouta-t-il au bout d'un moment en cherchant son regard. Je pars dans une semaine.

Elvira pivota d'un bond.

— Certainement pas ! Tu pars tout de suite, s'écria-t-elle. Sur-le-champ. Va chercher tes affaires et va-t'en. Tout de suite !

— Elvira.

Elle leva la main et fit un pas vers le sable sec.

— Je vais rester ici pour prendre l'air encore une heure, ajouta-t-elle d'un ton détaché. Quand je rentrerai, tu ne seras plus là, compris ? Fortuna te fera parvenir ton salaire.

Salvatore ne bougea pas pendant un moment.

Il espérait peut-être un adieu, un regard. Elvira lui tourna le dos et étudia un oiseau qui planait au-dessus de l'horizon.

La mer paraissait faite de cendre liquide.

Elle patienta.

Elle patienta sans jamais se retourner, imaginant qu'il s'éloignait sur le sable, en silence.

Puis, elle se retourna.

Salvatore avait disparu comme s'il n'avait jamais existé. Un rêve, un cauchemar matinal.

Cependant, le sable avait conservé l'empreinte de ses pas et, dans le cœur d'Elvira, les empreintes étaient encore plus profondes.

Elle essuya une larme dans un mouvement de rage. Certaines femmes se consumaient d'amour et en mouraient.

Pas elle. Elle n'était pas de celles-là.

Elle leva les yeux vers le Castel dell'Ovo, puis vers le groupe de pêcheurs et de garçonnets qui s'étaient rassemblés autour du monstre marin échoué sur la plage.

Elle attendit encore quelques minutes et, les bras croisés, elle s'approcha de la barque bleue et blanche et, de là, continua à épier les hommes à l'ouvrage.

Ils avaient planté deux gros crochets en fer dans les branchies du poisson et le traînaient vers le sable sec. Ils le retournèrent sur le dos, lui ouvrirent le ventre d'un coup et en tirèrent les entrailles, un amas sombre, violacé, presque noir.

Après l'avoir libéré de ses entrailles, ils le rincèrent à grands seaux d'eau et le coupèrent en grosses tranches avec un long couteau en se servant d'une scie et d'une petite hache pour les parties les plus dures de l'arête principale.

Chacun en préleva un morceau comme ils l'avaient conclu plus tôt.

Elvira les contemplait, efficaces et rapides, joyeux aussi, comme s'ils devaient s'empresser de faire disparaître ce don du Seigneur et de la mer de la plage avant que d'autres viennent réclamer leur part du butin.

Pour finir, il ne resta que les extrémités : la large caudale et la tête qui n'avait plus rien d'humain. Ce n'était qu'une tête de poisson avec les yeux noirs. Un poisson inconnu, gris et mort.

Les enfants qui l'avaient trouvé emportèrent la tête comme s'il s'agissait d'un énorme trophée, et ils laissèrent couler son contenu sur leur chemin.

Elvira se retourna. La queue aussi avait disparu.

À l'endroit où s'était échoué le poisson, il n'y avait plus que ses entrailles et une tache de sang qui imprégnait le sable.

Elle attendit que tous se soient éloignés pour s'approcher des vestiges du massacre et piétiner les marques des pas des hommes qui avaient découpé le cadavre.

Pendant un instant, elle se sentit comme cette créature venue de la mer, elle aussi depuis sa naissance ballottée de-ci de-là, toujours par un homme, par l'amour, par son mari ou par son amant, pour être ensuite abandonnée et mise en pièces. Chacun lui avait pris quelque chose, qui son cœur, qui sa jeunesse, qui son corps.

Elle se mit à pleurer.

Elle ne regardait plus le sable. Ses yeux se posèrent de nouveau sur la mer et elle se laissa emporter vers l'horizon.

Un oiseau aux grandes ailes pointues remonta de l'eau avec quelque chose de vivant dans le bec.

ANGELA

1867-1883

1867

L'institution du mariage civil, telle qu'établie par notre Code, incarne l'affirmation la plus éclatante et la plus profondément gravée des grands principes de la Société moderne, désormais enracinés dans la conscience du peuple italien, si bien que les armes émoussées de l'obscurantisme et de la régression ne sauraient l'ébranler.

GIUSEPPE VACCA, DISCOURS D'INAUGURATION DE LA NOUVELLE ANNÉE LÉGALE, NAPLES, 1867.

Octobre

Angela regarda la foule élégante qui se pressait dans la véranda, au-delà des colonnes blanches de la villa Pignatelli.

Elle devait se souvenir de tenir ses épaules bien droites, comme le lui répétait sans cesse sa mère, et de relever le menton. À seize ans, on est une femme et il faut affronter le monde la tête haute, sans crainte. *À l'attaque*, dans n'importe quelle situation et face à tous, quels qu'ils soient.

Angela redressa donc le dos. Du coin de l'œil, elle regarda sa mère qui se tenait à ses côtés. Belle, comme toujours.

Elvira portait une robe en satin blanc doublée de trois voiles, avec un corsage ajusté et des manches larges. Sur la tête, elle avait mis un grand chapeau rond couvert de plumes grises assorties au châle en dentelle de Chantilly.

Elle gardait la tête droite, menton en avant, mais ses yeux restaient perdus dans le vague, même quand elle souriait.

À l'attaque, y compris quand elle serrait quelqu'un dans les bras. Quelle chance de n'avoir jamais besoin de se forcer !

— Maman ?

Elvira ne lui accorda pas la moindre attention.

Angela cessa de chercher son regard et tenta d'imiter sa démarche, mais elle se sentait ridicule.

L'ombrelle qu'elle tenait à la main la gênait aussi. Elle savait qu'elle ne devait pas l'incliner mais la tenir bien droite, assez haut mais pas trop, ni collée à la tête. Près du visage, sans la secouer. Elle devait aussi marcher comme si elle glissait gracieusement, le buste un peu incliné vers l'avant, pour éviter de faire onduler ses hanches.

Elle fixa son regard sur le sentier gravillonné qui dessinait sur l'herbe une ligne ondulée qui serpentait vers la véranda de la villa. Elle n'était pas prête, pensa-t-elle.

Peut-être ne l'était-on jamais.

— Essaie de sourire, dit sa mère sans la regarder.

Elle agita la main pour saluer une femme en soie moirée rose, debout sur l'escalier, qui écartait les bras pour les accueillir.

Dans la véranda, au-delà des colonnes, il devait y avoir près d'une centaine d'invités.

Les hommes en queue-de-pie ou redingote, cigare ou pipe à la bouche, arboraient des gilets élégants qui laissaient voir leur jabot. Les femmes étaient vêtues de toilettes claires et vaporeuses, dont la crinoline ou la tournure soulignaient leur taille fine, et de chapeaux de couleurs, toutes différentes.

Les bavardages et les rires discrets filaient d'un groupe à l'autre. On aurait dit une volière d'oiseaux multicolores, un spectacle qui suffisait à intimider Angela.

— Regarde, lui chuchota Giuseppina à l'oreille, qui lui marchait presque sur l'ourlet, elle a un vrai oiseau sur la tête !

La dame, peut-être une étrangère, portait effectivement une grande capeline sur le sommet de laquelle était perchée une colombe empaillée qui paraissait être sur le point de prendre son envol.

— Lâche-moi ! s'écria Angela en lui donnant un coup de coude.

Elle chercha sa mère du regard. Celle-ci avait gravi les quelques marches et bavardait avec la maîtresse de maison, une grosse femme potelée à la *mise** cependant élégante. Angela s'empressa de la rejoindre, Giuseppina sur ses talons comme une petite ombre maudite.

— Comme elle a grandi ! s'exclama la dame en prenant la main d'Angela entre les siennes. Et comme elle est devenue belle !

— Belle ?

Sa mèrc lui jcta un regard indifférent comme elle en avait l'habitude.

— N'exagérons pas, chère Elisabetta, jolie peut-être, mais belle non.

— Non, Elvira, elle est belle, insista la femme en riant. Et elle me paraît prête à faire une rencontre importante. Peut-être même ici, où nous avons toutes sortes de beaux garçons.

Avec un clin d'œil complice et mille gestes, elle invita Angela à pénétrer dans la véranda où les invités se pressaient, entre les statues de l'Académie.

Angela referma son ombrelle mais demeura immobile à côté de sa mère, tandis que Giuseppina, avec son bonnet et sa robe bleus, s'inclinait devant la maîtresse de maison, qui peut-être connaissait l'histoire de ses origines.

— Et toi, petite, quel âge as-tu ?

— Dix ans, répondit Giuseppina, toujours vive et confiante.

Quelle idiote !

La dame lui caressa la tête avec un sourire aussi généreux que distant, avant de passer à l'hôte suivant.

Angela se tourna vers sa mère.

Elvira avait déjà fait quelques pas entre les colonnes pour saluer des personnes qui l'accueillaient comme si elle était la princesse de Chiaia.

— Alors, Angela ? demanda Giuseppina qui lui collait toujours aux talons. Nous allons manger ?

Au centre de la salle, il y avait une grande table recouverte d'une nappe en lin, de verres en cristal et d'argenterie, ainsi que des mets en tout genre présentés avec élégance.

— Va-t'en, souffla Angela à voix basse, tant elle était bourrelée de honte. File dans le jardin avec les autres enfants. Ne traîne pas dans mes jambes.

— Je veux rester ici, avec toi.

Angela ne lui répondit pas. D'ailleurs, elle ne baissa même pas les yeux vers elle et se dirigea vers le centre de la pièce.

Quelques invités s'étaient rassemblés autour de la table dressée. Un serveur, avec un costume noir et des gants bordeaux, prit une assiette en porcelaine et lui demanda avec un sourire aimable ce qu'elle aimerait manger.

Sur la table, il y avait de grands plateaux de pommes de terre rôties au four, de légumes frits, de salades composées avec des fruits, des pâtés, des boulettes, des saucisses, des escalopes de volaille, des bouchées de lapin ou de canard, des fromages, de la mozzarella et du salami.

Angela montra du doigt les pommes de terre et le lapin, les saucisses, la mozzarella et deux boulettes.

Le serveur lui prépara son assiette qui se transforma aussitôt en montagne de nourriture.

Angela posa l'ombrelle et, en veillant à ne pas salir ses gants blancs, empoigna une fourchette pour manger sur place, debout. Elle avait tellement faim !

Mais elle s'arrêta aussitôt.

Devant elle, à un mètre, elle vit une jeune fille de son âge, seize ans ou un peu plus. Elle n'était pas encombrée d'une assiette chargée de nourriture et elle semblait parfaitement à son aise dans l'assemblée.

Angela étudia sa toilette. Une robe en soie couleur pêche, avec des rayures foncées, qui lui moulait le corps en faisant ressortir sa poitrine ronde et sa taille étroite. Angela qui, comme sa mère, suivait la mode féminine avec intérêt, pensa que la tenue ne convenait pas du tout à l'occasion.

Ou peut-être que si. Peut-être était-elle à la dernière mode française qu'elle ne connaissait pas encore.

Dans tous les cas, la jeune fille était magnifique.

Son visage, blanc et sans maquillage, était encadré par une chevelure aux tons cuivrés qui lui descendait en bandeaux jusqu'à son chignon ramassé dans un cou long et mince.

Elle avait les yeux verts et les lèvres rouges et charnues.

— Bonjour, dit-elle en la regardant droit dans les yeux. Tu es Angela Morelli, la fille de Mme Elvira ?

Elle avait un léger accent étranger. Angela lui sourit.

« Qui es-tu ? » aurait-elle voulu demander au lieu de ne pas pouvoir prononcer une parole, les mains paralysées par son assiette généreuse.

— Je m'appelle Valérie, Valérie Blanchard, j'habite dans la nouvelle villa, juste à côté de la vôtre.

Angela ne l'avait jamais vue.

— Depuis sa construction, nous avons passé la moitié du temps à Paris, expliqua la jeune fille comme si elle avait lu dans ses pensées. C'est pour ça que tu ne me connais pas. En revanche, je t'ai vue sur la Riviera, et aussi, une fois, sur la plage.

— Enchantée, finit par articuler Angela sans cependant lui tendre la main.

Elle ne souriait plus tant elle était troublée, intimidée et effrayée.

— Moi de même, dit quelqu'un dans son dos.

Elle pivota. C'était un jeune homme qui avait parlé. Cheveux blonds, aux reflets cuivrés, il avait les mêmes yeux verts, la même peau blanche et les mêmes lèvres rouges, mais dans un visage très masculin. Il était très beau.

Il était vêtu de bleu, avec un gilet brodé de rose et orange.

— Je suis le frère de Valérie.

Il sourit en s'inclinant brièvement. Peut-être lui aurait-il pris la main pour la baiser, mais Angela tenait toujours cette maudite assiette.

— Théo Blanchard.

— Nous sommes jumeaux, ajouta Valérie.

— Jumeaux ?

Angela n'en avait jamais rencontré.

— Oui, on ne le dirait plus maintenant mais, quand nous étions petits, nous étions identiques. Ensuite, nous avons changé, sourit Valérie. Si ce n'est que j'ai toujours été plus intelligente que lui, même si Théo est moins stupide que les autres hommes.

— Ne t'inquiète pas, coupa-t-il. Elle fait toujours ça. C'est parce qu'elle te trouve sympathique.

Angela lâcha enfin un sourire.

— Comment est le lapin ? demanda Théo en montrant l'assiette.

— Je ne l'ai pas encore goûté.

Angela fit un geste pour dire que son assiette était trop pleine, pas parce qu'elle l'avait demandé, et qu'elle ne s'en était pas rendu compte tout de suite. C'était la faute du serveur.

— Et les pommes de terre ?

— Je n'ai encore goûté à rien, admit-elle en se sentant encore en faute.

— Je te conseille la dinde, dit Valérie à voix basse, d'un ton presque complice. Les pommes de terre sont crues. Ils ne savent pas les cuisiner ici. Et le lapin et trop vieux et trop dur.

Angela se sentit de nouveau à l'aise.

— Merci. (Elle ajouta en s'armant de courage :) Vous parlez très bien l'italien.

— Papa est français. C'est un artiste. Il peint un peu ici, un peu à Paris, répondit Théo. Maman est une Grimaldi. Tu les connais ?

Elle opina, même si elle n'en avait jamais entendu parler.

— Nous avons toujours vécu ici mais, dès les premières émeutes, nous sommes rentrés à Paris, continua Théo. À présent que les choses se sont calmées, nous sommes revenus, dans la villa voisine de la tienne.

— Allez-vous rester ?

— Si vous n'entamez pas une autre guerre, rit Théo. Vous n'avez pas vraiment fait de bons choix ces derniers temps, notamment en vous alliant à la Prusse.

— À part l'expédition des Mille, ajouta Valérie, qui a été une véritable agression contre nous.

— Contre les Français ?

— Contre nous, les Napolitains.

— Mais vous êtes italiens ou français ? demanda Angela un peu perdue.

Théo leva un doigt.

— Nous sommes français sur le papier et napolitains d'adoption. Mais certainement pas italiens. Ça, jamais.

Pendant ce temps, Angela, qui ne comprenait rien à la guerre et à la politique, avait attaqué un morceau de lapin, mais elle fit une grimace pour montrer qu'il ne lui plaisait pas.

En réalité, elle le trouvait délicieux.

— Bref, nous restons ici pour le moment.

Valérie lui prit l'assiette des mains et la posa sur la table, comme pour l'aider à s'en débarrasser. Angela la laissa faire en veillant à ne pas exprimer ses regrets. Elle avait faim, mais elle éprouvait aussi une certaine excitation et de la joie. Elle n'avait jamais vu deux jeunes gens aussi beaux, aussi sympathiques et ouverts, et cultivés aussi.

— Pour le moment, nous ne déménageons plus.

— Tant qu'une autre guerre avec l'Autriche n'éclate pas ou, et Théo fit une petite révérence, contre la France.

Valérie se fit servir une coupe de *spumante* et en proposa à Angela.

Celle-ci secoua la tête : elle n'en avait jamais bu. Puis elle se tourna vers le garçon.

Théo la fixait avec une attention qui la troubla.

— Angela ?

Elle baissa les yeux et découvrit Giuseppina, sa petite sœur, qui tenait une assiette bien garnie et la regardait de ses grands yeux.

— Je te cherchais.

— Va-t'en, murmura-t-elle en se plaçant entre elle et les Français. Fiche le camp tout de suite.

— Non, je veux rester avec toi.

— Va-t'en je te dis !

— Non !

Angela la poussa doucement et leva la main en articulant silencieusement : *Tu me le paieras. Je vais te tuer.*

Giuseppina fit mine de ne pas comprendre.

Valérie, qui les regardait, demanda en souriant à Giuseppina :

— C'est ta cousine ?

— Non, je suis sa sœur, répondit Giuseppina avec fierté et la bouche pleine.

— Vous ne vous ressemblez pas.

— Ce n'est pas ma sœur, s'empressa d'expliquer Angela. Elle a été adoptée. À la suite d'un vœu.

— Un vœu ?

Valérie lui lançait un regard interrogateur.

— Un vœu à la Madone. Un sacrifice.

— Dis donc, s'exclama Théo en souriant. Je suis ravi de faire ta connaissance alors, mademoiselle *Sacrifice.*

Giuseppina demeura pétrifiée pendant une seconde, le regard levé vers eux, le visage rouge, puis elle s'enfuit sans demander son reste.

Angela poussa un soupir de soulagement.

— Si nous allions nous promener dans le parc ? proposa Théo.

— Volontiers, répondit machinalement Angela.

— Ne t'en fais pas, je viens aussi, ajouta Valérie. Je ne vais pas te laisser seule avec lui. Il n'est pas très malin mais il n'en est pas moins homme.

Angela sourit joyeusement et les suivit à l'extérieur.

Dans le jardin, Giuseppina était allée se réfugier près de sa mère qui parlait avec un homme âgé en queue-de-pie, aux grandes moustaches blanches, installé sur l'herbe.

On voyait qu'elle faisait mine de l'écouter mais elle avait les yeux tournés ailleurs, le regard distant, presque perdu. Ses yeux s'arrêtèrent sur Angela, puis sur Valérie et Théo.

Une ride creusa son front. Elle congédia le vieil homme et fit signe à sa fille de se rapprocher.

— Que se passe-t-il ? demanda Angela.

Devant sa mère, elle se sentait de nouveau comme une petite fille plaintive. Elle regarda ses nouveaux amis dans son dos.

— J'ai fait la connaissance de ces personnes.

— De qui s'agit-il ?

— Je n'en suis pas très sûre. Ils sont français. Ce sont nos voisins, à la maison. Puis-je aller me promener avec eux ?

— Ne t'attarde pas trop.

— Pourquoi ?

— Il y a beaucoup de familles importantes aujourd'hui. Avec des jeunes de ton âge qu'il serait bon que tu fréquentes.

Sa mère baissa la voix et ajouta :

— Ne perds pas ton temps, la journée est presque terminée.

— Mes nouveaux amis sont des gens importants. Ils sont français, dit Angela en tapant du pied.

— Je les connais tes amis. Les Blanchard sont des artistes, des aventuriers, un jour par-ci, un jour par-là. Ils ne plaisent pas. Ils ne sont pas fiables. Ils ne sont même pas solvables.

— Tu ne penses jamais à rien d'autre, maman !

La réputation, le pouvoir, l'argent.

— Tu ne comprends vraiment rien. (Elvira paraissait déçue, presque offensée.) Tu es trop jeune.

— C'est toi qui es trop jeune ! Comme si c'était un défaut.

— Bien sûr, l'un des pires.

Sa mère se tourna vers les gens qui se pressaient sur la pelouse fleurie.

— Parce que tu es jeune, tu crois avoir le monde à portée de la main, tu crois être invincible, que la vie est là qui n'attend que toi, mais ce n'est pas le cas.

C'était la première fois que sa mère lui parlait ainsi, comme à une adulte alors que, aux yeux d'Angela, cela ne semblait pas être une situation enviable.

— Parce que nous ne pouvons jamais être sûres de l'avenir. Nous ne savons rien de ce qu'il nous réserve, insista Elvira.

Angela croisa les bras sur la poitrine, comme pour se protéger.

— Moi, je veux juste me sentir bien.

— Alors, pour cela, tu dois chercher à découvrir ce qui te plaît vraiment dans la vie, parce que la vie, elle est pingre, avare, et elle ne t'offrira rien si tu n'y mets pas du tien.

— Je veux l'amour et le bonheur, maman, comme tout le monde.

Elvira secoua la tête comme si elle était déconcertée par la sottise de sa fille.

— Ce n'est pas idiot ! insista Angela.

— Tu verras, murmura sa mère qui se lassait déjà de la conversation.

— Je verrai, je verrai. En attendant, c'est ma vie.

Dans son dos, Giuseppina la regardait avec admiration.

— Puis-je rejoindre mes amis ? demanda Angela en faisant de son mieux pour parler du ton d'une femme adulte plutôt que du ton plaintif d'une fillette.

Sa mère fit un geste distrait, comme pour la chasser.

Angela pivota et s'éloigna rapidement, avant qu'Elvira ne lui interdise quoi que ce soit.

Les Blanchard l'attendaient près d'un grand palmier. Valérie fit un mot d'esprit et Théo répliqua. Ils rirent ensemble. Encore trop loin d'eux, Angela les imita cependant, heureuse, insouciante, bien qu'elle n'ait pas vraiment compris ce qui était en train de se passer.

1868

Que l'émancipation de la femme nous convainc de la laisser siéger au Parlement, voilà qui sort du droit chemin ! Une revendication des femmes en pantalon qui, non contentes d'être le désespoir de leur famille, voudraient bouleverser la société tout entière en revendiquant des droits contraires au bon ordre de la nature.

« De l'émancipation des femmes »,
Corriere delle mode, 1868.

Mars

Angela revêtit ses jupons de dentelle blanche qui lui arrivaient aux chevilles sur la toute nouvelle crinoline à *tournure** que sa mère lui avait achetée chez Gloriano dans l'avenue Monteoliveto, et qui avait coûté autant qu'une toilette complète. Les petits cercles concentriques qui se plaçaient au niveau des fesses s'ajoutaient aux quelques cercles inférieurs et donnaient au corps une forme élancée.

Angela se trouvait belle.

Et Théo ? se demanda-t-elle en se regardant dans le miroir.

Qu'est-ce qu'il lui plaisait chez ce garçon ? Ses cheveux clairs et ses yeux verts, qui lui donnaient une beauté exotique, comme sa sœur ? Ou autre chose ? L'attrait de l'exotisme ? Son érudition ? Sa famille ? La grâce avec laquelle il affrontait tous les domaines de l'existence ?

Ils s'étaient fréquentés tout le reste de l'automne et tout l'hiver. Dès novembre, Angela allait souvent déjeuner chez les Blanchard. Sa mère n'avait rendu l'invitation qu'une seule fois, mais, en décembre, ils se retrouvèrent tous chez la comtesse Epifani qui avait organisé une réception grandiose pour Noël. À cette occasion, Angela avait pour la première fois dansé la valse, mais pas avec Théo.

L'année nouvelle les retrouva exactement comme l'ancienne, encore ensemble. En février, il y avait eu une petite fête masquée avec ses amis à lui. Angela était vêtue en paysanne, et elle ne s'était jamais autant amusée. Depuis qu'elle avait fait la connaissance des *Français* comme elle les appelait, une nouvelle période de sa vie avait débuté, joyeuse et insouciante, pleine de pensées nouvelles qui bouillaient en elle. Pas seulement des paroles, mais des images et des désirs aussi. La vie s'ouvrait devant elle, riche de surprises et de possibilités qu'elle n'avait plus qu'à cueillir.

« Grandir signifie désirer, prendre son envol, *choisir* », pensa-t-elle.

Elle avait choisi. Pas comme sa mère qui continuait à acheter des rideaux et des tapis, des vases, de l'argenterie et des meubles marquetés, pour rassasier sa faim insatiable d'objets matériels. L'argent n'avait aucune importance pour Angela. Tout ce qui l'intéressait, c'était l'amour.

Théo donc.

Lui seul, pensa-t-elle.

Elle ouvrit le tiroir de la commode pour prendre un ruban avec lequel attacher ses cheveux, puis elle passa sur la crinoline un jupon de flanelle de couleur crème et, pardessus, un autre en percale fine. Elle enfila enfin la robe verte en soupirant. Elle était plate devant et légère, mais si longue qu'elle descendait jusqu'aux pieds et était difficile à ajuster. Elle regrettait de ne pas avoir l'aide de Fortuna ou de Giuseppina, mais elle préférait n'appeler personne.

Quand elle se tourna pour se regarder dans le miroir, elle fut surprise de la différence : elle avait l'air d'une femme. La robe foncée faisait ressortir sa carnation qui paraissait plus blanche que le lait.

— Je suis belle, chuchota-t-elle, comme si quelqu'un pouvait l'entendre d'en bas.

Bien plus belle que toutes ses amies, qui n'étaient pas nombreuses.

C'est alors qu'elle entendit des voix lui parvenir du vestibule. Malédiction, son cousin Alfonzo était arrivé ! Depuis peu, il se présentait de plus en plus souvent et elle devait s'apprêter et descendre le saluer.

— Angela !

La voix de Fortuna résonna dans le couloir, accompagnée du bruit de ses pas toujours pressés.

— Que veux-tu ?

Fortuna se tenait sur le seuil de sa chambre, les mains sur les hanches, dans son uniforme bleu et blanc. Avec l'âge, elle avait rapetissé, ses cheveux tirés en arrière étaient devenus gris et il lui manquait deux dents de devant, mais son regard était toujours aussi noir et pénétrant. Néanmoins, elle n'était pas méchante et elle aimait sincèrement la jeune fille, peut-être plus que sa propre mère. Elle la regarda avec son air habituel, à la fois admiratif et courroucé.

— Angela, cria-t-elle de nouveau.

Celle-ci ne voulait pas se laisser surprendre devant le miroir. Elle se tourna vers le lit où elle avait posé une ceinture blanche, la prit et la noua autour de sa taille.

— Que se passe-t-il ? demanda-t-elle avec indifférence.

— Cela te va bien, déclara Fortuna, enchantée par l'allure de la jeune fille.

Puis elle se reprit :

— Ton cousin t'attend en bas.

— Mon cousin ?

— Ton cousin Alfonzo.

— Quand tu parles de lui, tu dois dire *le gros*, rit Angela.

— Il est comme il est. Tu dois descendre l'accueillir, Angela. D'ailleurs, continua Fortuna en secouant la tête, il n'est pas gros, il est bien. C'est un homme.

— Un homme, répéta Angela, vaincue.

— Descends ! Sinon ta mère va s'en prendre à moi.

— Je descends, je descends.

Angela se donna un dernier coup de brosse en ajoutant :

— Laisse-moi une seconde, Fortuna !

Fortuna fit un pas en arrière avant de s'arrêter net.

— Tout de suite, je t'ai dit.

— Je te dis que j'arrive !

— Tu as déjà vu le nævus qu'il a ton cousin ? Un beau gros grain noir, dit-elle en montrant son cou.

— Quelle horreur !

— Moi j'aime bien les grains de beauté.

— Pas moi !

— Peut-être, mais cet homme est venu pour toi.

— Pour moi ? Qu'est-ce que tu racontes ? Il peut toujours attendre.

Angela fit un geste de la main comme pour chasser un moustique.

— Qui jette toutes les cartes se retrouve sans jeu.

— Je n'ai encore eu aucune carte à jeter, Fortuna.

La femme de chambre ne répondit rien. Angela attendit qu'elle redescende l'escalier de son pas rapide et vif. Au bout de quelques secondes, sans faire de bruit, elle courut vers le balcon du couloir dans l'intention de faire admirer sa toilette à ses amis français. Elle ouvrit la porte-fenêtre et sortit.

Elle posa la main sur le parapet en pierre et regarda la mer comme si rien d'autre ne comptait. Le ciel était nuageux, mais la pluie ne menaçait pas. De temps en temps, le soleil faisait son apparition en jetant quelques feux vers la terre.

Très lentement, Angela tourna le visage vers la gauche pour vérifier discrètement leur présence. Du coin de l'œil, elle distingua les ombres qui se mouvaient sur le balcon de la façade de la maison d'à côté. Sans pouvoir se retenir, elle se tourna franchement.

Théo était là, en chemise blanche et gilet gris malgré la fraîcheur de la saison. Il avait un pantalon clair, bouffant comme le voulait la mode. Il fumait et souriait en profitant du peu de soleil qui arrivait par intermittence. Il lui fit un signe de la main sans cesser de sourire.

À côté de lui, Valérie vint se pencher et agita la main en direction d'Angela.

— Bonjour Angela, hurla-t-elle.

— Salut !

— Que fais-tu ?

— Rien, répondit la jeune fille en haussant les épaules.

— Tu viens nous retrouver ?

— Je ne peux pas. J'ai de la visite.

Elle fit un geste pour leur faire comprendre qu'elle n'était pas ravie. Théo acquiesça et Valérie lui rendit une grimace complice.

Angela retourna les yeux vers la mer en espérant que les Français avaient pu voir à quel point elle était élégante, toute de vert vêtue et bien coiffée.

Pourquoi Théo ne lui adressait-il jamais directement la parole ?

Il restait là, silencieux, à fumer dans le soleil et l'air marin. Peut-être était-il timide. Peut-être était-il amoureux d'elle mais n'avait pas le courage de faire le premier pas. C'était pour cela qu'il laissait toujours parler sa sœur.

Heureusement que Valérie était là !

Hélas, Angela n'avait plus le temps : elle devait descendre saluer son cousin qui devait attendre depuis un moment.

Elle se retourna vers Théo, d'un air prétendument distrait, en feignant de regarder un lézard qui courait sur le basalte du balcon. Avec sa sœur, ils avaient l'air détendus, peu soucieux du soleil qui apparaissait et disparaissait tour à tour. Il semblait qu'ils n'avaient rien d'autre à faire que de rester assis à regarder les heures passer.

Au fond, ils étaient eux aussi des artistes. Valérie travaillait à des petites sculptures en argile et Théo peignait, élève de l'école de Morello ou de Palizzi. Elle ne se souvenait plus, mais c'était une école renommée.

Par ailleurs, leur famille possédait des terrains à Neufchef avec des mines de fer, et les frères du père étaient tous des érudits célèbres. Rien à voir avec « les gens de peu » comme les appelait sa mère.

— Quelle belle journée ! lança-t-elle sans beaucoup élever la voix.

Les Français ne répondirent pas.

De son côté, Giuseppina venait de la rejoindre sur le balcon. Petite, menue et entièrement vêtue de noir. Elle la fixait de ses grands yeux dans son visage blafard de catacombe.

— Qu'est-ce que tu veux ? s'agaça Angela.

Giuseppina ne parlait guère mais elle était toujours aux aguets. Une véritable espionne. *Qui naît tordue grandit tordue*, pensa Angela.

— On m'a envoyée te chercher. Ils t'attendent. Le cousin Alfonzo est là.

— File ! J'arrive.

— Tu dois descendre, insista Giuseppina. *Maintenant* a dit maman.

— Je t'ai dit que j'arrivais.

— Sinon, je leur dis que tu étais en train de leur parler, à eux.

Giuseppina montrait Théo et Valérie sur le balcon voisin. Angela ne comprenait pas pourquoi sa mère n'encourageait pas leur amitié. Peut-être avait-elle peur qu'elle s'amourache de Théo, qu'elle considérait comme trop différent d'eux. Peut-être s'agissait-il juste de l'attention d'une mère.

Je suis déjà amoureuse, pensa-t-elle.

Angela frappa la main de Giuseppina tendue vers les Français, puis elle repoussa sa sœur à l'intérieur.

— On ne montre pas du doigt, idiote.

— Je vais le dire à maman.

— Je t'enferme dans la chambre de la pendue, rétorqua-t-elle, dents serrées.

— Je n'ai plus peur.

Angela leva le bras pour la frapper avant d'interrompre son geste. Sa sœur hurlerait et ce serait la fin.

— Je viens.

Elle lui jeta un regard qui signifiait : *Si tu ne t'en vas pas, je t'arrache la tête.*

— C'est toi l'idiote, dit Giuseppina, avec son visage pâle et triste.

Elle avait près de onze ans mais elle ressemblait déjà une vieille femme. Angela leva de nouveau la main mais sa sœur s'enfuit vers l'escalier.

Sa voix résonna depuis le rez-de-chaussée :

— Maman !

— Maudite idiote.

Angela demeura un instant à se demander si elle devait retourner dehors pour saluer les Français. Il était tard. Elle ferma la porte-fenêtre et se dirigea vers l'escalier.

Elle descendit lentement en regardant ses pieds pour ne pas trébucher.

Elle traversa le vestibule et alla vers le salon dont les fenêtres donnaient sur la Villa Reale et d'où l'on voyait la plage et la mer.

Sa mère était installée sur le divan et elle buvait du café dans une tasse blanche au décor en argent en observant le panorama. Giuseppina était allongée sur le tapis.

Quant au cousin Alfonzo, il était assis bien droit, les jambes écartées et les pieds ouverts. Il n'était pas vraiment gros, pensa Angela. Seulement laid.

— Bonjour, mère.

Alfonzo se leva et lui sourit. Il avait trente-quatre ans mais paraissait beaucoup plus vieux. Son regard n'était plus celui du cousin qui lui faisait des farces et riait ; à présent, il était identique à celui des autres hommes, sans tendresse mais ravagé de désir. Ils étaient tous les mêmes.

Tous, sauf Théo.

— Belle Angela, dit Alfonzo en lui prenant la main. Tu es de plus en plus féminine. Mieux encore, une vraie femelle.

— *Femelle*, répéta Angela d'un ton ironique. Je ne suis pas une vache.

— Je voulais dire que tu es devenue une femme.

Alfonzo la dévisagea avec le regard patelin du commerçant, de l'homme rompu à négocier avec des clients et à parlementer pendant des heures pour vendre au plus offrant.

— Pourquoi dis-tu cela. Serais-tu un homme ?

— Il me semble que l'on dit les « dames », pas les « femelles ».

Angela chercha à utiliser un ton sec, antipathique.

— Les chèvres, les brebis sont des femelles, les femmes sont des dames.

— Émancipée, on dirait, dit Alfonzo avec un sourire indulgent.

Il avait un extraordinaire nævus noir, gros et saillant, sur le cou. Pour le reste, c'était un homme ordinaire, avec un nez trop petit, les yeux sombres et rusés. Seules les lèvres, sous la moustache noire, étaient belles, rouges et charnues, brillantes. Vulgaires.

Il s'était habillé avec élégance d'un costume à carreaux gris et brun et d'une chemise qui lui faisait un cou gras et moite. La cravate bleue. Il sentait l'eau de Cologne, entêtante.

— Excuse-la, Alfonzo. C'est l'âge, coupa sa mère et feignant de boire son café. Je ne la comprends plus. Elle est devenue insolente, presque comme une attardée.

Elle posa sa tasse sur le plateau en argent. C'était son dernier achat, un service de vingt-quatre pièces, cher et rare.

Fortuna était entrée dans le salon pour profiter de la scène comme si elle était venue au théâtre.

— Angela, veux-tu une tasse de café ? demanda-t-elle. Avec un nuage de lait ?

— Pourquoi du lait ? Apporte-moi plutôt un verre d'eau.

Elle s'approcha de sa mère en enjambant Giuseppina, étendue en travers du passage. Elle mourait d'envie de lui donner un coup de pied à la tête.

Elle s'assit prudemment sur le divan en disposant les cerceaux de manière qu'ils restent à leur place et que son cousin ne voie pas ses jambes.

— Oui, tu es devenue très belle, déclara Alfonzo en se rasseyant. Vraiment.

Angela ne répondit pas plus qu'elle ne le regarda.

Sa mère battit des mains.

— Alors, Alfonzo, raconte-moi. Je t'ai interrompu. Nous étions en train de parler de la fabrique.

— La fabrique de Pozzuoli, oui.

Il tourna de nouveau le regard vers Angela. Il était clair qu'il voulait l'impressionner avec des nouvelles excitantes.

— Que puis-je vous dire, ma tante ? Chaque jour, nous avons la confirmation que notre investissement est parfait. Aujourd'hui, une autre commande est arrivée.

— D'où donc ?

— De Bologne. Vingt rouleaux de tissu bleu et blanc, plus quelques rayés. (Alfonzo sourit.) C'est tout ce qui nous manquait après Rome, Milan, Florence et Gênes. Sans compter les achats de la province ma tante. La fabrique a été un excellent choix.

— C'est toi qu'il faut féliciter.

— Nous pouvons nous féliciter tous les deux d'avoir convaincu père.

Le silence s'installa.

— Pauvre Antonio, toujours si suspicieux. (Elvira poussa un long soupir.) Tu sais, c'était un brave homme. Il ne voulait que mon bien.

— C'est différent maintenant, dit Alfonzo en se penchant en avant. Les magasins de Giugliano et de Melito ont été agrandis, celui du centre encaisse le double, ainsi que ceux du Vomero et de Chiaia. Nous ne cessons de nous développer, ma tante. Et nous n'avons pas fini.

— Et la boutique de gants du Museo ? demanda Giuseppina.

— C'est un caprice, dit Alfonzo en agitant la main. Deux vendeuses et deux vendeurs âgés. Des gants pour hommes et pour femmes. Une petite boutique mais des produits bien faits. À droite, les articles pour hommes, à gauche, pour femmes.

— C'est merveilleux, dit Elvira même si elle comprenait qu'il se moquait un peu d'elle.

— N'hésitez pas à nous faire une visite, ma tante. On ne vous y voit jamais.

— Je viendrai, Alfonzo. Même si les gants, je les achète chez Cascella, à Chiaia. C'est comme ça. Je reste dans mon quartier.

— Certes, mais nous avons de belles choses, ma tante. Tous les gants du monde, en cuir ou en soie, courts ou longs, ornés de petits galons de fleurs, de rubans, de volants et de tulle, ou aux poignets bordés d'hermine.

On aurait dit qu'Alfonzo était dans une de ses boutiques, derrière le comptoir, en train de faire l'article aux clients. Il avait changé de voix et de ton ainsi que d'expression.

— Avec une fermeture à double bouton en or ou avec trois ou quatre boutons en argent ou en os, sans garniture. De couleur blanche, rose clair, ventre de biche, vert clair, violette de Parme, hortensia aussi. Nous avons aussi les gants plus courts en filet, noirs, blancs, gris, marron, ornés d'un biais de ruban, et enfin des *mitaines** élégantes en dentelle ou en tulle brodé.

— Je savais que tu étais devenu un expert, pas seulement en affaires mais aussi comme vendeur. Comment se fait-il que tu ne te sois pas encore marié ?

Elvira sourit. Elle avait parlé d'un ton taquin mais sa curiosité était sincère.

— Celle que tu choisiras aura beaucoup de chance. Qu'attends-tu donc, Alfonzo ?

Angela, qui savait interpréter la moindre nuance des paroles de sa mère, s'agita, inquiète, sur son siège.

— J'attends une brave fille, de bonne famille et de bonne réputation. Je ne tiens pas à être déçu.

Il tourna de nouveau le regard vers Angela.

— Avec tout ce qu'on raconte sur les gens !

À cet instant, Maria entra avec un verre d'eau sur un plateau d'argent. Elle posa les yeux sur Alfonzo avec admiration et lui tendit le plateau.

Fortuna surgit derrière elle et le lui retira des mains en lui faisant signe de retourner à la cuisine. Ensuite, elle s'approcha d'Angela.

Giuseppina se redressa et s'assit sur le tapis.

— Maman, Salvatore a un fils maintenant. C'est Fortuna qui me l'a dit.

Angela, qui était en train de porter le verre à ses lèvres, vit le visage de sa mère se figer, mais cela ne dura que quelques secondes.

Fortuna toussa.

— Giuseppina, combien de fois dois-je te dire que tu dois te taire quand tu es avec des adultes ?

Elvira se redressa et s'empara de sa tasse, mais elle était vide.

— Fortuna, n'ennuie pas la petite, je te prie.

Fortuna ne souffla mot. Elle reprit le verre et sortit en hâte de la pièce. Giuseppina garda les yeux baissés et tira un fil du tapis. Angela se lécha les lèvres. Alfonzo ne l'avait pas quittée des yeux.

Elle, elle ne voyait que son grain noir.

Quelle horreur, pensa-t-elle avant de baisser les yeux.

Elle ne savait plus où les poser.

— Alors, Angela, tu as déjà un fiancé ? demanda son cousin d'un ton ironique.

— Ce n'est qu'une enfant, intervint Elvira. Qui parle de fiancé ? D'ailleurs, qui pourrait vouloir d'elle ?

Angela se leva d'un bond et se dirigea vers la fenêtre pour contempler la Riviera qui était à présent bondée de carrosses.

Elle aurait aimé sortir pour aller jusqu'à Posillipo. Pour fuir, loin de tout et de tous, y compris de Théo.

— Angela ! répéta sa mère. Prends nos châles. Nous allons sortir faire une promenade avec Alfonzo.

— Je ne peux pas.

— Pourquoi ? Qu'aurais-tu à faire de plus important ?

Le ton de voix d'Elvira impliquait que sa fille n'avait rien d'important à faire, jamais.

— Je dois terminer quelque chose, hésita Angela en sachant qu'elle avait déjà perdu.

— File monter chercher les châles. Nous n'avons pas toute la journée.

Son cousin était déjà en train d'enfiler son manteau avec l'aide de Fortuna.

Angela alla vers l'escalier, suivie de Giuseppina.

— Tu ne viens pas avec moi, siffla-t-elle.

— Maman, je peux venir moi aussi ?

— Non, Giuseppina, tu restes à la maison. Fortuna doit t'expliquer le point de croix, aurais-tu oublié ?

— J'en ai assez de la broderie.

Elle s'assit sur la première marche de l'escalier. Angela recommença à monter. Au moins l'idiote ne viendrait pas avec eux.

Elle ouvrit la grande armoire, en tira une étole en soie vert clair. Au fond, roulé en boule, elle tomba sur le vieux châle de Giuseppina, avec lequel l'enfant avait été abandonnée dans la Roue. Elle ne cessait de tomber dessus.

Le prénom de sa sœur était brodé d'un côté et il y avait un petit motif de l'autre côté.

L'idiote, pensa-t-elle.

Elle le sortit, le roula serré et le glissa derrière le meuble, tout contre le mur, afin que personne ne le retrouve jamais.

Cela lui apprendrait à vouloir toujours se mettre sur son chemin.

Novembre

Le temps semblait s'être arrêté pour toujours. Il ne se passait plus rien.

Les pluies de septembre puis d'octobre s'étaient imposées de manière interminable, obligeant Angela à rester enfermée pendant des semaines entières. En outre, sa mère inventait des prétextes et des interdictions pour l'empêcher de sortir, même quand il ne pleuvait pas. La jeune fille mourait d'ennui de voir toujours les mêmes visages : sa mère, Fortuna, Maria, l'insupportable Giuseppina. Elle préférait passer les journées, longues et vides, enfermée dans sa chambre. Quelle différence avec l'année précédente, lorsque les mois d'hiver avaient été marqués par une succession de sorties et de joies ! Alors, elle avait cru que tout pouvait arriver sans prévenir.

À présent, ce n'était plus le cas, il ne lui arriverait plus rien du tout.

Plus de visites, plus de promenades, plus de Français surtout. Plus de Théo.

— Jamais rien, chuchota-t-elle.

Elle s'était mise à la fenêtre pour observer la rue où les flaques s'évaporaient doucement. L'ennui finissait par céder la place à une insatisfaction pesante.

Tout se traînait, inutile. Les voitures passaient lentement, tirées par des chevaux éreintés. Les gens se promenaient bras dessus, bras dessous sans parler. Même la mer ne bougeait pas, grand lac immobile sous le ciel gris. C'était le premier jour sans pluie depuis longtemps, mais le monde semblait terne et endormi.

En revanche, en elle, le temps tourbillonnait comme un ouragan.

Peut-être suffisait-il de faire preuve d'un peu de patience ?

Elle jeta un nouveau regard en direction de la villa des Français dans l'espoir de voir sortir les jumeaux sur la petite terrasse.

Cela faisait deux heures, depuis sa leçon de musique, qu'elle attendait qu'il se passe quelque chose.

Rien. Tout était si vain, si absurde.

Dans les romans qu'elle aimait lire, les héroïnes étaient toujours pleines de vie et de passion.

Angela suivit des yeux une mouche verte qui rampait sur le bord de l'appui de fenêtre, et ce fut là qu'elle le vit, en bas dans la rue.

Théo.

Il était sorti sans manteau et s'avançait vers sa maison, peut-être allait-il frapper à la porte.

Angela recula d'un coup et posa une main sur son cœur qui s'était mis à battre la chamade.

Elle guetta la cloche de l'entrée, mais aucun bruit ne lui parvint.

Sans attendre davantage, elle retourna vers la fenêtre.

Théo avait dépassé la maison et marchait d'un bon pas vers Mergellina, silhouette rapide parmi les passants qui paraissaient figés sur place.

Angela ne prit pas la peine de réfléchir une seconde de plus.

Elle enfila ses chaussures et descendit en courant. Dans le vestibule, elle s'empara de sa cape verte et d'un chapeau et hurla à Fortuna qui était dans le salon à nettoyer l'argenterie :

— Je sors ! Je vais acheter de la dentelle. Je reviens vite.

— Pourquoi sors-tu, Angioletta ? entendit-elle Fortuna répondre d'un ton inquiet. Il est tard ! Laisse-moi t'accompagner.

Angela ferma la porte sans répondre et se lança, tête baissée, sur les traces de Théo.

Il lui aurait suffi de se retourner pour la voir. Sinon, elle aurait pu l'appeler et Théo lui aurait offert de l'accompagner. Ou ils auraient pu échanger juste un regard et Théo l'aurait prise dans ses bras et l'aurait embrassée devant tout le monde sans rien dire.

Non, Théo ne se retourna pas, pas plus qu'il ne ralentit. Angela dut accélérer le pas, même si elle craignait de transpirer disgracieusement dans sa robe de coton et de soie.

D'ailleurs, elle n'avait même pas choisi les bonnes chaussures pour la chaussée encore brillante des traces de la pluie de la nuit passée.

Elle suivit le jeune homme, une centaine de pas en arrière, se frayant un chemin entre les corbeilles du marché qui occupaient le dernier tronçon de la Riviera. Soudain, Théo tourna à droite et disparut.

Angela atteignit l'endroit où il s'était évanoui, derrière un rideau de toile où séchaient des spaghettis.

Entre deux vieux immeubles s'ouvrait une ruelle étroite et sombre, une entaille qui grimpait la plaine des Quatre Saisons.

Dans la ruelle, l'air était plus froid et la lumière ne parvenait pas jusque-là. Angela eut peur et n'avança pas.

— Angela !

Fortuna, engoncée dans un manteau trop long et trop grand, arrivait derrière elle.

— Angela, la boutique n'est pas par là ! Où allais-tu ?

— Nulle part. Laisse-moi donc.

Sur le chemin du retour, Angela traîna des pieds, furieuse de la manière dont sa vie avait tourné.

— Fortuna, on s'ennuie toujours autant quand on est vieille ?

— Que veux-tu dire ?

Le regard de la femme de chambre se fit soucieux.

— Il ne se passe jamais rien. Est-ce ainsi que sera ma vie désormais ?

Fortuna lui prit le bras.

— Tu auras une vie merveilleuse. Un mari, une maison et des tas d'enfants.

— Et l'amour ? Moi je veux connaître l'amour, Fortuna.

Elles étaient arrivées devant la porte de la maison.

— L'amour aussi, Angioletta, tu l'auras. Tu es si belle que celui qui t'épousera ne pourra que t'aimer.

Tandis qu'elle retirait sa cape, Angela se dit que ce n'était pas ce qu'elle lui avait demandé.

Que Fortuna pouvait-elle savoir de l'amour ? Elle ne savait même pas lire ! Elle ignorait tout des histoires d'amour comme on les racontait dans les livres.

1869

Le principal défaut de l'éducation moderne des jeunes filles réside dans la culture exclusive de l'intelligence au détriment des forces du corps. Ce qui manque d'ordinaire aux jeunes filles est un développement suffisant de la vigueur physique, afin qu'elles puissent affronter efficacement les obstacles matériels ; c'est une confiance absolue en leurs capacités physiques, qu'une éducation bien conçue saura leur procurer. Les femmes vivent trop dans leur esprit, l'inactivité du corps fait refluer sur le système nerveux toutes les excitations de la jeunesse et du sang.

Il Piccolo Corriere, n° 27, Milan, 1869.

Septembre

Derrière les carreaux de la fenêtre, le ciel était d'un bleu intense, aveuglant. Angela était demeurée trop longtemps à le fixer.

Les Français s'étaient absentés l'année précédente, de décembre à juin, et il était tombé sur la jeune fille une sorte d'affection faite de fatigue, de tristesse et d'ennui. Le vieux docteur Frascella était venu en visite, mais il avait conclu qu'il n'y avait rien de grave, un peu d'hystérie légère, qui serait soignée par de longues promenades et du lait au miel. Il avait précisé qu'il fallait cependant veiller à ce que son inclination à la mélancolie ne s'aggrave pas au fil des ans.

Abattue, Angela avait gardé la chambre pendant toute une semaine, et, pendant des jours entiers, elle avait même cessé de parler, sauf avec Fortuna.

Ce ne fut qu'avec le retour des Français, en été, qu'elle avait retrouvé l'envie de vivre. Hélas, les beaux mois d'été se terminaient et Théo restait un rêve inaccessible. Les moments où elle était seule avec lui ne changeaient rien. Rien ne s'était passé, jamais.

Même la dernière fois, trois jours plus tôt.

Il était dans le salon et la fixait, distant et souriant, prêt à répliquer de ses plaisanteries spirituelles. Puis, lorsque Valérie s'était levée pour les laisser seuls, il lui avait parlé d'une révolution en Espagne, d'un nouveau théâtre à Paris et d'un canal qui allait s'ouvrir en Égypte. Rien qui l'intéressât.

Il ne parlait jamais d'eux, jamais non plus de sentiments.

Angela l'avait écouté en lui faisant les yeux doux, pétillants d'admiration, toujours plus aguichants dans l'espoir de lui donner un peu de courage. Elle était certaine qu'il l'aimait aussi, en secret.

Mais le temps passait et Angela commençait à redouter que son sentiment ne soit pas réciproque.

Cet après-midi-là, elle se sentait particulièrement anxieuse, presque frénétique.

Peut-être était-il temps de demander conseil à sa mère. Elvira comprenait tant de choses !

Elle traversa le couloir et ouvrit la porte de la grande chambre qui avait été récemment redécorée avec du papier peint et des velours bleu et beige.

— Que veux-tu ?

Elvira était allongée sur son lit en chemise et en pantalon long en dentelle. Elle regardait les bijoux qu'elle sortait du coffret en bois marqueté de Sorrente.

Angela hésita.

— Je voulais te dire quelque chose.

— Oui ? Quoi donc ?

Son ton languissant contredisait son regard inquisiteur.

À présent, Angela avait peur de parler, parce que les discussions avec sa mère se transformaient toujours en disputes.

Elvira haussa les épaules.

— Samedi prochain, nous aurons la visite de ton cousin Alfonzo, dit-elle d'un ton sec en baissant les yeux et en rassemblant les colliers et les bagues sur le couvre-lit. Je veux que tu fasses un effort de toilette, pas comme la dernière fois où tu ressemblais à une souillon, c'est compris ?

— Pourquoi devrais-je me faire belle ? répliqua Angela d'un ton où perçait le défi. Je n'ai pas envie de voir Alfonzo. Il n'a pas besoin de venir. Que cherche-t-il donc ?

Elvira secoua la tête sans un mot. Elle remit les bijoux dans le coffret en soupirant.

— Alfonzo fait partie de notre famille, et c'est un brave homme, déclara-t-elle d'une voix basse et calme. Un notable. Et un homme sans surprise.

— Je t'ai déjà dit que je n'en voulais pas.

« J'en aime un autre, tu le sais ! » aurait-elle voulu dire, mais le courage lui faisait défaut.

— Tu es jeune et il y a des choses que tu ne comprends encore pas, insista Elvira en veillant à garder son calme. Les sentiments ont besoin de temps, de patience.

— Je ne le supporte pas.

— Alfonzo est un homme capable.

Elvira regardait dans le vide. Angela savait que sa mère faisait des efforts pour se maîtriser.

— Tu sais à quel point ce serait une chance de réunir toute la Compagnie Morelli, les magasins et les manufactures, en une seule et unique famille ? Ne comprends-tu pas ce que cela signifierait pour tes enfants ? Pour toi ?

— De quelle chance parles-tu ?

Angela avait espéré que le sujet était clos depuis des semaines.

— Je ne l'aime pas. Il ne me plaît même pas.

— Eh bien, il vient te rendre visite samedi et tu l'accueilleras comme il se doit. Ne serait-ce que par politesse.

Elvira avait enfilé une chevalière en or qui était trop grande pour elle. Elle était ornée d'un M sur le chaton.

— Ça suffit maintenant. Tu m'agaces. Tu ne fais que te plaindre et tu ne comprends rien.

— Et si quelqu'un d'autre me plaisait ?

Angela regretta immédiatement ses paroles. Sa mère se tourna, une ride d'inquiétude sur le front.

— Le mariage n'a rien à voir avec les sentiments, petite sotte ! De qui parles-tu ?

— Personne, répondit sa fille en triturant le tapis du bout du pied et en gardant la tête baissée.

Elle avait peur de montrer son visage car elle savait que sa mère était capable de lire en elle comme dans un livre ouvert.

Elvira lui souleva brutalement le menton du bout du doigt.

— Regarde-moi dans les yeux, Angela.

Elle obéit en battant des cils.

— Nous ne voulons pas faire de bêtises.

Angela secoua la tête et refoula les larmes qui lui piquaient les yeux.

— Bien, dit sa mère d'un ton satisfait. Nous nous comprenons. Alfonzo vient samedi et tu te feras belle.

— On ne peut pas m'y obliger.

— Qui voudrait t'y obliger ?

— Alors, pourquoi le laisses-tu venir ?

— Je ne peux l'en empêcher. Tu fais encore des caprices, comme toujours, déclara Elvira en écartant les bras.

Elles demeurèrent ainsi pendant quelques instants. Sa mère fit rouler la bague sur le couvre-lit avant de la prendre pour la remettre dans le coffret.

— À qui était cette chevalière ? À papa ?

— Oui, à son père.

— Elle est laide.

Les épaules d'Elvira s'affaissèrent.

— C'est vrai. Elle est un peu vieille et vulgaire, un bijou de paysan. Mais c'est un souvenir auquel je tiens.

— Tu penses parfois à papa ?

— Et toi ? Tu y penses ? À ton père, à ton oncle Antonio, ou à Luigi ? Tu te souviens de ton oncle Luigi ? demanda Elvira avec une nervosité croissante.

— J'étais trop petite quand il est mort.

Elvira referma le coffret d'un coup sec.

— Il était si beau, Luigi, murmura-t-elle comme pour elle-même. Il te ressemblait.

Elles gardèrent le silence encore un moment.

— Maman…

— Que veux-tu ?

— As-tu déjà été amoureuse ?

Sa mère se leva d'un bond. Le moment d'intimité était terminé.

— L'amour n'existe pas. Il y a le mariage, qui dure toute la vie, et qui est la seule sécurité d'une femme.

Septembre

Théo ne serait jamais décidé, jamais en mille ans.

C'est pourquoi Angela s'était dit qu'elle devait agir. Elle relut à plusieurs reprises les lettres qu'elle lui avait écrites, pleines de demandes et de réponses, mais aussi pleines de fautes d'orthographe. Elle n'était pas allée à l'école, pas plus que sa mère d'ailleurs. « Une femme, disait son maître de lecture, n'est pas là pour écrire des livres mais pour avoir des enfants, qui étaient de loin plus importants. »

Valérie aussi avait tenté de réveiller par des taquineries les sentiments secrets de Théo, en vain. La veille, lorsqu'ils étaient tous les trois ensemble et qu'il se perdait dans la description d'un tableau, elle avait lui avait adressé un discret clin d'œil pour lui signifier que son frère était un désastre.

— Un désastre, répéta Angela en essayant d'écrire une nouvelle phrase élégante sur le papier rose, parfumé, qu'elle avait acheté dans ce but.

C'était inutile.

Elle abandonna sa plume dans l'encrier et froissa la feuille avant de la cacher avec les autres dans le tiroir. Elle les brûlerait plus tard afin d'éviter que cette espionne de Giuseppina les lise.

Espionne.

Elle se leva et s'éloigna du secrétaire dans le salon éclairé par la lumière de l'après-midi.

L'air embaumait. Fortuna avait peut-être préparé une tarte à la ricotta. Elle en mangerait une part pour se consoler.

Elle attendrait cependant le dîner. Pour l'heure, elle avait l'estomac trop serré.

La pièce était plongée dans le silence. Dans une étrange paix.

Dommage qu'elle ne se sente pas en paix elle aussi.

La porte du salon s'ouvrit sur sa mère qui la dévisagea depuis le seuil.

— Tu es prête ? demanda-t-elle d'un ton brusque.

Angela se rappela qu'on était samedi. Le jour de la visite du cousin Alfonzo !

Par chance, dans l'espoir de croiser ses amis, elle avait enfilé une robe adorable, blanche avec des bordures de dentelle, qui faisait ressortir ses cheveux.

— Bien sûr, répondit-elle en relevant le menton comme par défi.

Elle avait même mis deux petites boucles d'oreilles en ambre.

Sa mère l'évalua de la tête aux pieds et parut satisfaite.

À cet instant, elles entendirent la cloche de la porte d'entrée.

Elvira poussa sa fille vers le vestibule.

— Il est là, dit-elle. Propose-lui de s'installer pendant que je m'habille.

Angela sortit sans mot dire, à la fois nerveuse et en colère. Sa mère voulait les laisser seuls. Quelle idiote de ne pas l'avoir deviné plus tôt.

Du palier, elle épia son cousin qui s'avançait vers le salon dans un complet d'été bleu et blanc, trop frivole pour sa carrure.

Fortuna le fit entrer puis retourna dans le vestibule et la vit sur les marches.

— Descends ! fit-elle en accompagnant ses paroles d'un geste de la main. Que fais-tu plantée là ?

Angela obéit, lentement et toujours plus découragée.

— Je vais emmener Maria au lavoir, parce que je peux pas porter toute seule les paniers de linge.

Tout en parlant, Fortuna s'était approchée d'elle et réajusta une mèche de ses cheveux.

— Amalia a encore de la fièvre et il reste toutes sortes de corvées en retard, mais je t'ai fait une tourte à la ricotta. Tu es contente ?

Angela ne répondit pas.

— Qu'as-tu donc, Angelina ?

— Rien, pourquoi ?

— Tout va s'arranger.

— De quoi parles-tu ?

Angela la repoussa et s'avança vers le salon la tête basse.

Sa mère descendait rapidement l'escalier. Elle avait endossé une robe bleu foncé, plutôt simple. Elle dépassa sa fille et entra dans le salon en écartant les bras, comme si elle accueillait un prince.

— Alfonzo ! Assieds-toi. Veux-tu que je te fasse apporter quelque chose ?

— Merci, ma tante. Je suis bien. Peut-être plus tard.

Angela suivit Elvira dans le salon et salua Alfonzo sans sourire et sans même le regarder. Elle ne s'assit pas plus sur le fauteuil en face de lui comme il l'aurait sans doute voulu.

Giuseppina entra à son tour, toute vêtue de gris, avec un tablier qui lui arrivait aux genoux.

Elle sourit à son cousin et se retourna vers sa mère.

— Je suis prête.

— Très bien, alors nous pouvons partir.

Elvira fit quelques pas vers la porte tout en parlant à toute vitesse.

— Je te prie de m'excuser, Alfonzo. J'ai promis à Giuseppina de lui montrer comment greffer les roses. Je veux essayer de faire pousser une rose de Damas sur une *italica* blanche.

Elle eut un petit rire aigu avant d'ajouter :

— Cela ne t'ennuie pas si je te laisse seul avec Angela ?

Sorcière, pensa Angela.

— Non, ma tante. Faites à votre guise, sourit Alfonzo. Nous bavarderons volontiers.

— Où allez-vous ? lança Angela en regardant sa mère d'un air implorant.

— Dans l'orangerie, je viens de te le dire.

Elvira chercha son autre fille du regard.

— Giuseppina ? Viens donc.

— Ne pouvez-vous vous en occuper plus tard ?

Angela entendit le ton plaintif qu'elle avait adopté sans pouvoir se maîtriser.

— Non, il fera trop sombre.

Elvira poussa Giuseppina vers la porte.

— Nous n'en aurons que pour une demi-heure.

Angela secoua la tête.

Alfonzo regardait droit devant lui, comme s'il répétait un discours appris par cœur. Giuseppina traînait des pieds. Elle semblait obéir à contrecœur, peut-être dans l'espoir qu'Angela lui dise de rester avec elle. Mais sa sœur se tourna vers leur mère.

— Maman, je ne me sens pas bien. Je voudrais remonter dans ma chambre.

— Tiens compagnie à Alfonzo pendant quelques minutes. Tu monteras à notre retour, répondit Elvira en serrant les dents.

Angela se laissa tomber sur le divan.

Sa mère lui fit un signe d'adieu, prit sa petite sœur par la main et elles sortirent de la pièce.

Le silence tomba dans le salon.

On entendait seulement les pas qui traversaient le vestibule dans la direction de l'orangerie.

Il n'y avait plus personne d'autre dans la maison.

Angela n'avait aucunement l'intention d'écouter la déclaration qu'Alfonzo avait préparée qui sait depuis combien de temps, certainement avec l'accord de sa mère.

Comme si elle pouvait changer d'avis du jour au lendemain, juste après un discours.

Elle était sûre que cela faisait des semaines qu'elle avait organisé cette comédie. N'avait-elle pas compris qu'Alfonzo ne l'intéressait pas du tout ? Qu'elle était libre de faire ce qu'elle voulait ? Quelle idiote.

Quel idiot aussi était son cousin d'insister ainsi. Elle tourna brièvement les yeux vers lui. Alfonzo avait les yeux rivés sur elle. Le visage rouge, en sueur, il était ému comme un enfant.

Il toussota.

Angela soupira. Elle s'excuserait et remonterait dans sa chambre. Un, deux, trois.

— Angela.

— Qu'y a-t-il ? bâilla-t-elle ostensiblement. J'ai la migraine.

— Je voulais te dire quelque chose.

— Pas maintenant, Alfonzo, répondit-elle en s'éventant de la main. Nous parlerons un autre jour, s'il te plaît.

— Non, je veux te parler tout de suite. Maintenant.

Angela ne répondit pas.

— Tu m'écoutes ?

Alfonzo se leva.

— Ce n'est pas très long mais c'est important.

Il s'approcha d'elle.

— Tu es trop belle, Angela, souffla-t-il. Je te promets joie et félicité, et beaucoup d'enfants, ainsi que la sécurité et l'amour, voilà.

— Qu'est-ce que tu racontes, Alfonzo ?

— Ce que j'ai dit ! s'écria-t-il d'un air embarrassé. Je te demande de m'épouser. Ta mère a déjà donné son consentement. Je lui en ai parlé et elle a approuvé. Ma mère aussi. Toi seule dois encore consentir. Nous nous fiancerons avant Noël et nous pourrons célébrer le mariage au printemps.

— Qu'imagines-tu ?

Angela fut assaillie par une rage incontrôlable.

— Tu es mon cousin ! Je ne te veux pas.

— Entre cousins, c'est normal.

— Normal ? Tu es trop vieux et je ne t'aime pas.

— Angela.

Alfonzo lui effleura la main. La sienne était chaude. Elle recula.

— J'ai dit non !

Alfonzo ferma les yeux avant de les rouvrir et de la regarder en face. Son visage était de plus en plus rouge. Angela ne l'avait jamais vu ainsi et elle commençait à être effrayée pour de bon.

— Je te laisse, Alfonzo.

Il lui empoigna la main. Elle se débattit.

— Tu ne comprends pas.

— Si, je comprends très bien. Et je ne veux pas de toi. J'en aime un autre.

Alfonzo secoua la tête comme si c'était impossible.

— Cela fait des années que je te désire, Angela. Peut-être depuis toujours.

Ses yeux brillants et décidés à la fois étaient impressionnants.

— Et je n'abandonne jamais, Angela. Tu le sais. Je n'abandonne jamais.

— Je ne suis pas un article que l'on peut acheter Alfonzo. Si je dis non, c'est non.

Alfonzo lui empoigna le bras et, cette fois, il ne céda pas. La jeune fille tenta de se dégager mais sans réussir. Elle se leva et le repoussa.

Il continua à serrer.

Angela s'arracha à sa poigne et s'enfuit du salon comme si elle avait la mort à ses trousses. Tout sauf la vie.

Elle entendit les pas lourds d'Alfonzo sur le marbre dans son dos. Le bruit la suivit jusqu'au vestibule. Elle s'engagea au pas de course dans les pièces de service, mais il n'y avait personne.

La cuisine était vide.

Sur la desserte attendaient les mets préparés pour le souper, recouverts de serviettes.

La tourte à la ricotta était posée sur la table.

La porte de l'orangerie était là, encore trois pas et elle serait sauvée. Sa mère et Giuseppina allaient la sauver.

Alfonzo était déjà sur elle qui lui attrapait le coude. Elle secoua la tête mais ne put dire un mot.

Elle se dégagea et tenta de retourner vers le salon, mais son cousin la retint de ses deux bras puissants. Il n'y avait rien de galant dans son étreinte, elle n'était que pure violence.

Il la poussa vers la grande table en marbre et la renversa dessus. La surprise fut telle qu'Angela ne put pousser un seul gémissement.

D'un geste vif, Alfonzo repoussa la tourte qui alla se fracasser sur le sol, répandant son arôme dans la pièce.

Il se pencha vers sa cousine en cherchant ses lèvres.

Angela tourna la tête et tenta de hurler, mais elle n'avait plus de voix.

Le poids du corps de l'homme l'emprisonnait, elle ne pouvait plus bouger. Elle sentit la main qui se glissait entre ses cuisses en arrachant les jupons délicats pour agripper son intimité.

Elle renversa la tête en arrière, toujours dévorée de l'envie de fuir. Son regard se posa sur le plafond, les poutres en bois, les fromages pendus mis à sécher dans les filets.

Elle sentit qu'il entrait en elle dans un tumulte de douleur, de confusion et de honte.

— À l'aide, chuchota-t-elle les yeux tournés vers la porte de l'orangerie.

Il ne cessait de pousser, toujours plus fort, et la tête d'Angela rebondissait sur la table.

La porte paraissait toujours plus éloignée, désormais inaccessible.

— À l'aide !

1870

Romains !
Le matin du 20 septembre 1870 marque l'une des dates des plus mémorables de l'histoire. Rome est redevenue, une fois encore et pour toujours, la grande Capitale d'une grande Nation !

GÉNÉRAL LUIGI CADORNA, APRÈS AVOIR OUVERT LA BRÈCHE DE LA PORTA PIA, ROME, 1870.

Octobre

Dans la cheminée, le bois avait brûlé pendant toute la matinée et, à présent, il faisait une douce chaleur dans la salle à manger.

Avant que sa vie ne bascule, Angela aimait toujours rester à la maison en automne, quand il pleuvait et que le froid s'invitait dehors. Désormais, elle ne se sentait ni en sécurité, ni protégée ou heureuse.

Il ne s'était passé qu'une année depuis le moment où sa mère l'avait abandonnée avec Alfonzo, mais elle avait l'impression qu'une vie entière avait passé. Une vie de malheur.

Elle n'avait que vingt ans, mais tout l'enthousiasme et la curiosité de la jeunesse, les angoisses aussi, les tourments et l'ardeur, s'étaient éteints d'un coup ce jour-là sur la table de la cuisine. Comme on éteint une chandelle.

Elle avait tenté de parler à sa mère, de lui raconter ce qu'Alfonzo avait fait, dans l'espoir d'une étreinte, d'une parole de réconfort, de la promesse que tout redeviendrait comme avant. Au contraire, Elvira ne lui avait offert aucune échappatoire à un mariage de réparation. Parce que la faute, lui avait-elle déclaré, était entièrement la sienne.

Angela s'était résignée. Que pouvait-elle faire d'autre ? Les mois suivants avaient passé rapidement, sans qu'elle y participe vraiment.

La promesse, les fiançailles, la décision qu'ils vivraient dans la maison de sa mère, le mariage, tout semblait se succéder inéluctablement après le premier pas, sans qu'elle puisse reprendre son souffle. La nuit de noces, les suivantes, un cauchemar après l'autre, jusqu'à ce qu'elle se détache de tout.

À présent, Angela s'observait souvent de loin, comme derrière une vitre opaque. Qui était cette femme ? Qui était-elle, lasse et silencieuse ?

Non, ce n'était plus vraiment elle.

Elle regarda les anciens qui étaient venus faire leur habituelle visite du samedi à Melito. Ils avaient apporté leur odeur de vieillesse et de fumée de pipe, de poussière.

Elle éprouva soudain une sensation de nausée.

— À table, appela Elvira qui avait proposé aux hôtes de quitter le salon pour les conduire dans la salle à manger ovale. Prenez vos places, comme d'habitude. Adele, ici, à côté d'Alfonzo.

Alfonzo, qui occupait le haut de la table, était de bonne humeur. Il avait revêtu une jaquette foncée, avec une fine rayure élégante qui l'amincissait et le faisait paraître plus puissant, presque menaçant.

La vieille tante Adele, sa mère, un peu désorientée, s'assit à sa droite ; les deux tantes Adelaide et Genoveffa, à sa gauche. Venait ensuite Elvira, au centre. Giuseppina était assise en face d'elle, entre l'oncle Ruggiero et l'oncle Aldo, à sa droite et à sa gauche. Elle, Angela, la maîtresse de maison, du moins de nom, faisait pendant à Alfonzo de l'autre côté de la table.

Elle demeurait assise, tête baissée : il lui suffisait de le regarder pour en avoir des haut-le-cœur.

Alfonzo récita une courte prière en avalant les mots tant il était pressé, pendant que Nunzia et Rosaria, les nouvelles servantes, commençaient à apporter les plats.

En entrée, il y avait la soupe de mariage que l'on préparait à Noël mais aussi, dans la famille, en octobre pour célébrer la tante Adele qui était trop vieille pour savoir quel jour on était et dont le seul plaisir était à présent de manger.

Angela fixa l'assiette creuse en porcelaine que Nunzia avait posée devant elle, la soupe fumante. Elle distinguait les feuilles de scarole, les blettes, la chicorée, la bourrache, le brocoli noir, le chou et le bœuf, la poule, la saucisse, le céleri et même un morceau de carotte. À un autre moment, elle l'aurait appréciée, mais pas aujourd'hui. Elle se força à en avaler quelques cuillerées, en évitant les filaments de viande, puis elle posa la cuiller sur la nappe et fit un signe de la tête. Assez.

Sa mère la regarda de l'autre côté de la table sans rien dire. Alfonzo était en train de parler avec enthousiasme d'un autre de ses grands projets. Une usine de vêtements de prêt-à-porter avec un grand magasin de plusieurs étages où on vendrait de tout et pas seulement des vêtements.

— Alfonzo, il faut être prudent, dit Elvira. La roue tourne et les temps peuvent changer sans prévenir. Avec tout ce qui se passe !

— C'est justement pour cela, ma tante. Au milieu du chaos, celui qui se laisse freiner est perdu.

Alfonzo mangeait avec appétit, à toute allure, et il jetait de temps en temps un regard de propriétaire à Angela.

— Il faut toujours courir plus vite que les autres et changer les choses. Ayez confiance en moi, j'ai du flair pour cela.

— Je t'écoute toujours, tu sais bien que j'ai confiance en toi, dit Elvira en se tournant vers sa belle-sœur, n'est-ce pas Adele ?

La mère d'Alfonzo était beaucoup plus âgée qu'Elvira. Angela n'avait jamais compris pourquoi son oncle Antonio avait épousé une femme de son âge et pas une plus jeune. Peut-être qu'à une époque, mille ans plus tôt, sa tante était belle et agréable, mais elle était désormais sourde et enfermée dans son monde, un fantôme vêtu de noir.

Tante Adele continua à déguster sa soupe sans répondre, la bouche toute proche de son assiette.

— Que dis-tu ? demanda Genoveffa, sa sœur, à moitié sourde elle aussi, qui croyait qu'on lui posait la question à elle.

— Elle parlait à Adele, intervint Adelaide qui était toujours furieuse. Pas à toi.

— Qu'a donc fait Adele ?

— Que doit-elle avoir fait ?

Adelaide était la plus jeune et avait mauvais caractère. Elle ajouta :

— Elle est sourde comme un pot. Comme toi.

— Qui ça ?

Alfonzo versa du vin à Adelaide, une manière de la calmer, puis il changea de sujet.

— Félicitations au nouveau cuisinier, déclara-t-il en se tournant vers Elvira mais aussi vers Angela. Je l'ai bien choisi, non ?

— Parfaitement, comme d'habitude.

Sa mère sourit, toujours courtoise avec Alfonzo.

— L'autre n'était pas à la hauteur.

— De qui parlez-vous ? coupa Giuseppina d'un ton aigre. D'Amalia ?

— Non, pas de la pauvre Amalia, paix à son âme, dit Elvira en continuant à manger tranquillement. Nous parlons de celle qui est arrivée après et à laquelle j'ai donné congé le mois dernier.

Dehors, la pluie battait contre les vitres.

Angela tourna les yeux vers la fenêtre. Les bruits que faisaient ses parents à mastiquer et à boire l'agaçaient comme une lente torture.

Sa mère s'essuya la bouche. Elvira, comme Alfonzo, avait pris du poids. Le visage mince et anguleux avait cédé la place à des traits plus gras mais aussi plus doux.

Angela continua à les dévisager sans toucher à son assiette. Elle passait de sa mère à Alfonzo, comme si elle contemplait deux êtres affreux et fascinants à la fois.

— Vous n'en voulez plus ? demanda Nunzia.

Elle secoua la tête. La servante reprit l'assiette presque pleine en veillant à ne pas renverser la soupe sur la nappe blanche.

Nunzia et Rosaria, sœurs de la région du Cilento, une grande, l'autre plus trapue, avaient été embauchées quelques semaines plus tôt et craignaient de perdre leur emploi dans cette famille si riche, si élégante et respectable. C'est pourquoi elles se montraient si serviables et attentives.

Qui sait combien de temps elles mettraient à comprendre que la famille n'était pas si heureuse, ni respectable ? pensa Angela. Qui sait combien de temps elles dureraient ?

— En somme, Alfonzino, déclara soudain le vieil oncle Ruggiero, époux de Genoveffa. Tu parles d'affaires, de projets grandioses, mais tu ne dis rien de Rome.

— Que devrais-je dire de Rome ? (Alfonzo haussa les épaules.) On l'avait prévu.

— On savait ! On savait ! s'écria Ruggiero en agitant les bras.

Il avait la barbe blanche et il portait des lunettes, et aimait se donner l'air d'un sage, d'homme bien informé, cultivé, alors qu'il n'était jamais allé à l'école. Il critiquait toujours tout et tout le monde.

— Qui ? demanda tante Adele sans raison.

— Rome ! hurla Adelaide qui ne supportait plus les sourds qui l'entouraient. Porta Pia.

— Mais laquelle, la troisième ? demanda Genoveffa qui avait compris on ne sait quoi. Et où ? Où l'emmènent-ils ?

— Quelle troisième ? s'écria Adelaide. Que racontes-tu Genove, serais-tu devenue bête toi aussi ?

— Ne vous inquiétez pas, ma tante, c'est juste un peu de confusion, dit Alfonzo en lui versant du vin. Buvez, il est bon, il vient de Gragnano.

Adelaide s'empara de son verre et le vida comme un homme assoiffé qui aurait enfin trouvé une fontaine. Entre-temps, on apporta les pâtes avec la sauce que le nouveau cuisinier avait fait mijoter pendant vingt heures, depuis l'après-midi de la veille.

Angela accepta deux macaronis et un peu de sauce alors que tous les autres se laissèrent servir copieusement, comme s'il n'y avait rien d'autre à manger.

Giuseppina la regarda.

— Tu n'as pas faim ?

— Occupe-toi de tes affaires, répondit machinalement sa sœur.

Elle porta un macaroni à sa bouche, même si elle avait envie de le recracher.

— Participerons-nous au recensement l'année prochaine, demanda Elvira, ou cela nous posera un problème ? Alfonzo, qu'en penses-tu ?

— Ne vous inquiétez pas, ma tante, ce sont des bêtises, dit Alfonzo sans lever les yeux de son assiette et en continuant à mâcher. Quand les inspecteurs viendront, nous leur raconterons ce qu'ils veulent entendre, ou alors nous inventerons.

— Je pourrais le faire ? demanda Giuseppina qui se mêlait toujours de tout. Pourrai-je leur répondre ?

— Non !

Elvira agita son verre en l'air jusqu'à ce que Rosaria le remplisse d'eau avec l'air d'exécuter une tâche des plus délicates.

— Tout ça, ce sont des bêtises, répétait l'oncle Aldo qui était resté favorable aux Bourbons et haïssait le monde qu'il ne reconnaissait plus. Tout cela n'a aucun sens.

— C'est la modernité, dit Elvira. Les temps changent, mon oncle, et vous devrez vous adapter vous aussi.

— M'adapter ! M'adapter ! hurla Aldo. Alors qu'on ne comprend plus rien.

Alfonzo versa encore du vin à Adelaide et fit signe à Nunzia de servir Aldo. Lui aussi, on pouvait le calmer ainsi. Elvira souleva le sujet de la *tournure** qui était revenue à la mode. Il fallait fournir les boutiques, modifier les patrons et former les couturières. Alfonzo s'était, comme toujours, déjà organisé.

— Croyez-vous que j'aie attendu les revues illustrées, ma tante ? (Il repoussa son assiette vide.) Je suis prêt depuis longtemps.

— Et Turin ? Quelles nouvelles ? Il y a des progrès ?

Angela savait que le sujet était épineux.

Les Morelli étaient toujours en procès contre la veuve de Luigi et ses parents, pour le legs et le nom de la compagnie. Contre la position de son père, Alfonzo avait tenu bon. Depuis des années, ils ne faisaient que régler les honoraires des avocats napolitains et piémontais, de plus en plus salés.

— Pour ça aussi, ma tante, ayez confiance. Avec le temps, nous gagnerons. Ce n'est qu'une question de persévérance.

Alfonzo se frappa l'estomac de la main, comme si c'était là le siège de son assurance.

— Tu es vraiment courageux, soupira Elvira en regardant Angela. Nous sommes toutes fières de toi, n'est-ce pas Angela ?

Angela hocha la tête.

Elle n'avait pas touché au second macaroni que Nunzia fit disparaître.

— Cela fait déjà six mois ? demanda Adelaide qui, grâce au vin, commençait à se détendre. Quel beau mariage. Quelle belle cérémonie, n'est-ce pas Aldo ?

Aldo buvait du vin. Il s'essuya ses grandes moustaches blanches et fit un geste qui pouvait dire n'importe quoi.

— Mais Porta Pia ? Rome ? Vous voyez bien que tout change !

L'oncle Ruggiero tenait à montrer qu'il avait lu les titres du journal.

— Qu'est-ce qui change, mon oncle ? dit Alfonzo en agitant la main. Pour nous, rien ne change, heureusement.

— Quoi ? interrompit Adele en levant la tête.

Personne ne réagit.

On servait les saucisses avec des pommes de terre avec du fenouil frit, et les courgettes à la napolitaine, des brocolis et de la mozzarella.

Les nouvelles servantes apportaient les plats avec soin, et Maria s'assurait de servir personnellement Alfonzo. Fortuna donnait les ordres sans quitter Angela des yeux.

À un moment, elle s'approcha d'elle et lui demanda si elle voulait autre chose, peut-être un peu de riz blanc.

Angela fit non de la tête, mais elle surprit le regard de la mère qui la dévisageait avec attention.

— Comment te sens-tu, Angela ? demanda soudain Alfonzo en mordant dans une saucisse. Tu n'as rien mangé.

— C'est normal, intervint Elvira. Elle est jeune, elle est fatiguée.

— C'est toi qui la fatigues ! hurla l'oncle Ruggiero, toujours vif, en faisant un clin d'œil à son neveu.

L'oncle Aldo proposa un toast au mariage et à l'amour conjugal.

— Quel est le plus important ? demanda Genoveffa dans le vide.

— *Toi*, tu es importante, répondit Adelaide sans acrimonie.

Elle continua à siroter son vin en souriant.

Angela n'arrivait plus à rester assise à cette table de vieux fous. Elle se sentait si seule, abandonnée.

Après son mariage, en février, les Français étaient repartis pour Paris. Des questions liées aux affaires de leur père, ou peut-être à cause de ce qui se passait à Rome, à cause du pape, des accords entre les États, tous ces événements auxquels elle ne comprenait rien.

Mais ils reviendraient avec l'été. Angela était impatiente de les revoir.

Théo était devenu un rêve inaccessible, évanescent. Hélas, elle ne pouvait jamais en parler. La vie vous apportait tout et son contraire. Elle était aussi triste d'avoir encore perdu Valérie qui, comme chaque année, passait quelques mois à Paris en hiver ou au printemps, voire en automne en fonction des affaires de son père.

Avec son amie, elle pouvait aborder n'importe quel sujet. Elle était peut-être la seule à savoir combien Angela souffrait, combien son mariage précipité lui pesait, et toutes les horreurs qui s'y attachaient. Combien sa vie lui pesait.

Nunzia posa devant elle une assiette avec un morceau de saucisse prélevée dans le ragoût, certainement une attention suggérée par Fortuna.

En sentant l'odeur de la sauce et de la viande, Angela fut prise de nausée.

Elle se leva d'un bond en renversant sa chaise et courut dans le vestibule. Dans le crachoir posé près de l'entrée, elle vomit le peu qu'elle avait mangé, puis ouvrit la porte de la maison et sortit sous le porche.

Peu lui importait qu'il fasse froid et qu'il pleuve, elle avait besoin d'air frais et de s'éloigner de sa famille qui lui était toujours plus insupportable.

Au loin, au-delà de la pluie éparse, on entrevoyait les cabanes des ouvriers qui travaillaient aux rénovations de la Villa Reale qui avait pris le nom de « Villa nationale ».

Il n'y avait personne dans la rue, ni sur la plage. Le monde tout entier n'était qu'un désert triste et gris, comme elle, comme son corps, son avenir.

— Comment te sens-tu ?

Angela se retourna vivement.

Giuseppina s'était levée de table et l'avait suivie.

Cette fois, elle portait un ruban dans les cheveux et une robe convenable, presque adulte, qui était censée la rendre plus gracieuse et plus vieille que son âge. Elle avait les cheveux longs jusqu'au menton, sans frange, qui encadraient ses yeux immenses, ses sourcils épais. Néanmoins elle était toujours le laideron à la peau trop claire.

— Et comment devrais-je me sentir ?

— Tu es enceinte ?

— Quelle découverte ! Je suppose que tout le monde le sait maintenant.

— Pourtant, tu ne me l'as pas dit à moi.

— Il y a des choses que l'on ne dit pas, espèce d'ignorante.

Angela secoua la tête et croisa les bras sur sa poitrine à cause du froid.

— C'est une question d'éducation. Certains comprennent les choses à demi-mot, et c'est suffisant.

— Moi, je l'ai compris.

— Comme tu es forte !

Angela la regarda avec irritation.

— Tu ne me parles jamais, constata Giuseppina, mais je ne suis plus une enfant. Je comprends.

— Que comprends-tu donc ?

Angela ne la supportait pas, c'était plus fort qu'elle.

— Que veux-tu ? Tu es une ratée, une erreur. Moi, je ne parle pas avec des gens comme toi.

— Je ne suis pas une erreur.

— Bien sûr que si. Tu es toute de travers.

— Je ne t'ai jamais rien fait, Angela.

Giuseppina avait les larmes aux yeux.

— Que pourrais-tu me faire ?

— Je suis ta sœur.

— Tu n'es pas ma sœur. Même en rêve. Tu veux me voler mes affaires, continua Angela avec un regard haineux. Tu veux me prendre ma maison, mes vêtements, et même ma famille.

— C'est aussi ma maison.

— Non, tu as été adoptée à la Roue et personne ne voulait de toi. Nous t'avons choisie par erreur.

— Espèce de sorcière, s'écria Giuseppina qui était aussi envahie par la colère. Tu es méchante et sotte, Angela. C'est pour ça que tu souffres. Tu es une idiote. Une idiote.

— Toi, tu es intelligente, peut-être ?

— Moi, j'ai tout compris, bien avant toi. (Giuseppina se mordit la lèvre.) Alors que toi, tu n'as jamais rien compris. Sinon, tu aurais fait attention à Alfonzo.

Elles restèrent silencieuses mais, entre elles, la colère pesait dans l'air comme un être vivant.

Angela avait envie de la tirer par les cheveux pour la faire tomber comme quand elles étaient plus petites.

— Ne m'embête pas. Va-t'en.

— Pour les Français, moi j'ai aussi tout compris.

— Va-t'en donc !

— Théo, dit Giuseppina à voix basse.

Angela releva le menton en signe de défi, mais elle ne répondit rien. Au loin, on entendait la mer et les battements de la pluie.

— Tu es amoureuse de lui depuis des années, tout le monde le sait, ajouta doucement Giuseppina.

— Que racontes-tu ? rit Angela malgré sa colère croissante.

— Tu le sais.

— Crétine.

— Tu n'as jamais rien compris.

— Compris quoi ?

— Ce que veut Théo. C'est toi l'idiote qui n'as rien compris, murmura-t-elle d'un air désolé.

— Compris quoi, enfin ?

— Qu'il est inverti.

— Quoi ?

— Il est contre-nature, murmura sa sœur sans aucune trace de méchanceté. Tout le monde le dit. Il allait avec les pêcheurs dans les ruelles de Mergellina pendant que tu lui écrivais des lettres.

— Non.

— Si, tout le monde à Chiaia le savait.

Angela lui tourna le dos et contempla la pluie.

Elle tombait plus dru et lui baignait le visage.

1871

Le ministre de la Marine, afin que le personnel de la marine militaire puisse tirer le meilleur parti de l'Exposition maritime internationale de Naples, a décidé d'accorder de courtes permissions aux officiers des différents corps de la Marine Royale qui seraient désireux de se rendre à cette Exposition.

JOURNAL OFFICIEL, JUIN 1871.

Février

Ce serait un fils.

Le premier-né.

Dans le salon étaient réunis une vingtaine de voisins et de parents. Angela, contrainte d'être le centre de l'attention, se tordait les mains et souriait, mais d'un sourire factice. Ses yeux étaient las et éteints. Il n'y avait rien à voir pour elle, ni à entendre, ni à dire.

À quelques mois de l'accouchement, Alfonzo avait voulu donner une réception pour montrer au monde à quel point la grossesse de sa femme était importante.

Maria allait et venait dans les pièces de la maison où tout le monde était hébété, avec un plateau de choux et de babas à la crème. De temps en temps, elle levait la tête pour regarder l'homme de la maison, le patron Alfonzo, qui l'intimidait comme s'il avait été un grand roi.

En revanche, Fortuna ne faisait qu'examiner Angela de loin avec appréhension.

Dans le vestibule, presque les derniers, arrivèrent Valérie et Théo. Elvira, superbe dans une robe en soie rose pâle relevée de broderies noires, laissa l'oncle Aldo en plein milieu d'une conversation et se précipita pour les recevoir avec tous les honneurs.

À présent, elle n'avait pas à craindre les Français, pensa Angela avec amertume. Il n'y avait plus aucun risque qu'ils gênent ses projets.

— Puis-je vous offrir un verre de *spumante* ?

Elvira fit un signe à Fortuna qui s'approcha avec un plateau de coupes pleines avant de s'éloigner vers un nouveau groupe d'hôtes. Angela regarda Valérie, qui fit mine de trinquer avec la coupe qu'elle tenait, mais sans sourire. Elle était vêtue d'un long vêtement orange serré à la taille par un ruban noir. Théo endossait pour sa part un complet de couleur claire et une chemise blanche à l'allure très exotique.

Valérie poussa son frère vers Angela.

Le jeune homme eut un sourire embarrassé. Cela faisait si longtemps qu'ils ne s'étaient pas vus et il semblait peser entre eux un certain malaise.

— Comment vas-tu, Angela ?

À son ton plein de compassion, Angela comprit qu'il était au courant. Valérie lui avait sans doute raconté toute l'histoire.

— Tu es très belle, dit-il au bout d'un moment.

— Merci.

Elle ne lui rendit pas son compliment, sachant que ce n'était que pure politesse de sa part.

D'ailleurs, à ses yeux, Théo n'était plus le jeune homme irrésistible d'autrefois.

Angela connaissait désormais tous ses défauts, et les petites manies qui lui avaient semblé précieuses et extraordinaires. Cette tendance à toucher constamment ses boucles rousses, cette démarche langoureuse, sa diction traînante, la façon qu'il avait de détourner le regard, comme s'il était absorbé par d'autres pensées, lorsqu'il s'entretenait avec quelqu'un.

Ce n'étaient plus les marques d'une personnalité fascinante. Il était toujours aussi beau et élégant, bien plus qu'Alfonzo, mais elle décelait désormais en lui une différence substantielle.

Une insuffisance. Quelle idiote avait-elle été de ne pas s'en apercevoir plus tôt !

— Toi aussi, tu as l'air d'aller bien, dit-elle comme elle aurait parlé à une amie de sa nouvelle coiffure.

— Je vieillis, plaisanta-t-il en levant les mains.

— Nous vieillissons tous.

— Pourquoi dis-tu une chose pareille ? Tu es toujours la plus belle ! s'exclama Alfonzo qui venait de s'approcher.

Il lui prit la taille, marquée par la grossesse, d'un geste de propriétaire. Angela tressaillit mais elle ne se dégagea pas. Pas devant Théo.

— Elle est si belle que je te la vole ! Tu permets, Alfonzo ?

Valérie prit la jeune femme par la main et l'attira loin de son mari, en lui faisant discrètement un clin d'œil.

— Ta mère te cherche.

Elle l'entraîna vers la cuisine où la table était encore chargée de douceurs que l'on apporterait bientôt au salon.

Angela s'arrêta brusquement. Elle ne pouvait plus faire un seul pas. Quelque chose dans la lumière de la cuisine, les casseroles en cuivre, les tourtes sur la table, tout la ramenait à un souvenir atroce.

Valérie la tira vers la porte de l'orangerie qui laissait entrer la fraîcheur de l'après-midi.

— Si nous sortions ?

— Il fait trop froid, répondit Angela. Je croyais que nous devions retrouver ma mère.

— Petite sotte, rit Valérie en lui caressant la joue. J'ai dit cela parce que je sais que tu ne supportes pas qu'il te touche.

— Je ne le supporte jamais, même quand il me regarde seulement.

— Ne le laisse pas te regarder ! Enfuis-toi.

— Où donc ?

« Et comment ? » aurait-elle voulu demander.

— Tu pourrais m'accompagner en France.

Valérie lui serra les mains et un peu de sa chaleur et de sa vitalité passèrent dans celles d'Angela.

— Nous allons rester un peu. Nous avons des questions de succession à régler, mais, continua-t-elle en souriant, nous repartirons le plus tôt possible. Tu pourras t'arranger pour venir à Paris avec moi la prochaine fois.

— Paris, murmura-t-elle tout en pensant qu'elle ignorait comment.

Elle n'avait jamais quitté Naples, pas même pour une seule journée.

— C'est ta vie, dit Valérie en lui serrant les mains plus fort, comme pour ne pas la laisser s'échapper.

Angela secoua la tête en évitant de croiser le regard de son amie.

— Elle ne m'appartient plus. Elle n'a jamais été à moi, mais je ne l'ai pas compris plus tôt.

— C'est absurde.

— Tu sais que je vais avoir un enfant, non ?

Valérie la regarda sans rien dire. Peut-être était-elle offensée ou peut-être y avait-il trop à dire.

Angela posa la tête sur son épaule. Heureusement qu'elle était là, pensa-t-elle.

Mais ce ne serait pas toujours le cas.

Juin

Angela avait choisi une robe d'un beige très clair qui moulait ses hanches et s'élargissait vers le bas, mais sans excès, parce qu'elle voulait se sentir libre après des mois de constriction.

Valérie quant à elle irradiait dans une tenue ample à brandebourgs dorés, dont la teinte vert émeraude mettait en valeur sa peau laiteuse, son buste épanoui et ses épaules fines.

Elles flânaient le long de la Riviera avec un landau couvert d'une toile bleu azur.

À l'intérieur se trouvait le nouveau-né.

Son fils, Peppino.

Giuseppina suivait. Malgré ses treize ans, elle continuait à préférer des vêtements d'enfant, informes, comme sa blouse grise à boutons jusqu'au col qui ne lui seyait pas du tout.

Elles arrivèrent à la Torretta. Devant elles se trouvait l'entrée de la Grande Exposition maritime qui s'étendait de l'ancienne Villa Reale à la plage de Mergellina.

Avant de se laisser engloutir par la foule de la foire, Angela vérifia dans le landau si l'enfant se portait bien, s'il avait besoin d'elle, s'il dormait.

Peppino était réveillé et la fixait de ses grands yeux inexpressifs. Il s'était dégagé de la couverture et était allongé, ventre à l'air, juste protégé par une chemise de coton brodé.

Elle ne le toucha pas.

Avec son fils, Angela se sentait comme paralysée, détachée, incapable du moindre geste d'amour. Peut-être était-ce parce qu'on ne lui avait pas appris à prendre soin de quelqu'un d'autre, pensait-elle. Sa mère ne lui avait certainement pas transmis ces choses aussi simples qu'être attentionnée, sourire, aimer.

À présent qu'elle avait un fils, elle commençait à prendre conscience de ces carences comme de graves mutilations. Elle ne voulait pas être comme Elvira.

Giuseppina s'approcha pour couvrir Peppino. Elle l'éloigna d'un geste, puis rabattit la couverture, se pencha et posa un baiser sur le front du bébé.

Le nourrisson continuait à la fixer de ce regard tranquille et incompréhensible. Elle aurait préféré qu'il pleure ou qu'il fasse des caprices comme la plupart des bébés.

— Il fait trop chaud pour la couverture, déclara Valérie.

— Les bébés sont plus fragiles.

— Oui, mais il ne faut pas exagérer. À Paris, on les laisse jouer tout nus sur l'herbe.

— Je ne te crois pas.

— C'est pour qu'ils s'endurcissent.

Elle rit, de sa voix rauque au léger accent français qu'Angela trouvait si élégant.

Elle ne croyait pas toujours ce que disait son amie parce que Valérie avait tendance à exagérer.

Elle leva le visage vers la façade principale de l'Exposition, qui était composée d'un hémicycle à six cloîtres, quatre à l'avant et deux à l'arrière. Au centre de l'espace se trouvait un groupe de statues en plâtre sur un socle de marbre, intitulé *L'Italie ouvre la voie de la civilisation à l'Amérique sauvage.*

Elles s'arrêtèrent pour regarder le spectacle pendant que les visiteurs les dépassaient.

À quelques jours de la clôture, il y avait encore beaucoup de monde. Beaucoup de visiteurs se regroupaient près du vestiaire, d'autres attendaient devant les bureaux du télégraphe et de la poste, conçus pour rendre l'exposition plus moderne et permettre aux visiteurs d'envoyer directement leurs vœux à leurs proches éloignés.

Dehors, outre les salons installés sur la plage de Mergellina, il y avait un grand gazomètre qui fournissait le gaz des becs du portique, allumés bien qu'on soit le matin.

L'air embaumait de l'odeur du printemps, mais aussi de la sueur des gens qui avaient fréquenté pendant trois mois l'Exposition et qui continuaient d'affluer.

Angela et Valérie s'engagèrent sous les arcades en métal, vers les pièces intérieures. Elles dépassèrent sans s'arrêter celle consacrée aux navires, aux moteurs, à la pêche, et pénétrèrent dans une section réservée à l'exportation des produits nationaux.

Giuseppina marchait derrière en poussant le landau blanc, et c'était la seule raison pour laquelle on l'avait autorisée à les accompagner.

Cela faisait des mois qu'Angela était confinée à la maison. D'abord, par sa grossesse difficile, puis par l'accouchement, les deux mois d'allaitement sans nourrice, comme il convenait à une jeune mère. Maintenant qu'elle était enfin libre, elle avait demandé à Valérie de l'accompagner à l'Exposition avant la fermeture. Son amie, qui avait déjà assisté à l'inauguration, avait cependant accepté sans rechigner.

— C'est quand même ennuyeux, avait-elle précisé.

Elles se dirigèrent directement vers les plus beaux pavillons, évitant les expositions trop scientifiques que Valérie connaissait déjà. Angela ne s'intéressait guère à la foire, elle était heureuse de pouvoir bavarder en toute liberté, sans sa mère, son mari, des parents ou des domestiques dans les jambes.

Dommage que Giuseppina soit là.

— J'ai mal au ventre, dit-elle de sa voix pleurnicharde. Angela !

Angela et Valérie ne lui prêtèrent aucune attention. Elles s'arrêtèrent devant une statue en marbre intitulée *La Réponse.* Elle représentait une jeune fille qui, a beau milieu de la nuit, s'était levée et, à moitié nue, écrivait à la lueur d'une chandelle.

Valérie s'en rapprocha et elles se sourirent, sans raison, comme deux enfants.

Giuseppina s'arrêta à côté d'elles, mais le landau barrait le passage aux autres visiteurs.

Angela lui ordonna de se déplacer et de les attendre dans l'espace située entre les salles des bateaux et celles des moteurs.

— Tu n'es pas obligée de nous suivre partout. File !

— La pauvrette, murmura Valérie.

— Si tu ne la chasses pas tout de suite, elle te colle, pire qu'un pou.

— Tu la traites toujours si mal, dit Valérie en s'admirant dans le reflet d'une vitrine. Que t'a-t-elle donc fait ?

— Je ne la supporte plus.

Angela se regarda elle aussi dans la vitre. Elle avait un peu forci, mais elle était encore bien. Alfonzo lui avait dit qu'elle était plus belle qu'avant, et c'était vrai.

— Elle est folle, ajouta-t-elle.

— Pourquoi ? Que fait-elle ?

La vitrine suivante était garnie de filets et de bâches à bateaux.

— Elle se réveille la nuit en hurlant. Elle fait des cauchemars et dérange toute la maison. Si elle continue ainsi, nous la ferons enfermer dans un asile.

— Je comprends.

— Elle est dérangée. Hystérique.

Elle répéta le mot à la mode :

— Hystérique.

Rien ne choquait jamais Valérie.

— T'a-t-elle déjà raconté ces cauchemars ?

— Et puis quoi encore ? Elle cherche seulement à attirer l'attention et elle les raconte à tout le monde. Elle voit des guerres, des épidémies, des morts. Uniquement des choses affreuses. Ça suffit, continua-t-elle en tirant Valérie par la main, ne parlons plus d'elle.

— Qu'en dit ta mère ?

Lorsque la curiosité de Valérie était piquée, il n'y avait rien à faire.

Angela s'arrêta devant un étal de bric-à-brac.

— Cela la fait rire. Ma mère ne croit pas aux rêves. Cela ne l'intéresse pas, d'autant qu'elle sait qu'elles ne sont pas du même sang.

Angela aurait aimé que ce soit tout mais, à dire vrai, Elvira ne s'intéressait à rien, même pas à elle.

Ses filles, de sang ou non, n'étaient que deux présences dans la maison, deux inconnues.

Valérie lui sourit. Elle avait compris ce que signifiait son silence.

— J'adore ta mère. Elle est si belle, élégante, impeccable. Et si méchante.

— Elle est égoïste, sans amour. Obsédée par l'argent.

En compagnie de son amie, Angela se laissait aller à dire des choses qu'elle n'aurait pas eu le courage de penser.

— Elle a peur de redevenir pauvre, comme quand elle était jeune.

— C'est pourtant une femme fascinante.

— Dommage qu'elle abrite un monstre à l'intérieur.

— Une folle, une brute, une mère monstrueuse, énuméra Valérie sur le bout des doigts. Ma pauvre Angela, encerclée par les démons !

Elle fit une grimace et elles éclatèrent de rire.

— Tu connais mes secrets. Quels sont les tiens ? demanda Angela avec appréhension. Quand me présenteras-tu ton amoureux ?

— Je n'ai pas d'amoureux, tu le sais bien, dit Valérie en lui faisant un clin d'œil. Mon seul amour, c'est toi.

— Et toi le mien.

Elles se touchèrent brièvement la main en riant et elles traversèrent le salon en direction d'une exposition de cristaux d'outre-océan.

Giuseppina les rejoignit avec le landau et elles allèrent toutes les trois vers une autre salle, plus étroite et plus longue, et Giuseppina dut rester à l'extérieur.

Elle jeta un regard un peu effrayé à Angela, le visage blême.

Les parois étaient garnies de tablettes en bois supportant des maquettes de navires modernes, de bateaux à vapeur et d'autres à moteur. Elles les dépassèrent rapidement, déjà lassées, sans s'arrêter pour les admirer.

— Et Théo ? demanda soudain Angela.

— Il n'a pas donné de nouvelles depuis des jours, répondit Valérie d'un air indifférent tout en regardant les dernières maquettes. Il est à Neufchef, dans les nouvelles mines.

— Es-tu inquiète ?

— Non, tout ira bien. Plus il est loin, plus il est heureux. Il ne changera pas, Angela, continua-t-elle en l'entraînant de l'autre côté.

Angela secoua la tête sans mot dire. Elles continuèrent à errer dans la salle.

— Tu y penses encore ? demanda Valérie à voix basse. Après tout ce temps ? Maintenant, tu es mariée et tu as même un fils. Mon frère est l'homme le plus bête qui soit.

— Il sera toujours meilleur que mon mari, le dernier être sur terre que je voudrais qui me touche. Le dernier.

— Tu aurais pu te rebeller.

— Oui, et comment ? répondit-elle amèrement.

— En le refusant. Il est horrible ! Je suis désolée, Angela.

— Je me suis habituée.

— C'est bien le problème, insista Valérie à voix basse.

Elles s'étaient éloignées l'une de l'autre, et la distance n'était pas seulement physique.

Il y avait des choses que l'on ne pouvait expliquer, et que l'on ne pouvait comprendre sans les avoir vécues, pensa Angela.

Elles continuèrent à flâner en silence dans la galerie. En sortant, elles trouvèrent Giuseppina adossée à une vitrine de grands couteaux orientaux.

Elle était pâle et se tordait les mains.

— Que se passe-t-il ?

Angela se précipita vers le landau. Peppino lui rendit son regard, muet.

— Qu'est-il arrivé ?

— Rien. Je ne me sens pas bien. Je veux rentrer à la maison.

— Bientôt, répondit Angela en la dépassant. Juste le temps de visiter les deux dernières salles et nous partons.

— J'ai besoin d'aller à la salle de bains.

— Tu ne vas pas en mourir. Attends-nous ici, nous revenons dans cinq minutes.

Giuseppina les suivit quand même avec le landau, une expression désespérée sur le visage.

Le sentiment de liberté qu'Angela avait éprouvé s'était évanoui.

— Tu es vraiment méchante, lâcha Valérie tout en riant sous cape.

— Pourtant, c'est moi qui l'ai choisie.

— J'aurais tellement aimé avoir une sœur.

— Je te l'offre.

Elles rirent de nouveau en se couvrant la bouche.

— J'aurais eu une sœur comme toi. Identique, une Napolitaine.

— Moi aussi. Une sœur française.

En continuant à rire, elles parvinrent dans une salle où étaient exposés des articles inconnus provenant des Amériques. Masques, idoles, jusqu'à un squelette de nègre et une tête momifiée extrêmement petite.

Elles demeurèrent longtemps à admirer les curiosités dans les vitrines, chacune absorbée dans ses propres rêveries, quand la voix de Giuseppina se fit entendre dans leur dos.

— Je me sens vraiment mal.

Angela se retourna.

— Qu'as-tu donc ?

— J'ai mal au ventre, vraiment très mal. Je dois y aller.

Elle paraissait sur le point de pleurer. Angela soupira pendant que Valérie cherchait où se trouvaient les toilettes.

— Il y en a sur la plage, dit-elle en montrant une cabine en bois d'où sortait un homme. Tu vas arriver jusque-là ?

Giuseppina secoua la tête, puis se mit à pleurer, le visage impassible.

— Je me suis mouillée, chuchota-t-elle en regardant le sol.

Valérie baissa les yeux.

Sous la robe longue de Giuseppina s'élargissait une petite flaque d'urine.

— Seigneur Jésus, s'écria-t-elle en se tournant vers Angela et en éclatant de rire. Elle s'est fait dessus.

Immobile, Giuseppina continuait à pleurer.

— Tu nous gâches la promenade, déclara Angela sans la moindre trace de compassion. Tu es vraiment insupportable.

Elle arracha le guidon du landau des mains de sa sœur et se dirigea à grandes enjambées vers la sortie où stationnaient les voitures.

— Viens, nous rentrons à la maison.

Valérie tenta de réprimer son rire tout en s'approchant de Giuseppina et en la soutenant par la taille. De l'autre main, elle souleva le bas de ses jupes de quelques centimètres pour qu'elles ne traînent pas dans la flaque.

— Tu es presque une femme, dit-elle à voix haute afin qu'Angela l'entende. Tu dois faire attention à certaines choses maintenant. Avant de sortir, les femmes prennent leurs précautions, tu comprends ?

— Je ne veux pas devenir une femme, marmonna Giuseppina entre deux sanglots.

— Que veux-tu devenir ? Un homme peut-être ?

— Je veux rester comme je suis.

— C'est impossible.

Valérie la poussa dans le dos en jetant un regard à Angela et en haussant les épaules.

— Tu sais, c'est une bonne chose de grandir. Fais seulement attention à ne pas le dire à ta mère parce qu'elle risque de te trouver tout de suite un bon parti à toi aussi.

— Je vais quand même le lui dire, répliqua Angela.

— Non, il ne faut pas le lui dire, implora Giuseppina.

— C'est pourtant ce que je vais faire.

1872

Ce monde de Polichinelle, à la fois léger et fourbe, ne représente rien d'autre que cela, la passion d'autrefois, devenue frénésie, de deux plèbes, celle du petit peuple et celle de la cour.

GIORGIO ARCOLEO, *UN FILOSOFO IN MASCHERA*
(« UN PHILOSOPHE MASQUÉ », NON TRADUIT), 1872.

Août

Le Vésuve continuait à fumer. Un filet gris qui se perdait dans le bleu du ciel. Au sommet, une fine coulée de lave semblait refléter le soleil.

Angela allaitait Bernardo tout en jetant de temps en temps un regard par la fenêtre de la chambre à coucher. Il fallait faire passer le temps, une chose mauvaise qui coulait lentement, comme des gouttes de sueur.

Une charrette tirée par un âne passait sur la route. L'animal se traînait péniblement dans la chaleur de la fin d'après-midi, comme s'il tirait on ne savait quel poids.

La charrette était pourtant vide. Tout comme les journées d'Angela.

Pleines, mais de rien.

Il y avait les pleurs inexplicables et inconsolables de Peppino, qui la regardait et hurlait de souffrance. Il y avait la faim insatiable de Bernardo, qui l'avait déjà dévorée de l'intérieur pendant les neuf mois de la grossesse et qui, maintenant qu'il était là, semblait capable de sucer jusqu'à la dernière goutte de sa vie et au-delà. Il y avait la présence lancinante et troublante de Giuseppina qui la suivait comme une ombre, comme si elle n'avait rien d'important à vivre, sauf de penser à sa sœur.

Il y avait aussi les longs silences de sa mère qui ne lui accordait aucune attention pendant des jours entiers.

Quelle faute avait-elle donc commise ?

Tout ce qu'elle réussissait à imaginer, c'était que le ressentiment caché d'Elvira était dû à sa présence même dans les lieux, à sa jeunesse, à ses fils, au fait que, désormais, c'était elle la maîtresse de maison.

En outre, il y avait les besoins et les désirs d'Alfonzo. Au bout de trois ans de mariage, ils ne s'étaient pas encore apaisés.

Fortuna, qui comprenait tout sans avoir besoin de parler, lui avait dit qu'il lui fallait être patiente, que les hommes, tous les hommes, finissaient par se lasser de leur épouse pour tourner leurs attentions ailleurs.

Angela gardait espoir, mais plus le temps passait et plus Alfonzo la désirait, et toujours avec plus de frénésie et d'imagination.

— Je te laisse l'eau, Angiole, dit-il.

Elle l'avait oublié, s'était éloignée du monde pendant une minute, mais son mari était dans la chambre avec elle.

Elle ne se tourna pas pour le regarder, il lui suffisait de l'imaginer. Les yeux clos, les bras poilus sur le bord de la baignoire, un sourire béat et son cigare éteint entre les lèvres. Le grain de beauté noir sur le cou.

Fortuna et Maria avaient monté et descendu l'escalier depuis la cuisine pendant une heure pour apporter des seaux d'eau et de charbon, afin de remplir le baquet en zinc. Maintenant, Alfonzo était plongé dans l'eau savonneuse et profitait des dernières heures de l'après-midi.

— Plus que quelques minutes et je te la laisse. Elle est encore chaude.

— Je n’ai pas envie d’un bain.

Quand elle lui parlait, sa voix paraissait toujours plaintive. Cela l’agaçait. Elle ne montrait pas qui elle était vraiment.

— J’en ai pris un la semaine dernière.

— Je sais que tu es propre, rit Alfonzo. C’est pour te changer les idées, pas pour le corps. Et puis, je veux te voir dans l’eau, j’aime ça.

Il voulait l’engrosser une troisième fois, pensa Angela, et sans tarder, pour que le monde sache à quel point il était viril, libidineux et puissant.

Un homme, un vrai.

— Je suis en train d’allaiter, insista-t-elle à voix basse. Je me sens bien comme ça.

— Pendant combien de temps veux-tu allaiter ? rétorqua-t-il en riant, toujours plus gai. Toute la soirée ?

— Il a faim.

— Moi aussi.

Angela ne répondit pas.

Elle avait le sentiment de n’avoir plus jamais la paix, pas plus le jour que la nuit, à cause de ses fils et de son mari.

Alors qu’elle ne désirait qu’une chose : dormir.

— Ta mère s’est décidée, lança Alfonzo.

— À propos de l’orangerie ? demanda-t-elle, soudain inquiète.

— Pas seulement.

Alfonzo remua et fit déborder un peu d’eau du baquet sur les étoffes qu’on avait étalées pour protéger le parquet.

— Elle passe son temps à dépenser, dépenser et dépenser encore. De nouvelles tapisseries, des tapis, des tableaux. Et maintenant, elle veut une voiture particulière comme les Epifani.

— Une voiture ?

— Oui, mais la voiture, continua Alfonzo en remuant toujours l’eau, cela veut dire qu’il faut un cocher, un cheval, une écurie, un palefrenier et le foin, sans parler des soins.

— Pour quoi faire ?

— Rien, mais ce n'est pas une mauvaise idée. L'argent est fait pour être dépensé, pas pour rester caché.

C'était sûrement ce qu'il voulait lui, pensa Angela. Il voulait aussi montrer à tout le monde qu'il avait de l'argent, beaucoup d'argent, plus que son père.

— Tu vas l'acheter ?

— Ce sera aussi utile pour la manufacture. En revanche, pas question de faire de nouveaux travaux. C'est beaucoup trop, et la maison est déjà assez grande.

— Quoi ?

Angela sortit de sa torpeur.

— Que veut-elle faire avec notre maison ?

— Elle veut bâtir une nouvelle aile, expliqua son mari en secouant la tête. Hier, elle était en train de faire des plans dans l'orangerie avec Nicola.

— Qui ?

— Nicola Pallotta. C'est chez lui que j'achetais le bois. (Alfonzo se leva.) Il a gagné de l'argent et, à présent, il est entrepreneur en bâtiment au Vomero.

— Elle veut faire bâtir une autre maison à la place de l'orangerie ?

— Apparemment.

— C'est parce qu'elle veut un logement séparé de nous et de ses petits-fils, expliqua Angela à voix basse. Nous l'agaçons.

— Elle n'a pas tort. Peut-être l'année prochaine.

Alfonzo céderait aussi sur la nouvelle aile. Angela savait à quel point Elvira le tenait sous sa coupe. De plus, il était tellement doué pour gagner de l'argent, tout autant que pour le dépenser, pour se donner des airs de grand seigneur.

Elle, au contraire, aurait vécu de rien. Seulement d'amour, d'amitié, peut-être juste d'affection.

Or, elle avait perdu le soutien de Valérie qui était rentrée à Paris après la mort de sa mère. Il y avait des affaires à régler, des décisions à prendre. Les Blanchard étaient une famille riche et importante, et la jeune femme était restée trop longtemps loin de son foyer.

Angela n'aimait pas écrire mais elle avait envoyé trois lettres, l'une après l'autre, pour lui parler de sa vie, de son mariage, des enfants, d'Alfonzo, en veillant à ne pas se montrer trop malheureuse.

Valérie n'avait répondu qu'à la première.

Il fallait reconnaître qu'elle n'avait pas trop l'habitude d'écrire, et qu'elle n'aimait pas lire, à la différence d'Angela qui trouvait dans les livres un certain réconfort.

L'indifférence de son amie lui pesait énormément.

Elle avait imaginé qu'elle s'était fiancée avec un noble français, ou qu'elle avait trouvé une nouvelle amie à qui se confier à Paris. Quoi qu'il en fût, c'était comme si un rideau était tombé entre elles, fait de distance, de longues attentes vaines et de silence.

L'abandon de Valérie, au moment même où Bernardo naissait, avait été pour Angela la goutte d'eau qui avait fait déborder son vase de souffrance.

À présent, elle restait pratiquement toujours assise en silence près de la fenêtre de sa chambre à coucher ou dans le salon, sans rien faire, à part regarder le monde extérieur ou se faire dévorer par ses fils.

— Je ne vais pas bien, déclara-t-elle à voix haute.

— Bien sûr que tu vas bien. Tout passe, répondit Alfonzo. C'est ce qu'a dit Frascella.

Que peut-il en savoir ? pensa Angela.

— Il a dit que tu étais un peu hystérique.

Angela pencha la tête sur Bernardo qui continuait à téter le sein désormais vide.

— Non, insista-t-elle d'une voix très faible.

— Ce sont des affaires de femmes, a-t-il dit.

Alfonzo voulait se rassurer plus qu'il ne cherchait à réconforter son épouse.

— Il arrive que l'esprit féminin réagisse mal aux accouchements, mais tu te reprendras vite.

— Oui.

— Et un bain te fera du bien.

Angela entendit Alfonzo sortir du baquet.

Elle l'imagina debout, l'estomac proéminent, sa virilité prête, le cigare éteint toujours à la bouche.

Elle se tourna vers lui, mais sans intérêt particulier.

Il s'était emparé de la grande serviette en toile pliée sur la chaise prévue à côté du baquet et se l'enroulait autour du corps.

— C'est si agréable. Je me sens renaître.

Angela secoua la tête devant l'eau savonneuse mais grise.

— Cela fait du bien à l'âme, Angiole, dit son mari avant de crier : Fortuna ! Maria ! Venez prendre le bébé.

Bernardo se détacha du sein, hésitant entre l'envie de pleurer et celle de poursuivre son travail d'extraction, mais il ferma les yeux et s'endormit d'un coup.

Lorsque Fortuna pénétra dans la pièce, Alfonzo était allongé sur le lit matrimonial, couvert de la serviette de bain et du drap.

Il attendait.

La femme de chambre entra en baissant la tête, ne relevant les yeux qu'un instant pour les plonger dans ceux d'Angela. Celle-ci lui tendit sans mot dire Bernardo qui dormait. Fortuna le prit dans les bras et sortit en refermant la porte dans son dos.

— Ne laisse pas refroidir l'eau. Tu veux qu'on ajoute du charbon ?

— Inutile.

— Alors, hâte-toi, je t'attends.

Angela se leva et s'approcha du baquet. Elle plongea la main dans l'eau, elle était tiède.

La perspective de s'immerger là-dedans la dégoûtait, mais elle commença à se déshabiller lentement.

Alfonzo remua sur le lit, de plus en plus impatient.

Elle lui tourna le dos et mit un pied dans l'eau, mais elle sentait ses yeux fouiller son corps nu.

1873

Palummella, saute et vole
Jusqu'à ma belle...
Ne t'arrête pas en chemin,
Vole et saute jusque là-bas...
Avec tes ailes, salue-la
Fais-lui fête, fais-lui fête
Tourne, tourne autour d'elle...
Et dis-lui, nuit et jour,
Que je ne fais que soupirer, je ne fais que soupirer...

TEODORO COTTRAU, *PALUMMELLA* (NON TRADUIT),
PIEDIGROTTA, 1873.

Juin

Angela ouvrit la porte et c'est là qu'elle la découvrit. Giuseppina était pieds nus, debout sur le petit lit en fer, Peppino allongé sur le matelas, nu.

Elle était en train de chanter une chansonnette moderne tout en balançant au-dessus de l'enfant une grosse bague suspendue à une chaîne comme un pendule.

— « Palummella, saute et vole… »

— Que fais-tu ? hurla-t-elle.

Peppino se tourna vers sa mère pour la regarder de ses yeux vides et tranquilles.

— Rien, dit Giuseppina en récupérant la chaîne et la bague et en descendant du lit. Je chante pour lui faire sortir le mal du corps.

— De quel mal parles-tu ?

Angela était furieuse.

— Tu ne le vois pas ? (Giuseppina se pencha pour remettre ses chaussures.) Il ne va pas bien. Il ne parle jamais, il ne rit pas. C'est comme s'il n'entendait rien.

— Que racontes-tu ?

Angela s'approcha du lit pour emporter son fils, mais elle s'arrêta, incapable comme toujours de le prendre dans les bras.

— Peppino est comme ça. C'est son caractère, espèce de sorcière.

— Il y a caractère et caractère.

Giuseppina secoua la tête et ajouta :

— Il ne va pas bien.

— Et toi, tu sais faire partir le mal ? s'écria Angela. Toi ? Mais comment oses-tu ? Mon propre fils !

— Tu sais que je l'aime.

— Tu n'as qu'à avoir tes enfants à toi.

Angela se tourna vers Giuseppina et lui donna une claque magistrale.

— Celui-là est à moi !

Giuseppina tomba à terre en ouvrant la main et fit tomber la chaînette et la bague.

Angela se pencha pour les récupérer.

— Et ça, où l'as-tu prise ? Dans le coffret à bijoux de maman ?

Elle tenait la chevalière en or de son père avec l'emblème de la famille gravée sur le chaton.

— Une sorcière et une voleuse !

— Non, je ne suis pas une voleuse !

Giuseppina se leva en se tenant la joue.

— Je l'ai trouvée avec les vieilles affaires de papa. Je ne l'ai pas volée.

— Tu l'as prise dans le coffret. (Angela mourait d'envie de la frapper.) Je vais le dire à maman et tu verras ce qui va t'arriver, tu m'entends ?

— Je l'ai trouvée dans les vieux papiers de papa. Je ne suis pas une voleuse.

À présent, Giuseppina hurlait aussi fort que sa sœur.

— Voleuse et sorcière ! s'écria Angela en la poussant. Tu crois que tu peux exercer tes sorts sur mon fils ? Tu es folle.

— Je voulais lui retirer le mal. C'était une prière, pas de la magie.

La jeune fille paraissait au bord des larmes, comme d'habitude.

— Tu ne vas pas bien. C'est à toi qu'on devrait retirer le mal. Le mal que tu as dans la tête.

Giuseppina ne put réprimer davantage ses larmes, mais elle se rapprocha malgré tout de Peppino et se mit à le rhabiller avec sa chemise bleue et sa barboteuse blanche.

Angela la laissa faire. Elle se sentait soudain impuissante devant sa sœur qui, avec des gestes précis et délicats, s'occupait de son fils, tout en se mordant les lèvres pour cesser de pleurer.

Toutefois, quand elle le prit dans les bras pour l'emmener, Angela se secoua :

— Laisse-le marcher, cria-t-elle.

Giuseppina emmena le petit garçon au pas de course, toujours dans ses bras. La tête appuyée sur son épaule, Peppino fixa sa mère comme s'il s'agissait d'une inconnue.

Demeurée seule, Angela ferma les yeux.

Pas parce qu'elle était en colère, mais parce qu'elle était triste d'être devenue ainsi, toute de haine et de rancœur, de silences, de dépit, d'amertume éternelle. Incapable de s'en libérer et incapable de fuir.

C'était comme si elle vivait dans une immense prison, celle que sa vie était devenue.

Elle sortit de la chambre de Giuseppina et retourna dans la sienne où se trouvait son petit dernier. Elle aurait voulu l'appeler Antonio, en souvenir du père de son mari. Alfonzo avait haussé les épaules : il n'y tenait pas ; pire, il ne le *voulait* pas.

Sa mère avait alors proposé le nom de Luigi, celui de l'oncle mort à la guerre dont Angela n'avait aucun souvenir, mais qui devait avoir été un brave homme.

Gigi était avec Caterina, la vieille nourrice de la famille Morelli, qui avait élevé Angela et qui était revenue servir à temps plein depuis quelques mois.

Elle avait largement dépassé la trentaine, mais elle ne s'était jamais mariée. Elle sentait bon et elle était belle, blonde et potelée, toujours absorbée dans ses pensées, sereine et rassurante comme une plante dans le salon.

Angela vérifia que le nouveau-né allait bien avant de refermer la porte et de partir en quête de Bernardo.

Son cadet était à l'étage au-dessous, dans la cuisine avec Maria. Il était assis sur la table en marbre, les jambes pendantes, seulement vêtu de langes.

La servante lui faisait boire une tasse de lait à petites gorgées tout en lui chantant un air populaire.

— C'est sa première tasse, déclara Maria dès qu'elle vit sa maîtresse, de peur d'être grondée comme toujours.

La servante avait près de quarante ans mais, parfois, elle paraissait aussi naïve et timorée qu'une petite fille.

Angela ne lui répondit pas. Elle sortit dans l'orangerie où elle entendait sa mère parler avec quelqu'un. Elle voulait lui raconter ce que Giuseppina avait fait avec la chevalière.

À côté de la nouvelle écurie, dans la partie du jardin qui donnait sur la rue, il y avait une table en lattes de bois et quatre chaises. Sa mère, assise en bout de table, semblait heureuse pour une fois. En face d'elle, Alfonzo se donnait des airs et gesticulait pour attirer l'attention, comme il le faisait toujours, comme s'il n'y avait que lui.

À côté était assis Nicola Pallotta, l'entrepreneur qui leur vendait naguère du bois. Il avait laissé pousser sa barbe, ce qui lui donnait une allure plus imposante, et était vêtu d'une veste à rayures bleues. Son chapeau blanc était posé sur le dossier de la chaise.

Il est bien trop élégant, pensa Angela qui comprenait qu'il tenait à faire bonne figure devant les Morelli. C'était ridicule, mais cela lui faisait un peu de peine.

Depuis quelques années, son affaire avait prospéré grâce à la construction du nouveau quartier du Vomero, mais il était resté dévoué à la famille et, dès qu'il y avait des travaux à faire, on faisait appel à lui.

Angela prit place sur la chaise libre en face de Nicola. La citronnade était maintenant trop chaude et trop sucrée.

— C'est vrai cette histoire de tempête de poissons ? demandait Nicola. Don Alfonzo, vous l'avez vu de vos yeux ou n'est-ce qu'une rumeur ?

— Plus qu'une tempête, c'était comme une énorme vague de poissons morts qui s'est écrasée sur la chaussée, déclara son mari qui savait toujours tout.

Elvira agita son éventail.

— L'odeur était épouvantable mais, le soir même, on avait tout nettoyé. Je ne parle pas des charognards, mais des mouettes et des mendiants qui, pour une fois, se sont montrés utiles.

Elvira accompagna ses paroles d'un rire.

— C'est peut-être à cause du Vésuve, suggéra Nicola. Il y aura eu une nouvelle éruption.

— Je ne crois pas, dit Alfonzo. Le volcan s'est réveillé, mais nous avons résisté pendant vingt ans.

— Espérons que cela continue.

Ils gardèrent le silence. Angela but sa citronnade chaude. Personne ne lui avait encore adressé la parole.

Il était clair qu'ils avaient déjà abordé les sujets importants et qu'ils ne savaient pas comment conclure l'entretien.

— Bon, nous sommes d'accord, finit par dire Alfonzo, toujours pressé. Nous nous en tenons à ce que nous nous sommes dit, n'est-ce pas ?

— Comme tu veux, commenta Elvira en réprimant un sourire.

— Non, c'est comme vous voulez, vous, ma tante. C'est toujours comme ça.

Alfonzo se mit à rire en ajoutant :

— Quelle terrible belle-mère !

— Mme Elvira a toujours été une femme déterminée.

Nicola la regarda puis baissa les yeux rapidement.

— Plus que ça, commenta Alfonzo en faisant un geste du bras. Nous attendons donc de tes nouvelles, Nico.

— Parfait.

— Et toi, Angela ? s'enquit sa mère comme si elle daignait soudain l'impliquer. Tu es contente ?

Angela fit un signe d'assentiment de la tête.

Nicola Pallotta sourit. C'était un homme agréable. Il avait une allure et le visage ouverts.

Tout ça à cause de l'argent, pensa Angela.

— Voulez-vous que nous allions juger sur place ? proposa Nicola en direction d'Elvira. Nous verrons plus précisément comment relier les deux parties. Qu'en pensez-vous, madame ?

— Allons-y, dit Elvira en se levant. Tu nous accompagnes, Alfonzo ?

— Pour quoi faire, ma tante ? Je me repose entièrement sur vous.

Alfonzo tourna la tête vers l'entrepreneur.

— Mais il faut me faire le devis tout de suite, avec le calendrier des travaux et la liste des matériaux. Et je te rappelle que je n'accepte pas de dépassement et que je paie en plusieurs fois.

— Don Alfonzo, je ne risque pas de vous contrarier. Vous savez à quel point j'ai de l'affection pour la famille et la maison.

— Raison de plus pour nous satisfaire, insista Alfonzo.

— Eh bien plus que ça.

Elvira s'éloigna. Nicola salua d'un signe de tête et s'empressa de la rattraper.

Angela demeura seule avec son mari. Elle avait terminé son verre de citronnade.

— Tu as fini par céder.

— Qu'aurions-nous fait de ce terrain, Angiole ? Uniquement pour des citronniers ? La brique, c'est autre chose. C'est ce qui dure.

Alfonzo alluma un autre cigare.

— Notre maison est déjà bien grande.

— Avec tous les enfants qui viendront, tu la trouveras trop petite.

— Quels enfants, Alfonzo ?

Angela se renversa brusquement sur le dossier de la chaise.

— Je n'en peux déjà plus.

— Tu n'as qu'à te faire aider, dit Alfonzo en la fixant sévèrement malgré son sourire. Tu voudrais abandonner le meilleur ?

Ils demeurèrent sans parler pendant que les oiseaux faisaient entendre leurs gazouillis et que les charrettes passaient sur la route.

— Elle voudra y habiter, remarqua Angela. Dans la nouvelle maison.

— Et alors ? continua Alfonzo toujours en souriant. Cela nous laissera un peu d'intimité. Elle peut se montrer si envahissante.

Angela ne dit rien.

Fortuna vint débarrasser les verres et la carafe. Elle posa le tout sur un grand plateau noir orné de fleurs peintes.

— Aurez-vous besoin d'autre chose ? demanda-t-elle à Alfonzo. Angioletta, encore un peu de citronnade ?

La jeune femme secoua la tête et Alfonzo continua à fumer son cigare. Fortuna s'éloigna en hâte, la tête baissée, en marmottant quelque chose d'incompréhensible.

— D'ailleurs, les affaires se portent bien, Angela. À quoi servirait l'argent si on ne le dépense pas ?

Il souffla vers elle une bouffée de fumée.

— Nous le dépensons, nous gagnons davantage d'argent. C'est comme ça que ça marche.

— J'ai trouvé Giuseppina dans la chambre, qui jetait un sort à Peppino, dit soudain Angela. C'est une vraie sorcière.

— Ta sœur est juste un peu sotte.

— Elle n'est pas sotte. Elle est malade de la tête.

— Que pouvons-nous y faire ? Rien. Nous la gardons comme elle est. (Alfonzo haussa les épaules.) Personne n'en veut, pas même Lino, mon ami. Il dit qu'elle est trop silencieuse.

— Et le commis de la boutique de Giugliano ?

— Non, cet idiot a engrossé une paysanne. Il se marie dans une semaine.

— Je ne supporte plus sa présence. Elle est toujours dans mes jambes.

— Nous l'enverrons dans la nouvelle aile avec ta mère, dit Alfonzo en éclatant de rire. Nous verrons un peu si elle y sera plus utile que chez nous.

Angela glissa la main dans la poche de sa robe d'intérieur et retrouva la bague avec la longue chaînette. Elle observa discrètement le M orné. La chevalière était lourde, vieille et laide, comme un bijou de paysan.

Un vieux souvenir de son père.

Giuseppina avait dû la voler dans le coffret de sa mère qui ne s'en était pas aperçue. Peut-être pourrait-elle la conserver.

Non, parce qu'alors la culpabilité serait sienne.

Alfonzo se leva et se dirigea vers la nouvelle écurie. Il voulait voir comment se portait le cheval et surveiller le cocher qui buvait en cachette. Ensuite, il se ferait conduire pour un tour de la ville, juste pour se pavaner dans son carrosse.

Il ne demanda pas à sa femme de l'accompagner : il savait qu'elle refuserait. Elle n'aimait rien, elle ne voulait pas d'autre enfant, elle ne voulait pas des attentions de son mari, elle ne voulait pas entendre les pleurs de Gigi, les gémissements de Bernardo, ni voir les regards muets de Peppino. Tout ce qu'elle voulait, c'était être seule, avoir la paix, sans personne.

Surtout sans sa mère ni Giuseppina.

La seule qu'elle aurait aimé voir était Valérie. Celle-ci lui avait enfin écrit une de ses rares missives. Elle disait que Paris était trop froid et que Naples lui manquait, qu'elle reviendrait peut-être dans un peu de temps. Peut-être.

Angela n'attendait rien d'autre.

Elle serra la chevalière dans son poing et se leva. Elle était constamment épuisée, comme si elle portait sur ses épaules un énorme fardeau.

Elle traversa l'orangerie, qui deviendrait vite une extension de la maison, et rentra dans la cuisine. Maria et Bernardo avaient disparu, mais Fortuna était là. Elle donnait des instructions au cuisinier qui plumait un poulet dans une bassine en cuivre en feignant de l'écouter. C'était un homme de grande taille, avec un long nez et pas de cheveux. Ses mains couraient rapidement sur le corps du volatile.

À l'entrée de sa maîtresse, il lui lança un étrange regard, mais Angela ne s'en soucia pas. Elle traversa le couloir et retourna vers le vestibule avant de gravir l'escalier en marbre.

Elle ne s'arrêta pas au premier étage où elle aurait retrouvé Giuseppina, Maria, Caterina et ses fils. Elle continua jusqu'aux combles dans l'intention de rejoindre Elvira et l'entrepreneur.

Elle voulait rendre à sa mère la bague que Giuseppina avait volée, et tout lui raconter, pour qu'elle sache et qu'elle se mette en colère.

Elle ne l'appela pas. Elle grimpa la dernière volée de marches et se glissa dans le passage étroit. Ses mules en velours ne faisaient aucun bruit.

Ce fut alors qu'elle entendit les murmures.

Cela n'avait rien de commun avec la conversation d'une patronne et de son ouvrier. Cela ressemblait plutôt aux chuchotements de deux jeunes gens.

Un petit rire.

Un silence mystérieux.

Un nouveau rire étouffé.

Le cœur battant, elle continua à avancer sans bruit, sur les planches en bois de la galerie. Elle serra la bague plus fort, le poing enfoncé dans sa poche.

Elle s'arrêta brusquement.

La porte de la chambre de la pendue était entrouverte. Les chuchotements venaient de là.

— Qui pourrait te regarder comme moi, Elvira ?

— Je ne te crois pas.

— Tu es toujours dans mes pensées. Toujours.

— Tais-toi. Tu ne te soucies que de l'argent.

— J'ai tout l'argent qu'il me faut. C'est toi que je veux, Elvira.

— Je ne te crois pas.

— Tu me fais languir depuis des mois.

— Tu es marié.

— Il faut bien que j'aie une famille. Mais toi, c'est autre chose.

— Tais-toi donc !

Angela n'entendait plus rien. Elle jeta un regard dans l'entrebâillement de la porte.

Sa mère était serrée contre Nicola.

Ils s'embrassaient comme deux amants qui se connaissaient depuis toujours. Enlacés, ils se caressaient, agrippés l'un à l'autre pour ne pas se noyer.

La main sur la bouche, Angela fit un pas en arrière.

— Viendrais-tu vivre avec moi ? demanda sa mère. Dans la nouvelle maison ?

— J'ai une famille, Elvira.

— Je pourrais te rendre heureux.

Angela s'enfuit dans ses mules en velours, aussi silencieuse qu'en arrivant, mais incrédule et bouleversée.

Sa mère avait un amant et elle ne s'était rendu compte de rien. La vie des autres n'était que mensonges.

En revanche, Angela ne savait pas encore de quoi sa vie à elle serait faite.

1874

L'activité du Volcan devient plus intense dans le cratère nord-ouest, car il en sort fréquemment des boules de fumée accompagnées d'un certain sifflement et d'une odeur âcre d'acide chlorhydrique et sulfurique. Non loin de là, au départ de la grande fissure de 1872, apparaissent des émanations de chlorures. Le feu ne se manifeste pas encore au fond du cratère le plus actif, où il apparaîtra probablement, à moins qu'une éruption excentrée ne survienne avant que les résistances internes dudit cratère ne soient vaincues.

LUIGI PALMIERI, OBSERVATOIRE DU VÉSUVE,
JOURNAL DE NAPLES, 1874.

Juillet

Angela était heureuse.

Elle se sentait légère comme une plume, et ce en dépit de ses seins gonflés de lait qui se balançaient sur sa poitrine et de ses quatre kilogrammes supplémentaires après sa dernière grossesse, qui alourdissaient ses hanches et ses jambes.

Elle n'avait jamais été aussi ronde, ni aussi belle, pensait-elle. Et elle n'avait pas été aussi heureuse depuis longtemps, des années peut-être.

À l'ombre du chêne, au centre du parc de la Villa Nationale, allongée sur un drap blanc avec ses fils et les nourrices, elle regardait du côté de la Riviera avec une impatience croissante.

On avait apporté de la maison trois grands paniers de pain, de fromages, de pêches et de cerises, et deux bouteilles d'eau de boisson. Toutefois, personne n'avait encore rien touché.

Maria tentait de retenir Bernardo qui mourait d'envie de rouler sur l'herbe du pré et risquait de tacher son costume blanc aux broderies jaunes. Gigi faisait ses premiers pas sur le drap, tenu par Caterina qui n'avait d'yeux que pour lui, comme si elle le considérait comme une part d'elle-même. Quelle chance de l'avoir retrouvée, pensa Angela. Elle n'aurait pas pu s'en arranger sans elle.

Giuseppina, un peu plus loin, sur la route du bord de la Villa, montrait à Peppino la statue d'un garçonnet qui, de ses longs bras musclés, tenait ouverte la bouche d'un monstre marin, vaincu à ses pieds. Peppino écoutait sans parler, mais il se tournait de temps en temps vers la Riviera ou vers le petit groupe, à l'ombre de l'arbre. Comme s'il attendait.

Qu'attend-il ? se demanda Angela avant de chasser ses pensées et de tourner les yeux vers sa mère.

L'idée de passer la matinée à l'abri des arbres, caressés par la brise marine, était celle d'Elvira.

D'autant qu'elle ne supportait plus de rester dans la maison. La chaleur estivale, la poussière des travaux, le bruit des marteaux et les hurlements des ouvriers qui maniaient les pierres de taille ou les poutres en bois, étaient devenus pour elle une véritable torture.

Sa mère était appuyée contre le tronc, les pieds sur le drap, les genoux croisés sous sa robe à trois jupons de voiles superposés. Légère et coûteuse, en rose, blanc et saumon.

Personne ne savait vraiment son âge dont elle protégeait jalousement le secret. Il n'y avait qu'Angela qui, du jour où elle l'avait découvert, tenait discrètement le compte des années.

Quarante-six ans.

Une vieille femme.

Cependant, elle en paraissait bien moins. Peut-être parce qu'elle n'avait enfanté qu'une seule fois, sans même allaiter sa fille.

Angela soupira. Elle se conserverait aussi bien, même si elle ne se souciait guère de son apparence physique. La beauté était un don qu'elle n'avait pas réclamé et qu'elle n'aurait peut-être pas apprécié. Cela ne lui avait servi à rien et, pire, cela avait été une malédiction, une condamnation.

Sa mère n'avait que de discrètes pattes d'oie aux coins des yeux et une fine griffe sur le front, juste au-dessus du nez. Quand elle riait, les commissures de ses lèvres laissaient apparaître deux fines rides.

Angela observait les marques du visage d'Elvira avec un étrange plaisir.

Elle baissa les épaules et revint contempler la route. Elle était heureuse, c'est tout.

Et rien ne lui aurait fait changer d'humeur.

Devant elle, il y avait la mer qui bouillonnait de vagues et d'écume. Le remblai de la construction de la nouvelle route avançait lentement, du côté du Castel dell'Ovo jusqu'au bord de la Villa. Une seule partie était terminée, même si les maçons allaient et venaient depuis des mois, avec des charrettes de gravats et de rochers pour ériger une digue pour protéger la route. De grandes flaques de boue mêlée d'écume blanche recouvraient l'ancienne plage et la mer sur des centaines de mètres. On distinguait également le dessin d'un rond-point panoramique qui serait érigé au milieu de la rue, avec des statues, des monuments et des bancs.

Sur la petite langue de sable, le peu qui subsistait vers Mergellina, des garçons couraient en faisant tournoyer une branche sèche. Trois autres étaient dans l'eau, nus, et ils s'éclaboussaient.

Près de la rive, plusieurs familles du peuple s'étaient regroupées sous des grandes toiles grises tendues sur des piquets avec des cordages pour se protéger du soleil implacable. Ils passaient la matinée à respirer l'air saumâtre, les pieds dans l'eau, comme on recommandait de le faire pour garder la santé.

Dans la mer, il y avait même un homme chauve à moustache, en costume noir à rayures vertes, qui nageait la tête hors de l'eau, agile et gracieux. Un professeur de gymnastique ou peut-être un véritable sportif.

Deux fillettes, vêtues de robes de plage qui leur arrivaient à mi-mollet, flânaient en laissant le ressac lécher leurs chevilles. Plus loin, un vieil aristocrate guidait un grand cheval blanc qu'il tirait par le licol, les jambes nues plongées dans l'eau lui aussi.

Il faisait si chaud que toute la ville de Naples semblait s'être arrêtée ce matin-là pour respirer ou pour converger vers la côte pour y trouver un peu de réconfort, de Posillipo aux Ponti Rossi.

De l'autre côté, derrière Angela, il y avait la Riviera et ses habituelles allées et venues de fiacres et de charrettes.

Avec les années, il y avait de plus en plus de circulation vers Mergellina, où la cité s'étendait à grande allure et où on aplanissait de plus en plus de parcelles.

La maison rouge et orange de la famille avait atteint quasiment le double de sa taille avec la construction de la nouvelle aile à la place de l'ancienne orangerie. Pour l'heure, le nouvel édifice se réduisait à une ossature de pierres jaunes, dont les échafaudages en bois en faisaient tout le tour, et les innombrables ouvriers, qui tiraient les cordes, les seaux ou échangeaient des brouettes de sable ou de pierres.

Il faudrait encore de nombreux mois pour la terminer. Le mortier et le plâtre avaient besoin de reposer, comme le lui avait expliqué un vieux maçon. Les bâtiments devaient pousser lentement, comme les chrétiens, si on ne voulait pas qu'ils en ressortent tordus.

Angela examina la route puis tourna la tête vers Giuseppina qui tenait toujours Peppino par la main à côté de la statue.

— Les fiançailles sont rompues.

Elle se tourna vers la voix de sa mère et vit que celle-ci faisait un signe du menton en direction de Giuseppina, l'objet de sa remarque.

— C'est elle ? demanda Angela.

— Elle ? Mais non, c'est lui ! s'exclama Elvira en secouant la tête. Il dit qu'elle ne parle jamais et qu'elle est étrange. Il a envoyé une lettre.

Angela ne sut que dire. Elle était un peu déçue pour Giuseppina, mais sa colère était plus forte.

Au fond, c'était sa sœur la seule fautive. Elle n'avait jamais été normale. Son dernier prétendant possédait une échoppe au centre de Naples et un entrepôt de denrées alimentaires pour la vente en gros à la Marina. Il était laid, mince avec un long nez, une moustache et de petits yeux.

Il leur avait été présenté par des cousins d'Alfonzo et les fiançailles étaient officiellement prévues deux semaines plus tard, mais il avait disparu. À présent, il leur avait fait remettre une lettre par laquelle il se dégageait de tout engagement envers la famille Morelli.

— Est-elle déçue ?

Elvira haussa les épaules.

— Mais non, le mariage ne l'intéresse pas.

— Qu'est-ce qui l'intéresse ?

— Qu'en sais-je ?

Sa mère s'appuya davantage contre le tronc.

— Giuseppina est encore très jeune.

— Elle a du mauvais sang.

— Laisse-la tranquille, elle t'aime.

Angela ne se souciait guère du bien de Giuseppina. En revanche, elle aurait tout fait pour que sa mère choisisse son propre sang. C'était toujours la personne qui comptait le plus dans sa vie.

Déjà toute petite, elle avait considéré sa merveilleuse mère avec admiration et envie, cherché à retenir son attention, mais Elvira n'avait jamais eu le temps ni le besoin de lui parler. En grandissant, Angela avait compris que sa mère n'éprouvait pour elle ni affection ni élan. Peut-être se souvenait-elle de sa douloureuse mise au monde, des veilles, les devoirs pénibles, de la famille, et de toutes ces choses dénuées de passion romantique. En revanche, pour Angela, Elvira était la lumière, la voix, les idées, la fenêtre sur le monde et la source de toutes ses décisions, comme elle l'était encore en dépit de tout. Ou justement pour ces raisons.

Avec le mariage, le monde d'Angela s'était rétréci. Plus d'amies, plus de divertissements, sauf quand Valérie était en ville. Plus d'amour ni de rêve. Seulement la maison, la famille étouffante, les enfants qui lui volaient chaque instant de sa vie, et un mari qui lui prenait tout le reste.

Sa mère avait laissé faire, pour son bien, comme elle l'avait dit la dernière et unique fois où elles en avaient parlé. Sa mère, qui la trouvait stupide, ingrate, gâtée et plaintive, restait son modèle de femme forte, qui ne laissait personne la piétiner, qui commandait, décidait, choisissait. Qui vivait.

Ce qu'Angela n'était pas capable de faire.

Depuis qu'elle avait découvert la vie secrète d'Elvira, elle la regardait avec des yeux différents, une nouvelle curiosité qui parfois frôlait la fureur, d'autres fois l'admiration.

Peut-être que sa mère avait raison.

Elle était stupide.

Il valait mieux ne pas y penser.

Maria, assise les jambes écartées sur le drap mais couvertes par sa jupe, avait pris Bernardo dans les bras et le berçait pour l'endormir.

Caterina avait allongé Gigi à l'ombre, entre les paniers remplis de nourriture, et elle lui chantait une chansonnette dans son dialecte. Comme une amoureuse.

Cinzia, l'autre nourrice, se promenait plus loin, sous l'ombre des arbres, Antonio niché contre son cou. Le dernier-né avait déjà copieusement tété au sein d'Angela et il aurait dû s'endormir.

Mais il résistait toujours, de jour comme de nuit, et la nourrice était épuisée, anéantie, maigre comme un anchois.

Cela ne durerait pas. Il serait peut-être temps de trouver une autre nourrice.

Mieux valait ne pas y penser après tout.

Angela était heureuse et elle ne souhaitait pas affronter d'autres problèmes.

Elle tourna de nouveau son regard vers la route.

Pour la troisième fois, Fortuna les rejoignit. Elle portait un tapis, des coussins et une cruche.

Quelques pas en avant, plus rapide, marchait Alfonzo, élégamment vêtu comme s'il se rendait à un mariage, et aussi raide que d'habitude. Il ne venait que pour surveiller que tout se passait selon son bon vouloir, parce que c'était toujours ce qu'il faisait, parce qu'il aimait se sentir le seul mâle de la maison parmi toutes les femmes.

Ses femmes à lui.

Arrivé à l'ombre de l'arbre, il contempla avec orgueil Elvira, Angela, puis Caterina, Cinzia, Maria, même Giuseppina, et enfin ses quatre enfants mâles, sa tribu.

— Tout va bien ? lança-t-il avec son ton habituel de maître.

— Oui, monsieur, répondit Maria avec un sourire rayonnant. Nous sommes bien ici. Voulez-vous un peu de pain et de fromage ? Des cerises ?

Alfonzo ne l'écoutait déjà plus.

— Quel beau soleil ! dit-il à Angela qui gardait les yeux baissés et ne répondait rien.

— Je vais rester un peu, menaça-t-il, mais c'était uniquement pour se moquer. Aujourd'hui, j'ai envie de m'amuser.

Elvira le regarda en faisant une grimace qui montrait qu'elle n'y croyait pas.

Alfonzo éclata de rire.

— Mais je dois aller à Melito.

Le carrosse l'attendait sur la route, juste devant la Villa.

— Si les nouveaux magasins de Mugnano fonctionnent pratiquement tout seuls, ils ont toujours besoin d'un guide.

— Tu veux vérifier si les vendeurs nous volent, dit Elvira, mais il était clair que c'était juste pour parler. Et tu penses à la manufacture.

— Personne ne peut arrêter la manufacture, ma tante, ne vous inquiétez pas. C'est une mine d'or.

L'air résonnait des hurlements des garçons qui couraient sur la plage et de ceux qui nageaient dans l'eau, et puis il y avait le rythme régulier de la mer.

— Vous avez bien fait de venir ici, ajouta Alfonzo. À la maison, c'est un véritable saccage.

— Que le diable emporte les travaux et les ouvriers ! intervint Fortuna en tendant un coussin à Elvira. Ils font de la poussière partout.

— Un peu de patience, Fortu, fit Elvira en s'appuyant contre le tronc et en fermant les yeux.

— De la patience ! Il en faut, mais après, c'est moi qui devrai tout nettoyer.

— Tu préférerais que ce soit moi qui m'en charge ?

Fortuna ne répondit rien. Elle caressa Gigi qui s'était endormi et se tourna pour repartir.

— Nicola vous cherche, dit-elle tout en s'éloignant.

— Nicola ?

Elvira ouvrit les yeux.

— Il voulait vous demander quelque chose à propos du cabinet de bains de l'étage, s'il doit mettre la baignoire à droite ou à gauche de la fenêtre.

Fortuna haussa les épaules.

— Je ferais mieux d'y aller tout de suite, avant qu'il ne fasse des dégâts.

Elvira se leva et réajusta sa tenue.

— Vous devriez profiter d'un peu de calme, ma tante, dit Alfonzo.

— Non, maintenant que j'ai cette idée en tête, je ne vais pas réussir à penser à autre chose.

— Très bien.

Alfonzo regarda Angela, puis les autres femmes avant d'ajouter :

— À ce soir alors.

Angela lut dans ses yeux cette faim insatiable qu'il avait.

Ce soir. Cette nuit.

Son mari et sa mère s'éloignèrent ensemble. Il monta dans la voiture et elle traversa la rue pour retourner à la maison où il n'y avait plus que Rosaria et Nunzia, chargées de surveiller les ouvriers qui n'hésiteraient pas à les voler.

Et il y avait Nicola.

Angela secoua la tête pour chasser ses mauvaises pensées.

Pas aujourd'hui.

Elle se mordit la lèvre.

Ses enfants dormaient, tous sauf Peppino.

Caterina dormait aussi. Maria fixait le ciel et Cinzia était étendue sur le drap, éreintée. Fortuna s'était dirigée vers la plage et regardait la mer ; qui sait à quoi pensait la pauvre vieille ?

Angela tourna de nouveau les yeux vers la route.

Une silhouette s'approchait.

La voilà.

C'était elle.

Cela faisait trois ans qu'elle ne l'avait pas vue.

Elle lui avait annoncé la veille par courrier que son train arriverait à la gare à huit heures du matin. Angela lui avait fait porter un message chez elle pour l'informer qu'elle serait avec ses enfants à la Villa, en face de la plage.

Et maintenant, elle était là. Valérie.

Elle était encore plus belle qu'avant, la peau plus claire, les cheveux plus brillants. Elle ne semblait pas avoir vieilli d'un seul jour, toujours aussi élégante dans une tenue longue mais plus ajustée. À Paris, la mode était en train de changer.

Angela se leva d'un bond pour aller à sa rencontre.

Valérie s'arrêta à l'entrée du parc de la Villa et, en la voyant, écarta les bras.

Angela courut vers elle.

— Tu as grossi, dit Valérie après l'avoir embrassée. Mon Dieu, comme tu as grossi !

— De quoi ai-je l'air ?

— D'une femme ronde. Mais tu es toujours belle, même avec toute cette chair en plus. Je ne me souvenais pas de toi comme ça, insista-t-elle en regardant sa poitrine.

— Quatre enfants, dit Angela en accompagnant ses paroles de quatre doigts levés, un peu par fierté, mais aussi parce qu'elle était épuisée. Tu n'as pas idée de ce que c'est.

— On voit que tu es heureuse.

— Heureuse ?

Angela secoua la tête, des larmes plein les yeux.

— Uniquement aujourd'hui, parce que tu es là.

Valérie lui serra les mains.

— Nous avons tant de choses à nous raconter.

— T'es-tu fiancée à Paris ? demanda Angela avec un regard plein d'appréhension. Peut-être mariée ?

— Je ne suis pas comme toi. (Valérie la fixa droit dans les yeux en la serrant plus fort.) Non, je ne suis pas comme toi.

— C'est toi qui décides de ce que tu veux, je le sais.

Angela détourna les yeux vers la mer qui scintillait au loin.

— Aujourd'hui, tu es là, mais tu repartiras sous peu.

Valérie chercha le regard de son amie.

— J'ai l'intention de rester.

— Tu restes à Naples ? Angela agrippa ses mains. Tu cesseras d'aller et venir ? Pendant combien de temps ?

— Pendant tout le temps qu'il faudra.

Angela inclina la tête. Peut-être n'était-elle pas si idiote. Peut-être aujourd'hui était-elle vraiment heureuse.

1875

L'examen de la licence consiste :

Pour la mathématique : en une conférence portant sur le sujet du mémoire. En un examen oral, d'une durée d'au moins 1 h 30, sur les matières étudiées par la candidate durant le second cycle de deux ans. La commission peut, après la conférence mentionnée au n° 1, dispenser la candidate de l'examen oral.

Règlement Bonghi concernant l'accès des femmes à l'université et à leur droit à obtenir un diplôme, 1875.

Octobre

Le ciel se chargeait de nuages toujours plus lourds. Angela souffla sur la vitre, puis essaya d'y dessiner une spirale du bout du doigt.

Elle ne s'aperçut pas tout de suite que Peppino, qui était entré dans le vestibule, s'approchait d'elle en silence.

Quand elle le découvrit, elle poussa un soupir de frayeur. Il la prenait toujours au dépourvu, mais il ne lui parlait pas, jamais. Il la regardait et cela suffisait. Non, il ne la regardait pas. Angela s'aperçut qu'il fixait le mur dans son dos.

Un petit gecko gris s'était réfugié dans l'angle de la fenêtre. L'enfant s'approcha et l'attrapa d'un mouvement vif de la main. Il le montra à sa mère avant de sortir de sa poche une grande épingle à nourrice qu'il planta dans l'œil de l'animal en faisant ressortir la pointe de l'autre côté.

— Que fabriques-tu ? interrogea Angela horrifiée. Peppino ! Que fais-tu ?

L'enfant la regarda bouche bée. Il ne comprenait pas. Au bout d'un moment d'hésitation, il lui tendit l'épingle avec le corps du reptile suspendu par la tête.

Angela recula vers le mur.

— À l'aide ! hurla-t-elle sans pouvoir se retenir.

Giuseppina se précipita dans le vestibule.

— C'est encore Peppino ? (Elle s'approcha de l'enfant et lui retira délicatement de la main l'épingle et l'animal mort.) Allons à la cuisine te laver les mains, viens.

— A-t-il déjà fait ce genre de chose ?

Angela fixait son fils qui à son tour fixait le corps du lézard dans les mains de Giuseppina.

— Quand ?

— La semaine dernière, répondit sa sœur d'un air embarrassé, comme si c'était sa faute. Un lézard. Il aime aussi écraser les mouches sur les carreaux. Toute la journée, toute la sainte journée.

— Pourquoi ne m'as-tu rien dit ?

— Que voulais-tu que je te dise ?

— Comment ça ? Ce que *tu dois me dire*, c'est ce que mon fils fait !

— Pourquoi serait-ce à moi de te dire ce que fait ton fils ? Tu ne peux pas t'en rendre compte toute seule ? déclara Giuseppina en la foudroyant du regard. Ce n'est pas toi sa mère peut-être ?

— C'est à toi de m'en parler, parce qu'il est toujours collé à toi ! C'est ta faute aussi.

Angela écarta les bras comme pour prendre son enfant, mais elle n'eut pas le courage de le toucher.

— Tu es en train de le gâter, espèce de sorcière.

— Moi ?

— Avec toutes les pensées tordues que tu as dans la tête.

— Quelles pensées tordues, Angela ?

— Tu es maudite !

Elle sentait monter en elle une colère irrépressible.

— Je t'ai vue l'emmener en haut, dans la chambre de la pendue. Tu le fais tout le temps.

— Tu es idiote.

Giuseppina lui jetait un regard de défi mais elle parlait avec un calme effrayant :

— C'est toi sa mère et tu n'as d'yeux pour personne parce que tu es en train de devenir idiote, Angela. Idiote.

— Et toi, tu es folle.

— Ton fils ne va pas bien, poursuivit Giuseppina d'une voix tremblante de rage. Il a besoin d'affection et personne ne lui en donne.

— Tu es en train de faire en sorte qu'il te ressemble, répliqua Angela de plus en plus furieuse. Il ne doit pas tuer les animaux !

Giuseppina prit la main de Peppino et l'entraîna vers le couloir de service sans répondre.

Angela fut tentée de la suivre et de la frapper, mais elle ne pouvait pas bouger. Elle était saisie d'une telle colère qu'elle ne savait plus comment affronter la situation.

Elle avait peur de son propre enfant.

— Stupide et maudite, jura-t-elle à voix basse, mais sans bien savoir si elle parlait à sa sœur ou à elle-même.

Ces temps-ci, elle était toujours d'humeur noire. Elle avait encore grossi et se sentait lourde et toujours lasse.

Elle attendait son cinquième enfant. Ce serait peut-être une fille si on s'en tenait à la forme de son ventre et à sa nervosité constante. C'était ainsi que naissaient les filles, en causant des ennuis avant même de venir au monde, lui avait-on affirmé.

Même Maura, la vieille sage-femme qui l'avait aidée à naître elle aussi, avait posé l'oreille sur son ventre et écouté pendant un moment interminable avant d'annoncer sa prédiction.

Une fille.

Finalement, Angela n'espérait rien d'autre, mais elle n'allait pas pour autant lui donner le prénom de sa mère, Elvira. Si elle avait été libre de choisir, elle l'aurait baptisée Valeria, mais cela ne plairait certainement pas à son mari, qui ne voyait pas d'un bon œil la *Française*.

— Qu'elle retourne dans son pays ! disait-il toujours. Elle ne fait que semer la discorde !

Depuis le retour de Valérie, Angela était en effet devenue moins accommodante à tout propos, même avec lui.

Elle avait découvert qu'Alfonzo, tout en jouant les coqs du poulailler, se montrait plutôt docile. Il ne tenait pas à la mettre en colère. Peut-être était-il réellement amoureux.

Tant mieux pour lui.

Elle retourna faire le guet à la fenêtre, le cœur affolé dans sa poitrine. Elle effaça la spirale sur le verre et aperçut Valérie dans l'allée de l'entrée.

Enfin elle était là.

Angela ouvrit la porte avant que la cloche ne sonne.

— Partons tout de suite, dit-elle en sortant. Je ne les supporte plus, tous autant qu'ils sont.

— Où irais-tu dans cette tenue ? protesta Valérie en montrant la robe peu adaptée à une promenade. Qu'as-tu donc ?

— Allons voir la nouvelle maison.

Angela montrait le portail situé à moins de dix mètres de l'entrée.

— L'autre jour, tu étais curieuse de la voir.

Le battant était ouvert et, sur le seuil, il y avait deux charpentiers qui travaillaient. Les travaux avaient été interrompus pendant tout l'hiver précédent, mais, au printemps, ils avaient repris avec un nouvel élan et la maison de sa mère semblait presque terminée, même si les pièces étaient encore encombrées d'outils et de matériaux.

Les peintres étaient en train de terminer l'étage. On entendait leurs voix et l'un d'eux chantait.

Angela et Valérie avancèrent dans la poussière en relevant leurs jupes pour ne pas les salir. Elles examinèrent les nouveaux espaces, le salon, la salle à manger, le boudoir, le cabinet de travail et les pièces de service à l'arrière. Tout était encore gris et brut, comme une grotte taillée directement dans la pierre.

La nouvelle maison était la copie identique de l'ancienne, mais un peu plus petite et sans grenier. À la place s'étendait une vaste terrasse que sa mère avait réclamée afin de pouvoir admirer la mer et la rue d'en haut.

Les deux femmes n'y montèrent pas, l'odeur de la peinture fraîche faisait éternuer Valérie.

Elles traînèrent dans le nouveau salon en imaginant comment le meubler. Elles évoquèrent les réceptions et les soirées à venir, les invités. Soudain, elles se rendirent compte que les ouvriers s'étaient arrêtés sur le seuil, sans mot dire, et les observaient.

Avec un sourire un peu gêné, elles ressortirent de la maison.

Valérie pivota vers Angela et, en un mouvement fugace, elle posa ses lèvres dans le creux du cou de son amie, là où une veine battait.

Angela sentit la chaleur du baiser envahir tout son visage. Elle s'éloigna un peu en riant, comme pour chercher à masquer sa surprise et son trouble.

Elle leva le visage vers le ciel bas qui évoquait une couverture bouillonnante et regarda son amie.

— Il va pleuvoir. Nous ferions bien de rentrer.

— Il ne pleut pas encore, dit Valérie d'un air grave.

Un coup de tonnerre les fit toutes deux sursauter.

Aussitôt, la pluie se mit à tomber sur la Riviera comme si on déversait des seaux d'eaux par les fenêtres. En riant, elles se prirent par la main et coururent vers le portail. Le temps d'agiter la cloche, elles étaient trempées jusqu'aux os.

Du ciel tombait le déluge de l'Apocalypse.

Quand Maria vint enfin leur ouvrir, elles ressemblaient à deux pauvresses abandonnées qui sortaient d'un puits.

— Par la Madone ! s'écria la domestique.

Angela l'évita et, suivie par Valérie, se précipita vers le salon.

En automne, un bon feu brûlait toujours dans la cheminée en marbre, même dans la journée, et un dispositif de conduits diffusait sa chaleur dans les chambres à coucher de l'étage et dans le reste de la maison.

Elles retirèrent leurs vestes trop légères pour se retrouver en chemise. Angela aperçut son reflet dans le miroir du trumeau de la chemise, les cheveux mouillés et sa tenue trempée par la pluie qui lui collait au corps. À côté d'elle, Valérie riait toujours. Une mèche de cheveux était plaquée sur ses yeux. Angela lui passa le bras autour de la taille, toute trace de gêne évanouie.

Elles s'observèrent dans le miroir, enlacées, puis Valérie essuya une goutte de pluie sur le cou d'Angela. Le contact de ses doigts sur sa peau humide fit frissonner Angela. Elle se recula doucement et alla se jeter sur un grand fauteuil de velours qui flanquait la cheminée.

Valérie prit place sur l'autre fauteuil en continuant à lisser ses cheveux mouillés.

— Quel désastre.

— Heureusement que la commère vient demain.

— Pour moi, ce sera une *coiffeuse** commenta Valérie.

Puis, comme si elle venait de s'en souvenir, elle ajouta :

— Théo m'a écrit de Paris. Il veut savoir quand je reviens, mais je lui ai dit que je n'avais encore rien décidé.

— Théo, dit Angela dont le nom lui était désormais indifférent. Comment se porte-t-il ?

— Mieux que tout autre. Il est libre et il s'amuse. Il a complètement abandonné la peinture. Maintenant, il travaille dans l'entreprise minière de notre oncle. La semaine dernière, il a assisté à un opéra, *Carmen*. Il écrit que c'est magnifique.

Elle avait retrouvé son enthousiasme.

— Si nous allions l'écouter quand la troupe viendra à Naples ?

— Volontiers, dit Angela en faisant toutefois une grimace, mais ma mère voudra se joindre à nous.

— Moi, cela ne m'ennuie pas, au contraire.

— Eh bien, moi ça m'agace.

— Quand s'installera-t-elle dans la nouvelle maison ?

— Dans deux mois au plus.

— Prendra-t-elle Giuseppina avec elle ?

— Ma sœur refuse, dit Angela en soupirant. Pour ce que j'en pense, elle peut rester ici. Tant qu'elle s'occupe de mes enfants.

Elle se pencha en avant vers son amie et baissa la voix :

— Peppino fait encore pipi au lit. Il est étrange, méchant. Je ne sais pas comment cela se passera quand il devra aller à l'école. Aujourd'hui, il a tué un gecko en lui plantant une épingle à nourrice dans l'œil.

— Mon Dieu !

— Je crains qu'il ne devienne fou, comme Giuseppina.

— Elle n'est pas folle du tout. Elle est plutôt très intelligente mais seulement compliquée.

Valérie tordit ses cheveux pour les débarrasser des dernières gouttes d'eau.

— D'ailleurs, personne n'en veut.

— Elle est encore jeune. (Valérie posa la tête sur le dossier.) Et toi, que vas-tu faire ? Vas-tu t'installer dans la chambre de maître, celle avec les rideaux marron ?

— Par chance, ma mère veut emporter les rideaux. (Angela fit une grimace de dégoût.) Non, je ne veux pas m'y installer. Elle me rappelle mon père. C'est dans cette chambre que je suis née, cela me suffit.

— Les choses vont s'améliorer pour toi aussi.

— Quand ? Les enfants sont terribles.

Elle commença à compter sur ses doigts :

— Antonio pleure sans cesse, Bernardo veut toujours manger, Gigi ne dort jamais et Peppino tue des animaux. Heureusement que j'ai deux nourrices et deux femmes de ménage. Je ne sais pas comment je ferais sinon.

Elle s'étira dans le fauteuil et regarda le plafond. Son ventre commençait à la fatiguer.

— Fortuna veut rester avec moi. Le reste des domestiques se partageront entre les deux maisons. Elles sont reliées par les pièces de service.

— Tu seras un peu plus libre.

— Oui, mais libre de quoi faire ?

Elle s'installa plus confortablement dans le fauteuil et allongea les jambes.

— Celle qui sera libre, ce sera surtout ma mère.

Valérie lui lança un regard en baissant la voix.

— Tu les as surpris de nouveau ?

— Non, jamais. Ils sont malins.

Elle avait elle aussi parlé à voix basse.

— On ne les entend pas plus qu'on ne les voit.

— Mais ils le font quand même.

— Nous n'en parlons pas.

Le sujet irritait Angela, mais elle était aussi perplexe et troublée. Ce n'était pas correct.

— Il a une famille, deux enfants et une épouse plus jeune. Et cela ne lui suffirait pas ?

— Ils sont peut-être seulement amoureux ?

— Quelle sottise !

— Quoi ? D'être amoureuse à son âge ? Parce qu'elle est vieille ?

— Non, l'amour est une sottise, à n'importe quel âge.

— L'amour ?

— Bien sûr que oui.

— Angela, tu étais si romantique autrefois ! Tu n'y crois plus ?

— J'ai de l'expérience maintenant.

— Tu ne peux pas dire que tu as eu de l'expérience.

— Cela m'a suffi.

— Moi, je n'ai jamais vu ta mère si joyeuse. Au fond, elle aussi a le droit à un peu de bonheur. Et toi aussi, termina Valérie en se penchant en avant.

— Quelles idioties !

— Parce que le bonheur est une idiotie ? (Elle s'adossa au fauteuil.) Ne crois-tu donc plus en rien ?

— Je ne crois plus à l'amour et au bonheur, uniquement à ces deux choses.

— Que te reste-t-il ?

— Tu parles, tu parles, mais tu n'es pas encore mariée.

— Justement. Je ne m'en contenterais pas.

Valérie se leva et alla s'asseoir sur l'accoudoir du fauteuil d'Angela. Celle-ci regarda le plafond puis ferma les yeux.

Valérie se mit à lui caresser le bras.

— Tu as tellement souffert, tu ne le mérites pas.

— Qu'est-ce que je mérite ?

— Je suis là maintenant.

Elle lui caressa le front puis fit glisser ses mains dans son cou, sur ses épaules.

— Je suis là.

Elle continua à la caresser lentement, dessina la forme de ses seins gonflés. Du bout des doigts, elle chercha les pointes dans l'encolure du corsage.

Angela tressaillit. C'était une sensation qu'elle n'avait jamais éprouvée. Elle ouvrit les yeux.

— Que fais-tu ?

— Rien, murmura Valérie. Je t'aime.

— Moi aussi, répondit Angela.

Elle se leva, échappant aux caresses, mais tout son corps désirait que ces mains reviennent sur elle.

— Je ne peux pas, dit-elle en se dirigeant vers la porte. Pardonne-moi.

— C'est moi qui te demande pardon, répliqua Valérie.

Sur le seuil, Angela se retourna. Son cœur lui martelait la poitrine. Les pointes que Valérie avait effleurées vibraient comme si les doigts étaient encore là.

Son amie, toujours assise sur l'accoudoir du fauteuil, balançait une jambe et la fixait en enroulant une mèche de ses cheveux roux autour de son doigt.

Elle n'avait pas l'air fâchée ni embarrassée.

Elle avait l'air satisfaite.

1876

Le devoir des mères est d'éduquer l'esprit et le cœur des enfants au désintéressement, au sacrifice, à l'ordre, aux vertus austères, à l'humanité et à la patrie. La condition morale d'un peuple dépend en grande partie de l'éducation reçue au foyer, et c'est pourquoi l'instruction des femmes doit être considérée comme une question d'importance nationale. Instruire la femme, c'est instruire l'homme. Le caractère d'une nation s'élève par le progrès de l'éducation de la femme.

ITALO FIORENTINO, *L'ALMANACH DES ÉPOUSES*
(NON TRADUIT), MILAN, 1876.

Août

Il était neuf heures du soir, mais les gens continuaient d'arriver en voiture ou à pied. Les invités passaient saluer Angela avant de repartir sur les pavés de l'allée éclairée par des lampions jusqu'à la nouvelle maison.

Les deux battants de la porte étaient ouverts, les salons étaient illuminés par des lampes à pétrole, des bougies et des becs de gaz.

Devant l'entrée, Ernesto, le cocher, le palefrenier et ses frères montaient la garde pour veiller à ce qu'aucun intrus ne se faufile dans la maison. Une petite foule hétérogène de spectateurs, des gens du peuple, des voisins, des boutiquiers et des pauvres, s'était rassemblée sur la Riviera et observait les invités qu'Angela accueillait avec Alfonzo. Un spectacle qui les laissait bouche bée.

Les hôtes, élégants et l'air insouciants, étaient ensuite dirigés vers l'autre aile où les attendait sa mère et où ils dîneraient.

Elvira avait souhaité organiser cette réception de crémaillère pour célébrer plusieurs choses, pensa Angela. Pas seulement la maison, mais aussi la vie qu'elle s'apprêtait à passer entre ces murs.

Même elle avait aimé l'idée d'une fête. Après des années, il semblait y avoir quelque chose de beau et de nouveau à célébrer.

Toutefois, Angela ignorait si elle était vraiment heureuse. Elle en avait perdu l'habitude. Elle portait une toilette en soie blanche ornée d'une cascade de fleurs roses, à la taille étroite qui se terminait en pointe sur le devant, comme le voulait désormais la mode. Les plis, uniquement rassemblés dans le dos, formaient un drapé en forme de traîne.

Angela avait rapidement maigri après son dernier accouchement, et elle se sentait belle à nouveau. Ses cheveux noirs et brillants étaient coiffés en boucles souples qui lui encadraient le visage et descendaient vers ses seins épanouis. Son corps n'avait pas été affecté par tout ce qui s'était passé au fil des ans, comme s'il était indifférent aux sentiments, aux émotions et à la douleur. Comme une vache laitière, quand un enfant grandissait en elle, elle engraissait, ses seins devenaient plus lourds et sa silhouette plus sensuelle, puis elle mettait bas et elle maigrissait, retrouvant une ligne élégante.

Avant d'engraisser à nouveau.

Mais elle n'en restait pas moins belle.

Angela savait que, au-delà de son mari, de nombreux invités voulaient la voir, elle.

Les hommes !

Elle préférait en rire.

La majeure partie des invités venaient aussi voir la nouvelle maison. On avait murmuré qu'elle avait été décorée par un jeune architecte d'intérieur romain, élève de Michel Liénard, dans le style néo-Renaissance. Tous étaient venus par curiosité, que ce soit pour admirer, comprendre, copier peut-être ou critiquer.

Angela adressa un sourire à la comtesse Epifani qui, tout en agitant un éventail devant son visage, se dirigea vers l'autre maison.

On n'entendait plus le claquement des sabots sur la chaussée, on ne voyait plus de voitures. Peut-être que tous les invités étaient déjà arrivés.

Angela se tourna vers son mari. Il bavardait avec deux commerçants du quartier.

Elle leva les yeux vers l'escalier sombre et désert. Sans savoir pourquoi, elle fut saisie par une peur inexplicable.

Luciella. Le nom de sa fille surgit dans son esprit.

Elle s'empara des deux mains de la lampe à pétrole posée sur la console de l'entrée et grimpa en hâte jusqu'à l'étage.

Dans le couloir sombre, elle décela une odeur de fumée.

— Luciella ! hurla-t-elle en courant vers sa chambre à coucher. La porte était ouverte.

Dans la pénombre, elle vit que Giuseppina était en train de balayer un chiffon brûlé. Elle posa la lampe à terre et se précipita vers le berceau. Luciella, à peine âgée de cinq mois, était réveillée. Elle sourit dès qu'elle vit sa mère.

— Mon amour, babilla-t-elle en lui caressant la tête. Que s'est-il passé ?

Elle s'était tournée vers Giuseppina.

— Rien.

Sa sœur gardait la tête baissée en continuant à balayer les cendres.

— Comment ça, rien ?

Angela regarda autour d'elle. Entre les ombres, sous son lit, elle aperçut Peppino.

— Que s'est-il passé ? répéta-t-elle à voix plus haute.

— L'abat-jour de la bougie a pris feu, s'empressa de répondre Giuseppina. J'ai senti l'odeur et je me suis hâtée de venir l'éteindre. C'est tout.

— L'abat-jour de la commode de Luciella ?

Angela examina le berceau. Derrière se trouvait la commode sur laquelle on posait une chandelle pour laisser une veilleuse pour la nuit. À présent, elle était éteinte. Les traces de cendre provenaient de là.

— Au-dessus de la tête du bébé ?

— Il ne lui est rien arrivé, chuchota Giuseppina sans la regarder. Rien du tout.

La jeune fille était vêtue d'une robe marron, démodée, malgré la réception. Elle était beaucoup plus jeune qu'Angela et elle paraissait cependant trop vieille, trop maigre, trop menue, avec les cheveux toujours serrés en chignon, le visage blême, les yeux trop grands.

— C'était Peppino ?

Angela avait parlé tout bas en s'efforçant de maîtriser sa nervosité. Elle ne voulait pas se mettre en colère, pas ce soir.

Giuseppina ne répondit pas.

Angela tourna les yeux vers son fils, sous le lit.

— C'est toi qui as fait ça ?

Peppino se réfugia plus loin, dans l'obscurité, comme un animal dans sa tanière. Angela fut saisie d'une sensation soudaine de désespoir et de crainte, comme si tout espoir de salut avait disparu du monde.

Elle prit Luciella dans ses bras et sortit de la chambre en silence, presque en courant, en oubliant de reprendre la lampe.

Elle traversa la pénombre du couloir et descendit l'escalier.

À chaque marche, la fillette poussait un petit cri de plaisir. Sa mère éprouvait elle aussi une sensation de joie, mais c'était parce qu'elle sentait son enfant dans ses bras et qu'elle pouvait la regarder.

Elle l'embrassa avant de retourner dans le salon illuminé. Il n'y avait plus personne.

Seule Maria, revêtue de son uniforme des grands jours, en blanc et rouge, se tenait dans un coin de la pièce et attendait, les yeux lourds de fatigue.

— Tout le monde est allé là-bas, dit-elle en bâillant et en montrant l'autre maison. Don Alfonzo fait le discours d'inauguration.

Angela sortit du salon et se dirigea vers les pièces de service.

Elle pénétra dans la cuisine où le cuisinier, tout de blanc vêtu et la tête ceinte d'un bandeau pour retenir les gouttes de sueur, travaillait sur les innombrables timbales et pâtés en croûte de riz.

— Personne ne viendrait m'aider ! beugla-t-il en croyant que c'était Maria. Vous n'êtes que deux idiotes !

Nunzia et Rosaria, elles aussi en uniforme rouge et blanc, se tenaient dans un coin, incapables de faire quoi que ce soit en cuisine, terrorisées mais aussi offensées par les imprécations du cuisinier.

Lorsque celui-ci se rendit compte qu'il avait affaire à la maîtresse de maison, il baissa la tête mais continua à travailler. Tandis qu'elle traversait la pièce pleine d'odeurs, Angela sentit les yeux de l'homme qui la suivaient. Cela arrivait souvent.

Elle s'empressa de franchir l'espace qui la séparait de la nouvelle maison. Là aussi s'alignaient le long des murs des bouteilles de vin pétillant et de coupes, prêts à être servis aux invités.

Au bout du couloir, elle se retrouva dans le salon, toujours avec Luciella dans les bras. Elle avait hâte de montrer à quel point sa dernière-née était belle.

Les convives étaient rassemblés dans le grand salon. Au centre, Alfonzo se pavanait devant un grand cercle de personnes suspendues à ses lèvres. Il était presque élégant dans son habit noir, avec un gilet de soie grise et un col haut.

À côté de son mari se tenait Elvira, radieuse dans une robe scintillante qui semblait avoir été confectionnée pour une reine, dans les tons de rose et de violet, avec des perles piquetées sur toute l'étoffe. Ses cheveux étaient tirés en arrière pour revenir en bandeaux sur ses joues en masses rondes avant de descendre en cascade de mille bouclettes. Elle souriait comme sourirait une princesse devant sa cour.

Alfonzo parlait de la nouvelle maison, de la manufacture et des boutiques, du commerce intérieur et des exportations. Il déroula la liste des produits et des filières, des clients importants, mentionnant au passage les articles dans les journaux, les expositions auxquelles les Morelli avaient participé en Italie et à l'étranger, sans oublier d'insister sur la renommée de la Compagnie Morelli et de remercier pour leur soutien les présents et les amis qui avaient encouragé son travail honnête, tenace et, ajouta-t-il, modestement pour terminer, marqué par le génie de l'innovation.

Plus qu'une fête pour la maison, pensa Angela, c'était une cérémonie pour la consécration de ses affaires et de sa propre personne.

Tout le monde applaudit, mais on sentait qu'il était tard et que le discours avait été long. On était impatient de passer à table.

Les hôtes appartenaient aux familles les plus riches de Naples. Nobles possédant des villas à Posillipo ou à Chiaia, hommes d'affaires de la Haute Italie, grands commerçants de la province, deux ou trois hommes politiques, un journaliste et quelques intellectuels. Angela avait vu croître sa famille, depuis qu'elle était toute petite jusqu'à cet instant, dans une course inlassable et sans obstacle, et elle n'avait jamais prêté beaucoup d'attention à l'argent ou à la valeur des choses. Elle avait tout tenu pour acquis. À présent, avec la maturité, elle commençait à mieux comprendre et cela lui faisait un peu peur.

Elvira évita d'ajouter quelques mots après un si long discours et invita les serveurs à proposer à boire sur-le-champ. Elle prit ensuite le bras de son amie Elisabetta pour lui faire admirer le mobilier néo-Renaissance dessiné par le jeune architecte en vogue.

Angela observa les invités. Beaucoup lui souriaient avec une affection réelle, d'autant que certains la connaissaient depuis qu'elle était petite. D'autres étaient de nouveaux amis des Morelli. D'autres encore la scrutaient avec une attention un peu trop insistante.

Les hommes !

Nicola Pallotta, élégant mais mal à l'aise, restait dans son coin sans avoir le courage de s'avancer pour se mêler aux autres. Il avalait de temps en temps une gorgée de *spumante* que les serveurs passaient sur les plateaux.

Affalés sur le divan, immobiles comme des statues de pierre, Adelaide, Aldo et Ruggiero regardaient la foule sans une seule lueur d'intérêt dans les yeux. Angela les voyait rarement, à l'occasion d'un baptême ou de Noël, et ils lui paraissaient toujours plus tristes, plus silencieux, désormais réduits à trois momies. Après la mort de la tante Adele, survenue deux ans plus tôt, la santé de la tante Genoveffa avait fortement diminué, et elle était même incontinente. Elle ne participait plus à aucune réception ni à aucun repas.

Angela leur tourna le dos avec un léger sentiment de culpabilité. Les anciens représentaient le temps qui passait, le délabrement et la mort, et, à cet instant, elle se sentait plus vivante que jamais.

Elle alla d'un groupe à l'autre, Luciella dans les bras. L'enfant souriait à tous et tous voulaient lui faire une caresse, un compliment ou une petite grimace affectueuse.

— Comme elle est mignonne ! s'exclama un vieil homme à la longue barbe et au visage de squelette.

On lui avait dit que c'était un écrivain important de romans-feuilletons, mais elle n'avait guère le temps de lire et ne se souvenait pas de son nom.

Giuseppina elle aussi avait fini par rejoindre le salon pour la fête, et sa robe marron semblait triste et passée de mode comme toujours.

Angela l'examina de loin. Aucun autre prétendant ne se présenterait plus, ni ce soir ni jamais. On la considérait comme un peu trop étrange. Une sorcière qui interprétait les rêves des servantes. Il ne lui manquait plus que de lire dans le marc de café !

C'était tant de gagné, avait déclaré sa mère qui se concentrait toujours sur l'essentiel. Le patrimoine familial demeurerait entre les mains d'Angela et de ses enfants.

Elvira s'approchait justement avec la comtesse Epifani. Elle voulait lui montrer l'enfant.

— Me ressemble-t-elle ?

— Elle est aussi belle que toi, Elvira.

La comtesse regarda Angela d'un air complice. La carnation du bébé était celle de sa mère, mais Angela pensait qu'elle lui ressemblait davantage. Elle remercia la femme d'un sourire, puis feignit de ne pas voir les bras tendus d'Elvira et s'éloigna avec sa fille.

Luciella était devenue une sorte de poupée que tout le monde dans la maisonnée voulait cajoler, y compris ses frères. Presque tout le monde.

Enfin, on commença à servir le souper.

D'abord le premier pâté en croûte de riz, puis le second, suivis par la timbale de pâtes et par les boulettes frites, puis par les boulettes en sauce, les plats de légumes et les salades.

Les convives se jetèrent sur les mets comme une horde de mendiants affamés.

Entre la fumée des cigares et des pipes, Angela continua à aller et venir avec Luciella dans les bras qui, peu à peu, fermait les paupières tant elle avait sommeil.

— Angela, dit la voix d'Alfonzo au moment où son mari lui posa la main sur le bras. Je voudrais te présenter quelqu'un.

Elle se tourna avec un sourire formel gravé sur ses lèvres.

Près de son mari se trouvait un homme distingué, entre trente et quarante ans, aux traits fermes sur un visage glabre, sans barbe ni favoris. Il portait une chemise à jabot et une redingote impeccable.

L'homme lui fit un baisemain irréprochable et Alfonzo se mit à rire aux éclats en se frappant la cuisse de la main.

— Est-il possible que tu ne le reconnaisses pas ? C'est Salvatore ! Notre Salvatore de retour d'Amérique où il a fait fortune.

Angela le reconnut alors et lui sourit. Puis elle tourna la tête et croisa le regard de sa mère, figée au milieu du salon.

Elvira, qui tenait encore la comtesse Epifani par le bras, était en train de les observer d'un air hébété, pâle comme une statue.

Alfonzo continuait à parler avec force effets de manche, racontant les aventures de Salvatore Troise qui était devenu en moins de dix ans un homme d'affaires important qui exportait des produits de Naples jusqu'à New York.

Luciella commençait à geindre et Angela s'excusa.

Son mari reprit le bras de Salvatore et continua à l'exhiber parmi les hôtes.

Angela vit que sa mère s'était retirée au fond de la pièce. Elle chercha Caterina des yeux, l'appela et lui tendit sa fille. C'était la seule à qui elle se fiait.

— Va dans ma chambre et reste avec elle. Ne bouge pas de là avant que je vienne.

La nourrice s'éloigna avec Luciella, qui somnolait dans ses bras.

Angela promena de nouveau le regard dans la pièce pour trouver Elvira qui semblait s'être mystérieusement évanouie. Elle n'arrivait pas à oublier son visage blême, ses yeux comme deux trous noirs, l'air d'avoir vu un fantôme.

Elle se fraya un chemin entre les gens qui remplissaient le salon et la salle à manger. Elle n'avait pas faim.

Le petit cabinet de travail de sa mère n'était éclairé que par une seule lampe à pétrole.

Il n'y avait personne. Elle y entra et referma la porte dans son dos.

Le silence. Enfin.

Les fenêtres étaient garnies de magnifiques rideaux à motifs géométriques élégants. On avait l'impression d'être devant les colonnes d'un temple grec. De l'ourlet dépassaient des souliers. Elle s'approcha sans bruit et tira le rideau vers la gauche d'un seul geste rapide.

Derrière, elle découvrit Valérie, les bras levés, comme une ballerine surprise pendant un pas de danse.

— Bouh ! cria-t-elle. Je savais bien que tu viendrais te cacher ici.

— Je crois que nous ne nous connaissons que trop bien.

— Sais-tu ce qui m'est revenu à l'esprit aujourd'hui ?

— Non, quoi ?

— Quand tu passais sur le balcon et que nous nous saluions de loin. Tu t'en souviens ?

— J'étais amoureuse de Théo.

— Non, tu étais amoureuse de moi, dit Valérie avec un regard sérieux, mais tu ne le savais pas.

Angela ne dit mot.

Valérie approcha son visage du sien et l'embrassa. Leurs mains glissèrent sur leurs corps et Angela fut secouée de frissons tandis qu'elle lui rendait son baiser. Elle n'était pas encore habituée à cette sensation de plaisir mêlée de crainte et de culpabilité.

Depuis l'automne précédent, une sensualité croissante était née entre elles. Valérie avait su attendre avant de la toucher encore, et d'attendre encore. Et encore. Et Angela s'était surprise à espérer ses caresses, jusqu'à ce que l'attente devienne intolérable.

Désormais, elles étaient amantes depuis plus de trois mois, et Angela ne vivait plus que pour ces moments qu'elles partageaient.

À part Luciella, personne d'autre ne comptait vraiment pour elle. Bien que cet amour fût à la fois singulier et immoral, elle ne pouvait plus s'en passer.

Elle perçut un bruit dans son dos et se retourna, le visage rouge et les mèches de cheveux échappées de sa coiffure.

La porte du cabinet de travail bâillait, mais la personne qui l'avait ouverte avait disparu.

Octobre

Angela le savait.

Sa mère manigançait quelque chose.

En dépit de toutes les raisons qu'elle avait d'être heureuse, une maison neuve, un carrosse et tout ce qu'elle pouvait désirer, elle semblait ratatinée comme un fruit sans sa pulpe.

Elle frappa à la porte de la chambre à coucher de sa mère, une débauche de soieries et de dentelles dont Elvira était fière, qu'elle avait choisies, commandées et achetées.

Elle entrouvrit la porte. La pièce était plongée dans la pénombre, bien qu'il fût midi et que, dehors, il fasse encore chaud.

— Laisse-moi tranquille, entendit-elle.

— Maman.

Elle entra quand même. Sa mère était allongée sur le lit, les yeux levés vers le plafond.

— Va-t'en.

— Le dîner pour Salvatore, lui rappela-t-elle. Je fais préparer des linguines ?

Elvira se tourna vers le mur, sans répondre. Dans la semi-obscurité, Angela ne réussit pas à distinguer son expression.

— Tu ne te sens pas bien ? s'enquit-elle depuis le seuil de la chambre. Es-tu souffrante ? Tu n'es jamais malade.

— Pourtant, je le suis en ce moment.

La voix ne ressemblait plus à celle de sa mère. Angela s'inquiétait. Cela ne pouvait être grave, ce n'était pas le genre d'Elvira. Rien ne l'abattait jamais.

— Et le dîner ?

Elle avait parlé d'une voix un peu implorante.

Un mouvement depuis le lit. Sa mère ne se tourna pas et agita seulement le bras pour la repousser.

— Va-t'en, je ne descendrai pas. Présente mes excuses à nos hôtes.

— Tu en es sûre ?

— File ! Je veux rester seule.

Il y avait une pointe de supplication dans sa voix, et Angela capitula.

Que lui arrive-t-il ? se demanda-t-elle.

Elle s'était peut-être querellée avec Nicola, ou elle s'était regardée dans le miroir et s'était trouvée vieille, ou bien elle avait vraiment eu un malaise. Quoi qu'il en soit, cela avait sûrement, comme toujours, un lien avec elle, son corps, sa beauté, ses amours, jamais parce qu'elle se préoccupait d'autrui.

Angela garda un instant la main sur la poignée, indécise, puis elle secoua la tête, referma la porte et descendit l'escalier en repartant vers l'habitation principale.

Dans la cuisine, elle tomba sur Giuseppina qui parlait avec le cuisinier. Sur le fourneau chauffaient trois cocottes, et tout semblait en ordre. Une casserole de pommes de terre, d'oignons et de poivrons était déjà prête sur la table, à côté d'une grosse boule de pâte déjà pétrie.

— Comment va-t-elle ? demanda sa sœur d'un air inquiet. Elle ne me laisse pas entrer.

— Elle est fatiguée et elle m'a dit qu'elle ne voulait pas te voir, répondit Angela. Elle descendra quand elle en aura envie.

— Mais le dîner de M. Salvatore est prévu ce soir !

Giuseppina écarta les bras comme s'il s'agissait d'un événement capital. Sa vie était liée inextricablement à celle de la maison.

— Et alors ?

— Ce serait impoli si maman n'y assistait pas.

Alfonzo tenait à resserrer les liens avec Salvatore parce que, comme il le lui avait expliqué un soir, il y avait là une occasion pour que les Morelli développent leurs activités en Amérique, où Troise retournerait pour conclure d'autres affaires. Au cours de ce dîner d'adieu, Alfonzo espérait poser les bases d'entreprises communes. Les rêves de son mari s'envolaient, malgré le fait que Salvatore s'occupe seulement de produits alimentaires en gros.

Angela avait vu Maria et Fortuna débattre du service qu'il fallait choisir pour la table pour opter pour finir pour celui qui était orné de petites fleurs roses en porcelaine, comme s'il s'agissait de recevoir un véritable aristocrate.

— Je ne crois pas qu'elle descendra. Elle dit qu'elle ne se sent pas bien, expliqua Angela.

— C'est peut-être faux.

— Je crois qu'elle ne veut pas voir Salvatore, murmura Giuseppina en passant au cuisinier le service en argent qu'elle avait pris dans le placard fermé à clé.

— Pourquoi ?

— Je l'ignore, peut-être le considère-t-elle encore comme autrefois.

— Le commis de la cuisine, dit Angela avec une pointe de méchanceté.

Le cuisinier, qui s'était penché pour prendre dans le bas du placard une conserve de tomates, se retourna vers elle.

Angela sentit sur elle son regard humble et vif à la fois, et aussi sarcastique. Elle se détourna.

— Non, cela n'a aucun rapport avec Salvatore, répondit-elle sans conviction.

Giuseppina, depuis le seuil de la cuisine, lui jeta un regard entendu.

— Cela en aura un si elle ne vient pas.

— Oui, c'est ce que je pense aussi.

Sa sœur haussa les épaules. Elle paraissait toujours en savoir davantage que ce qu'elle disait.

Angela ne la supportait plus.

1877

Les trente beautés de la femme :
Trois choses blanches : la peau, les dents, les mains. Trois choses noires : les yeux, les cils, les sourcils. Trois roses : les lèvres, les joues, les ongles. Trois longues : les cheveux, le torse, les doigts. Trois courtes : les dents, les oreilles, les pieds. Trois délicates : la bouche, la taille, le poignet. Trois larges : les hanches, les seins, l'espace entre les deux mamelles. Trois charnues : les bras, les cuisses et les mollets. Trois moyennes : la poitrine, le nez, la tête. Trois fines : les doigts, les poings, les chevilles.

ITALO FIORENTINO, *L'ALMANACH DES ÉPOUSES* (NON TRADUIT), MILAN, 1877.

Octobre

La côte de Posillipo se déroulait lentement devant ses yeux, offrant toute sa beauté de rochers et de criques. Les colonnes de pierre et la rocaille émergeaient de l'eau pour grimper vers le relief où poussaient de l'herbe, des buissons, des arbres et des maisons.

Les villas se succédaient dans toutes les couleurs, rouge, rose, blanc ou jaune, avec des patios, des terrasses, des portiques, chacune dotée de sa petite jetée, avec des intervalles d'anses, de rochers encore et de plages.

Mais on n'y voyait âme qui vive. Les maisons paraissaient abandonnées.

Le ciel gris laissait de temps en temps tomber quelques gouttes de pluie, accompagnées d'une brise plus fraîche et d'embruns.

Angela se laissa bercer dans la barque bleue et blanche, au milieu de la mer, heureuse. Elle était aussi vêtue de bleu et de blanc, comme un mousse de la marine royale.

Elle était seule.

À un moment, elle crut distinguer quelque chose dans l'eau et se leva, tout en veillant à tendre les bras pour ne pas perdre l'équilibre et tomber. Une fois qu'elle se sentit plus stable, elle s'appuya sur le bord de l'embarcation et examina la mer bleu indigo, agitée et remplie de mystère.

Ce fut là qu'elle vit les corps.

Ils flottaient à la surface de l'eau. Des enfants. Quatre, peut-être cinq.

Elle se cramponna au bois de la coque.

Ils avaient tous la tête en bas. L'un d'eux frôlait le bateau. Angela s'empara d'une rame et s'en servit pour tirer le corps vers elle, puis elle tendit la main pour lui attraper la tête.

Elle le tira par les cheveux pour le remonter vers elle. Ce ne fut à ce stade qu'elle regarda son visage. C'était Peppino.

Peppino.

Elle le laissa retomber dans l'eau et se dirigea vers un autre corps à la rame.

Bernardo.

Puis Gigi.

Antonio.

Tous morts noyés, ses enfants.

Mes fils, pensa-t-elle.

Mais elle n'était pas choquée, ni surprise ou triste.

Elle continua à manier la rame dans l'eau à la recherche de Luciella qui ne se trouvait nulle part. Elle se rendit alors compte d'une autre présence, plus bas dans l'eau. Un grand animal marin qui évoluait sous la barque, glissant en avant et en arrière, comme s'il attendait qu'elle tombe à son tour dans la mer et se noie.

Au début, elle crut que c'était un gros poisson, une baleine ou un squale, mais il lui sembla déceler des tentacules par dizaines.

Ce n'étaient pas des tentacules.

C'étaient des cheveux. Elle pensa à Méduse ou à un monstre mythologique qu'elle ne connaissait pas.

Elle se mit à hurler, pas de peur, seulement pour le faire sortir de l'eau et le regarder en face.

— Qui es-tu ? cria-t-elle. Qui es-tu ?

L'animal sortit la tête de l'eau. C'était sa mère.

Non, c'était Valérie.

Non, c'était sa fille, Luciella, désormais adulte, vieille.

Puis, elle reconnut le monstre marin : c'était elle.

Angela.

Elle reprit la rame pour le frapper au front jusqu'à ce que la tête se brise comme un œuf, éclaboussant tout de sang et teintant la mer en rouge.

Autour de la barque était apparue une marée rouge foncé qui se déployait dans toutes les directions, jusqu'à la plage qu'elle baigna de sang, jusqu'aux galets, aux jetées, aux villas de toutes les couleurs, les patios, les terrasses, les portiques.

À présent, toute la ville se reflétait dans une mer de sang, sombre et épais, comme celui des cochons qu'on tuait pour les Pâques.

Naples baignait dans le sang de ses enfants.

Angela avait le visage humide, peut-être de larmes.

Ou bien il pleuvait.

Alors, elle se réveilla.

Elle s'assit au milieu du lit et regarda par la fenêtre que Fortuna avait ouverte pour laisser entrer la lumière du jour.

Le ciel était gris et les carreaux rayés de pluie.

Alfonzo était déjà parti.

Angela inspira profondément et se laissa retomber sur le matelas, heureuse d'être seule et de s'être réveillée de ce cauchemar absurde. Malgré tout, il avait été d'une telle véracité, d'une telle puissance !

Peut-être avait-il un sens caché ?

Elle sortit du lit et se dirigea vers la table de toilette située dans un coin, derrière un paravent. Elle souleva sa chemise de nuit blanche et urina dans le vase de nuit déjà plein. Elle se lava le visage avec l'eau de la cuvette, en rajouta avec le broc, se rinça les paupières, le cou, le front.

Elle descendit au rez-de-chaussée sans bruit ; il était encore tôt et ses enfants dormaient.

En revanche, Giuseppina était déjà là, simplement vêtue de sa chemise blanche trop grande malgré le froid. Elle prenait son déjeuner sur la table en marbre en lisant une revue pour dames. Autour d'elle, les domestiques se lançaient dans les préparatifs de la journée.

— L'école élémentaire est devenue obligatoire dans tout le royaume, murmura-t-elle en lisant laborieusement l'article. Il était temps.

Personne ne lui répondit.

Fortuna était en train de pétrir de la pâte. Elle aimait confectionner des douceurs, même si personne ne les mangeait. Elle ne releva pas la tête de son ouvrage.

— Après avoir permis à nous les femmes d'aller à l'université, c'est une bonne nouvelle, n'est-ce pas ? insista Giuseppina tandis qu'Angela allait prendre une tasse.

Maria vidait l'eau de la citerne dans le seau qu'elle porterait en haut pour remplir les brocs et les cuvettes, afin que tout le monde puisse se laver, et elle fit semblant de n'avoir rien entendu.

Rosaria avait trouvé une nouvelle souris dans le vaisselier, entre les verres et les assiettes, et elle tentait de la faire sortir alors que Nunzia se tenait prête, balai en main, pour l'abattre d'un bon coup. Personne ne paraissait intéressé par l'instruction, pensa Angela, pas plus obligatoire que volontaire.

— J'ai fait un rêve, dit-elle sans s'asseoir.

Giuseppina croisa son regard et reprit une gorgée de lait avant de baisser les yeux sur sa revue. Les années passaient aussi pour elle, mais cela ne se voyait presque pas.

Angela avait changé mille fois depuis qu'elle s'était mariée et qu'elle avait commencé à fabriquer des enfants, mais Giuseppina ne changeait pas. Elle était juste un peu moins laide. À peine.

Angela jeta un regard au titre de la revue : *L'Almanach des épouses*. Comme si cela pouvait lui servir un jour !

— Rêvé de quoi ?

— J'étais au beau milieu de la mer et ils étaient tous morts.

— Qui ?

Angela ne répondit pas. Elle versa du lait dans sa tasse et se mit à boire, debout, les yeux fermés. Elle ne s'asseyait plus à la table de la cuisine depuis des années.

— Rêver des morts porte-bonheur, déclara-t-elle un peu après, comme si elle se répondait à elle-même.

— Qui était mort ? redemanda Giuseppina.

— Tous. Tous mes enfants.

— Alors, tu pleurais ?

Angela fouilla sa mémoire.

— Non.

— Tu hurlais ?

— Non, parce qu'il y avait un gros poisson sous la barque et je voulais le voir.

— Et tu l'as vu ?

— Oui, je l'ai vu. C'était moi.

Giuseppina continua à siroter son lait. Elle trempa ensuite une grosse tranche de pain noir dedans pour le ramollir et se mit à manger en levant les sourcils.

— Alors ? demanda Angela.

Giuseppina détourna le regard et haussa les épaules. Elle saisit le grand couteau à pain et se mit à jouer avec.

— Qu'est-ce que j'en sais moi ?

Angela pensait au contraire que sa sœur savait exactement ce que cela signifiait mais qu'elle ne voulait rien dire.

Toujours aussi méchante. Une sorcière.

Décembre

Angela était en train de patienter au salon en jouant distraitement avec les broderies de son corsage. Toutes ses journées tournaient autour de ce moment, et elle n'en pouvait plus d'attendre.

— De quoi me plaindrais-je ? se demanda-t-elle pour la énième fois.

Sa vie s'était tellement améliorée en quelques années, qui savait ce qui se passerait ensuite ? Certes, Alfonzo demeurait le maître absolu, dans la maison, dans ses entreprises, au lit.

Certes, les enfants étaient bruyants, agités et ils lui aspiraient tout son temps.

Certes, sa mère la traitait comme un meuble, seulement plus encombrant et plus ennuyeux.

Certes, Giuseppina était toujours dans ses jambes, avec ses yeux accusateurs, et cependant, les domestiques n'écoutaient qu'elle, les enfants lui obéissaient, et Angela ne pouvait jeter ses vêtements ou une écharpe sans les retrouver, quelques jours plus tard, ajustés à sa taille, sur elle. La voleuse.

Certes, elle continuait à faire de temps en temps le même rêve, toujours différent mais au fond toujours le même.

Certes, sa vie pouvait paraître immobile et inutile.

Tout ça était vrai.

Par bonheur, elle avait Valérie.

— Valérie, murmura-t-elle, comme si cela pouvait la faire apparaître devant elle.

Au même moment, la cloche de la porte retentit. La voilà, toujours en retard. Enfin.

Angela courut ouvrir avant que quelqu'un d'autre s'en mêle.

Valérie entra, toute de bleu et de blanc vêtue. C'était la vision la plus belle du monde. Cela la récompensait des si longues attentes. Toujours et pour toujours.

La fin de l'après-midi était devenue le meilleur moment pour la retrouver, parce qu'Alfonzo n'était pas encore rentré de ses mystérieuses affaires et qu'Elvira s'était déjà retirée dans l'autre aile de la grande maison.

Angela fit entrer son amie dans le salon et, le doigt sur les lèvres, lui intima d'attendre en silence. Elle alla dans la cuisine s'assurer que Caterina resterait avec Luciella comme elle le lui avait ordonné et que les autres servantes surveilleraient ses fils.

Le cuisinier était assis à côté de la table et fumait, plongé dans ses pensées.

Fortuna, assise sur un tabouret à côté du feu, était penchée sur sa couture et ne se retourna même pas.

Angela s'empressa de rejoindre Valérie qui l'attendait, debout, impatiente, près de la fenêtre.

— Je vais te montrer cette nouvelle étoffe anglaise, dit-elle à voix haute.

Cela faisait quelque temps qu'elle avait l'impression d'être observée, épiée, même s'il n'y avait personne d'autre dans la pièce.

— Elle est dans ma chambre.

— Allons-y, je meurs d'envie de la voir, répondit Valérie en lui jetant un regard complice. Je suis impatiente de la toucher.

Angela, en souriant, prit le chemin de l'escalier.

Dans le vestibule silencieux, elle se tourna pour vérifier qu'il n'y avait personne alentour. La maison paraissait déserte.

Elles grimpèrent les marches l'une derrière l'autre mais, sur le palier central, Angela se pencha par-dessus la rambarde, parce qu'elle avait cru voir une silhouette passer en bas.

Non, dans les ombres de l'après-midi, il n'y avait personne.

Le couloir de l'étage était sombre. Valérie lui prit la main. Elle ouvrit la porte et, une fois qu'elles furent entrées, elle la referma à clé comme elle le faisait toujours, puis posa la clé sur la commode.

Soudain, elle crut entendre un bruit de l'autre côté.

Elle se figea et tendit l'oreille, mais aucun autre son ne se fit entendre. Elle se tourna vers Valérie.

Elle avait laissé la lampe brûler et la chambre était plongée dans une belle lumière chaude qui vibrait sur la peau de Valérie, déjà en train de se dévêtir.

Elle retirait tous ses vêtements à la fois, en quelques gestes précis, parce qu'elle savait qu'elles ne disposaient pas de beaucoup de temps.

Angela l'imita. Entièrement nue, elle retira la bassinoire de sous les couvertures et fit signe à Valérie de se glisser entre les draps. L'air était glacé mais, serrées l'une contre l'autre, elles se regardèrent en souriant. Elles commencèrent à s'embrasser.

Une seconde plus tard, elles perçurent un premier hurlement. Puis un deuxième.

Un troisième.

Valérie se précipita hors du lit et se rhabilla en hâte mais avec méthode. Au contraire, Angela enfila sa robe à quimieux-mieux, déchirant une manche au passage.

— Que se passe-t-il ? hurla-t-elle. Qui est-ce ?

Dans le couloir, un coup sourd résonna. Puis un autre. Angela ouvrit la porte à la volée.

Terrifiée, elle découvrit le cuisinier. Recroquevillé sur lui-même, les bras sur la tête pour se défendre, il ne bougeait pas. À côté de lui, un plateau gisait, au milieu d'assiettes vides et d'une lampe allumée. Devant lui, les jambes solidement plantées, un balai à la main, se tenait Fortuna.

Elle prit son élan en relevant le bras et asséna un nouveau coup puissant sur les épaules de l'homme.

— Espèce de porc ! siffla-t-elle, dents serrées pour ne pas se faire entendre d'en bas. Sale cochon !

— Qu'est-il arrivé, Fortu ?

— Il est arrivé que je l'ai vu sortir de la cuisine pour monter ici, comme un voleur. Et, ajouta Fortuna en le foudroyant du regard. L'autre fois aussi ! Et la semaine passée ! Cette ordure !

— Le cuisinier ?

Angela dévisagea l'homme, un peu âgé mais pas vraiment vieux, presque chauve, au long nez.

— Qu'a-t-il fait ?

— Il aime espionner, ce sale voyou !

Mue par un nouvel accès de rage, Fortuna lui donna un nouveau coup sur la tête, qui dépassait de sous ses bras. L'homme jura, puis plissa les yeux vers Angela. Dans ses yeux brillait la peur, pas seulement des coups, mais de son avenir.

— Il nous espionnait ?

Valérie était sortie de la chambre, sa toilette bleu et blanc parfaitement ajustée.

— Nous étions en train de regarder des tissus.

— Des tissus, parfaitement, dit Fortuna, et ce porc vous regardait en cachette pendant que vous admiriez les tissus. *Les tissus.*

Elle le frappa de nouveau, puis le souleva par un bras pour le mettre debout.

— Prends tes affaires et fiche le camp, aboya-t-elle en le menaçant avec le manche du balai.

L'homme, maigre et beaucoup plus grand que Fortuna, obéit sans demander son reste, terrifié comme s'il affrontait un géant. Il jeta néanmoins vers Angela et Valérie un regard lascif qui n'était pas dénué de mépris.

Angela rougit.

Qui savait depuis combien le temps il les espionnait.

Valérie la regarda et se mit à rire, soudain soulagée.

Fortuna poussa le cuisinier vers l'escalier en emportant la lampe.

Angela et Valérie se retrouvèrent dans l'obscurité.

La Française continuait à rire, comme si elle n'allait jamais s'arrêter.

Angela retourna vers la lumière, dans la chambre, et se mit à refaire le lit en gestes brusques.

Valérie la suivit et tenta de lui donner un bref baiser, mais elle la repoussa.

— Qu'as-tu ?

— Ce que j'ai ? enragea Angela. Crois-tu que ce soit le moment de rire ? On ne peut pas plaisanter de tout. Il y va de ma famille, de ma maison, de mes enfants, de mon honneur !

Tout en parlant, elle comprenait qu'elle avait mis en péril beaucoup de choses.

Tellement de choses !

— Je ne veux plus qu'on m'utilise, termina-t-elle.

— T'utilise ? s'étonna Valérie.

— Oui, tout le monde se sert de moi.

Valérie reprit aussitôt son sérieux.

— Je pense que je suis la seule à ne t'avoir jamais *utilisée.* Jamais. Plutôt le contraire.

Elle détourna les yeux et se dirigea vers la coiffeuse pour réajuster sa coiffure qui, miraculeusement, était demeurée impeccable. Pas une seule boucle rousse de travers.

Angela était sidérée. D'un coup, elle fut assaillie par la colère et par un sentiment de désolation, de vide.

Elle s'approcha de Valérie en cherchant sa main.

Elle ne trouva qu'un poing fermé, froid et impénétrable. Elle serra plus fort, avec désespoir, et finit par retrouver l'étreinte chaude de la main de son amante.

Elle en éprouva un tel soulagement qu'elle en demeura hébétée.

Quelle sottise de dire des horreurs à l'unique personne qui l'aimait !

1878

Sous les rayons ardents du soleil, la mer d'un vert profond frémit de joie ; elle est fraîche, parfumée. Ses voix envoûtantes sont irrésistibles, et il faut détourner le regard pour ne pas s'y jeter et se noyer dans son étreinte. Les soirées sont splendides, la Villa est gaie, les jeunes filles sous les arbres ressemblent beaucoup à la Galatée de Virgile, elles sont plus... ou peut-être moins vêtues, voilà tout. Il y a de quoi se divertir, de respirer l'air léger à pleins poumons, de sourire, jusqu'à... tomber amoureux.

MATILDE SERAO, *LETTRES À GAETANO BONAVENIA* (NON TRADUIT), NAPLES, 1878.

Novembre

Angela adorait le parfum des draps de Valérie. Frais, léger, il lui évoquait des prairies en fleurs agitées par le vent. Valérie lui avait raconté qu'il y avait une région de France, la Provence, où s'étendaient des champs de fleurs à perte de vue, et lui avait promis de l'y emmener un jour.

Les promesses de Valérie étaient si nombreuses, si riches de possibilités et de vie. En réalité, à Naples, leurs sorties en public étaient limitées. Des promenades le long du front de mer pendant les mois d'été ; des après-midi assises à la petite table d'un bistrot pour un plat de pâtes et un granité au citron ; et les rares occasions mondaines où elles pouvaient se rendre ensemble, bien qu'elles fréquentent désormais des cercles différents.

Angela s'enroula dans les draps frais pour échapper aux pensées tristes et savourer encore un peu le bien-être qu'elle avait d'être avec elle.

Elle se retourna.

Valérie l'observait avec une étrange expression mélancolique qu'elle affichait souvent ces derniers temps. Dehors, l'après-midi cédait peu à peu la place au crépuscule et, dans le jour tombant, ses yeux verts n'étaient pas aussi clairs que d'habitude, mais deux puits sombres et profonds.

— J'ai pris ma décision, commença-t-elle.

Son caraco de mousseline ouvert lui découvrait les seins. Ses cheveux cuivrés étaient ramassés sur sa tête en un chignon lâche. Angela la contempla avec la stupeur satisfaite qu'elle éprouvait toujours après l'amour. Cette femme merveilleuse lui avait fait découvrir un monde de plaisir. Elle lui avait révélé une part d'elle cachée et secrète qui aurait pu demeurer morte pour toujours.

Bien sûr, Alfonzo était toujours là, avec les nuits odieuses qu'il fallait passer avec lui et sa vigueur inépuisable, mais c'était désormais plus facile de le supporter. Après la première étreinte avec Valérie, quand elle avait compris à quoi pouvaient ressembler le véritable amour et le plaisir, comme ils auraient toujours dû être, elle avait eu l'impression de devenir folle dès qu'elle sentait les mains d'Alfonzo sur elle. Toutefois, elle avait depuis trouvé un équilibre.

Quand il la montait, Angela serrait les paupières et concentrait toutes ses pensées sur Valérie, au point qu'elle parvenait à effacer toute perception et que son époux disparaissait.

— J'ai pris ma décision, répéta Valérie.

Angela allongea la main pour lui caresser le visage.

— Vraiment ?

— Oui.

— Qu'as-tu décidé ?

— Je pars. Je retourne à Paris.

— Quoi ?

Angela se redressa dans le lit, mais sans vraiment assimiler ce que cela signifiait.

Ce ne pouvait être qu'une plaisanterie, comme bien d'autres.

— Tu as toujours dit que tu allais rester.

— Oui, je suis restée. Pendant quatre ans. Maintenant, il est temps.

— Pourquoi ?

Angela griffa le tissu du drap. Cela n'était pas en train d'arriver réellement.

— Parce que je veux retourner vivre en France, répondit Valérie. Rester ici ne me suffit plus.

— Et moi ? Que vais-je devenir sans toi ?

— Tu t'en sors toujours, Angela. Tu t'adapteras.

Elle parlait d'un ton si grave qu'Angela comprit qu'il ne s'agissait pas d'une plaisanterie. Elle se couvrit le visage des deux mains pour que son amie ne la regarde pas, et elle demeura muette.

Après un moment qui lui parut durer des heures, Valérie se pencha vers elle et lui retira les mains du visage pour la regarder dans les yeux.

— Je suis désolée.

— Pourquoi ? insista Angela.

— Je vieillis, voilà pourquoi.

— Tu n'as que trente ans, Valérie.

— J'ai l'impression d'en avoir cent.

— Mais pourquoi ? redemanda Angela avec la voix plaintive que sa mère trouvait intolérable.

Elle s'efforça de se reprendre.

— Que te manque-t-il ?

— La liberté d'être ce que je suis. Avec toi, à la lumière du jour.

Valérie ferma les yeux.

— Moi je suis là, rétorqua Angela.

— Tu es ici alors que moi, je veux reprendre mes voyages et vivre où j'en ai envie, comme j'en ai envie. Tu pourrais venir avec moi, tu sais.

— Comment ?

— Tu ne lui appartiens pas.

— Et Luciella ?

Angela réfléchit un instant avant d'ajouter :

— Et les autres ?

— Emmène-les avec toi.

— Que racontes-tu ? Ils ne me le permettront jamais.

Valérie se leva et commença à se rhabiller de ses gestes lents et paisibles. D'abord le corset, puis la chemise.

— Je suis restée à Naples pendant quatre ans, pour toi, répéta-t-elle en montrant ses doigts. Mais cela suffit. J'ai l'impression de devenir folle.

Cela ne pouvait pas être vrai. Valérie l'aimait. Ce n'était pas possible.

— Je croyais que tu étais heureuse avec moi.

Angela baissa les yeux et joua avec les boutons de sa chemise, tira un fil qui dépassait.

— Non, je ne suis pas heureuse. Tu ne t'en es même pas rendu compte.

Angela baissa encore plus la tête. Elle ne répondit pas. Elle ne savait que dire.

Elle sentait croître sa peur : la voix de Valérie était empreinte d'une telle lassitude !

— Si tu t'en vas, que vais-je devenir ?

Pas de réponse.

Valérie pouvait paraître impulsive, mais au fond, ses choix étaient toujours le fruit de décisions secrètement réfléchies.

Et elle, elle n'avait rien compris.

Mais qu'y avait-il à comprendre ?

Elles se voyaient tous les jours, pendant quelques heures ou quelques rares minutes, et c'était son oasis de paix, loin du désert dans lequel elle se traînait. Elle avait toujours pensé que cela convenait aussi à Valérie.

— Que puis-je faire ?

Elle se leva à son tour et se mit à s'habiller en suivant le même rituel que son amante : la chemise, le jupon, le corset. Ses mains tremblaient.

— Rien.

Valérie boutonna son corsage.

— Tu retournes dans la maison de ta mère et de tes enfants, avec tes domestiques, ton mari et tout le reste. Tu donnes naissance à un autre enfant, par exemple.

— Tu sais bien à quoi ressemble ma vie sans toi.

Valérie lâcha les boutons et la regarda droit dans les yeux.

— Oui, je le sais parfaitement, Angela, mais je me demande si toi tu le sais.

— Je ne te suffis plus ?

Elle lui empoigna le bras. Elle n'avait pu réprimer son habituel ton implorant et plaintif.

— C'est tout ça qui ne me suffit plus, dit Valérie en embrassant d'un geste la chambre, le lit défait, la fenêtre et toute la ville qui s'étendait au-dehors. T'es-tu jamais demandé ce que j'avais dans la tête ? Non, Angela. Tu ne penses qu'à toi, à tes plaisirs, à tes sentiments, à tes douleurs. Tu es une femme gâtée. Exactement comme ta mère.

— Tu ne peux pas dire une chose pareille !

Angela sentit les larmes piquer ses paupières. Elle refusait de pleurer devant elle. Elle s'empara de son manteau et se précipita hors de la pièce.

La maison des Blanchard était plus petite que la sienne. Elle descendit jusqu'en bas et, dans l'entrée seulement, ralentit. Il suffisait peut-être de quelques mètres pour que Valérie la rattrape, la retienne, la couvre de baisers.

Cela ne se produisit pas.

Elle hésita un moment devant la porte, pleine d'espoir.

Puis elle l'ouvrit et sortit.

Elle fut aussitôt engloutie dans l'air froid et dans le vacarme de la rue. Elle traversa le jardin en courant jusqu'au trottoir.

Sans penser à rien, elle se dirigea vers sa villa.

Elle marchait vite, tête basse, les yeux rivés au sol de crainte de croiser le regard d'une connaissance et d'éclater en sanglots.

Arrivée devant le portail, elle prit le temps de respirer à pleins poumons avant d'agiter la cloche.

Ce fut Maria qui vint lui ouvrir. Angela regarda son sourire figé de domestique qui épiait chacun de ses gestes et connaissait le moindre détail de sa vie. Sous peu, elle se mettrait à se coiffer comme elle. Angela s'en était aperçue avec ennui et un peu de pitié. Qu'espérait-elle donc, cette pauvre sotte ?

Elle la dépassa et courut vers l'étage, sa chambre à coucher, le salut.

Mais ses cinq enfants étaient là. Près de la fenêtre, Peppino jouait avec la brique en piperno qu'un maçon lui avait offerte et qu'il tenait contre lui comme un camarade de jeu. Bernardo et Gigi étaient assis sur le lit et feuilletaient un livre illustré avec des images de démons et de monstres, et ils riaient parce que cela faisait des mois qu'ils le lisaient et qu'ils n'étaient plus du tout effrayés. Antonio se cachait sous le lit, espérant que quelqu'un se mettrait à sa recherche.

Dans un coin, à côté de la commode, Luciella coiffait sa nouvelle poupée à la tête de porcelaine et aux véritables et longs cheveux blonds. Elle chantait aussi une petite chanson que Fortuna lui avait apprise. Giuseppina était là aussi, assise dans un fauteuil, à tous les surveiller. Elle lisait un de ses livres à la couverture brune et aux minuscules caractères.

— Sors, dit simplement Angela.

Sa sœur s'exécuta sans mot dire.

Angela s'étendit sur le lit et fut aussitôt attaquée par Bernardo qui voulait lui montrer une image, et Antonio qui était sorti de sa cachette pour la cajoler. Gigi l'appela, mais uniquement parce qu'il voyait que ses frères s'étaient approchés d'elle.

Peppino et Luciella continuèrent leur jeu, proches physiquement mais bien loin, chacun dans son propre monde imaginaire.

Angela demeura allongée sur le lit comme une morte.

Les larmes coulaient sur son visage, mais ses enfants ne s'en aperçurent pas.

Elle demeura ainsi pendant un moment qui lui parut très long mais qui ne dura que quelques minutes. Quelques minutes d'agitation, de hurlements, de demandes, d'étreintes forcées et de petites querelles. Dès que les enfants se détournèrent d'elle, Angela se leva péniblement.

Elle fouilla dans son coffret, préleva un objet et l'enroula dans l'un des mouchoirs brodés à son chiffre, elle écrivit un billet, en laissant les phrases glisser spontanément sur le papier, l'enveloppa autour du mouchoir avec un ruban rose et sortit sans faire de bruit.

Elle dégringola jusqu'au rez-de-chaussée en silence et passa dans l'entrée. Elle ouvrit la porte et fila vers la rue pour s'engager vers la maison des Français. Cela faisait longtemps qu'elle possédait la clé de la porte d'entrée.

Elle ne frappa pas, ouvrit et déposa son petit paquet lié avec le ruban sur une table, puis referma la porte sans plus de bruit et se dirigea vers la mer.

Elle comprendra, pensa-t-elle, *et changera peut-être d'avis.*

Mais peut-être pas.

Elle ne sentait pas le vent glacé sur son visage, tout enflammée par la douleur et par une rage intérieure. Pas seulement contre Valérie, mais aussi contre elle-même.

Elle traversa la Riviera et le parc de la Villa nationale.

Cela faisait longtemps que la plage avait disparu pour laisser la place à la nouvelle rue, large et droite, qui conduisait jusqu'à Mergellina.

La chaussée n'était pas damée, mais elle était déjà empruntée par les charrettes qui préféraient le front de mer à la promenade de la Riviera, trop envahie.

Angela traversa l'étendue de gravier blanc jusqu'au parapet et se tourna vers le large. Il n'y avait aucune embarcation, l'horizon était désert.

Si Valérie était déjà partie à Paris, sa vie deviendrait déserte comme cet horizon gris et froid, comme avant.

Elle ne pouvait rien y faire.

Sauf peut-être mettre fin à ses jours.

L'idée s'épanouit dans sa tête comme une fleur noire.

Elle se souvint de la pendue dont les domestiques parlaient quand elle était petite, à voix basse, à demi-mot et avec force soupirs terrorisés.

Enfant, grâce à Fortuna, elle avait appris ce qui était arrivé vraiment à Teresa, engrossée et abandonnée, qui s'était pour cela pendue dans la petite chambre des combles, le jour même où sa mère était arrivée dans la maison en tant qu'épouse.

Un signe du destin.

Sa chambre était encore là, après tant d'années, identique, immuable et monstrueuse.

Personne n'y entrait jamais, sauf Giuseppina. Depuis qu'elle était toute petite, Angela l'avait enfermée tant de fois à l'intérieur afin de la laisser pleurer et hurler, jusqu'à ce que sa sœur s'y habitue au point d'y trouver un refuge.

Angela pensa qu'elle aurait pu se tuer, là, dans la chambre de Teresa.

Valérie aurait appris son sort au bout de quelques jours, à Paris, et elle en aurait souffert.

C'était au moins une satisfaction.

Elle flâna pendant un moment, savourant avec plaisir la douleur de savoir son amante détruite par sa mort.

Elle leva les yeux vers la colline du Vomero et cela la détourna de ses pensées. Tout avait changé : il y avait des maisons blanches et des villas rouges qui montaient du cours Victor-Emmanuel vers les reliefs.

Angela ne sortait pas souvent et, quand elle le faisait, elle ne regardait pas autour d'elle. Entre-temps, la cité grandissait. Bientôt, elle serait méconnaissable, tout comme sa propre vie.

Elle dépassa un groupe d'ouvriers qui posaient de grandes dalles de pierre. Ils la dévisagèrent, échangèrent quelques commentaires insolents. Certains la sifflèrent, et Angela se rendit compte qu'elle était sortie sans chapeau, sans manteau, sans gants, et qu'elle aurait pu être prise pour une femme de mauvaise vie.

Elle fit demi-tour, s'éloignant de la mer avec regret.

Elle traversa le parc de la Villa et vit sa maison, grande, rouge et orange. La nouvelle aile était en parfaite harmonie avec l'ancienne, comme le palais de plusieurs familles, alors qu'il n'y en avait qu'une seule.

Elle ne voyait pas sa mère pendant des jours entiers. Quand elle apparaissait, elle avait l'air d'une étrangère, plus distante qu'elle n'avait jamais été. Nicola, l'entrepreneur, continuait à venir, comme s'il était normal pour lui d'aller chez une dame.

La porte d'entrée était ouverte. Le vendeur de glaces, avec sa charrette protégée par des couvertures de laine, écoutait quelqu'un qui lui ordonnait de passer par l'arrière pour décharger ses blocs de glace à l'entrée de service.

C'était Giuseppina qui était sur le seuil. Dès qu'elle la vit, elle changea d'expression.

— Tu es sortie ?

— Et alors ?

— Tu as laissé les enfants seuls ?

— Oui, et pourquoi pas ? demanda Angela avant de comprendre.

Giuseppina s'était déjà précipitée vers l'escalier. Elle la suivit et se souvint des enfants dans sa chambre à coucher.

Elle revit Luciella et sa poupée blanche et bleue, et Peppino qui jouait avec la brique que les maçons lui avaient offerte.

Angela dépassa Giuseppina qui avait trébuché sur les marches.

— Cours, hurla-t-elle. Cours !

Elle franchit les dernières marches d'un bond, courut à travers le couloir plongé dans l'ombre et ouvrit la porte en la poussant à deux mains.

Derrière elle, Giuseppina la heurta.

— Jésus !

Peppino était debout sur la commode. Luciella, dessous, était assise et cajolait sa poupée.

Elle leva la tête.

— Maman ! cria-t-elle en souriant et en tendant les bras.

Les autres jouaient paisiblement sur le lit. Il n'était rien arrivé de grave. Angela se précipita vers sa fille et la prit dans les bras. À terre, à côté de l'enfant, il y avait la brique brisée. Peppino, debout sur la commode, la fixait. Giuseppina le prit dans les bras et il se nicha sur son épaule, mais ses yeux vides continuaient à suivre sa mère.

Angela regarda Giuseppina. Elle aurait voulu lui parler, mais sa sœur détourna le regard pour le porter sur l'aîné. Il avait presque huit ans et il était désormais impossible de le laisser seul avec les autres enfants.

1879

Quand on évoque Naples, on part d'un préjugé, voire d'un parti pris, celui de croire, avant même d'y être venu, que l'on pénètre dans une terre à part, une terre qui forme un tout, sans aucun lien avec le reste du monde. Ici, tout doit être fantastique et merveilleux : le ciel et la terre, la nature et les hommes.

ALBERTO MARGHIERI, *CE QU'ON ÉCRIT DE NAPLES* (NON TRADUIT), NAPLES, 1879.

Mars

À la fin du mois de janvier, Valérie partit.

Pendant les mois qui précédèrent, Angela avait tenté de la convaincre de rester, mais elle manquait d'énergie. Une part d'elle-même n'arrivait pas à croire que son amie pouvait l'abandonner ; une autre part lui chuchotait qu'il n'y avait plus rien à faire.

Les dernières semaines s'étaient envolées sans qu'elles puissent se retrouver.

L'après-midi de la veille de son départ, elles s'étaient saluées parmi une foule de gens, son mari, sa mère, ses enfants, les domestiques. Elles n'avaient même pas pu croiser leurs regards.

La vie d'Angela reprit donc son cours monotone, une succession de petits événements quotidiens, sans signification, qui se répétaient, à la fois toujours les mêmes et toujours différents, comme les saisons de l'année.

Le froid était retombé sur la ville, puis il avait fui et, soudain, la chaleur était revenue et on pouvait se passer de manteau.

En revanche, Angela allait de mal en pis et, plus les jours passaient, plus Valérie lui manquait. C'était comme d'être privée d'eau.

— C'est le plus beau mois de mars que j'aie jamais connu.

Elvira sortit de la voiture et leva les yeux vers le ciel bleu.

Angela descendit à son tour sans mot dire. Elle avait mal à la tête et des crampes à l'estomac. Elle n'était pas enceinte ; elle allait seulement mal. La douleur lui dévorait le corps et l'âme.

Giuseppina et Bernardo descendirent à leur tour. L'enfant, la main serrée dans celle de sa tante, était docile, très différent de Peppino ; parmi tous les hommes de la maison, il était le plus ordonné et le plus docile. Religieux aussi. Angela éprouvait à son endroit une sorte d'affection, mais détachée, discrète. Un sentiment consciencieux et nécessaire, sans passion. Le même sentiment qu'elle éprouvait pour Gigi et Antonio. Celui que sa mère lui avait transmis dans son enfance. Ses fils n'avaient pas éveillé en elle de véritable amour. Quant à Peppino, il ne lui inspirait que répulsion et crainte. Et puis, Luciella était arrivée pour rompre cette chaîne de détachement. Pour elle, au contraire, elle nourrissait un amour physique, fait de caresses, d'étreintes, de baisers et de contact. Elle retrouvait dans sa fille une continuité, de l'espoir, de la vie. Elle redoutait parfois que ce sentiment ne s'estompe avec le temps, voire s'efface tout à fait.

À présent, elle allait mal, plus mal que jamais, et Luciella elle-même ne suffisait pas à lui rendre le goût de la vie.

Sans Valérie, elle était mutilée, vide. Il n'y avait plus que la souffrance, une lacération, désolée.

La tête baissée, elle suivit Alfonzo et sa mère vers le grand bâtiment nouvellement construit qui se dressait, moderne et net, sur le devant de la rue. Il faisait quatre étages, avec des corniches blanches de style classique, et trônait au bout de la via Toledo, du côté de Foria. Du parvis surélevé partaient des pilastres qui grimpaient jusqu'à la corniche, au sommet du bâtiment.

Angela ne lui jeta qu'un regard indifférent.

Peut-être que sa mère et Valérie avaient raison : elle n'était qu'une petite femme étroite d'esprit, gâtée et enfermée dans son monde.

En revanche, Giuseppina admira longuement l'immeuble ; elle était capable de déceler la beauté qu'Angela ne réussissait pas à comprendre.

Celle-ci repensa pour la centième fois à Valérie et aux dernières paroles qu'elle lui avait dites avant son départ. Elle ne pouvait pas continuer toute sa vie à jouer les victimes ; de temps en temps, il fallait choisir, se faire violence, quitte à se rebeller contre la morale collective.

Ces pensées ouvrirent la voie à d'autres, qui avaient la voix d'Elvira. Certes, il était normal d'épouser un homme sans amour chez les femmes de son rang. Comment tournerait le monde si chacune avait pu décider par elle-même ?

Elle trébucha presque, frappée par la perspective d'être libre de choisir, d'agir, de parler.

C'était impossible.

Elle tendit la main dans le vide, comme pour trouver un appui. Elle regarda sa mère, puis son mari. Pour finir, elle ouvrit grand la bouche pour respirer alors qu'elle manquait soudain d'air.

Elvira finit par la prendre par le coude et la poussa en avant. Giuseppina les suivit, tenant toujours Bernardo par la main.

Devant la porte, Alfonzo discutait avec un homme élégant, portant moustache et chapeau melon. Son mari ne présenta pas l'inconnu. Son impolitesse faisait probablement partie de sa posture dans les négociations en cours.

— Don Alfonzo, disait l'homme avec emphase. Croyez-moi, c'est l'affaire de votre vie.

— J'ai déjà fait beaucoup « d'affaires de ma vie », Don Raffaele, ne vous inquiétez pas.

— Qui s'inquiète ?

L'homme avait des manières hautaines mais pas si assurées.

— C'était une façon de parler. Bien sûr, je ne prétends pas vous convaincre tout de suite. Vous déciderez à votre guise.

— Exact, c'est ce que je fais toujours. (Alfonzo sourit.) Ce n'est pas après moi que la Banque de Naples en a, mais plutôt après quelqu'un d'autre.

— Qu'en savez-vous donc ?

— Je connais beaucoup de monde.

— La banque !

Malgré son geste de dédain, l'homme était clairement inquiet.

— J'espère que vous ne vous appuyez pas sur les ragots.

— Don Raffaele, dit Alfonzo en baissant la voix. Le prix ne me convient pas, vous le savez.

— Mettons-nous d'accord, Alfonzo.

— Je vous ai déjà dit ce que j'en pensais.

— Et moi, je vous ai répondu. Retrouvons-nous à mi-chemin.

— Pour un investissement pareil, je dois quand même consulter la Banque, même moi. Et la banque, quand elle prête de l'argent, le fait payer cher, Don Raffaele.

Alfonzo agita l'index.

— À mi-chemin, cela ne me convient toujours pas.

— Bien, je me rapproche un peu de votre proposition.

— Pas un peu, beaucoup. Concluons sur le chiffre que je vous ai donné, fit-il en le regardant attentivement.

— Vous tenez vraiment à me prendre la peau sur les os !

— Non, je veux ce qui est juste.

— Juste pour vous.

— Pour nous deux.

L'homme secoua la tête mais même Angela s'était rendu compte qu'il allait céder.

Les tractations pour l'achat du nouveau bâtiment duraient depuis deux mois. D'abord, sur un coup de tête, puis avec une obstination croissante. Un soir, à table, Alfonzo avait expliqué à la famille qu'il voulait réaliser son grand rêve : une boutique moderne à plusieurs étages.

— Ce seront les « Grands Magasins Morelli », et on pourra non seulement y acheter des tissus et des vêtements de prêt-à-porter, mais aussi des accessoires et des articles pour la maison, avait-il déclaré d'un air radieux.

Une idée audacieuse, avait-il ajouté face à la surprise un peu soucieuse des femmes, qu'il avait en tête depuis des années, après avoir visité Paris et lu des articles sur ce genre de boutiques à Londres et à New York, mais aussi à Milan. Des grands magasins à sa manière à lui.

— Cela ne te semble-t-il pas hasardeux, Alfonzo ? avait prudemment demandé Elvira en se tapotant les lèvres avec sa serviette.

— Il y a hasard et hasard, ma tante. Nous ne sommes inférieurs à personne, s'était-il exclamé.

Angela n'avait fait aucun commentaire.

Seule Giuseppina avait manifesté de l'intérêt pour son idée et, sans les coups d'œil de sa mère, elle n'aurait pas hésité à poser des questions ou à donner des conseils.

Ce jour-là, Alfonzo était encore plus enthousiaste. Il prit le vendeur par le coude et l'entraîna quelques pas plus loin, vers les quartiers espagnols, dont les rues montaient jusqu'au cours Victor-Emmanuel. Son attitude amicale contrastait avec son expression et les mouvements de ses mains.

Angela réussit à lire ses paroles sur ses lèvres : « C'est ça ou rien. »

Le vendeur le fixa avant de baisser la tête comme pour dire : « D'accord, vous avez gagné. »

Alfonzo s'arrogeait toujours ce qu'il voulait, comme il l'avait fait avec elle.

Il congédia Don Raffaele et revint vers elles, heureux comme un enfant.

Elvira leva les yeux vers la vaste façade de l'immeuble avant de se tourner vers son neveu.

— Tu es vraiment sûr de toi, Alfo ?

Ces derniers temps, les ressources financières de la Compagnie Morelli n'étaient pas aussi florissantes en raison d'une série d'investissements importants, mais aussi à cause des dépenses de la nouvelle aile de la villa qui leur coûtait encore de l'argent.

— Tu sais que je n'aime pas me lier par des emprunts, dit-elle en baissant la voix. C'est risqué.

Angela savait que sa mère avait une terreur absolue des usuriers, parce qu'ils avaient ruiné sa famille et sa jeunesse.

— Tu sais ce qu'ils nous ont fait. Mon père est mort à cause d'eux.

Elle s'approcha de son gendre et le prit par le bras.

— Ils n'ont aucune pitié, jamais.

— Ne vous souciez de rien, ma tante. Je sais ce que je fais, sourit Alfonzo. Je ne suis pas n'importe qui.

— Je te fais confiance, soupira Elvira, mais c'est un projet colossal.

— Plus l'affaire est grosse, ma tante, et plus les perspectives de profit le sont aussi. C'est pour faire d'une pierre deux coups. Et des économies, ajouta-t-il d'une voix plus basse.

— Que veux-tu dire ?

— C'est ce que l'on appelle une réclame. Une manière de faire connaître notre compagnie.

— Pour le moment, je ne vois qu'un gigantesque immeuble qui va dévorer toute notre épargne.

— Avec tout le respect que je vous dois, l'argent commence par être dévoré avant de vomir.

— Alfonzo !

— Je vous demande pardon, ma tante, mais je suis si exalté. Voulez-vous entrer faire la visite ?

Alfonzo prit Angela par la main et l'entraîna comme une poupée de chiffon.

Ils pénétrèrent dans l'édifice. Les fenêtres ouvertes éclairaient un vaste espace sans parois mais avec de larges et hautes colonnes. Ce n'était qu'une immense salle vide. Il y avait de la poussière partout. Au fond, de l'autre côté, un escalier en pierre sans balustrade partait à l'assaut des étages.

Ils traversèrent le rez-de-chaussée en veillant à ne pas salir leurs vêtements, puis montèrent au niveau supérieur, identique à celui du dessous : immense, vide et laissant libre cours à l'imagination.

Ils continuèrent jusqu'au dernier étage. Là aussi, les fenêtres étaient ouvertes. Le bruit de la rue était plus étouffé, mais il y avait tellement de lumière qu'Angela fut saisie d'un grand sentiment de paix.

— J'imagine des marchandises partout, expliquait Alfonzo. Chaque étage sera dédié à un domaine : vêtements féminins, masculins, articles d'intérieur, voitures et entrepôts.

— Combien faudra-t-il encore dépenser pour terminer l'intérieur ?

La voix d'Elvira semblait toujours aussi sceptique.

— L'intérieur sera tout en bois et il y aura des centaines de vendeurs et de vendeuses.

— Aujourd'hui, les vendeurs coûtent plus cher, Alfonzo. Ce n'est pas comme dans le temps.

— Oui, mais tout Naples viendra ici pour faire ses achats, et nous battrons la concurrence.

— J'ai confiance en toi, répéta Elvira, mais je n'en suis pas moins soucieuse.

— Ayez confiance, ma tante.

Alfonzo se tourna vers sa femme :

— Et toi, Angela, qu'en penses-tu.

— Je ne comprends rien aux affaires, répondit-elle.

Elle papillonna des paupières. La tête lui tournait.

— Tu ne changeras jamais !

Il regarda Bernardo.

— Et toi, mon fils ?

L'enfant ne pipa mot.

— Moi, cela me semble être une belle idée, Alfonzo, intervint soudain Giuseppina, même si c'est peut-être un peu trop à l'avant-garde pour Naples.

Alfonzo lui jeta un regard stupéfait puis secoua la tête.

— C'est moi qui suis trop en avance pour Naples, et aussi trop démocratique. Parce que, continua-t-il en se tournant vers Elvira, j'aime impliquer toute la famille. Mais, en fin de compte, celui qui décide, c'est moi, parce que je suis le patron et le directeur de la compagnie. Fin de la discussion.

Comme toujours. C'est lui qui décide, pensa Angela.

— Je ne me sens pas bien, dit-elle à haute fois. Partons.

— Encore ? demanda Elvira en lui touchant le ventre.

— Je me sens mal, coupa Angela en fermant les yeux. Je n'ai pas le droit de me sentir seulement mal ?

Sa mère avait déjà perdu tout intérêt pour la question. Elle lui tourna le dos et demanda quelques explications supplémentaires à Alfonzo.

Giuseppina s'approcha.

— Veux-tu que je te soutienne ?

Sans répondre, Angela s'accrocha au bras de sa sœur. Il commençait soudain à faire sombre et elle avait froid.

Elle s'évanouit dans les bras de Giuseppina.

1880

On peut même dire que les hystériques sont femmes plus que les autres femmes : elles ont des sentiments passagers et vifs, une imagination mobile et brillante et, en même temps, l'incapacité de dominer ces sentiments et ces fantaisies par la raison et le discernement.

CHARLES RICHET, « LES DÉMONIAQUES D'AUJOURD'HUI »,
REVUE DES DEUX MONDES, PARIS, 1880.

Octobre

Angela guettait par la fenêtre ridée de pluie l'arrivée de Vincenzo, le commissionnaire âgé de la concession postale qui couvrait Chiaia.

La compagnie livrait une fois le matin et une fois l'après-midi et, rarement, sauf pour des télégrammes ou des messages express urgents, également le soir. Les journées d'Angela étaient rythmées par l'attente entre ces deux événements.

Elle alla ouvrir la porte avant même que l'homme ait le temps de frapper.

Le facteur, un homme à l'air las, en uniforme bleu, aux moustaches grises et à la barbe mal entretenue, ne s'étonna pas de la trouver sur le seuil à la place de sa servante. Il lui remit deux lettres, toutes deux pour son mari, patienta pour une éventuelle gratification, s'inclina et retourna vers la malle-poste tirée par un quadrupède qui resemblait plus à un âne qu'à un cheval.

Le soir tombait vite, il faisait déjà gris, presque noir.

La chaussée brillait de pluie et le ciel était de nouveau couvert de nuages. Le vent agitait les branches des arbres de la Villa nazionale dont les feuilles étaient déjà tombées. La Riviera était déserte.

Il faisait si froid.

Angela frissonna mais demeura pendant quelques secondes sur le seuil afin de se remplir d'air frais avant de s'enfermer de nouveau dans la maison.

Mon tombeau.

Elle regarda les lettres.

Il n'y en avait jamais pour elle.

Valérie avait disparu, engloutie par la distance inimaginable qui les séparait.

Un lointain fantôme.

Pire, le souvenir d'un fantôme éloigné à tout jamais. Elle n'arrivait pas à croire qu'une année et demie s'était écoulée depuis la dernière fois qu'elle l'avait vue. Dans son esprit, c'était depuis beaucoup plus longtemps. Toute une vie.

Une vie entière qu'elle traversait comme une somnambule, sans plus d'espoirs ni de rêves.

Elle alla chercher un autre châle souple et en enveloppa ses épaules, qui lui paraissaient toujours plus maigres. Son corps ne la laissait jamais en paix non plus. Autrefois, il s'arrondissait, rayonnait de lumière et de vie. À présent, il se desséchait, ratatiné comme une étoile de mer morte.

Depuis le jour où Alfonzo avait acheté le nouvel immeuble et qu'elle s'était avanouie, elle se sentait toujours plus vide, plus indigne.

Elle ferma la porte et retourna dans la cuisine où il faisait plus chaud. Un feu flambait dans la cheminée et le charbon dans le fourneau était prêt à être rallumé pour réchauffer la soupe du soir et faire cuire les saucisses.

Sa mère et sa sœur la suivirent des yeux. Elles ne cessaient jamais. Elle avait l'impression qu'elles se disaient : *La voilà, elle est revenue.*

Elles ne la perdaient jamais de vue.

Alfonzo lui aussi était descendu à la cuisine et s'était assis au bout de la table. Ils étaient tous là, autour de la grande table en marbre à laisser passer le temps, le froid, les mots.

Elvira buvait à petites gorgées un sirop chaud. À côté d'elle, Giuseppina tenait Bernardo dans les bras tandis qu'Antonio jouait à ses pieds.

Angela alla s'installer à sa place habituelle, dans un coin entre le fourneau et la cheminée ; elle évitait de s'asseoir à la table, pour des raisons qu'elle préférait oublier.

Assise sur une chaise près du feu, Fortuna faisait lentement tourner la rôtissoire. Les deux poulets doraient tranquillement.

La domestique se faisait vieille et, en prenant de l'âge, elle paraissait se racornir, mais ses mains ridées étaient encore fortes et ses yeux pleins de vie. Elle lui jeta un regard à la fois affectueux et anxieux, et Angela lui tapota l'épaule comme elle l'aurait fait à un chien fidèle.

Alfonzo ouvrit les lettres et les lut rapidement avant de les jeter par terre. Maria s'empressa de les ramasser.

— Avez-vous besoin de quelque chose, monsieur ? demanda-t-elle avec sollicitude. Un peu de sirop chaud ?

— Oui, prépare-m'en un peu, répondit Alfonzo sans même la regarder. Mais pas trop chaud. La dernière fois, je me suis brûlé la langue.

— Je ne recommencerai pas, dit Maria en joignant les mains sur sa poitrine.

Angela distingua son sourire béat qui lui faisait des fossettes sur ses joues rondes.

— Tiède alors.

— Je m'en occupe tout de suite.

Elle était déjà devant le fourneau.

Angela n'avait pas été sans remarquer l'attention de la servante pour Alfonzo et elle l'avait mise sur le compte de la crainte qu'elle avait de son maître, mais elle comprit à cet instant que ce n'était pas cela. Ce que Maria faisait, c'était par plaisir, voire par passion.

Elle dévisagea son mari. Il était en train de tambouriner de ses doigts massifs sur la table. Il soupira.

Il était soucieux, mais pas craintif. Tendu.

Ce n'était pas la première fois qu'elle le voyait ainsi. Il arborait cet air chaque fois qu'une de ses affaires ne prenait pas le tour qu'il attendait.

Elle y était habituée et ne s'en préoccupait guère. L'argent, elle ne le comprenait pas. Et moins Alfonzo la remarquait, mieux elle se portait.

Il arrivait cependant qu'elle surprenne son regard sur elle, pendant qu'elle cousait ou avalait une bouchée de nourriture et, à la lueur dans ses yeux, elle savait exactement ce qui lui traversait l'esprit. Pourtant, l'élan de son mari s'était tari. Alfonzo commençait à se lasser. Il avait même cessé d'attendre une réaction de sa part. Il ne lui montait dessus que par habitude, comme pour se soulager, une manière de passer le temps avant de dormir.

Une activité pour faciliter sa digestion.

Peut-être qu'un jour, il trouverait une distraction et la laisserait tranquille. Angela espérait que cela se produirait avant une nouvelle grossesse. Elle ne pouvait pas avoir d'autres enfants, fin de la discussion.

— Comment vas-tu, Alfo ?

La voix de sa mère la tira de ses pensées.

— As-tu résolu le problème des égouts ?

— Oui, ma tante, mais il y a maintenant une fuite sur ce maudit toit.

— Et c'est nous qui devons le réparer ?

— Qui d'autre ? C'est notre propriété.

— Tant d'argent jeté par les fenêtres et nous n'avons pas encore ouvert le magasin, dit Elvira en sirotant sa boisson, les yeux fixés sur sa tasse. Y arriverons-nous en décembre ? Cela fait près de deux ans que nous avons acheté l'immeuble.

Il n'y avait aucune trace de reproche dans sa voix, mais Angela vit les articulations de ses doigts serrées sur l'anse, blanches comme des os.

— Gardons espoir.

Alfonzo prit la tasse que Maria lui tendait et réussit à sourire.

— Ne vous souciez de rien, ma tante, je maîtrise tout. Comme toujours. Et c'est pourquoi tout se passera comme il se doit, c'est-à-dire bien.

— Moi, je vois bien que tu es inquiet, dit Giuseppina sans lever la tête.

Elle lissait les cheveux de Bernardo entre ses doigts, pendant que l'enfant lisait le livre que le curé lui avait prêté, *Vie des évangélistes*. Il dévorait les mots écrits en petits caractères comme s'il lisait le plus beau conte de fées de sa vie.

— Ce sont des affaires compliquées, Giuseppina. Que pourrais-tu y comprendre ? Un homme, continua-t-il d'une voix plus forte, qui travaille toute la journée, a le droit d'être un peu nerveux, non ? Assez ! Les employés me rendent fou. Vous voulez savoir qui sont nos pires ennemis ?

Il promena son regard autour de la table, vers les femmes qui l'observaient en silence. Maria s'arrêta au milieu de la pièce, un torchon entre les mains. Même Bernardo leva les yeux de son livre.

— Les employés, insista Alfonzo en frappant la table du plat de la main. Les vendeurs, les ouvriers, y compris les domestiques ! Qu'ils soient maudits eux et leur famille !

Maria ébaucha un sourire.

Fortuna toussota mais ne dit rien. Elle continua à faire tourner la broche au-dessus du feu.

— Au diable aussi les avocats ! ajouta Alfonzo.

Tout le monde savait que le procès contre la branche turinoise de la famille lui coûtait de l'argent depuis des lustres.

— Calme-toi, Alfo, nous sommes tous inquiets, dit Elvira en se levant et en se dirigeant vers les pièces de service qui menaient à sa maison. Nous faisons tous des sacrifices. Moi, j'ai aussi renoncé à avoir une cuisinière.

Ce qui était vrai jusqu'à un certain point si ce n'était qu'Alfonzo lui-même lui avait demandé de la congédier.

— Elle ne servait à rien, ma tante, puisque vous mangez toujours chez nous.

— C'est moi qui décide qui sert ou non chez moi, Alfo.

Elvira s'arrêta sur le seuil de la porte et ajouta :

— Ne sois pas vulgaire.

— Excusez-moi, ma tante, mais le moment est un peu délicat.

Alfonzo esquissa un sourire et se toucha le grain de beauté noir sur le cou.

— Accordez-moi le temps qu'il faudra pour ouvrir et je vous montrerai les résultats.

— L'espoir fait vivre.

Elle prit une petite lampe et l'alluma.

— Fais-moi savoir ce qui se passe, ordonna-t-elle à personne en particulier.

Elle sortit de la cuisine, disparaissant dans l'ombre du passage de service.

Angela parcourut du regard la pièce qui était devenue plus sombre. Giuseppina ne la quittait pas des yeux. Elle fixa le mur. Alfonzo la dévisageait aussi. De même que Maria.

À genoux, Fortuna ouvrit l'armoire pour récupérer les casseroles en cuivre. Elle avait décidé, pour le déjeuner du dimanche, de confectionner une tourte à la viande et aux oignons, profitant du jour de congé de la nouvelle cuisinière, la quatrième en deux ans.

Elle leva la tête pour regarder elle aussi ce qui se passait. Angela ferma les yeux.

— Elle a parlé ? demanda Alfonzo à Giuseppina.

Cela faisait plusieurs jours qu'il posait la même question, tous les soirs et, désormais il n'attendait jamais de réponse positive. Il posait la question devant elle, comme si Angela n'était pas là.

Giuseppina ne répondit pas.

— Non, monsieur. Rien, dit Maria en rassemblant son courage. Même aujourd'hui, elle n'a rien dit.

— Comment a-t-elle pu devenir muette ? demanda Alfonzo en écartant les bras. D'un jour à l'autre ? De quelle maladie s'agit-il ?

Fortuna se leva et s'approcha d'elle, comme pour la protéger.

— Elle va mieux, déclara-t-elle. C'est absurde. Ce n'est pas une maladie.

Ensuite, elle se tourna vers Angela avec un regard inquiet.

— N'est-ce pas vrai, Angioletta ? Hier, tu m'as même souri.

Angela haussa les épaules.

— Vous voyez bien ? rit Fortuna de soulagement. Encore un peu de patience et ça passera.

— Que dit Frascella ? demanda Alfonzo.

— Frascella est trop vieux, répliqua Fortuna. Avec tout le respect que je lui dois, il ne comprend plus rien.

— *Hystérie,* intervint Giuseppina à voix basse. Pour finir, c'est toujours la même chose. Quand ils ignorent le mal, c'est tout ce qu'ils savent dire.

— Le mal des femmes. (Alfonzo se leva et s'approcha d'elle.) C'est suffisant.

Il lui prit le menton, mais ses yeux n'étaient pas comme à son habitude. À présent, il semblait lui aussi las et distrait.

— Mon ange, il faut vite te reprendre, lâcha-t-il d'un ton presque implorant. La vie devient difficile ici.

Elle recula.

Luciella entra dans la cuisine avec Caterina qui lui tenait la main.

La fillette n'était pas très grande pour son âge, mais elle avait l'air en bonne santé et ses yeux brillaient. Ses cheveux lisses et clairs lui descendaient de chaque côté du visage et, depuis quelques jours, elle avait coupé sa frange. Elle lâcha la main de Caterina et courut dans les bras de sa mère qui ferma les yeux et se laissa cajoler.

— Maman !

Angela la regarda en essayant de sourire, mais elle était incapable de l'étreindre plus longtemps, elle n'en avait pas la force.

Alfonzo lui prit Luciella des bras pour la serrer contre lui, comme s'il pouvait la guérir d'une méchante maladie.

— Maman n'est pas bien. Il vaut mieux ne pas la fatiguer et la laisser tranquille, jusqu'à ce qu'elle aille mieux. Tu comprends ?

Luciella se tourna vers sa mère.

Angela demeura immobile sur sa chaise. Elle ne réagit pas, alors qu'elle aurait voulu pleurer.

Elle ignorait quel était son mal. D'ailleurs, cela ne l'intéressait pas. Elle ne parlait pas parce qu'elle n'avait rien à dire. La vie était devenue un lent manège de personnes, de paroles, de jours, de regards et de rien.

Quand elle se leva, il lui sembla sentir les yeux des domestiques et de la famille peser sur elle, comme autant de coups de lance.

— Maman ! appela Luciella.

Angela partit sans se retourner.

Rosaria était en train de nettoyer la cheminée du salon. En la voyant entrer, elle se redressa sur ses genoux. Angela lui tourna le dos et monta l'escalier en s'agrippant à la rampe.

La chambre principale, qui avait été celle de sa mère, était devenue celle de ses fils. Sur le seuil se trouvait Peppino.

Il avait presque dix ans mais il était grand pour son âge, avec les épais cheveux noirs des Morelli.

Il la regarda comme s'il ne la connaissait pas, comme toujours. C'étaient deux âmes désespérées et solitaires.

Elle éprouvait envers son fils une répugnance qui frisait la peur. Elle savait ce qu'il faisait aux animaux quand il pensait que personne ne le voyait.

Peppino restait à la maison. Ils avaient été contraints de le retirer de l'école parce qu'il était méchant avec les autres enfants et qu'il ne parlait pas. Alfonzo avait également dû admettre que son fils constituait un problème à résoudre, mais il se comportait comme si l'enfant n'existait pas. Tout son intérêt était porté sur Bernardo, qui se révélait précoce et studieux, qui lisait beaucoup et savait se faire apprécier par les maîtres.

Dans la chambre, il y avait Gigi et Nunzia.

Angela n'y entra pas. Elle prit une lampe dans le couloir et monta l'escalier qui menait aux combles. Il faisait sombre et elle avançait avec prudence. Les couloirs étaient encombrés de briques, de pierres et de morceaux de marbre. Les pièces regorgeaient de débris oubliés, accumulés au fil des ans. Des paniers remplis de bouteilles, de vases, de lampes, à côté de meubles et de tableaux. On pouvait à peine se frayer un chemin dans l'amoncellement.

Lorsqu'elle avait emménagé dans la nouvelle maison, Elvira avait voulu la meubler avec des objets modernes, à la mode, et elle avait fait transporter toutes ses vieilles affaires dans le grenier.

Angela éclaira les vestiges de son passé et de celui de sa famille, puis elle vit la porte entrouverte.

Ce n'était qu'une pièce vide, par respect ou par superstition. La chambre de la pendue.

Angela y entra, la lampe levée pour éclairer les lieux.

Sur le lit, le matelas était couvert de poussière. Elle s'y assit. Elle posa la lampe à terre. Le petit cercle de lumière ne suffisait pas à éclairer toute la pièce.

Engloutie dans l'obscurité, elle se déshabilla sans se soucier qu'il y fît encore plus froid qu'à l'étage en dessous.

Elle retira sa veste, son corsage et sa chemise, puis dégrafa son corset, enleva son soutien-gorge qui ne servait plus à rien tant ses seins étaient devenus maigres. Elle fit glisser sa jupe et ses jupons sur ses hanches. Enfin, elle retira aussi son alliance qui était devenue trop large et trop lourde.

Elle ne savait pas pourquoi elle le faisait, mais elle voulait retrouver la liberté. Libre de ses vêtements, du rôle qu'elle s'était imposé, de fille, d'épouse, de mère ; le masque qui avait effacé ce qu'elle était vraiment. Une mauvaise femme. Qui aimait une autre femme. Une femme pour laquelle elle aurait été prête à abandonner ses enfants pour fuir.

Une femme souillée. Mais c'était bien elle, Angela. Et si cela ne pouvait être elle, elle ne voulait être rien d'autre.

Libre de tout. Comme l'avait choisi une autre femme, bien avant, au même endroit.

— Angela !

Giuseppina se tenait sur le seuil, une lampe tendue en l'air.

Elle la regarda en silence à travers la pénombre de la chambre.

— Que fais-tu ? dit-elle à sa sœur en s'approchant. Il fait si froid.

— Sors d'ici ! répliqua Angela.

Giuseppina secoua la tête en souriant.

— On dirait que j'ai réussi à te faire parler enfin.

Elle s'assit sur le matelas à côté d'elle sans se soucier de la poussière. Elle prit sa chemise et tenta de la rhabiller.

Elle récupéra aussi l'alliance et tenta de la lui remettre, mais Angela ferma le poing.

Giuseppina le lui serra.

— Te souviens-tu de la chevalière de notre père ? demanda-t-elle brusquement comme si la pensée venait de surgir dans son esprit.

Elle ouvrit délicatement les doigts de sa sœur.

— Celle que j'ai trouvée dans ses affaires il y a bien des années, et que tu avais prise ?

Angela ne répondit pas. Giuseppina lui glissa la bague à l'annulaire.

— L'as-tu gardée ? J'aimerais l'avoir en souvenir de lui.

Angela demeura le regard rivé au sol.

— Ce n'était pas ton père, murmura-t-elle en retirant la bague et en la faisant tomber à terre. Tu veux tout me voler. Cette bague, tu ne l'auras jamais.

Giuseppina n'eut pas l'air fâchée. Elle sourit et ramassa l'alliance.

— Tu vois. Tu me parles. Ce que le docteur Frascella n'a pas réussi, moi je l'ai fait, et sans magie.

Elles échangèrent un regard. Giuseppina paraissait contente.

— Ce n'est que parce que je t'agace et que tu es toujours fâchée contre moi.

— C'est vrai, dit Angela en baissant la tête. Tu m'agaces.

Sa voix manquait cependant de conviction.

Giuseppina posa la main sur celle de sa sœur.

— C'est bien.

Décembre

Angela vit Luciella dans le salon mais elle n'entra pas. Sa fille était assise sur le tapis et la lumière de l'après-midi l'enveloppait d'un voile de clarté. Fortuna avait installé la crèche à côté de la cheminée, mais sans grâce, comme si elle avait été composée par des doigts malheureux. Les cabanes en liège étaient de travers, les bergers, avec leurs mains et leurs visages en argile peinte, se massaient devant la grotte dans un désordre multicolore. Un panier de poissons se tenait à peine en équilibre sur d'autres, eux-mêmes remplis de minuscules fruits en cire. L'ensemble était posé sur une table assez haute afin de ne pas tenter Peppino qui avait manifesté à plusieurs reprises l'envie de le détruire.

Luciella était en train de coiffer avec application sa vieille poupée à la tête en porcelaine. Les véritables cheveux, autrefois longs et blonds, étaient désormais jaunâtres, sales et emmêlés.

Angela demeura figée par l'enchantement. Elle l'aimait tellement, elle aurait voulu la prendre dans ses bras, mais elle n'arrivait pas à montrer son empressement, même à sa propre fille.

Luciella leva rapidement les yeux avant de les baisser de nouveau sur sa poupée.

— Je sais que tu n'es pas folle, dit-elle sans la regarder, en souriant comme l'aurait fait une mère pleine de sagesse devant sa fille. J'en suis sûre.

— Oui, convint Angela en agitant la tête d'un air inquiet.

— Tu es seulement triste.

— Oui, souffla-t-elle, je suis triste.

Elle garda un moment le silence. Dans la rue, on entendit passer une charrette et un fiacre, et des hurlements et des coups de cornet.

— Moi aussi, il m'arrive d'être triste, déclara Luciella au bout d'un moment en levant enfin les yeux vers sa mère. Et puis, je prends Margherita et je suis contente.

— Margherita.

— Ma poupée.

Angela fit un petit pas en avant dans la pièce.

— Et toi, maman, où est ta poupée ? Tu l'as perdue ?

— Oui, je l'ai perdue, répondit Angela d'un ton rêveur. Elle est partie et je n'ai pas su l'en empêcher.

— Moi aussi j'avais perdu Margherita, fit l'enfant de sa voix tranquille. Mais je l'ai retrouvée ?

— Où donc ?

— Elle s'était cachée dans le coffre. Pour me fâcher. Mais elle me voulait quand même, sourit Luciella.

— Vraiment ?

— Oui, et la tienne te veut aussi. Mais tu dois d'abord guérir, maman.

Angela fit un pas en arrière et revint se tenir sur le seuil du salon.

— Je ne sais pas comment faire, dit-elle tristement.

— Tu dois aller chez le docteur. Et guérir. Je veux ma maman, moi, dit Luciella en la fixant avant de retourner toute son attention vers Margherita.

Angela retourna dans le vestibule et appuya le front contre la vitre froide de la fenêtre.

— Le docteur. Un remède, murmura-t-elle en direction du monde extérieur.

1881

Une cure merveilleuse : par le pouvoir magique d'un massage doux et précis, le traitement à domicile, qui soigne les patientes dans l'intimité de leur propre demeure sans que quiconque puisse en avoir connaissance, suscite un engouement croissant, car il guérit celles qui ont perdu tout espoir et qui ont été qualifiées d'incurables de toutes les affections du quart médian, du cou jusqu'aux genoux.
Les médecins y ont recours pour plus de 200 maladies et symptômes, notamment pour les maux de tête, l'insomnie, les lombalgies, les affections des nerfs, la neurasthénie, les paralysies, les entorses.

RÉCLAME POUR UN MASSAGE PELVIEN, 1881.

Avril

Le cabinet du docteur Gagliardi se trouvait au second étage du bâtiment Degas, presque sur la piazza del Gesù. Pour y aller, il fallait traverser toute la ville, de Chiaia au centre, et cela prenait au moins une demi-heure. Grâce à Dieu, un chaud soleil était venu effacer toute trace de pluie. Fortuna prétendait que cela ne durerait pas, mais personne ne l'écoutait parce que ses prédictions ne s'avéraient jamais.

La voiture se rangea sous l'obélisque, à un emplacement où il était encore possible de stationner. Angela descendit avec Peppino, suivie de Giuseppina, qui marchait derrière mais, en réalité, c'était elle qui guidait le groupe. Ils traversèrent la place occupée par des charrettes et des vendeurs de graines et de fruits, et s'approchèrent de l'entrée. Le portail était d'autant plus imposant et élégant qu'il était flanqué de deux colonnes aux chapiteaux en forme de tête de géant.

Depuis sa loge, le portier, qui les connaissait, leur fit signe d'entrer.

Ils montèrent au second étage et s'arrêtèrent devant la porte du cabinet médical. Giuseppina réajusta le col de la chemise de Peppino, puis tira sur la chaîne de la clochette, qu'elles entendirent tinter à l'intérieur de l'appartement.

Ce fut la même domestique potelée et vêtue de blanc, au visage sévère, qui vint leur ouvrir. Elle leur fit traverser le vestibule sombre, en direction d'un petit salon rempli de vases de couleur, de verres et d'assiettes, la collection de porcelaines anciennes du médecin.

Giuseppina et Peppino prirent place sur le petit divan vert.

Angela, comme les autres fois, préféra la chaise près de la fenêtre qui donnait sur la place.

Il y avait de l'animation en bas, mais elle posa le regard sur son fils. À dix ans, Peppino commençait à être aussi gros que son père, puissant et fort. Il avait les mêmes yeux et la même assurance que son grand-père Antonio. En revanche, personne ne comprenait ce qui lui passait par la tête. Il se mettait souvent en colère, parlait peu et mal, et n'écoutait jamais personne, mis à part Giuseppina.

S'il ne semblait pas comprendre ce qu'on lui disait, il était très sensible aux émotions élémentaires que les gens laissaient échapper, notamment quand il s'agissait de réactions négatives comme la peur, le malaise, le dégoût.

Et il réagissait toujours de la même manière à ces réactions-là, par des accès de rage.

Peppino tourna la tête et la regarda. Giuseppina lui tenait fermement la main, comme pour l'empêcher de fuir. Angela tourna la tête vers la fenêtre.

Elle entendit sa sœur qui s'était mise à lire. Le journal publiait en feuilleton l'histoire de Pinocchio, et cela paraissait calmer un peu son fils.

— « Ils lui racontèrent qu'il existait un lieu qu'on appelait le Champ des Miracles. Et que s'il semait des pièces d'or dans cette terre, il deviendrait riche, très riche : de cinq écus, il en gagnerait plus de deux mille ! »

Angela se retourna.

Peppino avait les yeux perdus dans le vide, précipité brusquement dans cette étrange histoire avec le chat et le renard.

Elle ferma les yeux.

Son esprit revint au chaton qu'Alfonzo avait offert à Luciella pour Noël. Un persan blanc, tout en longs poils soyeux, avec des yeux bleus, qui passait ses journées sur les genoux des uns et des autres. Sauf sur ceux de Peppino.

Deux semaines plus tôt, ils l'avaient trouvé caché sous le lit de la chambre des garçons. L'animal avait été écartelé et on lui avait rempli le ventre de cailloux de couleur.

Alfonzo avait donc enfin décidé d'agir. Il avait appelé un de ses clients, un professeur de pathologie renommé de l'Université royale de Naples, un certain Cardarelli, et lui avait demandé conseil.

Le professeur Cardarelli lui avait donné le nom de ce jeune médecin, expert en maladies mentales.

Cela faisait un mois qu'ils avaient commencé à se rendre au cabinet de Luigi Gagliardi, situé dans sa demeure, de la piazza del Gesù.

La première fois, Alfonzo s'y était rendu seul, pour se présenter et convenir des détails financiers, puis il avait laissé Peppino venir avec Angela et Giuseppina.

Angela n'ignorait pas que son mari avait également demandé au docteur de la prendre elle aussi en cure et, après les premières consultations, où il s'était montré très doux, elle avait accepté. Il avait rapidement posé un diagnostic net et clair : *Mélancolie.*

Aujourd'hui commencerait sa cure. Angela attentait, sans curiosité ni intérêt, observant la collection des pièces de porcelaine sur les murs pour éviter de regarder son fils.

— « Comme ils ne réussissaient pas, ils le pendirent à une branche du Grand Chêne ; ils reviendraient le lendemain, en espérant trouver la marionnette morte. »

Sa sœur lisait tout en caressant doucement Peppino qui écoutait.

— « Sentant venir la mort, Pinocchio regretta de ne pas avoir écouté le Grillon et de ne pas être retourné auprès de son père Geppetto. Ce furent ses dernières pensées, puis il ferma les yeux. »

Le docteur Gagliardi entra dans le salon. Petit et chauve, doté de moustaches arrondies et d'un double menton, il donnait, malgré sa blouse blanche, l'impression de se réveiller d'un petit somme après un repas copieux. Il les salua et, sans plus de cérémonie, fit entrer Giuseppina et Peppino dans son cabinet en refermant la porte derrière eux.

Angela n'assistait jamais aux entretiens.

Au bout d'un moment, elle entendit les premiers gémissements de son fils, d'abord légers, puis de plus en plus forts, comme s'il était agacé par les pratiques du médecin. Sa sœur lui avait dit qu'il lui massait la nuque avec des lotions toniques et qu'il lui faisait inhaler des vapeurs de morphine chauffées dans une coupelle en métal.

Les cris de Peppino s'apaisèrent un instant avant de reprendre. Entre deux, elle entendait la voix de Giuseppina qui faisait de son mieux pour le calmer et celle, rassurante, du docteur qui parlait tout en pratiquant son art.

Soudain, le silence tomba. Peppino s'était tut comme par magie.

Angela fut envahie par un agréable sentiment de paix. Qu'elle soit là ou chez elle ne changeait rien du tout. Cela faisait un certain temps qu'elle ne participait plus aux réunions de famille et qu'elle ne recevait plus de visites.

Quand quelqu'un venait voir Elvira, elle restait dans sa chambre. Les domestiques la traitaient avec circonspection, comme si elle était folle. Même Alfonzo avait honte d'elle.

Toutefois, il avait d'autres préoccupations. La période était délicate car les Grands Magasins Morelli avaient enfin ouvert leurs portes. Il avait fallu deux ans de patience !

Cela n'intéressait pas Angela.

Rien ne l'intéressait.

Sur la place, les badauds allaient et venaient comme des fourmis et elle se laissa entraîner par le spectacle. Ses pensées étaient comme des fils qui dessinaient le parcours des gens, puis s'effaçaient à leur tour.

Angela ne pensait à rien et se sentait en paix, presque.

La porte se rouvrit et Peppino ressortit du cabinet, calme, la main dans celle de Giuseppina, et se laissa guider jusqu'au divan où il se rencogna. Sa sœur se rassit et reprit sa lecture.

— « À ce moment, la Fée demanda à la marionnette de lui raconter tout ce qui lui était arrivé et alors il lui parla des pièces, mais il ne lui avoua pas toute la vérité. »

La voix de Giuseppina avait un effet hypnotisant même sur Angela.

— « Chaque fois que tu mentiras, ton nez s'allongera. »

Quelques minutes plus tard, Gagliardi se montra sur le seuil et lui adressa un signe courtois. C'était son tour. Angela s'exécuta.

Dans le cabinet, il y avait une chaise haute, comme pour les petits enfants, mais plus large, qui était entièrement couverte de coussins confortables.

Le médecin lui demanda de s'asseoir dessus.

Angela s'exécuta une fois de plus. Elle n'était pas inquiète, elle ne pensait à rien.

Il retira sa blouse et retroussa ses manches de chemise jusqu'aux coudes. Puis il se rinça les mains dans une cuvette d'eau parfumée. Il préleva un peu d'onguent blanc dans un bocal et s'en couvrit les doigts et la paume de la main droite qui se mirent à briller. Il s'approcha d'elle.

— Gardez la tête bien relevée, madame, et ne regardez pas. Pouvez-vous aussi fermer les yeux, je vous prie ?

Angela s'exécuta de nouveau.

— Maintenant, je dois passer par en dessous. Pouvez-vous m'aider en relevant votre jupe et vos sous-vêtements ?

Angela lui lança un regard perplexe. Il remonta sa robe jusqu'aux genoux et, de la main gauche, commença à baisser ses culottes.

Il évitait son regard et il paraissait nerveux. Angela commença à avoir peur. Elle ne comprenait pas. Elle résista.

— Non.

Gagliardi fit de son mieux pour la tranquilliser.

— Madame, c'est le remède le plus moderne qui soit. Ne vous inquiétez pas. On s'en sert à Paris et à Londres, avec d'excellents résultats. Laissez-moi faire, je vous prie.

— Mais que voulez-vous faire ? Où ?

Gagliardi lui sourit. Ses yeux étaient attentionnés mais déterminés.

— Soyez tranquille, insista-t-il, cela s'appelle un « massage pelvien ».

Il avait hésité sur le mot « pelvien ».

— Après ça, vous vous sentirez mieux. Je vous en prie.

Angela serra sa robe et ses pantalons, mais il insista, pratique et résolu.

Comme un médecin, mais aussi comme un homme.

— Je dois descendre vos sous-vêtements jusqu'à vos genoux, madame, dit-il plus fermement. C'est pour que je puisse travailler. Ne vous souciez de rien : ne suis-je pas médecin après tout ?

À présent, on sentait qu'il était irrité et il était clair qu'il n'éprouvait plus aucune gêne.

Angela tenta de garder ses pantalons mais il les baissa avec détermination. Puis, le regard rivé sur la fenêtre derrière la chaise sur laquelle sa patiente était assise, il glissa la main sous sa jupe et chercha son vagin.

Au bout d'un instant, il commença à le masser, d'un mouvement lent et circulaire, répétitif, un peu mécanique, comme s'il serrait une très longue vis.

Angela ferma les yeux pour ne pas voir le visage moite du médecin et son cou aux poils ras, mais elle ne put éviter de sentir l'odeur de café qu'il venait sans doute de boire.

Gagliardi ne disait plus rien.

Il continuait à fixer la fenêtre sans cesser de la masser calmement et très régulièrement.

Angela baissa les paupières.

Elle se mit à penser à Valérie, lorsque c'était elle qui la touchait à cet endroit.

Elle rouvrit soudain les yeux et se retrouva dans le cabinet du médecin, avec Gagliardi qui continuait à la masser et à transpirer, sans expression, comme un bon docteur qui ne prenait aucune liberté, sauf celles permises par la science moderne.

Angela referma les yeux et l'image de Valérie revint, avec toutes ses résistances, tout ce temps perdu.

Tout ce temps qu'elles avaient passé ensemble.

Valérie nue dans sa chambre à coucher en désordre. Valérie qui la touchait, l'embrassait, la déshabillait et la touchait encore, chaque instant plus profondément, toujours en rythme croissant.

Tout comme le docteur Gagliardi le faisait maintenant en regardant le ciel bleu par la fenêtre.

Exactement comme ça. Là, là, encore.

— Oui, murmura-t-elle.

Pas comme le faisait son mari, qui la pénétrait brutalement et s'épuisait après quelques secondes de mouvements frénétiques.

Valérie avait su la prendre. Comme ça.

— Oui, oui, répéta-t-elle pendant que le médecin augmentait le rythme de son massage, tout en soupirant et en jetant un coup d'œil sur la pendule pour lui faire comprendre qu'il ne faisait que son travail.

Angela baissa la tête et serra les dents alors que le plaisir montait en elle et lui traversait le corps. Elle ne pouvait plus rester immobile, il lui fallait s'agiter sur la chaise pour accentuer le mouvement de la main.

Les doigts du médecin la pénétrèrent et continuèrent en massant de haut en bas et de bas en haut, toujours plus vite, jusqu'à ce qu'elle hurle de plaisir.

Si fort que Gagliardi, doucement, dut poser sa main gauche sur sa bouche.

— Désolé, dit-il d'une voix rauque. Pensez aux voisins.

Au bout d'un moment, tout fut terminé.

Valérie était toujours à Paris. Angela était seule avec le médecin.

Il retira son bras et lui fit signe de remonter ses pantalons qui étaient restés baissés sur ses cuisses.

Angela continua à respirer lentement, vidée et incapable de la moindre réaction.

— Prenez votre temps, madame. Vous constaterez bientôt que vous vous sentirez mieux.

Le médecin semblait aussi satisfait de son absence de réaction, mais il paraissait un peu rouge.

— Une fois par semaine et vous retrouverez le goût de vivre.

Angela le fixa.

— Dois-je revenir ?

— Tous les mardis à trois heures, comme nous en sommes convenus avec votre époux. Cela a été expérimenté sur plusieurs femmes souffrant d'hystérie, madame. Ne craignez rien.

Angela ne savait que dire.

Derrière la porte fermée sur le petit salon leur parvint un bruit de verre cassé.

Puis la voix de Giuseppina qui appelait à l'aide.

Suivie du fracas de vases et d'assiettes qui tombaient et se brisaient à terre. Et puis les hurlements de Peppino.

Gagliardi pâlit.

Il avait encore la main brillante d'onguent jusqu'au poignet.

— Seigneur Tout-Puissant, s'écria-t-il en courant vers la porte du cabinet. Ma collection !

1882

Pour être vraiment distinguée, une dame doit renoncer à toutes les breloques disgracieuses, qui accompagnement chacun de ses mouvements d'un tintement agaçant, et ses vêtements doivent privilégier l'ordre, sans lequel il ne peut y avoir d'harmonie des formes, ni accord des couleurs.

NATALINA, *L'ARTE DEL VESTIRE* (« L'ART DE LA TOILETTE », NON TRADUIT), MILAN, LA PERGOLA, 1882.

Novembre

Angela était assise au salon à côté de la cheminée.

Sa mère bavardait avec la vieille comtesse Epifani qui était passée la voir, mais cela semblait être une visite de condoléances plus que d'agrément.

— Je suis navrée, Elvira, disait l'invitée. Je n'avais pas compris que c'était aussi grave.

Elle but une gorgée de café avant d'ajouter avec une pointe de malice :

— Vous savez dissimuler les secrets.

— Mais je suis désormais lasse de tout garder pour moi.

Sa mère paraissait scandalisée, comme si la vie lui avait brusquement joué un tour outrageant.

— Il a vendu la voiture et a congédié le cocher et le palefrenier, ainsi que la dernière cuisinière. Il a mis à la rue vingt employés entre les différents magasins, et il veut aussi céder très vite la boutique de gants au Museo.

— Et ensuite ?

— Ensuite, qu'en saurais-je ?

La comtesse Epifani était vêtue de vert, avec une ceinture marron à la taille. Sa mère portait en revanche une robe blanche et grise, avec des plis, faite pour recevoir l'après-midi.

Elle préférait accueillir ses hôtes dans l'ancienne maison.

La nouvelle maison, pensa Angela, était destinée à des invités très différents. Certains soirs, quand elle voyait les fenêtres éclairées et entendait les rires, elle éprouvait un peu de curiosité. Que faisait Elvira avec ses nouveaux amis ? Ils devaient jouer aux cartes, et elle perdait ou gagnait des sommes qu'elle ne pouvait peut-être plus se permettre à présent.

Elle avait cinquante-quatre ans, mais elle faisait bien moins que son amie du même âge.

Au contraire, à chaque jour qui passait, Angela se sentait toujours plus vieille.

— Que vous a dit Alfonzo ? insista la comtesse.

— Rien. Qu'aurait-il pu me dire ? Il semble devenu fou.

Elvira était plus irritée qu'inquiète.

— Ce ne sont pas des affaires que je suis capable de comprendre, Antonietta. Je suis une femme. C'est à lui de démêler ces problèmes !

— Et comment ? insista encore l'amie en quête de détails.

— Vendre. Vendre pour récupérer de l'argent, puis peut-être passer des accords avec les banques. Au moins, c'est ce qu'il m'a dit.

— Vraiment ? Je ne puis le croire. C'est si soudain. Tout allait si bien.

— Cela fait des mois et des mois que les Grands Magasins Morelli ne vont pas bien. Je n'y suis jamais allée, à dire vrai, fit sa mère en continuant à agiter les mains. Ils n'ont fait qu'engloutir l'argent de la Compagnie. Les Napolitains n'aiment pas l'idée d'acheter tout ce dont ils ont besoin dans un seul endroit.

— C'est vrai. Il est bien plus plaisant de se promener sur les trottoirs en regardant les offres dans les vitrines et de faire ses achats au fur et à mesure, renchérit la comtesse. Les grands magasins n'auront jamais de succès.

— C'est ce que je lui ai dit ! (La voix d'Elvira vibrait de rage.) Cela permet de prendre l'air et de croiser en chemin quelque connaissance.

— Il est vrai que, quand il a une idée en tête, votre gendre n'écoute personne.

La comtesse regarda un biscuit sur la table avec méfiance, en se demandant si elle le mangerait.

— Pensez qu'il a également demandé un prêt pour louer un local en face du magasin, où accueillir les voitures et faciliter l'accès des clients venus de loin.

— Vraiment ?

Le biscuit retrouva sa place sur le présentoir.

— Il a aussi dépensé le peu qu'il restait pour la réclame dans les journaux !

Angela l'avait constaté elle aussi. *Grands Magasins Morelli. Élégance et économie.*

— En résumé, Antonietta, l'argent file sans résultat.

— Est-il vrai qu'il veut vendre le bâtiment ?

— Pensez-vous ! Personne n'en veut, sauf l'ancien propriétaire qui le lui a vendu il y a quelques années, précisa Elvira en secouant la tête. Il lui a offert la moitié de ce qu'Alfonzo lui avait payé. *C'est ça ou rien.*

— Va-t-il accepter ?

— La banque ne lui donnera pas le choix.

Elvira se laissa aller contre le dossier du fauteuil.

— Je veux juste sortir de ce gâchis et que ma vie redevienne ce qu'elle était avant.

— Bien sûr, Elvira. Tout va s'arranger, du moins je l'espère.

La comtesse tendit la main et donna une tape sur celle de son amie.

— Et Angela ? demanda-t-elle en se tournant vers elle. Je vois que tu vas un peu mieux toi aussi.

Angela ne répondit pas.

— Elle *allait* mieux.

Elvira regarda sa fille comme un meuble, abîmé, réparé mais encore inutile.

— Elle a interrompu sa cure et nous voici tous revenus au point de départ.

— Pourquoi l'a-t-elle interrompue ?

— Parce que nous avons des ennuis, Antonietta ! Comment dois-je te le dire ? Nous n'avons plus un sou.

— Seigneur ! s'exclama la comtesse en plaquant sa main sur la bouche. Il vaudrait mieux de pas l'ébruiter.

— Tout le monde est déjà au courant.

— Moi, j'ignorais tout !

— Ne joue pas avec moi.

Angela se leva et sortit en silence de la pièce sans les saluer, en espérant que les deux femmes, absorbées par leur conversation, l'avaient oubliée.

C'était ce qu'elle cherchait depuis quelque temps, que tout le monde oublie son existence.

Depuis qu'elle avait arrêté sa cure, elle n'avait pas replongé dans l'obscurité comme le croyaient sa mère et tous les autres.

Gagliardi avait obtenu un résultat inconcevable. En enfilant ses doigts, en caressant et en taquinant, il avait rompu des liens cachés qui la retenaient prisonnière.

Cette vie affreuse n'était pas la sienne, elle le savait maintenant.

Pourtant, elle continuait à paraître telle que les autres la voulaient, comme l'avait toujours fait. Accommodante et prête à tout, tout ce qui lui était imposé et par tous. Par sa mère, par son mari, par ses enfants. Y compris par le docteur Gagliardi qui, avec sa main couverte de graisse, lui imposait un plaisir hebdomadaire, académique et clinique.

Toutefois, cela avait été l'ultime abus, la violence finale.

Elle entra dans la cuisine où Fortuna était en train de laver le pantalon de Peppino dans une grande bassine en cuivre. Il semblait maculé de sang. Le sort de son fils était décidé depuis un moment. Alfonzo avait pris des informations sur une clinique psychiatrique privée. La meilleure, à Capodimonte, destinée aux rejetons de l'aristocratie, était très chère. Pour l'heure, ils pensaient à un petit hospice de Melito, à leur portée. Si ce n'était que, la nuit, les malades étaient attachés avec des sangles à leur lit et, le jour, consignés dans leur chambre.

Giuseppina s'y était opposée. Elle avait insisté pour choisir un hôpital dans le centre, dans l'hospice des Vergini, qui avait un accord avec la paroisse à laquelle les Morelli avaient fait de nombreux dons par le passé. L'hospice n'était pas spécialisé dans les maladies mentales, mais ils prendraient l'enfant sans frais, en le traitant comme un patient ordinaire, au moins tant qu'il était possible de le garder.

Fortuna frottait les taches et lui jeta un regard furieux.

— C'est encore ce maudit Peppino.

Angela ne dit rien.

Quand elle était petite, avant Alfonzo, elle adorait rester dans la cuisine pour regarder la vieille Amalia pétrir les tartes sucrées, avec la lumière qui provenait de l'orangerie.

Sa vie dans cette maison lui pesait depuis trop longtemps. Angela n'en pouvait plus.

D'une manière ou d'une autre, elle devait s'échapper.

Luciella entra en courant. Elle avait presque six ans et était adorable, gaie et affectueuse avec tout le monde.

Au lieu de s'approcher de sa mère, elle se précipita vers Fortuna qu'elle étreignit par-derrière. La domestique lui caressa la tête.

— Va voir ta mère, dit-elle. Elle t'aime beaucoup.

Luciella secoua la tête.

— Je ne peux pas.

— Va voir ta mère ! insista Fortuna. Elle est triste. Va lui donner un baiser.

Luciella se tourna vers Angela, peut-être pour déceler les signes de tristesse, ou de sa singularité, sur son visage.

— Non ! cria-t-elle en se précipitant hors de la pièce. Je vais voir grand-maman.

Angela sentit le regard plein de pitié de Fortuna, mais elle ne releva pas la tête et sortit de la cuisine.

Dans le salon, Luciella se tenait dans les bras de sa grand-mère. Elvira semblait enfin heureuse de cajoler quelqu'un, comme si son instinct maternel s'était éveillé avec trente ans de retard.

Angela fut submergée par la colère.

Elle devait fuir. Trouver un moyen de s'échapper de cette vie.

D'une manière ou d'une autre.

Elle monta à l'étage. Les trois petits garçons jouaient avec des soldats de plomb dans leur chambre, sous l'œil attentif de Maria. Ils ne se retournèrent pas sur son passage.

Quand elle se retira enfin dans sa chambre, la porte fermée à clé, elle ouvrit un tiroir de la commode et prit le coffret de bijoux. Elle ne cherchait pas d'or ou de pierres précieuses, mais un article qui lui permettrait d'accomplir son projet.

D'abord, elle chercha la vieille chevalière de son père, celle qu'elle avait vue il y avait des années entre les mains de Giuseppina, et qu'elle n'avait pas rendue à sa mère. Le chaton de la bague montrait ce qu'elle fuyait. C'était un signe qu'elle aurait voulu emporter avec elle. Puis, elle se souvint.

Ce n'était pas nécessaire.

Elle fouilla encore et tomba sur une épingle à chapeau, avec une grosse améthyste incrustée dans la tête. C'était exactement ce qu'il lui fallait.

Assise au bord du lit, elle se mit à se piquer le poignet, cherchant à déchirer la peau, à lacérer la chair pour agrandir l'entaille. C'était trop douloureux mais elle ne pouvait s'arrêter. Elle poussa un cri étouffé, puis plus fort, toujours plus fort. La plaie n'était pas très grande, pas suffisante, même si elle saignait.

Derrière la porte, un de ses fils frappa, tourna la poignée puis s'enfuit.

Elle entendit la voix de Maria. Il lui restait peu de temps. Elle avait réussi à ouvrir une veine et le sang dégouttait sur le sol, mais c'était encore trop lent.

Elle se leva, tourna la clé et fut dehors en une seconde. Le couloir était vide. Elle se dirigea vers l'étroit escalier qui conduisait aux combles. En se retournant, elle vit la traînée de gouttes de sang.

Elle s'élança vers le haut. Il faisait sombre. Elle chercha à tâtons la chambre de Teresa, la trouva et entra.

— J'y suis, dit-elle.

Elle n'avait besoin que d'une corde et d'un crochet. Elle savait comment faire.

Cela faisait des jours qu'elle montait au grenier et, à présent, elle était prête.

Elle retourna sur ses pas et fouilla dans les débris accumulés dans le couloir, prit une corde usagée et poussiéreuse. Dans la chambre, elle s'approcha de la fenêtre et la noua à la poignée. Elle se la passa autour du cou et fit un nœud.

Elle hésita un instant. Il ne lui fallait rien de plus pour s'évader.

Elle devait s'échapper de cette maison, d'une manière ou d'une autre.

Voilà une manière qu'elle pouvait utiliser, mourir comme l'avait fait la pendue.

Elle se laissa aller.

La corde était trop longue et elle tomba à terre sur le dos.

La plaie de son poignet avait cessé de saigner.

La seule manière de s'échapper était de feindre encore.

Faire semblant de mourir en paix.

Contraindre sa famille à prendre des dispositions pour elle aussi. À voir qu'elle était aussi folle que Peppino.

Il y avait une clinique près de Paris qui était spécialisée dans les soins de la mélancolie. Elle appartenait à un oncle des Blanchard.

Angela avait cessé d'attendre des nouvelles de Valérie. Elle avait pris les devants et lui avait écrit une longue lettre où elle racontait tout, y compris ce que faisait le docteur Gagliardi.

Valérie avait trouvé la solution.

Elle lui avait offert ses conseils et son aide, et se montrait prête à l'accueillir. Son oncle était un neurologue renommé. Elle prendrait à sa charge tous les frais d'hospitalisation, en l'honneur de la vieille amitié entre les deux familles.

Alfonzo la laisserait partir, car ce n'était pas une fuite, mais une thérapie, un remède. Et cela ne lui coûterait rien.

Angela était comme son fils maintenant, dangereuse, au point de devoir être éloignée.

Elle attendit jusqu'à ce qu'elle entende les pas grimper l'escalier. Ils étaient tous venus, Maria, Fortuna, peut-être ses fils.

Elle ferma les yeux.

Elle effaça le sourire de ses lèvres et se laissa retomber, la corde autour du cou et le poignet déchiré, comme si elle s'était évanouie.

1883

Se tenir autour de la lampe habituelle à la flamme jaune, relire les mêmes journaux, entendre encore les mêmes malheurs, parler de gens que l'on ne connaît pas, et tout cela avec l'esprit noyé dans un mécontentement, une indifférence, un ennui singulier qui n'est peut-être que l'égoïsme tyrannique de la douleur.

VITTORIA AGANOOR, *LETTRES À GIACOMO ZANELLA*
(NON TRADUIT), NAPLES, 1883.

Septembre

Luciella jouait tranquillement dans la cuisine sous l'œil attentif de Fortuna. Il faisait plus froid, et elles avaient décidé de ne pas sortir. La fillette enveloppait la poupée dans une couverture, elle était elle aussi tombée malade.

Angela gravit l'escalier sur la pointe des pieds et alla déposer le nœud de ruban coloré sous l'oreiller de sa fille. Elle ne tenait pas à être surprise, mais elle était certaine que sa fille avait compris qui lui laissait ces cadeaux dans son lit.

Elle cherchait à raccommoder ses liens avec Luciella, lentement, en silence et en secret.

Sa fille ne lui parlait presque pas. En revanche, quand ils étaient tous assis autour de la table, elle la regardait avec une étrange expression, comme si elle la comprenait.

Elle avait sept ans à présent. Elle était vive, avait les boucles claires de sa grand-mère et les yeux noirs de son père. Sous son regard, Angela avait l'impression d'être comprise et aimée, plus que de n'importe qui d'autre.

Comme si sa fille avait compris la vérité à son sujet.

La vérité tout entière.

Elle s'empressa de retourner à l'étage en dessous.

La porte d'entrée était ouverte. Ils l'attendaient déjà dehors.

Elle traversa la via Caracciolo. La rue, qui formait autrefois la plage, était désormais pavée de pierres grises.

Elle fut soudain rejointe par Giuseppina, qui l'attendait sous l'ombre d'un platane. Elle aussi était vêtue de blanc ce matin-là. Elle portait une tenue ample et plissée, qui avait appartenu à sa sœur et qu'elle avait ajustée à sa taille ; elle l'avait désirée à tout prix, même si elle ne lui seyait guère.

Angela s'agaçait depuis toujours de voir Giuseppina si avide de rester en sa compagnie, de l'imiter, de récupérer ses vieilles affaires, mais, maintenant, cela lui causait aussi de la peine.

Derrière elles, inhabituellement tranquilles, suivaient Bernardo, Gigi et Antonio. Caterina fermait la marche, toujours aussi attentive.

— Je sais tout, dit soudain Giuseppina. Je t'ai vue.

— De quoi parles-tu ? demanda Angela en se tournant vers elle.

Giuseppina ne répondit pas. Elle se dirigea vers la rotonde à gauche de la rue. Elles gravirent les marches et avancèrent sur une petite étendue de sable protégé par la falaise. Il n'y avait personne, bien que la journée fût belle et lumineuse.

Elles marchèrent sur le sable propre, presque jusqu'au rivage.

Les garçons avaient enfilé des pantalons courts et une chemise à rayures, et chacun portait un chandail de couleur différente, bleu, vert et marron, et tous avaient un chapeau blanc. Ils se mirent à suivre le petit ruban de sable.

Angela les contempla un moment avant de revenir vers sa sœur.

— Que sais-tu ?

— Je t'ai vue dans le cabinet de travail de maman, à la fête d'inauguration, il y a toutes ces années.

— Tu n'as rien vu du tout.

— Je te regardais par la fenêtre. Je faisais le guet, continua Giuseppina en rougissant. D'autres fois, j'ai surpris ce que vous vous disiez, toi et Valérie, dans le salon. C'étaient des choses sales.

— Tu as toujours été une petite espionne.

— Je n'en ai parlé à personne !

— Il n'y avait rien à dire.

— Bien sûr que si, insista Giuseppina. Ce n'est pas rien.

Angela ne fit pas de commentaire.

Elle fixait ses fils qui jouaient sur le bord de la mer et elle les appela, mais sa voix n'était pas assez forte. Alors, elle fit signe à Caterina de les lui ramener.

Ce fut Bernardo qui arriva le premier, tout propre, puis Gigi et Antonio, les pantalons maculés de sable, tête nue. Caterina tenait leurs chapeaux dans les mains.

Ils s'assirent pour regarder la mer. Une odeur de sel montait du sable.

— Mes enfants, dit simplement Angela.

Bernardo lui jeta un regard pour la corriger.

— Il y a aussi Peppino. Et Luciella qui ne sont pas là.

— Comme si je les avais oubliés ! Mes vous, vous êtes là. Mes fils.

— Qu'est-ce que tu as maman ? demanda Bernardo. Est-ce que tu es en train de guérir ?

— Non, s'empressa-t-elle de lui répondre en secouant la tête, mais il y a des jours de paix et des jours de guerre. Aujourd'hui est un jour de paix.

— Tu es plus belle, déclara Gigi.

— C'est vrai, confirma Antonio.

— Je vous aime.

Angela frissonna, parce que c'était une des phrases qu'elle ne prononçait plus et qu'elle lui semblait fausse.

Le courage et l'affection qu'elle portait aux autres, pensa-t-elle, ne dépendaient que de sa propre félicité. À présent que tout était fixé, la date du départ, le séjour à Paris et la convalescence dans la clinique, à présent que chaque détail avait été soigneusement mis au point pour éloigner Angela de la maison, elle commençait à éprouver des pointes de nostalgie pour cette vie qu'elle avait tant haïe. Et aussi pour ses fils dont, seulement depuis peu, au cours de ces mois d'une sérénité qu'elle avait cachée à tous, elle faisait enfin la connaissance.

Bernardo ne voulait pas travailler pour la Compagnie Morelli ; il ne parlait que de Dieu et de Jésus, et il se rendait tous les soirs à l'église ou au catéchisme. Il était très apprécié du prêtre.

Lui aussi avait le droit de faire ce dont il rêvait. De suivre sa nature.

En revanche, Antonio rêvait d'aventure. Il était devenu un garçon agile et courageux, toujours prêt à courir ou à se lancer dans quelque entreprise audacieuse. Pour l'heure, il observait l'horizon parce que, depuis quelques semaines, il était obsédé par les navires. Peut-être envisageait-il de partir loin, de s'embarquer sur un vaisseau. Peut-être que, pour lui, une carrière dans la marine militaire serait le meilleur choix.

Gigi, pour l'instant, ne montrait pas de talent particulier, et il hériterait sans doute de la Compagnie, si la Compagnie survivait à la tempête.

Peppino était enfermé dans l'hospice des Sœurs de la Vierge, où, une fois par semaine, Angela et Giuseppina lui rendaient visite.

Il semblait se porter bien.

Quand elle le voyait, il avait l'air heureux. Lui aussi, loin de la maison, avait trouvé un nouvel équilibre.

Mais pour combien de temps ?

Quant à Luciella, elle était encore jeune. Elle avait le temps. Angela imaginait séjourner un moment à Paris avant de revenir à Naples pour l'été. Et Valérie avait décidé de l'accompagner.

Ensuite, elle retournerait en France. Peut-être en compagnie de sa fille.

La vie pouvait être une chose merveilleuse. Il suffisait de trouver le courage de la vivre comme on le voulait, et elle était peut-être en train d'y réussir.

Elle tira Bernardo et le serra contre elle, puis elle fit signe à Gigi, qui les regardait, puis à Antonio de les rejoindre.

Ils restèrent enlacés tous les quatre sur la plage, comme une famille affectueuse.

Aucun des quatre ne voulait se détacher des autres.

Angela sentit venir une envie de pleurer.

Elle fixa les yeux sur la mer.

C'est alors qu'elle se souvint du cauchemar qu'elle avait fait pour la première fois quelques années plus tôt et qui revenait de temps en temps, dans lequel elle repêchait des fils morts, tués par un monstre marin qui s'avérait n'être qu'elle.

La cité inondée de sang.

C'était un cauchemar toujours différent et pourtant toujours identique. La cité, la mort, ses fils.

Bernardo s'éloigna d'elle.

— Maman, dit-il en souriant.

Gigi fit un bond vers l'autre extrémité de la plage pour courir après les pigeons et Antonio l'imita.

Bernardo marcha le long du rivage, la tête baissée en quête de coquillages.

— Ce n'était qu'une feinte, Angela, déclara Giuseppina dans son dos, en reprenant leur conversation comme si rien ne s'était passé entre-temps. Je le sais bien.

— Quelle feinte ?

Angela secoua la tête, puis s'allongea sur le sable.

— Ta maladie, insista Giuseppina.

Elle continua à regarder le ciel puis, après un moment, elle se releva. La mer était d'un bleu si intense qu'il lui brûlait les yeux, et elle paraissait si proche qu'on aurait pu la toucher.

— Au début, c'était réel, puis tu as continué à feindre, insista Giuseppina à voix basse. Tu as fait croire à tout le monde que tu étais folle juste pour t'en aller.

Angela éclata de rire.

— Tu continues de feindre, chuchota Giuseppina. Même avec moi.

Angela se tourna vers elle sans répondre, mais prête à laisser jaillir tout ce qu'elle aurait voulu dire.

— N'en parle à personne, s'empressa-t-elle de la rassurer. Je souffre trop. Beaucoup trop.

Elle éclata à nouveau de rire malgré elle.

Après sa tentative de suicide, Alfonzo avait effectivement conclu qu'Angela était folle, comme Peppino, et qu'elle devait quitter la maison. Elle s'en était rendu compte brusquement, par une lueur dans son regard, et s'en était réjouie en secret.

Ensuite, un peu par habitude, un peu par nécessité, son mari avait préféré repousser son départ à l'été suivant ; encore quelques mois, et il avait attendu l'hiver. Puis, plus longtemps encore, tandis que les échanges de lettres avec la France se faisaient plus fréquents et plus détaillés.

Pendant tous ces mois, Angela demeurait dans ces limbes étranges, entre fiction et réalité, folie et raison, sans plus vraiment comprendre où se situaient les limites.

— Cela t'ennuie que je parte ? demanda-t-elle à sa sœur.

— Oui.

— Cela ne sera pas avant l'année nouvelle.

Elle secoua la tête et tourna de nouveau son regard vers la mer.

— Ce ne sera pas avant six mois. Hélas.

Il avait été difficile de tout organiser, ne serait-ce que parce que, chez les Morelli, les décisions étaient lentes, lentes mais inexorables, et inéluctables. Lorsqu'Alfonzo finissait par être sûr de sa décision, il n'y avait plus qu'à s'y conformer.

— Les journées passeront à toute allure.

Giuseppina s'assit à côté de sa sœur.

— Et toi, pendant des semaines, tu feras encore semblant de ne pas parler, de ne pas écouter, de ne pas penser. Je le sais. Mais ne fais pas semblant avec moi. Pas avec moi. C'est tout ce que je te demande.

— Beh, comme je suis folle !

Angela lui fit une grimace en répétant :

— Folle !

— Et moi, je suis une sorcière, mais pas une espionne.

Angela ne répondit pas. Elle ne se fiait pas à sa sœur, elle n'avait jamais eu confiance en elle, mais il valait mieux la laisser ainsi, dans un brouillard flou.

Après tout, cela faisait deux ans qu'elle était folle, et elle l'était peut-être encore. Parce que les sentiments qu'elle éprouvait pour Valérie revenaient à une forme de folie.

Et ses enfants ?

Elle suivit du regard ses trois fils qui flânaient, chacun de son côté, le long de la plage, escortés de loin par Caterina.

— Luciella ? demanda-t-elle soudain.

— Luciella t'aime.

Angela eut de nouveau envie de pleurer.

Chaque fois qu'elle pensait à sa fille, elle était émue, peut-être parce qu'elle se retrouvait en elle, elle revoyait son enfance et toutes les injustices de la vie. Notamment la plus grande, l'amour maternel qui lui avait manqué, et qu'elle n'avait pas su offrir à Luciella, même si elle le voulait, mais elle était trop distraite par ses souffrances, par ses rébellions contre Alfonzo, par son amour pour Valérie, par la jalousie qu'elle éprouvait envers Elvira. Et probablement que Luciella serait elle aussi incapable de donner de l'amour à ses enfants.

Qui n'en a pas reçu ne peut le rendre, pensa Angela. Comme Elvira, qui n'avait rien à donner parce qu'elle n'avait rien reçu.

Toutefois, elle aurait juré que sa mère avait réussi à briser ses chaînes.

Oui, mais quand ?

Et comment ?

Elle était depuis toujours une femme mauvaise qui avait tout ce qu'elle voulait et rien à la fois. L'argent, la maison, les toilettes, un mari, des enfants, la beauté, mais elle n'avait accordé de valeur à rien de tout cela parce que cela lui avait été imposé par la violence.

Sa fille aussi, après tout, faisait partie des cadeaux de la vie qu'elle avait écartés et jetés aux quatre vents.

— Es-tu heureuse, au moins ? demanda Giuseppina.

Angela regarda sa sœur et, pour la première fois, la vit pour ce qu'elle était, ce qu'elle aurait pu être depuis le début, juste sa sœur. Une sœur *véritable.*

— Tu es heureuse, sourit Giuseppina. Je le vois, moi je te connais. Je t'ai toujours observée en secret, depuis que nous sommes petites.

— Je suis heureuse ?

— Pour une fois, tu as fait ton choix, Angela. Tu es toi-même.

— Et toi ?

Giuseppina écarta les bras dans un geste qui pouvait signifier tout et rien.

Les Grands Magasins Morelli avaient été revendus à Don Raffaele pour une somme dérisoire qui ne remboursait même pas le prix de l'ameublement en bois. La boutique de gants au Museo avait été également cédée. Celle du centre avait fermé. Le magasin du Vomero avait été saisi par la

Banque. La manufacture de Pozzuoli était passée pour moitié entre les mains d'un grossiste de Florence qui avait payé comptant.

Il fallait à présent céder aussi la boutique de Chiaia pour faire face aux dernières dettes.

Il ne restait que les magasins de Melito.

Alfonzo semblait être pris de folie, mais il ne se rendait pas.

Avec le même élan agressif avec lequel il s'était fait une place dans le monde, il était en train de la défaire, tout en restant attentif à ne pas se vendre à bas prix, à ne pas se faire gruger, à ne pas gâcher sa réputation. Il était toujours à négocier, à s'imposer, à prouver qu'il restait un homme puissant, même dans l'échec.

Hélas, il n'arrivait plus à affronter ses débiteurs.

Le voyage d'Angela à Paris serait entièrement pris en charge par les Blanchard, qui étaient extrêmement riches. La famille avait consolidé sa position en France grâce à Théo qui avait su investir au bon moment dans les mines de fer, dans l'avenir.

Elvira s'enfermait chez elle et ne venait plus les voir, offensée par ce monde qui lui avait joué un si mauvais tour à un âge où une dame aurait dû se borner à jouir des aises de sa position. Sa rente avait été réduite à un quart et elle serait certainement diminuée de moitié dès le mois suivant.

Elvira accusait surtout Alfonzo, qu'elle rendait responsable de tout.

Personne n'était bienvenu chez elle sauf Luciella. Angela encore moins que tous alors que celle-ci caressait parfois l'idée de se réfugier chez sa mère pour lui avouer toute la vérité. Peut-être n'était-ce en réalité qu'une idée pour provoquer une réaction, même s'il ne s'agissait que de rejet et de répulsion.

— Nous devons peut-être donner congé à Nunzia et à Rosaria, voire à Caterina, annonça Giuseppina.

Elle avait les joues rouges et les yeux brillants.

— Non, pas Caterina !

— Dès l'an prochain je pense. Maria et Fortuna resteront avec nous, mais les enfants sont assez grands. Et puis, je serai là moi.

— Je reviendrai vite, dit Angela.

Elle éprouvait l'envie de lui dire quelque chose de gentil, mais elle se retint.

La mer parut soudain plus agitée par un tourbillon, comme si un gros poisson venait vers elles.

Elle montra l'eau.

— Tu as vu ?

— Quoi ? Non, je ne vois rien, répondit Giuseppina.

— C'est un dauphin, ou un requin.

— Mais non, c'est juste une grosse vague.

— Je le vois.

— Il n'y a rien du tout.

Giuseppina se leva. Angela l'imita et la prit par le bras.

— Que signifie mon cauchemar ?

— Quel cauchemar ?

— Tu sais bien, celui qui revient toujours. Lorsque la mer devient rouge de sang !

— Que veux-tu que j'en sache ?

Giuseppina paraissait abattue.

— Ce sont des signes de catastrophe et de mort, non ? insista Angela.

Maintenant, elle avait peur.

Sa sœur secoua la tête.

— Tu dis toujours que tu ne crois pas à ces bêtises.

— Je n'y crois pas, mais qu'est-ce que cela veut dire ?

— Cela ne veut rien dire. Je n'aime pas parler de ces idioties.

Giuseppina commençait à être vraiment inquiète.

— Pourtant, tu continues de le faire avec les domestiques. Quel genre de sorcière es-tu ?

— C’est un jeu. Je ne veux pas y jouer avec les personnes que j’aime.

— Quand je pense que j’ai cru pendant tant d’années que tu étais une vraie sorcière !

Elle lui donna un coup de coude, mais très doux, avec gentillesse. Giuseppina fut soulagée.

C’était quelque chose de nouveau pour Angela de plaisanter avec sa sœur, mais cela lui plaisait. Dommage qu’elles ne l’aient pas fait plus tôt.

— Attention, je pourrais te jeter un sort pour que tu ne partes plus, fit Giuseppina.

— Je ne te le permets pas.

— Je ne sais pas jeter des sorts, petite sotte !

— Ne pense même pas à moi. Oublie-moi.

— Je ne peux pas.

Sur une impulsion, Angela lui prit la main et la serra, et cela signifiait tant de choses qu’elle ne savait pas dire avec des mots.

Une ombre noire se déplaçait encore sous la surface de l’eau puis, juste devant ses yeux, elle disparut lentement.

Ses fils jouaient, Caterina les surveillait. Le soleil brillait et elle était avec Giuseppina.

Dans quelques mois, elle retrouverait Valérie.

Oui, je suis heureuse, pensa-t-elle.

GIUSEPPINA

1884-1900

1884

La mortalité la plus élevée due aux maladies infectieuses, miasmatiques et contagieuses, s'observe dans les communes de Campanie. Ce pic été en grande partie provoqué par l'épidémie de choléra qui a sévi plus particulièrement à Naples.
En 1884, les maladies miasmatiques et contagieuses ont causé en tout 54,2 décès pour 10 000 habitants, proportion nettement supérieure à celles observées au cours des trois années précédentes. L'augmentation est entièrement imputable à l'épidémie de choléra qui a touché une partie considérable de l'Italie et a entraîné la mort de 8 844 personnes, soit 12,4 décès pour 10 000 habitants.

Statistiques des causes de décès survenues dans l'ensemble du Royaume, 1884.

Octobre

Le plus terrible était l'absence de larmes.

Elle attendait, assise à côté du lit, la main de la morte dans la sienne, et elle ne pleurait pas.

Luciella était allongée comme une poupée entre les draps, immobile et désormais froide. Le choléra avait desséché son corps, mais pas son visage qui était encore beau et serein, blanc, alors que les lèvres ne conservaient que peu de traces de rose. Quelqu'un avait lavé et coiffé ses cheveux souillés et emmêlés durant la maladie. À présent, ils encadraient de boucles son visage.

Ce n'était pas Fortuna. Elle n'avait pas encore eu le courage de s'approcher. Elle demeurait dans la cuisine à pleurer, inconsolable.

Ainsi, cela avait dû être Elvira, qui était assise sur un fauteuil bas, figée comme une statue de marbre, la main de Luciella dans les siennes.

Giuseppina s'éloigna de la porte sans un bruit.

Elle ne voulait pas empiéter sur cette douleur. Cela lui semblait un sentiment trop important, presque sacré.

Sa mère avait aimé Luciella plus que ses propres filles, c'était une certitude. Plus que les petits-fils mâles et, pour autant qu'elle s'en souvienne, plus que son mari. Peut-être même plus que son amant.

La maison était devenue muette.

Il semblait que plus personne n'y vivait, en dépit de ce que chaque chambre comportait un lit dans lequel il y avait un malade qui luttait pour vivre.

Grâce à leurs accointances, les Morelli avaient réussi jusqu'à présent à éviter la convalescence à l'hôpital de la Conocchia, mais Giuseppina ignorait combien de temps cela allait encore durer.

Le choléra avait frappé Naples cet été-là depuis le Nord, porté par les étrangers. Il avait commencé à tuer dans les quartiers les plus pauvres, dans les ruelles obscures, dans les logements en sous-sol, près du port et dans les garnis, parmi les prostituées.

Un mort le premier jour. Puis trois le second. Dix le jour suivant et trente le lendemain, puis soixante-dix, puis cent vingt. Après moins d'une semaine, la maladie avait atteint les quartiers bourgeois où elle s'était déchaînée en toute équité, faisant des victimes parmi les nobles, hommes et femmes, de Chiaia et de la via Toledo, autant que parmi la population du port, du Pendino, du Mercato ou de la Sanità.

Giuseppina avait considéré le choléra comme l'expression de la colère de Dieu, précisément parce qu'il réduisait l'être humain à sa condition la plus abjecte, le corrompant et le consumant de l'intérieur. Pauvres ou riches, tous étaient privés d'énergie, de dignité ou d'âme.

L'infection avait frappé à la porte de la maison Morelli quelques semaines plus tôt et avait rapidement submergé la famille.

La première à tomber malade fut Catarina, la servante préférée d'Angela et de toute la maisonnée pour son caractère joyeux et serviable. Elle avait eu mal à la tête toute la soirée, mais elle avait tenu à rester quand même pour veiller sur les garçons et sur Luciella.

Le lendemain, elle n'avait pas pu se lever. L'après-midi, elle avait commencé à vomir et à perdre tous les liquides qu'elle avait dans le corps. Fortuna avait tout de suite compris qu'il devait s'agir du choléra et n'avait permis à personne d'entrer dans sa chambre, seule à lui apporter des cuvettes pleines d'eau et à emporter les seaux qui débordaient, les draps humides de sueur, les linges souillés.

Catarina n'avait survécu que pendant trois jours.

Deux chauffeurs étaient venus prendre le corps, vide et desséché. Ils l'avaient attaché sur une planche en bois qu'ils avaient ensuite chargée sur un chariot en direction du Cimetière des 366 tombes ou de celui du choléra.

Ce fut ensuite le tour de Rosaria. Puis de Maria. Puis des autres.

Giuseppina descendit en se cramponnant à la rambarde. La maladie l'avait épargnée, au moins jusque-là, mais elle était affaiblie par le manque de sommeil, et la mort était peut-être déjà en elle.

Moi non, pensa-t-elle. *Je suis la sorcière qui ne tombe jamais malade.*

Elle souffrait en silence, peut-être plus que les autres. Elle avait passé les deux nuits précédentes à veiller sur sa nièce et, dans la journée, elle se relayait au chevet des autres malades. Parmi ceux qui étaient encore en bonne santé, elle était la seule capable de mener à bien cette tâche.

Depuis la mort de Caterina et la maladie de Maria, Fortuna ne comprenait presque plus rien ; elle passait son temps à pleurer dans la cuisine ou près du lit de l'un des enfants qu'elle aimait sans réserve. En revanche, elle ne tombait pas malade elle non plus, elle résistait.

Nunzia, après avoir perdu Rosaria, sa sœur, s'était comme éteinte. On ne pouvait plus que lui demander des choses simples : mettre l'eau à bouillir pour laver les draps, vider les pots, nettoyer le sol. Elle n'était même plus capable de faire la cuisine.

Le vestibule était désert. Depuis la rue approchait le son du glas qui indiquait le passage d'une voiture de médecin. Elle ouvrit la porte et avança dehors pour respirer un peu d'air pur.

Il fallait se rendre au coin de la rue San Pasquale pour prévenir les pompes funèbres et réserver une fois de plus les porteurs pour qu'ils reviennent emporter un autre corps. Les funérailles ne pourraient avoir lieu rapidement et, sur ordre du préfet, il fallait se débarrasser le plus vite possible des dépouilles.

La rue était déserte, les quelques boutiques de la Riviera étaient fermées. Sur le front de mer, la Villa nazionale était à l'abandon. De temps en temps, un chariot passait en direction de la Conocchia, une voiture de location avec un malade à l'intérieur ou un fiacre public réaménagé pour le transport des alités.

Un gros homme marchait à la hâte au milieu de la chaussée. Il la vit dans l'embrasure de la porte, pâle, négligée et en rose sale, et il s'arrêta. Il traversa aussitôt la rue pour changer de trottoir de crainte d'être infecté.

Elle rentra et claqua les battants. Elle ouvrit la porte du salon où régnait à présent le chaos.

Alfonzo, qui avait lui aussi échappé au choléra, s'y était réfugié depuis des jours, et il y campait comme un gros animal à peine domestiqué.

On lui avait installé un lit de camp, mais il refusait que les servantes viennent faire son lit. Ses vêtements souillés jonchaient le sol ; des assiettes avec des restes de nourriture occupaient toutes les surfaces. Personne n'avait le temps de prendre soin de lui et, comme il était habitué à être servi, il ne savait pas comment faire.

À cette heure, il était assis devant le secrétaire couvert de documents, la tête dans les mains. Giuseppina remarqua dans ses cheveux des fils gris qui n'étaient pas là auparavant.

Il venait à peine de passer cinquante ans.

Il releva la tête et lui offrit un regard las.

— Je n'y arrive plus, Giuseppi, murmura-t-il. Comment va-t-elle ?

— Mal, mentit-elle.

Il n'était pas encore monté voir Luciella, et Giuseppina craignait qu'il n'y réussisse jamais.

C'était peut-être mieux ainsi.

Chez Alfonzo, la douleur, comme toutes ses émotions, se manifestait toujours de manière violente, expansive, bruyante, et ce n'était sans doute pas le moment.

Elle lui posa la main sur l'épaule.

— Attends un peu avant de monter, dit-elle. Il y a le temps.

— Guérira-t-elle ?

Giuseppina ne répondit pas.

Son beau-frère la regarda, baissa la tête et fouilla les papiers étalés sur le secrétaire, un beau meuble de prix en palissandre, de facture française, qui avait d'abord été un élément décoratif du salon et qui lui servait de table de travail.

— Les comptes. Les calculs ne tombent pas juste, marmonna-t-il. Tout est faux.

— Ne t'en soucie pas pour le moment, Alfo, dit-elle.

Elle comprit qu'il avait besoin de se concentrer sur autre chose que le choléra ou sa fille, ou encore sa famille.

— L'argent.

— Quoi ? demanda Giuseppina d'un air distrait.

Elle regarda les rideaux, ils étaient sales.

La maison était en train de tomber en ruine.

Et Luciella était morte dans le lit de l'étage.

— L'argent, Giuseppi ! L'argent ne rentre pas. Il s'en va et ne revient pas.

Il secoua la tête et pinça les lèvres.

— C'est la crise, ajouta-t-il.

Il avait le regard fou, comme s'il parlait d'un monstre.

— Le choléra, la crise, la mort. Pourquoi tout cela ? Nous étions une famille si heureuse.

Giuseppina sourit malgré elle. Le passé paraissait si beau, comme si la mort avait effacé tous les souvenirs douloureux.

— C'est une période difficile. Pourquoi ne t'allonges-tu pas ? Nous t'appellerons quand tout sera prêt.

— Prêt pour quoi ?

— En haut, chuchota-t-elle. Luciella.

Alfonzo leva la tête d'un air désemparé, puis il parut comprendre mais il se borna à répéter :

— Je n'y arrive plus, Giuseppi.

Elle n'insista pas parce qu'elle savait qu'il disait vrai.

Elle sortit en silence du salon. Elle retraversa le vestibule, où les vitres ne laissaient filtrer que peu de lumière sur le dallage qui n'avait pas été balayé depuis des jours, et elle remonta.

Les portes étaient fermées. L'air vicié ne devait pas circuler d'un malade à l'autre. Le vieux Frascella avait répété à l'envi que les miasmes produits par la décomposition de la matière organique étaient responsables des contagions.

C'était pour cela que tout était fermé, mais le choléra trouvait toujours un moyen de contourner les obstacles.

Dans un recoin, sous une fenêtre, Bernardo était agenouillé. Il priait.

Sa tante s'arrêta pour lui caresser les cheveux.

Nunzia descendit à cet instant de l'étage du dessus où Maria, confinée dans sa mansarde, guérissait grâce aux décoctions d'herbes médicinales qu'on vendait sur la piazza del Mercato à des prix exorbitants.

Giuseppina prit l'enfant par la main pour le relever et le confier à la servante. Nunzia la regarda de ses yeux rougis, mais elle mit un doigt sur ses lèvres pour lui intimer le silence et lui fit signe d'emporter l'enfant en bas.

Elle demeura seule.

À présent, la chambre de Luciella était fermée, comme les autres, mais Elvira était certainement encore dedans.

Giuseppina avança et s'arrêta devant une autre porte. Elle repensa à toutes les fois où elle était entrée en cachette dans cette pièce. À toutes les fois où on l'en avait chassée. À quel point elle avait voulu être cherchée, appelée simplement.

Elle prit une grande inspiration et redressa la tête avant d'entrer.

Angela était allongée sur le lit. La chambre était plongée dans la pénombre, les persiennes tirées, mais il ne faisait pas chaud.

Pourtant, sa sœur transpirait.

Angela tourna la tête vers elle et Giuseppina vit les gouttelettes qui lui couvraient le front, les tempes.

— Comment te sens-tu ? demanda-t-elle en tendant la main.

Giuseppina savait que sa sœur n'y voyait plus très bien. Malgré le silence, elle s'approcha du lit et s'installa sur une chaise.

Angela aurait dû partir en février pour entamer sa convalescence dans une clinique française, mais Elvira et Alfonzo avaient décidé qu'elle devait patienter jusqu'à Pâques, puis jusqu'à la communion d'Antonio, en septembre, avant de partir, et elle n'avait offert aucune résistance. Elle vivait comme dans un rêve, dans l'attente de sa nouvelle vie, et rien ne pouvait la troubler.

Quand, soudain, le choléra était arrivé.

Les premiers cas de diarrhée suspecte avaient été dissimulés pendant des mois afin d'éviter de provoquer la panique. Ensuite, il avait été trop tard pour toute tentative de prévention, et Naples avait été entourée d'un cordon sanitaire infranchissable. Personne n'avait le droit ni de sortir ni d'entrer. Les routes étaient surveillées par les militaires. Seuls les secours hospitaliers, la Croix-Rouge, la Croix-Verte, les médecins et les infirmières volontaires venus du Nord y avaient accès. La cité, privée d'un système d'assainissement décent, et pénalisée par un approvisionnement en eau qui n'offrait aucune garantie d'hygiène, avec des citernes souvent proches des puisards, était à la merci de la maladie.

Même le roi Humbert Ier, poussé par l'opportunisme politique, était venu en visite dans la vieille capitale frappée par le choléra.

Sa sœur Angela s'était confinée dans la maison, en espérant – pensait Giuseppina – que tout passerait rapidement, mais le choléra n'avait pas épargné les Morelli, passant de l'un à l'autre jusqu'à la frapper elle aussi.

Les draps puaient les vomissures.

Giuseppina se leva d'un bond et se dirigea vers l'endroit où des draps propres attendaient d'être repassés, mais elle les prit quand même et les posa sur une chaise.

Par chance, il y avait de l'eau claire dans la cuvette et l'éponge avait été lavée.

D'un geste doux, elle retourna le corps émacié de sa sœur sur le côté, la lava délicatement à l'eau froide, retira les draps sales et les jeta en tas sur le sol.

Elle fit ensuite glisser le drap propre sous les hanches, les jambes et le torse d'Angela, changea la taie d'oreiller et arrangea celui-ci plus confortablement en soulevant son cou et ses cheveux baignés de sueur.

Angela la regarda en silence pendant toute l'opération, consciente mais inerte.

Quand elle fut bien installée entre les draps frais et le corps propre, Giuseppina se rassit à côté d'elle, les mains sur les genoux et la tête droite.

Elle ne savait plus que faire.

— Maman ? demanda à un moment Angela en cherchant sa main. Maman, c'est toi ? Merci.

Giuseppina lui caressa le front.

— C'est donc que tu m'aimes, maman ?

— Oui, chuchota sa sœur.

— Je le savais.

— Te sens-tu capable de manger quelque chose. Un peu de bouillon de poule ?

Angela répondit par la négative.

— C'est toi ? dit-elle d'un ton différent.

— Oui, c'est moi, répondit Giuseppina.

— Comment va Luciella ?

C'était la question qu'elle posait dès qu'elle se réveillait.

Giuseppina détourna les yeux.

Elle ne pouvait rien faire en réalité. Peut-être ouvrir la fenêtre pour faire entrer un peu d'air ?

Angela tendit de nouveau la main pour prendre la sienne.

Elle n'avait plus aucune force.

— Elle est guérie ? Dis-moi la vérité.

Ses yeux brillaient de fièvre et de terreur.

— Oui, elle est guérie, répondit Giuseppina dans un souffle. Elle va bien et viendra bientôt te dire bonjour.

Angela laissa tomber sa tête sur l'oreiller et ses lèvres esquissèrent un lent sourire.

— Alors, je peux dormir, murmura-t-elle en fermant les yeux.

Il n'y avait pas eu de crèche, ni de friandises ou de cadeaux pour les enfants ce Noël. Et pas seulement dans la maison Morelli.

La cité tout entière anéantie par le deuil était restée silencieuse.

Il n'y avait rien à fêter. Ces deux mois avaient duré aussi longtemps que deux décennies, et ceux qui n'étaient pas morts avaient vieilli d'un coup.

La ville s'était soudain vidée de toute vie. Certaines nuits, Giuseppina avait l'impression que Naples retenait son souffle pour ne laisser échapper aucun bruit. Ensuite, l'aide avait commencé à arriver de toute l'Italie. Des chariots, des médecins, des infirmières et des soldats qui étaient aussi effrayants que l'épidémie.

Maintenant, les gens qui passaient dans les rues étaient plus seuls, plus fatigués, plus effrayés, mais on pouvait aussi surprendre dans leurs yeux une exaltation inavouable à la simple idée d'être en vie.

Giuseppina était assise à côté de la fenêtre du salon qui avait repris sa fonction. La maison n'était plus un lazaret, tout en demeurant un lieu où le silence et la douleur régnaient.

Dehors, il faisait sombre. On ne voyait pas la mer.

Le dernier jour de l'année.

Par le passé, Giuseppina s'amusait à imaginer l'avenir. Enfant, elle inventait des jeux où elle lisait les cartes ou le marc de café, ce qui enchantait ou épouvantait tour à tour les domestiques, mais cela faisait longtemps qu'elle avait cessé.

Elle avait appris à ses dépens que personne n'apprécie les mauvaises nouvelles, et les belles étaient si rares !

Ses mains agitées avaient cependant trouvé un jeu de cartes de scopa dans un tiroir de la commode et c'était ainsi, par ennui et pas par nostalgie, qu'elle en déposa cinq en rang sur la table.

Le roi des bâtons, la reine des deniers, l'as des épées, la reine de cœur et le trois de bâtons.

Giuseppina les contempla longuement, mais elle ne put donner un sens cohérent à la séquence. Alors, elle se remit à regarder dehors.

La nuit était toujours aussi noire et la mer demeurait invisible, mais si elle ouvrait la fenêtre, elle l'entendrait mugir.

Elle ouvrit.

La fraîcheur de la bise la ranima brusquement.

Pendant un instant, elle se sentit de nouveau vivante, pleine d'attentes, d'espoir.

Puis elle entendit une voix qui provenait de l'extérieur ou de l'intérieur, elle l'ignorait.

Et la voix disait : *Fuis* !

1885

C'était en mai et elles tombaient à poignées,
Poignées par poignées, les cerises rouges
L'air était frais et tout le jardin
Embaumait la rose à cent pas alentour.
C'était en mai, moi je ne l'oublie pas.
Nous chantions une chanson à deux voix
Plus le temps passe et plus je m'en souviens
L'air était frais et la chanson douce.
Elle disait : « Ô mon cœur, mon cœur, tu t'en vas déjà...
Tu me quittes et moi je compte les heures.
Qui sait quand tu reviendras ? »

SALVATORE DI GIACOMO, *ERA DE MAGGIO*
(« C'ÉTAIT EN MAI », NON TRADUIT), MUSIQUE
DE MARIO COSTA, NAPLES, PIEDIGROTTA, 1885.

Mai

À droite et à gauche, les champs verts étaient encore trempés de pluie mais ils étaient sortis de l'hiver et avaient ressuscité. Ils renaissaient toujours. Pas comme les humains, dont beaucoup s'étaient arrêtés de vivre l'automne précédent. Giuseppina, assise dans la calèche, pressa le cheval noir d'accélérer le pas car il fallait fuir.

Fuir !

Elle leva la tête, mais il n'y avait plus aucun nuage, seul un ciel immense et d'un bleu pur.

Depuis l'horizon, on voyait un grand oiseau s'approcher.

Giuseppina le fixa longuement.

Lorsqu'il fut presque sur le toit de la voiture, elle comprit que ce n'était pas un oiseau mais une sirène avec une queue de poisson et des ailes grises comme celles des pigeons.

Le volatile projetait son ombre sur elle et avait le beau visage d'Angela. Une Angela en colère.

Exactement comme l'était sa sœur, toujours en colère.

— Que veux-tu ? demanda Giuseppina qui se sentait toujours coupable, uniquement d'exister. Qu'attends-tu de moi ?

Angela continua à la regarder sans rien dire.

— Que veux-tu ? hurla Giuseppina.

Angela changea d'expression. Elle n'était plus en colère.

— Que veux-tu ? chuchota Giuseppina.

Sa sœur se mit à parler à voix basse, avec une douceur qu'elle n'avait jamais manifestée auparavant.

Giuseppina se mit les mains sur les oreilles pour ne pas entendre, mais les paroles pénétrèrent quand même dans son esprit, jusqu'à ce qu'elle ne trouve d'autre solution que de fuir le rêve.

Toutefois, même quand elle fut réveillée, la voix de sa sœur ne s'était pas effacée, pas plus qu'elle ne l'avait oubliée.

— Non, disait-elle.

Tout en parlant, Giuseppina s'aperçut qu'elle pleurait.

Elle se leva et ouvrit les persiennes pour laisser entrer la lumière du matin dans la chambre. Elle se regarda dans le miroir, les joues baignées de larmes et le visage gonflé d'inquiétude et de crainte.

Après la mort de Luciella et d'Angela, elle s'était coupé les cheveux très court, et à présent qu'ils avaient repoussé, ils étaient un peu plus ondulés et un peu tordus d'un côté.

Elle fit une toilette rapide, s'habilla et fit le lit avant de sortir de la chambre. Elle descendit l'escalier sur la pointe de pieds, comme elle avait pris l'habitude de le faire au cours des jours de deuil.

Dans la cuisine retentissait le bruit de la vaisselle.

— Bonjour.

Fortuna coupait la tarte de la veille, la tête baissée. Désormais, elle ne saluait plus personne ; elle avait pratiquement cessé de parler depuis la mort d'Angela, comme si elle avait perdu sa propre fille.

Maria était assise à table et mangeait du pain noir avec le lait frais qui arrivait chaque matin des Camaldoli, à l'est de Florence. À côté d'elle, il y avait la cruche blanche. Elle aussi baissait les yeux et mastiquait en silence. Cela faisait un certain temps, depuis la fin de l'épidémie, qu'elle se comportait bizarrement. À présent, il fallait veiller à la manière dont on lui donnait des ordres pour ne pas qu'elle se sente offensée. Elle se faisait vieille, mais elle se coiffait et s'habillait mieux que quand elle était jeune.

Giuseppina prit un verre et une tranche de pain et s'assit en face d'elle. Maria leva les yeux mais ne la salua pas. Elle prit une dernière gorgée de lait et se leva pour se retirer dans sa petite chambre derrière la cuisine.

— Comment vas-tu, Fortu ? demanda Giuseppina en se versant du lait. As-tu toujours mal au dos ?

— Comment veux-tu que j'aille ? Toujours pire.

La vieille bonne, courbée sur le feu, se redressa en s'appuyant pour garder l'équilibre par la main. Elle paraissait chaque jour plus petite, comme si elle se ratatinait.

— Avec l'été qui arrive, cela te passera.

— Passe, passe, c'est beaucoup dire. Je suis vieille. Je serai bientôt morte. Dieu merci !

Elle avait allumé le feu sous la grande cafetière.

— Tu ne mourras pas, Fortuna, tu es immortelle.

L'autre marmonna quelque chose que Giuseppina prit pour une injure ou un blasphème.

— Que dois-je faire, Fortuna ? demanda-t-elle à voix basse.

— Ce que tu dois faire ? La domestique parut s'animer. Tu dois l'accepter.

Elle accompagna ses paroles d'un geste qui voulait dire : *Sinon, c'est l'autre qui le prendra.*

Elle indiquait le débarras de Maria.

La lumière du matin entrait par la fenêtre, dessinant un beau rectangle bleu sur le carrelage.

Giuseppina continua à manger en silence, trempant son pain dans le lait comme elle le faisait depuis toujours chaque matin.

En tout cas, depuis qu'elle vivait chez les Morelli. Elle ignorait tout de sa vie d'avant. Elle n'avait aucun souvenir de l'orphelinat ou des religieuses, bien qu'on lui en ait souvent parlé.

Elle promena les yeux sur les couleurs des carreaux en essayant de ne penser à rien.

Un peu de temps s'écoula.

Maria ressortit de sa chambre déjà habillée. Depuis quelque temps, elle préférait mettre ses meilleurs effets pour paraître plus belle, mais elle n'avait jamais été belle.

Cependant, elle devait avoir presque cinquante ans et en paraissait moins de quarante. Avec ses grands yeux noirs, ses cheveux bouclés et sa poitrine ronde, elle possédait quelque chose de jeune et de sauvage qui pouvait encore plaire à un homme.

Les Luciani – les habitants du Pallonetto – étaient tous comme ça, pensa Giuseppina avec une pointe de mépris. Ils étaient restés différents parce que coulait encore dans leurs veines le sang des Grecs anciens, celui des premiers habitants de la ville. Une autre race.

Après le départ de la femme de chambre, Elvira se présenta à la cuisine.

Elle était vêtue d'une longue chemise orange en soie brillante, avec un ornement oriental bleu et jaune sur le col. C'était une robe d'intérieur coûteuse qu'elle avait achetée des années plus tôt, et qui était désormais salie au niveau de l'ourlet et gardait un trou dans une manche.

— Bonjour, dit-elle sans regarder sa fille et en s'asseyant.

— Bonjour, maman.

Fortuna ne dit rien. Elle continua à tripoter la cafetière qu'elle avait retirée du feu et renversée sur la table en marbre pour faire passer le café.

Elvira avait vieilli elle aussi. En l'espace de quelques mois, elle avait rattrapé toutes les années qu'elle avait réussi à éviter jusqu'alors. La vie ne réclamait-elle pas toujours son dû ?

Le choléra, et les morts qu'il avait semés sur son passage, avait été un coup trop douloureux, d'autant que l'épidémie les avait pris par surprise, comme une gifle qui avait paralysé tout le monde. Ce n'était que depuis peu que la vie semblait revenir dans la maison, avec de nouveaux rythmes et de vieilles habitudes.

— As-tu bien dormi ? demanda Giuseppina.

Elvira secoua la tête tandis que Fortuna posait devant elle une tasse en porcelaine fine et une part de tarte.

— J'ai rêvé de Luciella, dit Elvira. Elle allait bien. Elle a dansé. Je me suis réveillée soulagée. La vie continue, Giuseppi, nous devons être fortes.

— Tu as toujours été forte, maman.

— Aide-toi et Dieu t'aidera.

Le sourire la fit paraître encore belle pendant un instant.

Fortuna versa le café fumant dans la tasse et se retourna aussitôt vers le poêle, comme pour ne plus l'entendre.

— As-tu réfléchi ? C'est le jour de la réponse, Giuseppi.

Giuseppina secoua la tête.

— Écoute, tout va plus mal qu'avant, insista Elvira. Alfonzo doit abandonner la moitié qui nous restait de la manufacture.

Elle était de nouveau sombre, plongée dans un puits noir et profond.

— Nous avons des ennuis, Giuseppina. Tu as au moins compris cela ?

— Mais les magasins ?

— Il n'y a plus de magasins.

Au lieu de boire son café, Elvira la regardait.

— Il n'y avait que cette petite part qui servait de caution à la moitié de la manufacture et, à présent, il n'y aura plus cela non plus.

— Comment faisons-nous pour nous en sortir ?

— Nous nous débrouillons. Alfonzo s'y entend bien. (Elle regarda le café dans la tasse.) Il trouvera une solution.

Au bout d'un moment, elle regarda de nouveau sa fille.

Giuseppina baissa la tête et baissa lentement, avec réticence.

— Moi aussi, j'ai fait un rêve. Angela.

— Que t'a-t-elle dit ?

Elvira se renfrognait déjà, prête à se battre comme d'habitude, y compris contre l'âme de sa fille si celle-ci avait osé dire quoi que ce soit contre ses propres intérêts.

— Rien, elle ne m'a rien dit.

— Je ne te crois pas.

— Je te le jure.

Elle repensa à la femme mi-poisson, mi-oiseau.

— Peut-être qu'elle était en colère, ajouta-t-elle.

— Tu vois bien ! (Elvira sourit, comme soulagée.) C'est parce qu'elle veut la même chose que moi. Mais toi, tu ne peux te décider ! Ce rêve ne signifie qu'une chose, c'est que tu dois l'accepter. Pauvre Angela ! Elle me manque tellement.

Fortuna fit claquer le bol sur le marbre de la paillasse avant de quitter précipitamment la cuisine en marmonnant une de ses bêtises, qu'elle ne savait même pas bien prononcer.

Elvira continua à boire son café en silence, puis elle fixa Giuseppina.

— Tu dois accepter Alfonzo, dit-elle sèchement. C'est tout. Il n'y a rien à réfléchir. Un homme de cinquante ans, père de quatre fils encore jeunes, a besoin d'une épouse. C'est comme ça. Pas de discussion.

— Je ne le veux pas.

— Au contraire, tu le dois à cette famille qui t'a recueillie et t'a élevée dans cette maison. (Elvira éleva la voix.) Il n'y a plus à hésiter. Tu l'acceptes et c'est tout !

— Mais c'est mon beau-frère, murmura Giuseppina, la tête baissée.

— Vous n'avez aucun lien de sang. Tu viens d'une autre famille, pas de la sienne !

— Je n'en veux pas. Il me dégoûte. Il est vieux.

— À cinquante ans, un homme n'est pas vieux.

— Moi, je n'en ai que vingt-sept !

— Tu es donc vieille. (Elvira baissa la voix.) Tu sais bien que les femmes s'usent plus vite, Giuseppina. D'autant que personne d'autre ne veut de toi.

— Je suis bien comme je suis.

Et toi, tu veux que je l'épouse uniquement par intérêt, pensa-t-elle.

— C'est un homme bon. Et il fait partie de notre famille.

— Il est si vieux, maman ! Je n'étais qu'une enfant quand il a épousé Angela. (Giuseppina tenta de lui faire comprendre l'ampleur de sa répulsion.) Il me faisait jouer sur ses genoux ! Comme un oncle.

— Quelle importance ? Tu ne peux pas t'opposer à tout le monde. (Elvira se leva.) Moi, je suis pour et Alfonzo aussi. Bernardo a dit qu'il te voulait comme mère, de même que Gigi et Antonio. Tout le monde le veut. Même Peppino. Je suis sûre qu'il le veut aussi.

Giuseppina ferma les yeux un instant. Peppino lui manquait comme un fils. Il avait fait beaucoup de mal à la fille qui apportait les œufs frais, une chose dont on ne pouvait parler. C'était pour cela qu'il avait été enfermé dans un institut de religieuses où on le surveillait de près.

— C'est aujourd'hui que tu dois donner ta réponse définitive. Il l'attend, insista Elvira. Angela aussi l'aurait voulu.

— Ce que je veux compte aussi, répliqua Giuseppina sans oser élever la voix et en gardant les yeux sur la table.

— Non, cela ne compte pas.

Sa mère s'était approchée et se dressait au-dessus d'elle.

Dans le silence, elles perçurent les bruits provenant de l'étage.

— Alfonzo est réveillé. Il va descendre. Tu dois te décider tout de suite, Giuseppina, chuchota Elvira en reprenant sa place. Sinon, il prendra Maria, qui lui plaît beaucoup plus que toi.

— Maria ? demanda Giuseppina d'un air ébahi.

— Cela fait un moment qu'il y pense, déclara Elvira avec un visage narquois. Il ne l'a compris que récemment. Alfonzo est un faible, comme tous les hommes, et une de ces nuits, il viendra la chercher pour l'emmener dans sa chambre. Et Maria n'attend rien d'autre ! Elle croit qu'elle peut devenir la maîtresse de la maison, même sans être mariée.

Giuseppina demeura bouche bée, interloquée par la possibilité que l'équilibre de la maisonnée puisse ainsi se désagréger d'un instant à l'autre.

— Un veuf ne peut élever quatre fils sans épouse. Et, continua sa mère durement, je ne veux pas d'une étrangère dans ma maison.

C'est alors qu'Alfonzo entra dans la cuisine, en chemise de nuit et en robe de chambre.

— Bonjour à toutes, dit-il en bâillant. Où est Fortuna ?

— Elle est sortie, répondit Elvira, mais le café est prêt. Giuseppina va te le servir.

Alfonzo s'assit et elle se leva docilement. Elle prit une tasse et la cafetière avec le café encore chaud. Sur le comptoir de la cuisine, il y avait le grand couteau que Fortuna utilisait pour couper le pain. Giuseppina le déplaça. Elle versa le café dans la tasse et posa celle-ci devant Alfonzo.

— Alors ? demanda-t-il au bout d'un moment. Tu devais me donner ta réponse aujourd'hui.

Son ton était sec, comme s'il parlait d'une livraison d'étoffes en retard ou d'une lettre de change impayée.

Giuseppina retourna vers le poêle avant de pivoter. Sa mère et Alfonzo la fixaient.

— Elle a pris sa décision ? dit Elvira en regardant sa fille. C'est vrai, n'est-ce pas, Giuseppi ?

Ils patientèrent.

— Giuseppina ? insista sa mère tandis qu'Alfonzo secouait la tête d'un air agacé en buvant son café.

Giuseppina sortit de la cuisine sans un mot.

— Où va-t-elle ? entendit-elle Alfonzo demander.

— Laisse-la, Alfo. Elle finira par revenir.

Elle gravit l'escalier. Il n'y avait personne à l'étage. Elle entra dans sa chambre à coucher et s'y enferma, mais pas à clé, elle ne le faisait jamais.

Elle s'étendit sur le lit.

— Je ne veux pas épouser Alfonzo. Il me dégoûte, dit-elle à voix haute. Il me dégoûte.

Elle se recroquevilla en position fœtale. Elle entendit un chien aboyer dans la rue, une charrette qui passait, la voix éloignée d'une femme. Elle se couvrit le visage des deux mains et se mit à pleurer. Seulement quelques larmes qui la laissèrent cependant épuisée.

Elle se recroquevilla davantage. Elle avait froid et serra les bras autour d'elle. Elle ferma les yeux.

Alors, elle entendit de nouveau la voix de sa sœur, celle qu'elle avait entendue dans son rêve et qu'elle avait espéré effacer, oublier pour toujours.

Au contraire, la voix était de nouveau en elle, comme si Angela et le rêve ne s'étaient jamais éloignés, comme si sa sœur volait encore au-dessus de sa tête.

« Il ne faut pas me décevoir, Giuseppina, disait la voix. Tu m'as causé du tort en t'installant dans ma maison, et tu le sais. »

Giuseppina secoua la tête mais elle ne bougea pas. Elle crut presque sentir une main se poser sur son épaule.

« Et tu ne m'as pas expliqué le rêve de la mer teintée de sang. Tu ne m'as pas aidée quand tu le pouvais. »

Giuseppina se remit à pleurer sans retenue.

— Je n'en veux pas, dit-elle. Je ne l'aime pas.

« Fais-le pour mes enfants, chuchota la voix de ce ton doux, doux comme Angela ne l'avait jamais été avec elle. S'il te plaît, je t'en supplie, fais-le pour mes enfants. »

Giuseppina comprit qu'elle avait perdu.

1886

Aujourd'hui, bien des choses perdent de leur sève et de leur vigueur. Plus puissante que toutes, peut-être parce que plus esthétique, reste la tradition de la chanson. Depuis quelques années, poète et musiciens s'élancent dans la course : cette fois, la victoire est disputée plus ardemment que jamais. Chacun a une chanson à proposer ; et le simple fait de tenir une plume à la main donne le droit – l'aspiration à la couronne populaire.

Federigo Verdinois, *La visione di Picchie*
(« La Vision de Picche », non traduit), Naples, 1886.

Février

Quand le soir s'approcha, les musiciens cessèrent de jouer et les invités, après sept heures passées à tables, commencèrent à quitter rapidement les lieux. Il pleuvait tant qu'ils se précipitèrent vers les voitures stationnées sur la place.

La réception au Grand Hôtel des Princes à Portici avait été offerte, à la demande d'Elvira, par Nicola Pallotta – désormais *Don* Nicola –, qui en avait dirigé les travaux et connaissait les propriétaires. L'hôtel disposait d'une belle terrasse sur la mer, mais il faisait trop froid pour rester dehors et le déjeuner s'était déroulé dans le salon bleu dont les balcons donnaient du côté de Naples.

Une grande table rectangulaire, dos au mur, pour la famille et les proches, et cinq tables rondes au centre de la pièce pour les autres. Cinquante-six convives en tout. En attendant l'été, ou au moins le printemps, les journées auraient été plus longues et plus chaudes, mais Alfonzo et Elvira avaient voulu se dépêcher, et comment Giuseppina aurait-elle pu refuser ? Depuis que, neuf mois auparavant, elle avait accepté d'épouser son cousin et beau-frère, sa vie était devenue encore plus la propriété d'autrui, y compris d'Angela qui revenait lui parler chaque fois que les pensées l'envahissaient.

Giuseppina s'était levée pour aller d'un invité à l'autre, mais elle avait surtout surpris des remarques pénibles, immédiatement interrompues à son approche. « Ce ne faisait quand même qu'un an et demi », disait un cousin à une autre parente. « Mariage pluvieux, mariage heureux ! Elle a beaucoup de chance et beaucoup de fortune ! », voilà l'opinion que deux marchands de tissus en gros échangeaient, assis avec leurs épouses respectives. « La hâte cache toujours quelque chose… » fut le dernier commentaire qu'elle entendit, même pas exprimé à voix basse. L'invité avait accompagné sa phrase d'un geste éloquent et son interlocutrice avait masqué un rire derrière sa main.

Giuseppina avait compris que les bavardages et les allusions se répandraient tout au long de la soirée avec les vœux sincères de quelques personnes qui lui vouaient une véritable affection.

Depuis, elle était restée à la table principale, presque pétrifiée à côté d'Alfonzo qui se bornait à boire et à rire. Les anciens n'avaient pas survécu à la vieillesse ou au choléra. Certains cousins qu'elle ne connaissait pas s'en allèrent tôt.

Après le gâteau et les dragées, Giuseppina avait commencé à examiner chaque invité quand il se levait, venait la saluer, avant de prendre son manteau ou son pardessus, son chapeau ou son sac, et quittait le salon.

Le salon de l'hôtel, jusqu'à récemment bondé de parents et d'amis qui avaient célébré les mariés avec une joie modérée et beaucoup d'hypocrisie, était à présent presque vide.

La comtesse Epifani, avec son côté malveillant mais direct, s'était éloignée de sa mère et lui avait pris le bras.

— Tu as très bien agi, Giuseppina, lui avait-elle chuchoté à l'oreille. Ne laisse jamais un étranger entrer dans ta maison.

Par-dessus l'épaule de la femme, elle vit sa mère lui lancer un regard d'avertissement : *Ne lui dis rien, c'est une commère.*

Giuseppina se contenta alors de se taire en souriant, ce qui lui venait aisément, notamment dans les situations délicates comme ce soir où elle avait dû assumer le rôle principal.

Son mariage.

Certes, ce n'était pas ainsi qu'elle l'avait imaginé. En réalité, elle ne l'avait imaginé d'aucune manière. C'était la dernière chose à laquelle elle aurait pensé. Elle ne s'était jamais considérée comme une jeune fille romantique. Chanceuse, oui, mais pas romantique.

Elle savait qu'elle avait de la chance aussi parce qu'Angela le lui avait fait comprendre de mille manières pendant toute son existence. Chanceuse mais pas méritante de la grâce qui lui était tombée du ciel.

Et voici que le moment était venu de payer son dû, de rembourser la famille Morelli pour cette grâce divine.

Le vœu. Le sacrifice.

Un vieux commerçant et son épouse s'approchèrent pour faire leurs adieux. Même Alfonzo se leva.

Elvira se dirigea vers l'atrium de l'entrée avec la comtesse Epifani. Don Nicola se tenait un pas en arrière, avec une canne à cause d'un accident au travail quelques années plus tôt qui l'avait laissé presque boiteux. Ils retourneraient en ville ensemble, dans sa voiture à lui qui avait naguère appartenu aux Morelli.

Les garçons étaient déjà partis depuis un moment avec Fortuna et un neveu.

Au premier rang, pendant le service religieux dans l'église, à Santa Chiara, Peppino l'avait regardée avec joie, comme s'il comprenait ce qui se passait. Grand, gros et imposant, avec l'allure des Morelli, il était resté presque jusqu'à la fin de la réception, à manger des pâtisseries et à boire du sirop sous l'œil vigilant des deux religieuses de l'institut qui l'avaient accompagné. Giuseppina avait échangé quelques mots avec elles et avait découvert qu'elles étaient toutes deux fort aimables en dépit de leurs visages sévères et de leurs regards insondables.

Maria, quant à elle, avait assuré être souffrante et était restée chez sa sœur. On ne savait pas quand elle reviendrait.

Alfonzo accompagna les D'Onofrio, des nobles de sa connaissance, à l'extérieur et sa mère revint la saluer rapidement.

— Merci, murmura-t-elle en posant sur la joue de sa fille un baiser, lèvres pincées.

Giuseppina la retint par les mains.

— Maman, ne veux-tu pas rester encore un peu ?

— Il ne vaut mieux pas, dit Elvira en la fixant droit dans les yeux. Il me faut au moins une heure pour rentrer et il pleut encore. En outre, plus vite tu t'en débarrasseras, mieux ce sera.

Elle lui serra les doigts et partit.

Giuseppina baissa les yeux et sentit une rougeur lui enflammer le cou. Elle avait vingt-huit ans mais elle ignorait tout de ces choses, et depuis le moment où elle avait accepté d'épouser son beau-frère, elle avait évité de réfléchir à l'aspect physique du pacte qu'elle s'apprêtait à conclure.

Après tout, avait-elle pensé, Angela l'avait bien fait avec son caractère passionné, et ce tout en aimant quelqu'un d'autre, et elle le ferait aussi, elle qui était libre. À présent qu'elle se retrouvait seule, elle se rendit compte qu'elle n'était pas du tout préparée.

La grande salle était vide, les vestiges de la fête sur les tables lui rappelaient pourquoi elle était là. Les servantes de l'auberge apparurent à la porte de service, prêtes à débarrasser les assiettes, les verres, les serviettes et les restes du repas.

Leur chambre, louée pour la nuit, se trouvait au second étage. Un cadeau de la mère de la mariée.

Alfonzo revint après avoir été salué par les derniers invités. Lui aussi, il regarda autour de lui le salon vide, désorienté. Il avait mangé et bu toute la soirée et avait trinqué avec chacun des invités, se pavanant dans sa queue-de-pie serrée qui lui boudinait le ventre. Comme si ce mariage était vraiment une fête.

Il se versa un autre verre de rosolio.

Giuseppina le regardait fixement. Les joues rouges, la moustache luisante, les cheveux gominés, la cravate noire en soie et l'épingle en diamant ne suffisaient pas à faire oublier qu'il avait presque le double de son âge et qu'il était son beau-frère, le veuf de sa sœur, le cousin plus âgé qui l'avait fait sauter sur ses genoux, gros, laid, insupportable, avec un nævus sur le cou dont Angela s'était moquée en secret pendant des années.

— Eh bien, dit-il, les voilà tous enfin partis.

— Oui.

— Et nous sommes seuls. Toi et moi. C'est tout.

— C'est tout.

Giuseppina pencha la tête.

— Veux-tu monter la première pour te préparer ?

Elle acquiesça d'un signe de tête, puis se faufila vers la porte du salon et passa devant lui sans le toucher. Alfonzo leva la main mais la laissa aussitôt tomber, peut-être intimidé par son silence.

Dans le hall de l'hôtel, juste à l'extérieur de la salle de réception, la grande horloge sonna les huit heures et demie du soir. Giuseppina alla jusqu'au comptoir en marbre et en bois où se tenait le portier, un vieil homme affublé d'une belle moustache grise en fer à cheval et entièrement vêtu de noir.

La clé, ornée d'une ganse de velours écarlate, était déjà posée sur le comptoir. Elle la prit, sans bien savoir que dire, ni si elle devait sourire ou le regarder. La tête baissée, elle monta l'escalier éclairé par des appliques qui restaient allumées toute la nuit.

Elle s'engagea dans le long couloir du second étage en suivant la ligne rouge tracée sur le sol. Elle ne faisait aucun bruit.

Deux jeunes femmes de chambre en uniforme bleu l'épiaient depuis la salle de service. Elles avaient elles aussi eu droit, comme tous ceux qui travaillaient à l'hôtel, à des dragées et à du rosolio, et elles saluèrent Giuseppina d'un signe, comme elles l'auraient fait à une jeune mariée recrue de bonheur, en accompagnant leur geste de rires malicieux.

Giuseppina aurait préféré que la réception se tienne à la maison où tout aurait été plus simple. Elle aurait eu Fortuna à ses côtés, qui l'aurait attendue dans l'ombre en haut de l'escalier. La fidèle domestique n'aurait rien dit, mais elle l'aurait accompagnée du regard jusqu'à la porte de sa chambre à coucher. Cela aurait été réconfortant. Un détail, mais quelque chose.

Elle entra dans la suite nuptiale. Une lampe était placée près du lit, une autre sur la commode. Le lit lui-même était recouvert d'un couvre-lit rose sur lequel il y avait quatre oreillers. Au mur était suspendu un beau paysage de Portici.

Dehors, la pluie tombait de plus en plus dru.

À côté de la coiffeuse, il y avait une penderie, un petit secrétaire et un paravent orange.

Giuseppina passa derrière le paravent et se soulagea rapidement la vessie dans le vase d'aisances. Elle reposa le couvercle en bois et se rinça les mains et le visage.

Les femmes de chambre lui avaient apporté deux brocs d'eau parfumée à la rose, des cuvettes propres et de nombreuses serviettes blanches neuves.

Après sa toilette, elle retourna vers la coiffeuse et se regarda dans le grand miroir au cadre doré. Par respect pour sa sœur disparue, elle avait choisi une toilette simple, peu volumineuse et sans fioritures, avec des manches ajustées. Elvira avait insisté pour un blanc très pur, qui ne lui seyait guère mais était juste, sincère et sacro-saint.

Le reflet lui renvoya sa figure spectrale, presque grise. Ses cheveux clairs étaient ramassés en chignon bas sur la nuque, et elle n'avait ni fleur ni autres ornements, sauf des boucles d'oreilles en corail rose que sa mère avait insisté pour lui donner le matin même. Elle eut l'impression d'entendre sa voix : *« Tu es une mariée, Giuseppi, pas un agneau qu'on envoie à l'abattoir. Souris un peu ! »*

Elle sourit au miroir, comme elle l'avait fait toute la journée, en courbant les coins de sa bouche et en inclinant la tête sur le côté. Le sourire la rendait plus jolie, éclairant les traits marqués de son visage.

— Puis-je ?

Alfonzo entra dans la chambre sans attendre sa réponse.

Il avait déjà dénoué sa cravate et les premiers boutons de sa chemise qui bâillait sur son gilet.

Elle savait que cela se passerait ainsi. Giuseppina se l'était répété tant de fois, mais se rendre compte que, désormais, cette intimité imposée serait la norme la pétrifiait de rage.

Elle se tourna, le dos à la coiffeuse et les bras croisés sur la poitrine.

— N'es-tu pas encore prête ?

Elle croisa son regard mais ne répondit pas.

Alfonzo avait dû boire un autre verre en bas, ou peut-être deux, pour se donner du courage. Il avait les joues encore plus rouges, les cheveux ébouriffés. Il s'avança d'un pas chancelant mais déterminé.

Il tendit la main et lui caressa les cheveux.

— Tu es jeune, Giuseppi. Tu ne peux pas savoir combien de compliments j'ai reçus aujourd'hui, dit-il en baissant la voix. Que tu es si gracieuse, que tu as un beau port. Et ces magnifiques cheveux…

Ses doigts étaient lourds.

Giuseppina se retint de reculer la tête et accueillit la caresse. Son corps appartenait désormais à son mari. Elle le savait. Elle ne pouvait pas s'y soustraire.

Comme s'il avait lu dans ses pensées, Alfonzo murmura :

— Tu es à moi. Et je suis à toi.

— Oui, dit-elle d'un ton docile.

— C'était une belle réception, non ?

Il s'approcha encore et la serra, exactement comme un mari avec son épouse.

— Ta mère n'a pas voulu me dire où elle a trouvé l'argent.

Giuseppina le savait, et Alfonzo le savait aussi, mais l'orgueil l'empêchait de l'admettre. Même s'ils étaient criblés de dettes, personne ne pourrait dire que la famille Morelli était au bord de la ruine.

— Veux-tu que ce soit moi qui te déshabille ?

Alfonzo était déjà en train de lui dénuder les épaules. Il paraissait heureux, comme s'il venait de conclure une affaire, une petite affaire mais sûre. Il la serra de nouveau contre lui d'une manière qu'il n'avait jamais adoptée jusqu'alors.

Les fiançailles, en raison du deuil qui frappait la famille, n'avaient été qu'une parenthèse formelle, une attente sans aucun moment d'intimité.

Giuseppina frissonna.

— Je vais le faire moi-même, dit-elle en reculant.

— D'accord. Eh bien, je vais me préparer.

Alfonzo s'éloigna d'un pas avant d'ajouter :

— Ne t'inquiète pas, je suis un homme d'expérience. Ta sœur ne s'est jamais plainte de moi.

Il devait être vraiment ivre, pensa-t-elle, sinon il n'aurait jamais évoqué Angela. Au cours de ces mois de préparatifs, l'esprit de sa sœur avait plané sur la maison comme un fantôme discret mais rassurant, du moins pour elle.

Elle faisait ce qu'il fallait, elle ne devait jamais l'oublier. Ce qui était juste pour les enfants et pour la famille.

Juste pour Angela.

Elle s'approcha du lit qui lui paraissait immense, tout blanc avec ses draps brodés et ses oreillers bien gonflés. Le dos tourné, elle commença à se dévêtir en silence, comme une condamnée qui ne pouvait plus différer la sentence. Elle déboutonna d'abord son corsage et le fit glisser avec sa jupe, retira ses jupons, et quand elle ne fut plus vêtue que des sous-vêtements neufs en soie qu'Elvira lui avait achetés, elle se glissa sous les couvertures et ferma les yeux.

— Éteins les lampes, dit-elle.

De l'autre côté de la chambre, Alfonzo se déshabillait à son tour.

Il trébucha, marmonna quelque chose, puis alla se soulager derrière le paravent.

Giuseppina entendit qu'il soulevait le couvercle en bois du vase de nuit et commençait à uriner, un long torrent régulier qui lui parut interminable.

Elle serra les paupières et les lèvres, contracta les poings sur les draps et se raidit.

Je le fais pour toi, ma sœur, et pour les enfants, se dit-elle, et elle sembla sentir une présence amicale qui l'enveloppait comme une caresse, comme Angela ne l'avait jamais caressée, sauf dans ses envies ou dans ses rêves.

Pendant un bref instant, elle se sentit protégée, en sûreté, et ses membres se détendirent un peu, puis le matelas se creusa sous le poids du corps qui s'installait dans le lit à côté d'elle.

— Éteins les lampes, répéta-t-elle.

— Plus tard, Giuseppina, lui murmura Alfonzo à l'oreille. Plus tard.

Sa moustache irritait la chair de son cou. Elle se recula, mais pas assez pour éviter la main chaude qui lui prenait les seins ou celle qui fouillait dans la soie.

Giuseppina poussa un gémissement et eut envie de s'éloigner à nouveau.

— Non.

— Tu vas aimer ça.

Il la tourna vers lui. Son haleine puait l'alcool. Sa bouche se plaqua sur la sienne, puis descendit sur son cou et sur sa poitrine.

Giuseppina ouvrit les yeux pour les refermer aussitôt. Mieux valait ne rien voir.

Il lui grimpait dessus, lourd, si lourd ! Ses mains soulevèrent le tissu délicat tandis qu'il haletait dans son oreille.

Elle était totalement ignorante. Elle n'avait pas posé de question et Elvira ne lui avait rien dit. Ni Fortuna. Personne n'avait pensé à la préparer à ce qu'il l'attendait. Tout ce qu'elle savait, c'était qu'elle devait l'accueillir, point.

Alfonzo lui malaxa les seins, elle s'efforça de demeurer inerte pendant qu'il terminait de la déshabiller, qu'il lui faisait ouvrir les cuisses serrées en la forçant avec ses genoux, pendant qu'il la touchait.

Ses doigts s'enfoncèrent dans sa chair tendre. Giuseppina tourna la tête sur le côté pour repousser au moins sa bouche.

Soudain, Alfonzo fut en elle et il se mit à bouger d'avant en arrière tandis que la douleur la déchirait.

Angela, pensa-t-elle. Un sanglot lui monta dans la gorge, mais elle réussit à le refouler.

Alfonzo prit son frisson pour de la passion et se mit à pousser de plus en plus fort.

1887

Anémiques et épuisées, frappées par mille troubles nerveux et hystériques, les doctoresses devraient s'abstenir d'exercer une profession qui exige toute l'énergie des forces physiques. Il n'est pas rare qu'une interruption de leurs menstruations, un utérus flasque et atrophié, des ovaires trop petits et une poitrine aplatie prouvent que la nature réagit à un développement intellectuel excessif en frappant les organes qui font d'une femme une femme et lui permettent de devenir mère.

« À PROPOS DES FEMMES QUI PRÉTENDENT DEVENIR DOCTORESSES », *JOURNAL POUR LES SAGES-FEMMES*, MILAN, 1887.

Juin

Malgré la fatigue, Giuseppina était sortie aussitôt après avoir allaité la fillette. Non parce qu'elle avait à faire, mais pour échapper à une sensation désagréable qui la taraudait depuis son réveil.

Son âme cachait peut-être des vers à bois, à la manière des vieux coffres oubliés dans le grenier. De temps en temps, il fallait les laisser retrouver l'air et la lumière.

De la lumière, il y en avait dehors, avec le soleil qui scintillait sur la mer, mais elle se faufila dans les ruelles fraîches, loin de la Riviera. Agitée, la tête baissée, vêtue d'une robe marron qui avait appartenu à Angela et d'une veste légère qu'elle tenait de sa mère, elle gravit précipitamment la nouvelle avenue des Mille, une artère large et moderne, bordée de nombreux bâtiments élégants encore en construction. Le long du trottoir rectiligne, il y avait de nouvelles boutiques, avec d'innombrables marchandises belles et nouvelles, mais qui ne l'intéressaient pas. Deux hommes en veston sombre déambulaient en agitant leurs cigares. Une femme de chambre en uniforme bleu poussait un landau en bois et en métal. Une religieuse maigre, entièrement vêtue de blanc, la dépassa en la frôlant.

Giuseppina eut l'impression d'avoir déjà vécu cette scène.

Elle se retourna et, dans le reflet de la vitrine, vit passer une voiture rapide, noire, tirée par deux chevaux tachetés que le cocher poussait à galoper sur la chaussée déserte.

Elle se tourna pour la regarder, émerveillée.

Soudain, elle se souvint du rêve qui l'avait tirée du sommeil ce matin-là et l'avait incitée à sortir, nerveuse mais sans savoir pourquoi.

Une fillette, en rose avec des rubans blancs, traversait la rue en courant, tandis que deux jeunes filles élégantes l'attendaient de l'autre côté. Elles avaient toutes deux un chapeau, un jaune et l'autre vert. L'une des deux devait être la mère de la petite fille.

Ni l'une ni l'autre ne se rendait cependant compte du danger. Seule Giuseppina comprit ce qui était en train de se passer, ne serait-ce que parce qu'elle l'avait déjà vécu. Tout se déroulait exactement comme dans son rêve.

Elle n'eut pas le temps de faire quoi que ce soit.

La fillette était déjà au milieu de la rue.

La voiture noire et énorme arrivait à toute allure.

Giuseppina fit un pas en avant, la main tendue vers l'enfant, mais elle était trop loin et trop lente. Elle ne réussit même pas à hurler.

Elle ne put que regarder, alors qu'elle avait déjà assisté à cette scène.

Le cocher tira sur les rênes, mais les chevaux étaient lancés et ils ne répondirent pas assez vite aux ordres.

La fillette se tourna vers eux en souriant.

Une seconde plus tard, ils la heurtaient.

Les chevaux tachetés, pour se débarrasser du corps qui les gênait, le repoussèrent de leurs sabots tout en continuant à courir, un peu plus lentement. La petite fille passa sous leurs sabots et sous les roues de la voiture, qui la piétinèrent avant de stopper une dizaine de mètres plus loin.

Elle demeura au milieu de l'avenue comme un paquet écrasé.

Les deux jeunes femmes avaient tout vu, mais elles ne crièrent pas tout de suite ; elles ne comprenaient pas.

Ce ne fut qu'au bout de quelques secondes que Giuseppina perçut les hurlements de l'une des deux, comme si elle était prise de folie. Toutefois, elle détourna le visage parce qu'elle ne voulait pas savoir laquelle c'était, celle au chapeau jaune ou celle au chapeau vert.

Le hurlement fut rejoint par les cris des passants puis, enfin, par celui du cocher qui, ayant réussi à arrêter la voiture, se tenait la tête entre les mains. Il n'avait pas le courage de regarder du côté du corps, mais il hurlait aussi, désespéré.

Seuls les chevaux demeurèrent tranquilles. L'un d'eux chercha à attraper une touffe d'herbe qui poussait sur le bord de la nouvelle rue.

Giuseppina évita la foule qui s'était formée au milieu de la chaussée. Elle s'enfuit vers la piazza dei Martiri, comme si c'était elle qui avait causé la mort de la petite.

C'était peut-être cas. Elle ne s'en était pas rappelée à temps, elle ne l'avait pas arrêtée à temps, elle n'avait même pas hurlé à temps.

Elle éclata en sanglots au beau milieu de la rue, et un homme à moustache et à chapeau melon la regarda d'un air irrité.

Elle accéléra le pas, pressée de trouver refuge n'importe où.

L'église Santa Caterina n'était qu'à quelques mètres. Dès l'entrée, elle remarqua l'odeur forte de l'encens qui ne la réconforta nullement.

Elle se couvrit la tête avec un foulard blanc, fit le signe de la croix. Elle s'assit sur le dernier banc. Elle ferma les yeux pour se calmer avant de les rouvrir.

La nef était plongée dans la pénombre, à peine éclairée par des dizaines et des dizaines de chandelles allumées.

C'était l'heure de la messe. Le prêtre, en vêtement de deuil, récitait l'homélie. La cérémonie était dédiée à la mémoire d'un jeune lieutenant d'infanterie massacré par les barbares sauvages d'Abyssinie, à la bataille de Dogali au cours de laquelle plus de quatre cents Italiens avaient trouvé la mort.

Au premier rang, la mère était encadrée par d'autres femmes, toutes en noir, tête baissée.

Giuseppina suivit l'office pendant quelques minutes, fascinée par la mort qui, depuis sa naissance, ne l'avait jamais laissée en paix, toujours à être sur ses talons, toujours un pas derrière elle comme une seconde sœur secrète.

— Va-t'en, murmura-t-elle comme Angela le lui avait dit tant de fois.

Puis, pour apaiser l'anxiété qui continuait à la dévorer, elle se leva et alla se confesser.

L'intérieur du confessionnal, encastré sous l'arche de marbre jaune, était sombre, mais on distinguait la main du prêtre qui tambourinait sur le bois, attendant ses paroissiens.

Le monde était peuplé de bonnes et de mauvaises gens. Les mauvaises personnes se confessaient et devenaient bonnes alors que les bonnes péchaient et devenaient mauvaises, et les comptes tombaient toujours justes, pensa Giuseppina en fouillant l'intérieur du regard.

Le prêtre, un vieil homme maigre, la scruta par-delà le rideau violet entrouvert, puis rapprocha les pans du velours.

Giuseppina s'agenouilla devant la grille latérale ajourée.

— Au nom du Père et du Fils et du Saint-Esprit, raconte-moi, dit-il d'un ton sévère comme s'il s'attendait à un péché mortel.

— Pardonnez-moi, mon père, parce que j'ai péché, murmura-t-elle vivement. Je fais des rêves étranges.

— Des rêves ?

Le prêtre changea de ton en se disant qu'il n'avait pas devant lui une pécheresse mais une femme hystérique.

— Des rêves charnels ?

— Non. J'ai l'impression de rêver de choses qui arrivent ensuite.

— De quoi rêves-tu ?

— De mauvaises choses qui se produisent vraiment. Je ne peux rien faire pour les empêcher. (Elle était sur le point d'éclater de nouveau en sanglots.) Mais je devrais le faire, parce que je rêve parfois de gens qui meurent et que je pourrais sauver.

— Qui es-tu pour le croire ?

Derrière la grille, le prêtre secoua la tête, irrité.

— Tu n'as pas la permission du Seigneur d'aller à l'encontre de son œuvre.

— Alors, que dois-je faire ?

— Tu ne dois rien faire, justement. Tu n'es qu'une femme troublée, et vous êtes si nombreuses dans ce cas en ces temps modernes, qui sont si difficiles, que vous ne comprenez plus rien !

Il avait haussé la voix, comme s'il était vraiment en colère. !

— Tu dois prier le Seigneur de te délivrer de ces pensées stupides ! Es-tu mariée ?

— Oui, avec mon mari, répondit-elle bêtement.

— Depuis combien de temps ?

— Depuis plus d'un an.

— Tu l'aimes ?

— Je le connais depuis que je suis petite. C'était le mari de ma sœur qui est morte du choléra il y a trois ans.

Giuseppina leva les yeux et observa le vieux prêtre par les jours de métal.

— Je l'ai épousé pour ma sœur et pour ses enfants, pour leur donner une mère.

— Tu as bien fait. C'est une bonne et juste chose. Tu ne le regretteras pas.

— Nous avons une fille, ajouta Giuseppina au bout d'un moment sans raison. Elle a un mois. Elle s'appelle Angela, comme ma sœur décédée.

— Tu vois ? (Il avait l'air de sourire.) L'amour est venu, parce que l'amour naît de l'affection comme une rose de sa tige. Et l'affection naît de la foi et de la charité, comme une tige sortie de terre, mais la terre doit être arrosée chaque jour avec de l'eau.

— De l'eau ?

— Qu'est-ce que l'eau, ma fille ?

Giuseppina scruta la grille sans répondre. Elle secoua la tête.

— L'eau est la prière, ma fille, murmura-t-il. La prière et la foi.

Giuseppina continua à fixer les trous noirs qui la séparaient du prêtre.

— Je ne suis pas amoureuse de mon mari. Il me dégoûte, dit-elle soudain. Je l'ai épousé par devoir et parce que tout le monde me demandait de le faire. N'est-ce pas péché de se marier sans amour, mon père ?

Le prêtre secoua la tête.

— Tu n'as donc rien compris ? soupira-t-il au bout d'un moment, avec douceur. L'amour naît de l'affection, comme une fleur de sa tige. C'est tout, et c'est assez.

— J'ai moins d'affection pour mon mari qu'avant, quand nous n'étions pas mariés, déclara Giuseppina sans pouvoir se retenir. Cela me dérange qu'il s'approche de moi.

Elle se mordit les lèvres dans la pénombre du confessionnal, mais peut-être que ce sage prêtre pourrait l'aider.

— Mon père, ne suis-je pas en train de commettre un péché quand je me force et que je fais semblant lorsque je suis avec lui ?

Le prêtre se retira dans l'ombre du confessionnal. Il semblait troublé par sa manière de penser.

— Tu es bien malheureuse, dit-il après une longue réflexion durant laquelle Giuseppina patienta, un peu anxieuse, et ses genoux la faisaient souffrir. Malheureuse parce que troublée. Une plante sans lumière.

— Oui, mon père, vous avez raison.

— Et tu es aussi une pécheresse, dit-il avec un air de déception bienveillant.

— Oui, mais j'aimerais comprendre.

— Je viens de te l'expliquer. (Le prêtre était patient.) Tu ne dois pas nourrir de telles pensées. Tu dois avoir confiance et sérénité. Ton mariage est né sous la meilleure lumière, celle de la charité.

— Pardonnez-moi donc, mon père, murmura Giuseppina vaincue en baissant la tête. Donnez-moi pénitence et absolvez-moi.

— Tu as bien compris ?

— Oui, j'ai compris.

— Une fleur s'épanouit sur sa tige.

— Oui, mon père.

— Vingt *Je vous salue Marie*, déclara plus froidement le prêtre en faisant le signe de la croix et en récitant à voix basse : Et moi, au nom du Père et du Fils et du Saint-Esprit, je te pardonne tous tes péchés. Amen.

— Amen.

Giuseppina se leva et se tourna vers la nef où la messe se poursuivait. Elle retourna au dernier banc et s'agenouilla sur le prie-Dieu, le visage entre ses mains jointes et les yeux fermés, et commença à réciter dans l'obscurité ses prières.

— Je vous salue, Marie, pleine de grâce…

Peu à peu, elle eut la sensation de s'éloigner lentement de l'église, du prêtre, de la voiture… *Un peu de paix*, pensa-t-elle. Peut-être était-ce la Madone ou peut-être la prière lente et répétitive qui lui permettait de se sentir un peu mieux.

— Je vous salue, Marie, pleine de grâce…

L'odeur d'encens était plus intense. Comme cela lui était arrivé quelques fois, Giuseppina perçut une présence chaude qui l'enveloppait, une étreinte légère mais rassurante.

— Angela ? murmura-t-elle.

« Non », répondit une voix en elle.

C'était une voix de femme qu'elle ne reconnaissait pas.

« Tu sais qui ils sont. »

— Non, je n'en sais rien, déclara Giuseppina à voix haute comme si elle priait encore. Je l'ignore.

Ensuite, elle n'entendit plus rien, si ce n'est la messe qui s'achevait.

C'est seulement dans ma tête, pensa-t-elle. *Je suis folle, comme Peppino et comme l'était Angela.*

Elle s'efforça de se concentrer sur la prière en cherchant à la réciter non de mémoire mais en accueillant le sens de chaque mot, de chaque pause, avec le cœur, comme on le lui avait enseigné au catéchisme.

Non, elle n'était pas folle, se dit-elle un moment plus tard en s'arrêtant au beau milieu d'un *Je vous salue Marie*. Elle faisait des rêves étranges et sentait parfois une présence dans sa tête, c'est tout.

— Je ne te connais pas, répéta-t-elle à voix haute, comme pour inviter la femme à parler.

Elle n'obtint pas de réponse et se remit à prier :

— Je vous salue, Marie, pleine de grâce…

Pendant qu'elle récitait la litanie, son regard tomba sur un grand tableau accroché dans la chapelle à sa droite. Il représentait une sainte qui s'élevait vers le ciel, sous le regard émerveillé d'un groupe de personnes. Elle semblait suspendue.

Soudain, une nouvelle pensée traversa son esprit, comme une bulle d'air monte à la surface depuis les profondeurs d'un puits.

Elle comprit alors qui lui envoyait les rêves, qui lui parlait de temps en temps.

La pendue.

La pendue du grenier.

La servante qui s'était tuée des années plus tôt dans une chambre vide. C'était elle qui se réveillait et qui lui parlait.

Giuseppina ne la connaissait que par les histoires de Maria, les allusions de Fortuna, les contes effrayants d'Angela quand elle l'enfermait là dans son enfance. Pourtant, elle fut soudain certaine que c'était bien elle qui lui envoyait les rêves.

— C'est toi ? demanda-t-elle dans l'ombre en se cachant les yeux avec les doigts. Teresa ?

La voix ne répondit pas. Elle était partie.

Ou peut-être n'avait-elle jamais été là.

Giuseppina recommença à prier jusqu'au dernier *Ave Marie.* Elle en ajouta quatre autres, au cas où elle se serait trompée en comptant.

Juillet

À peine quelques jours plus tard, le dimanche, Giuseppina prit la décision de monter dans la chambre de Teresa.

Il était encore tôt et tout le monde dormait encore.

Elle avait ruminé pendant une bonne partie de la nuit pendant qu'Alfonzo ronflait doucement à ses côtés.

Elle se leva et se déplaça sans bruit dans la chambre à coucher. Elle sortit sur la pointe des pieds et referma la porte derrière elle. Dans le silence, la maison aurait pu être déserte, même le ronflement de son mari ne s'entendait plus. La lueur grisâtre de l'aube filtrait dans le couloir par une fenêtre aux persiennes mal fermées.

Il n'y avait qu'elle, Giuseppina.

Et peut-être le fantôme de Teresa.

Elle en avait encore rêvé cette nuit : la jeune femme lui avait fait signe de la suivre dans le couloir puis dans l'escalier.

« Viens. »

Il était temps d'accepter l'invitation.

Elle n'avait plus peur de cette pièce. Les années où Angela l'enfermait là quand elle était petite, à pleurer de peur et de solitude, étaient révolues.

Elle regarda ses pieds.

Elle n'avait pas de chaussures, mais elle décida de ne pas retourner sur ses pas pour prendre ses pantoufles. Elle ne voulait pas réveiller Alfonzo.

Elle fit un pas, puis deux dans le couloir.

Soudain, près de l'escalier étroit qui grimpait dans les combles, elle distingua une ombre.

Elle s'arrêta net.

Ce n'était pas un pilier. Ni un fantôme. C'était un homme.

— Peppino, murmura-t-elle le cœur dans la gorge. Que fais-tu ici ?

Peppino ne répondit pas, comme il ne répondait jamais quand on lui posait une question.

En été, une semaine par mois, son neveu revenait dans sa famille selon les règles sévères de l'institut, mais c'étaient des jours difficiles pour toute la maisonnée.

Il la regardait, immergé dans ses ombres à lui, silencieux comme toujours.

Giuseppina tourna les yeux vers l'escalier en colimaçon qui conduisait à la chambre de Teresa, puis revint dévisager son neveu.

— Que fais-tu ? Tu la protèges ?

Il hocha la tête. *Oui.*

— Contre quoi, les esprits ? insista-t-elle.

Peppino ne disait toujours rien mais, dans la pénombre, ses yeux brillaient.

Giuseppina lui prit la main et l'entraîna vers la chambre qui lui était réservée, à quelques pas de l'escalier. Il se laissa guider.

— Les esprits n'existent pas, expliqua Giuseppina à voix basse et sans y croire. Les esprits ne sont que dans notre tête, Peppi.

Elle le conduisit dans sa chambre. Son neveu lui obéit et elle referma doucement la porte. Pendant un instant, elle pensa tirer le verrou, puis elle changea d'avis.

Elle repartit vers l'escalier qui montait vers la chambre de Teresa.

Elle se sentait brusquement saisie d'une force nouvelle, comme un courant qui la poussait vers les combles. Alors, elle éprouva à nouveau de la peur.

Elle fit de son mieux pour y résister, reculant d'un pas, et la force lui parut plus puissante. Encore un pas en arrière et un autre, jusqu'à ce qu'elle réussisse à se libérer de cette énergie qui la tirait vers l'avant.

Dans le couloir, tout était silencieux, comme avant.

Elle pivota et se mit presque à courir. À tâtons, elle chercha la poignée de sa chambre et la tourna.

Elle grimpa dans le lit, reconnaissante pour une fois d'y trouver la masse chaude de son mari qui dormait toujours.

Elle s'en approcha sans le toucher, juste pour sentir sa tiédeur.

Elle ferma les yeux en espérant ne plus rêver.

1888

Parfaitement intégrée à la morale de l'époque, La Mission de la femme *cherche à interpréter le passage de Fuà-Fustino figurant en exergue, en proposant un périodique exclusivement réalisé par des femmes, où celles-ci s'émancipent en échappant à la misère et à l'ignorance. Les femmes y prennent la parole, mais pour se faire les interprètes d'une nouvelle culture positivement « progressiste », source de chaînes nouvelles et bien plus insidieuses.*

La missione della donna (« La Mission de la femme »),
revue éducative dirigée par Olimpia Saccati, Rome, 1888.

Avril

Avec le recul, Giuseppina n'aurait su dire ce qui l'attira à nouveau dans la pièce qu'elle avait évitée pendant près de quatre saisons entières.

Elle s'était retirée dans sa chambre après le déjeuner parce qu'elle avait mal à la tête. Cela lui arrivait souvent en ce moment, à cause de sa fille qui la fatiguait beaucoup. Elle continuait à l'allaiter au sein, même si l'enfant avait presque onze mois. Il lui semblait, en la nourrissant, restituer à la petite quelque chose qu'elle n'avait jamais eu, ni le sein, ni de caresse maternelle.

Après l'accouchement, elle avait encore maigri, plus qu'avant. Elle ne mangeait pas assez selon Fortuna, et surtout, elle ne buvait pas le lait et le bouillon de viande qui lui auraient fourni l'énergie nécessaire.

Le premier après-midi, Giuseppina avait accompagné Bernardo chez le curé parce que, finalement, à la grande satisfaction du garçon, il avait été entendu qu'il entrerait au séminaire de Capodimonte.

S'il connaissait bien Bernardo, le curé l'avait invité à le rejoindre dans la sacristie et l'avait soumis à un long interrogatoire rituel afin de vérifier la pureté de sa vocation et avant de le laisser entamer le processus qui durerait huit ans, voire plus.

Giuseppina avait patienté à l'extérieur de la sacristie. Pendant le trajet du retour, elle avait demandé à son neveu comment les choses s'étaient passées. Bernardo n'avait pas répondu, sauf par un sourire.

Une fois à la maison, elle était montée pour vérifier comment se portait Angela. Le bébé était dans les bras de Fortuna dont il était désormais le seul but dans la vie.

Elle était ensuite allée voir son neveu Antonio qui était alité, victime d'un incident stupide. Il s'était cassé le tibia en courant avec ses camarades de classe sur le remblai de Mergellina, et l'on avait craint pendant un temps qu'il reste boiteux, mais il était déjà en train de guérir.

Enfin, elle était revenue sur le palier et, au lieu de descendre, elle s'était engagée dans l'escalier des combles, sans réfléchir.

Depuis son mariage, sa vie s'était simplifiée au point de se réduire à une routine élémentaire, presque animale. Elle mangeait, elle dormait, elle allaitait, elle se donnait à Alfonzo et surveillait la maison et les enfants, toujours dans un état entre la veille et le rêve.

Elle faisait son devoir, c'était tout.

Même le confesseur de l'église Santa Caterina, qu'elle était retournée voir plusieurs fois, l'encourageait à ne pas penser et à faire ce qu'il fallait en l'assurant que le Père éternel la récompenserait.

À cet instant, en effet, elle ne pensait pas, elle ne se posait aucune question ; elle gravit les marches vers le grenier et alla tout droit à la chambre de Teresa.

Le grenier était resté très longtemps en marge de sa conscience, comme un angle mort dont elle avait oublié l'existence.

Elle n'éprouva aucune sensation étrange cette fois. Elle trouva la porte ouverte, comme une invitation à entrer, une suggestion. Elle franchit le seuil de la chambre.

Depuis sa dernière visite, quelqu'un avait placé un fauteuil à fleurs de couleur crème qu'elle crut se souvenir avoir vu dans le petit salon d'Elvira, dans l'autre maison.

Seule, au centre de la pièce, elle ne se sentait pas à sa place, mais sans être mal à l'aise, et, comme toujours, elle était fatiguée.

Elle s'enfonça dans les coussins moelleux mais poussiéreux du fauteuil et ferma les yeux.

« Tu es venue », dit la voix dans sa tête.

Elle était si proche que Giuseppina en écarquilla les yeux.

Il n'y avait personne.

À travers les volets fermés passaient les rayons de lumière de l'après-midi dans lesquels dansait la poussière.

Giuseppina eut soudain peur.

— Va-t'en, dit-elle.

Mais le son de ses propres paroles l'effraya davantage que la voix du fantôme, alors elle se leva d'un bond, courut vers la porte et s'élança dans l'escalier.

Elle ne s'arrêta pas dans le couloir où Fortuna, Angela dans les bras, lui parla du dîner et de la facture de la boucherie qui n'était pas encore payée.

Elle descendit ainsi jusqu'au rez-de-chaussée et fila vers la cuisine. Maria était en train de découper les légumes pour le bouillon de poule. Elle était revenue travailler pour les Morelli depuis quelques moins, après s'être absentée pendant plus d'un an pour un mal inconnu. Elle avait accepté les gages proposés par Alfonzo, qui étaient plutôt faibles, sans battre un cil, reconnaissante de retrouver la famille auprès de laquelle elle avait vécu toute sa vie.

Elle aussi avait vieilli et elle grossissait. Giuseppina la soupçonnait de boire en cachette. Elle pensait aussi que c'était la seule femme qui avait vraiment aimé son mari, sans condition et avec fidélité. En revanche, il ne s'en était jamais rendu compte.

Giuseppina franchit la cuisine en courant sans lui adresser la parole. Elle ouvrit à la volée la porte intérieure qui communiquait avec l'aile où vivait sa mère et parcourut le couloir vide.

Elvira était au salon, en train de broder, les lunettes posées sur son nez. Ses cheveux, teints dans un ton clair, étaient coiffés en vagues gracieuses autour de ses joues. Elle portait une robe de soie verte aux lignes amples et souples que sa fille ne lui avait jamais vue.

Malgré les difficultés financières dans lesquelles Alfonzo se débattait toujours plus, sa mère avait réussi à maintenir son niveau de vie. Giuseppina se demandait parfois avec quels artifices une femme de soixante ans parvenait à conserver l'attachement d'un homme comme Nicola. Il n'avait pour sa part même pas cinquante ans et il constituait désormais un bon parti, élégant et aux cheveux à peine grisonnants, qui possédait des terres et des villas.

Elvira leva les yeux de son ouvrage.

— Que se passe-t-il ? Aurais-tu besoin de quelque chose ?

Giuseppina se laissa tomber sur un fauteuil en face de sa mère.

— Je voudrais savoir une chose, maman.

Elvira ne put retenir un geste d'agacement.

— Ne me parle pas de la maison, d'argent ou de problèmes, ce n'est pas le moment.

— Je ne te parlerai jamais de problèmes, moi, dit Giuseppina en essayant de la regarder dans les yeux. Et je ne parle d'argent qu'avec Alfonzo.

— La maison est à moi.

— Personne ne veut te l'enlever.

— N'insiste pas, je sais très bien comment tourne le monde. (Elvira posa l'ouvrage sur ses genoux d'un coup sec.) Et je sais comment tournent les pensées dans la tête de ton mari.

— Inutile de t'inquiéter, maman.

— Pourtant, je m'inquiète, de tout.

Elle fit une pause avant de reprendre :

— Comment va Angela ?

— Elle va très bien, maman.

— Tu devrais lui donner un petit frère, le plus vite possible, avant d'être trop vieille.

Elle avait parlé durement, oubliant qu'elle n'avait subi qu'une fois les tourments de la grossesse et les douleurs de l'enfantement.

Giuseppina fit comme si elle n'avait rien entendu.

— Je dois te parler, répéta-t-elle.

— Comment se débrouille Gigi dans la nouvelle boutique ? demanda plutôt Elvira. Il travaille bien ?

— Alfonzo dit qu'il est volontaire, répondit Giuseppina en détournant le regard. Et que cela nous permet d'économiser le salaire d'un commis.

— Cela me semble être une excellente idée. Ton mari s'y connaît en matière de comptes.

C'était faux, et elles le savaient toutes les deux. Les finances de la famille Morelli allaient de mal en pis, mais Elvira faisait toujours comme si de rien n'était.

Alfonzo avait ouvert une autre petite boutique à Chiaia dans l'espoir de récupérer la clientèle locale des grands magasins qu'il avait dû céder, mais les affaires ne marchaient pas.

— Je ne suis pas venue parler de la boutique, dit Giuseppina. Je veux savoir ce qui s'est passé avec Teresa.

— Qui ? (Sa mère la regarda sans comprendre.) Teresa ?

— Oui, Teresa.

Enfin, Giuseppina trouva le courage de croiser le regard de sa mère.

— La femme de chambre qui s'est pendue le jour où tu es arrivée dans la maison.

Elvira posa son ouvrage et scruta sa fille sans sourciller.

— Pourquoi y penser maintenant, après toutes ces années ?

— Tu ne m'as jamais rien dit, jamais. Pourquoi est-ce arrivé ? Pourquoi à ce moment-là ?

Elvira soupira.

— Je ne comprends pas d'où te vient toute cette curiosité maintenant. Que s'est-il passé ?

— Je l'entends, maman ! s'exclama Giuseppina, pour s'en repentir aussitôt.

— Tu l'entends ? Que veux-tu dire ? (Elvira la foudroya du regard.) Serait-ce une autre de tes sottises ?

Giuseppina secoua la tête, troublée.

— Non, j'en rêve, je rêve que je l'entends. Qu'elle me parle.

Elle avait honte de ce qu'elle était en train de dire mais elle continua :

— J'ai peut-être tout inventé dans ma tête. Je suis folle moi aussi. Je ne sais pas mais je veux comprendre.

— Tu as toujours été étrange, mais tu n'es pas folle, la coupa Elvira d'un air agacé. Tu étais déjà comme ça toute petite. C'est dans ton sang, pas dans celui des Morelli.

— Oui, mais Teresa est morte dans ta maison, répondit Giuseppina sans réfléchir. Je veux connaître son histoire, tu me le dois.

— Il n'y a rien d'important à savoir, répliqua Elvira. Tant d'années ont passé. Elle était jeune et enceinte, détruite par un scélérat. Elle a eu peur et s'est pendue. Une tragédie, même pour nous, parce qu'elle a apporté le mal chez nous. Le prêtre n'a même pas voulu la bénir.

— Pourquoi s'est-elle pendue chez nous ? insista Giuseppina, de plus en plus nerveuse. Pourquoi le jour où vous êtes rentrés de votre voyage de noces ? T'es-tu déjà posé la question ?

Sa mère agita son éventail ivoire.

— Tant de fois, dit-elle sans quitter sa fille des yeux. Il n'y a pas de réponse. Elle est morte. C'était une enfant, ignorante et effrayée, et elle était peut-être folle elle aussi. Qu'en sais-je !

— Si elle l'a fait, la faute en revient à celui qui l'a engrossée.

Giuseppina refusait de se résigner.

— Qui était-ce ?

— Qui peut le savoir ? Cela fait si longtemps.

Elvira agita son éventail plus vivement.

— La seule chose qui importe, c'est autre chose.

— Quoi ?

Elvira l'observa avec malice, et Giuseppina eut l'impression que sa mère allait lui donner sa version à elle de la vérité, comme toujours.

— Tu ne le sais pas ?

— Non, maman.

— Si Teresa ne s'était pas pendue, tu ne serais pas là, tout simplement.

Giuseppina resta sans voix.

— Que veux-tu dire ?

— Est-ce le jour des questions ? (Elvira rabattit l'éventail.) Sais-tu ce que mon père avait l'habitude de dire ? « Tu poses toutes ces questions parce que tu as peur que ta bouche sente mauvais si elle reste fermée ? »

— Maman, pour une fois, veux-tu bien me prendre au sérieux ? s'exclama-t-elle en lui prenant la main.

Elvira se dégagea.

— Ton père et moi, nous sommes allés à la Roue pour réaliser un vœu, répondit-elle d'une voix plus calme. Un sacrifice.

— Oui, pour avoir la grâce d'avoir un garçon, je le sais, dit Giuseppina un peu amère.

— Mais cela n'a servi à rien.

Elvira détourna le regard et retourna à sa broderie.

— Cependant, il y avait une autre raison.

— Laquelle ?

— Nous voulions effacer par une œuvre de charité la douleur de la pauvre Teresa, dit Elvira fièrement. Nous voulions sauver un enfant en échange de celui qu'elle avait tué en se donnant la mort. C'est tout.

— Tu ne me l'avais jamais dit.

Angela ne devait pas le savoir non plus, sinon elle le lui aurait reproché de toutes les manières possibles. Elle avait l'impression de l'entendre : « Tu es comme la fille de la pendue. »

— Nous l'avons gardé pour nous.

Elvira avait pris un ton trop solennel pour être sincère.

— Et si tu tiens à le savoir, c'est moi qui t'ai choisie. Moi.

— Pourquoi m'aurais-tu choisie ?

Giuseppina ne parvint pas à masquer son incrédulité.

Elvira ouvrit grand les bras.

— Qu'en sais-je ? Il s'est écoulé trop de temps. J'ai eu de la peine, je pense.

Sa voix ne devint pas tendre, elle ne l'avait jamais été.

— Tu étais si petite, si maigre, enveloppée dans ce châle gris. Alors, je t'ai prise et je t'ai amenée ici.

Elle lui sourit puis reprit sa broderie.

— Quel châle ? demanda Giuseppina.

— Celui dans lequel tu étais enveloppée à la Roue.

— Je ne m'en souviens pas.

— C'était un morceau de laine, vieux et usé.

— Où est-il à présent ?

— Je n'en sais rien. On a dû le jeter il y a des années.

— Moi, je ne l'ai pas jeté.

— Alors, Angela a dû le faire. Ou Fortuna.

Elvira était de plus en plus irritée.

— Qu'en sais-je moi ? À présent, ça suffit !

Giuseppina hésita un instant.

— C'est vraiment toi qui m'as choisie à la Roue, maman ? demanda-t-elle, déjà sur le seuil de la pièce.

— Oui, répondit Elvira sans lever les yeux. Oui, c'est moi.

Au second « oui », Giuseppina eut la certitude qu'il ne s'agissait que d'un nouveau mensonge.

Mai

— Maria ? appela Giuseppina en entrant dans la cuisine depuis l'arrière des pièces de service.

— Oui, quoi ? répondit la femme de chambre, insolente comme d'habitude.

Giuseppina savait qu'elle aurait dû la remettre à sa place, mais cette seule pensée la perturbait.

— C'est quoi ? répéta la femme, debout devant le lavoir.

Elle avait les bras plongés dans l'eau savonneuse jusqu'aux coudes et son visage était rouge et congestionné par l'effort. Derrière elle, une pile de linge attendait d'être lavée.

— Je voulais te demander quelque chose.

Maria s'essuya en silence avec un chiffon et la suivit dans la cuisine, mais elle était réticente. Elle demeura debout pendant que Giuseppina s'asseyait.

— Je voulais te poser une question, hésita-t-elle. Tu te souviens quand je suis arrivée à la maison ?

La femme la regarda sans parler, puis hocha brusquement la tête.

— On m'a prise à la Roue des exposés, tu t'en souviens ?

— Oui, une orpheline, balbutia Maria. Prise par miséricorde.

— Je le sais.

Giuseppina serra les poings.

— Te souviens-tu de la manière dont j'étais vêtue ? Avais-je un signe de reconnaissance, une médaille, un châle ? Qu'ont-ils fait de mes affaires ?

— Quelles affaires ? (Maria agita les bras.) Que pouvais-tu avoir ?

— Je l'ignore. De quoi te souviens-tu ?

— Je ne me souviens de rien.

— N'avais-je pas un châle ? Quelque chose ?

— Seulement les yeux pour pleurer.

Giuseppina leva les yeux vers le ciel.

— Tu en es sûre ?

— Qu'en saurais-je ? Il s'est passé des années et des années, mais tu n'avais rien. Rien du tout.

— C'est bon, Maria, va-t'en.

Giuseppina se leva et sortit de la cuisine un peu honteuse. Voilà à quoi portait la curiosité, à se faire ridiculiser par une domestique qui la haïssait.

Elle traversa le vestibule. Dans la chambre à coucher, Alfonzo était en train d'essayer d'écrire une lettre qu'il recopiait d'un brouillon raturé tout maculé d'encre.

— Alfo, tu te souviens quand on m'a prise ?

— Prise ? dit-il en levant les yeux. Mais d'où ?

— À la Roue.

— La Roue ? (Il regardait à nouveau sa lettre.) Ce sont des événements trop vieux, Giuseppina, des choses qu'il faut oublier.

— Je n'arrive pas à oublier. Cela fait partie de ma vie.

Giuseppina s'assit sur le lit.

— Et je n'en ai pas honte, ajouta-t-elle.

— Eh bien moi si.

Ils gardèrent le silence un moment.

Alfonzo continua à écrire, puis se relut à voix basse. Enfin, il releva la tête pour la regarder.

— Tu étais si menue que personne ne pensait que tu vivrais jusqu'à Noël. (Il se mit à rire tout en déboutonnant son gilet.) Et qui aurait pu imaginer que nous finirions ensemble ?

— Ne te rappelles-tu pas autre chose ?

— De quoi devrais-je me rappeler ? (Il écarta les bras.) Laisse-moi terminer ma lettre, je dois l'envoyer avant trois heures, sinon elle manquera le bateau à vapeur pour l'Amérique et je devrai patienter encore quatre jours.

— À qui écris-tu ?

— À Salvatore Troise, pour affaires. À New York, termina-t-il en baissant la voix.

— Salvatore ? Celui qui travaillait pour nous ? demanda-t-elle d'un ton indifférent.

— Il a désormais une position importante et beaucoup d'argent.

— Tu veux faire des affaires avec l'Amérique ?

— L'Amérique représente l'avenir, Giuseppi.

Alfonzo baissa la tête vers le feuillet et ajouta :

— Et nous, nous sommes le passé. Mais je suis le seul à l'avoir compris.

1889

Le Catalogue Mele est pour les familles l'outil le plus moderne et le plus vaste. Nous vous conseillons de l'étudier avec attention. Il suffit d'essayer un seul de nos articles pour en constater l'indiscutable supériorité, la résistance, sa longue durée garantie et, surtout, son prix économique. Il peut être expédié gratuitement à tous. Grandes nouveautés. Meilleurs prix. Échantillons des nouveautés d'hiver envoyés gratuitement sur simple demande.

GRANDS MAGASINS ITALIENS MELE, RÉCLAME, NAPLES, 1889.

Janvier

Dehors, il faisait froid et le manteau de Giuseppina n'était pas assez grand pour l'envelopper entièrement. Sa grossesse était avancée et son ventre avait une forme d'obus qui laissait de bons espoirs.

Elle marchait sur le trottoir la tête basse pour essayer de se protéger du vent, puis elle s'arrêta pour attendre sous l'auvent de San Pasquale. Le tramway tiré par des chevaux arriva à l'heure précise et stoppa à l'angle avant de retourner aussitôt vers le centre.

Assise sur le banc en bois en compagnie d'ouvriers, de cuisiniers, de couturières et de servantes qui travaillaient à Chiaia et allaient faire des courses, elle pensa à Maria qui continuait à lui lancer des remarques acerbes tout en continuant à entourer Alfonzo d'attention.

Giuseppina la supportait. En revanche, Elvira avait menacé de la renvoyer après l'été. Elle disait qu'elle l'aurait remplacée par une plus jeune qu'elle, capable d'aider Fortuna qui commençait à prendre de l'âge.

Mais avec quel argent ?

Elle continua à ruminer ces questions domestiques, peut-être pour ne pas penser à ce qu'elle avait décidé de faire ce jour-là.

Le tram s'arrêta enfin au Spirito Santo, où le palais Doria d'Angri s'avançait sur la rue comme la proue d'un navire au croisement de la via Toledo et de la via Sant'Anna dei Lombardi. La foule d'hommes en houppelande et chapeau, de femmes en jupe longue et en manteau foncé et d'innombrables enfants se déployait dans toutes les directions, mais sans hâte, comme s'ils disposaient tous d'un temps infini.

Pas elle.

Giuseppina descendit en protégeant son ventre de la bousculade des gens qui voulaient monter dans le véhicule.

La boutique, dernier vestige de la Compagnie Morelli, se trouvait dans une traverse du réseau de ruelles qui se déployaient entre la via Toledo et Monteoliveto. C'était une petite échoppe, dans une rue peu passante, composée d'un couloir et d'un comptoir qui longeait tout un côté tandis que, de l'autre, des rayonnages étroits exposaient des gants, des châles, des éventails et des chapeaux. La petite vitrine, prétentieuse et tapissée de velours marron, débordait de marchandises. Il en émanait un effet contraire aux intentions, une exagération qui évoquait plutôt la misère.

La sonnette retentit dès que Giuseppina ouvrit la porte. Alfonzo, qui parlait avec Gigi, se retourna avec un sourire de convenance.

— Ah, c'est toi, dit-il sans masquer sa déception parce qu'il avait espéré un client. Tu es en avance.

— J'ai des courses à faire au centre-ville.

— Tu ne devrais pas te promener dans ton état, dit-il d'un ton distrait.

— Je vais très bien, Alfo.

— Et où te rends-tu ?

Tout le monde s'inquiétait pour elle en cette période, mais Giuseppina n'aimait pas être au centre de l'attention. Elle avait l'habitude d'être ignorée et, au fond, cela lui avait toujours paru plus confortable.

— Je vais chez une nouvelle couturière, moins chère, et je te rejoindrai, mentit-elle nonchalamment en rougissant un peu.

Alfonzo ne l'écoutait déjà plus.

Une cliente venait d'entrer dans le magasin et il s'empressa vers elle.

— Comment vas-tu ? demanda Giuseppina à Gigi.

Il était trop grand et trop maigre pour ses seize ans, mais il était déjà capable de jongler entre les clients et les marchandises.

— Que puis-je te répondre, ma tante ?

Il écarta les bras et Giuseppina fut désolée de déceler les signes de la défaite sur un visage si jeune.

— Il y a de bons et de mauvais jours.

— Et les comptes ? insista-t-elle à voix basse.

— Papa n'est pas si compétent, tu le sais, répondit-il avec circonspection. Mais je progresse.

Alfonzo avait entraîné la cliente dehors, devant la vitrine, et il agitait les bras, un peu maladroitement, toujours aveuglé par ses illusions de grandeur, comme s'il était encore dans le prestigieux magasin de la Compagnie Morelli et non dans une pauvre boutique du Spirito Santo.

— Dis-lui au revoir pour moi, dit Giuseppina à son neveu. Je dois m'en aller.

Elle sortit en faisant un petit signe à son mari, soulagée de ne pas avoir à inventer d'autres mensonges.

Elle n'avait plus de temps à perdre.

Alfonzo avait donné rendez-vous à ses proches pour déjeuner, un peu plus tard, dans un nouveau restaurant où on servait de la pizza. L'endroit était tout près de là où Giuseppina souhaitait se rendre depuis des mois et, presque sans réfléchir, elle avait décidé de tirer parti de la coïncidence.

Elle traversa la piazza del Gesù Nuovo et pénétra dans les ruelles étroites qui conduisaient à San Gregorio Armeno, où elle se retrouva à l'abri de la bise glacée, puis continua au-delà de Forcella.

Elle marchait tête baissée, caressant son ventre qui commençait à lui peser, en essayant de ne pas réfléchir et de ne pas se poser trop de questions.

Au détour d'un dernier coin de rue, elle se retrouva soudain devant son objectif.

Un trou carré dans le mur, d'une vingtaine de centimètres. La roue des exposés.

Au-dessus du trou s'ouvrait une fenêtre grillagée. À côté, la porte d'entrée. Giuseppina leva les yeux vers la façade de couleur ocre en hésitant.

Un homme avec deux grands paniers de légumes la bouscula, puis une charrette tirée par un mulet approcha en agitant sa cloche et elle dut s'écarter.

Elle se décida enfin à frapper à la lourde porte.

La vieille nonne qui ouvrit était si voûtée qu'elle dut lever les yeux vers elle. Elle jeta un regard à son ventre que le manteau ne réussissait pas à dissimuler et releva les sourcils.

— Reviens quand tu seras soulagée, lui dit-elle d'une voix rauque, ni dure ni bienveillante, seulement pratique.

Elle avait de petits yeux noirs, brillants comme des pierres d'obsidienne sur son visage ridé.

Giuseppina secoua la tête, recula d'un pas, puis d'un autre, le regard rivé sur le visage sévère de la sœur. Puis elle pivota et partit presque en courant.

Quand elle se sentit plus calme, elle ralentit.

Elle ne comprenait pas ce qui l'avait pris, mais face à cette moniale toute de marron vêtue, elle n'avait pas eu le courage de parler, d'expliquer, de poser des questions.

Voulait-elle vraiment savoir d'où elle venait ? Et si la réponse était pire que ses suppositions ? Sa mère était peut-être l'une de ces femmes perdues qu'elle avait aperçues debout sous les porches. Qui sait, peut-être avait-elle été assassinée ? Ou sujette à une autre tragédie ?

Peut-être était-il préférable de ne rien savoir.

En y réfléchissant, elle se convainquit qu'elle avait bien fait de s'enfuir ; tout ce projet échafaudé pendant des semaines, voire des mois, n'avait été que pure folie.

— Serais-tu nerveuse, Giuseppi ? lui avait demandé Fortuna quelques jours plus tôt. Laisse faire. Cela n'en vaut pas la peine.

— Que pourrais-tu en savoir, Fortu ?

— Parfois, le poison monte au cerveau d'une femme qui ne sait plus rester à sa place, avait marmonné la femme. Surtout quand elle est grosse.

— Tu dis des bêtises, avait-elle répliqué.

Pourtant, Fortuna avait peut-être raison.

Quoi qu'il en soit, si la famille avait deviné ses intentions, elle l'aurait traitée d'ingrate.

En marchant vite pour ne pas sentir le froid, elle entra dans une église, fit une génuflexion avec peine et murmura une prière rapide à la Vierge. Puis elle prit place sur un banc, espérant se réchauffer jusqu'à l'heure du rendez-vous.

À deux heures moins le quart de l'après-midi, elle se trouvait devant la pizzeria, dans les ruelles populaires qui seraient bientôt balayées par la Réhabilitation, du moins si l'on s'en tenait aux rumeurs.

Les autres devaient déjà être à l'intérieur et Giuseppina s'empressa d'entrer. La salle était petite et exiguë, mais il y faisait chaud. La taverne de quatre sous était en train de se faire une réputation pour la qualité de ses pizzas et le fait qu'on les servait à table. Les murs étaient recouverts de carreaux bleus et jaunes, le sol était en pierre noire. Il y avait huit tables occupées par des gens du peuple.

Au fond, elle distingua le four circulaire et un comptoir en marbre où un homme étalait la pâte et la garnissait de sauce tomate et de basilic, aidé par un petit garçon qui enfournait les pizzas. Deux femmes d'âge mûr et deux jeunes filles servaient les tablées.

Giuseppina fut frappée par l'odeur qui provenait du four et son estomac fit une cabriole. Elle n'avait pas souffert de nausées lors des premiers mois de sa grossesse, mais elle éprouvait un puissant malaise.

Avant qu'elle ait le temps de sortir pour prendre un peu d'air, son mari l'aperçut et, avec de grands gestes, lui fit signe de s'approcher.

Alfonzo était assis en haut de la table, face à Don Nicola. D'un côté, il y avait Elvira et Gigi et, de l'autre, Antonio et une chaise vide qui lui était destinée.

Giuseppina s'y laissa tomber avec un soupir de soulagement. Son ventre lui pesait de plus en plus, ou peut-être avait-elle marché trop longtemps, mais elle ne pouvait s'en plaindre à personne.

Alfonzo leva son verre pour trinquer alors que les pizzas arrivaient déjà. Giuseppina les regarda avec appréhension et sans aucun appétit. Elles étaient énormes, rouges de tomate avec des taches jaunes d'huile et des feuilles de basilic qui paraissaient flotter dessus.

Tous les convives connaissaient le motif de la convocation, mais son mari entreprit de l'expliquer de nouveau, toujours plein d'énergie et d'idées nouvelles. Alfonzo n'était pas homme à céder sans combattre. Il l'avait affirmé à tant de reprises à sa famille, dans les discours tenus dans la cuisine ou dans la salle à manger à l'heure du dîner.

Il avait décidé que son talent d'entrepreneur ne pouvait admettre une pause, même momentanée. Au début, il avait même pensé à se lancer sur le marché avec l'un de ces nouveaux appareils, comme le phonographe, mais la famille avait réussi à le dissuader de s'engager dans une voie qui menait tout droit à l'échec.

Personne à Naples ne se souvenait plus des temps glorieux de la Compagnie Morelli. Maintenant, c'étaient les grands magasins Mele qui prospéraient et qui étaient à la mode, parce qu'ils savaient attirer les dames de la bourgeoisie napolitaine à grands coups d'affiches colorées et de réclames élégantes auxquelles Alfonzo n'avait jamais pensé.

Depuis quelques mois, son mari avait cependant reporté son attention sur la nourriture, et ce n'était pas par hasard qu'il avait choisi cet endroit pour l'annoncer. Comme il l'expliqua la bouche pleine, débordant d'énergie, d'enthousiasme et de confiance, il envisageait de s'associer avec le pizzaïolo.

— Avec quel argent ? demanda Giuseppina.

— L'argent, ça se trouve toujours, répliqua-t-il en faisant un geste brusque qui signifiait : « Tu ne comprends rien, reste à ta place. »

En face d'elle, elle voyait les yeux d'Elvira briller. Elle avait dû croire qu'ils allaient déjeuner dans un restaurant élégant, et c'était pour cela qu'elle avait opté pour une voilette élégante sombre et une robe au col trapèze bordé de dentelle à la dernière mode. Et voilà qu'elle se retrouvait assise parmi des miséreux !

— Ces endroits-là, c'est l'avenir, ma tante, déclara Alfonzo en s'emparant d'un morceau de sa pizza avec les mains et en le mordant avec appétit, même s'il était encore brûlant. C'est pas cher et ils sont toujours bondés.

— On mange les pizzas dans la rue, rétorqua Elvira en scandant chaque mot et en repoussant son assiette. Le pizzaïolo les pétrit, les fait cuire et les vend aux passants.

C'est un travail pour les pauvres qui nourrit des gens encore plus pauvres.

— Pas du tout, il y a de plus en plus d'endroits comme ici et ils sont de plus en plus fréquentés, insista son gendre avec emphase. Et ils gagnent beaucoup d'argent.

— Alors, tu veux devenir pizzaïolo ? s'écria Elvira en embrassant d'un geste du bras toute la taverne. À ton âge ? Tu veux pétrir la pâte ou quoi donc ? Servir à table ?

— Non, ma tante.

Alfonzo secoua lentement la tête. Il était patient, mais pas sans ressentiment.

— Moi, je veux être l'investisseur. Je place mon argent dans ces endroits.

— Ton argent ? Et où le trouveras-tu ? dit Elvira dans un éclat de rire.

Alfonzo se tourna vers Don Nicola qui avait jusque-là écouté sans rien dire.

— Moi, j'apporte l'idée et mes connaissances, mais j'ai besoin d'un associé, et c'est pour cela que je vous ai invités, pour vous expliquer mon projet.

— Non, coupa Elvira. C'est absolument ridicule.

Dans le silence, Don Nicola continuait à manger avec un air absorbé. Giuseppina s'efforça d'avaler une bouchée.

— Ma tante, vous avez toujours eu confiance en moi, commença tranquillement Alfonzo en mâchant calmement.

— La confiance, c'est terminé. La patience aussi.

— Pourtant, quand tout allait bien…

Alfonzo n'acheva pas sa phrase. Il prit un autre morceau de pizza, une gorgée de vin rouge. Giuseppina l'imita. Le vin était âpre et chaud, et lui donnait la nausée.

— Quand tout allait bien, toi aussi tu allais bien, répondit durement Elvira. À présent, que tout va mal, tu dois trouver un remède. Mais une pizzeria ? Jamais !

— Vous ne comprenez pas, ma tante, expliqua Alfonzo en se penchant en avant. Je ne parle pas d'un seul restaurant.

Je parle d'une chaîne de locaux avec de nombreux pizzaïolos, non seulement à Naples mais aussi à Rome, à Turin.

— Pourquoi pas à Paris tant que tu y es ? se moqua Elvira.

— Et à New York, compléta Don Nicola en souriant d'un air moqueur lui aussi.

— Eh bien, soupira Alfonzo qui ne s'avouait jamais vaincu. Je trouverai un autre associé. Je ne peux pas en rester là. Si les banques comprennent que la Compagnie a fermé, ce sera la fin. Elles nous tomberont dessus.

— Essaie encore avec les gants et les accessoires, murmura Giuseppina.

— Non, cela ne convient plus, non. (Alfonzo chassa sa proposition d'un geste agacé.) Je suis un entrepreneur, je veux quelque chose de nouveau.

— Don Nicola ne partage pas tes idées, dit Elvira en lui jetant un regard froid. Je suis désolée.

— Eh bien, je trouverai de l'argent d'une autre manière.

— Et laquelle ?

— Tout d'abord, je compte gagner le procès de Turin.

— Vraiment ? (Elvira faillit lui rire au nez encore une fois.) Je te rappelle que, pour cette folie, tu as jeté l'argent par les fenêtres pendant des années. Ton père avait raison quand il a tenté de te retenir. Tu ne gagneras jamais le procès de Turin !

La colère fit monter le rouge aux joues d'Alfonzo. Ses yeux se firent méchants.

— Nous avons encore deux grandes maisons, ma tante. À Chiaia et, continua-t-il sans la regarder, elles sont encore toutes deux la propriété de la Compagnie Morelli, ne l'oubliez pas. Et j'en suis l'administrateur.

Giuseppina vit Elvira se raidir. Sa main, aux deux larges anneaux d'or, agrippa le bord de la table au point que ses articulations blanchirent.

— Que voudrais-tu en faire ?

— Il nous suffit d'en avoir une. Nous ne sommes plus si nombreux. Nous nous adapterons.

— Nous ne vendrons rien du tout, répliqua Elvira. Notre ami continuera à nous aider, n'est-ce pas Nicola ?

— Certainement, dit celui-ci avec complaisance, si je peux me le permettre.

— Mais pas pour les pizzas, précisa Elvira. Vous n'imaginez pas combien cela ferait rire la comtesse Epifani.

— Vous pensez à elle alors que nous avons de lourdes dettes, ma tante, dit sérieusement Alfonzo.

Il ne restait dans son assiette que de l'huile et une feuille de basilic.

Giuseppina avait le vertige. Elle avait chaud et transpirait sous son manteau trop lourd. Elle croisa le regard triste de Gigi, de l'autre côté de la table, qui n'avait pratiquement pas touché à sa pizza.

— Nous n'avons plus de bonnes activités bien productives, seulement des dépenses, poursuivit Alfonzo. Chaque jour, nous dépensons beaucoup d'argent pour la maisonnée, pour nourrir toutes ces bouches, payer les salaires des domestiques, les rentes, les vêtements.

Giuseppina n'avait qu'une envie, c'était s'éloigner de là, rentrer chez elle, s'étendre sur le lit, les pieds surélevés, et dormir, sans penser à la misère qui les attendait, à l'enfant qui allait naître et qu'elle espérait être un fils. Et à la Roue où elle n'aurait jamais plus le courage de retourner.

— Sans parler des fournisseurs et de toutes les autres dépenses de la famille, ou des vôtres ma tante, insista Alfonzo. Nous ne pourrons nous en tirer encore bien longtemps. Et Don Nicola ne peut nous aider que jusqu'à un certain point.

— Don Nicola a signé un contrat pour construire deux bâtiments au Rettifilo, à la place d'une vieille église, et il nous soutiendra, dit Elvira comme si son amant n'était pas là. Il peut aussi t'offrir un travail.

— La brique, c'est l'avenir, Alfo, confirma l'homme. La Réorganisation, les nouveaux égouts, le Vomero, Posillipo, les quartiers est. Il y a tant de chantiers que mon entreprise se porte très bien.

— Je ne comprends rien au bâtiment, et cela ne me plaît pas. D'ailleurs, je veux quelque chose qui m'appartienne à moi, où je peux développer mes idées, où c'est moi qui commande.

Alfonzo se recula contre le dossier de sa chaise.

— Moi, je ne dépends de personne.

Il se leva et se dirigea vers le four où le pizzaïolo s'essuyait le front en sueur. Il ne s'écoula pas un instant qu'il était déjà en train de gesticuler comme s'il était le plus grand connaisseur de pâte, de fours, de tomates et qui sait quoi d'autre.

Elvira était blanche de rage.

— Vous n'avez pas compris ? s'écria-t-elle. Il veut vendre !

— Vous verrez que tout s'arrangera dit Don Nicola.

— Et comment ? C'est toi qui vas nous donner ton argent ?

— Cela dépend du montant. Je ne peux certainement pas faire des miracles.

— Moi, je ne vends rien.

Sa mère regardait dans le vide. Giuseppina eut de la peine pour elle. Elle tendit la main à travers la table.

— Maman, tu verras que tout va s'arranger.

Elvira l'écarta, clignant violemment les paupières pour refouler les larmes de colère.

— Mais qu'est-ce que tu y comprends, toi ?

Comme toujours, sa mère se montrait têtue et déraisonnable, et certaine d'être le centre du monde.

Avec les années, Giuseppina avait appris à la prendre, sans jamais se laisser aller à en souffrir comme le faisait Angela, mais en lui répondant toujours de manière calme et sensée.

— Cette pizza est quand même bonne.

Don Nicola mit le dernier morceau à la bouche sous le regard irrité d'Elvira.

— Quand j'étais petit, il y avait une voisine qui faisait des fritures tous les jours. (Le souvenir lui fit venir un sourire.) Elle s'installait dehors avec un chaudron en cuivre plein d'huile brune et, toute la journée, elle faisait des fritures. Mon frère et moi, nous nous asseyions à côté et nous attendions le moment d'en manger. Elle nous faisait un prix spécial.

Tandis qu'elle l'écoutait, Giuseppina se sentit rassurée. Lorsqu'elle sentit un coup de pied dans son ventre, elle le caressa distraitement. Ce n'était pas la première fois. Son enfant aurait du caractère.

— En ce temps-là, on pouvait se remplir l'estomac avec un sou.

Don Nicola se tourna vers Gigi et Antonio qui l'écoutaient avec attention.

— C'était le bon temps, les garçons. Un temps riche de promesses, soupira-t-il. Je me souviens que je rêvais d'être marin quand j'étais petit.

— Toi ? s'étonna Elvira. Mais tu as peur de l'eau.

— Moi aussi, je veux être marin, intervint Antonio d'un air grave.

Giuseppina l'observa. C'était un brave garçon, discret, que l'on oubliait facilement, plutôt petit pour un Morelli mais il ressemblait beaucoup au grand-père dont il portait le nom.

— Que racontes-tu, Antonio ?

— Oui, grand-mère. J'irai en mer et je gagnerai de l'argent.

— De l'argent ? sourit Elvira. En donneras-tu un peu à ta pauvre grand-mère ?

— Bien sûr. Tout mon argent.

— Tu es aussi généreux que ton grand-père, fit-elle en lui caressant le visage. Il m'aimait tellement.

À ce moment-là, Giuseppina sentit quelque chose fondre en elle. Elle crut que c'était l'émotion, puis elle sentit que ses cuisses étaient mouillées.

Une seconde de plus et elle s'aperçut que son linge était trempé.

Elle se leva.

Il y avait de l'eau sur le sol, sous la chaise. Elle chancela et s'appuya sur la table pour ne pas tomber.

Elle ouvrit la bouche mais ne réussit pas à prononcer un mot. Tous les regards étaient rivés sur elle.

Si seulement Fortuna avait été là, elle aurait su quoi faire.

1890

On lui reproche les libéralités déjà reçues, et elle a montré l'ouvrier, le nègre, le paysan qui ont obtenu en un jour plus [que les femmes] en l'espace de plusieurs siècles.

ANNA MARIA MOZZONI, DISCOURS DE BOLOGNE, 1890.

Septembre

Quand elle se trouva devant la Roue, Giuseppina poussa un grand soupir.

Elle connaissait à présent par cœur chaque boutique de la rue. C'était la cinquième fois qu'elle revenait, depuis qu'elle avait cessé d'allaiter Genoveffa, mais elle n'avait jamais trouvé le courage de frapper au portail.

Aujourd'hui, elle refusait de se laisser décourager.

Il était difficile d'inventer des excuses chaque fois, notamment auprès de sa mère. Si seulement elle avait soupçonné ses intentions, elle l'aurait réprimandée de mille manières, et lui aurait peut-être reproché son manque de gratitude ou sa stupidité.

Tout en cognant à la porte, elle regarda le trou dans une partie isolée du mur de la Real Casa Santa dell'Annunziata, le nom officiel de la Roue.

C'était une petite fenêtre carrée encadrée d'une corniche en marbre. Était-il possible que ce soit par-là qu'elle soit entrée ?

La sœur qui ouvrit était peut-être la même que la première fois, juste un peu plus vieille et plus voûtée.

— Que veux-tu ? demanda-t-elle d'un ton brusque.

Giuseppina craignit qu'elle se souvienne d'elle.

— Tu viens chercher un enfant ?

— Non, ma sœur, j'ai déjà deux filles, répondit-elle sottement.

Elle demeura bouche bée, sans savoir par où commencer.

— Alors, que viens-tu faire ici ? Veux-tu accueillir un de nos orphelins pour faire une bonne action ?

— Non, non, ce n'est pas pour cela, souffla Giuseppina d'un coup. Je suis revenue pour comprendre. Pour avoir des renseignements.

— Comprendre quoi ? dit la vieille avec un air suspicieux.

— Je viens d'ici, murmura Giuseppina. De la Roue.

— Tu es une fille de la Madone ?

Le visage de la religieuse s'éclaira d'un sourire qui s'ouvrait sur une bouche édentée.

— Alors, tu es chez toi.

Une seconde et elle ouvrait tout grand le portail.

Giuseppina fit un pas en avant et, machinalement, se signa comme si elle pénétrait dans une église.

— Entre, entre ! dit la vieille en lui montrant le chemin et en la poussant de la main dans l'entrée sombre. C'est une des nôtres ! cria-t-elle gaiement en direction de deux femmes vêtues d'une chemise bleue et d'un tablier qui étaient apparues à une porte latérale.

— Elle est venue nous voir.

La sœur la prit par la main et l'entraîna vers la pièce d'où étaient sorties les deux femmes. Sa peau était sèche et ridée comme du papier de verre. Giuseppina se retrouva dans une pièce longue et étroite où elle vit un vieux lavoir, deux chaises, un berceau et des linges blancs.

— Ce sont les sages-femmes. C'est là que tu es entrée.

Elle montra le mur du fond avant d'ajouter :

— Veux-tu savoir comment cela fonctionne ?

Giuseppina acquiesça d'un signe de tête.

— Vous êtes toutes pareilles, vous voulez tout savoir.

Contre le mur qui donnait sur l'extérieur, il y avait une grande armoire en bois. Dans l'armoire, il y avait une sorte de tourniquet, comme un tambour : la fameuse Roue dans laquelle on déposait les enfants de l'autre côté. On la faisait pivoter le tambour et l'enfant arrivait à l'intérieur sans que personne puisse voir qui l'abandonnait.

La sœur fit un signe et une des femmes en tablier actionna le mécanisme qui se mit à pivoter en émettant un bruit sourd.

— On pouvait mettre dans la Roue des offrandes, des documents, des bijoux ou des marques d'identification, au cas où on voudrait reprendre l'enfant un jour.

Elle arrêta le mécanisme et ouvrit la porte.

— Enfin, quand on faisait tourner la Roue, une cloche sonnait et nous accourions voir la surprise.

— Accourions ? demanda Giuseppina.

— Oui, nous ne nous en servons plus depuis quinze ans, dit la femme. La porte a été fermée.

— Et les orphelins ? Vous ne les accueillez plus ? demanda Giuseppina avec une pointe de déception.

— Si, si, nous prenons toujours les enfants, sourit la sage-femme, mais on nous les confie directement, ou on les abandonne sur le parvis de l'église.

— Nous les déshabillons, nous les lavons, nous les baptisons et nous les réchauffons, intervint l'autre femme, et puis nous les emmenons pour les marquer, mâles et femmes, maigres ou gras, ceux qui pleurent et ceux qui dorment.

Giuseppina tourna les yeux vers le berceau et le lavoir et recula d'un pas. Elle se sentait soudain étouffer dans la pièce faiblement éclairée.

La Roue était si étroite, si sombre ! Elle frissonna en pensant qu'elle était passée par là il y avait tant d'années.

— Et quand l'enfant était plus grand ?

Elle savait qu'elle avait été accueillie à neuf ou dix mois.

La femme écarta les bras en signe d'impuissance.

— Pour devenir un enfant de la Madone, il fallait entrer par là. Même à deux ou trois ans. Ou quatre, expliqua la vieille religieuse qui avait gardé le silence pendant tout ce temps. Il est arrivé que certains se cassent le bras ou la jambe dans le passage, même s'ils étaient recouverts de graisse.

La sœur lui caressa la main.

— Toi, tu étais si menue !

— Vous vous souvenez donc de moi ? bafouilla Giuseppina d'un air interrogateur.

La femme secoua la tête en souriant de sa bouche édentée.

— Comment le pourrais-je ?

Elle agita les mains en l'air pour insister sur le temps qui s'était écoulé et sur le nombre d'orphelins.

— J'en ai vu passer des centaines et des centaines par là, et vous êtes tous pareils.

Elle fit signe à Giuseppina de la suivre.

— Est-ce que cela te suffit ? lui demanda-t-elle lorsqu'elles furent sorties de la fameuse pièce. Es-tu satisfaite ?

— Non, ma sœur, je voulais en apprendre davantage sur mes origines.

Elle était découragée. Comment trouver des traces de soi dans un tel lieu, où les enfants passaient à travers une boîte, dépouillés de toute identité ?

Les plus chanceux recevaient une nouvelle vie, un nom pour revenir dans le monde sans passé derrière eux.

Les chanceux comme elle.

La moniale lui adressa un regard compatissant.

— C'est plus difficile. Viens.

Elle la guida à travers une vaste cour balayée par le vent, sur laquelle donnaient plusieurs rangées de fenêtres. Deux rangs de petites filles très jeunes, coiffées de tresses et portant des uniformes gris, marchaient derrière une autre sœur. Elles se tournèrent de concert pour jeter un regard à Giuseppina, muettes et apparemment peu troublées par la température.

La vieille religieuse lui prit la main comme si elle aussi était redevenue une enfant.

Elles passèrent sous une arche et, de là, s'engagèrent dans un couloir qui arrivait sur un escalier creusé dans la pierre. Il descendait d'un étage, beaucoup plus humide. Giuseppina serra son châle trop léger en regrettant de ne pas avoir pensé à mettre celui en laine.

— Par là, c'est le réfectoire, indiqua la sœur en montrant une porte à deux battants. Les servantes sont déjà en train de préparer le dîner.

Elle ouvrit la porte. Giuseppina découvrit des rangées et des rangées de bancs et de tables en bois foncé disposées sur un sol en dalles de pierre dans une pièce basse de plafond.

Au fond, par une autre porte, provenaient des bruits de voix et une odeur puissante de choux trop cuits.

— Les plus grandes aident, dit la sœur. Tous les enfants apprennent un métier et nous donnons aux filles une petite dot. Par ailleurs, certaines ont la vocation, et elles restent avec nous pour toujours.

Giuseppina pensa que, si les Morelli ne l'avaient pas choisie, elle aurait peut-être eu la vocation et serait restée là pour toujours. L'idée ne lui faisait pas peur.

La religieuse referma la porte puis la conduisit dans un couloir éclairé par intervalles par des lampes à pétrole qui reposaient dans des niches creusées dans la pierre.

Elle en prit une et poursuivit son chemin dans l'ombre. Giuseppina la suivit sans trop d'espoir.

— Que pouvez-vous me dire, ma sœur ? Y a-t-il quelqu'un d'autre qui peut m'aider ?

— Suis-moi, viens, répéta la femme qui malgré son âge et son dos courbé marchait d'un bon pas.

— On est venu me chercher il y a trente-deux ans. Les Morelli. J'avais un an ou un an et demi, dit-elle en la suivant. Y aurait-il une sœur beaucoup plus âgée avec laquelle je pourrais parler ?

La femme se tourna vers elle.

— Plus âgée que moi ? Je ne crois pas, non, dit-elle en riant.

Giuseppina s'était résignée, mais elle restait curieuse de mieux connaître cet endroit. Elle en avait tant entendu parler et elle en avait tant rêvé !

Elle n'en avait aucun souvenir, mais elle éprouvait une douleur dans la poitrine en imaginant qu'elle avait vécu là, sans parler, sans comprendre. En revanche, elle avait certainement pleuré beaucoup.

Elles croisèrent deux sœurs et la vieille religieuse en prit une à part, plus grande et moins âgée qu'elle. Elle lui chuchota quelque chose en désignant Giuseppina d'un signe de la tête. L'autre acquiesça, tira une clé de sa poche et ouvrit une porte un peu plus loin, puis prit congé en silence.

La religieuse lui fit signe d'entrer dans la pièce.

— Voilà, dit-elle en pénétrant dans la bibliothèque tapissée de rayonnages en bois chargés de livres.

Elle alluma une autre lampe à pétrole. D'un côté, les étagères ne contenaient que des livres de prière, de petite taille et au dos rouge et usé. De l'autre, il y avait des rangées et des rangées de plus gros volumes, également rouges mais couverts de poussière. Chacun portait un chiffre et une lettre imprimés à l'encre noire.

Les chiffres étaient des années qui marquaient les registres. Des dizaines et des dizaines d'années.

La trace de chaque enfant qui était passé par la Roue.

La religieuse lui expliqua fièrement le système, avant de lui montrer une rangée de registres noirs, beaucoup moins nombreux.

Les registres des adoptions.

— C'est dans ces registres que tu trouveras la date où ils t'ont emmenée.

Giuseppina chercha son année, 1858.

Il leur fallut unir leurs forces pour porter le registre jusqu'à un bureau au sous-main en cuir patiné.

— Regarde, dit la vieille femme en rapprochant la lampe.

— Où dois-je regarder ? Pouvez-vous m'aider ?

— Je ne sais pas lire. Je ne connais que les chiffres.

Giuseppina feuilleta anxieusement les pages jaunies. Elle avait la bouche sèche.

— Cherche ton mois et ton jour, dit la sœur.

Giuseppina baissa les yeux sur le livre et suivit du doigt les traces d'encre d'une écriture anguleuse.

— C'était en août, mais je ne sais pas quel jour. Ma mère ne s'en souvient pas.

La religieuse hocha la tête.

— Alors, tu dois tout lire du mois d'août.

Giuseppina commença à parcourir les lignes avec difficulté dans la mesure où les pages étaient en très mauvais état.

Lorsqu'elle trouva ce qu'elle cherchait, elle comprit que les mots l'attendaient là depuis si longtemps !

Elle relut deux fois le passage : il y avait le jour, le mois et l'année, le nom et le prénom de son père et une note de référence.

Giuseppina fut saisie par l'émotion.

Le 7 août 1858, M. et Mme Morelli avaient adopté une fille âgée de plus d'un an, peut-être d'un an et demi, qui était arrivée par la Roue à neuf mois environ.

Suivait un numéro d'inventaire illisible.

— As-tu trouvé ? demanda la sœur en levant la lampe.

— Oui, mais je savais déjà tout ça. J'aurais aimé savoir qui j'étais avant, mais il n'y a rien ici.

— Lis le numéro, c'est ça qui est important.

— Il est effacé. On ne peut pas le deviner.

Les larmes lui montèrent aux yeux.

Tout cela avait été inutile.

Les mensonges, les subterfuges, l'angoisse, les attentes. Tout avait été vain. Elle ne trouverait pas de réponse entre ces murs.

— As-tu conservé ta marque ?

Giuseppina secoua la tête, elle ne comprenait pas.

— On mettait une ficelle à chaque enfant, un morceau de ficelle avec une médaille. D'un côté, il y avait l'image de la Madone, de l'autre, une lettre pour l'année, et un numéro croissant pour le registre.

Elle s'approcha des registres couverts de poussière.

— Tu m'as dit que tu avais un an quand ils sont venus te chercher.

— Oui, ou peut-être un an et demi. Et quand je suis passée par la Roue, j'avais neuf mois à peu près.

La sœur désigna deux registres parmi les rouges. Les deux portaient le chiffre 1857 et la lettre L.

— Tu vois, il y a deux volumes pour cette année-là. Cela signifie qu'il y a eu tant d'enfants qu'un seul registre ne suffisait pas.

La femme fit rapidement le compte sur ses doigts.

— Un an et demi, peut-être. Abandonnée à neuf mois.

Giuseppina l'aida à sortir le second volume.

— À partir de septembre alors. Tu es sûre que tu ne te souviens pas de la marque ? répéta la sœur pleine d'espoir. Le chiffre ?

— Non, je ne sais pas si je l'ai jamais vu. En tout cas, je ne m'en souviens pas.

— Dommage, soupira la femme. Dans ce cas, il faut que tu lises tout pour chercher à comprendre qui tu étais.

Elle lui indiqua une chaise en bois et alla s'asseoir à côté.

Giuseppina s'installa et posa les coudes sur la table. Elle avait les jambes molles. Elle n'y arriverait jamais.

— Comment t'appelles-tu ?

— Giuseppina. C'était le nom de mon père adoptif.

— As-tu eu une belle vie ? demanda la sœur, les mains jointes.

Giuseppina baissa la tête.

— Oui, ils m'ont bien traitée. Maintenant j'ai un mari et deux filles. Elles s'appellent Angela et Genoveffa.

Elle ne voulait pas se montrer ingrate devant la religieuse.

Les Morelli avaient tant fait pour elle, et maintenant que leur fortune connaissait des revers, Giuseppina se devait encore plus de les aider. Le dernier magasin avait fermé à cause de la faillite et Antonio était parti en mer parce qu'il n'avait aucun avenir à Naples.

Et elle était là, poussée par une envie de savoir qui n'augurait rien de bon.

Elle baissa la tête.

— Lis, lis, peut-être la Vierge t'aidera, l'encouragea la religieuse.

— Pourrai-je trouver mon véritable nom ? demanda-t-elle en feuilletant le registre au hasard. Celui de mes vrais parents ? Quelque chose qui me dira qui j'étais avant d'arriver ici ?

La vieille femme écarta les bras.

— C'est possible. Cherche !

Elle ajusta sa robe autour de ses jambes et la regarda, les bras croisés sur la poitrine.

Giuseppina obtempéra.

Le registre commençait par le mois de juillet. Elle fit glisser son doigt sur les dates, page après page. Au bout d'un long moment, alors qu'elle en était pratiquement à la fin du mois d'octobre 1857, elle remarqua que la sœur avait sorti un chapelet de sa poche et qu'elle l'égrenait en marmonnant dans sa barbe.

— Je prie pour toi, murmura-t-elle.

Giuseppina continua à lire, ligne après ligne.

La tête lui tournait devant toutes ces petites vies qui se déployaient sous ses yeux.

651. 25 octobre, six heures du matin, dimanche. Fille, deux kilos et demi, avec le cordon, sans bandages, enveloppée dans du papier journal.

652. 25 octobre, neuf heures vingt du matin, dimanche. Garçon, six kilos, environ trois mois, une tache de naissance sur la cuisse et l'*Agnus Dei* cousu sur les bandages.

653. 27 octobre, deux heures et demie du matin, mardi. Fille, dix kilos trois cent, avec une chaîne en argent et l'image de la Vierge Marie, à l'intérieur d'un morceau de tissu.

654. 28 octobre, cinq heures un quart du soir, mercredi. Fille, onze kilos, environ dix mois, enveloppée dans un châle en laine brodé du nom de Giuseppina.

Giuseppina ?

Un châle ?

C'était elle ! Elle avait trouvé !

Son prénom n'avait donc pas été changé par les Morelli.

Elle s'appelait déjà comme ça avant d'être abandonnée à la Roue.

Peut-être était-ce uniquement pour cela qu'ils l'avaient choisie. Juste pour son prénom.

Giuseppina se leva, les mains sur les pages et le cœur battant à toute allure dans sa poitrine.

— As-tu trouvé ? demanda la sœur.

— Je ne sais pas, bredouilla-t-elle.

La vieille femme lui reprit la main et la tira vers elle.

— Moi aussi, je viens d'ici, lui murmura-t-elle à l'oreille. Une fois que tu as été abandonnée, tu l'es toute ta vie. Et tu ne te retrouves jamais.

1891

On parle de petite vérité populaire le fait qui consistait à appeler par leur véritable nom les sinistres clients des tavernes, à nommer avec exactitude et selon leur topographie les ruelles sordides et lugubres où, à Naples, rôdaient la honte, la corruption et la mort ; une petite vérité noyée dans les effusions pénibles du romancier, qui a entrevu la vérité, mais qui n'a ni la force, ni le courage ou le temps de tout regarder, et encore moins d'observer l'ensemble du tableau.

MATILDE SERAO, JOURNAL *IL MATTINO*, NAPLES, 1891.

Mars

Elle y retournerait ce jour-là. Giuseppina le savait. Elle en avait ressenti les premiers signes le matin. En se regardant dans le miroir, elle avait découvert une ombre qui avait immédiatement disparu sur les motifs du papier peint. Plus tard, dans la cuisine, une tache noire s'était faufilée sur le sol pour se fondre dans l'obscurité, et ce n'était pas un rat. C'était elle.

Teresa.

Elle n'était jamais partie et, aujourd'hui, après tant d'années, son fantôme avait décidé de lui parler à nouveau.

Mais pour lui dire quoi ?

Giuseppina entra dans le grand salon immergé dans la pénombre du début d'après-midi.

C'était le mercredi, jour des visites, mais personne ne viendrait. Cela faisait trop longtemps que les Morelli étaient en disgrâce. Ils faisaient pitié, ou pire : ils faisaient honte.

Seule la comtesse Epifani viendrait, mais uniquement parce qu'elle était animée d'une forme de méchanceté qui la portait à jouir du malaise d'autrui.

Giuseppina rangea les coussins du divan par ordre de couleur, du bordeaux au noir, et passa le doigt sur la commode pour voir combien de poussière s'était accumulée. Elle stoppa ensuite devant la pendule précieuse et déplaça les aiguilles en or de manière à donner l'illusion qu'elle fonctionnait encore. Enfin, elle regarda autour d'elle en quête d'un détail à corriger.

Tout était en ordre.

Sauf elle.

La poupée de sa fille Angela était assise au centre du divan et la regardait avec ses yeux de porcelaine blanche et bleue.

Elle n'était pas là avant, elle en était sûre. Elle savait qu'elle avait quelque chose d'étrange, on le lui répétait depuis qu'elle était toute petite, mais elle n'avait jamais eu d'hallucinations. Qui l'avait mise-là ? Sa fille pour lui faire une farce ?

— Angela ?

Pas de réponse.

Elle s'agenouilla pour vérifier derrière le dossier du canapé, sous la fenêtre.

Elle se releva, promena son regard dans la pièce vide. Il n'y avait personne.

« Je suis là », dit une voix qui n'était pas celle d'Angela.

Elle se raidit. Puis elle se retourna lentement, sans peur, comme si elle n'attendait qu'elle.

Teresa n'était pas assise sur le divan à côté de la poupée. Giuseppina s'empara du jouet et se dirigea vers la porte du salon.

« Où vas-tu ? Je suis là », dit encore la voix.

Elle poursuivit son chemin, tête basse, en comptant les carreaux de majolique et en pensant : *Elle n'existe pas, elle n'existe pas, elle n'existe pas.*

« Je dois te parler, reprit la voix. Je sais où il est. Dans la chambre des enfants. Cherche-le. Dans la fissure. »

Giuseppina sortit du salon et referma la porte.

Elle était sauvée.

Il n'y avait personne. Il n'y avait jamais eu personne, elle avait tout inventé parce qu'elle était un peu folle.

Juste un peu.

Elle monta à l'étage, le cœur battant doucement, comme si elle venait de surmonter une épreuve.

Elle était en sécurité, calme. En paix. Mais que devait-elle chercher ?

Elle passa devant la porte de l'ancienne chambre des garçons, que Peppino occupait maintenant. Elle entendit les gémissements.

Ce soir, la sœur Silvana, la seule qui parvenait désormais à le calmer, passerait peut-être.

La poupée sous le bras, Giuseppina tourna la poignée et poussa la porte, elle s'arrêta sur le seuil.

Peppino, en maillot, était à la fenêtre et regardait la mer en gémissant, mais sans larmes. Il se plaignait toute la journée, comme s'il souffrait d'un mal mystérieux et infernal.

Il se retourna et dit quelque chose dans sa langue dénuée de sens. Giuseppina hocha la tête mais ne s'approcha pas de lui pour autant. Il était devenu un homme imposant qui n'inspirait aucune tendresse. Il était effrayant.

Faute d'argent, ils avaient dû le retirer de l'institution dans laquelle il était soigné depuis des années. La seule solution aurait été de le faire enfermer à l'asile des fous royal d'Aversa.

Elle s'y était opposée, mais elle avait fini par éprouver des craintes, surtout pour ses filles. Angelina et Genoveffa devaient être surveillées de près par Maria et Fortuna, qui ne les quittaient jamais, de jour comme de nuit.

Surtout la nuit.

— Comment vas-tu, Peppi ? demanda-t-elle.

Peppino dit quelque chose d'incompréhensible. Puis il se retourna vers la fenêtre et reprit sa plainte solitaire, comme s'il invoquait quelque dieu obscur perdu dans ses pensées.

Giuseppina referma la porte.

La clé était glissée dans la serrure. Elle eut envie de la tourner, avant de renoncer.

Elle longea le couloir jusqu'à la chambre des fillettes.

Depuis le retour de Peppino, on y avait ajouté un petit lit pour Fortuna. La femme de chambre le plaçait tous les soirs devant la porte pour que personne ne puisse entrer sans le bousculer.

Fortuna était assise sur un fauteuil bas avec Genoveffa dans les bras. Angela jouait par terre, juste sous ses yeux. Avec les années, la vieille domestique s'était ratatinée. Elle ressemblait un peu à une enfant tordue aux cheveux blancs, mais on pouvait lire tant de choses dans ses yeux !

Les deux femmes échangèrent un regard silencieux qui signifiait beaucoup. Fortuna disait qu'elle était vieille et lasse, qu'elle aimait les deux fillettes, que le monde allait mal et qu'elle n'avait plus qu'une seule envie, mourir, qu'elle espérait que Dieu finirait par la prendre, mais que tout était en ordre à la maison et qu'elle s'en assurait.

Giuseppina hocha la tête puis s'approcha de sa fille pour lui rendre la poupée.

— C'est toi qui l'as apportée au salon ?

La fillette ne répondit pas. Elle continua à jouer avec les cubes en bois rouges et verts, érigeant des tours qui finissaient par s'écrouler. Giuseppina regarda autour d'elle. Il n'y avait pas de fissure dans la pièce, seulement deux commodes basses et larges. Tout était à sa place. Les murs à rayures blanches et roses. Aucun interstice où cacher quoi que ce soit.

Giuseppina donna une caresse à Angela. Genoveffa dormait dans les bras de Fortuna, minuscule et paisible.

Il faudrait avoir un mâle, pensa-t-elle. La maison avait besoin d'un garçon, la famille aussi. Même elle, mais elle n'en était peut-être pas capable. Certaines en engendraient vite, d'autres n'y réussissaient jamais.

Qui sait comment fonctionnait le corps féminin.

Tous les soirs, malgré les ennuis, malgré ses soucis et son âge, Alfonzo la montait comme une horloge suisse. En quelques minutes, il se soulageait.

Giuseppina ne ressentait rien, elle n'avait jamais éprouvé quoi que ce soit d'agréable, seulement la sensation d'être mouillée qui, désormais, ne la dérangeait même plus. Elle en avait presque le besoin pour clore la journée, qui était composée de beaucoup de petites choses, toujours les mêmes, y compris celle-là. Pour le reste, son mari n'en parlait pas. Il ne parlait à personne. Taciturne et déprimé, il se déplaçait dans la maison comme un gros animal en cage, que tout le monde évitait.

En fermant la porte, Giuseppina jeta un dernier regard aux murs tapissés de rose. C'était la chambre d'Angela, mais seulement lorsque celle-ci avait obtenu de ne plus dormir avec sa sœur.

Une idée lui traversa l'esprit.

Elle venait peut-être de comprendre ce que voulait lui dire le fantôme de Teresa.

Elle redescendit, traversa la cuisine où Maria était assise, les mains sur le marbre, perdue dans ses pensées, et passa dans l'autre maison, celle de sa mère, où tout était en désordre, les meubles les plus précieux recouverts de draps, les autres entassés dans le vestibule, prêts à être vendus. La porte de la chambre d'Elvira était fermée, comme toujours. Comme elle. Elle hésita un instant avant d'entrer.

Sa mère était assise dans un fauteuil, des photographies dans les mains. Elle avait maigri et ses cheveux étaient blancs, car elle avait choisi de ne plus les teindre. Elle avait plus de soixante ans mais, pour Giuseppina, elle était toujours belle.

— Que veux-tu ? demanda Elvira en levant les yeux.

— Je voulais te poser une question.

— De quoi s'agit-il ?

— Je me suis souvenue du châle avec lequel vous m'avez trouvée à l'Annunziata.

— Malgré tous les ennuis que nous avons ?

Sa mère paraissait désespérée.

— C'est revenu comme ça, je n'y peux rien.

— Tu es bizarre. (Elvira secoua la tête.) Le retour de Peppino t'a fait perdre l'esprit.

Giuseppina baissa les yeux.

— Oui, tu as peut-être raison.

— Que t'avais-je dit ? À Aversa !

Sa fille ne répondit pas mais elle regarda autour d'elle. Tout était en ordre, comme s'il ne fallait pas vider cette pièce comme le reste de la maison.

— Ta chambre est prête. Toute belle et toute propre, avec ton papier peint marron.

— Je ne bouge pas d'ici, dit Elvira.

Elle ne lui répondit pas davantage.

Il n'y avait plus grand-chose à dire désormais. La maison avait été mise en vente. Alfonzo avait raison : une demeure aussi grande n'était plus d'aucune utilité. Ils avaient besoin d'argent, de beaucoup d'argent, et cette vente pouvait changer le cours de la malchance familiale.

Il parlait déjà de nouveaux investissements. C'était peut-être ce qui lui convenait.

Giuseppina n'avait pas du tout confiance en Alfonzo, mais elle croyait au hasard. L'argent, placé dans une bonne affaire, pourrait croître et se multiplier, indépendamment de son mari, parce que c'était ce qui était écrit.

— Veux-tu venir prendre le café ? C'est le jour des visites.

— De toute façon, personne ne viendra, dit sa mère avec amertume. Ils nous évitent comme des pestiférés. La misère pue.

— Peut-être que la comtesse Epifani passera.

— La vipère !

— Elle t'apprécie, maman.

— Pas du tout. Elle aime me voir comme ça.

Elle baissa de nouveau les yeux sur les photographies.

Giuseppina ouvrit la porte et, sur le seuil, se retourna.

— Tu ne te souviens pas où il a disparu ?

— Quoi donc ? demanda Elvira d'un air exaspéré.

— Le châle.

— Mais non !

— Où dormions-nous quand nous étions petites ?

— Dans votre chambre. (Elvira haussa les épaules d'un air ennuyé.) Celle qui est devenue par la suite celle de Fortuna.

— C'est là qu'on dormait ? Jusqu'à quel âge ?

— Qu'en sais-je moi ?

Giuseppina la quitta et retourna sur ses pas. Elle franchit le passage sombre et se retrouva dans l'ancienne maison.

Maria, dans la cuisine, fit encore mine de ne pas la voir.

À l'étage au-dessus, les portes du couloir étaient toutes fermées. Elle entendit la voix de Fortuna qui chantait une chanson pour ses filles.

La chambre de la vieille femme de chambre se trouvait au fond du couloir. Giuseppina y entra sans faire de bruit. Fortuna n'aimait pas que l'on fouille dans ses affaires.

L'esprit de Teresa lui avait dit de chercher dans leur chambre, mais où ? La chambre était remplie d'objets de toutes sortes, coupons de tissu, vêtements, chaussures, meubles, paniers. Fortuna ne jetait jamais rien. Tous des articles qu'elle avait accumulés au fil des années. Les rebuts de la maison.

Elle se mit à fouiller dans les tiroirs et dans les quelques meubles. Elle trouva dans l'armoire des vieux manteaux de sa mère, des chaussures trop grandes, des chapeaux masculins.

Et, partout, de la poussière. Comment pouvait-on vivre ainsi ? Elle s'appuya contre l'armoire. Le battant fit un bruit étrange.

Elle se retourna. Elle se souvenait de ce vieux meuble sombre quand elle était enfant. Elle s'amusait parfois à se cacher à l'intérieur, mais personne ne la cherchait. Une fois, sa sœur Angela l'y avait enfermée à clé et elle avait dut attendre deux heures dans le noir jusqu'à ce quelqu'un vienne la chercher.

L'armoire était poussée contre le mur mais, entre le mur et le côté, il y avait un interstice sombre où elle pouvait glisser deux doigts.

« Dans la fissure », lui avait dit l'esprit.

Elle tenta de pousser l'armoire mais elle était trop lourde. Elle s'adossa au mur et fit levier avec les deux jambes sur le côté. Le meuble se déplaça de quelques millimètres. Lors de sa deuxième tentative, il se décala de quelques centimètres.

La fissure était à présent assez large. Elle était encombrée de toutes sortes de débris, de la poussière, des cheveux et des choses informes, noires et poilues, comme des cadavres de cafards, d'araignées et de leurs toiles.

Tout eu fond, il y avait une petite boule grise collée derrière l'armoire. Giuseppina la prit en hésitant. Elle la déroula du mieux qu'elle put et se retrouva couverte d'un nuage de poussière.

C'était un petit châle pour bébé. Elle ne se souvenait pas du tout de ce châle, mais il y avait brodé au centre un prénom qu'on pouvait encore lire.

Giuseppina.

C'était elle.

Elle n'eut le temps ni de réfléchir ni de s'émouvoir : la cloche de la porte d'entrée sonnait.

Les visites.

Elle plia le châle et l'emporta.

Maria avait ouvert et fait asseoir le visiteur dans le salon. Depuis l'escalier, elle la vit retourner à la cuisine la tête basse.

Giuseppina entra dans le salon et l'homme se leva à sa rencontre. Il avait des lunettes, il était chauve mais il était beau.

Quand Giuseppina le reconnut, elle éprouva une douce sensation, une sorte de nostalgie.

Théo lui prit la main. L'ami français était revenu. Même s'il n'avait jamais été son ami à elle, Giuseppina se sentit heureuse, réconfortée.

1892

Dans ces labyrinthes inextricables vit une population de cent mille âmes, dans une atmosphère que ne peuvent respirer que ceux qui y sont nés. Les façades des maisons s'inclinent les unes vers les autres de manière inquiétante, soutenues par des arcs-boutants en maçonnerie. Devant les fenêtres, on a construit, avec de vieilles planches de démolition, des sortes de balcons fermés qui empiètent sur la rue, du même type que ceux que les étrangers observent depuis l'arrière de leur voiture, dans les ruelles qui débouchent sur le front de mer de Santa Lucia.

MARCELLIN PELLET, *NAPLES CONTEMPORAINE*, 1892.

Mai

L'arrivée de Théo l'année précédente avait apporté une bouffée de vie et de nouveauté chez les Morelli. Angela était morte depuis longtemps mais il souhaitait parler d'elle avec quelqu'un qui l'avait aimée. Peut-être avait-il besoin d'expier qui savait quelle faute, peut-être voulait-il seulement revivre ces années avant que le temps n'efface les souvenirs.

Il était devenu un homme riche et sûr de lui, même s'il continuait à parler peu. Giuseppina comprenait que, pour lui, ce plongeon dans le passé avait pour lui un sens précieux. Les années avaient tout dissipé. Ils pouvaient évoquer leur passé commun en feignant de ne pas se rappeler que

Giuseppina n'était alors qu'une ombre en arrière-plan, une spectatrice silencieuse et insignifiante.

L'été était passé vite entre des invitations au café et un dîner, pendant que la décision de vendre la maison d'Elvira était prise et que sa mère bouleversait la famille par ses accès de mauvaise humeur et de mépris irrationnels.

En automne, ayant réglé ses affaires relatives aux propriétés des Blanchard, Théo était reparti pour Paris et Giuseppina revenait s'occuper de la grande maison et de la famille dans le silence et la solitude.

En novembre, Gigi avait enfin trouvé à s'employer comme vendeur dans les magasins Miele, qui rencontraient toujours plus de succès à Naples. Son petit salaire ne suffisait cependant pas à faire vivre toute la famille. Les créanciers étaient toujours plus féroces et les dettes ne cessaient d'augmenter alors que leur niveau de vie se réduisait drastiquement.

À la fin de l'hiver, la vente de la maison d'Elvira, prévue, suspendue et repoussée pendant des mois, était devenue inévitable. Alfonzo débordait déjà d'enthousiasme. Il avait des idées sur la manière d'investir une partie des bénéfices de la vente. Nicola Pallotta, désormais plus proche de la famille, l'avait convaincu que c'était le moment de miser sur la brique et, ensemble, ils avaient choisi un investissement qui, bien que modéré et futuriste, semblait sûr.

L'accord final était fixé pour ce jour-là. Elvira déménagerait avec ses meubles, ses vêtements, ses ustensiles et la rage chevillée au corps.

Elle avait résisté jusqu'à la fin, jusqu'à la signature définitive chez le notaire, et même plus longtemps, jusqu'à ce que les maçons aient muré le passage entre les cuisines des deux habitations de manière définitive.

Aujourd'hui, Elvira redeviendrait une habitante de l'ancienne maison ; mieux que cela : la propriétaire, comme elle l'avait rappelé à plusieurs reprises. La « maîtresse » de maison.

Giuseppina imaginait déjà à quel point leur vie à tous allait changer, mais surtout la sienne.

C'était pour cela aussi qu'elle avait décidé d'entamer son enquête. Rester loin d'Elvira était la meilleure manière de ne pas se laisser étouffer par la souffrance et un peu de soleil et d'air frais ne lui feraient aucun mal.

Elle avait opté pour une tenue de promenade, une robe en taffetas gris à carreaux appartenant à sa sœur Angela qu'on avait ajustée à sa taille des années plus tôt. En cherchant dans la malle, elle avait aussi pris le vieux châle avec son nom brodé en pensant l'emporter parce que les armoiries étaient plus nettes que sur son dessin. Pour finir, elle avait décidé de le laisser à sa place ; elle n'aurait jamais le courage de le montrer à qui que ce soit tant il était usé et troué. Elle en avait honte, presque comme de son passé ou de son état.

Au cours des derniers mois, Alfonzo avait oscillé entre des phases de profonde dépression et des périodes où il paraissait redevenu ce qu'il était autrefois, un homme plein d'une énergie qui ne semblait connaître aucun obstacle.

Le fruit de cette énergie avait provoqué la nouvelle grossesse de Giuseppina, qui venait de commencer. Elle n'en avait encore parlé à personne. Alfonzo voulait un fils, à juste titre. Elle-même l'espérait. Elle n'était plus si jeune et il lui fallait se hâter.

Ainsi, ce jour-là, alors que sa mère se préparait à revenir à la maison, Giuseppina pensa qu'il était temps d'aller au bout de son absurde recherche, d'autant qu'elle n'aurait plus de liberté ensuite, peut-être même plus envie de persévérer.

La voix ne s'était pas fait entendre depuis un moment, sauf dans quelques rêves confus dont elle n'avait pas conservé la mémoire à son réveil.

Fortuna s'approcha au moment où elle s'apprêtait à sortir.

— Ce sera un mâle, dit-elle en posant sur le ventre encore plat une main légère comme une caresse.

Giuseppina ne lui avait rien dit, mais elle ne s'étonna pas.

— Ne sors pas. Reste à la maison.

La vieille femme avait quitté son poste près de la cheminée de la cuisine pour l'accompagner. Elle était voûtée et souffrait sans répit, et chaque pas lui coûtait.

— Je veux prendre l'air et aller mettre un cierge à l'église pour Luciella. Aujourd'hui, c'est son anniversaire.

Ce n'était pas un mensonge, se dit-elle, parce qu'elle allumerait aussi un cierge pour Luciella, et un autre pour sa sœur Angela, mais seulement après avoir fait ce qu'elle avait à faire.

— D'accord, sois prudente, marmonna Fortuna comme elle le faisait toujours quand elle s'aventurait au-dehors. Tu dois éviter les bousculades.

Giuseppina la rassura et se mit en route, bien décidée à profiter de la promenade, du soleil et de la liberté.

En chemin, elle sentit une force qui la poussait avec confiance vers l'avenir.

Ou vers le passé, pensa-t-elle.

Les rues étaient très animées. Près de huit ans après la première épidémie de choléra, les travaux de construction de l'avenue qui allait éventrer la vieille ville avaient commencé, ainsi que le terrassement pour le nouveau réseau des égouts.

Les transformations, les nouvelles artères, les quartiers neufs, les changements de circulation des voitures paralysaient toute la cité. Entre les chantiers qui se dressaient à chaque carrefour, les monceaux de matériaux, les immenses fossés, les trottoirs surélevés, la démolition des anciennes bâtisses, la construction d'immeubles gigantesques et très modernes, on ne comprenait plus rien. Les Napolitains se laissaient bercer par les nouveautés sans s'inquiéter, habitués qu'ils étaient à toujours laisser les choses glisser sur eux, les belles comme les laides, l'utile ou l'inutile.

Giuseppina marchait, plongée dans ses pensées.

Elle traversa le centre et poursuivit son chemin vers les quartiers anciens sans prêter attention aux passants. De temps à autre, elle levait les yeux et observait les gens vaquer à leurs affaires, préoccupés, fatigués, souffrant de la chaleur. Certains poussaient un âne, d'autres protestaient à propos de quelque chose, d'autres encore se croisaient et se saluaient ou feignaient d'avoir un but, et il y avait aussi beaucoup de crieurs avec des copies du nouveau journal dans les mains.

Giuseppina se fraya un chemin dans la foule. Elle était un peu rêveuse, comme une enfant qu'un adulte aurait prise par la main pour l'entraîner avec lui.

« Es-tu de retour ? » demanda-t-elle dans sa tête. Pas de réponse. De toute manière, elle n'avait pas besoin d'être guidée. Elle connaissait parfaitement sa destination.

Elle avait prévu d'aller aux Archives d'État depuis une semaine, repoussant cependant toujours le moment, distraite par tant de choses et par une incertitude perpétuelle.

Puis, elle avait finalement pris sa décision.

Les Archives conservaient les armoiries et les symboles des vieilles familles napolitaines, avec toutes les informations relatives à leur histoire et à leurs descendants.

Le châle avec lequel elle avait été abandonnée à la Roue portait son prénom brodé, mais aussi, entre les trous faits par les mites et par le temps, il s'ornait en bas, dans un coin près du bord, d'un petit motif en coton, une minuscule frise que personne n'avait jamais remarquée. Une broderie fine et précise, de celles qui servaient à distinguer le linge d'une grande famille. Quand certains possédaient beaucoup d'effets, il fallait les marquer pour les protéger.

Elle avait copié le motif sur du papier, une sorte de petit blason avec des symboles, et c'était tout ce qui lui restait de son passé.

Je ne chercherai plus rien après, je le jure, promit-elle devant l'entrée, mais elle ne savait pas trop si elle faisait un pacte avec elle-même ou avec le fantôme de Teresa.

D'ailleurs, qu'importe si je découvre d'où je viens ? se demanda-t-elle dans un accès de révolte.

Dans sa tête, elle n'entendait que sa propre voix et rien d'autre.

Les archives étaient situées dans un bâtiment immense, avec quatre cours qui se succédaient et de nombreux escaliers.

Depuis le petit bureau de la réception, elle fut envoyée par un employé au premier étage où elle tomba sur un atrium en marbre qui donnait sur une grande salle de lecture.

Les armoiries ne s'y trouvaient pas.

Un nouvel employé lui indiqua un couloir qui partait de l'autre côté de la cour en lui disant de s'adresser à l'archiviste en chef. Elle arriva dans une longue pièce pleine d'étagères, et patienta jusqu'à ce qu'un autre homme, plus âgé, descende d'un haut escabeau en bois.

Non, elle n'était pas au bon endroit, elle devait monter encore.

Enfin, au deuxième étage, Giuseppina dénicha un petit bureau avec un employé distrait mais courtois. Il avait des lunettes et pouvait être le directeur ou un étudiant. Il l'écouta avec attention, sans faire de commentaires, avant de lui proposer de le suivre.

Giuseppina dut redescendre, presque en courant, jusqu'aux sous-sols situés sous la première cour, dans une salle longue et basse. Des rangées de dossiers garnissaient les rayonnages des parois, couverts de poussière, de toiles d'araignées et d'humidité.

On l'y laissa seule avec une lampe et quelques explications sommaires. Elle se mit au travail, se rendant aussitôt compte qu'elle n'avait pas compris grand-chose.

Après une heure passée à ouvrir et à fermer plusieurs dossiers au hasard, elle eut envie de pleurer. À cet instant précis, un homme d'un certain âge entra dans la salle. Malgré la saison, il portait un lourd manteau en laine et des lunettes à verres épais. Il se lança dans sa recherche sans même la saluer, d'une manière assurée, précise et rapide. À la manière dont il compulsait les dossiers, on voyait qu'il était un habitué. Il les ouvrait les uns après les autres, notait un numéro, puis poursuivait sa tâche. Il portait également des gants en coton fin.

Les mains de Giuseppina étaient déjà souillées de poussière. Elle le regarda. À contrecœur, elle dut admettre qu'elle n'avait fait que perdre son temps.

Elle était sur le point de renoncer quand l'homme la remarqua et lui adressa la parole :

— Avez-vous trouvé ce pour quoi vous êtes venue, madame ?

— Non, admit-elle d'un air désolé. Je ne sais même pas par où commencer.

— Puis-je vous demander ce que vous cherchez ? interrogea-t-il d'un ton respectueux.

Giuseppina s'aperçut qu'il était plus jeune que ce qu'elle avait cru. Il avait les cheveux et la barbe grise, mais sa peau n'était pas marquée de rides, et ses yeux, derrière les lunettes, paraissaient grands et doux.

Sa main se referma sur le motif qu'elle avait déjà rangé dans sa poche, et elle l'en sortit, presque machinalement.

— J'ai besoin de savoir ce que représente ce blason, dit-elle à voix basse, d'où il vient.

L'homme tendit la main et examina le dessin.

C'était un écu. D'un côté couraient trois bandes diagonales, de l'autre était représentée une silhouette qui évoquait une femme avec une queue.

Giuseppina avait tenté de reproduire la broderie le plus fidèlement possible, mais elle ne voyait pas ce qu'elle signifiait.

— Les couleurs ?

— Comment ?

— N'avez-vous pas un indice sur les couleurs du tableau original ? demanda patiemment l'érudit.

— Ce n'est pas un tableau.

Giuseppina baissa la tête en rougissant sans bien trop savoir pourquoi.

— Ce n'est qu'une broderie sur le châle d'une fillette.

Soudain, elle eut honte de sa petite et inutile quête. N'était-ce pas seulement une manière de se donner un but, de donner un sens à sa vie ?

— Je vous prie de m'excuser, murmura-t-elle. Je ne sais même pas ce que j'espérais trouver.

— Attendez, coupa-t-il, pensif. Ce dessin n'est pas très courant, laissez-moi chercher.

Pendant qu'il fouillait dans les dossiers, il lui expliqua qu'il était professeur d'héraldique et qu'il faisait des recherches pour le compte de riches familles en quête d'une licence de noblesse.

— Vous êtes très aimable. Je suis désolée de vous faire perdre votre temps, déclara Giuseppina, qui continua à l'observer pendant qu'il prenait des notes et vérifiait un dossier après l'autre.

— Ne vous inquiétez pas. J'aime trouver des réponses. Et puis, continua-t-il en souriant, je pense que nous avons quelque chose en commun.

— Vraiment ? Quoi donc ? demanda-t-elle avec stupéfaction.

L'homme continuait à feuilleter un dossier de ses mains gantées, à présent grises de poussière. Il le referma et la regarda de nouveau. Il fit un geste circulaire de la main.

— La Roue.

Giuseppina n'eut pas le courage d'en dire davantage.

Pendant un quart d'heure, le professeur marmonna, s'exclama et lui montra triomphalement un blason en couleurs qui correspondait à son dessin.

On y reconnaissait parfaitement la femme-poisson, en rose et bleu clair, avec les rayures diagonales de la même couleur.

— Ce sont les armoiries des barons de la Cavazza de Migliano, dit-il. Je vous souhaite bonne chance, quoi que vous choisissiez d'en faire.

Giuseppina le remercia avec toute l'énergie que lui permettait son trouble.

Elle parvint à sortir du dédale de couloirs qui la porta jusqu'à la porte d'entrée, tandis que sa voix résonnait dans sa tête.

« Bravo, Giuseppina. Bravo. »

Mais elle n'arrivait pas à décider si c'était l'écho de sa satisfaction ou autre chose.

Décembre

Comme elle le faisait désormais, même en cette dernière nuit de l'année, Giuseppina, après les agapes et les discours rituels, se réfugia au salon. Alfonzo, étourdi par le champagne bon marché, s'était pour une fois couché sans l'attendre.

Les bruits de la maison qui s'endormait se calmèrent peu à peu et elle demeura seule, dans le silence et l'obscurité.

Que lui réservait la nouvelle année ?

Elle se le demanda avec un peu d'émotion, en savourant une sensation qui ne lui était pas coutumière, celle de l'espoir.

— Baron de la Cavazza de Migliano, scanda-t-elle à voix basse.

Les mots se déroulèrent sur sa langue. Elle les répétait de temps en temps, quand elle était seule. Elle n'en avait pas encore pris l'habitude.

Devait-elle prolonger ses recherches commencées un peu par jeu un peu par caprice ? Qu'allait-elle découvrir ?

— Qui suis-je ? se demanda-t-elle.

Elle entendit la voix de sa sœur Angela, claire et stridente comme quand elle était petite : « Tu es une idiote, Giuseppi. »

Le souvenir l'amusa.

Combien de farces lui avait-elle faites, enfant ? Pourtant, elle aurait tout donné pour la sentir à nouveau à côté d'elle, à la maison. Elle lui aurait tout rendu.

Même Alfonzo, pensa-t-elle.

Si ce n'est qu'Angela ne reviendrait pas lui prendre ses affaires, sa maison, son mari, ses enfants, y compris sa mère.

Penser à elle lui avait cependant donné une idée.

Giuseppina sourit dans la pénombre.

Elle pouvait peut-être trouver quelqu'un qui l'aiderait dans sa petite recherche. Elle fouilla dans un tiroir du secrétaire, puis dans un autre. Enfin elle trouva du papier, de l'encre et une enveloppe, et commença à écrire à une vieille amie.

Ce n'était pas vraiment son amie, mais Valérie était le seul point d'ancrage qui lui était venu en tête.

Un cadeau d'Angela. Une manière de se faire pardonner.

1893

La séparation, le divorce, peuvent être un pis-aller face aux dommages de la vie conjugale, mais ils ne peuvent en être le remède, parce qu'ils n'éliminent pas cet état de sujétion des femmes à leur mari qui inspire le concept même du mariage. De plus, le lien monstrueux qui attache la femme au mariage et la rend réticente, voire hostile à la séparation et au divorce, c'est le pressentiment de la condition financière difficile et misérable de la femme en dehors de la vie conjugale.

JOURNAL *LOTTA DI CLASSE* (« LA LUTTE DES CLASSES »),
N° 21, MILAN, 1893.

Octobre

Pendant tout le mois d'octobre, Giuseppina dormit chaque nuit sans savoir si elle retrouverait sa dernière fille vivante au réveil.

Elle était née avec difficulté, petite, maigre, frêle et sans espoir.

Maddalena.

Le docteur Brandi, qui avait remplacé le vieux Frascella mort trois ans plus tôt et que personne n'écoutait plus de son vivant, lui avait dit que le seul remède était le lait. Le sien, pas celui d'une nourrice. Giuseppina avait donc essayé de bander ses seins pour en faire sortir le plus possible, mais sans résultat.

Maddalena était tombée malade avec les premières pluies. Elle était restée suspendue ainsi, entre la vie et la mort, pendant des semaines.

Elle n'avait que dix mois.

Brandi venait tous les soirs, puis saluait Giuseppina avec l'air que tous les médecins prenaient devant les parents des enfants mourants ; il y en avait tant ! Certaines familles, sur dix enfants, ne réussissaient qu'à en porter un à maturité, un seul. Ou aucun.

Elle avait donc attendu et prié, mais la mort qui devait s'emparer de Maddalena en quelques jours continuait à tarder. Pour finir, elle ne vint pas.

Du moins, pas pour sa fille.

En revanche, lorsque Maddalena commença à prendre du poids et à se comporter comme un bébé sain, ce fut Fortuna qui tomba malade, des douleurs à l'abdomen puis dans la poitrine. Au début, elle fit comme si ce n'était rien, mais elle souffrait trop et, en l'espace d'une semaine, elle gardait la chambre et restait alitée.

Un soir, elle perdit connaissance.

Le lendemain, elle ouvrit les yeux tard dans la matinée.

Giuseppina, qui allait la voir souvent, s'assit à côté du lit étroit poussé contre le mur. Elle lui prit la main, toute maigre, sèche, couverte de rides.

— Qu'as-tu donc, Fortu ? lui demanda-t-elle entre les larmes, incrédules. Il faut guérir.

La domestique secoua lentement la tête. Elle paraissait encore plus minuscule ainsi étendue entre les draps blancs.

— Je suis contente, souffla-t-elle dans un filet de voix.

— De quoi ?

— De partir.

Giuseppina agita la tête.

— Tu dois te battre pour guérir.

— Tu sais où je vais ?

— Où ?

Giuseppina ne pouvait plus s'arrêter de pleurer.

— Où donc ?

— Avec Angela, répondit la femme. Angela.

— Reste avec moi, supplia-t-elle. Reste avec moi !

Elle avait peur, si peur de rester seule.

La domestique ferma les yeux sans répondre.

Ensuite, elle mourut, sans bruit, comme elle avait vécu.

Giuseppina baissa la tête et se remit à pleurer comme cela ne lui était jamais arrivé, même pour sa sœur.

Bien que Fortuna n'ait fait rien d'autre les derniers temps que de surveiller les enfants, sa mort signait l'Apocalypse, pour elle mais aussi pour toute la maisonnée qui aurait eu du mal à s'en remettre.

Jamais, pensa-t-elle.

Le souvenir et l'esprit de la famille avaient disparu, le pilier sur lequel tous s'appuyaient sans y penser.

Giuseppina s'essuya les yeux tant bien que mal et alla appeler les autres.

Derrière elle, debout sur le seuil de la petite chambre, se tenait Elvira.

Elle pleurait aussi, mais en cachette.

Peut-être seulement parce qu'une autre partie de son monde et de sa jeunesse avait disparu, et qu'elle se sentait plus seule, plus impuissante, et plus proche de la mort.

Où peut-être souffrait-elle vraiment.

Giuseppina pensa qu'elle pouvait se lever et la prendre dans les bras, mais Maria fit irruption dans la chambre en hurlant, et alors, il n'y eut plus qu'à continuer à pleurer, chacune de son côté.

Novembre

Aux funérailles à Mergellina, ils étaient cinq. Antonio était en mer, sur un navire quelque part en Afrique, et Bernardo était en retraite spirituelle dans le Nord.

Après la cérémonie, ils reprirent le chemin de la maison en voiture par un matin de novembre aussi gris et triste que leurs pensées. Alfonzo et Gigi continuèrent vers le centre tandis que les trois femmes rentrèrent sans parler.

Dans l'entrée, Giuseppina serra sa mère dans les bras dans l'espoir de la réconforter, mais Elvira se recula immédiatement et monta s'enfermer dans sa chambre.

Maria, qui restait la seule femme domestique de la maison, se réfugia dans la cuisine. Au fil des années, pour une raison ou une autre, personne n'avait eu le courage de lui donner congé, ne serait-ce que parce qu'elle travaillait pratiquement pour rien. Elle recevait le gîte et le couvert et, de temps en temps, une petite somme en cadeau. Rien d'autre. Elle avait accepté cet arrangement parce qu'elle ne savait pas où aller, mais son ressentiment était palpable, presque autant que son dévouement incompréhensible au maître.

Sa présence était encombrante, même quand elle n'était pas là. Le dimanche, elle s'enfermait dans son débarras, peut-être avec une bouteille de vin, et personne ne l'entendait de la journée.

Giuseppina demeura seule dans le vestibule.

Sans Fortuna, c'était comme si la maison était inhabitée et muette. Elle ôta son manteau et regarda autour d'elle. Elle ne s'était jamais sentie aussi inutile.

Rosa, la petite-fille du portier de l'immeuble voisin, avait proposé de tenir compagnie aux enfants afin de permettre à Maria d'assister aux funérailles. À travers la porte fermée, elle entendait ses filles, Angela et Genoveffa, qui riaient. On avait également confié à Rosina la petite Maddalena qui s'était épanouie pendant que Fortuna se mourait. Le docteur Brandi avait assuré qu'il n'y avait plus d'inquiétude à avoir pour l'enfant.

Giuseppina ne voulait pas voir ses filles en cet instant.

Elle passa rapidement devant la chambre de Peppino, qui

pleurait et se lamentait, car il avait sans doute compris que quelque malheur était arrivé, et continua tête baissée. Au bout du long couloir, elle pénétra dans l'ancienne chambre de sa mère sans frapper.

La chambre était devenue une sorte d'entrepôt privé où s'entassaient les objets les plus chers à Elvira : des vêtements, des vases, des porcelaines, des meubles et des rideaux. C'était comme entrer dans un bazar arabe, comme ceux des expositions universelles.

Elvira était assise devant son secrétaire. Elle se tourna.

— Quel idiot ! dit-elle.

Elle avait les yeux secs et Giuseppina comprit qu'elle ne parlerait pas de Fortuna.

— Qui, Alfonzo ?

Non. Sa mère ne prononçait plus jamais le nom d'Alfonzo, même par erreur.

— Non, ce crétin de Gigi.

— Il veut simplement se marier.

— Oui, avec une vendeuse sans dot, qui habite dans le quartier de la Sanità.

— C'est un homme, maintenant. Nous ne pouvons pas l'en empêcher.

Elvira frappa la tablette du plat de la main.

— S'il se marie, nous perdrons son salaire, Giuseppi. Tu comprends ou pas ? Nous en avons besoin. Nous sommes à nouveau en difficulté.

— Comment ça ? (Giuseppina était interloquée.) Et le projet avec l'étranger ?

Avec Pallotta, Alfonzo avait investi de l'argent dans le grand programme d'un jeune architecte au nom exotique, Lamont Young. L'œuvre, qui avait reçu l'approbation du conseil municipal, prévoyait des routes à l'intérieur de tunnels, des trains souterrains, des grottes navigables, l'agrandissement de la ville vers l'est et la construction d'un grand quartier sur les eaux, à l'instar de Venise.

— Il a tout placé dessus ? interrogea-t-elle en espérant que sa mère se trompait.

— Oui, il a plongé la tête la première. Mais Young n'a pas réuni l'ensemble des fonds nécessaires et l'entreprise a mis la clé sous la porte sans avoir posé une seule brique.

Elvira parlait avec un mépris évident.

— Comment ? répéta Giuseppina.

— Comme cela arrive toujours avec les imbéciles. (Sa mère battit des mains.) Ils ont tenté de refaire passer le projet car, entre-temps, la concession avait dépassé son échéance. Ils ont versé des dessous-de-table à plusieurs conseillers, mais cela n'a servi à rien.

Elle se tourna pour regarder le secrétaire, les épaules voûtées.

— Nous sommes de nouveau dans la misère, Giuseppina, dit-elle à voix basse, les yeux tournés vers le parquet. Les techniciens, les avocats, les taxes et certains embrouillaminis nous dévorent nos derniers sous.

— Ce n'est pas possible ! Je n'y crois pas.

— Crois-le, rit-elle méchamment. Nicola ne m'a même pas fait ses adieux. Il s'est retiré dans sa maison de la côte sorrentine. Il ne m'a pas dit un seul mot !

— Son patrimoine a dû en souffrir, dit Giuseppina en pensant que sa mère avait besoin de réconfort.

Entre elle et Nicola, la passion avait dû s'éteindre depuis des années, mais ils continuaient à se voir par habitude. Malgré tout, Elvira lui faisait pitié.

— Tu verras, Alfonzo trouvera une solution, ajouta-t-elle à voix basse.

— Une solution pour quoi ? s'écria Elvira indignée.

Elle se leva d'un bond.

— Maintenant, nous nous retrouvons sans un sou, point final, sans aucun crédit à la banque et avec des dettes qui ne cessent d'augmenter !

Sa voix était montée dans les aigus, comme si elle parlait d'une chose répugnante.

— Merci à *celui-là*, tiens !

Depuis quelque temps, Alfonzo était devenu « celui-là ». Maintenant qu'il n'y avait plus d'argent et que son gendre sombrait dans des difficultés, c'était facile pour sa mère d'oublier que c'était elle qui avait forcé sa fille à épouser *celui-là*. Giuseppina ravala sa colère et son ressentiment, comme toujours.

— Il a toujours le procès contre les Giraud, tenta-t-elle.

Mais elle n'y croyait pas non plus.

— Il m'a dit qu'il avait trouvé l'argent pour les avocats. Peut-être en tirerons-nous quelque chose.

Les Turinois avaient toujours été les ennemis jurés d'Alfonzo. Il affirmait qu'ils devaient une fortune aux Morelli, sans compter les intérêts.

— Les Turinois ? Tu ne comprends vraiment rien ! insista Elvira. Toujours dans les nuages, Giuseppi ! Qu'est-ce que tu as dans la tête ?

Rien. Elle était patiente, très patiente.

— Que pouvons-nous faire, maman ?

— Que veux-tu faire ?

Elle la regarda avec une expression étrange en secouant la tête.

— Nous ne pouvons rien faire.

— Nous devons juste attendre que les dividendes de la compagnie nous rapportent, dit Giuseppina en répétant ce qu'Alfonzo lui avait expliqué. Il ne s'agit que d'une année.

— En attendant, comment allons-nous vivre ? Avec des lettres de change ? demanda sa mère. Nous devons tout vendre, même les bijoux. Voilà où nous en sommes arrivés. La malchance s'est accrochée à nos vies et ne veut plus nous lâcher.

— Cela passera, mère.

Giuseppina aurait voulu la consoler, mais elle n'en avait pas la force.

— Oui, bien sûr. Je le crois ! (Elvira secoua la tête.) J'ai déjà vécu cet enfer, quand j'étais petite et que mon père a fait faillite. Je sais ce que cela signifie ! C'est intolérable. Tout ce que mon père faisait pour retomber sur ses pattes échouait. Tout. Cela ne faisait qu'aggraver la situation.

— Et la famille ?

— Ma mère était morte depuis des années, mon père l'a suivie dans la tombe. Mes frères étaient écrasés par les dettes et moi, je n'étais qu'une jeune fille qui ne comprenait rien et qui espérait on ne savait quoi. Je ne pensais jamais me retrouver dans cette situation. Jamais.

Elle rit amèrement.

— Au lieu de cela, la vie est une roue et la roue tourne ; tu es en haut et tu te retrouves en bas. Rien ne peut l'arrêter cette roue ! Tu dois seulement t'accrocher et attendre de revenir au sommet.

— Alors, nous nous accrocherons, maman.

— Comment ?

— Tu l'as dit toi-même, il faut vendre. Tout ce que nous possédons de valeur, déclara Giuseppina en fixant sa mère.

— Moi, plus rien ne m'importe, dit Elvira.

Sa fille savait que ce n'était pas vrai. Elvira tenait plus que tout à ses biens les plus précieux.

— Nous n'en parlerons à personne.

Giuseppina commençait à s'animer.

— Nous dépenserons l'argent en cachette. Pour n'acheter que ce qui est essentiel pour la maison, c'est tout.

Elvira ne dit rien. Elle réfléchit un moment puis alla ouvrir un tiroir de la commode. Elle prit son coffret à incrustations.

— Voilà mes bijoux.

— Moi, je n'en ai presque pas, dit Giuseppina, mais ce que j'ai, je le vends.

Elvira s'assit sur le lit, ouvrit le coffret, regarda à l'intérieur et le referma.

— Alors, prends-les tous. De toute manière, je ne sors plus jamais.

Elle éloigna la boîte du bout des doigts, en la poussant vers sa fille.

— Toi, je te fais confiance, mais ne les vends pas tous d'un coup. Petit à petit, pour le nécessaire. Personne ne doit comprendre que nous sommes à nouveau endettés à ce point, sinon ils en profiteront.

— Soit.

Giuseppina fit un pas vers le lit.

— Attends.

Elvira tendit la main pour reprendre le coffret. Elle l'ouvrit et fouilla jusqu'à ce qu'elle retrouve ce qu'elle cherchait. Une chevalière en or massif, avec un grand M gravé sur le chaton. Un bijou lourd et laid, très masculin.

— Pas celui-là. Je veux le conserver encore un moment.

Giuseppina s'en souvenait. Elle l'avait trouvée des années plus tôt dans les affaires de son père et avait joué avec pendant des jours. Ensuite, elle l'avait utilisée pour inventer une sorte d'envoûtement pour guérir Peppino qui, tout petit déjà, était bizarre. Mais cela n'avait servi à rien.

Ensuite, sa sœur l'avait récupérée et, de toute évidence, elle avait rendu la chevalière à sa mère.

— Quel souvenir marque-t-il ? s'enquit-elle.

— Quelle importance ? (Elvira haussa les épaules avant de continuer.) Cela me rappelle ton père adoptif. Le pauvre homme !

— L'aimais-tu ?

Elvira fit une vilaine grimace, comme une vieille femme.

— Le temps efface tout, modifie les souvenirs, les affections. Il détruit tout, y compris la rancœur.

— C'est peut-être nous qui changeons, murmura Giuseppina tout en songeant qu'elle disait une idiotie.

Elvira regarda la bague un moment, puis la mit dans sa poche et se leva.

Giuseppina comprit qu'il était temps de prendre congé. Elle sortit de la pièce et porta le coffret dans sa propre chambre. Il était lourd, plein de beaux bijoux.

Elle les vendrait pièce par pièce et administrerait avec soin l'argent gagné.

Petit à petit, elle vendrait le reste : l'argenterie, les services, les tapisseries. Elle devait s'en sortir, elle n'avait pas le choix : elle avait trois filles et n'avait toujours pas de garçon. Et elle avait aussi un mari actif qui n'allait pas chercher des femmes dans les maisons closes de la ville. Pour lui, le sexe était une affaire domestique que Giuseppina continuait à subir en silence.

Elle plaça ses propres bijoux dans le coffret et cacha celui-ci dans la niche secrète située derrière la tête de lit.

À Chiaia, il y avait un prêteur sur gages, mais il était peut-être préférable d'aller jusqu'à la via Toledo ou dans le quartier des Orfèvres où personne ne la connaissait. Ou ailleurs, mais ce n'était pas le moment d'y penser, alors qu'ils venaient d'enterrer Fortuna.

Elle entendit la cloche de la porte.

Elle sortit dans le couloir et se pencha au-dessus de la rambarde. Ce n'était que le facteur avec une lettre que Maria laissa sur la console du vestibule.

Giuseppina descendit la chercher. Elle venait de France. Elle l'ouvrit.

« Très chère Giuseppina, lut-elle avec peine la cursive élégante et ornée de sa correspondante, il m'a été bien agréable d'avoir de tes nouvelles. »

Suivaient des paroles de circonstance et des nouvelles de sa vie et de celle de son frère à Paris. C'était une lettre bien écrite et éloquente, riche de détails au sujet d'une existence insouciante, très différente de tout ce que Giuseppina pouvait seulement imaginer. Elle la parcourut rapidement à la recherche de ce qui l'intéressait. Ce n'était qu'à la fin, après d'autres banalités, que Valérie en venait au fait :

> Je dois t'avouer que ta demande m'a beaucoup surprise, mais comment pourrais-je refuser une si petite chose à ma chère Giuseppina ? Je compte sur toi pour tout m'expliquer en détail. Tu dois me le promettre.

En réalité, Giuseppina avait tenté, avec moult difficultés en raison de son manque d'entraînement à l'écriture, d'exposer toute la complexité de son problème, mais, de toute évidence, Valérie n'y avait prêté que peu d'attention, ou cela ne l'intéressait pas assez pour approfondir sa réflexion.

> J'ai consulté de vieux amis napolitains, eux aussi exilés ici. Les ducs de Santa Frassina, que tu te souviendras peut-être avoir rencontrés dans notre maison.

Non, Giuseppina ne s'en souvenait pas.

> Pupette a mis à contribution d'autres connaissances et elle a trouvé un intermédiaire de la baronne Cavazza de Migliano. J'ai pris la liberté d'écrire à la baronne pour lui annoncer que tu entrerais en relation avec elle. Elle m'a répondu par une courte missive, très gentille. Elle part pour Florence, où j'ai cru comprendre que vivaient ses enfants. Ainsi, ma très chère, tu peux lui écrire toi aussi et lui rendre visite dans quelques semaines, lorsqu'elle sera de retour à Naples.

Elle lui joignait l'adresse de la baronne.

Giuseppina se regarda dans le miroir où elle découvrit son air surpris.

Elle pouvait donc continuer ses investigations secrètes et inutiles dans le passé. Elle sourit.

Puis elle entendit un choc sourd venant de l'extérieur. Et le cri.

Elle ouvrit la porte d'entrée, courut dans la rue. Les gens se rassemblaient déjà devant leur villa.

Peppino s'était jeté par la fenêtre.

C'était sa manière de pleurer la mort de Fortuna.

1894

Regarde la mer comme elle est belle,
Elle inspire tant de sentiments,
Comme ceux que tu as dans la tête
Ou ceux dont tu rêves.
Regarde, regarde ce petit jardin ;
Sens, sens ces fleurs d'oranger :
Un parfum si délicat
Pénètre jusqu'au cœur...

ERNESTO ET GIAMBATTISTA DE CURTIS, *TORNA A SURRIENTO*
(« RETOUR À SORRENTE ») CHANSON, NAPLES, 1894.

Janvier

« Tu dois le faire. »

La phrase ne cessait de résonner dans son esprit. Giuseppina secoua la tête comme pour chasser une mouche agaçante.

Elle passa dans le vestibule faiblement éclairé par la lumière des lampions accrochés à l'extérieur. La crèche, après Noël, n'avait plus de sens et la rendait triste. En ce 4 janvier, elle était impatiente de démonter la grotte en liège et de ranger tous les ornements.

Alfonzo s'était obstiné à la monter sur une tablette entre les fenêtres alors que l'atmosphère dans la maison n'était pas du tout aux festivités.

D'un autre côté, il y avait des affaires accumulées partout. Ce désordre s'expliquait par l'annonce que son mari avait faite le jour du déjeuner de Noël, avec une coupe de vin à deux sous.

On louerait l'étage à des connaissances.

Tout était réglé.

Pas de discussion.

Giuseppina, qui avait d'autres choses en tête, n'avait pas émis d'objection, mais elle avait été surprise de voir Elvira s'en accommoder. Sa mère semblait tout à fait disposée à déménager une fois de plus, pour s'installer au rez-de-chaussée.

« Tu dois le faire. »

Encore ? Mais quoi ? Qu'aurait-elle dû faire ?

Giuseppina était si lasse, si frustrée et si furieuse qu'elle aurait fait ce qu'il fallait faire si seulement elle avait compris quoi, et au diable tout le reste.

La vérité, c'était qu'il n'y avait rien à faire.

Seulement attendre.

Elle déplaça un berger qui semblait trop petit pour sa musette et l'installa à côté d'un mouton aussi haut qu'un cheval.

Elle sentit un grand soupir monter de sa poitrine.

Pour elle, les fêtes de fin d'année n'étaient qu'une longue attente. Lorsqu'elle brodait dans le salon avec sa mère pendant qu'Alfonzo fumait le cigare en ruminant à propos de ses placements, Giuseppina gardait les yeux baissés de crainte que ses proches n'y décèlent la lueur d'espoir et d'impatience qui l'agitait.

Selon les instructions de Valérie, elle avait écrit à la baronne Cavazza au début du mois de décembre. La réponse lui était parvenue plus rapidement qu'elle s'y était attendue : la noble dame lui accordait une audience le 10 janvier, à onze heures précises.

À partir de ce moment, le temps s'était mis à s'écouler avec une lenteur insupportable. Plus que vingt jours, plus que dix-neuf, dix-huit.

Elle ne pouvait en parler à personne, elle avait l'impression de devenir folle.

Le moment était enfin presque venu. Dans quelques jours, elle découvrirait peut-être le nom de sa mère, de son père, de la famille dont elle venait.

Janvier

Un nouveau jour.

Un jour de moins.

L'obscurité était tombée tôt. L'après-midi était presque terminée.

Une rafale de vent fit tinter les vitres de la fenêtre de sa chambre à coucher, qui avait été naguère la salle à manger.

Elle alla poser une couverture supplémentaire sur le lit. Entre la tête de lit et le matelas, il y avait un creux étroit où elle avait placé un chapelet qu'elle ne touchait jamais. Elle le retira et le jeta dans le tiroir de la table de chevet. Il ne servait à rien. Elle aurait eu besoin de bien davantage pour trouver la paix.

Maria parut à la porte, sans avoir frappé comme à son habitude.

Elle posa sur le guéridon près du fauteuil une tasse de lait au miel, puis alla jeter un coup d'œil au berceau dressé à côté du lit double. La dernière-née dormait paisiblement, enveloppée dans une petite couverture en laine rose qu'elle réajusta.

— Il va pleuvoir, déclara-t-elle. Et cela durera toute la nuit.

Puis elle sortit de la chambre.

La mort de Fortuna, le temps, les sacrifices, les ennuis avaient rendu la parole à Maria et l'avaient convaincue de tout pardonner à Giuseppina.

Toutefois, son dévouement demeurait encore et toujours seulement pour Alfonzo.

C'était bien ainsi.

Giuseppina but une gorgée de lait presque bouillant et très sucré.

Une seule lampe, à côté du fauteuil, brillait dans la pièce. Le reste était plongé dans l'obscurité.

Elle cherchait à économiser sur tout. Elle venait de vendre une autre paire de boucles d'oreilles ornées d'émeraudes, ce pour une somme dérisoire, mais elle ne pouvait pas se plaindre.

Elle rationnait aussi les dépenses pour qu'Alfonzo ne découvre rien, parce qu'il se serait aussitôt approprié l'argent.

« Tu dois le faire ! »

La voix impérieuse la fit sursauter. Elle renversa sur elle quelques gouttes de lait.

— Assez ! s'écria-t-elle à voix haute. Ça suffit !

Son corsage était taché. Il était en soie, c'était un des beaux modèles qu'elle avait hérités de sa sœur, d'un rose profond qui ne lui allait pas, mais elle était désolée de l'abîmer.

Fortuna aurait su que faire. Elle ne s'y était toujours pas habituée. La vieille bonne, avec sa présence silencieuse, avait été le pivot affectueux autour duquel toute sa vie avait tourné.

Comme pour souligner la différence, Maria revint.

— Mme Elvira vous demande, dit-elle brusquement avant de reprendre la tasse sur le guéridon bien qu'elle fût encore à demi pleine.

— Attends.

La domestique se retourna.

Les années avaient laissé leur empreinte sur elle aussi ; à presque soixante ans, elle n'était plus radieuse, ni plus vive, ni forte. Elle qui n'avait jamais été belle.

— Qu'y a-t-il ? demanda-t-elle.

Elle ne manifestait aucune contrariété, le temps du dépit était passé.

— Il faut préparer le colis pour Peppino. T'en es-tu occupée ?

La femme secoua la tête.

— Quand en aurais-je eu le temps ? dit-elle sans malice. Je le fermerai plus tard puisque la voiture pour Aversa ne part que demain matin.

L'incident, comme on l'appelait dans la maison, de novembre passé avait laissé Peppino estropié et encore plus bizarre qu'avant.

Alfonzo avait donc décidé de le faire enfermer à l'asile d'Aversa, que l'on disait être le plus ancien et le meilleur d'Italie.

Une fois là-bas, il n'en ressortirait que lorsque les médecins décideraient qu'il était guéri. C'est-à-dire jamais.

Chaque semaine, ils lui envoyaient un panier d'œufs durs, de fromage et de salami, en espérant qu'on lui en remette au moins une partie.

— Très bien, dit Giuseppina. N'oublie pas.

— Qui pourrait l'oublier ?

Giuseppina se leva pour aller rejoindre Elvira.

Les travaux de modernisation étaient sur le point de commencer, et le nouveau locataire, qui payait les ouvriers et les matériaux, avait déjà conclu un accord avec Alfonzo.

Le loyer constituerait un apport important pour les Morelli.

Après l'échec du projet de Young, Alfonzo avait confié ce qui restait entre les mains d'un financier belge qui avait investi l'argent dans la Compagnie lyonnaise du gaz de Naples qui gérait le service public et privé d'éclairage au gaz.

Les grandes villes d'Europe se livraient à une compétition à qui moderniserait le plus vite avec les nouveautés des progrès. Chaque année, on avait l'impression que tout devait changer : les égouts, les gares, l'éclairage, le gaz, l'électricité, l'eau courante et les tramways. Pour Alfonzo, chaque étape était une sorte de chance que le destin plaçait sur son chemin. Si la situation n'avait pas été à pleurer, Giuseppina en aurait souri.

Mais il devenait de plus en plus évident qu'une nouvelle source d'éclairage, électrique cette fois, était à la porte et que le gaz tomberait rapidement dans l'oubli.

Alfonzo avait réussi à récupérer son investissement en payant une lourde pénalité. Irrité, il avait placé le reste de son capital dans la Compagnie générale de l'éclairage, qui privilégiait déjà l'électricité.

— C'est du solide, avait-il pontifié un soir à table. Elle a un contrat avec la municipalité pour éclairer avec des lampes électriques le théâtre San Carlo, mille pour l'intérieur et d'autres pour l'extérieur. Elle a également remporté l'appel d'offres pour l'éclairage de la nouvelle Galleria Umberto qui vient d'être inaugurée.

Ses yeux brillaient d'enthousiasme.

— Sais-tu pourquoi il se bat autant ? lui avait demandé sa mère par la suite.

— Pourquoi ?

Giuseppina n'avait pas envie de le savoir.

— Parce qu'il ne sait pas quoi faire et qu'il est désespéré. Alors, il se disperse de-ci de-là et ne fait que s'attirer des ennuis.

Elle avait parlé presque gaiement.

Depuis quelque temps, sa mère avait un comportement étrange. Elle avait déménagé sans récrimination aucune et elle faisait preuve d'une vitalité qui n'avait plus rien à voir avec la résignation. Giuseppina n'y comprenait plus rien.

Le locataire était une vieille connaissance de la famille.

Un certain Salvatore Troise.

Le même Salvatore qui, quand elle était enfant, avait travaillé pour eux comme homme à tout faire, après la mort de sa sœur Teresa. Il avait ensuite gagné beaucoup d'argent dans le commerce de gros en Amérique et avait, pour finir, transféré ses affaires à Naples.

C'était une chance d'être tombée sur lui, pensa Giuseppina en passant près de l'escalier encombré de matériaux de construction. L'étage supérieur avait été presque entièrement vidé. Le vestibule allait être réduit pour y loger une chambre pour les garçons.

Bernardo s'y installerait pendant un temps assez court puisque, avant l'été, il partait pour la mission de Massaoua en Érythrée, où il civiliserait les Noirs. Antonio se trouvait dans le Pacifique. Gigi s'était fiancé à la jeune fille qui vivait à la Sanità ; dans un mois, ils se marieraient. Elle était déjà enceinte.

Il fallait tout revoir. Cependant, la maison était grande et le rez-de-chaussée aurait suffi à une famille plus nombreuse. Le salon avait été divisé en deux. La partie la plus petite servait de salle à manger et de salon, l'autre était devenue la chambre d'Elvira, avec la meilleure vue sur la promenade de la Riviera.

Giuseppina posa la main sur la poignée en soupirant, elle frappa et attendit la réponse pour entrer.

Sa mère était assise dans une *chaise longue** installée sous la fenêtre et tapissée de damas doré. Elle portait une tenue d'intérieur en velours vert foncé qui mettait en valeur ses yeux et ses cheveux blancs coiffés en longues boucles.

Giuseppina se demandait comment elle avait réussi à obtenir ce blanc parfait. Elle savait que sa mère se faisait des masques à base d'œuf et qu'elle se lavait souvent les cheveux à l'eau, avec du vinaigre et parfois du romarin, mais elle utilisait peut-être un ingrédient secret. Sur la coiffeuse, il y avait trois pinceaux en argent dont elle se souvenait depuis son enfance. Parfois, Elvira avait permis à Angela, sa sœur, de lui brosser les cheveux, mais jamais à elle.

Malgré son âge, Elvira restait une belle femme très chic, élégante, pleine d'allure et fière.

Tout son contraire.

— Giuseppina, dit-elle avec impatience, je voudrais que tu fasses quelque chose pour moi.

« Tu dois le faire. Tu dois le faire », murmura la voix.

— Quoi, maman ?

— Je voudrais que tu sortes avec Maria et les enfants, pour aller faire des courses.

— Il va pleuvoir et il fait déjà noir dehors, répondit sa fille sans réfléchir. Il est plus de cinq heures, il fait trop froid. Et je n'ai pas de courses à faire.

Elle débitait ses excuses, mais elle avait compris, aux lèvres pincées de sa mère, qu'il n'y aurait pas moyen de désobéir.

— Pourquoi ? finit-elle par demander.

— J'ai invité Salvatore, le nouveau locataire, répondit froidement sa mère. Je dois lui parler et je veux pas d'autres personnes dans la maison.

Giuseppina était restée sur le seuil.

Sa mère se leva.

— Préparez-vous et dépêchez-vous de sortir. Salvatore sera là à six heures.

— D'accord, acquiesça Giuseppina qui savait qu'il était inutile de discuter. Mais nous ne resterons dehors qu'une heure et nous reviendrons à sept heures.

— Ne rentrez pas si tôt, ordonna Elvira.

— Je ne tiens pas à ce que les filles prennent froid, dit Giuseppina en essayant de ne pas se laisser intimider. S'il pleut, nous rentrerons encore plus tôt.

— Maintenant, sors.

Elvira lui sourit avec un air un peu timide et un peu embarrassé et, pendant un instant, elle parut beaucoup plus jeune pour reparaître l'instant d'après encore plus vieille.

Giuseppina sortit de la pièce plus perplexe que fâchée.

— Maria ! appela-t-elle en se préparant aux questions et aux reproches de la servante qui ne serait certainement pas ravie de sortir dans le froid.

« Es-tu contente à présent ? » demanda-t-elle à la voix, mais il n'y eut pas de réponse dans sa tête.

Maria exprima en marmonnant son ressentiment, mais elle comprit que l'ordre venait d'Elvira, et toutes furent prêtes en quelques minutes.

— Moi, je veux continuer à jouer ! se plaignit Genoveffa qui, bien que petite, avait du caractère.

En revanche, Angela était douce, une dame de sept ans. Elle enfila son manteau toute seule et, quand sa mère lui prit la main, elle leva les yeux vers elle.

— Maman, je veux Fortuna.

Giuseppina lui serra fort la main.

Elle aussi aurait voulu Fortuna, parce qu'avec la vieille domestique, elle avait pu parler de tout, y compris de sa mère qui tenait à rencontrer Salvatore en privé.

Fortuna aurait écouté sans rien dire, juste en hochant la tête, et, pour finir, cela aurait été comme si elle avait donné son avis.

Sa fille lui tira la main et Giuseppina se secoua.

— Maddalena dort, déclara Maria. Je prends les parapluies.

— Peut-être qu'il ne pleuvra pas répondit Giuseppina.

Elle tourna la poignée et ouvrit la porte d'entrée. Une rafale de vent et d'humidité lui fit comprendre qu'elle avait tort.

Entre-temps, une autre journée aurait passé.

Janvier

Ce jour-là, Giuseppina sortit de la maison sans rien dire à personne, comme une voleuse.

Elle avait enfilé son meilleur manteau, un modèle noir avec des garnitures de fourrure que lui avait transmis sa mère.

Dans la froide lumière matinale qui entrait par la fenêtre, ses yeux lui parurent brillants et ses cheveux propres et lustrés. Elle devait faire bonne impression sur la baronne, mais elle n'avait pas le temps de traîner. Peut-être était-elle déjà attendue, même s'il n'était que neuf heures et demie.

Elle avait économisé pour s'offrir un fiacre fermé, parce que la via Foria était loin de chez elle.

À l'intérieur de la petite voiture où il faisait froid, elle se demanda si la baronne était aussi impatiente qu'elle, si elle se demandait qui était cette dame Morelli qui souhaitait la rencontrer *pour des affaires de famille délicates*.

Le fiacre s'arrêta sur la piazza Cavour.

Il était trop tôt. Giuseppina décida d'aller flâner vers le Jardin botanique.

Elle étudia avec curiosité les chariots chargés de marchandises qui arrivaient de la campagne, une longue file de voitures couvertes de toiles claires et tirées par des chevaux. Au loin, elle aperçut un petit troupeau, comme ceux qu'elle avait vu passer par Mergellina quand elle était enfant et qui avaient presque disparu.

Elle était allée trop loin.

Pour finir, elle dut se hâter en revenant en arrière et frappa à la porte du palais Migliano avec cinq minutes de retard.

Elle fut accueillie par un vieux majordome vêtu de noir qui ne lui jeta pas un seul regard. Elle le suivit à travers les vastes salles de la demeure aristocratique, une après l'autre, dans une succession de tapis, de meubles de prix et de tableaux sombres d'ancêtres dans des cadres dorés qui ne semblaient pas avoir de fin.

La baronne Cavazza était une vieille femme décrépite. Elle la reçut dans un salon d'hiver glacial, tout de blanc et de vert.

— Vous êtes donc l'amie des Blanchard, dit-elle. Bien.

Le visage ridé n'avait rien d'encourageant.

Le domestique ferma la porte. Elles étaient seules.

Giuseppina resta debout. Personne ne l'invita à s'asseoir et elle n'osa pas réclamer, debout comme une mendiante devant la grande dame. Elle tira de sa bourse le châle gris qui lui parut plus misérable que jamais. D'une voix brisée par l'émotion, elle s'excusa de donner autant de peine et demanda à la noble femme si elle pouvait lui raconter son histoire.

La femme la fixa, avec plus d'agacement que de curiosité.

Giuseppina comprit alors qu'elle devait donner quelques éclaircissements. Elle parla de la Roue et de l'adoption, de la nécessité de savoir, pour terminer par la découverte du châle et des armoiries.

— C'est pour cela que je suis venue. Que je me suis permis, termina-t-elle, stupéfaite par son courage.

La baronne, qui était assise dans un fauteuil en velours rouge, entourée d'autres portraits encadrés, tendit la main vers le châle que Giuseppina serrait entre ses poings. Elle mit ensuite ses lunettes. Au bout d'un moment, elle repoussa le linge d'un geste.

— C'est un travail de peu de prix, plutôt d'une domestique que d'une couturière.

Elle avait une voix puissante, presque masculine, en dépit de son corps fragile.

— Est-ce le vôtre, insista Giuseppina avec insistance et courage. Il appartient à votre famille ?

La vieille femme la dévisagea d'un œil scrutateur sous ses paupières lourdes. Elle s'éclaircit la voix d'un toussotement bref et sec comme un cri.

— Il y a une quarantaine d'années, peut-être un peu moins, j'ai chassé une femme de chambre qui était grosse, dit-elle d'un air indifférent. Elle n'était même pas douée pour la broderie.

Giuseppina prit une inspiration qui s'arrêta dans sa poitrine.

— Comment s'appelait-elle ? demanda-t-elle un moment plus tard.

La vieille femme ne répondit pas tout de suite. Peut-être cherchait-elle dans sa mémoire, sans rien trouver.

— Elle n'était pas jolie, dit-elle finalement, comme pour pallier l'absence de renseignements. Elle est partie grosse et honteuse. Ensuite, elle est morte.

— Elle est morte ?

— Elle est morte après avoir enfanté d'après ce qu'on m'a dit.

La vieille femme la regarda, sans paraître troublée par son expression.

— Tant d'années ont passé que je ne m'en souviens pas bien. C'est ce qu'on m'a dit. Qu'elle était morte en couches.

— Et le nouveau-né, insista Giuseppina qui sentait une morsure toujours plus douloureuse dans sa poitrine.

La femme haussa les épaules.

Ses doigts noueux et ornés de bijoux vinrent caresser les cadres dorés des photos posés sur le guéridon à côté d'elle. Des photographies de famille, avec elle assise et deux jeunes gens aux cheveux clairs, peut-être ses fils, parce qu'ils avaient le même nez aquilin qu'elle.

— Je ne me souviens de rien d'autre.

Elle toussa encore une fois aussi sèchement.

— Cependant, il y a quelque chose dans vos yeux qui m'y a fait repenser.

Elle dévisagea Giuseppina de bas en haut, comme pour l'évaluer ou peut-être pour lui transmettre un sentiment qu'elle ne pouvait pas articuler.

Puis elle la congédia d'un geste las.

Giuseppina se retourna et sortit sans la saluer, soudain épuisée.

Le vieux majordome l'attendait devant la porte. Dès qu'il la vit, il s'avança d'un pas rapide.

Giuseppina le suivit à travers les pièces comme dans un rêve, sans rien voir ni entendre, si ce n'était sa voix intérieure.

C'était son histoire, son origine, son passé. Les souvenirs à demi effacés d'une vieille femme.

Elle était la fille d'une servante qui n'était pas douée en couture et qui était laide, une femme engrossée par un inconnu avant d'être chassée de la maison, et morte en couches.

Voilà tout.

Sans savoir comment, elle se retrouva dans la rue, la porte de l'hôtel particulier de Migliano fermée derrière elle.

Elle se mêla au flot des gens qui marchaient d'un bon pas, tous se dirigeant vers un but, entre les chariots, les voitures et les tramways.

Elle s'était trompée.

Elle avait cru retrouver ses ancêtres.

Elle avait espéré trouver un sens à sa vie. Voire quelqu'un qui l'aimait, quelque part dans le monde.

Mais non.

Elle n'était que l'enfant d'une faute, d'un péché. Si elle n'était pas venue au monde, personne ne l'aurait regrettée.

Les Morelli, avec leur charité intéressée, avaient été le mieux qui pouvait lui arriver dans l'existence. Désormais, elle avait une famille, une maison et un nom.

C'était tout.

Pas de discussion.

Elle devrait s'en contenter. C'était la vie. Son devoir était de rester près d'Alfonzo et de se comporter en fille docile avec sa mère.

Devant elle marchait une famille élégante. La mère, le père et un petit garçon et, un pas en arrière, la nourrice. Ils occupaient tout l'espace et Giuseppina n'avait aucun moyen de les éviter, si ce n'était de s'engager sur la chaussée couverte de boue.

Elle fit un pas de côté et ils passèrent devant elle sans daigner lui jeter un seul regard, même la nourrice.

« Tu n'es personne, dit la voix dans sa tête. Tu ne mérites rien de plus. »

— C'est faux, rétorqua-t-elle à voix haute en parlant toute seule comme une folle. Cela ne suffit pas.

1895

D'autre part, si nous devons prouver que la femme reproduit, peut-être plus souvent, un équivalent du criminel né mâle dans la prostituée, force est de convenir que cet équivalent, bien qu'ayant la même origine atavique et étant marqué par la même infamie dans l'opinion publique, n'en possède pas moins une portée et une influence moins perverses, moins nuisibles et moins redoutables ; et s'il n'y a pas de crime qui n'apporte pas le malheur, la prostitution peut constituer une soupape de sécurité et de moralité : en aucun cas elle n'aurait vu le jour, ni ne se serait répandue, si elle n'était pas nourrie par le vice masculin, dont elle est un exutoire aussi utile que honteux, de sorte que l'on pourrait dire que la femme, même lorsqu'elle s'avilit, où elle pèche le plus, nous est encore profitable.
Ainsi, si nous devons démontrer que, par l'esprit et par le corps, la femme est un homme entravé dans son développement, le fait qu'elle soit beaucoup moins criminelle que lui, et d'autant plus miséricordieuse, peut mille fois compenser sa faiblesse dans le domaine de l'intellect.

CESARE LOMBROSO, *LA FEMME CRIMINELLE ET LA PROSTITUÉE*, MILAN, 1895.

Mai

— Maman ! hurla Giuseppina.

Elle était entrée dans la chambre d'Elvira après avoir longuement frappé, en vain. Maria, qui l'avait alertée, resta derrière elle sans proférer un seul son.

Sa mère n'aurait pas pu l'entendre. Elle avait la bouche ouverte et le regard fixe, tourné vers le plafond.

Giuseppina s'agenouilla au pied du lit et lui prit la main : elle était froide.

Un instant plus tard, elle se demandait pourquoi elle n'avait pas envie de pleurer. Dans son dos, elle entendit Maria qui s'empressait à grand bruit d'aller chercher de l'aide.

— Maman, répéta-t-elle, cette fois dans un murmure.

Tout en l'appelant, elle fut submergée par des images de sa mère. Elle la revit, jeune, belle, furieuse, froide, préoccupée, nerveuse, attentive, indifférente, calculatrice.

Jamais sereine, jamais heureuse.

Juillet

Giuseppina scruta la mer ; elle tenait Elvira par le bras et marchait lentement vers Mergellina.

Les vagues reflétaient le soleil comme des milliers d'étincelles brillantes qui paraissaient s'allumer et s'éteindre sans relâche. Le ciel était blanc, sans nuages.

Le docteur Brandi avait déclaré que les promenades faisaient du bien à sa mère, et Giuseppina avait donc décidé de profiter du beau temps, pas trop chaud, pour sortir.

Elles avaient traversé la Riviera, le parc de la Villa, la via Caracciolo, puis longé le front de mer pour rejoindre tranquillement la *trattoria* où elles devaient retrouver la famille.

Afin d'arriver à temps, elles étaient parties avec une heure d'avance. Maintenant, elles progressaient lentement en admirant la mer.

De temps en temps, Elvira secouait la tête et souriait, en disant quelque chose d'étrange ou de joyeux.

Giuseppina n'arrivait toujours pas à croire que la vie de sa mère avait pris tout à coup ce tournant, devenant douce et équilibrée sans raison apparente et sans que personne y soit pour quoi que ce fût, sauf peut-être la vieillesse.

Peu après la visite de Giuseppina à la baronne Cavazza, Elvira avait sombré dans une profonde dépression. Une nouvelle désillusion mystérieuse dont sa fille ne pouvait que deviner la cause. Personne d'autre de la famille ne l'avait remarqué, habitués qu'ils étaient tous à ses sautes d'humeur.

Giuseppina n'était sûre de rien, mais elle pensait que cela pouvait avoir un lien avec le retour de Salvatore Troise.

Ensuite, elle avait eu un léger malaise, une fièvre qui était passée presque aussitôt. Puis Elvira était tombée soudain malade et était restée inconsciente pendant deux jours entiers.

Quand elle était revenue à elle, elle avait commencé à dire des choses insensées et à regarder autour d'elle comme si elle se sentait encerclée par des fantômes muets.

En l'espace d'une semaine, ce mal étrange avait disparu.

Un matin, elle s'était réveillée différente. Elle n'était plus Elvira, la mère qu'elle avait connue. Elle semblait désorientée, perdue. Elle examinait le sol avant d'y poser un pied, comme si elle avait peur de tomber. Lorsqu'elle parlait, elle veillait à ne pas trébucher sur les mots et elle ne réussissait à terminer ses phrases qu'avec difficulté.

Le docteur Brandi avait expliqué à Giuseppina que c'était normal chez les personnes âgées, qu'il n'y avait là rien d'inquiétant, que le pire était passé, qu'elle se reprendrait, bien que lentement. Très lentement.

— Quelle belle saison, dit Elvira, que le printemps.

— C'est l'été, maman, corrigea Giuseppina. Je te l'ai déjà dit.

Elle n'avait jamais vu sa mère aussi insouciante et heureuse. Elvira souriait souvent et laissait parfois échapper des paroles qu'elle n'avait jamais prononcées par le passé, des paroles joyeuses, pleines d'espoir. Fini les férocités, les frayeurs, la tristesse ou la rage.

La maladie et la vieillesse lui avaient fait un grand cadeau, pensa-t-elle en regardant le profil de sa mère qui souriait aux reflets de la mer. Elles lui avaient apporté la sérénité.

Quelle chance elle avait !

— L'été, répéta sa mère, en plissant les yeux et en les tournant vers les vestiges de la petite plage de Mergellina, où le remblai était presque achevé et où on construisait des grands hôtels et des immenses immeubles d'habitation.

La ville se déployait dans toutes les directions, de Portici à Pozzuoli, grâce aux fonds et aux investissements qui avaient suivi l'épidémie de choléra. Chiaia, et par conséquent Mergellina, avait également bénéficié des nouvelles routes vers Fuorigrotta et Posillipo. Naples était de plus en plus étendue. Pour Giuseppina, cependant, il semblait que quelque chose de la beauté antique s'était perdu en chemin, entre les nouveaux bâtiments et la modernité.

— Quand j'étais jeune, c'est ici que nous venions nous baigner, déclara Elvira. Nous avions l'impression de sortir de la ville. Le père d'une de mes amies possédait des bateaux et nous faisions parfois le tour du golfe.

— Maintenant, c'est un quartier comme les autres, commenta Giuseppina, mais je m'en souviens. Il y avait des rochers, des barques, des pêcheurs, on mettait des vêtements à sécher sur la plage.

— Tout change, murmura Elvira d'un air distrait. Tout le monde meurt. Nous aussi, un jour.

— Toutefois, beaucoup d'enfants naissent aussi, dit patiemment Giuseppina.

Avec sa mère, elle se sentait toujours obligée de rappeler des évidences, comme les adultes le faisaient avec les enfants.

— La vie est un mouvement constant, maman.

Elle s'efforça de suivre le pas lent et incertain d'Elvira, sans lui lâcher le bras. À chaque phrase, Elvira s'arrêtait.

Elle portait une vieille robe de promenade, blanche au col vert, démodée. De toute manière, elle ne se souciait plus de sa toilette, pas plus que de son apparence physique.

Avant de sortir, Giuseppina avait arrangé ses cheveux et choisi un beau chapeau blanc qu'elle lui avait fixé sur la tête.

Elle aussi, elle portait un chapeau, de couleur crème, assorti à la tenue qui avait appartenu à Angela et qui lui allait désormais parfaitement.

Une charrette passa.

Elle était conduite par un jeune homme qui leur jeta un regard distrait, comme s'il ne voyait que deux vieilles dames. À l'arrière, trois enfants en pantalon court, assis au bord du plateau, balançaient les jambes. L'un d'eux leur tira la langue et Elvira lui répondit de même en faisant une méchante grimace.

— Comment te sens-tu, maman ?

— Et comment dois-je me sentir ? Bien, par une journée aussi belle.

Son regard se perdit du côté de la mer.

— Par un si beau printemps.

— Tu sais, je n'ai plus rien vendu, dit Giuseppina pour détourner son attention.

L'argent avait toujours été un sujet important pour sa mère.

— J'économise, parce que le loyer nous suffit, ou presque.

La famille ne touchait pas les dividendes de la société parce que la Société géologique continuait à investir dans le réseau électrique et dans les centrales, et que les petits investisseurs comme Alfonzo ne recevaient rien.

Heureusement, il y avait Salvatore qui occupait tout l'étage supérieur de la villa et réglait son loyer rubis sur l'ongle. C'était à présent un homme riche, veuf avec un fils, qui conservait envers la famille Morelli une attitude respectueuse, presque dévote.

Giuseppina le croisait parfois dans l'escalier qui desservait les deux logements. Il était toujours attentionné et pondéré, mais il parlait peu et passait beaucoup de temps seul.

Giuseppina éprouvait une certaine curiosité à son égard, se demandant ce qu'il avait ou ce qu'il y avait eu entre lui et sa mère. Il s'était certainement passé quelque chose.

Les visites de leur locataire s'étaient cependant raréfiées au bout de quelques semaines. Giuseppina ignorait pourquoi. Salvatore s'était toujours montré déférent, voire affectueux, mais, à un certain moment, Elvira avait semblé se refermer en elle-même.

Ensuite, elle était tombée malade, et c'était à Giuseppina qu'était revenu le fardeau de diriger la maison.

Alfonzo prenait le montant du loyer et lui en donnait une partie pour les dépenses courantes.

Gigi apportait lui aussi son aide, en offrant des cadeaux en espèces ou en apportant de la nourriture. Ils s'en tiraient comme ça.

Giuseppina se sentait toujours au bord du précipice, de la misère, mais elle n'était pas encore anxieuse. Seulement attentive, pour être prête à réagir, pour vendre d'autres objets si nécessaire.

Elle regarda la main de sa mère. Ses doigts fuselés ne trahissaient pas son âge. Elle portait la chevalière avec le grand M gravé sur le chaton. Elle était trop grande pour elle, et elle avait ajouté sur son doigt une autre bague ornée d'une couronne pour la maintenir en place.

Elle lui prit la main et l'observa avec curiosité.

— Que trouves-tu à cette bague, maman ? Elle n'est même pas belle.

— Rien, c'est juste un souvenir.

— De qui ?

— Ne t'ai-je pas déjà raconté son histoire ?

Giuseppina s'arrêta un instant, presque émue. Elle se remit à marcher au pas d'Elvira.

— Non, jamais. Raconte-la moi maintenant.

Peut-être lui parlerait-elle de Salvatore.

— Raconte-moi, répéta-t-elle, dévorée de curiosité.

— Quoi ?

— L'histoire de la bague.

— Ah, la bague, sourit-elle. Je croyais que c'était celle de Luigi, imagine !

— Luigi ?

Elle ne comprenait pas.

— Oncle Luigi, tu ne t'en souviens pas ?

Elvira s'arrêta et la regarda, agitée.

— Comment se fait-il que tu ne t'en souviennes pas ?

— Je ne l'ai pas connu, maman. Il est mort avant ma naissance.

— Il était si beau et si bon, murmura Elvira. Et il m'aimait vraiment, plus que quiconque.

— L'oncle Luigi ? (Giuseppina pivota pour regarder sa mère.) Le frère de papa ?

— Oui. Nous sommes tombés amoureux pendant mes fiançailles, dans l'ancienne maison de Melito. (Elvira souriait de nouveau.) Nous nous sommes embrassés derrière une colonne de la cour, en cachette, et puis nous sommes montés à l'étage qui était désert et plein de poussière. Ce fut si agréable.

— Et tu as épousé son frère ? interrogea Giuseppina, bouleversée et ne sachant pas si elle avait bien compris.

— Je lui étais promise, que pouvais-je faire d'autre ?

Elvira se remit à marcher d'un pas plus rapide.

— C'était une autre époque.

Giuseppina la rattrapa et lui reprit le bras. Voilà qu'elle découvrait sa mère sous un jour différent.

— Raconte-moi tout.

— Nous avons continué à nous voir. Tous les dimanches, après le déjeuner en famille dans la grande maison de Melito, à l'étage.

Après un silence, elle ajouta :

— C'était le grand amour entre nous.

Giuseppina avait vu sa mère cultiver des relations scandaleuses après son veuvage, mais ce n'était pas du tout pareil. Cela dépassait les bornes.

— Et alors ?

— Angela est née et il est parti pour Turin.

Elvira se tourna vers sa fille et sourit, le reflet du soleil dans ses yeux.

— Il ne supportait plus le poids de la trahison.

— Angela ?

Giuseppina en eut le souffle coupé.

— C'était la fille de qui, maman ?

Était-il possible que sa mère ait toujours été ainsi ? Malhonnête, immorale.

Une femme de mauvaise vie.

Elvira ne répondit pas. Elle stoppa d'un coup, fixa la chaussée comme pour ne pas tomber.

— Luigi est mort à la guerre et tout s'est terminé.

— Quelle guerre ?

— Une guerre, loin, je ne m'en souviens pas. Il a quitté Turin.

Giuseppina se souvint des procès contre les Turinois qui s'éternisaient depuis des années. Ils en avaient perdu un premier et ils perdraient probablement aussi le dernier. Tout ce ressentiment cachait peut-être une rancœur liée au passé, ou peut-être à l'amour.

— Et ensuite ?

— Tu es née et Angela est devenue une femme.

Elvira regarda la rue où passaient deux jeunes femmes parées d'ombrelles et de chapeaux. Elle était de nouveau distraite.

— Moi, j'ai été adoptée, maman.

— Oui, à la Roue, répondit Elvira d'un air vague. La roue qui tourne.

— Et la bague ? C'est lui qui te l'a donnée ?

— Luigi ? Non. Un jour, je l'ai trouvée dans la chambre de Teresa.

— Teresa ? (Giuseppina ne comprenait vraiment plus rien.) La femme de chambre qui s'est pendue le jour de ton arrivée à la maison ?

— Oui, pauvre Teresa. Quelle triste histoire.

Elvira continuait à sourire en dépit des larmes qui lui montaient aux yeux.

— Sais-tu pourquoi elle s'est pendue ? Parce qu'elle était enceinte.

— De qui ?

— Qui sait ? Pendant des années, avec ma bonne Fortuna, nous avons essayé de comprendre.

Elle rit d'un air insouciant.

— Continuons à marcher, il fait si beau.

Giuseppina ne sut que faire d'autre.

Elles reprirent leur promenade bras dessus, bras dessous. Elvira contemplait la mer et sa fille attendait en espérant qu'elle reprendrait cette histoire décousue dont elle commençait à deviner le sens.

— J'ai trouvé la bague cachée sous une tomette de la chambre, reprit soudain Elvira. J'ai pensé que Luigi l'avait donnée à Teresa, parce que je me souvenais que c'était la sienne. Tu comprends ?

— C'était lui ? Il l'avait engrossée et lui avait offert la bague ?

— C'est ce que je croyais, dit Elvira en avança avec plus d'énergie et en lui tirant le bras, mais je trompais.

— Et alors ?

— Une nuit, Giuseppe, ton père, découvrit la bague que j'avais cachée dans mon coffret et il m'avoua qu'elle était à lui.

— C'est papa qui l'avait mise enceinte ? Alors qu'il t'a épousée, toi ?

Giuseppina n'en revenait pas.

— Moi, j'aimais Luigi.

— Et Salvatore ? s'enquit soudain sa fille en profitant de la verve soudain e de sa mère. Que s'est-il passé avec Salvatore ?

— Lui, c'était après ! Des années plus tard.

— Moi, je me souviens de la manière dont il te regardait, mais je n'ai pas compris tout de suite. Ce n'est que maintenant que je me rends compte que tu étais jeune et belle, et lui aussi.

— Jeune et stupide, sourit Elvira avant de reprendre son sérieux. Il m'aimait aussi, mais il est parti, comme Luigi, et tout s'est terminé.

— Il est revenu.

— Oui, mais je suis vieille. Ce n'est pas convenable.

— Tu es toujours belle, maman, et lui aussi, il est vieux.

— C'est un homme.

Entre-temps, elles étaient arrivées devant une auberge en plein air, avec des chaises tournées vers la mer, le dos contre le remblai.

Une longue table était dressée sous la pergola. Sur la nappe à carreaux étaient disposés des assiettes, des verres, une dame-jeanne de vin, des cruches d'eau, un plat de fritures et tout le monde les attendait.

Les filles étaient assises côte à côte par ordre d'âge : Angela, Genoveffa et Maddalena, ses trois princesses, toutes vêtues de blanc avec un nœud, coiffées avec soin, les cheveux coupés en un carré court. Venait ensuite Maria, qui était en train de boire un verre de vin rouge, et Alfonzo, en bout de table. En face de lui, de l'autre côté, se trouvait Salvatore.

Après la mort de son épouse, survenue en Amérique des années plus tôt, Salvatore avait éprouvé le besoin de revenir à ses origines. Son fils unique vivait dans les Pouilles où il s'occupait des affaires de la famille.

Giuseppina remarqua le regard affectueux avec lequel il accueillit leur arrivée. Il n'y avait pas de doute, il avait été attaché à sa mère, mais celle-ci accusait son âge alors que Salvatore était encore un homme vigoureux, avec un port élégant et un sourire agréable.

Un homme généreux aussi.

Il avait tenu à offrir ce déjeuner à Mergellina par courtoisie envers les Morelli et pour fêter le retour d'Antonio, en uniforme de matelot de première classe, presque un officier. Le garçon était assis à côté de lui, le regard tourné vers la mer, comme s'il était impatient de repartir.

Bernardo était là aussi, de retour pour quelques mois, dans sa soutane noire, presque chauve, toujours sérieux. Qui savait ce qu'il avait enduré en Afrique ? Giuseppina lui trouvait un air inquiet, comme si la vie en dehors de la protection de l'Église lui paraissait étrangère.

Gigi était assis à côté de son épouse, une femme maigre aux dents en avant, qui tenait dans les bras leur enfant, aussi disgracieux qu'elle.

Il ne manquait que Peppino, mais des nouvelles réconfortantes arrivaient régulièrement d'Aversa. Les médecins affirmaient qu'il était de plus en plus calme et que le séjour à l'asile lui faisait du bien. Il pourrait même rentrer à la maison, un jour.

Les places de Giuseppina et de sa mère se trouvaient au centre de la tablée, entre Bernardo et la femme de Gigi.

Elvira lâcha le bras de sa fille et s'assit.

— Quelle chaleur ! J'ai tellement faim ! s'exclama-t-elle.

Elle retira son chapeau qui glissa au sol. Bernardo le ramassa. Salvatore s'empressa de remplir son verre d'eau.

Giuseppina demeura debout à fixer sa famille installée au soleil. Elle était encore déconcertée par les histoires que venait de lui raconter sa mère. Tous ces pans de vie cachés dans la tête des autres, tous ses secrets !

Tout le monde en avait, mais pas elle.

À part son fantôme, mais elle était sûre que tout le monde était au courant.

Maria vida son verre et la regarda.

— Asseyez-vous, madame. Cela fait une demi-heure que nous vous attendons. Et ils m'ont fait trop boire.

— Es-tu ivre, Maria ? demanda Alfonzo en lissant des moustaches, comme amusé. Alors, il faut boire une autre gorgée.

Maria balança la tête en s'agrippant à la nappe de sa main trapue et usée par les corvées.

— Si le maître me l'ordonne !

Elle remplit son verre, se leva et but.

— Tout ce que m'ordonne mon maître, je le fais.

Giuseppina avait pris place à côté d'Elvira.

Maria demeura debout, les yeux braqués sur elle, puis elle se rendit compte qu'elle était au centre de l'attention et elle se mit à rire. Elle regarda autour d'elle. Peut-être voulait-elle dire quelque chose d'important, quelque chose qu'elle avait en elle depuis des années et des années.

Mais elle ne réussit pas à parler.

Elle fondit soudain en larmes pendant que les autres riaient.

1896

Le roi étant de forme et de stature déjà peu conformes à l'idéal physique que le peuple se fait d'un prince, les rares occasions où il est apparu en public n'ont pas vraiment conquis l'imagination des spectateurs. Je me souviens de lui aux funérailles de l'empereur Guillaume, à Berlin, dissimulé dans son manteau de lieutenant d'infanterie, au milieu d'un cortège de princes coloniaux couverts d'or et arborant de longues barbes à la Lohengrin : qui aurait pensé que ce petit lieutenant, avec sa gamelle sur la tête, représentait trente-deux millions de sujets et vingt-trois siècles d'Histoire ?

EDOARDO SCARFOGLIO DIT « TARTARIN »,
« LES NOCES DE FIGUES SÈCHES », JOURNAL
IL MATTINO, NAPLES, 1886.

Avril

La veille, après la signature chez le notaire, Alfonzo était sorti célébrer l'événement personne ne savait où. Avant de conclure la vente de l'étage supérieur, il avait fallu des mois de tractations exténuantes, avec son mari qui réclamait et Salvatore qui cédait. Ensuite, Alfonzo annonçait de nouvelles requêtes, plus d'argent, le droit de passage, les dépenses de rafraîchissement de peinture.

Seules la patience et la détermination de l'acheteur avaient sauvé la négociation. Une chose était évidente depuis le début, pour Giuseppina et tous les autres : Salvatore Troise n'était pas disposé à demeurer le locataire de la maison Morelli. Il voulait en devenir le maître. Et Alfonzo avait su en profiter.

Ainsi, pour finir, tous deux étaient satisfaits.

Elle avait entendu son mari rentrer tard dans la nuit, se soulager dans le vase, se déshabiller en trébuchant de-ci de-là. Une fois dans le lit, il lui avait soufflé son haleine avinée au visage tout en s'agitant sur elle. Enfin, il avait roulé de son côté et s'était mis à ronfler.

Pour Giuseppina, cela avait été douloureux parce qu'il était encore trop tôt. La petite Adelaide n'avait que douze jours, et le docteur Brandi avait recommandé du repos.

Il lui avait également dit qu'elle ne devrait plus avoir d'enfant, qu'un nouvel accouchement serait dangereux. Mais c'était un jeune médecin aux idées modernes, voire excessives. Le vieux docteur Frascella n'aurait jamais été de son avis.

Dans le lit où elle souffrait tant, Giuseppina comprit qu'elle ne pourrait pas se rendormir.

Elle se leva sans bruit. La chambre n'était pas tout à fait sombre : à travers les persiennes filtrait la lumière d'une lune pâle et presque pleine. Le bébé dormait du sommeil de l'innocence dans le berceau placé à côté du lit, les poings serrés contre son visage. Giuseppina la recouvrit et s'habilla rapidement, prit une bougie et sortit. Elle n'alluma la flamme que lorsqu'elle referma la porte.

La maison était silencieuse, tout le monde dormait.

Elle surprit son reflet dans le grand miroir mural au cadre doré qui se trouvait autrefois dans le salon de sa mère. Il était accroché entre deux fenêtres, pour faire paraître le vestibule moins exigu et créer une illusion de lumière et d'espace.

Dans sa chemise légère, la chandelle dans sa main tremblante, Giuseppina évoquait un spectre sorti des ombres de la cage d'escalier qui n'avait pas encore été murée.

Elle alla s'asseoir dans le salon, où il faisait un peu froid. Sur la commode, il y avait une grande photographie du roi, dernière acquisition d'Alfonzo qui avait tenu à l'encadrer, comme un bon présage.

Elle n'avait pas pensé à prendre un châle et dut se réfugier à contrecœur dans la cuisine. Dans la cheminée, des braises donnaient encore un peu de chaleur. Elle aurait voulu boire du lait chaud, mais elle renonça de peur de réveiller Maria, qui dormait à quelques pas de là.

Maintenant qu'elles étaient plus âgées, les filles avaient droit à une meilleure chambre, et on leur avait attribué celle de leurs demi-frères, désormais tous partis : qui en mer, qui en mission, marié ou enfermé dans un asile.

Son vêtement en lainage bleu clair était un peu grand, mais confortable. Elle vérifia qu'elle ne s'était pas tachée. Malgré sa maigreur, Giuseppina avait toujours eu assez de lait. Non, tout allait bien.

Elle s'installa sur une chaise, les yeux tournés vers l'extérieur et la petite cour qui était restée après la construction de l'autre maison. Elle se rappela avec regret l'orangerie. Cela faisait partie de tant de choses perdues à jamais.

La roue tourne, pensa-t-elle en se rappelant une phrase de sa mère.

La vente de l'étage avait été le dernier acte d'un drame pénible qui, pour Giuseppina, avait parfois pris des aspects comiques, ou pour le moins grotesques.

Le garçon à tout faire de la maison Morelli, celui qui avait été l'amant de sa mère quand il était à peine plus qu'un adolescent et elle une belle et riche dame, était désormais le propriétaire de la majeure partie de leur demeure.

Salvatore, en véritable sauveur digne de son prénom, avait fait sa proposition sans prévenir, offrant à Alfonzo assez d'argent pour régler ses dernières dettes et lui accorder un peu de répit, voire un certain confort. Il avait exigé en échange d'acheter le grenier où sa sœur était morte bien des années auparavant.

Sauf Giuseppina, personne n'avait été désolé de renoncer aux combles. Ces pièces étaient devenues autant de débarras, mais aussi plus qu'un simple lieu de passage, une porte vers l'inconnu.

L'esprit n'avait pourtant jamais cessé de lui parler. Il apparaissait et disparaissait à sa guise. Parfois, il s'absentait pendant de longs moins, puis il revenait soudain et recommençait à la tourmenter, en rêve ou à l'état de veille. Il pouvait surgir à tout moment, n'importe où dans la maison. Parfois même dans la rue.

Il parlait avec la voix de Teresa. Cette voix qui lui demandait d'agir, de lui rendre justice, ou en tout cas de ne pas l'oublier.

Elle n'était pas folle. Elle ne l'avait jamais été. Elle était seulement sensible.

Trop sensible.

Pas de discussion.

Quand elle avait compris cela, Giuseppina s'était enfin sentie en paix. Pas totalement, mais moins troublée qu'avant. Sa sœur Angela avait vécu une vie qui n'était pas la sienne, avec des secrets, un amour impossible, le désir de fuir au point de feindre la folie pour y parvenir. Elle était morte au moment où elle était enfin sur le point de devenir celle qu'elle voulait être.

Et sa mère ?

Elvira n'était pas en reste. Elle avait aimé, bien sûr, mais pas ce Giuseppe Morelli qui l'avait adoptée et dont Giuseppina avait pratiquement oublié les traits. Elvira avait trompé tout le monde, pour essayer, elle aussi, d'être elle-même, sans succès.

Le plus étrange et le plus cruel était qu'aucune de leurs deux filles, ni Angela ni Giuseppina, n'avait une seule goutte de sang de leur père dans les veines.

Elle compta sur ses doigts, en les rapprochant des braises qu'elle avait ranimées d'un coup de tisonnier : Peppino, Bernardo, Gigi, Antonio, Luciella, qui n'était plus, Angela, Genoveffa, Maddalena et, maintenant, Adelaide. Tous ces Morelli, mais seulement du côté de leur père. Angela était aussi une bâtarde, comme tous ses enfants.

Et elle ?

Giuseppina avait été adoptée et l'histoire avait prouvé qu'elle aussi était une bâtarde.

« Une bâtarde. »

Passé les premiers moments de découragement, après la visite à la baronne, elle avait souvent pensé à sa mère, à sa véritable mère, celle qui était morte en lui donnant la vie.

Une domestique laide, pauvre et terrifiée, chassée et livrée à la honte.

Comme Teresa.

La pensée lui traversa l'esprit.

Et la suivante ne venait pas d'elle.

« Nous sommes pareilles, toi et moi. »

Elle se leva. Elle retira ses chaussures et sortit pieds nus de la cuisine, en abritant la flamme de la chandelle de la main.

L'escalier qui la conduisit à l'étage était sombre, la lumière de la lune qui pénétrait par les fenêtres n'éclairait pas jusque-là.

Giuseppina connaissait les marches qui grinçaient et elle les évita en grimpant sur la pointe des pieds.

Le couloir était recouvert d'un beau tapis rouge où elle avança sans faire le moindre bruit.

Les deux parties de la maison n'avaient pas encore été totalement séparées, et l'escalier permettait encore d'accéder au couloir du premier étage. Salvatore et son fils avaient choisi de dormir dans les plus belles chambres, celles qui donnaient sur le devant de la maison. Ils n'entendraient rien.

Quand elle atteignit les combles, elle se dit que le pire était passé. Les pièces avaient été vidées et tout avait été repeint en blanc, mais la porte de Teresa était fermée et la chambre n'avait pas été rénovée.

Elle posa la main sur la poignée, soudain dénuée de la force qui l'avait conduite jusque-là.

La porte s'ouvrit. À l'intérieur, tout était encore dans le même état qu'autrefois.

Comme cinquante ans plus tôt.

Giuseppina ne l'avait jamais vue meublée, mais sa sœur lui avait dépeint la chambre et les domestiques la lui avaient décrite. Elle s'amusait à l'effrayer et, en outre, elle en avait souvent rêvé.

Toutefois, elle n'était plus dans son rêve.

Elle se figea. Une petite chandelle brûlait dans un coin et éclairait les lieux qui auraient dû être vides et sombres.

Au contraire, il y avait un lit en fer avec un matelas à rayures, une armoire, une chaise paillée et une autre poussée contre le mur.

Une silhouette se leva du lit et s'approcha d'elle qui était restée pétrifiée sur le seuil. Elle porta la main à la bouche pour étouffer un cri.

— Que fais-tu ici ? lui demanda Salvatore.

Il était en pyjama, avec une robe de chambre rouge foncé et les cheveux en bataille comme s'il s'était recoiffé en y passant les doigts.

— Que fais-tu *toi* ici ? répliqua-t-elle, encore effrayée et furieuse d'être effrayée.

Pendant un instant, elle l'avait pris pour le fantôme de Teresa qui venait vers elle.

— C'est ma maison, maintenant, dit Salvatore en écartant les bras pour montrer la pièce. Je peux y venir et y faire ce que je veux.

— Bien sûr, ce n'est pas ce que je voulais dire.

Il baissa les bras.

— Et toi ? demanda-t-il gentiment.

— Je n'arrivais pas à dormir.

— Quand tu ne dors pas, tu viens ici ?

— Je suis désolée, c'est la première fois.

Salvatore sourit.

Il avait un visage doux, et les rides qui marquaient les commissures de ses lèvres le rendaient attirant.

— Et tu es tombée sur moi. Quelle belle surprise !

— Je suis désolée, répéta-t-elle.

— Pourquoi ?

— C'est ta maison.

— Pour moi, ce sera toujours la vôtre. (Il baissa la voix.) Ne t'inquiète pas.

Elle ne trouva plus rien à lui dire, mais elle resta sur le seuil. L'impulsion qui l'avait portée sous les combles était encore forte, et elle s'interrogeait. Après tout, sa mère avait aimé cet homme dans sa jeunesse, et peut-être encore lors de sa dernière période de lucidité. Salvatore habitait là depuis plus de deux ans maintenant, mais Giuseppina ne pouvait affirmer qu'elle le connaissait. Il était d'un naturel calme, à l'aise et avec des problèmes de santé. Veuf depuis longtemps, il avait un seul fils adulte, auquel il avait confié ses affaires et qui était, pour cette raison, souvent ailleurs. Il semblait toujours un peu triste.

Pendant un instant elle éprouva un sentiment absurde, une sorte de jalousie. Que s'était-il passé entre lui et Elvira ? Quels sentiments avaient-ils partagés, quelles émotions avaient nourri leurs vies pour les embellir ? Et pourquoi rien de tout cela ne lui était jamais arrivé à elle ? Elle plongea le regard dans ses doux yeux noisette et rougit en imaginant ce qu'il pouvait lire en elle. Elle continuait d'être en proie à la curiosité. Et elle se sentait vivante.

— C'est pour cela que tu voulais la maison ? s'enquit-elle, soudain saisie d'une nouvelle pensée. Parce que c'est ici que ta sœur est morte ?

— Pour cette raison et bien plus encore. Peut-être aussi parce que je suis vieux et que je veux revenir à mon point de départ.

— Es-tu nostalgique de ton passé ?

— Non, disons que j'ai peur de ce qui va suivre.

Ils gardèrent un moment le silence et Giuseppina remarqua que sa main gauche tremblait légèrement.

Elle s'efforça de ne pas la fixer.

— Le temps s'éclaircit, murmura-t-elle en regardant par la fenêtre, dans une tentative pour changer de sujet.

— Tu ne peux pas imaginer à quel point c'est douloureux de grandir en sachant que ta vie et celle de ceux que tu aimes ne valent rien, ajouta-t-il. Alors, tu fais tout pour compter davantage et, lorsque tu crois avoir réussi, il t'arrive quelque chose de mauvais, d'irréparable, et tu te rends compte, une fois de plus, que tu n'as aucun pouvoir sur quoi que ce soit.

Le tremblement s'était propagé dans son bras et il tendit la main pour l'arrêter.

Giuseppina baissa la tête. Elle le comprenait si bien !

— Ma sœur s'est tuée parce que quelqu'un l'a déshonorée, dit-il doucement, plus pour lui-même que pour elle. Et je n'ai rien pu faire pour lui rendre justice. J'étais trop occupé à vivre ma vie.

Elvira lui avait dit que l'homme pour lequel Teresa avait mis fin à ses jours était Giuseppe. Elle y avait songé souvent depuis, mais elle était incapable de le révéler à Salvatore. Ce n'étaient que les élucubrations d'une femme qui s'effaçait de plus en plus.

— Au fil des années, il s'est passé tant de choses. Belles et laides. Mais, moi, j'étais toujours occupé à vivre. Ensuite, je suis tombé malade.

Giuseppina leva la tête. Salvatore avait tourné les yeux vers la fenêtre.

— Mes pensées ont commencé à me reporter ici. De plus en plus souvent. Dans cette pièce.

— Salvatore, commença-t-elle avant de se taire.

— Oui ?

— Teresa.

— Dis-moi.

— Parfois, elle me parle, dit-elle, tête baissée. Elle me raconte des choses, Teresa.

— Quoi ?

— Je ne comprends pas. Elle veut que je fasse quelque chose mais j'ignore quoi. Peut-être veut-elle simplement me faire savoir qu'elle est là.

Salvatore eut un sourire un peu chagrin.

— À moi, elle ne me parle pas, malgré toutes les questions que je lui ai posées, même en Amérique. Qui sait pourquoi elle t'a choisie ?

— C'est peut-être moi qui ai tout inventé. Qui peut dire où est la vérité ?

On entendit le cri d'un coq au loin.

— Sortons. Il fera bientôt jour, dit Salvatore en soufflant la chandelle. Tu peux monter ici quand tu veux. Cela ne me dérange pas.

Giuseppina ne sut pas que lui répondre. Elle le précéda hors de la chambre.

Comme il fermait la porte, elle se retourna. Dans la pièce, peut-être à cause du courant d'air, la chandelle s'était rallumée.

1897

Sans prendre trop au sérieux la production de chansons napolitaines, en termes de qualité ; sans trop ergoter sur l'esprit des mille concours annoncés, bornons-nous à constater les faits. Bonne ou mauvaise, notre production de chansons fournit de quoi animer tous les cafés-concerts du monde.

ROBERTO CAJAFA, REVUE *LA SCENA* (« LA SCÈNE »), NAPLES, 1897.

Décembre

Assise à l'extérieur, à une table du Grand Hôtel du Vésuve, Giuseppina attendait. Le serveur en uniforme blanc et pantalon noir lui apporta du café dans une tasse bleue.

Elle le remercia et déboutonna son manteau, parce qu'il faisait bon au soleil ; en fait, il faisait presque chaud.

Dans la rue, une de ces nouvelles voitures passait, sans cocher ni chevaux. C'était la deuxième qu'elle voyait en un an, mais celle-ci était bleue, avec des roues plus grosses et noires. Au volant, il y avait un homme à moustache avec un chapeau. Ses lunettes lui couvraient tout le visage.

Un chien courait derrière la voiture, et il était plus rapide. Il la rattrapa puis la dépassa, à la grande déception du conducteur.

Giuseppina soupira profondément. De l'intérieur provenait la musique d'un gramophone qui jouait dans la salle de bal. Une des chansons du moment, mais elle ne savait pas pourquoi.

Elle sirota son café, un peu gênée, en regardant autour d'elle. Il ne lui était jamais arrivé de se retrouver seule à une table, à l'extérieur du grand hôtel face à la mer.

À la réception, on lui avait dit que ses amis seraient là dans dix minutes et que, si elle le voulait, elle pouvait s'installer dehors et qu'on lui apporterait un café.

Giuseppina avait accepté et, pour la première fois en près de quarante ans, elle s'était comportée comme une grande dame étrangère. Une voyageuse, elle qui n'avait jamais quitté Naples.

Elle eut envie de rire.

Elle observa le Castel dell'Ovo qui ressemblait à une immense ruine construite au milieu de la mer qui venait se fracasser sur les rochers.

Elle vit aussi les garçons qui se promenaient sur le mur entre la route et les gros rochers qui servaient de digue.

Il faisait trop froid pour se baigner, mais l'un d'entre eux s'y préparait. Un, deux et trois, et il disparut au-delà du parapet.

Au large, il y avait un grand bateau qui passait, peut-être à destination d'Ischia ou de Pozzuoli. Dans son sillage, elle distingua un reflet plus sombre, comme un gros animal marin à la poursuite du navire.

Ce n'était pas possible. Ce devait être un banc de poissons, ou l'ombre du bateau.

Elle se souvint soudain que tout cela, la mer, le monstre marin et le sang, faisait partie des cauchemars récurrents de sa sœur.

Pendant bien des années, après le choléra et la mort, Angela ne s'était jamais manifestée, ni en rêve ni en imagination, à personne. Son souvenir s'était finalement effacé.

Personne dans la famille ne parlait jamais d'elle. C'était comme si elle n'avait jamais vécu. Si Giuseppina n'avait pas gardé une petite photographie prise avant qu'elle ne tombe malade, elle n'aurait pas eu une seule image de sa sœur, sauf dans sa mémoire, toujours un peu fragile.

Elle ne pensait pas souvent à Angela non plus, mais elle vivait dans sa vie, avec son mari, ses enfants, dans sa maison.

À la fin, elle lui avait tout pris, bien que sans le vouloir.

Comme si les soupçons et les craintes d'Angela s'étaient réalisés. Elle était entrée dans la famille à petits pas et lui avait dérobé toute son existence.

Y compris sa mère. Maintenant, Elvira n'avait plus qu'elle.

J'ai tout gardé, pensa-t-elle, un peu triste et un peu philosophe, sans joie mais sans remords, car elle n'avait rien fait de mal.

Je ne demandais rien.

Peut-être que la seule chose que Giuseppina avait désirée, depuis toute petite, c'était Angela, son affection, sa présence. Ce qu'elle n'avait jamais obtenu.

En dehors de ses enfants, elle se serait passée de tout le reste, à commencer par son mari, même si elle avait fini par l'aimer un peu. En dépit de tout, il lui faisait plutôt pitié.

La mer était redevenue libre, bleue, avec ses reflets.

Le garçon qui avait plongé était remonté et était en train de se laisser sécher sur les rochers, peut-être avant de plonger à nouveau.

— Giuseppina !

Elle se retourna et voilà que Valérie était là et, derrière elle, Théo, les *Français*.

Elle se leva et ils s'étreignirent. Tant d'années s'étaient écoulées depuis la dernière fois qu'ils s'étaient vus !

Valérie était désormais une femme de cinquante ans, encore élégante mais sans beauté. Ses cheveux roux étaient toujours superbes, sans doute grâce à l'aide de quelque artifice. Sa peau, autrefois souple et délicate, était marquée, mais ses yeux verts gardaient la trace de cette lumière ironique et irrévérencieuse qui avait dû fasciner Angela.

Théo, par rapport à cinq ans plutôt, paraissait maigri et le temps avait prélevé son dû. Il avait le teint blafard et marchait difficilement avec une canne. Il était toujours élégant, peut-être trop, et il n'était rien de plus que ce qu'il était vraiment, un vieux riche inverti.

Les Français s'assirent et commandèrent du vin blanc.

— Combien de temps restez-vous ? demanda Giuseppina.

— Nous repartons demain, répondit Valérie en posant son chapeau sur le dossier de la chaise vide.

— Déjà ? Vous venez juste d'arriver !

Valérie soupira.

— Il ne nous restait qu'à apposer notre signature pour vendre la maison et les terres à Posillipo. Maintenant, nous ne possédons plus rien à Naples.

— Juste quelques amis, ajouta Théo en clignant de l'œil gentiment en direction de Giuseppina.

— Nous allons à Rome.

Valérie sourit mais il était clair qu'elle était lasse et qu'elle avait hâte de partir.

— Nous resterons une semaine dans la nouvelle maison et nous partirons à Paris pour Noël.

Le serveur arriva avec deux verres de vin.

Théo les prit et en tendit un à Valérie, puis porta un toast. Tous deux la regardèrent avec leurs yeux verts, exotiques et froids, si distants.

— Quel dommage, j'aurais tant voulu vous voir plus longtemps, déclara Giuseppina. Je voulais vous faire rencontrer mes filles.

— Viens à Paris avec elles, proposa Théo. Tu seras la bienvenue autant que tu le voudras.

— Comment le pourrais-je ?

Ils burent en silence.

— Comment va Peppino ?

Valérie posa son verre.

Giuseppina haussa les épaules.

— De mal en pis, répondit-elle. Vous en souvenez-vous quand il était enfant ?

Elle fut perturbée, mais cela ne dura qu'un instant.

— Désormais, c'est un homme, plutôt gros et avec la barbe. Il me fait peur. Il est hospitalisé à l'asile d'Aversa, et je lui rends visite de temps en temps.

— Pauvre Peppino, dit Valérie.

Ils gardèrent le silence pendant un moment.

— Et Bernardo, et Gigi ? demanda la Française avec vivacité pour atténuer le climat de tristesse.

Elle prononça avec peine les noms dont elle se souvenait à peine.

— Et Antonio ?

— Antonio est officier dans la marine. Comme il est toujours en mer, nous le voyons peu. Bernardo est vicaire de la paroisse de Meta, sur la côte amalfitaine, mais il devrait bientôt retourner dans les colonies.

— Vraiment, et où ? s'enquit Théo.

— En Somalie, dans un endroit qui s'appelle Merka.

— Tu dois être très fière de lui.

— Oui, vraiment, mais je suis aussi très inquiète. Ce sont des terres lointaines et les Noirs sont assez sauvages. Mais il est heureux comme ça.

— Chacun doit suivre son propre chemin, conclut Théo.

Giuseppina hocha la tête.

— Et Gigi ? insista Valérie.

— Gigi est resté ici. Il habite dans le quartier de la Sanità. Il a trois jeunes enfants et travaille dans un grand magasin.

— Le vois-tu souvent ?

— Assez.

Pas autant qu'elle l'aurait voulu, parce que le mariage de Gigi avec une vendeuse avait été considéré par Alfonzo comme une trahison et qu'il ne les recevait pas volontiers.

— Et ton mari ? finit par demander Valérie avec une grimace qui masquait sa désapprobation.

— Alfonzo ne s'arrête jamais.

Giuseppina regarda Théo, qui paraissait distrait par le spectacle de la mer.

— Il a investi une part de notre argent dans une nouvelle entreprise, dans les tramways, mais il est plus serein. La situation économique est plus sûre. Nous avons eu des années difficiles, mais nous allons bien. Nous arrivons même à mettre un peu d'argent de côté.

Un serveur s'approcha de leur table et murmura quelque chose à l'oreille de Théo.

— Excusez-moi, une affaire urgente exige mon attention.

Il prit congé de Giuseppina en l'étreignant brièvement mais avec affection.

Elle se retrouva avec Valérie dans un silence confortable, et la Française se pencha en avant, les yeux brillants de curiosité.

— Alors ?

— Alors quoi ?

— La baronne Cavazza. Que t'a-t-elle dit ? dit Valérie en souriant.

— Elle ne m'a plus donné de nouvelles.

Il s'était écoulé tant de temps que Giuseppina n'y avait plus pensé, pas plus qu'elle n'avait préparé de réponse digne de ce nom.

— Excuse-moi, mais avec tous mes problèmes, cela m'était sorti de l'esprit. Oui, je suis allée la voir.

— Que t'a-t-elle dit ?

Valérie lui prit les mains.

Giuseppina se sentit réconfortée par ce contact et, pour la première fois, elle se dit qu'Angela avait peut-être eu de la chance d'avoir éprouvé cet amour-là. N'importe quelle forme d'amour.

— Elle ne m'a rien dit.

Elle baissa les yeux pour que son amie ne devine pas son mensonge, mais elle rougit. Elle n'avait jamais été capable de mentir.

— Elle ne se souvenait pas. Elle ne se souvenait de rien. Trop de temps avait passé.

— Ma pauvre chérie.

Les doigts de Valérie serrèrent les siens et Giuseppina se sentit encore plus honteuse.

— Je comprends que, pour toi, cela a dû être très difficile.

Giuseppina releva la tête et la regarda.

— Tu penses encore à Angela parfois ?

Elle devint écarlate : la question lui était sortie de la bouche avant qu'elle s'en rende compte.

Valérie lui serra la main plus fort. Elle tourna la tête pour regarder la mer.

— Il ne s'écoule pas une minute de la journée sans que je pense à Angela, répondit-elle d'une voix pleine d'émotion.

C'était la conversation la plus intime qu'elles aient échangée. Giuseppina allait lui poser une question sur cet amour, sur son étrangeté qui cependant devait être magnifique, mais Valérie se reprit et lui lâcha les mains.

— Au fait, regarde, j'ai quelque chose qui devrait te faire plaisir.

Elle fouilla dans sa pochette en velours et en tira un objet qu'elle posa sur la table.

C'était un petit paquet enveloppé dans un des vieux mouchoirs d'Angela, ceux qui portaient ses initiales brodées, et qui était attaché avec un ruban rose.

— Je voulais de te la donner. Ta sœur me l'a confiée il y a si longtemps, je pense qu'il est juste qu'elle te revienne.

Giuseppina ne tendit pas la main vers le paquet, elle leva les yeux vers Valérie, sans dire un mot.

— Elle me l'a donnée le jour où je lui ai dit que j'allais partir. Elle l'a laissée dans le salon, sans un message, ni rien, expliqua Valérie en souriant. Pendant des années, je me suis demandé ce que cela pouvait signifier, puis j'ai fini par le comprendre.

— Quoi donc ?

— Angela voulait que je me souvienne d'elle, de vous, de la famille.

Giuseppina dénoua le vieux ruban rose. À l'intérieur du mouchoir, il y avait une grosse chevalière en or avec le M de la famille Morelli.

Elle la laissa sur la table, impressionnée.

— Une fois, elle me l'a montrée et nous nous sommes moquées, murmura Valérie.

Elle hésita avant de continuer :

— Pour Angela, c'était le symbole parfait de sa famille : laid, vulgaire, gros, lourd, mais d'une certaine valeur.

Giuseppina secoua la tête. Elle ne comprenait pas.

— Ma mère en possède une identique, dit-elle à voix basse. Elle la garde dans son coffret à bijoux.

Elle frissonna, comme si quelque serpent rampait sur son dos. Le soleil s'était caché derrière le bâtiment et il ne faisait plus aussi chaud. Elle boutonna son manteau.

— Vraiment ? D'ailleurs, comment se porte Elvira ? demanda Valérie.

— Tu ne la reconnaîtrais pas. (Elle prit la bague et la fit tourner entre ses doigts en l'examinant de près.) Elle a l'air d'une petite vieille douce et joyeuse. Toujours souriante. Ce n'est plus l'Elvira dont tu te souviens.

— Elle n'est pas si vieille que ça !

— Le temps s'est accéléré pour elle.

Giuseppina enveloppa la bague dans le mouchoir.

— Veux-tu la voir ?

— Non, je préfère me souvenir d'elle aussi forte et belle, et méchante qu'elle l'était quand nous étions jeunes.

Giuseppina eut un petit rire et fit une petite révérence.

— Merci Valérie. Cette bague a une signification, mais je ne sais pas bien laquelle.

— Raconte-moi tout.

— Je ne connais pas toute l'histoire. Ma mère l'a trouvée dans une pièce de notre maison où une servante s'est pendue, il y a fort longtemps.

— Je l'ignorais ! Quelle triste histoire, dit Valérie d'un ton dramatique.

— Ce n'est pas un sujet que nous évoquions dans la famille. C'est arrivé le jour où ma mère est entrée dans la maison en tant qu'épouse. Une affaire triste et embarrassante.

— Et ensuite ?

Les yeux flamboyants de curiosité, les cheveux brillants au soleil, Valérie ressembla un instant à la jeune fille qu'elle avait été.

— La bague que ma mère a trouvée est dans son coffret, comme je te l'ai dit, et elle est identique à celle-ci. Quand j'étais enfant, j'ai trouvé la même dans les affaires de mon père, mais Angela l'a prise en croyant qu'elle appartenait à maman.

Giuseppina écarta les bras, un peu confuse.

— Je croyais qu'elle l'avait rendue, alors qu'elle te l'a donnée.

Valérie secoua la tête.

— Il y avait donc deux chevalières, dit-elle d'un air pragmatique. Deux bagues jumelles.

— Oui, je suis d'accord avec toi, mais cela doit avoir un sens, murmura Giuseppina, l'air pensif. Un sens que je ne saisis pas, et qui change peut-être tout.

— C'est trop compliqué, Giuseppina. (La Française éclata de rire en renversant la tête.) La vie va vite et on n'a pas le temps de ruminer.

— Que dis-tu ? Tu sais, il me semble parfois que la vie passe très lentement, et que j'ai trop de temps, répondit-elle sans tristesse.

— Tu as toujours été étrange, Giuseppina.

Valérie lui sourit comme avant, même si ce sourire était bizarre sur son visage désormais tout ridé.

— Tu as toujours été un peu folle.

— En fait, cela a empiré, Valérie.

Giuseppina sourit, pour une fois sans honte. Avec la Française, on pouvait parler sincèrement. Elle baissa la voix dans un murmure enjoué :

— Parfois, j'entends des voix.

Valérie éclata de nouveau de rire.

— Vous, les filles Morelli, vous êtes aussi uniques que des pierres précieuses, chacune avec son propre reflet.

Giuseppina comprit que Valérie avait compté Elvira dans « les filles Morelli ». Dans le souvenir de la Française, sa mère resterait toujours jeune.

La musique de la salle de bal se tut. Elles continuèrent à parler et à plaisanter pendant encore une demi-heure, bien que la température ait baissé et que le vent se soit levé progressivement.

Lorsqu'elle se leva, Giuseppina tremblait de froid.

Elles s'embrassèrent affectueusement, en se promettant de s'écrire vite et de se revoir.

Mais elles savaient toutes les deux que c'était la dernière fois qu'elles se voyaient.

Giuseppina s'empressa de rentrer chez elle.

Maria lui ouvrit la porte sans un sourire ni un regard. Elle entra et traversa le petit salon pour se rendre directement à la chambre de sa mère.

Elvira était assise dans le fauteuil et l'accueillit avec un sourire de plaisir.

— Bonsoir, maman.

Elle s'assit à côté d'elle. Elvira ne répondit pas, mais continua à sourire.

— Regarde, dit Giuseppina en lui montrant la bague. C'est Valérie qui l'a rapportée. Angela la lui avait donnée à l'époque.

— Ah.

— Il y en a deux.

— Il y en a deux ? répéta Elvira sans comprendre.

Elle se leva péniblement et se dirigea vers la coiffeuse. Elle prit son coffret qui contenait les bijoux et ceux que Giuseppina lui avait restitués après la vente de la maison.

Elle en sortit la chevalière.

— La voici. (Elle la tendit à Giuseppina.) Elle a toujours été dans le coffret.

Les deux chevalières étaient en effet identiques, avec le M gravé sur le chaton.

Et voilà que la seconde rentrait chez elle après tant d'années.

— Celle-ci, je l'ai trouvée dans le tiroir de papa quand j'étais petite, dit Giuseppina, mais sa mère ne l'écoutait plus.

— Je te l'offre, dit Elvira. Mieux vaut que tu les gardes toutes les deux.

— Qu'est-ce qu'elles veulent dire, maman ?

— Qu'est-ce que j'en sais ? (Elle haussa les épaules.) Elles ne veulent rien dire. La vie ne veut jamais rien dire.

1898

La femme qui use son cerveau « à l'âge de l'exubérance » et condamne ensuite son corps à l'inertie du bureau, de la profession, pourra-t-elle encore « remplir convenablement... sa fonction naturelle, qui est la maternité » ?

PASQUALE FORNARI, « LA RÉFORME DE L'ÉDUCATION »,
IL CORRIERE DELLE MAESTRE (« LE COURRIER DES MAÎTRES »)
MILAN, 1898.

Mars

La pluie menaçait depuis le matin.

Giuseppina était sortie avec un parapluie mais, sous son manteau lourd, elle commençait déjà à avoir chaud.

Elle avait rendez-vous avec Bernardo sur le deuxième quai des six qui lui faisaient face, mais elle n'avait pas compris si elle devait compter à partir de la gauche ou de la droite, et elle marcha d'un air dubitatif sous la grande verrière en fer de la gare.

Elle ne connaissait pas les lieux parce que les courts voyages qu'elle avait exécutés dans sa vie, y compris celui de ses noces, s'étaient toujours faits en carrosse. Il lui était arrivé quelquefois de passer par la place de la gare, comme elle l'appelait encore dans son esprit. En réalité, elle avait été rebaptisée piazza dell'Unità d'Italia par le commissaire royal, mais, comme tant d'autres Napolitains, elle ne s'était toujours pas adaptée. Elle n'était d'ailleurs jamais entrée dans la gare, ni montée dans un train, et c'était pour cela que le vacarme et les gens qui allaient dans toutes les directions la désorientaient.

En outre, il semblait que tout le monde savait où aller, sauf elle.

Heureusement, Bernardo venait à sa rencontre avec un grand sourire. Il était vêtu de sa longue soutane noire ainsi que d'un manteau que Giuseppina jugea peu adéquat. Dans le pays chaud où il se rendait, il lui serait sans doute de peu d'utilité.

— Giuseppina, dit-il en s'approchant. Me voici.

De tous les enfants du premier lit, Bernardo était le seul qui, depuis des années, l'appelait par son prénom. Gigi et Antonio avaient continué à lui donner du « tante » après son mariage avec leur père. Quant à Peppino, Giuseppina se souvenait d'avoir dû le corriger quelques fois quand il était petit, parce que si Angela avait entendu le mot « maman », elle se serait fâchée.

— Je suis désolée que personne d'autre de la famille n'ait pu venir, dit-elle en lui effleurant la manche.

— Ne t'en soucie pas, sourit affectueusement Bernardo. J'ai déjeuné hier avec Gigi et papa est toujours très occupé.

— C'est vrai. Les affaires vont bien, heureusement. Il est très investi.

La vérité, c'était qu'Alfonzo digérait mal que ce fils, en suivant sa vocation, ait choisi une voie différente du métier qu'il appréciait tant lui-même.

— Tu me donneras une adresse où t'écrire ? demanda Giuseppina en s'efforçant de masquer son inquiétude.

— Dès que ce sera possible, répondit-il vivement.

Ils savaient tous deux parfaitement que, là où il allait, les lettres n'arrivaient pas facilement.

Ils se déplacèrent vers le quai.

Bernardo tenait une petite valise un peu usée. Il s'arrêterait à Rome pendant quelques jours, dans les locaux de son Ordre sacerdotal, avant de partir rejoindre la mission en Somalie.

— Quand je pense que tu pars si loin, cela me paraît impossible.

Giuseppina réajusta une mèche de cheveux et chercha à retenir ses larmes. Elle redoutait de ne plus jamais le revoir, mais elle ne voulait pas qu'il le comprenne.

— Excuse-moi, dit-elle sans raison.

Le train était déjà là, une énorme machine noire qui soufflait de la fumée.

— Je prierai pour vous tous.

Il lui serra les mains en souriant encore.

— Et je ferai quelque chose de bien en Afrique.

— Le nom suffit à me faire peur.

Giuseppina avait lu dans le journal des histoires horribles de guerriers et de cannibales.

— Ne t'inquiète pas, répéta son neveu.

Une part de sa sérénité passa en elle à travers le contact de leurs mains.

— Je ne veux pas que tu attendes le départ de mon train. Faisons-nous nos adieux ici.

— Comme tu veux.

— Toutefois, je voulais d'abord te parler de quelque chose.

— Quoi ? demanda-t-elle en se sentant, qui sait pourquoi, subitement fautive.

— Ne t'inquiète pas. (Bernardo ne souriait plus.) C'est une chose que j'ai gardée en moi trop longtemps, et tu es la seule à qui je puisse en parler. Tu as été comme une mère pour moi.

— Vous avez été des fils pour moi, répondit-elle.

— Il y a quelques années, quand j'étais sur le point de partir pour Massaoua, t'en souviens-tu ?

— Oui, Giuseppina acquiesça tout en serrant sa main plus fort.

— Grand-mère m'a fait demander. (Bernardo regarda autour de lui sur le quai bondé et baissa la voix.) Elle voulait me parler en privé. J'ai cru qu'elle voulait me dire adieu et manifester son émotion, tu sais, comme d'habitude.

— Que t'a-t-elle dit ?

— Quand je suis entré chez elle, elle était bizarre, désorientée, continua-t-il à voix toujours aussi basse. Elle venait de réemménager et le locataire était toujours en train d'aller et venir, tu sais, ce M. Troise qui a ensuite acheté l'étage. C'était une période compliquée.

— Je m'en souviens parfaitement, répondit-elle sans le regarder dans les yeux.

Elle ne savait pas si Bernardo avait eu vent des amants d'Elvira et elle espérait que ce n'était pas là le sujet de leur conversation.

— Quoi qu'il en soit, grand-mère semblait bouleversée à un point que je n'avais jamais vu auparavant. (Il chercha les mots justes.) Je ne sais pas si j'ai raison de t'en parler.

— Quoi donc ?

La locomotive laissa échapper un long sifflement et une bouffée de fumée grise. Bernardo se déplaça sur le côté et lui lâcha les mains.

— Je dois m'en aller.

Il paraissait douter, comme s'il regrettait d'avoir commencé à parler et qu'il ne voulait pas continuer.

— Que t'a dit ma mère ?

Il hésita encore un instant, puis les mots sortirent de sa bouche en rafale.

— Elle m'a révélé qu'elle avait un poids sur la conscience. Qu'elle y pensait depuis que maman était morte. (Il se tourna vers le train.) Elle m'a demandé si je pouvais la confesser.

— Et alors ?

Giuseppina se rapprocha de lui.

— Je lui ai expliqué que non. Je n'étais pas encore ordonné et je ne pouvais pas recueillir la confession.

— Je comprends.

Elle recula d'un pas, désappointée.

— Mais je lui ai dit que je l'écouterais si cela pouvait la réconforter. C'est pour cela que je peux en parler, parce que cela n'a pas été dit en confession, continua Bernardo, toujours plus indécis. Elle m'a raconté que ma mère ne voulait en aucun cas épouser mon père.

Giuseppina baissa la tête.

— Je le sais. Je m'en souviens.

— Alors, ils ont tous les deux décidé, mon père et grand-mère Elvira, qu'elle laisserait Angela seule avec lui dans la maison, afin qu'il puisse la convaincre.

Il fit une pause.

— De la manière qu'il souhaitait, m'a dit grand-mère, douce ou mauvaise.

Giuseppina porta les mains à son visage tandis qu'une vague de souvenirs la secouait.

— Je m'en souviens, chuchota-t-elle. Je me souviens de ce jour-là.

L'orangerie, cette stupide histoire de greffe d'un rosier, son tablier gris, et les yeux d'Angela. Ses yeux !

Ensuite, quand elles étaient rentrées, la cuisine était en désordre, les desserts jetés à terre, Angela enfermée dans sa chambre et Alfonzo, rouge, en sueur, gêné.

Et le mariage décidé à la hâte.

— Tu sais comment est grand-mère, elle n'a pas d'émotion. Pourtant, ce jour-là, en évoquant ce souvenir, elle était au bord des larmes.

La voix de Bernardo se brisa. Il fixa le sol, la locomotive. Giuseppina eut pitié de lui.

— Elle m'a raconté que maman l'avait suppliée de ne pas la forcer à l'épouser. Elle pleurait, elle lui montrait ses vêtements déchirés et ses égratignures. Elle était si jeune.

— Oui, c'est vrai. Elle était jeune.

Son neveu l'interrogeait du regard, comme s'il implorait son indulgence.

— Pardonne-moi, je n'arrivais plus à garder ce secret pour moi. Grand-mère disait que tout était sa faute, t'en rends-tu compte ?

Giuseppina scruta le visage du brave garçon prêtre qui ne réussissait pas à comprendre. Elle, en revanche, y voyait très clair : Angela, vibrante de jeunesse et de vie et ses rêves brisés d'un seul coup.

— Grand-mère m'a affirmé qu'Angela l'avait provoqué, qu'elle l'avait rendu fou, que les hommes étaient faits ainsi. Alors, comme elle n'avait pas réussi à lui résister, elle devait l'épouser ou elle finirait à la rue.

Giuseppina resta muette de douleur ; la révélation clarifiait tant de choses qui avaient toujours été sous ses yeux mais qu'elle n'avait pas été capable de voir.

— Elle me demandait l'absolution, mais je ne pouvais pas la lui donner. Ce n'était pas une véritable confession. Hélas, je n'ai pas pu pardonner à ce moment-là. (Il poursuivit, une anxiété palpable dans les yeux.) Je suis parti sans rien dire, puis j'ai quitté le pays et, maintenant, grand-mère est différente, l'ancienne a disparu. Nous n'avons plus jamais abordé le sujet. Comprends-tu pourquoi je ne peux pas porter ce fardeau seul ? Ai-je eu tort de t'en parler, Giuseppina ?

— Tu as bien fait.

— Je suis désolé, peut-être ne voulais-tu pas savoir.

— Je le savais. Tu as bien fait de me le rappeler. (Elle hésita un instant.) Peut-être que Peppino est le symbole de ce mariage mal arrangé. Il a été nourri à la violence dès le berceau, je crois.

— C'est aussi ce que disait grand-mère. *Marqué dès le début*, comme s'il portait le poids de la souffrance et des péchés de notre famille. J'aurais dû l'aider. Je me sens coupable à présent, parce que je pars.

— Coupable de quoi ?

Giuseppina tendit la main pour lui caresser le visage, mais la retira aussitôt. Un homme en manteau à bord de fourrure la fusilla du regard et elle laissa retomber sa main. On ne caressait pas un prêtre en public, même s'il était presque votre fils.

— Tout va bien, alors.

Ni Giuseppina ni lui ne savaient où poser les yeux à présent. Ils se saluèrent à nouveau, avec un malaise croissant.

— Accomplis de belles choses, et ne t'inquiète pas pour nous, dit-elle.

— Je penserai à vous tous. Je vous aime.

Il lui serra de nouveau la main.

— Pars maintenant.

Giuseppina s'exécuta.

Elle se retourna deux fois le long du quai pour agiter la main dans sa direction ; chaque fois, Bernardo demeura immobile, les yeux rivés sur elle. À l'extérieur de la gare, la pluie ne tombait pas encore mais les nuages s'accumulaient en une épaisse couverture grise.

Giuseppina devait prendre une voiture sur la place, mais elle avait besoin d'un moment de répit.

Elle s'arrêta dans les jardins face à la gare. La fontaine de la Sirène était au centre des parterres de fleurs, et elle s'assit sur le bord de la margelle parce que ses jambes tremblaient.

Alfonzo avait souvent été violent, y compris avec elle, surtout au début, quand elle était encore jeune. Mais Giuseppina avait toujours cru que c'était juste, que les relations entre mari et femme devaient obéir à une logique de soumission. L'important était qu'il y ait des enfants et qu'ils naissent en bonne santé.

Par ailleurs, Giuseppina n'avait jamais éprouvé d'amour pour qui que ce soit, et elle n'avait pas eu de mère, de sœur ou d'amie à qui se confier.

Elle avait toujours pensé que les discours simples de Fortuna étaient la norme.

Au fil des années, alors qu'elle découvrait les secrets d'Elvira et ses amours, Giuseppina avait commencé à imaginer que c'était elle qui se trompait. Stupide, soumise, sans passions. Et elle avait persisté à subir, à se soumettre.

Elle glissa la main dans l'eau fraîche de la fontaine. Un étrange poisson se tenait devant elle et, au-dessus, trônait la sirène, dans toute sa nudité et sa beauté. La queue du poisson évoquait un gros serpent qui s'enroulait autour d'elle de manière sensuelle. C'était le symbole de quelque chose que Giuseppina ne pouvait comprendre, ni apprécier, mais elle se sentait profondément troublée par l'intuition d'un monde qu'elle ne connaîtrait jamais.

Angela, pensa-t-elle.

Angela avait été très différente d'elle. Belle, pleine du désir de vivre et de beaucoup d'autres désirs, au moins jusqu'à un certain moment de sa vie. Ce n'était que maintenant que Giuseppina comprenait qu'elle avait souffert beaucoup plus que ce qu'elle avait supposé.

Elle se souvint de l'époque où, avant son mariage, Angela demeurait enfermée dans sa chambre, au bord du désespoir. Elle se rappelait aussi bien d'Alfonzo quand il était jeune, au sommet de sa force et de son arrogance, lorsqu'il se sentait maître du monde. Qu'avait été la vie d'Angela avec lui ? Comment sa sœur avait-elle pu s'accommoder de sa présence après ce qu'il lui avait fait ?

Elle regarda le visage de marbre de la sirène, beau, immobile, muet.

Et Elvira ?

Pas la vieille dame insouciante qu'elle était devenue, ni l'Elvira du passé avec ses amants, Luigi, Salvatore, Nicola et qui sait combien d'autres.

Pas plus la femme qui avait sacrifié sa fille pour la tranquillité de la famille.

Non, celle qui était entrée jeune fille dans la maison Morelli. Comment s'étaient passées ses nuits avec Giuseppe, l'homme qu'elle avait épousé malgré son amour pour Luigi ? Était-ce cela qui l'avait poussée, des années plus tard, à jeter ses deux filles dans les bras d'Alfonzo sans remords ?

Une autre pensée lui vint à l'esprit.

Si la bague que Valérie lui avait rendue en décembre avait appartenu à Giuseppe, l'autre, celle qu'Elvira avait gardée comme une relique, à qui appartenait-elle ?

Elle ne pouvait être qu'à Luigi, et c'était la preuve de sa faute. Sa mère avait donc aimé un homme qui, tout en trahissant son frère avec sa fiancée, avait engrossé une jeune servante.

Une fiction, une histoire répugnante.

Voilà ce qu'avait été le mariage de sa mère et, par conséquent, toute sa vie et celle d'Angela.

« Quelles vies ont été les nôtres ? » dit la voix dans son esprit.

Giuseppina mit les deux mains dans l'eau jusqu'aux poignets, parce que la tête lui tournait.

« Quelle vie a été la mienne ? »

C'était une voix qui, depuis un certain temps, ne l'effrayait plus. Une goutte éclata à la surface de l'eau, puis une deuxième et une troisième, et Giuseppina crut pendant un instant qu'une créature aquatique remontait du fond pour l'emporter.

Puis le ciel au-dessus de sa tête s'anima soudain, bouillonnant de nuages sombres qui s'ouvrirent en précipitant l'averse sur elle, sur la sirène et sur les jardins.

1899

Parmi les masses misérables de Naples règne la Camorra, c'est-à-dire la violence et la domination individuelle. Un réseau dense d'intérêts s'insinue dans la vie administrative. Au sommet se concluent les adjudications, les contrats, les concessions publiques : ils enrichissent les gros bonnets, mais la basse Camorra, à leur solde, participe en sous-main à ces adjudications, à ces contrats et à ces concessions.

HONORABLE RAFFAELE DE MARTINO, DISCOURS
À LA CHAMBRE DES DÉPUTÉS, ROME, 1899.

Février

Giuseppina entra dans la cuisine.

Une faible ampoule éclairait seulement la table en marbre. On avait installé l'électricité dans la maison depuis un mois, et le salon était désormais éclairé par une coûteuse lampe à incandescence qui donnait une lueur jaune à peine plus puissante que le gaz mais moins vacillante.

Maria était assise à la table, la tête posée sur sa main. Peut-être était-elle lasse, pensa Giuseppina, peut-être avait-elle bu.

La domestique vivait dans cette cuisine depuis cinquante ans et semblait faire partie des meubles, au même titre que les placards, les chaises ou la cheminée. Personne ne se souciait de ce qu'elle ressentait.

Maria la regarda mais ne dit rien.

Giuseppina but directement au robinet, sans chercher un verre. Elle aimait l'eau courante, fraîche et propre, qui en sortait.

— Va te coucher, dit-elle. Le maître rentrera peut-être très tard. Va dormir toi aussi.

C'était à mi-chemin entre un ordre et une prière.

Maria secoua la tête.

Giuseppina savait qu'elle attendrait Alfonzo, quelle que soit l'heure à laquelle il rentrerait à la maison, comme un chien fidèle.

En traversant le petit vestibule, elle posa de nouveau les yeux sur le colis. Le facteur l'avait remis le matin même. Il était de taille moyenne, soigneusement emballé, attaché avec de la ficelle et adressé à Alfonzo. L'expéditeur était un inconnu, mais il venait de Turin.

Giuseppina était curieuse d'en apprendre plus, mais elle ne pouvait pas l'ouvrir.

Elle décida de l'emmener dans la chambre à coucher afin que son mari ne puisse lui en cacher le contenu. C'était peut-être de l'argent. Peut-être avaient-ils remporté le procès contre les Turinois.

Elle s'arrêta devant la porte de la chambre de ses filles. Tout était silencieux, comme s'il n'y avait personne. Angela, Genoveffa, Maddalena et Adelaide dormaient depuis un moment. C'étaient des enfants calmes et obéissantes. Douze ans, dix, six et trois ans. On remarquait à peine leur présence. Elles ressemblaient à ce qu'elle-même avait été dans son enfance.

Elle entra dans sa chambre à coucher. Il y faisait froid.

Elle se déshabilla rapidement, détacha ses cheveux, enfila sa chemise de nuit en flanelle et se glissa sous les couvertures. Elle avait laissé une lampe allumée sur la coiffeuse et une autre sur la commode où elle avait posé le colis.

Elle n'avait plus sommeil et, d'ailleurs, elle avait horreur d'être réveillée par Alfonzo.

Elle glissa les doigts entre la tête de lit et le matelas. Le couteau était toujours là, avec sa lame froide et effilée, mais Giuseppina savait qu'elle n'aurait jamais le courage de le sortir de sa cachette. Elle l'avait emporté dans la chambre, dissimulé entre les plis de sa robe, un soir du printemps précédent, peu après le départ de Bernardo. Elle ne savait pas vraiment pourquoi mais, parfois, en pleine nuit, elle le touchait à tâtons et se sentait rassurée.

Avec un soupir, elle se redressa pour s'asseoir contre les oreillers et ouvrit le tiroir de la table de chevet. Elle prit le livre, en éprouva l'épaisseur et le poids dans sa main, effeuilla les quelques pages qu'elle avait déjà lues et le plaça sur ses genoux. Elle ne lisait pas très aisément et cela ne lui plaisait pas, d'autant que ce n'était même pas quelque chose qu'on faisait dans sa famille, mais sa sœur avait adoré ça et, au cours de ses derniers instants, elle en avait repris l'habitude. Giuseppina avait conservé ses livres mais n'en lisait que depuis peu.

C'était le titre qui l'avait attirée, bien qu'il s'agisse d'un livre difficile.

L'Enfant trouvé de Milan de Carolina Invernizio lui avait déjà coûté des heures et des heures de lecture laborieuse, sans lui procurer aucun plaisir.

Pourtant, elle avait su se distraire de la routine quotidienne, parce que cela faisait des mois qu'elle sombrait dans l'obscurité et dans la rage, et elle ne savait pas quand cela cesserait, ni où.

Assez !

À présent que tout lui semblait clair, elle avait perdu patience, ainsi que l'envie de toujours s'adapter à tout.

— C'est assez ! répéta-t-elle à voix haute en feuilletant les pages avec irritation.

Assez *quoi*, si rien ne changeait jamais ?

L'histoire avait commencé dans leur maison, avec la grossesse de Teresa qui s'était pendue à cause d'un homme qui l'avait abandonnée à son sort. Entre-temps, Elvira avait épousé un mari qu'elle n'aimait pas, après avoir été probablement séduite et engrossée par le même homme, Luigi, le frère de son fiancé. Deux jeunes filles d'extraction différente et un seul et même débauché qui n'avait jamais eu le courage de faire face à ses responsabilités.

Une vie de mensonges. Un mariage de tromperies. Une construction fondée sur l'hypocrisie.

L'histoire des Morelli.

Ensuite, ils s'étaient emparés d'elle, abandonnée à la Roue par une pauvre femme qui avait connu le même destin que Teresa, et ils l'avaient élevée comme si elle était l'une des leurs.

Puis, Elvira avait permis qu'Alfonzo abuse d'Angela pour la forcer à se marier, toujours en feignant de ne pas comprendre, de ne pas savoir.

Et elle, Giuseppina ?

Elle n'avait rien compris non plus et, pour finir, elle avait subi le même sort, avec le même homme, seulement plus âgé et plus gros.

Le même lit, la même violence, sauf qu'elle avait encore moins résisté, qu'elle n'avait jamais fait entendre sa voix.

Presque en écho à ses pensées, elle perçut le son lointain d'un rire argenté. Pendant un instant, elle pensa à la présence qui hantait habituellement son esprit, avant de se rendre compte que le son venait de l'extérieur.

Elle sortit du lit pieds nus, se dirigea vers la fenêtre et entrouvrit les persiennes pour surveiller la rue. Il n'était pas encore si tard et la lumière des becs de gaz illuminait un cortège d'étranges personnages qui se tenaient par la main et couraient et sautaient, comme s'ils sortaient tout droit d'un conte de fées.

Giuseppina plissa les yeux pour mieux voir et distingua un Arlequin très coloré, suivi d'un Polichinelle vêtu de blanc et de trois dames à perruques. Les voix et les rires montaient jusqu'à elle. Ils étaient gais, peut-être ivres.

Polichinelle soufflait dans une trompette, la dame en rouge lança une poignée de confettis en l'air. Un autre homme masqué de couleur foncée les rattrapa, les dépassa et les exhorta à courir derrière lui.

Ils disparurent soudain.

La rue était vide et silencieuse. Giuseppina n'avait jamais mis de masque de Carnaval, jamais acheté de confettis. Pour Alfonzo, ce n'était que du gaspillage.

Le dimanche précédent, malgré le froid, il avait déguisé les filles avec de vieux vêtements et les avait emmenées dans le parc de la Villa balayé par le vent. Avec Maria, ils avaient fait frire des beignets, saupoudrés de sucre et arrosés de vin, et ses filles les avaient dévorés, chauds et croustillants, ravies, sans imaginer qu'on pouvait espérer bien davantage de la vie.

Elle referma les persiennes, retourna dans le lit, secouée par des frissons. Mais aussi par quelque chose d'autre.

— Assez !

Le cri jaillit du cœur. Le livre d'Invernizio glissa à terre.

Où étaient le jeu, la joie, la légèreté dans sa vie ? Avaient-ils jamais existé ? Et l'amour ? Où était cet amour dont tout le monde parlait, qu'on lisait dans les livres ?

Au moins, Elvira avait aimé, beaucoup, et toujours des hommes mauvais. Et Angela ? S'était-elle trompée quant à ses sentiments pour Valérie ? Ou pas ? Elle revit le visage de sa sœur, belle, passionnée, intense, pleine de joie de vivre, avant qu'elle ne soit brisée. L'image la tourmentait depuis des mois, plus que sa présence pendant des années.

Elle avait compris à présent qu'elle n'avait jamais eu personne, sauf elle-même, Giuseppina. La voix était la part la plus courageuse de ce qu'elle était, la voix qui parlait et se rebellait, qui voulait vaincre l'injustice et réparer ses erreurs.

Elle porta les mains à ses joues pour en chasser les larmes et la rage. Il n'était plus temps de pleurer.

Au moins, sa mère et sa sœur avaient aimé. Elle, jamais.

Une vie banale, un fleuve tranquille où elle avait désormais l'impression de couler, comme si elle avait un rocher attaché au pied, qui la tirait vers le bas.

— Que fais-tu, tu ne dors pas ?

La voix d'Alfonzo la fit sursauter. Il se tenait sur le seuil de la chambre, la veste à la main et le visage rouge.

De plus en plus souvent, il rentrait le soir en puant l'alcool et le tabac. Il avait de nouveaux amis à présent que ses affaires reprenaient. Des amis que Giuseppina n'avait jamais vus, mais qu'elle soupçonnait de s'être enrichis un peu vite et pas toujours légalement. C'étaient eux qui avaient financé le nouveau magasin de la via Medina et celui de la zone du Rettifilo qui était déjà achevée.

Alfonzo avait soixante-cinq ans. Il était encore imposant, mais aussi très lourd et las. Ses cheveux et sa moustache grisonnaient, le grain de beauté de son cou avait grossi comme une excroissance.

— Je t'attendais, répondit-elle.

— Cela me fait plaisir.

Il commença à se déshabiller méthodiquement, d'abord le gilet, puis les bretelles, le pantalon. Chaque fois qu'il retirait un vêtement, il le pliait et le posait sur une chaise.

Giuseppina ferma les yeux.

Si Alfonzo avait pu lire en elle, il aurait été épouvanté d'y trouver tant de fureur. Mais Giuseppina avait appris à rester à sa place.

— Il y a un colis pour toi, dit-elle d'une voix sourde. De Turin.

— Turin ?

— C'est ce qui est écrit.

Alfonzo s'assit devant le secrétaire et, avec le coupe-papier, il coupa la ficelle.

Malgré elle, elle ne put résister à la curiosité. Elle sortit du lit et s'enveloppa d'un châle.

— De Turin, s'écria-t-il déjà en colère. Turin !

Il arracha le papier d'emballage gris qui contenait une bourse en cuir à laquelle était épinglée une lettre.

Il chaussa ses lunettes et commença à lire. Il n'y avait que quelques lignes sur un feuillet à en-tête.

Il secoua la tête.

— Qu'est-ce donc ? demanda Giuseppina.

Alfonzo relut le message en remuant les lèvres en silence.

— Qu'est-ce donc ? répéta-t-elle.

Il ne répondit pas, posa le feuillet et ouvrit la bourse. À l'intérieur, il y avait d'autres papiers.

Giuseppina patienta. Elle avait les pieds gelés et sa colère ne cessait de croître. Elle resserra son châle sur ses épaules.

— La sorcière est morte, dit enfin Alfonzo. Giraud, la Turinoise.

— La femme de l'oncle Luigi ?

— Oui. Elle est morte. Le neveu nous envoie les lettres et quelques biens qui lui appartenaient, histoire de nous agacer, avec juste quelques mots : « Voilà tout ce qui vous revient. »

Giuseppina continua à attendre, avec cependant moins d'intérêt.

Le procès contre les Giraud était chez Alfonzo une obsession qui durait depuis des années, comme si les Turinois avaient vraiment été la cause de la ruine qui avait suivi.

Pour sa part, cela ne l'intéressait nullement, si ce n'était que Luigi avait été aimé par sa mère. Et par Teresa.

Alfonzo avait renversé le contenu de la bourse sur la tablette et fouillait parmi les enveloppes et les documents en quête de quelque chose d'utile.

Il y avait aussi une bourse en velours noir. Giuseppina la prit et l'ouvrit.

— Seigneur !

— Qu'est-ce qu'il y a ?

Alfonzo tendit la main.

Elle vida le contenu de la bourse.

Trois paires de boutons de manchette en or, deux pinces à cravate, dont une avec une pierre rouge. Et une chevalière.

Une chevalière avec un M gravé sur le chaton.

Exactement comme celle que sa mère avait gardée depuis toujours dans son coffret, et aussi comme celle que Valérie lui avait rapportée de France deux ans plus tôt.

— Mais alors… murmura-t-elle sans achever sa phrase.

Alfonzo posa les autres bijoux et se tourna vers elle, la bague entre les doigts, en souriant.

— Tu vois, dit-il.

— Je vois quoi ?

— La chevalière.

Il lui jeta un nouveau coup d'œil, puis la serra dans son poing comme pour la peser, toujours en souriant.

— À qui est-elle ? demanda Giuseppina.

— Comment ça ? Elle était à Luigi.

— L'oncle Luigi ?

— Oui, Luigi, le jeune frère de papa.

Alfonzo secoua la tête en souriant.

— C'est mon grand-père Amedeo qui les a fait faire. Dès le deuxième magasin, il s'est senti si important qu'il a voulu faire un cadeau à ses trois fils.

Alfonzo essaya d'enfiler la chevalière, mais elle était trop serrée.

— Une pour chaque fils. Une pour Antonio, le fils aîné, une pour Giuseppe, une pour Luigi, le benjamin. Celle-ci est celle de Luigi.

Ce fut à cet instant que Giuseppina comprit. Que tout devint clair.

— Et les autres ? demanda-t-elle alors qu'elle savait très bien où elles étaient.

— Qu'en sais-je !

Alfonzo releva les sourcils, presque ému.

— Papa m'a donné la sienne, quand je n'étais encore qu'un enfant.

— Qu'en as-tu fait ?

Sa voix s'était faite stridente, mais Alfonzo ne le remarqua pas. Il haussa les épaules, perdu dans un souvenir.

— Qu'en as-tu fait ? insista-t-elle.

— Qui s'en rappelle. J'étais jeune, quatorze ou quinze ans. J'ai oublié.

Giuseppina s'approcha et planta ses yeux dans les siens.

— Où est la bague de ton père ? demanda-t-elle sans baisser le regard. Où est-elle ?

— Quelle importance ? s'exclama-t-il agacé. Pourquoi veux-tu le savoir ? Je l'ai donnée !

— À qui ?

Giuseppina voulait l'entendre de sa bouche.

— Pourquoi cette curiosité Giuseppina ? dit Alfonzo en changeant d'expression. Tu es comme toutes les autres femmes.

Il paraissait satisfait de la jalousie de sa femme. Celle-ci patienta sans mot dire, bras croisés, le cœur battant.

Alfonzo s'étira sur sa chaise et bâilla, inconscient de ce que Giuseppina éprouvait réellement.

— Il y avait une jeune femme de chambre à Melito, à l'époque où j'étais jeune et submergé de désir et elle aussi.

Il leva les yeux au ciel en continuant à se souvenir en agitant la main.

— Elle le voulait aussi. Beaucoup.

— Elle s'appelait Teresa ?

— Qui se souvient de son nom, Giuseppina ? Cela fait cinquante ans.

Alfonzo retira la bague et la lui tendit.

— Oui, elle s'appelait Teresa. Et oui, si tu veux tout savoir, c'est à elle que j'ai donné la chevalière.

— Pourquoi ?

— Comment, pourquoi ?

Il la regarda avec irritation.

— Je n'avais que quinze ans. Je n'avais pas d'argent. Je la lui ai donnée pour qu'elle la vende et qu'elle paie ce qu'il y avait à payer.

— Payer ?

Giuseppina s'appuya contre le secrétaire.

— Il s'est passé tant d'années.

— Raconte-le-moi.

— Que dois-je te raconter ? Que cette idiote était enceinte ? Qu'elle pleurait ? Et moi, que devais-je faire ?

Alfonzo ajouta d'un ton désinvolte :

— Je lui ai donné la bague pour payer une femme qui s'y connaissait afin de nous débarrasser du problème. Sinon, on l'aurait chassée de la maison. Je lui avais fait jurer de ne pas parler.

— C'est après que la famille a envoyé Teresa servir ici.

— Je pensais qu'elle avait tout réglé. Qu'elle allait bien. Au lieu de ça, elle s'est pendue, déclara Alfonzo en levant les yeux au ciel.

— Elle n'a peut-être pas pu s'y résoudre, commenta Giuseppina, bouleversée. Peut-être qu'elle ne voulait pas.

— Qui le saurait ? (Alfonzo paraissait désolé à présent.) Quand je l'ai appris, j'ai pleuré plus que tu ne pourrais le croire, Giuseppi. Cela me faisait de la peine, mais elle n'aurait pas dû se trouver enceinte. Elle aurait dû être plus prudente.

— Ce n'était qu'une très jeune fille.

— Moi aussi, j'étais jeune. C'est à la femme de faire attention.

Il continua à feuilleter les papiers.

— Tu n'en as jamais rien dit à personne.

— À qui étais-je censé dire ça ? Cela fait si longtemps, ajouta-t-il en levant les yeux, nous avons vieilli.

Elle le fixa mais elle ne le voyait pas.

Elle ne voyait que l'histoire, leur histoire à toutes.

— C'était toujours toi. Toi seul.

— Moi quoi ?

Giuseppina ne répondit pas, il n'y avait rien à dire. Alfonzo était coupable de ce qui avait été attribué à ses oncles, Giuseppe et Luigi, mais il n'y avait plus personne pour qui cela avait encore de l'importance. Teresa, Luigi, Giuseppe, Fortuna, Angela, ils étaient tous morts.

Il ne restait qu'Elvira, et peut-être que la vérité ne comptait même plus pour elle.

« Elle compte pour moi », dit la voix dans sa tête.

Giuseppina s'ébroua avec colère.

Elle s'approcha du lit en traînant les pieds.

Voilà quel homme sa mère avait poussé dans son lit, qu'elle avait placé aux côtés d'Angela. Le destin qu'elle leur avait réservé à toutes.

« Il n'est pas nécessaire qu'il en soit ainsi. » Giuseppina secoua de nouveau la tête.

— Giuseppi, que t'arrive-t-il ? demanda Alfonzo.

— Rien.

— Tu n'es pas triste, non ? C'est peu de chose, juste une vieille histoire. N'y pensons plus. Cela n'a plus d'importance pour personne.

Elle ne répondit pas.

Alfonzo s'approcha du lit en caleçon et en chemise.

— Assez parlé. Je suis fatigué et j'ai besoin d'un peu de chaleur. Viens ici, dit-il plus doucement.

— Non, fit-elle en lui donnant le dos, je ne veux pas.

Son mari la regarda. Puis il se tut, soucieux. Elle ne lui avait jamais dit non auparavant.

— Cela arrive à toutes les femmes de ton âge, expliqua-t-il au bout d'un instant d'un air compréhensif. Cela se produit lorsqu'elles perdent le don de faire des enfants. L'envie leur passe.

Giuseppina pivota pour le fixer.

Non. Elle n'avait pas encore perdu ce don.

— Je me suis juste énervée, mais je n'ai rien perdu. Pas de discussion.

— Comment ça, pas de discussion ?

— Je ne veux plus de toi, répondit-elle en s'asseyant au bord du lit.

Elle était lasse.

— Ça suffit.

— Tu crois que tu peux refuser ? rit-il.

Il posa un genou sur le lit, avança vers elle et se retrouva sur elle en un instant.

Giuseppina ferma les yeux et serra les dents, se préparant à l'acte habituel qui ne durerait pas longtemps.

« Cela ne doit pas se passer ainsi si tu ne le veux pas », dit la voix dans sa tête.

Giuseppina ouvrit les yeux.

Le nævus du cou d'Alfonzo était tout près, elle avait le nez dans ses cheveux et sentait l'odeur de la brillantine qu'il utilisait pour les rendre plus foncés.

Son corps pesait sur elle.

« Si tu ne le veux pas. »

Elle tendit la main derrière elle, à tâtons, entre la tête de lit et le matelas. Ses doigts rencontrèrent la lame froide, puis le manche en os. Elle sortit le couteau et, dans un seul mouvement, le pointa sur la gorge d'Alfonzo.

— Laisse-moi tranquille, dit-elle.

Il ne comprit pas tout de suite, pas avant de sentir la pointe acérée sur sa chair molle ; alors, il s'arrêta, haletant.

Il ne bougeait plus.

— Serais-tu devenue folle, Giuseppi ? demanda-t-il d'une voix tremblante.

— Lève-toi de là, répondit-elle. Je n'ai jamais été aussi raisonnable qu'aujourd'hui. Lève-toi de là !

Alfonzo s'exécuta, roula sur le matelas et se couvrit.

Giuseppina descendit du lit de l'autre côté, toujours en pointant le couteau vers lui.

— Maintenant, tu t'en vas !

— Où donc ?

Il avait l'air d'un animal effrayé, mais elle ne s'y fiait pas.

— Va-t'en. Peu m'importe où, dit-elle d'une voix sourde. Je ne veux plus te voir.

Il baissa la tête et se rhabilla lentement. De temps en temps, il lui lançait un regard inquiet.

Il s'arrêta sur le seuil de la chambre.

— C'est à cause de cette histoire ? Je ne me souvenais même pas de son nom, Giuseppi. Qu'est-ce que cela peut faire ?

Elle ne répondit pas.

— Il fait froid dehors, Giuseppina, dit-il dans une dernière tentative.

— Tu n'as qu'à mettre ton manteau.

Il la dévisagea encore une fois avant de secouer la tête et de disparaître. Elle entendit la porte d'entrée claquer. Il était parti.

Elle n'arrivait pas à croire que cela avait été si facile. Elle fixa le couteau qu'elle tenait à la main.

« C'est tout ce qu'il fallait pour l'effrayer ? »

Elle remit l'arme dans sa cachette.

« Que dois-je faire maintenant ? »

Elle se sentait libre.

Mais elle ne l'était peut-être pas.

Alfonzo reviendrait à coup sûr. Quelque chose changerait peut-être entre eux. D'ailleurs, tout avait déjà changé.

Elle alla verrouiller la porte. La main sur la poignée, elle hésita.

Elle retourna vers le secrétaire où la bague de Luigi brillait sous la lumière. Elle revint vers son coffre, l'ouvrit et en tira le coffret à incrustations où elle gardait les deux autres.

Celle de son père était encore dans le sac en velours dans lequel Valérie la lui avait rendue. L'autre reposait à côté.

Elle ajouta la bague d'Antonio qu'avait reçue Alfonzo. Offerte pour payer une faute, pour échapper à ses responsabilités.

Giuseppina se demanda ce qu'avait pensé Teresa quand son amant la lui avait donnée pour lui permettre d'avorter.

Elle et Alfonzo n'étaient, en effet, que deux enfants, mais la seule à en payer le prix, c'était elle.

La chevalière brillait, lourde et malveillante. Giuseppina n'en voulait pas.

Elle la prit sans réfléchir.

Elle ne s'arrêta que pour enfiler sa robe de chambre en laine, ses pantoufles, et attraper la lampe. Puis elle sortit dans le vestibule sans bruit.

Elle monta l'escalier en prenant soin d'éviter les marches grinçantes. Elle savait où se trouvait la chambre de Salvatore. Son fils et lui étaient en voyage d'affaires.

Elle stoppa dans le couloir sombre.

Elle pourrait cacher le bijou dans un tiroir sans fournir d'explications. Il lui appartenait plus à lui qu'à elle.

Devant la porte, elle hésita.

Quelques instants plus tôt, cela lui avait semblé être le bon choix. Elle s'était sentie forte, invincible, celle qui réparait toutes les erreurs commises dans la maison et dans sa vie.

Et maintenant ? Elle n'en était plus aussi sûre. Elle resta immobile, faisant tourner la bague dans sa paume.

Quand la porte s'ouvrit soudain, elle l'enfonça dans la poche de sa robe de chambre.

— Que fais-tu ici, Giuseppina ? demanda Salvatore. Tu m'as fait peur.

Il était habillé mais en manches de chemise.

La lumière était allumée et le lit n'était pas encore défait.

— Es-tu rentré plus tôt ? demanda-t-elle, ne sachant que dire.

— Oui, j'ai laissé mon fils à Benevento et je suis revenu.

Il ne la quittait pas des yeux.

— Que se passe-t-il ? Est-il arrivé quelque chose ? Entre.

Elle fit ce qu'il lui disait et elle croisa son regard.

Giuseppina baissa aussitôt les yeux.

« Fais-le ! Fais-le ! » dit la voix dans sa tête. « Pour une fois dans ta vie, fait ce dont tu as envie ! »

Salvatore posa une main sur son épaule.

— Il est arrivé quelque chose ? répéta-t-il.

— J'ai chassé Alfonzo.

Il resta immobile pendant un moment qui lui parut durer, puis il lui prit le visage entre les mains.

— Que veux-tu, Giuseppina ?

Je veux ce que ma mère et ma sœur ont connu, pensa-t-elle, *je veux me perdre, je veux rêver. Je veux de l'amour, même si c'est juste pendant un court instant.*

Elle lâcha la bague au fond de sa poche et tendit les doigts vers le visage de l'homme.

1900

Aujourd'hui, on craint la femme moderne comme celle qui détruira la famille et la société. Au contraire, elle ne fera que les régénérer.

Linda Malnati, « Éduquer la femme au sentiment de ses propres forces », *L'Italia femminile* (« L'Italie féminine »), Milan, 1900.

Mai

L'air frais du soir entrait par les fenêtres grandes ouvertes.

Giuseppina avait tenu à ce que le baptême soit l'occasion d'une petite fête intime. Alfonzo, qui veillait à ne jamais s'opposer à elle, avait accepté à contrecœur.

Le nouveau-né dormait dans le grand berceau en bronze orné de dentelles et de rubans bleus comme il seyait à son rang d'enfant mâle.

— Trinquons à Eduardo Morelli ! s'exclama Alfonzo en levant son verre. Maria, encore du champagne, vite.

La servante, le visage rouge d'excitation, s'empressa de remplir les verres des quelques invités.

Elle avait trinqué elle aussi, au moins deux fois en cachette dans la cuisine, pensa Giuseppina.

— Voulez-vous une autre dragée avant d'aller dormir ? entendit-elle Elvira demander à ses petites-filles.

Sa mère prit la cuillère en argent et la plongea dans la grande coupe, elle aussi en argent, pleine d'amandes sucrées. C'était l'un des nombreux articles qu'elle avait réussi à sauver de la ruine et qui, à présent, avec les affaires qui reprenaient, était de nouveau en usage pour une grande occasion.

Les filles tendirent les mains munies de mouchoirs brodés pour attraper les bonbons.

Elles étaient toutes bien élevées et calmes, peut-être trop. Assises par rang d'âge entre leur grand-mère et la vieille comtesse Epifani, sur le beau divan, elles avaient chacune une assiette avec une part de génoise, de la crème et du chocolat. Elles avaient également eu droit à un verre de rosolio pour célébrer l'arrivée de leur petit frère.

Angela, Genoveffa, Margherita et Adelaide étaient habillées en robes de dentelle blanche ornées de rubans roses, toutes pareilles, que leur père leur avait fait faire spécialement. Des petites servantes devant l'héritier du trône.

C'était ainsi que ce devait être. Giuseppina se pencha sur le berceau pour s'assurer que le bruit n'avait pas réveillé Eduardo.

Le petit prince.

Avec stupéfaction, elle s'était rendu compte qu'elle était enceinte à la fin de l'hiver précédent.

Alfonzo n'était jamais revenu dormir près d'elle après la nuit où elle l'avait chassé. Il était rentré le lendemain matin, à l'heure où il revenait habituellement du travail, et s'était installé dans l'arrière-cuisine, à côté de la chambre de Maria.

Quelques jours plus tard, il avait fait une timide tentative de réconciliation, mais Giuseppina l'avait immédiatement découragé. Depuis, leur relation s'était établie sur un nouvel équilibre.

Ils n'avaient plus évoqué le sujet.

À la fin mars, elle avait deviné qu'elle était enceinte.

Après l'avoir examinée, le docteur Brandi avait confirmé ses soupçons et imposé l'interruption absolue des rapports conjugaux.

— Madame est d'un âge avancé, avait-il déclaré. À quarante-deux ans, une cinquième grossesse et un cinquième accouchement peuvent être dangereux. Je vous assure, Don Alfonzo, que la prudence est de mise si vous voulez qu'elle parvienne au terme.

Alfonzo avait accepté la sentence avec un air responsable et Giuseppina avait compris que, à partir de ce jour-là, sa vie serait plus simple.

Pourtant, elle avait continué à s'enfermer à clé dans sa chambre à coucher.

Elle n'était jamais remontée voir Salvatore.

C'était comme si cette nuit, des mois plus tôt, n'avait jamais eu lieu, au point qu'il arrivait parfois à Giuseppina de se demander si cela n'avait pas été juste un rêve, une projection de ses désirs ou de ses craintes.

Ses relations avec Salvatore étaient restées convenables. Peut-être un peu plus formelles.

Eduardo était né en novembre. Alfonzo débordait de joie, de même que Giuseppina. Il n'y avait aucune place pour d'autres émotions.

Eduardo avait rempli sa vie et ses pensées. Plus rien d'autre n'avait d'importance.

Pourtant, elle avait invité Salvatore au baptême.

L'enfant serra ses petits poings et s'agita sous la couverture brodée. Il était trop jeune pour révéler une quelconque ressemblance, ce pour quoi elle s'efforçait de ne pas se poser de questions.

Il avait une belle touffe de cheveux châtains, mais ses yeux étaient très foncés.

— Il a un air très net de famille, dit Gigi, qui était le parrain, en s'approchant.

Don Emanuele, le gros curé de la paroisse, acquiesça. Giuseppina ne dit mot.

Elle sentit que Salvatore, debout de l'autre côté du salon, était en train de la regarder et elle baissa les yeux.

À l'approche de l'été, la maison subirait une nouvelle modernisation importante, et l'escalier intérieur serait définitivement fermé. Les travaux avaient déjà commencé.

Giuseppina pensait que tout serait ainsi plus facile.

Un peu nerveuse, elle passa les mains sur les hanches de sa belle robe en percale bleue qui était un peu trop grande. Elle avait tant maigri !

L'allaitement l'épuisait mais, malgré les conseils de prudence du docteur Brandi, elle avait la ferme intention de le prolonger le plus longtemps possible car les moments où elle tenait son bébé dans les bras étaient les plus heureux de ses journées.

Au bout d'une heure, Salvatore prit congé pour honorer un rendez-vous avec son fils désormais marié.

La comtesse Epifani, Gigi, son épouse et le prêtre firent de même. Les filles avaient déjà été envoyées se coucher.

Alfonzo et Maria poussèrent le berceau à roulettes jusqu'à la chambre, tandis que Giuseppina berçait Eduardo dans les bras pour l'aider à se rendormir.

Quand elle revint dans le salon, il ne restait plus qu'Elvira assise sur le divan.

Sa mère s'était découvert une passion pour les sucreries et elle mangeait une nouvelle part du gâteau de baptême. Dans son assiette, il y avait aussi cinq dragées.

— Quelle belle fête. (Elvira sourit de joie et de malice.) Epifani est morte de jalousie. Elle n'a même pas de petits-enfants.

Parfois, en dépit de son âge, elle semblait animée de sentiments plus adaptés à une petite fille qu'à une femme de soixante-douze ans.

— Oui, c'était une belle fête, admit Giuseppina en s'asseyant à côté d'elle. Je suis contente.

Le divan avait récemment été retapissé de velours à fleurs grises et bleues. Un autre signe que les affaires d'Alfonzo reprenaient.

— Où est Maria ? demanda sa mère. Elle doit débarrasser.

Elle déplaça les verres de rosolio du bout des doigts avec un certain agacement.

— Elle est de plus en plus paresseuse.

— Elle vieillit, maman. Laisse-la tranquille, elle est fatiguée elle aussi.

— Elle boit, déclara Elvira, mais elle souriait comme une petite fille. Cela a toujours été le cas.

Giuseppina examina sa mère.

Elle était toujours stupéfaite de la voir passer de l'insouciance et de la douceur dont elle était désormais coutumière à un sursaut de l'ancienne Elvira qui avait longtemps dirigé la famille d'une main de fer.

— Maman, c'est un jour de fête, dit-elle en posant la main sur son poignet. Ne pense pas à Maria.

— Pauvre servante. (Elvira sourit avec gentillesse, dans un sursaut de remords.) Si tu savais combien elle était émue.

— À l'église ?

Elle n'avait pas eu l'impression que la domestique ait été particulièrement touchée par les paroles du curé.

— Non ! s'exclama Elvira en riant. Après, quand elle préparait tout dans la cuisine. Je suis allée l'aider et je lui ai raconté l'histoire de Luigi.

— Quelle histoire ?

— Que ce n'était pas lui avec Teresa.

— Quel rapport, maman ? (Giuseppina ferma les yeux.) C'est une vieille histoire, morte et enterrée.

— Les histoires ne meurent pas. Elles ne meurent jamais.

— Maman !

— Elle était si heureuse.

— Que lui as-tu donc raconté ?

Giuseppina était horrifiée. Un peu plus tôt, elle avait décidé, à tort, de dire à sa mère la vérité sur les trois chevalières. Elle lui avait patiemment expliqué que Giuseppe et Luigi n'étaient pas à blâmer, espérant lui offrir un peu de paix, d'autant qu'elle était certaine qu'Elvira oublierait rapidement tout.

Au contraire. C'était aussi *son* histoire et elle n'allait jamais l'oublier.

— Je lui ai dit que c'était Alfonzo, murmura Elvira.

Elle paraissait plus désorientée que jamais.

— Parce qu'il était amoureux. Il aimait tant Teresa, et moi aussi !

— Tu ne l'as jamais connue, maman. (Giuseppina secoua la tête.) Eh bien, n'en parle plus à personne maintenant.

Elle allait devoir prier Maria de garder le silence. Peut-être lui remettre un peu d'argent.

Elle se leva. Elle jeta un regard à sa mère qui, indifférente, était déjà en train de choisir une dragée dans la bonbonnière.

Elle partit en quête de Maria, mais la domestique n'était pas dans la cuisine.

— Maria ?

Personne dans le passage. Elle ouvrit la porte du débarras qui était encombré de matériaux laissés par les ouvriers.

Puis elle crut entendre sa voix qui provenait de l'escalier. Elle chuchotait quelque chose d'un ton pressant.

Elle a trop bu, pensa Giuseppina.

Elle monta quelques marches pour mieux entendre.

Maria était avec Alfonzo, à l'étage. Elle entendit leurs voix enflammées, comme s'ils se disputaient.

Que lui disait-elle ? Était-elle en train de l'accuser ?

Elle finit par monter jusqu'en haut. Elle s'arrêta et chercha une cachette. Après une si belle journée de fête, il ne manquait plus que ça ! C'était sa faute, elle n'aurait jamais dû tout raconter à sa mère.

Elle vit qu'Alfonzo avait le visage rouge et que sa cravate noire était dénouée.

— Qu'est-ce que tu t'es mis dans la tête ? disait-il à la femme de chambre en écartant les bras. Ça suffit !

Maria était sur le palier du premier étage et se tenait à côté de lui, lourde, fatiguée et malheureuse. Et elle avait bu.

— Pourquoi ? s'écria Maria en appuyant ses mains sur sa poitrine. Qu'est-ce que j'ai de moins que Teresa ?

Elle bafouillait et Giuseppina s'aperçut qu'elle était complètement ivre.

Ce fut alors qu'Alfonzo aperçut Giuseppina qui tentait en vain de se dissimuler dans un recoin sombre, sous la rambarde de l'escalier.

— Je m'occuperai de toi plus tard, marmonna-t-il d'une voix sourde, épuisée. Ainsi que de ta mère qui raconte mes histoires à une domestique. Maintenant, ça suffit !

— Pourquoi ne veux-tu pas me donner ce que tu lui as donné ?

Maria se cramponnait à son bras, il se dégagea.

— Regardez-moi cette folle ! Comment oses-tu ? Tu me dégoûtes, Maria.

— Qu'ai-je de moins qu'elle ?

— Je n'ai pas envie de te répondre, rétorqua-t-il en pivotant pour descendre.

Maria essaya de le serrer dans ses bras. Il la repoussa.

— J'ai été jeune et belle aussi, comme Teresa, cria-t-elle. Pourquoi ne m'as-tu pas choisie moi ?

Elle s'était précipitée vers lui.

— Pourquoi ? insista-t-elle.

— Laisse-moi !

Alfonzo se débattait mais la femme continuait à s'accrocher à sa chemise.

Il s'appuya contre la balustrade et essaya de la repousser.

Giuseppina entendit un grincement, puis vit le bois céder et Alfonzo qui tombait dans le vide, les bras en l'air, les yeux écarquillés et la bouche ouverte, mais sans un cri. Ce fut comme si une montagne venait de s'effondrer. Giuseppina descendit l'escalier en courant, une main sur la rambarde.

Maria demeura à genoux sur le palier, les mains sur le visage.

Au pied des marches, Alfonzo gisait dans une pose difforme, la tête tournée de côté.

Giuseppina se pencha vers lui en hurlant :

— Alfonzo ! Alfonzo !

Alfonzo ne respirait plus et du sang commençait à couler de son nez et de ses oreilles.

Giuseppina entendit comme un claquement de mains et se retourna.

Sa mère se tenait sur le seuil du salon et elle applaudissait, heureuse comme une enfant.

Giuseppina ne savait que faire. Elle regarda à nouveau Alfonzo et posa la main sur sa poitrine. Elle leva les yeux vers Maria, toujours à genoux, puis chercha sa mère.

La porte d'entrée était ouverte. Sur le seuil, il y avait les chaussures d'Elvira.

Giuseppina se releva et sortit en courant.

— Maman !

Il était tard et, malgré la douceur de la soirée, il n'y avait personne dans la rue. Elle vit Elvira traverser la Riviera et courir vers la Villa Reale.

Elle la suivit.

Sur le front de mer, Giuseppina trébucha sur un tas de chiffons.

Ce ne fut qu'après un instant qu'elle comprit qu'il s'agissait de la robe de sa mère.

Elle la vit retirer son corsage sans cesser de courir et s'approcher du parapet en bustier et jupon.

— Maman !

Le ciel était noir, illuminé par un croissant de lune blanc, déjà haut à l'horizon.

Elvira avait atteint le petit rond-point et la plage. Elle était pratiquement nue.

Elle grimpa sur le parapet en pierre et, une seconde plus tard, elle avait disparu.

— Maman ! hurla encore Giuseppina.

Elle n'obtint pour seule réponse que le bruit du ressac.

Peut-être était-elle simplement tombée, espéra-t-elle. Peut-être gisait-elle sous le mur, dans le sable.

Elle n'eut pas le temps de prendre les marches, qui n'étaient pourtant pas loin. Elle aussi grimpa par-dessus le parapet mais elle était gênée par ses vêtements. Elle se laissa tomber sur le sable froid.

Pas trace d'Elvira.

— Maman !

Elle la vit alors, tout près du rivage.

— Maman ! cria-t-elle de nouveau. Arrête-toi !

Elle courut sur le sable humide, trébuchant à chaque pas.

Elvira était juste devant elle, une ombre qui se découpait sur le fond noir de la mer. Blanche comme la lune.

Ses derniers vêtements étaient éparpillés sur le sable mouillé.

— Maman !

Elvira était déjà enfoncée dans l'eau jusqu'aux chevilles et, tandis que sa fille parcourait les derniers mètres qui la séparaient d'elle, l'eau lui arrivait déjà au niveau des genoux.

Giuseppina n'avait jamais appris à nager.

Elle s'arrêta.

Elvira avait détaché ses cheveux, longs et blancs, qui lui tombaient dans le dos.

Elle renversa la tête en arrière. Elle riait.

— Maman, arrête-toi ! Attends-moi !

Elvira ne se retourna pas.

Giuseppina avança, les pieds dans l'eau froide.

Elle alla le plus loin possible, avec les vaguelettes qui gonflaient ses vêtements, la repoussaient, tandis que sa mère, libre, s'éloignait toujours plus.

La mer monta jusqu'aux hanches d'Elvira, puis jusqu'à ses épaules. Finalement, seule sa tête blanche demeura visible au-dessus de la surface.

— Maman !

Giuseppina stoppa lorsque l'eau atteignit ses genoux. Elle était incapable de continuer.

Elvira continua à s'éloigner vers l'horizon, toujours plus petite, comme une créature marine qui rentrait enfin chez elle.

Note de l'autrice

La Roue des exposés, les épidémies de choléra, la sororité, les deuils, les mariages arrangés, les rapports sexuels forcés, les rêves révélateurs, les manières de parler et de se vêtir, les nombreux enfants, les hauts et les bas des entreprises commerciales ne sont pas issus de mon imagination, mais bien d'événements familiaux réels que l'on m'a racontés quand j'étais enfant, en même temps que les contes de fées. Si j'ai choisi de les raconter à mon tour dans *Les Sirènes de Naples,* c'est pour faire la paix avec un passé lointain dont les fantômes continuent de hanter le présent.

Retrouvez-nous sur les réseaux sociaux :

City Éditions

www.city-editions.com
@cityeditions
www.facebook.com/cityeditions/
@CityEditions

Achevé d'imprimer en juillet 2025
sur les presses de la Nouvelle Imprimerie Laballery
58500 Clamecy
Numéro d'impression : 507481

Imprimé en France

La Nouvelle Imprimerie Laballery est titulaire de la marque Imprim'Vert®